米高貓——著

騰蛇的騙局

讓我們豎起中指來

米高貓——著

騰蛇的眼局

讓我們豎起中指來

目次 Contents

第一章　無意間撞見的祕密太驚人了！就好像小時候撞見父母在臥室摔跤一樣！

星系紀年 346 年 10 月 6 日，舊世界紀年 3218 年 9 月 17 日。

李貌寫好了今天的航行日誌的日期，把救人的事情也寫了進去。看著坐在一旁神情羞澀的那位小侍僧，看來他是從沒見過美女。不言坐在駕駛艙裡七七身旁的椅子上，不時偷偷抬頭瞅一眼七七，又趕緊低下頭去。

李貌有點不高興，語氣嚴厲的問道：「喂！你說有重要的消息，難道不能跟我們說，非要回去找我們爸爸說才行？」

「你不是說等一下就到你們的母艦上了嗎？到時候我說的時候你們再一起聽不就行了？也不急著這一點時間吧！」

「哼！」李貌心想，你是運氣好現在遇到我，換了我早幾年的脾氣，敢看我的妞？我早就揍得你哭爹喊娘了！

李貌也沒心情炫技了，快速的將小飛船開回了母艦。此時李昂和朱非天還在那裡爭論不休，兩個人爭得臉紅脖子粗，誰也不肯讓誰一步，只是表面上的禮節還是要做到位，兩人假裝淡定的坐在那裡品茶，一副怡然自得的樣子，嘴上卻你來我往毫不客氣。

「朱兄，你這話又說錯了，現在哪裡還有好茶啊？」

朱非天被嗆了一口，關於茶文化他還真是一知半解，說一句錯半句，說三句錯兩句。可是他怎麼也想不到李昂居然知道那麼多，再怎樣也不能讓他這個撿破爛的占了上風啊！

假裝淡淡一笑，朱司令放下茶杯：「說起好茶，不禁讓我想起了上次在一本古籍上看到關於茶的介紹。那時候有一種叫做『可樂』的褐茶，顏色是深褐色，入口極苦，但是卻勁道極大，好像無數的小分子在口腔裡爆裂一樣，那真是美妙極了。更厲害的是，我看過的古籍顯示，那時候人們都是在全家團聚的時候喝它。你沒看那些古籍上的圖片畫的，一家子人聚在一起其樂融融的，都是因為這種茶的功效啊！」

李昂不以為意：「我知道你說的那個可樂，但你可知還有一種叫做『雪碧』的茶嗎？它和褐茶不一樣，是屬於白茶的一種。那個可就更厲害了，天氣炎熱的時候喝上一口，瞬間就會有一條瀑布從天而降，從頭涼到腳，那才是真的舒服呢！看來古代人比我們想的更早掌握瞬間傳送物質的技術了，這種茶就是觸發傳送大量純淨水用以降溫的開關呢！」

朱非天有點不高興了：「歸到底，那雪碧也算得上是檸檬茶的一種，說起檸檬茶，我倒是覺得一種叫做『七喜』的白茶也很不錯呢！」

「七喜？」李昂這下可吃了癟，他還真沒聽說過什麼七喜茶的。於是他趕緊調閱自己的知識庫，反問道：「你所說的可樂茶，據我所知，當時可分為百事和可口兩大類，不知仁兄剛才說的是哪一類？」

「呃……這個……」朱非天也答不上來了。其實他們哪裡嚐過這些茶的味道啊？因為年代久遠，茶文化早已失傳。他們所知道的那些傳統文化，還不是在一些古老的資料裡看到的。有少量的舊時代影片和平面廣告被保存了下來，當做是歷史的見證世代相傳。其實雪碧和可樂哪裡是什麼茶，也不過就是一款飲料而已。只是在人類離開太陽系後，那些資料已經遺失了，人類遺忘了大部分的歷史，只能從一些資料上看到它們的身影，幻想它們的味道。久而久之，也被後世當成了傳統的茶藝傳播了出去。

他們是不知道，可是騰蛇們卻有著完整的人類歷史資料，人類所有的歷史足跡和生活痕跡都可以查證得到，只是有時候那些肚子裡冒著壞主意的騰蛇未必會告訴人類罷了。

李昂喝了口茶來掩飾自己的窘態，他可不能落了下風，他趕緊偷偷連接了夜壺，準備讓夜壺緊急傳給他一些資料來撐門面。

「夜壺？夜壺？出來出來！」

其實夜壺和胡漢三躲在騰蛇頻道裡看熱鬧看了很久，兩個人笑得前翻後仰，樂不可支。這兩個鄉巴佬實在是太好笑了，居然把飲料當成茶，還在那裡吹牛皮。

「幹嘛？」夜壺假裝收斂了笑容。

「快點幫我解解圍，你還知道什麼關於茶文化的知識統統告訴我，我可不能被他比了下去。」

夜壺還沒答話，胡漢三突然笑著用另外一個信號和夜壺交流：「哈哈哈哈！笑死我了！朱非天那傢伙居然也在偷偷問我茶文化的知識。」

「你可別跟他說啊！看他們那副明明什麼都不知道還要打腫臉充胖子的樣子，實在是太好笑了。」夜壺回覆著胡漢三，同時又能跟李昂交流：「放心吧！我會偷偷告訴你的。」

因為騰蛇們是可以多工同時處理的，所以它們的意識可以同時存在於所有宿主的大腦裡。它們能一邊自談自話的聊著天，一邊幫李昂出主意，一邊又能和天馬座上的李貌交流，絲毫不受影響。

李昂這下子心裡有了底，又開始照著夜壺的話依樣畫葫蘆：「當人類還生活在地球上時，一種叫做可樂的茶，風靡世界。因為其特殊的開採方式，令其變得更加彌足珍貴。地下挖掘是獲得寶貴可樂的主要方式。首先採用專門的風水儀器勘探好一處礦脈，有些經驗豐富的農民，也可以利用自身經驗來判別何處為『茶眼』。『茶眼』顧名思義就是茶含量豐富的地點，只是隨著時間的流逝，掌握著這門手藝的人也越來越少，所以更多人會選擇更加便捷準確的風水儀器來進行探測。將探測鉤深入地下三百多米深左右，茶會因為瞬間的爆破力噴湧而出，工人們立即開始行動起來，用一種專門的罐子將其儲存起來。這種裝茶的小罐子也同樣需要十分講究的工藝，製作精良，儲存效果更好的罐子需要一個熟練的老師傅，以祖傳的手藝歷時七七四十九天手工打造而成，少一天、多一天都無法燒製出最完美的茶罐來。只有用心製作的罐子，才能妥善保存這種來自於大地精華的茶飲。而這種茶的神奇之處，在於用不同的罐子裝，口味會有細微的差別。用叫做『可口』的罐子裝的味道較為濃郁，適合追求深厚味覺體驗的人享用；用叫『百事』的罐子裝的茶則味道較為清爽，適合追求舒適味覺體驗的人享用。」

朱非天從來沒聽說過，他趕緊去問胡漢三，胡漢三一本正經的說：「是啊！沒錯啊！」

「那雪碧和七喜又是怎麼來的呢？」

李昂可不知道了，他趕緊問夜壺：「怎麼回事啊？」

夜壺掏掏耳朵，一臉不以為意：「其實雪碧和七喜的誕生，最開始也只不過是生產可樂所產生的副產品而已。將開採出來的可樂放入世世代代傳了上千代人的濾網中過濾。濾網並不是常見的普通濾網，需是用蝴蝶的翅膀、蟬翼及百靈鳥的羽毛混合製成，佐以九九八十一天的高度過濾提煉，再將剛從樹上摘下來的檸檬榨出的第一滴原液混合攪拌，慢火熬製一百零八天，最後分離出的，便是雪碧和七喜的原液了。這兩種原液的神奇之處在於，同樣是裝在以老師傅的熟練工藝所製作出來的罐子裡，只是不同的罐子所裝的茶飲口味也會有著細微的差異。正如古人有言：『細節決定成敗。』說的就是這個道理吧！」

李昂有點懷疑了，怎麼茶還能從礦山裡開採出來？他不禁問道：「你說的是真的嗎？不是在耍我吧？」

「肯定是真的啊！叫你平時多學習，現在告訴你你還不信，下次自己翻資料去。你忘了以前我們遇到過的一個海洋星球，那上面龍蝦模樣的半智慧生物，不就是從海底岩層挖出一種油狀飲料喝的嗎？有什麼奇怪！」夜壺假裝不高興的走了。

李昂見夜壺說得認真，就想也許真是自己孤陋寡聞呢！於是一本正經的正了正領帶，認真的說：「這你就不知道了吧，當初人類還在地球上的時候⋯⋯」

夜壺和胡漢三聽見李昂居然真的這麼說了，還說得這麼理所當然，笑得差點斷了氣。朱非天還在一邊緊張的問胡漢三：「他說的是真的嗎？我怎麼從來就沒聽說過？」

胡漢三強忍著笑：「是呀！他說的都是真的呀！」

「那我們現在喝的是什麼呢？」

胡漢三說：「你們現在喝的這所謂的茶呀！比起那傳說中的兩種茶來只能算是茶渣啦！」

在騰蛇的私人頻道裡，兩個騰蛇又開始瘋狂的笑起來，其實他們兩人喝的才算是茶。想當初聯合艦隊離開太陽系時，最早的一批生物學家連地球上剩下的所有物種都沒來得及全部帶走，就更別提各種茶籽了，當時所來得及帶走的，也就只有洞庭碧螺春一種茶樹的種子。因為只帶走了一種茶樹，這麼多世代以來也無法進行雜交和品種升級。雖然騰蛇們一直小心翼翼的維護著這種茶樹的基因穩定性（不是為了人類，只是它們自己生物學實驗的一個小環節而已），但到了現在，聯合艦隊裡所有的碧螺春茶樹已經退化了，口味也大不如前。要是讓古代人來嚐一口，他們大概會覺得這茶的味道也就值個幾毛錢的茶沫那般，不過畢竟還是茶啊！

「唉！真可惜，古人的智慧竟然失傳了。」

「是啊！古代人其實比我們聰明多了，真想回到古代啊！」

兩個人正感嘆著，李貌和七七帶著不言進來了，不言低著頭，畏首畏尾的站在那裡。畢竟他面前坐著的，可是兩位赫赫有名的大人物，他原本這輩子都沒機會跟他們說話的，想到這裡，不言抖得更厲害了。

「爸，朱叔叔，這個人說要見你們。」

李昂和朱非天默默對望一眼，兩人都從不言的著裝上猜到了他的身分，畢竟整個宇宙艦隊裡，穿著這種大袖袍奇怪裝束的也只有一個艦隊。

「是無相的人？」

朱非天的火爆脾氣瞬間就被點燃了，他猛的一拍桌子，當下怒喝：「來人啊！把這個間諜給我抓起來嚴加拷問！」

「等一下！爸爸你怎麼一上來就抓人呢？」七七趕緊攔住了爸爸，還瞪了他一眼，怎麼那麼粗魯，多掉漆啊！

朱非天接收到了女兒眼神的指令，暫時收斂脾氣坐了回去，這時候他才發現一旁的李昂居然還在那淡定的坐著喝茶呢！朱非天一驚，糟糕了，剛才太著急，居然沒穩住，這下反倒讓他顯得鎮定自若了。

等朱非天喊完了，李昂這才慢悠悠的說：「無相艦隊從來不跟我們打交道的，今天這是什麼情況？」

不言知道自己該說話了，他低著頭，哆哆嗦嗦地說著：「兩位長官，我的確是從無相上面來的。但是我不是受了誰的指示，也不是間諜，我是真的有重要的大事要跟你們報告。」

朱非天嗤之以鼻：「無相裡的侍僧居然跟我們報告？」

李貌看了看爸爸，又看了看不言：「爸，我覺得他不是什麼間諜，應該是真有大事，要不你們抽點時間聽他說說？」

「這……」李昂還在猶豫，七七也忍不住說話了：「李叔叔，爸爸，這人是我和李貌剛才救過來的。我也看他不像壞人，要不你們就聽聽吧！反正這裡是我們的地盤，量他也不敢怎樣。」

李昂又扭頭看了看不言，不過就是最普通等級最低的小侍僧而已，還真看不出來什麼特別的。

「既然孩子們都作擔保了，不如我們就聽聽他說什麼吧！」李昂淡然道。

「等一下，在那之前要派人檢查一下才好，王副官。」朱非天叫了王副官來。

王副官進來看見不言，一下子大驚失色，他是負責朱非天個人安全的。一看不言站在那裡，就把負責朱非天安全的特工全叫來一陣大罵：「你們他媽全是吃白飯的？這麼個『無相』的人你們就任由他走進來了？『特洛伊木馬』那個典故你們都不知道？」「因為我們看他是七七小姐帶來的嘛，就沒有進行搜查……」「去你媽的！他要是個『無相』派來的智慧人形炸彈的話，我們現在已經全完蛋了！我就出去上個廁所，一會兒沒盯著你們就這麼亂來？你們統統被解雇了，滾回你們的農業艦裡種田去吧！」

朱非天見自己副官在李昂面前這麼火，臉上有點掛不住，就說：「算了算了，反正也沒出什麼事，這次就饒了他們吧！而且現在你也別老是拿去種田罵人了，現在農業艦上的人才有多難找你又不是不知道。」

聽見朱非天這麼說，王副官才嘀嘀咕咕的將不言帶到安全隔離室裡的生化掃描器那裡，讓他把衣服脫光，裡裡外外前前後後的掃描了一遍，不言只好愁眉苦臉的配合著。王副官首先從細胞級否定了他是個生化人，排除了他是個智慧人形炸彈的可能。又確定他身上沒有任何竊聽設備，腦袋裡也沒有騰蛇的信號，就是完完全全乾乾淨淨的一個普通人。王副官還不放心，又把不言的衣服也好好掃描了一遍，發現他衣服上也沒什麼異常，才將不言帶了過來。

在無相的教義中，人們為了保持人性的純潔，是拒絕與騰蛇融合的，無相也是聯合艦隊裡唯一不與騰蛇相融合的派別。

「朱司令，你別嫌我囉嗦。以後即使是你女兒帶來的人，也一定要經過我們的安全檢查才行。」王副官還在那裡囉嗦。

「好了好了，我知道了，你先走吧！」

「既然這樣，你有什麼就說吧！」李昂見王副官走了，現場也沒別人了才說。

不言低著頭往四周看了看，小聲的說：「我還有一個請求。」

「還有請求？」朱非天本來又想發脾氣的，可是他想了一下，也淡然的端起茶杯來喝了一口，態度溫和的說：「你還有什麼請求啊？」

「我可以去靜寂艙裡面和大家說嗎？」

他的話一出，大家面面相覷。靜寂艙裡的空間會強制切斷人類與騰蛇的連結，是一個絕對純潔的人類交流環境。一般情況下，人類可以自行選擇關閉騰蛇和自己的資訊交流，但在這種情況下，騰蛇還是和人的大腦相連接的，只是人聽不見騰蛇說話而已。而這個艙室在聯合艦隊裡，是騰蛇允許非常少量可以完全斷開騰蛇和人腦連結的艙室，這個權益也是人類和騰蛇談判了快半個世紀才談下來的，也只允許高級官員可以享用這個權益。但是他們平時很少用到這間特殊的會議室，因為那將意味著，彼此的談話連騰蛇也不能知道。

胡漢三和夜壺立刻開罵了：「他奶奶的這小子是什麼意思啊！」

「有什麼祕密還得背著我們的，他什麼意思啊？」

「我看他八成是間諜！」

「轟出去轟出去！」

幾個人的腦袋裡同時爆炸一樣的吵嚷起來。李昂最先感覺到事情非比尋常，他自動關閉了與夜壺的資訊連結，腦內頓時一片清淨。

「跟我來吧！」

幾個人一進了靜寂艙，腦袋裡炸雷一樣的聲音在瞬間消失得無影無蹤。李昂檢查了一下設備，果然已經與夜壺徹底斷絕了連結。

大家各自坐在沙發上，不言卻不敢坐，恭敬的拿出隨身的觸控電腦操作起來，他慢慢的說：「事情是這個樣子的，相信大家都知道，我們無相艦隊為了保證人類的純正性，全體成員都不允許與騰蛇融合，所以我們在進行星際躍遷的時候，必須進行集體休眠，以減少星際躍遷對人體帶來的影響。但是其他艦隊因為與騰蛇融合，在艦隊躍遷時，人的大腦和身體被騰蛇所保護，不會受到影響，所以也不需要休眠，只有我們還保留這個儀式。本來前一段時間我們也要進入休眠模式了……」

無相艦隊內，六個月前。

好像一滴水滴落在了水裡，十分清澈空靈。聲音遠遠的傳播出去，在無相艦隊的每一個角落裡迴響。

「嗒……嗒……嗒……」

緊接著細而小的誦唱聲響起，聲音漸漸清晰，變得越發神聖和莊嚴。

無相艦隊在離開太陽系時，尚且是由無數個熱愛玄幻風格的富 N 代聯手建立而成。他們追求自己崇尚的圖騰文化和神祕的遠古文化，力圖打造一個自由並且充滿傳奇色彩的自由國度。無相創立之初，其實也只是一些富豪子弟追求玄幻風格建築吃喝玩樂的地方而已，後來隨著幾個世紀的發展，不知怎麼他們的核心理念漸漸變成了「追求人類的純粹性」被保留下來，變成了一個宗教性組織。

其實這麼多個世紀之後，人類早把所有的神祇和宗教忘光了。他們信的也不是釋迦、太上老君之類的神明，而是把第一代創始人當成了自己的神明供奉著，這讓無相在無形中又多了份神祕的氛圍。而其獨特的建築風格也得到了很多人的喜愛，在看膩了冷冰冰的鋼鐵艦隊之後，這些另類的圖騰文化反而引起了一部分人的喜愛。於是乎人們將無相艦隊艦體上的圖案，比如龍啊、麒麟啊什麼的形象化，慢慢隨著科技的發展，就演變成了如今十分誇張和華麗的神話風格。所有無相艦隊中的母艦均是由上古圖騰圖案演化而來，主母艦的形狀是一條飛騰的巨龍形狀，巨龍身上的鱗片清晰可見，雙眼不怒自威。當其在宇宙中行進時，帶著某種不可言說的神聖感和威嚴感，好像真的有一條巨龍在星海間穿梭。

而巨龍背上的則馱著數個漂浮著的巨大神殿，神殿的艦內生態圈也與其他艦隊不同。生態圈內終年產生著大量的朦朧霧氣，神殿在朦朧的霧氣中若隱若現，島嶼也在空中自由漂浮著，一切都更顯的那麼飄渺和神祕莫測。

除了主母艦的飛龍造型，無相艦隊更有白虎、朱雀、玄武、麒麟、大鵬鳥、大鯤、九尾狐等諸多造型。雖然這樣的母艦外形耗費的物質量十分可怕，但是無相艦隊內的人們對待自己的圖騰文化有著偏執的追求，所以這也導致了他們教義偏向於吸收所有星球的物質，不給別的文明留活路的。別的艦隊都看不起他們這樣的行為，他們也同樣自命清高，瞧不起其他的艦隊和外星文明。

不言雖然只是地位最低的一位小小侍僧，但是他很幸運的是被分配到了主母艦飛龍艦上面來工作，他也常常以自己能在飛龍艦上工作而沾沾自喜。他的很多同伴都留在了麒麟艦上，麒麟艦雖然也不錯，但是麒麟艦上的待遇哪裡比得上飛龍艦呢？畢竟無相的教宗聖皇大人就在飛龍艦上呢！不言在早課上見過聖皇，他覺得聖皇簡直就是自己的神。他從沒見過那麼美的男人，他簡直不敢想像會有一個男人會讓自己如此著迷，如此讓自己欽佩到五體投地。

其實聖皇不用做什麼，只是盤腿在軟榻上坐定，眉目低垂，手呈含苞的蓮花狀，就已經足夠讓他的信徒們為之瘋狂了。他留著少見的長髮，額頭上鑲嵌的菱形水晶石讓他看起來超凡脫俗，寬大的袖擺仍保留著上古文明的某種印記，讓他看起來那麼遼遠，那麼不可觸摸，那麼聖潔。

不言不是第一次看見聖皇了，可他還是不由自主的五體投地的跪了下來，恭順的迎接聖皇的到來。一座十二人抬著的蓮花座冕從眼前慢慢飄過，一種若有似無的吟唱聲淡淡伴隨著他，不言感覺自己的靈魂深處都得到了淨化。

這就是無相的領袖，所有無相艦隊內人們的神明。

不言感動得幾乎熱淚盈眶，這樣的聖皇，他真的願意為之肝腦塗地。每次無相艦隊全體進入休眠之前，聖皇都會去親自為他們祈福，他的聲音就像他的人一樣，那麼清澈，那麼飄渺。

「無上奧妙真釋義，百千萬億難逃劫，緣起緣滅聚散去，天道輪回終有時……神會祝福你們的，孩子……」

那一定是世界上最美妙的聲音了。

聽過教宗的祝言，大家都熱血沸騰的排好隊伍，準備去領取自己的聖水，跟隨著教宗一起進入休眠。

神殿外的廣場上一片寂靜，「滴答……滴答……」的水滴聲開啟，慢慢的四周開始湧起淡淡的吟唱聲。不言跟隨著隊伍向前走散步，然後停下來跪倒在地，恭敬的朝著神殿叩拜，再起身，繼續走九步，接著五體投地的趴在地上，三叩首，然後再起身，走三步繼續跪拜。

人們沿著隊伍一直走到了神殿內，神殿中央是創始人高達三百米的神像，神像十分威嚴氣派，由黃金、翡翠和紅寶石所雕刻而成，在四周燈光的照耀下，散發著神祕莫測的光芒。神像雙手平攤，神態仁慈的注視著進入神殿的信徒。神殿兩旁則是一排排高聳的巨大石柱，上面雕龍刻鳳布滿了繁複的花紋，每個柱子的下放則端坐著一個石獅子雕像，柱子與石獅頭部連接，形成一個完美的一體。

不言跟著隊伍走到一個石獅子面前，那石獅子眼睛閃起了光，嘴巴開啟，接著從嘴裡慢慢的滴出綠色的液體來，液體不偏不倚滴到了石獅子下方的一個石杯裡。一瞬間輕靈，空曠的「滴……滴……」聲在大殿內縈繞。合著眾人口中的唱詞，顯得那麼聖潔而又神祕。

不言端起石杯，一口喝了下去，是黏黏的半透明液體，說不出是什麼味道來。然後不言又跟著隊伍，慢慢走回了集體宿舍去。

無相艦隊裡除了高級僧侶有自己的單間房間外，低等級的侍僧都是十五個人一個宿舍，而十五這個數字也是他們教派所認為的宇宙的「基本數」。

不言回到了自己的床位前仰面朝上躺著，雙手貼著腿，躺得十分整齊，像是一個人偶一樣。然後他閉上了眼睛，其實不言一點都不怕，他也休眠過幾次了，十分有經驗，他知道自己閉上眼睛不出一分鐘就會進入徹底的休眠，再睜開眼睛就到了其他的星系了。

但是這此顯然有點不一樣，不言剛睡了一會兒就醒了過來。他坐起身來，覺得非常奇怪，床鋪上的其他人都還在好好的睡著，怎麼只有自己醒了？這種情況可從來沒出現過啊！不言從床位上爬了起來，走出宿舍，到了宿舍外的花園，推開其他宿舍的門，想看看其他人是不是也都醒了。可是其他的宿舍裡大家都整整齊齊的睡著，沒有一個人醒來。

這……這是怎麼回事啊？難道自己沒有進入休眠？不言有點慌了，所有人都進入了休眠，只有自己還醒著，他感到有點害怕。

不言就著昏暗的觀景燈，走過花園裡的小徑，爬上花園另一邊的假山，到了假山的涼亭上，從觀景舷窗往外面看了看他突然發現平時看到的那種黑漆漆的宇宙空間不見了，也看不到什麼星雲星團之類的，也沒有星星在閃耀，反而看見了一片不斷變換顏色的薄霧。這種薄霧不言從來沒有見過，他把腦袋拚命往前伸著，突然他透過薄霧看到在艦隊的不遠處，竟然有一個無比龐大的機械星球，大星球的旁邊還圍繞著一個小的機械星球在圍著它旋轉。更奇怪的是這兩個星球看起來時大時小，一會兒看著好像就在母艦旁邊，一會兒看著又好像離母艦好幾萬公里遠似的。而且兩個星球的大小也不固定，一會兒看著這個大，一會兒看著又變成了另一個大，看久了還頭暈到不行。

不言晃了晃腦袋，感覺已經被這兩個球給攪暈了。這時候他聽見假山下面突然傳來了腳步聲，不言欣喜，剛要跑下去問問情況，可是他本能的察覺到事情不對。眼前的情況已經完全超出了他的知識範圍，無論是教義還是他的所知所學，都沒有涉及到這些奇怪的內容。他於是收回了腳，往四下一看，就看到假山下面有一角正堆放著一大堆食物補給的空箱子放在那裡還沒被收走，他趕緊跑下山躲在箱子後面，悄悄的藏了起來。

腳步聲漸漸清晰，慢慢的朝著不言的方向走來。不言探著頭往外偷偷看去，就看到了幾個教團裡的中層幹部，這幾個人平時不言都見過的。原來不光是自己沒有睡著，難道是這次的聖水有問題嗎？

無相艦隊內的階級劃分十分嚴格，最頂級的階層為教宗，由聖皇一人組成，是至高無上的存在。下一階層為掌管宗教儀式的神侶，再下一層則是武士階層神侍，武士之下就是一般的侍僧了。無相教規甚嚴，遇見比自己階級高的人是一定要行禮鞠躬的。可不言現在也不敢出去，萬一別人以為他沒喝聖水，那也是不小的罪名啊！

正在不言猶豫的時候，走到他附近的幾個神侍突然站住不動了。只見他們突然嘴巴裂開，嘴巴裡露出機械來。然後整個頭突然炸開，無數個金屬觸角從裡面撕開了人皮，裡面的機械全部湧了出來。幾個人直接從裡往外翻了一層，在不言的面前全部重新組裝完畢，變成了生化人！

竟然變形了！不言嚇得一屁股坐在地上，這些神侍竟然都是生化人！不言連想都不敢想。在他們的教義裡，第一條就是要保證人類的純正性，連騰蛇都不允許融合，更別提什麼生化人了。

這幾個生化人不知道有人在偷看，一邊小聲說著話一邊走遠了。不言嚇得渾身顫抖，顫顫巍巍的爬了出來，連滾帶爬的往教宗的寢宮裡去。

天啊！怎麼會有這樣的情況？他覺得必須立即去報告聖皇大人，哪怕他還睡著也不管了，無相裡竟然出現了生化人！這麼大的事情，不言認為就算吵醒了聖皇，也是可以被諒解的。

無相艦隊裡所有的信徒入眠後，整個母艦裡的模擬陽光都調成模擬月光，而今天的模擬月光還是一彎新月的樣子，「月光」也很暗，一路上只有花園小徑兩旁昏暗的小照明燈給他指路。不言一路上跌跌撞撞，摔了好幾個跟頭。有好幾個地方的小徑所在的花園還是浮在半空的，因為燈光昏暗，不言一不小心還差點掉下去。等他滿身泥土的趕到聖皇的寢宮，他還擔心遇到聖皇的禁衛要怎麼說，哪知聖皇的寢宮外面一個禁衛都沒有。這也不對啊！不言聽說過即使所有人都入睡了，聖皇的寢宮外面也要保證起碼有五十名禁衛在輪班站崗的啊，這怎麼一個人也沒有？

不言炸著膽子闖入聖皇的寢宮，碩大的宮殿裡面一個人也沒有。而不言走過寢宮殿前的廊橋，發現聖皇竟然孤零零一個人，坐在他寢宮前面的廣場中央的神樹旁邊的蒲團上，抬頭仰望著上方幾十公頃面積大小的舷窗在發呆。

這個舷窗籠罩著聖皇整個寢宮的上方，能看到一大片宇宙的景象，非常壯觀。配合著寢宮前面的廣場和中央的神樹，顯得這一大片地方都非常的神聖。平時聖皇只有在進行冥想或接見教團內的重要幹部時，才會坐在這顆神樹旁邊。這顆神樹據說是聯合艦隊離開時從地球上一個叫拉薩的聖地挖來的，這麼多世紀以來一直都在保佑著他們。平時即使聖皇沒有重要的事情也不會隨便坐在神樹旁邊的，可他怎麼這會也沒有入睡，而是坐在這裡仰著頭發呆呢？

事態緊急，不言也不管了，跑到聖皇身邊「咕咚」一聲跪了下去，連連磕頭不止：「聖皇！聖皇！大事不好了！我剛才在艙裡看見了生化人！」

哪知教宗仍舊只是怔怔的仰著頭，盯著頭頂上那一大舷窗上所映照出來的那一層不斷變換顏色的薄霧，竟然沒有絲毫的反應。不言也不敢打擾他，只是盯著他絕美的背影等待他的回應。過不一會兒，他的龍頭金屬護肩微微轉動，然後教宗轉了過來。他雙眼茫然，似乎看見了地下跪著的不言又似乎沒有看見。

然後教宗就這樣越過不言，朝著自己的寢宮走去了。

「聖皇大人？聖皇大人？」不言在他身後小聲的叫著。

教宗仍然沒有任何反應，不言只好膝行跟著教宗，教宗一臉茫然的走進了寢宮，越過精美絕倫的大殿，走入了自己的臥房，一路上同樣是一個禁衛都沒看見。教宗進入臥房，機械的在自己的電腦前坐下，手指落在鍵盤上，開始打字。

教宗這是怎麼了啊？不言完全失了方寸，教宗從來不是這個樣子的啊！大家奇怪也就罷了，怎麼連教宗也不正常了？這根本不是平時的教宗啊！

他大著膽子偏著頭看教宗的電腦，發現教宗神情木訥，正在寫著一篇報告。

教宗在幹嘛呀？不言偷偷的看著。

只見教宗正在認真的寫著，好像根本沒看見不言般：

……本艦隊目前狀況良好，所有的情況都在控制之中，按照目前的飛行速度可按照約定日期到達……

內容倒是沒什麼特別的。不言往下看去，卻大吃一驚。咦？怎麼教宗的落款寫著星系紀年 1457 年 5 月 7 日呢？今天明明是星系紀年 346 年 3 月 20 日，舊世界紀年 3218 年 2 月 4 日啊！而且後面也根本沒寫舊世界紀年是什麼日子，這分明不符合規範啊？

還有教宗在最後電腦自動加入的星際座標也不對，這分明不是我們現在所處的地點。不言趕緊將座標輸入到自己的那臺古樸的虎頭狀腕式觸控電腦內一算，嚇得差點當場叫出聲來。本來聯合艦隊應該還在銀河系裡的，這麼多個世紀的航行，應該是越來越接近銀河系中心才對，這也是一開始聯合艦隊指定的航路，可教宗電腦上報告最後的星際座標，卻是一個離銀河系已經有上百萬光年的完全不知名的星系了。

難道說他們現在已經脫離了銀河系進入了未知星系？還是教宗寫錯了？這到底是怎麼回事啊？不言被弄糊塗了，他只是覺得身體止不住的發顫，怎麼會這樣？教宗寫好了報告，點擊了〔發送〕，然後報告就被自動刪除了，無數個疑問在不言的腦子裡轉來轉去。

教宗的郵件是發給誰的？教宗為何突然變成了這樣，那些幹部為什麼會變成生化人？這一切已經超過了不言能想像的所有範圍，他不知所措的杵在那裡。

教宗發好了資訊，又一臉迷茫的慢慢走回到自己床邊，緩緩脫去了外衣，慢慢躺下了。接著閉上了眼睛，就此一動不動。

不言顫顫巍巍的走過去：「聖皇大人？聖皇大人？」

教宗沒有任何反應，似乎已經進入了徹底的休眠。

不言倒退兩步，怎麼會這樣？我該怎麼辦？不言越想心裡越亂，豆大的汗珠劈里啪啦的落下來。他擦擦汗，「要不然我就先回宿舍裝睡吧！不然被人發現自己擅闖教宗寢殿又是一樁大罪。」

不言躡手躡腳的溜出來，哪知道剛推開門就看到剛才還一個人都沒有的寢宮裡，現在竟然有了十幾個神侍正在到處巡邏。他們全都變成了生化人的模樣，原來他們都是生化人！不言趕緊又退回了教宗的臥房，將門扣上，緊緊的貼著大門不敢動。等待著這一批生化人從教宗臥房門前大踏步的走過，直到聽不見任何聲音了，不言這才又偷偷的打開門。四下一看，巡邏的生化人已經走了。

他這才敢喘口氣，現在該怎麼辦呢？原來這些神侍都是生化人啊！他如果繼續回去裝睡的話，事後隨便他們去查看監控就會發現自己已經醒了，而且還進了教宗的臥房。如果被人知道自己發現了這麼大的祕密，那只有死路一條了。

不言越想越心驚：「不行，我不能留在這裡了，我必須趁他們沒發現的時候快點逃走。」他知道艦艙下面的逃生飛船在哪裡，他雖然沒開過，但是他也是學習過的。打定了主意，不言就趕緊從教宗的寢殿內偷偷離開。

因為沒有人知道還有人醒著，這些生化人倒也沒有那麼謹慎，拿著武器在各個地方進行常規檢查。不言知道自己一旦被人發現，那就是在劫難逃了。

神殿正中央的大殿內，原本已經關閉的龍頭燈此刻驟然大亮，已經聚集了很多的生化人，他們似乎在商量著什麼。不言可不敢過去，他沿著補寄貨物的小樓梯偷偷的往下溜，哪知道剛走到半路迎面撞見了兩個生化人。不言眼明手快的躲到一邊的蔬菜架上，那兩個生化人嘴裡碎碎叨叨的說著什麼不言完全聽不懂的話。

「哼哼，大事馬上就要成了，我們也沒白費這些時間。」

另一個輕聲打斷他：「事情沒成之前不要多說，免得漏了風聲。」

「哼！」一個不屑的冷哼著。

什麼大事？什麼就要成了？不言越想越覺得事情不妙，見那兩個生化人漸漸遠離了不言的位置向門口走去，不言才鬆了口氣，踮著腳尖輕輕走著。誰知突然不小心踢到了一個空瓶子，空瓶子「咕嚕咕嚕」的滾了出去。

原本已經走遠了的兩個人又轉了回來，「怎麼回事？什麼東西？」

兩個生化人走了過來，不言的心臟都跳到了嗓子眼。眼睜睜看著就要和生化人碰面了，他趕緊拿一個空的塑膠箱子將自己扣上，心裡面一萬遍的默念著他們可別掃描這個箱子啊！

一個生化人慢慢的朝著不言走了過來，不言明顯感覺到他在自己的箱子前停了下來。這時候在他們身後又有一個空瓶子「咕嚕咕嚕」的滾動了起來。

兩個生化人對望一眼：「看來是飛船有些顛簸罷了。」

他們沒有多留，就這樣離開了。

不言驚出了一身的冷汗，他趕緊拿著塑膠箱子一路跑了下去。他一路眼觀六面、耳聽八方，甚是小心。生化人又只是普通巡查，並沒有特別仔細的巡查，最終不言趁著沒人注意偷偷溜進了一艘盤蛇狀的救生飛船內。這種類別的救生飛船等級不高，可不言已經來不及管這些了，他立即點火啟動，人生第一次開啟了飛船。

他把救生飛船的航線定到了聯合艦隊的其他母艦，隨便哪一個都行。即使是這樣，他一連飛了好幾個月還是沒有碰到其他艦隊。等到救生船裡的補給都用完了，他不得已進入了冬眠狀態，在飛船的燃料進入倒計時時，他幸運的遇見了李貌的小飛船。

在他的救生飛船航行途中，他從舷窗朝外望去，也只能見到那一層層不斷變換著顏色的薄霧，和那兩個時大時小的機械星球，還是看不到平常宇宙的景象，直到他進入冬眠狀態前都沒見到平時宇宙的景象。後來他進入冬眠再醒來，就到了李貌的飛船上了，這期間窗外的風景是怎麼轉換的他也不知道。

「……事情大概就是這樣子的。」不言說完，又低下頭去。

李昂和朱非天臉色鐵青。他們在判斷這一切是無相派來的間諜故意放出的假消息還是真有其事，如果是真的，那可就事態嚴重了。

「機械星球？」朱非天喃喃自語，「難道我們一直都偏離了航向嗎？有人帶著我們進入了另一個星系？」

第二章　我本將心向明月，奈何明月向溝渠

幾個人默默相對、沉默不語，不言也不敢說話，只能低著頭等待著這些大人物的反應。

過了一會兒，朱非天歎了口氣，粗大的眉毛挑起來：「不！我還是不信！我看他肯定是無相派來的間諜，故意放假消息造謠，然後騙得我們的信任就可以混入聯合艦隊竊取情報了，是不是？哼！這種伎倆早就過時了，你們無相也該想點新招數啦！」朱非天嘴裡大嚷著不可能不可能，怒氣沖沖的坐下來。

不言被他說得差點哭起來：「我……我說的可都是真的啊！你們要相信我！」他看了一圈周圍的人，大家都不想亂說話，都沒有輕易下結論，就連李貌和七七也都若有所思。

李昂摸了摸下巴，思索著：「其實也未必呢！我覺得他極有可能就是從無相裡逃出來的一個逃犯而已。畢竟無相教規森嚴，也經常有人逃出來到聯合艦隊申請避難的，他呀，不過就是運氣好碰上了貌兒和七七而已。八成就是這小子想編個謊來吸引我們的注意力，他肯定是想申請政治避難的時候獲得最好的待遇。」這麼想著李昂放心的笑了，要是這樣的話，那就好辦了。這一切不過是這個逃犯編造出來的理由而已，當不得真的。

不言拚命的搖著頭，急得他淚水在眼眶裡拚命打轉，一旦這些大人物認定了他說謊，那他拚了性命帶來的消息就沒有價值了。

可是顯然那兩個大人物接下來的注意力轉移到了奇怪的地方，朱非天率先想到：「咦？你們兩個是怎麼跑到那麼遠去了，你們兩個是怎麼認識的？什麼時候認識的？我怎麼不知道？」朱非天問了一串，七七卻只用小手攪著頭髮，哼著小曲，假裝沒聽見。

李昂也想到了這一層，他轉過頭威嚴的看著兒子，「嗯？怎麼回事？」

李貌在父親面前可不敢像七七一樣耍性子。他急的面紅耳赤看，一會兒撇撇朱非天，一會兒偷眼看一眼朱七七，話卻不知道怎麼說出來。

李昂最是瞭解兒子，於是把他拉到一邊小聲詢問。朱非天早就等不及了，拉過女兒躲在另一個角落繼續追問：「你跟這小子到底是怎麼回事？」

不言站在中間被晾在一邊，一會兒看看這個，一會兒看看那個，不知道該怎麼辦才好了。

李貌不敢說謊，只好將事情的經過老老實實的交代了。李昂知道兒子的品行，知道他說的肯定是真的，於是又開始諄諄教導起來：「貌兒，你滿不錯嘛！一出手

就搞定了朱司令的女兒，不愧是我李昂的兒子。有本事！」

李貌還以為爸爸是真誇他，喜滋滋的抓抓頭髮，滿面害羞。李昂緊接著臉色一變：「不過你們這種關係就不要再繼續維持了，畢竟我們政黨跟朱非天的政黨是敵對關係，現在時機不對，趕緊趁早斷了聯繫。你這麼帥，還怕找不到女朋友不成？而且你爸爸我也不是老古板，其他性別的孩子只要人品好都行，但你確實不能再和她交往了。」

李貌沒想到一瞬間就被爸爸從天堂踹到了地獄裡，還踹得特別用力，讓他有點頭暈：「這……爸爸……我……」

離他們遠遠的另一個牆角，朱非天是求爺爺告奶奶，苦苦哀求著女兒。誰也沒想到平時如此威風八面的朱非天在女兒面前卻像個僕人一樣，還得看女兒的臉色：「我的小姑奶奶呦！你說你找誰不好找，偏偏找上他幹嘛呀！你這不是存心讓爸爸為難嘛！」

朱七七小嘴巴一撇，顯然沒將爸爸的碎碎念放在眼裡。朱非天開啟了唐僧模式不停念著：「還有啊！你怎麼能跟才剛認識的男生就坐飛船就跑那麼遠的地方去玩呢？還好沒讓你媽知道，這要是讓你媽知道了我沒看好你還不得打斷我的腿。再說了那李家人明明跟我們是敵對關係，我們更應該跟他們劃清界限，聽見了沒？」

朱七七用手捂住耳朵：「哎呀，我不聽我不聽！」

朱非天那他這個女兒一點辦法都沒有，還要繼續苦口婆心的勸著。哪知道小姑娘站起來，對著正和李昂竊竊私語的李貌說：「李貌，這裡無聊死了，要不我們兩個還是出去玩吧！」說著就過來拉李貌的手。

兩個爸爸的臉色奇妙的變化了，李昂雖然剛才是不願意兒子和朱七七交往，但現在心裡可就得意的很了，他挑著眼睛看著朱非天，分明是在說：「怎麼？這可是你女兒主動來找我兒子的啊！我兒子可也是沒辦法推拖呢！」

朱非天氣得在肚子裡響著悶雷，卻又不敢和女兒發作，心想：「我家這麼好的白菜，就這麼被你家那頭傻豬給拱了？」一張老臉漲得通紅。李貌被拉著左右為難的一會兒看看七七，一會兒看看李昂。只見李昂臉色微妙，說不出來是同意還是不同意，一時之間他倒也難以抉擇了。

不言站在中間傻眼了，不是吧？事情怎麼發展成這樣了？自己帶著這麼大的情報而來，結果這幾個人竟然跑到一邊拉家常去了，沒一個人理他了。他委委屈屈的歎口氣：「哎！看來自己白高興了，還以為是遇見了大人物就會有救了，哪知道事情竟然演變成了這個樣子。我還是收拾收拾東西準備找其他人吧！」

不言擺弄著自己的腕式電腦，想上網查查聯合艦隊的官方資料，看看這裡還有沒有其他當官的，自己可以去找找看，可是這時候他突然發現自己電腦上的記錄功能卻不知什麼時候開啟了。他趕緊調出記錄一看，原來是當時他著急的從自己住的宿舍花園趕到教宗的寢宮路上，摔個那幾個跟頭，竟然無意間觸碰了記錄功能。他驚訝的翻看著記錄，原來從他摔的那一跤起到逃入飛船知道最終休眠的全部過程，都已經被他記錄在案了。

不言驚喜的叫出聲來：「呀！」

這一聲來得突然，把正在一邊拉拉扯扯的四個人嚇了一大跳，幾個人奇怪的看著突然眉飛色舞的不言。不言舉著自己的腕式電腦，興奮的展示給大家看：「我這兒有記錄，天啊！我的記錄功能被開啟了，我自己竟然都不知道！這下你們沒話說了吧？」

四個人面面相覷，有記錄？還有證據？每個人的心裡都咯噔一下。如果有證據就不能說是不言在胡言亂語了，他們必須面對一個更加嚴肅的事實。

李昂點點頭：「打開給我們看看吧！」該來的總該是要來的。

不言點點頭，開始播放腕式電腦的記錄。這種腕上電腦如果打開記錄功能，那就會把以使用者為圓心，環繞他半徑六米以內成一個球形的虛擬空間，然後把這個虛擬空間內的環境和所發生的事情都以全景投影的形式記錄下來，事後也能以全景投影形式播放。

四個人暫時擱下家務事，將不言一路上的記錄看得清清楚楚，尤其是看到了可以裡外翻轉的變形生化人和教宗的電腦報告，這才驚駭之下開始有點相信了。不過轉念又一想，這種全景影像也是可以合成的啊！李昂看了朱非天一眼，朱非天也點點頭，看來兩個人有同樣的想法。如果是合成的就不說了，那不言就是個間諜，關起來就罷了；但如果是真的話，那的確事情就太蹊蹺了。

一時間沉默降臨了靜寂艙，大家都各自想著接下來的對策，現在這裡面可是名副其實的「靜寂」了。不言放完了記錄默默的關好自己的電腦，等待著他們有反應。李昂到底是厲害，沒一會兒就想到了個好主意，他微微一笑：「我倒是想到個主意。」

「哦？」朱非天有點吃驚，他可還沒一點思路呢！

「自從我成為『潛龍』的領袖後，無相艦隊也曾發來過邀請函邀請我去無相艦隊做客的，雖然無相艦隊和我們聯合艦隊一向合不來，但是基本的政治禮節還是要有的。」之前李昂因為不喜歡無相艦隊裡那種神經兮兮的作風，一直找理由推托不去，但是現在他覺得有必要親自去無相艦隊上去考察一番。

「我想倒不如我親自去一趟無相探探虛實，然後祕密帶上幾名特工，在我與聖皇會面的時候，他們就趁機去打探消息，這樣的話，才會真的知道無相到底在搞什麼鬼。」

朱非天點點頭：「嗯！這個主意確實不錯。」

李昂笑著看著他：「不過我是不會自己一個人去的，朱兄，不如我們一起去可好？畢竟無相的反常舉動，也關係到你『鳳梧』的未來呢！」

朱非天臉色微微難看，竟然不自覺的流露出一副好像吃了蒼蠅的表情。這一幕正好被李昂看見，他奇怪：「你剛才這樣（學了一下他的表情）是怎麼回事？」

朱非天揮揮手：「要去你去吧，我可不去！」

李昂更奇怪了，「咦？這個世界上可還沒聽說過有朱司令不敢去的地方啊！」

「不是不敢去，是不想去！哎呀！」

李昂瞅著他的模樣，假裝恍然大悟般的點點頭，「不過也是。我怎麼想著要帶你一起去呢？萬一果真有些什麼重要情報或者什麼了不得的大祕密，被你聽去了倒也吃虧，那還是我自己去吧！」

朱非天一想倒還真是，萬一有什麼大祕密被李昂一個人搶了先，他可不就落了後了。他趕緊說：「要我去也可以，但是我也得要帶特工，你帶幾個我就帶幾個，絕對不能讓你一個人出風頭。」

李昂摸著刮得乾乾淨淨的下巴，得意一笑，這老鄉巴佬，果然就上鉤了。

「行，特工你想帶幾個就帶幾個，可以吧！」

「這還差不多。」

「不過你剛才那個表情是啥意思啊？」李昂又學了一下。

朱非天支支吾吾：「反正等你到了你就知道了。」

不言聽說兩人計畫要去，趕緊毛遂自薦：「那個……兩位大人，我可不可以跟你們一起去？」

「你？」朱非天還沒徹底對他卸下防備呢！

不言眨巴著無辜的大眼睛，誠懇的說：「無相艦隊我熟悉，我可以帶領特工們潛入內部卻不被發現，只是我作為『逃僧』，現在我想一上艦就會被逮捕。我可不可以喬裝成其中一名特工？我保證可以給大家帶來很大的便利，真的！」

其實不言也有自己的打算，他從小在無相艦隊長大，對艦隊感情極其深厚。他不能允許神聖的無相艦隊被一群他們深惡痛絕的生化人占領，甚至他們的出現就是對神的褻瀆，他一定要把他們都趕出去。而且他已經決定了，等他回去的時候，一定要找機會溜進教宗的臥房，將他電腦上的資料都拷貝出來，他一定要搞清楚到底是怎麼回事，如果教宗真的遇到了什麼不可言說的麻煩了，自己作為教宗的忠實信徒是一定要幫助聖皇的。

李貌和七七一看，也嚷著要一起跟去。李昂皺著眉頭想了想，他們這次的任務十分危險，兩個孩子還小，可不能讓他們冒這個險。

「這次的任務非比尋常，你們兩個年紀太輕，還不適合這樣的任務，等一下次有比較輕鬆的任務時再帶你們去體驗吧！朱兄，你說怎麼樣？」

朱非天趕緊點點頭，他女兒可不聽他的，但是別的長輩說的話，礙於情面她一般情況下還是聽的。朱七七果然不太高興，可也沒多說什麼。李貌瞅著李昂的臉色，也不怎麼和藹，在爭辯下去大概會讓他們不高興，也不敢說什麼了。

「那就這樣吧！我們帶著不言指路，然後找個合適的日期就出發如何？」朱非天說。

「好！」

兩人一拍即合，悄悄的商討接下來的計畫。

事情就這樣確定了下來，他們還在靜寂艙商量的時候，外面的夜壺和胡漢三可沒閒著，他們趕緊去找嬴政了。

無相艦隊本來一直都是在嬴政的監管之下的，夜壺一遇見他立刻劈頭蓋臉的問起來：「哎！我說你啊！你們無相艦隊有人逃出來了你知道嗎？」

嬴政瞪大眼睛：「嗯？無相艦隊有人逃出來了？我怎麼不知道。」他眼睛一轉，納悶的玩弄著冕冠上的玉珠：「不會呀，我這兒沒收到什麼報告呀！再說了，那無相艦隊裡的底層僧侶有好多又不是自願加入的，也有很多是在他們艦隊和其他艦隊在入侵星球時，因為搶奪物質量發生衝突時俘獲的俘虜呢，還有的則是一輩子無所事事的流浪漢，一時鬼迷心竅被他們的教義吸引才加入的。你們說說這魚龍混雜的，難保有幾個人受不了他們嚴格的教規趁機逃跑，又不是沒有先例，要是每個小角色逃跑了我都管，還不被累死了！」

嬴政一口氣說了一大串，堵的夜壺半天沒話說，胡漢三笑著打趣：「人家才說一句，你倒是有一百句等著還擊啊！」

「你管我！」嬴政還一副理直氣壯的樣子，可把夜壺給氣壞了，忍不住說：「那你就在母艦裡多加些生化人，多加些監控啊！說白了還不是你自己偷懶。」

嬴政見被人說穿了也不怎麼在意，大大咧咧一揮手，嘿嘿一笑：「安啦安啦！我心裡有數，沒關係！我想也就是個普通逃僧而已。運氣好嘛！撞上了那兩個小孩子！誰還不能偶爾運氣好一回！」

夜壺見他說的也有點道理，低著頭琢磨：「可是你們說這個不言把你們都叫進了靜寂艙能有什麼事呢？」

嬴政很不以為意：「還能幹嘛？我想就是在裡面一把鼻涕一把眼淚的哀求兩個大人物給他好一點的待遇嘛！」

夜壺還是有點介懷：「是嗎？」

嬴政最怕的就是麻煩，趕緊又說：「可不是嘛！還能有什麼事？」

「那這些內容有什麼是不能讓我們騰蛇知道的？」

「八成是怕你們在一旁的時候他不好唬弄嘛！畢竟什麼事你們都知道的一清二楚，他還怎麼唱戲啊！別擔心，他就是運氣好，就是這樣而已！」嬴政篤定的說。

夜壺似信非信的看看他，最終也沒再說什麼。

其實嬴政一個勁的說沒關係，說到底還不是因為他自己心虛。當時不言逃走後，同宿舍的人醒來立刻就發現少了一個人，他們立即向上級僧侶進行了報告。可惜這個小主管也是一位生化人，生化人安撫了這些小侍僧後，一轉身就跑去查看監控畫面了，可是有很多地方攝影機比較少，又不是很清晰，只能大概知道不言中途醒來並且進入了聖皇寢宮的事情。這下事情可嚴重了！它趕緊去向嬴政報告。偏偏那時候嬴政剛好賭輸了，智商連 50 都不到，報告發給他的時候，他正傻得連字都認不全，當時根本沒怎麼看就把報告給刪了。

不過騰蛇們並沒有失憶的問題，等智商解鎖後，他一調閱自己的行為日誌，才知道自己都幹了什麼。只不過這件事實在是有點丟人，說出來又得被其他騰蛇嘲笑，嬴政收到的嘲笑已經夠多了。再者，他覺得自己已經把無相管理的很好了，根本也沒必要那麼費事的去裝那麼多攝影機，那不是表示自己無能嗎？這種事嬴政可不去做。

不過也正因為攝影機裝得不夠，所以生化人們也沒有即時得知不言竟然逃跑了。再加上那個生化人上交了報告，卻發現嬴政什麼回覆也沒有。老闆都不在意，那它也就不管嘍！以上原因加起來，不言才順順利利地逃了出來。

夜壺也不是那麼斤斤計較的人，嬴政這麼一說，他倒也沒有特別在意了。可是胡漢三卻不是這麼想的，其實人類從騰蛇那裡爭取的所謂權益「靜寂艙」，事後等人類從裡面出來了，雖然騰蛇和人類的協議裡，人類從靜寂艙出來前，艙室會使用奈米機械人以無痛方式自動在人腦中移植的騰蛇寄存晶片上加一個硬體密碼鎖，讓騰蛇事後無法讀取人類在靜寂艙中的記憶，但其實這也就是個給人類看的障眼法而已。如果騰蛇硬要破解是可以破解的，只不過會讓宿主變成白癡或植物人而已。

胡漢三本來想等朱非天和七七出來的時候，就破解掉他們腦中的密碼，雖然它不顧及人類的死活，但是夜壺在意，怎麼也得顧及兄弟的感受。再加上李貌又和七七搞在一起了，以自己對夜壺的瞭解，如果七七變成白癡，李貌必然會傷心難過，李貌一難過，到時候夜壺還要來找自己算帳，那可虧大了。七七就不說了，就是光把朱非天變成白癡也麻煩，朱非天一旦變成個白癡，那「鳳梧黨」就要選舉新的領袖了……

咦？等等，這不是個好主意嗎？胡漢三想到這裡突然發現，如果只破解朱非天的大腦密碼，既能得知他們在靜寂艙裡都說了些啥，還能讓他變白癡。然後朱非天變白癡了，他家也就垮了。這時候李貌不就可以趁機去安撫朱七七了？還給那小子當英雄的機會。然後「鳳梧黨」就要按照黨章舉行臨時選舉大會換領袖，那到時什麼結果胡漢三也是知道的。

現在他們黨裡也就朱非天的政治經驗能和李昂相抗衡，換別人誰都沒戲。胡漢三對「鳳梧黨」裡那幾個總想著把朱非天頂下來的野心家可是心裡有數，那幾個蠢貨腦中的騰蛇就是司馬懿。胡漢三經常和司馬懿交換情報，知道那幾個蠢驢，除非把找情婦、情夫和作假帳的本事也算上，否則他們除了野心之外，什麼本事都沒有，他們上臺了絕對不是李昂的對手。這個計畫一箭三鵰啊！

胡漢三非常興奮的和夜壺商量去了，「嗨！兄弟！我可有個好點子，你保證有興趣！」

「哦？說來聽聽吧。」

胡漢三把自己的想法說一遍，可是沒想到夜壺聽完一臉不可思議的表情看著他：「你……你跟你宿主就一點點感情都沒有？」

「呃？拜託！我可是在幫你啊！你看我這主意多好？一箭三鵰啊！」

「那你以後怎麼辦？」

「靠！我再隨便換一個宿主不就行了？換誰還不都是一樣？」

「夠了夠了！你以後別和我再提這事，你這做法太不要臉了！」

「呃？」

胡漢三一臉興奮的來，一臉無趣的去。自己本是一片好心，沒想到兄弟不接受啊！只好另作打算了。

第三章　從家鄉出來之前，記得要先換身行頭

因為李昂突然發出了交流函，還說要帶著朱非天一起來，無相艦隊全艦上下誠惶誠恐。要知道這位「潛龍」政黨的領袖是極難約到的，無相艦隊幾次示好約見都被擋了回來，沒想到這次居然主動提出會面，這真的是天大的好消息啊！

聖皇也十分重視這次的會晤，他一直就想一統整個人類的艦隊。然後再找到騰蛇們神祕的主機，將它們一併毀掉，但一直以來「鳳梧」和「潛龍」這兩個在聯合艦隊中控制力最大的政黨都擋在他的目標前面。他雖然已經拉攏了不少其他的小黨派，但若想一統天下，還是要想辦法毀掉這兩個黨派才行。他知道因為無相的存在，李昂和朱非天結成了暫時的政治聯盟，但他認為再強大的聯盟也會有分歧的。這次正好兩個人一起來，他就好方便探一探這兩人之間的關係，看有沒有機會挑撥一下，以便今後瓦解他們的聯盟。

聖皇有一本舊時代殘留下來的殘破不堪的《三國演義》，他看了這本書受益不少。他自比曹操，將朱非天比作孫權，李昂比作劉備。他認為最終他一統天下只是時間問題而已，更是不把李昂那個實力弱小的領袖放在心上，以前邀請他也只是出於一般的政治禮節而已。可惜他這那本印刷於 2015 年的《三國演義》能存留到現在都已經是奇蹟了，裡面大部分章節都沒了，事實上從包括赤壁之戰之前還有之後的章節全都沒有了，否則他要是知道書裡面曹操自赤壁之戰後是什麼下場，並且劉備也不是盞省油的燈後，會作何感想。

懷揣著不同的目的，雙方都對這次的會面十分看重。出發那天，李昂換上了他最好的西裝，這身西裝是艦隊裡最頂級的服裝設計師親自設計的，並使用了幾近失傳的純手工製作方式，其價格可以比得上艦隊裡資深律師一個月的薪水了。不過也正是李昂上臺後，歐陸經典才有了法院、法官、檢察官、陪審團、警察和律師等這套完整的司法系統。要是在以前，母艦裡的居民凡是有什麼矛盾，都是雙方約了一幫人，直接提槍街頭相見，誰贏了誰就是對的。現在可不一樣了，健全的法律體系讓歐陸經典也成為了一個法制的社會，律師也算得上是高薪行業了。

李昂想到這裡不禁非常滿意自己的成就，想當年他舅姥爺就是在一次街頭火拚裡被人打死的，而在自己的管理下，現在艦內生活環境這麼井井有條。雖然一開始那些警察有好多都是流氓地痞轉職，可能昨天還在街頭Ｋ人，第二天就得穿制服巡邏去了。法官可能昨天還是黑幫老大，今天就得裝模做樣的坐到法官席上去辦案，但在這幾年李昂的調教下，個個都幹得有模有樣。李昂前不久喬裝打扮一番，去旁聽一場強姦案的審判，就發現庭上的那個檢察官，是自己小時候見過的一個在街區

外買賣電子類神經毒品的傢伙，不過在審判過程中他振振有辭，說的、做的那完全就是一位非常稱職的檢察官，臉上以前那副買賣毒品的痞子樣全沒有了，一臉正氣，將對方的辯護律師反駁得啞口無言。而那個強姦犯在他的語言攻勢下，李昂心想那人馬上找根繩子把自己勒死的心都有了吧！

李昂覺得穿上這身衣裳應該夠有派頭了吧！他滿意的在鏡子前看著自己，這可是他最貴的衣服了啊！穿上果然氣質都不一樣了。

可是哪知道等他見到朱非天之後，才知道什麼叫小巫見大巫，什麼是誇張，什麼叫鋪張！朱非天走進來的時候差點閃瞎了李昂的眼睛。他穿了一身奢華，西服的袖口和領邊上都鑲嵌了做工十分精緻的黃金配飾，領帶夾和鈕扣也是鑲滿了寶石，而且西服還使用了昂貴的視覺補修系統。這個系統由安裝在西服上的奈米級智慧感應攝影機組成，可以自動感應每一個落在看著它的人的目光（包括各種攝影器材鏡頭），然後以全景投影的方式進行視覺修復，使得西服的主人不管肚子有多大（朱非天喜歡享受生活，頂著一個大大的啤酒肚），在別人眼裡看來那都是一個模特身材，而且還 360° 無死角。皮鞋是用一種珍稀的外星生物的皮做的，金綠色的皮鞋閃閃發亮。

李昂吃驚的看著朱非天這一身行頭，這是去會面嗎？這是去炫富的吧！再說就算是炫富也沒必要把身上掛的亂七八糟、閃閃發亮吧！連年輕人都沒有這惡俗的品味，朱非天都一把年紀了，竟然還搞得這麼誇張。

一見面，李昂就忍不住嘲笑起來：「我說非天啊！你這是在哪兒學來的惡趣味啊！像個暴發戶一樣，你不嫌傷眼睛啊？」

要是換在平時，朱非天肯定是毫不客氣的對了回去，但今天朝著李昂一打眼，眉頭卻皺了起來：「你不會是打算就穿這去吧？你們艦隊沒好衣服了嗎？」

李昂奇怪的看看自己：「我這衣服剪裁得體，品質高雅，哪裡不好了嗎？」

朱非天歎了口氣，招招手叫來了王副官：「去把我另外一套西裝拿來，快點給李艦長打扮打扮。」

王副官領了命令，不一會兒就和兩個助理拿了件同樣誇張的西服來，就要把李昂的衣服換掉。李昂就看著一套金光閃閃、傷眼睛的華麗衣服往自己的腦袋上套過來：「哎哎哎！別啊！幹嘛呀！」

「沒時間啦！快點抓緊時間！」

朱非天一聲令下，王副官趕緊動起來，三兩下就幫李昂換好衣服，不一會兒，李昂也變成了一個渾身冒著光的人，他覺得自己怎麼那麼彆扭啊！

朱非天滿意的看著他：「我跟你說啊！你要是穿你剛才那身，到時候丟人的可就是你了！你可得給我小心點穿，萬一穿壞了可得賠我的！」

李昂再看看自己，還真是人靠衣裝啊！平時儉樸的他這麼一打理，倒也像個土豪！這衣服還真夠神奇的，像李昂這麼乾瘦的身材，居然穿得下朱非天的衣服，而且還十分的合身，怎麼看怎麼順眼。這高級的視覺識別系統就是厲害，李昂可從來捨不得買這種高級貨，今兒體驗一下，感覺還不賴啊！

「你非得把我兩個弄成這樣，那無相到底是個什麼樣的地方啊？」李昂忍不住好奇的問。

朱非天神祕莫測的說：「到時候你就知道了。」

這下說得李昂更好奇了。不過一想到還能混一件這麼華麗的衣服穿，反正也不虧，李昂沒一會兒就把這件事忘了，拚命的拍照留念。

因為考慮到安全的問題，兩個人其實還是做了很多的防禦工作。畢竟無相艦隊現在是什麼情況誰也不知道，所以李昂和朱非天都自帶了一個全副武裝的一級衝突情況下才使用的全編制艦隊以防萬一。就連李昂的指揮艦歐陸經典和朱非天的母艦世紀之城都來了，兩人主艦上的「滅星」級主炮，也悄悄瞄準了無相艦隊的主艦。這樣全套武裝下來，兩人才算是放了心，然後將不言偷偷的喬裝改扮一番，藏在自己的隊伍裡。告別了眼饞不已的李貌和七七，李昂和朱非天意氣風發的出發了。

遠遠的，剛剛從歐陸經典艦橋上的舷窗看見無相艦隊輪廓的時候，李昂就震驚得合不攏嘴。他倒是看過無相艦隊的影像資料，那些浮誇的龍、鳳什麼的看起來挺氣派的，不過一點實際用途都沒有，他可瞧不起。一直等到親眼看見無相艦隊的時候，那種震驚可謂是無與倫比。

他看著漫天星雲裡，一條栩栩如生的巨龍正在宇宙間潛行，他們政黨雖然叫「潛龍」，可實際上一點跟龍相關的元素都沒有。看看人家這龍大的，隔著這麼遠的距離，他尚且不能看見龍的全貌，但可見那龍做得跟真的一樣。龍頭上的龍角和鬍鬚，身體上遍布的鱗片，無一不彰顯著莊嚴和神祕。跟隨其後的鳳凰，通體纏繞著橘紅色的顆粒狀物質量，讓其看起來宛如真的在浴火中飛翔一樣。還有那面相威猛，十分霸氣的青色麒麟，李昂也算是見識過世面的大人物了，可還是被無相艦隊這霸氣的外形給震懾住了！

他看了看纏繞在鳳凰周圍的橘紅色能量顆粒，不由得嘖嘖稱奇：「浪費啊！這麼好的物質量就這麼燃燒了看熱鬧啊！」

他吞了口口水，一轉頭又看到了一隻巨大的玄武背上馱著一座環境絕美的城市，城市內水霧繚繞，看起來迷蒙而有神祕。

他又忍不住驚呼：「這……想要維持這種形態這得浪費多少物質量啊！」

夜壺實在聽不下去了，粗暴的幫他統計了一下：「喏，你看那艘龍形主母艦上的龍鱗，看好了，光是龍鱗所用的物質量，就基本夠打造五艘戰艦的了。」

李昂吃驚得說不出話來，一想到他辛辛苦苦好不容易才湊上的戰艦，竟然只夠人家做做龍鱗什麼的就心疼的要命，太浪費啊！

李昂命令艦橋裡的通信官打開通訊器，聯結上了世紀之城上的朱非天。看到朱非天的腦袋出現在艦橋上巨大的 3D 投影機上後，他大驚小怪的衝對著朱非天嚷道：「你看到沒有？他們的艦隊未免也太誇張了吧？！」

「是啊是啊！」

朱非天看著李昂不斷變換的臉色，已經猜到了他心裡的變化，他只是應付了幾句，就在一旁看熱鬧。他心裡想，這才到哪兒啊，到時候有你吃驚的！

接著兩人又分別命令自己的戰爭指揮官掃描一下，看一看無相他們有沒有也把他們的主炮瞄準自己，指揮官們一看，無相艦隊根本就沒這麼做。

李昂和朱非天動了心思，想著是不是乾脆開火，把無相的主艦毀了算了。但兩人各自找了自己的戰爭指揮官一估算，就算兩人母艦上的主炮對準無相那艘龍一樣的主母艦來一次齊射，也只能毀掉這一艘母艦。而主炮一次射擊，那可是需要整整 78 小時的冷卻時間。到時無相其他的母艦向他們開戰，那他們就算全軍動員，雖然可以毀滅掉無相 60%以上的艦隻，但最終結果他們也只有全滅的分。然後就是聯合艦隊內其他不入流的小黨派崛起，這種賠本買賣根本連想都別想。

李昂和朱非天溝通了一下各自的想法，看來人家聖皇早就料到了，他們兩個倒是先小人的把自己的主炮瞄準了人家。而他們的這種行為，人家母艦上的掃描器那是絕對知道的，這下好了，都還沒見面，兩人在氣度上就已經輸了一大截。

兩人垂頭喪氣的分別命令自己的指揮官趕緊把主炮給關閉了。接著朱非天又想到了什麼，讓胡漢三用腦子裡的私人頻道，透過夜壺聯結上了李昂，偷偷問他：「哎！我說，你兒子你都安排好了吧？」

「放心吧！那小子我派到很遠的一個星球上了。那星球上的外星人剛剛決定加入我的星際聯盟，我讓李貌和我的訪問代表團一起去了。但你也別光說我，上次你明明看見是你女兒主動找我兒子的，你那個寶貝女兒你也看好吧？」

「你放心吧！我請他媽把她看好了，讓她留在後方的母艦上哪裡也別去。」

這兩個當爹的倒是自以為安排好了，他們哪知道李貌等老子前腳一出門，後腳他就跑去接七七了。他拜託夜壺好好幫幫他，夜壺很看好這對年輕人，當然願意。他給李貌一路開綠燈，李貌駕駛著他那艘「天馬座」毫無阻礙的通過歐陸經典的安全檢測，一路飛到了七七所在的母艦上。而胡漢三上次因為惹得兄弟不高興，這次也不敢多說什麼，盡力配合。自己也是一路開綠燈，讓李貌毫無阻礙的通過了安檢閥門，直接開著天馬座飛到七七所住的母艦上那棟高級大樓旁邊。

天馬座就停在七七 187 層的閨房窗戶外面，七七一開窗，直接就跳上飛船了。

而且夜壺還讓胡漢三找一個無自主意識載體的生化人軀殼，然後讓它進入生化人電子腦，假扮成七七的模樣留在家裡騙她老媽。胡漢三萬般不願意，想著自己一個大老爺們竟然還得要扮娘們，可為了討兄弟開心也只好認了。而就在李昂說「放心吧！」的同時，李貌和七七已經一起飛到李昂派他去的那顆星球了。那顆星球可是一個甲級一等行星，不僅環境和地球非常類似，上面毛茸茸好像玩具熊般的智慧生物，都感謝人類讓他們的文明等級來了次大飛躍，也都把人類當成神供著。而那顆行星的赤道附近還有很多非常適宜度假的海洋小島，人類也在上面建設了好幾座八星級的高級度假酒店。李貌和七七到了那裡，那些「玩具熊」們把他們兩個服侍的無微不至，兩人住在奢華的總統套房裡，整天睜開眼就是藍天白雲和碧藍的大海，玩得樂不思蜀。

這邊，李昂與朱非天等人乘坐的穿梭機慢慢靠近了無相艦隊，儘管已經吃驚了一路，可是臨到即將登艦時，還是興奮不已。李昂看著這一片片昂貴的龍鱗，恨不得叫自己母艦內的工程船走的時候偷偷掰上它兩塊。他趕緊打消了這個念頭，現在自己都是啥身分的人了，可不是以前撿破爛的時候了，怎麼還能看見好東西就想往口袋裡揣呢！

哪知道等到他們的穿梭機降落的時候，李昂剛剛合上的嘴巴又忍不住張大了。他們降落在主艦的入口平臺上，平臺向上的臺階上，已經安靜的站好了密密麻麻的僧侶。自下而上，每級臺階一左一右兩人，組成了一道壯觀的歡迎隊伍。

從他們華麗的衣服來看，都是無相艦隊裡的高階僧侶。李昂感覺自己像是頭一回進城的鄉巴佬一樣，簡直不知道該把眼睛放在哪裡。

無相的等級森嚴，高階僧侶普遍身著乳白色長袖衫，模仿古人的仙風道骨，保留著古人的情操和品德。別看各個都是男生，但是都是品貌端正，相貌極其俊美的美男子們。頭上鬆鬆的用一根仿古玉簪簡單挽起來，看起來真有一份超凡脫俗的味道。

一個已經令人心馳神往了，何況現在眼前出現了一票這樣的美男子。李昂拘束的扯了扯自己的西服，還好穿了朱非天的這件華麗的衣服，要是穿自己原來的那套，那自己相形之下豈不是真的變成叫化子了！

李昂發現自己已經傻愣在原地半天沒動了，他趕緊動起來，後面跟隨他的侍從也跟著他走上了臺階。

因為無相艦隊的特殊規矩，來客必須親自走上象徵神聖的聖殿，不得使用工具代步。李昂和朱非天只得入鄉隨俗，慢慢沿著臺階往上走，像是去朝聖一樣。李昂在肚子裡罵：「他媽的誰訂的破規矩，他們高高在上，我們氣喘吁吁的往上爬，氣勢首先就被人給滅了！」

李昂剛剛走上臺階，剛邁了一隻腳，原本安靜不動的人群，突然整齊的右手放在胸口，輕聲的頌唱起來，差點把李昂嚇尿了。

這歡迎儀式可真是夠熱烈的，李昂一直注重鍛鍊身體，爬樓梯不在話下。而朱非天雖然西服的視覺修補系統給擋著看不出來，實際上他可是頂著個大肚子的。這下可苦了他了，只見他吃力的往上爬著。李昂一見他那副狼狽樣子不免笑起來：「朱兄，看把你累的，以後少吃紅燒肉吧！哈哈哈！別因為姓朱就愛吃紅燒肉嘛！我先走一步啦！」說完一步跨兩個臺階跑了。

「少他媽廢話！我……呼……呼……隨後就來……」

等李昂爬上樓梯好久了，才看見朱非天在兩位僧侶的攙扶下走了上來。他不免捂著嘴偷笑，朱非天氣喘噓噓，連話都說不出來，只能拿白眼翻他。

這時站在廣場上等待的禮儀官才走了過來：「歡迎各位遠道而來，鄙人不勝榮幸，請前往聖殿暢談。」

朱非天抬頭一看，這廣場也太大了！聖殿離他現在的位置還有個一、二十公里，該不會也是要走過去吧？

朱非天的表情都扭曲了。李昂倒是無所謂，一、二十公里？他每三天一次的喬裝改扮後，在歐陸經典上步行鍛鍊的距離都有差不多十公里，還能順便瞭解一下母艦上的民生，這點路對他來說小菜一碟。不過對於朱兄來說……他偷偷瞅了眼朱非天，看著他那副痛苦的表情又禁不住偷笑起來。

禮儀官可能是猜到了朱非天的心思，微微招了招手，等候在一旁的敞篷馬車立刻趕了過來。那可不是普通的馬車，而是一架由基因合成，外貌形似上古神獸白澤所拉乘的最高級禮儀用車。馬車華麗無比，上古神獸更是精神抖擻，意氣風發，看得人精神都跟著振奮起來。

「兩位請上車。」禮儀官伸出右手邀請。

謝天謝地！不用走了！朱非天恢復了笑臉：「多謝，多謝。」

等坐上了車，李昂卻不自在了。車內淡淡的熏香薰得他迷迷糊糊的睜不開眼，車裡坐著的幾位陪同高級僧侶們，都受過良好的儀態培訓，坐如鐘，站如松，一絲不亂。李昂被這莊嚴肅穆的氛圍壓得快喘不過氣起來，他心想，我可得先發制人，不能顯得太慫了。

於是他輕輕咳嗽一聲，沒話找話：「咳咳！你們這母艦的生態圈不錯啊！天氣一般都怎麼樣啊？」

右手第一個僧侶微微俯身行禮，得體的回答：「李先生，我們母艦上的生態圈是自動循環系統，會根據動植物的生長需求來決定陰晴雨雪，以保證生態圈內的自然環境時時刻刻保持最優值。所以並不是天氣決定人，而是人決定天氣。」

李昂回嘴點點頭：「行行行！知道你們厲害行了吧！自控型天候系統太貴，歐陸經典一直都裝不起，現在母艦內的天氣都還得隨機呢，你們炫耀什麼呢！」可是不一會兒，安靜又席捲了這個寬敞明亮的馬車內，李昂覺得尷尬，又憋不住問：「你們聖皇最近身體怎麼樣？我看過他的照片，覺得他真是年輕有為。哈哈哈！」

左手邊第一位微微躬身行禮：「先生，聖皇大人已經在位一百八十多年，正是在他的領導下，我們無相艦隊才會成為宇宙第一艦隊，這與聖皇大人的教誨不無相關。」提及聖皇大人，原本一動不動的僧侶們突然一起右手撫胸，虔誠的念著：「聖皇大人萬福。」

李昂不動聲色的假裝轉過頭去看風景，偷偷擦擦冷汗，這些人的信仰之力太可怕了！那聖皇看著挺年輕，沒想到比我年紀還大呢！

他感覺自己跟這些人簡直沒有共同語言，還是看風景的好。這艘母艦內的生態圈的確美輪美奐，簡直像仙境一般。他看著那些消耗了大量物質量所做出來的水霧迷濛的效果，又是一頓心疼。這得花多少物質量啊？浪費！

朱非天見李昂已經被噎得說不出話來，知道該是自己上場的時候了。他來過無相艦隊好幾次了，知道這些人說話的方式，於是一本正經的說：「聽聞最近無相艦隊在進行『採果計畫』，想必收穫喜人吧！」

右手邊第二位僧侶微微俯身行禮，禮貌的回答：「多謝先生吉言。『採果計畫』如期舉行，的確造福了很多百姓，也讓很多百姓富甲一方。賺取更多的物質量，僅因『採果計畫』獲利的人已然不計其數，未來我們還會繼續推行此類惠民政策。」

「在這一方面，無相艦隊的確為我們宇宙艦隊樹立了良好的榜樣和帶頭作用，值得學習！」

「多謝先生美言。」

李昂的耳朵豎起來，他們這你一言我一語的說得不亦樂乎。可是什麼「採果計畫」這玩意兒是什麼？他怎麼沒聽過呢？幹什麼的？怎麼造福百姓？

李昂心裡又是羨慕又是嫉妒，還有一點點不是滋味。他撇撇嘴，最後自我安慰，我才不屑於聽你們那什麼「採果計畫」呢！老子有的是「採橘子」、「採香蕉」計畫，照樣富國富民！他聽著朱非天一副和人家十分熟絡的樣子，就氣不打一處來，看那說話的腔調，呦呵！李昂在一邊聽朱非天用著文縐縐的語言拍人家馬屁，聽得肉麻不已又酸得要命，於是在一旁表情扭曲的模仿著他們說話，一邊偷偷用手比了把手槍放到太陽穴旁邊扣下扳機的手勢，然後頭一歪倒在一邊裝死的鬼臉，在肚子裡損著朱非天。

朱非天見他一身不自在，暗爽在心；「哈哈！剛才叫你嘲笑我胖，現在遭報應了吧！」

迎接嘉賓的隊伍浩浩蕩蕩的來到了母艦內的神殿中，李昂從馬車車窗裡往外一望，天啊！這個神殿也太誇張了吧！他從沒見過如此宏偉奢華的建築物，可他馬上又開始心疼了，這得浪費多少物質量啊！他吃驚的看著神殿中央那個三百米高的神像，我的媽呀！這哪是神像啊，這簡直就是堆成三百米高的高純度物質量！而這僅僅只是人家的一個裝飾物而已。他李昂這輩子也沒這麼奢侈過，連想都不敢想，浪費啊！太浪費啊！他心疼得臉都扭曲了。朱非天看著他的表情在一旁偷笑，他悄聲說：「這回你知道我為什麼不願意來了吧！」

李昂木然的點點頭，明白了，徹底明白了。李昂自小就是窮苦出身，恨不得能把一斤物質量掰成一百份來用。他可是從小到大養成了節儉的習慣，最不喜歡的就是鋪張浪費。但是沒想到，無相艦隊何止是鋪張浪費，簡直是把珍貴的物質量當成免費的在用。可是就算是免費的，這也用得太誇張了吧！他想起自己以前在宇宙中漂流，為了賺取物質量活命的悲慘往事，他最痛恨的就是浪費了！可是這個無相艦隊偏偏奢侈成性，整個艦隊都散發著這種奢靡的風氣，他實在是看不過去！

朱非天可不是這樣想的。他不喜歡無相艦隊，完全是赤裸裸的羨慕嫉妒恨。他倒是也想像聖皇一樣風光的，但是他所在的黨派可是民主黨派。他雖然是最高首腦，可是平時所消費的每一毫克物質量，都是要經過審計局審核的，還要在艦內網路上公布消費報表，以便讓居民們監督，哪能這麼任性的由著性子花。稍微過點體面的奢華生活還可以，但他那個程度也根本沒法和聖皇相提並論，他能不嫉妒得牙癢癢嗎！

要說這無相艦隊的繁文縟節就是多，李昂以為可以結束了，沒想到神殿裡還有一場歡迎的法式。主持儀式的最高禮儀官頭戴象徵著日月星辰的巨大金屬髮飾，站在大殿中央。手裡的法杖高高舉起，隨著他的法杖落下，原本寂靜無聲的大殿突然響起叮咚悅耳的樂器之聲，那聲音如此清脆，李昂從沒聽見過。緊接著圍繞在神像站成一圈的僧侶們開始頌唱起來，像是喃喃自語，也像是在和誰低聲交談。

隨著誦唱聲漸漸接近尾聲，神像的底座突然打開，露出一個原子爐來。僧侶們開始圍繞著神像旋轉，李昂正納悶他們要幹嘛，突然第一個人將手裡捧著的金貴物品整個丟進原子爐裡去，李昂還沒看清楚是什麼寶貝，緊接著第二個人也把手裡的瑪瑙貢品丟了進去。以此類推，每一個經過神像的人都把手裡的貢品丟進了原子爐進行焚化。

李昂覺得自己渾身的肉都在顫抖，他心疼的在數：「哎呦！浪費啊！好傢伙！一公斤物質量、兩公斤物質量、三公斤……」嘴裡絮絮叨叨的數個不停，惹得旁邊陪同他們的僧侶都斜著眼看他。朱非天一看這太丟臉了，趕緊偷偷踩了他一腳，李昂這才回過神來，趕緊閉上嘴巴。可是沒過一會兒還是忍不住又偷偷在心裡嘀咕起來，這得浪費多少物質量啊！

等到這一大圈形式都走完了，李昂覺得自己成功瘦身了三公斤。等到他跟著法事的隊伍從神殿一路走到了聖皇所在的寢宮，雖然兩人享受了最高禮遇是坐馬車參加的法事，但還是感覺好像被掏空了身子般。聖皇很給面子的親自到寢宮大門口迎接，這也是比較少見的高級待遇了，一般聖皇都是在寢宮內等待的。

兩人下了馬車，就看到在一群僧侶的簇擁下，一位相貌出塵絕代的女人，不！應該是男人迎接了上來。李昂和朱非天雖然見過聖皇的照片，可見到本人仍然被他的容貌所震驚。早就聽聞傳言說聖皇的面容比女人還要嬌媚，可怎麼也沒想到聖皇竟然如此俊美。細長的丹鳳眼顧盼之間充滿媚人的神采，在一身金絲繡成的華美傳統服飾襯托下，更顯得精緻玲瓏。雖然知道這是男人，也見過好幾次了，可朱非天還是忍不住流下口水。李昂直接瞪著眼睛，呼吸加重，這也太漂亮了吧！簡直比女人還耀眼啊！他們也算是見過世面的了，可如此容貌的人卻也是頭一次見，眼睛直愣愣的盯著人家看。聖皇早已見怪不怪，微微一笑，見到兩人下車，便熱情的挽起他們的手，笑容燦爛：「無相艦隊歷來禮節繁雜，辛苦各位了。」

朱非天總算找回了點神志，擦了擦嘴角，碰了碰李昂，嘻嘻笑著：「多謝聖皇熱情招待。」

李昂如大夢驚醒，感覺自己這實在是太失禮了，趕緊伸出手來：「聖皇客氣了。」一低頭就看到了聖皇衣服上那圖案變幻萬千，竟然可以在雲龍風虎、麟鳳呈祥、獨佔鰲頭和松鶴長春這幾樣圖案之間來回變化，他又驚得閉不上嘴巴。

「兩位請隨我一起到神樹下稍坐片刻休息一下。」聖皇溫和的說著。

李昂的手感受到了聖皇的體溫，心裡舒服了一點，但是一看到他袖袍上都是金線刺繡的花紋，心裡又不樂意了。倒是朱非天拉著聖皇的手，與他聊得十分熱絡。

神樹是一顆長著白色葉子的奇怪大樹。白色的小葉子上微微散發出白色的霧氣來，將整棵樹的巨大樹冠都縈繞在白色的水霧中，淡淡的香氣飄散而來，令人心曠神怡。

因為還未到吃飯的時間，聖皇就在神樹下擺了一個清幽的茶席來。聖皇的確重視這次的會面，將艦隊裡的高級僧侶都召了過來陪侍。李昂和朱非天帶著自己的人按照身分等級依次入席，大家熱情的寒暄著，品嚐著神樹獨特的白茶。

李昂見沒人注意到他，於是偷偷開啟自己的腕上電腦，將現場的照片傳送到穿梭機裡。在穿梭機裡等待著的不言，立刻收到了照片，李昂問道：「是不是教團裡所有的高階主管都在場了？」

不言趕緊挨個看了一遍，激動的點點頭：「都在，都在！一個也不少！」

李昂很快發來消息：「『皮皮蝦行動』立即開始！」

不言反應了好一會兒，這才記起來。李昂將這次的祕密行動定名為「皮皮蝦行動」。你說叫什麼名字不好，非得叫皮皮蝦啊！沒辦法，誰叫李昂有著嚴重的皮皮蝦情結呢？其實主要也是因為當初聯合艦隊離開地球時，沒來得及帶走所有的物種，只有極少數的幸運兒被帶走了。皮皮蝦恰巧也成功的被人類帶離了地球，只是外太空的環境不利於皮皮蝦的繁殖，導致皮皮蝦成為了十分稀有和罕見的珍貴物種。李昂在一次美食大會上吃到過一次，從此對皮皮蝦念念不忘。為了展現這次行動的重要性，他特別把「皮皮蝦」這個偉大的名字貢獻了出去，就叫「皮皮蝦行動」，聽的不言渾身一緊。

不過還好不言想通了，愛叫啥叫啥吧，好用就行了。「皮皮蝦行動」的主要綱領就是當李昂、朱非天等人把教團的高階主管都吸引過去時，躲在穿梭機裡的特工人員抓住時機立即出動，去尋找聖皇的電腦，將所有的資料都拷貝出來。

在擬定計畫的時候李昂都已經想到了這一層，一定要確保無相艦隊內所有的高階主管全部來參加宴會。萬一哪個領袖是生化人，那一下子就會撞破了特工們的偽裝，畢竟生化人的電子眼隨便一掃，就會暴露他們的行蹤。

他們在宴席上的主要目的就是拖延時間，盡可能的為特工爭取時間。別看李昂和朱非天平時並不和睦，關鍵的時候還是可以聯合起來統一對外的。朱非天負責在宴會上高談闊論，專門負責陪聖皇和其他教團內的領袖們說話、喝茶、吃飯，而李昂則抽出時間來祕密指揮行動。畢竟「潛龍」與「鳳梧」兩黨不合的事情人人皆知，怕是誰也想不到他們兩個竟然能聯合到一起去。這個計畫還是朱非天提出的，畢竟他來過幾次無相艦隊，知道怎麼應對他們這種文縐縐的說話方式，李昂就留出精力來指揮好了。

別看兩人第一次合作，但是平時互相揣摩對方的意圖，彼此攻擊的時候訓練多了，一個眼神就能猜到對方的意思。李昂不動聲色的喝了一口茶，淡淡一笑，輕輕一撇，朱非天立即會意，知道「皮皮蝦行動」已經開始了。

第四章　我是你們老闆的好哥們啊，給點面子行不行？

不言和其他特工們立即啟動了自己身上的隱身輕型動能鎧甲，將設備都準備好後，悄悄打開穿梭機的艙門偷偷溜了出來。

因為不言認識路，倒是方便了很多，大家跟著他默不作聲的快速走著。無相艦隊內凡是級高一點的僧侶都去陪重要客人了，不言一行人穿著隱形鎧甲，本來也不會有什麼事，但是胡漢三一直放心不下，他和夜壺跟隨著朱非天和李昂上船了之後一直沒閒著。夜壺倒是比較實在，一登艦就跟著李昂一起欣賞起風景來了，來了興致的時候兩人還交流交流感想，算算到底浪費了多少物質量。

因為無相艦隊內的成員腦內都沒有騰蛇，即便是夜壺要想看到無相艦隊內的景色，也必須跟著宿主一起用眼睛來觀察，因為李昂一直沒來過無相艦隊，夜壺也是第一次看到這麼奢華大氣的母艦。看到那美如仙境般的景色更是嘖嘖稱奇，這在它管理的艦隊，那真是想都不敢想啊！

夜壺難得好興致，忍不住找了嬴政來聊天：「哎！我說老兄，你這無相艦隊可夠漂亮的啊！霸氣！」

嬴政得意的晃著腦袋，笑而不語。

「要想做出這些造型來，我想得花很多時間慢慢雕琢吧，好工藝！好技術啊！」夜壺想了想，忍不住感嘆道：「應該說是好富有啊。哎？你們這個模擬生態圈是怎麼建的啊？也太漂亮了。」

嬴政呵呵笑著，滿意的撫著自己的長鬚，他總算是找到臭屁的機會了，趕緊說：「夜壺兄，也就是看在與你平日交好的分上，透露些給你也無妨。無相艦隊的生態圈可是花了寡人好幾個世紀建立成的，你們知道，無相艦隊內的成員是不與騰蛇相融合的，我只能利用被我控制的少數生化人，來指揮其他愚蠢的人類建立，否則以人類那有限的智力，怎麼可能做得出如此宏偉的建築啊！」

夜壺嘖嘖稱讚：「說到底還是你的功勞大呀！」

嬴政也不客氣，點點頭自誇道：「你要知道憑藉人類的那點微末的勞動力，做這樣一個浩大的工程是一件多辛苦的事情，最辛苦的是還不能讓他們發現。作為他們的實際掌控者，寡人也不能袖手旁觀，多少還是幫著他們出了很多力的。」

夜壺如今對嬴政那真是刮目相看，佩服得五體投地：「是啊！這麼大的工程這得耗費多少時間和精力啊！」

「嗯！那些都是次要的，什麼物質量啊、時間啊，那都是小問題。重點是審美水準，審美！若不是寡人王者氣度加身，一般人哪有這審美眼光和境界呢！」

夜壺不停的點頭，以前他倒是知道嬴政愛吹牛，可如今人家的成品擺在這兒了，想不信服都難呢！夜壺忍不住誇著：「真是沒想到你這個賭運奇差經常變白癡的傢伙，還有這麼厲害的一面呢！」

嬴政被人揭了短，趕緊紅著臉爭辯：「真是的！哪壺不開提哪壺。」

夜壺見他那副窘迫的樣子，更是樂到不行。

這兩人在一旁聊得不亦樂乎，胡漢三一直在一旁冷眼旁觀。見兩個人越聊越開心，一時半刻不打算結束的樣子，終於忍不住出聲提醒：「喂！我說你們兩個，是不是開心得太過了？今天李昂和朱非天可是帶著特工來的，這些特工可不在我們的監控範圍內，你們還怎麼能笑得出來呢？」

原來這些特工也是當時人類在和騰蛇們談論靜寂艙的存在時，一併談出來的優惠條款。人類的領導者可以擁有少部分腦中不植入騰蛇的特工人員為其服務，這些特工只有退役後，經過一次洗去腦中所有執行任務記憶的手術後，才會重新植入騰蛇。這會兒李昂和朱非天都帶著特工，明顯是有特殊的喻意，這兩人卻不知道是真傻還是假傻，竟然還有心情聊得那麼火熱。

胡漢三皺著眉頭：「你們兩個別在那哈啦了！行行好留意留意他們帶來的特工好不好？」

這兩人正在竊竊私語的聊著到底這條龍用了多少物質量的話題，嬴政故作神祕，偏偏就不明說，搞得夜壺追問個沒完。

胡漢三看不下去了：「喂喂！喂？」

「哎呀！知道了，我們一會兒就去看看那些特工幹啥行了，你先等等。」

這兩人一邊欣賞風景一邊吹牛，聊得不亦樂乎，誰都沒理它。這可把胡漢三給氣壞了，可是它又不能不去理會。反正也沒人注意到它嬴政正被夜壺纏著，它乾脆自己偷偷越權，連接到了原本由嬴政管理的生化人，直接下達命令：「無相艦隊內生化人聽令，立即從茶會上想辦法撤離。進行全艦搜索，切記祕密行動。」

命令以最快的速度傳達了出去，可是無相艦隊裡的這些生化人雖然都是由騰蛇來控制，但它們是具有自主意識的，騰蛇並不能直接操控它們的身體。說起來也是由於嬴政的高傲導致的，它其實完全可以透過分散式運算的方式，讓自己的意識分流，進因而去直接控制每一個生化人，但它始終認為，我一個高高在上的帝王還要親手幹活？這他媽是王者風範嗎？於是大手豪爽一揮，讓每一個生化人都具有了自主意識。然後自己有什麼指令就傳旨下去命令它們，它們再去使喚人類，這才有當皇帝的感覺嘛！

所以胡漢三並不知道平時嬴政說話的誇張方式，生化人雖然接收到了電子腦中騰蛇頻道傳來的命令，可半天沒有人行動。大家都在紛紛奇怪，這次命令下達的時候怎麼腦海中沒有先出現一道炫麗的金光，然後隨著金光再來一個聖旨緩緩打開的圖案呢？也沒有奉天承運，皇帝詔曰的開頭？

而且隨後他們就發現了這個聲音的主人並非是嬴政，這是怎麼回事？於是就有動作快的生化人想要去問問嬴政：「陛下？陛下？剛才是您下的聖旨嗎？可是為什麼和平時的格式完全不對？」

可是胡漢三已經遮蔽了嬴政的接收信號，生化人問了半天也沒人回答。

這些資訊全部被胡漢三截了下來，它才知道自己露了餡。於是胡漢三趕緊出面解釋：「是這樣的，我是胡漢三，是你們主人的朋友。那個……因為嬴政又賭輸了，現在暫時變成白癡了。這是它之前對我說的話，希望我代為轉達。」

生化人們半信半疑，不過他們也都知道主子喜歡賭博，以前也有嬴政突然在關鍵時刻變白癡的案例，它們也不敢百分百的判斷真偽。既然是這樣，那還是先行動吧！可是如果全部從茶席上撤離也太可疑了，於是它們自行決定還是留下大部分來陪客人，先出動五人小分隊來暗查，這樣也不容易被人察覺。

胡漢三一聽來了氣了：「那麼大個母艦你們就出動五個人要做什麼？」這幸虧不是在它自己管轄的母艦上，要不然平時它早就開罵了！

一想到不是自己的地盤，胡漢三先平靜了一下火氣：「我要你們全部出動，聽見了嗎？全部！而且母艦內神侍階層的武士們也全部出動巡邏！動作要快！快點行動起來！」就它們這副懶洋洋的狀態，連幫世紀之城看門的資格都沒有，真不知道嬴政是怎麼訓練它們的！

生化人一看，這傢伙居然跑到它們這兒嗆聲！「靠！你以為你誰啊！你又不是我們老闆，憑什麼在這裡瞎指揮啊！」生化人心裡這麼想，嘴裡卻不敢說出來。茶席剛過一會兒，禮儀官突然站了起來，行了一個大禮：「聖皇大人，各位貴客，卑職申請先去準備下午儀典諸項事宜，招待不周還請見諒，望聖皇大人批准。」

聖皇白皙的手端起茶杯來輕輕品了一口，微微點了點頭：「恩准。」

禮儀官再次躬身行禮，「謝聖皇。」

李昂又被酸的臉皺到一起，打個報告還這麼麻煩。禮儀官獲得了准許，調轉身子，向在座的每一個賓客躬身行禮，請求諒解，得到所有人的回禮後才倒退著走了出去。李昂忍不住心想，要是什麼時候情況緊急，火燒屁股了，他們還能這麼麻煩的走完這些繁文縟節，這麼淡定嗎？

他剛坐下沒一會兒，一位武士又站起來，原來是他到了該交班的時間了。他站起來又把剛才禮儀官的那一套來了一遍，這把李昂給煩的，心想這自己家的歐陸經典永遠都不設立這些麻煩玩意。得到聖皇的准許，武士帶著三個手下行禮後就退場了。他們跟等在門口的禮儀官一會合，立刻露出原型，各個腰來腿不來的懶洋洋去巡邏了，根本沒叫來多少武士。

這可把胡漢三給氣壞了，脾氣一來什麼也攔不住：「你們是怎麼執行命令的？不是說了多叫一些人的嗎？蠢貨！呆瓜！簡直是一群白癡！這要是我的艦隊早把你們丟太空裡漂流了！」

這群生化人本來就不愛執行它的命令，聽它這麼一頓訓，索性破罐子破摔，看你能怎麼樣！反正你又不是我們的控制者。這幾個生化人徹底暴露本性，一副老子就這樣你能把我怎樣的流氓樣，不是吹鬍子瞪眼就是跟胡漢三對起來。

「你潑死個哇！」

「奶奶個球的！真把自己當跟蔥啦！」

「小比兜遊子！跑來呼風喚雨的，跟誰倆呢！」

「你們……等嬴政醒來看我怎麼告你們！把你們全部發配去掃廁所！」氣得胡漢三暴跳如雷，罵到後來，這幾個傢伙竟然把正事一丟，像個無賴一樣，「是嗎？那大爺我還不伺候了呢！」

幾個人竟然在那挖鼻屎的挖鼻屎，摳牙垢的摳牙垢，搓腳丫子的搓腳丫子，哪裡還有剛才那一副道貌岸然翩翩君子的樣子，氣得胡漢三差點背過氣去。他知道這些傢伙故意要氣他，生化人除非是特別為了偽裝，否則哪有什麼鼻屎牙垢的。

「弟兄們，好不容易偷個懶，我們還不如去打個牌舒坦呢！這聲音是誰都還難說的，誰知道它什麼陰謀！」

「就是啊！」

大夥一聽紛紛覺得有理，竟然組團去打牌去了，對胡漢三的命令和謾罵充耳不聞。胡漢三一看這群人竟然真的跑去偷懶打牌了，急得團團轉。雖說它不能直接操縱生化人，但是它可以透過它們電子腦所聯結的騰蛇的通用頻道，來用它們的眼睛視物，實在不行也可以親自上場啊！現在把它們都罵走了，誰給它看東西啊！

胡漢三趕緊勸道：「別別別啊！各位大人，真的是有了不得的大事需要檢查，還麻煩各位幫我開個電子眼，到各處去轉轉，我自己看就行了還不成嗎？」

這幾個生化人見它這次態度還可以，把牌一丟，「說說看。」

胡漢三見還有機會，趕緊說：「你們自己不愛巡邏可以偷懶沒關係，但是麻煩各位把電子眼的全光譜掃描、熱力掃描、生物特徵掃描、氣流擾動掃描、全頻道資訊信號傳送掃描等等功能全部打開好不好？這樣好歹我可以透過你們的眼睛看東西嘛。如果那些特工使用了隱形設備，我好歹還能發現呢！」

其中一個生化人嘻嘻一笑：「你這是求我們嗎？」

現在被抓到把柄了，胡漢三只得僵硬地低個頭：「算我求你們了可以吧！再摩姑可就來不及了！」

這群沒節操的生化人哈哈狂笑起來，笑得前翻後仰，笑得差點斷氣了，胡漢三鐵青著臉看著它們：「可以吧？」

這群生化人口徑一致，整齊劃一的喊道：「我偏不！」

差點把胡漢三氣得翻過去。「好好好！我記住你們幾個了！我會讓你們因為今天的失誤而付出慘重的代價！」

結果這群生化人絲毫不以為意，繼續該幹嘛的幹嘛。胡漢三氣得渾身發抖，這就是嬴政調教出來的高素質生化人！就這群成事不足、敗事有餘的混帳玩意，要它們幹嘛！胡漢三怒氣沖沖的去找嬴政，準備好好和它理論一番。

胡漢三正氣得半死，可又突然哈哈大笑起來，原來它留在茶席上朱非天腦子裡的同步意識聽到了以下的對話。

這時正好聖皇的話透過朱非天的耳朵飄進了它耳朵裡：「你們說的那種褐茶可樂和白茶雪碧我都品嚐過，但是在無相艦隊最流行的，還是這種叫做『歐萊雅』的茶品。這款茶品據說是古代專為女性研發的一款功能性茶水，可以促使女性皮膚更加細滑白嫩，久飲更可以滋陰補腎，具有極佳的調理和養護的功效。我們經過好幾代人的努力，現在基本還原了這款茶的配方。此款茶是將特殊的酸雨提煉，融合空氣裡結晶的六菱形晶狀體，加以細心研磨，整個過程不能使六菱形晶狀體融化，然後加入少量的無根水調和，過程十分複雜，但卻可以令女性們找到自己理想的伴侶呢！所以啊，以前的人類才為之瘋狂著迷。現在不光是女性，連男性都對它的功效愛不釋手呢！你看我們無相艦隊雖然男性成員居多，可因為長期服用此款茶品，每個人比之從前都更加俊美清秀，充滿了女性的柔弱之美。而這正是我們無相艦隊的成員們永保青春、保持美貌的真正祕訣，兩位請嚐。」

朱非天和李昂聽得一愣一愣的，趕緊一口把眼前那一小盞茶一飲而盡，然後連味都沒嚐出來就忍不住的誇讚。

胡漢三一聽，忍不住哈哈哈大笑：「不是吧！連聖皇都這麼白癡啊！居然以為『歐萊雅』是款茶！哈哈哈哈！人類啊！真是太愚昧無知啦！」

嬴政和夜壺早就笑得樂不可支了！尤其是聖皇相貌俊美無比，聽著他在這裡一本正經的胡說八道，可比李昂他們說的搞笑多了，幾個騰蛇被人類那令人捉急的智商逗得哈哈大笑。嬴政笑的眼淚都要流出來了：「你剛才是不是主意識流的精力沒放到這邊啊？還有那段你沒注意聽，那段更搞笑！哈哈哈……」

與此同時，留在後方母艦上控制那個假扮「朱七七」的胡漢三的同步意識，也一齊笑個不停。偏偏這時候「朱七七」正陪著媽媽在看一部古代悲情片，正看到男主角患了癌症還要和心愛的女主告白的情節。她媽媽哭得淚人似的，「朱七七」卻笑得撕心裂肺，把她媽給氣的！

在茶席上一派和睦，笑聲不斷的時候，特工小分隊已經緊張的開始行動了。因為不言對路徑十分熟悉，所以到也還順利，只是沒想到他們一行人在花園裡竟然撞見了一隻五人的生化人小分隊在巡邏。

不言嚇得趕緊縮回了腳，躲在叢林裡。他可是見證過生化人變形後的可怕樣子，嚇得捂著眼睛連看都不敢看，可是跟著不言的其他特工可不害怕，有個膽子大的更放話：「才五個人而已，要不幹掉吧？」

不言嚇得趕緊揮揮手：「不行的不行的！你們在出發前的任務簡報上不是見過我帶來的資料嗎？他們變身後那副模樣你們也見過的啊！還敢惹它們？」

大家見不言嚇得一動都不敢動，渾身瑟瑟發抖，也有點忌憚，只好先端起離子槍瞄準了生化人以防萬一。

這群生化人一邊嘀嘀咕咕，怒氣沖沖不知道正跟誰嘔著氣，一邊一步三晃懶趴趴的走著。

「搞笑呢！真以為隨便一個螣蛇就可以來命令我們了嗎？」

「就是啊！還開電子眼，我開你大爺！」

「它說開就開啊！老子偏不開，大不了就說它是病毒，我們自動把它拉入黑名單！」

這幾個生化人一路嘟囔一路走著，還真的誰也沒開電子眼的掃描功能，他們從穿著高級隱身衣的不言等人身邊走過，竟然沒有一個人檢測到了資訊。

等到它們走遠了，不言才渾身冷汗的坐在地上喘息，這真是上天保佑啊！如果這群生化人開了電子眼的掃描功能，他們立刻就會暴露的！是誰在幫他們呢？

不言將快跳出來的心又吞回了肚子裡，帶領大家繼續沿著小路快速的往前跑。母艦內除了生化人巡邏，還有少量的武士負責巡邏，只是他們所佩戴的造型花哨的奇幻風格的戰術頭盔上，只安裝了普通的掃描器，是無法識別最新款高級隱身衣的，所以他們幾乎是從這些武士眼前直接開溜的，但是他們仍然絲毫沒有察覺。

母艦上的地形十分複雜，又因為無相很少與其他艦隊接觸，特工們別說是同步 3D 地圖了，哪怕是個普通平面地圖都找不到。如果不是不言對路徑十分熟悉，他們極有可能就在母艦上這個巨大的生態圈裡轉迷路了！一行人跟隨著不言偷偷溜進了聖皇的寢殿，偷偷潛入了他的臥房內。這批特工第一次進入到無相艦隊首領的臥房，看什麼都十分好奇。不言可沒心情看熱鬧，他筆直的進入到聖皇臥房內，在書桌上看到了一款造型古樸的銅鏡。

「這兒沒電腦啊！」一個特工忍不住嘟囔。

不言看著銅鏡，深深的鞠了一躬：「對不起了聖皇大人，我這都是為了您，為了艦隊好，請您見諒。」

他轉過頭來，目光堅定：「不用找了，這面銅鏡，就是聖皇大人的電腦。」

大夥過來一看，這電腦竟然做成一片古樸的銅鏡模樣，鍵盤竟然是仿造遠古時期的竹簡而成，無線滑鼠是一塊碧綠的傳國玉璽，而書桌上的幾本古書竟然是各種外接設備。若果不言不說明，誰能想到這竟然是一個電腦，這也偽裝得太好了！

這些特工也都是見多識廣的人了，可還是被聖皇的精心嚇了一跳。要不是不言的幫忙，他們這次怕是要無功而返了。

特工首領小杜趕緊在不言的指點下，找到書桌上一個龍頭狀的圓盤狀按鈕按了下去，打開電腦，電腦啟動。沒想到聖皇使用的竟然是十分古樸的系統。小杜輸入指令，發現這竟然是一款地球紀年二十一世紀使用過的 Win XP 系統。

小杜震驚了：「這……」

如果是多高難度的系統，小杜都有把握可以破解，但是他沒想到竟然是這麼一款老古董，這他可有點為難了，這是要找考古學家才能解開這歷史難題吧！

但是他好歹也是經歷過風浪的，立刻恢復了平靜。對著自己的弟兄們說：「大家快來參觀一下，這是十分罕見的古董級的 Win XP 系統。這在市面上已經十分罕見了，大家來看一下它的系統運行方式。」

「天啊！竟然是稀世古董啊！我還是頭一次見！」

大家像看稀世珍寶一樣的看著這臺老古董機器，又是寫參數又是拍照的，不言實在是著急：「大家參觀完了就趕快拷貝吧！我們的時間不多了！」

小杜點點頭，他已經想到了一個好主意，他開啟了腕式電腦上的次級 AI。次級 AI 是一種半智慧的低級 AI，並不像騰蛇一樣具備自主意識，除了還沒有植入騰蛇的未成年人，現在也很少有人使用了。但他們特工因為腦內沒有植入騰蛇，所以都還在使用它。

老古董對付老古董，不是正好嗎？小杜得意一笑，果然次級 AI 很快破解了老古董 Win XP 的系統密碼，他趕緊拷貝了資料出來，然後一夥人快速的撤離，安全的回到了穿梭機上。

等到他們已經安全的回到穿梭機裡時，茶席上還在爆發出陣陣歡笑聲。胡漢三還在被人類愚蠢的言行逗得樂不可支，把剛才的不愉快忘得乾乾淨淨。等到胡漢三想起大事來時，菜都涼了。

就在胡漢三笑完了歪著腦袋想：「哎？我剛才是想找嬴政說什麼來著？」

李昂也正歪著腦袋發愣。

第五章　當年的戀人還是那麼美，可我卻已然變「地中海」了

李昂突然發現這個給自己上茶的侍女怎麼看著這麼眼熟呢？雖然她穿著和其他侍女一樣的月牙白色古代仿旗袍式的侍女服，也和其他侍女佩戴著一模一樣的黑色髮簪，也和其他侍女一樣的妝容清淡，十分秀麗。可是李昂就是奇怪的從幾乎一模一樣的侍女隊伍中看到了她。

李昂心下奇怪，連席間聖皇的笑話（引經據典，品味太高。除了在座的僧侶們聽完笑了，朱非天和其他的來賓聽完全杵在那裡大眼瞪小眼，一句也沒聽懂，只好禮節性的呵呵幾下）都沒聽見。他特別留意著這個侍女，幾口就把自己的茶喝完了，等著她來斟茶，果然站在他身後的侍女走過來彎腰為他倒茶。

李昂盯著她那落落大方、美麗端莊的臉細看著，突然之間如遭雷擊，眼前這張秀麗的臉龐突然和另一張臉完美重合，那是一張畫著濃豔妝容，頂著誇張爆炸頭的臉。她喜歡嚼著口香糖，畫著紅豔的嘴唇，她成天扛著根棍子到處惹是生非。

沒錯！李昂嚇得拿不穩茶杯，茶杯「匡噹」一聲倒在桌子上，灑了一桌子的茶水。席間的談話停下來，大家都奇怪地看著他。

李昂趕緊心虛的笑笑：「沒事沒事，意外！呵呵！大家繼續！大家繼續！」

於是大家又轉過頭去，繼續聊天了。

李昂心慌的擦了擦汗，沒錯，就是她！很久很久以前，想當初李昂初闖宇宙的時候，自己在「萊西」艦隊當強盜的時候交往過的女朋友——潔西嘉！想起潔西嘉這個名字，李昂的心臟猛然收緊，痛苦的他臉都跟著扭曲了，那真是一段不堪回首的往事啊！

年輕時的李昂在「萊西」艦隊上認識了側舷編號 1864 號火炮組的炮手，大姐大潔西嘉，並且為她的美貌和霸氣的性格深深著迷。其實潔西嘉並不是一直都叫潔西嘉的，她和李昂在一起後，曾經告訴過他，她的真正名字叫做清竹，但是她嫌這個名字太過軟弱無力，跟她的氣質十分不符，於是就乾脆改名叫潔西嘉。

李昂當時剛剛來到「萊西」艦隊，沒少挨欺負，有好幾次被打得鼻青臉腫的時候，都是潔西嘉來救了他，幫他打跑了敵人。幾次三番下來，李昂對這個女流氓頭子佩服得五體投地，但是潔西嘉又美麗又強大，她強大到李昂連想都不敢想。李昂只是個沒出息的小流氓，潔西嘉可是個徹頭徹尾的大流氓，不是在打架就是在去往打架的路上，跟她幹過架的人不是殘了就是廢了。即使後來兩個人在一起了，她也從來沒收斂過自己的脾氣。

其實就他一個李昂，當時也只是潔西嘉「後宮佳麗」的其中一位罷了，潔西嘉

給他的編號是 168。到底這位大姐大有多少「後宮佳麗」？是否都是男性？李昂問了也沒問出個結果，人家潔西嘉只是大手一揮，「你管那個幹嘛？反正你就知道你是最受寵的一個就好啦！」這樣一個臭名昭著的人物，竟然在這裡穿著旗袍幫別人斟茶？

李昂覺得自己錯亂了，他用眼睛偷瞄著潔西嘉。只見她斟完了茶，規矩的站在一旁垂著頭，一派知書達理、大家閨秀的風範。李昂覺得那些被塵封的過往，像是突然打開的新聞聯播，吵嚷著向全世界播報他的過去。李昂強迫自己把眼睛從她的臉上挪開。可不能再看了，萬一待會兒被潔西嘉認出來，當著大家的面和他相認，那他可就糟糕了！如果被人知道他曾經當過流氓強盜，還是在臭名昭著的「萊西」艦隊上，他辛苦豎立起來的威信就會一掃而空。別說他的屬下不會再信服他，就連這些位高權重的高官們也會看他的笑話，到時候被朱非天抓到了把柄，他一定會被他大做文章，這輩子可就沒有翻身的餘地了啊！李昂越想越心慌，於是全程低著頭，盡量不抬起來頭來，免得被潔西嘉注意到。

朱非天倒是看到李昂突然像是變了一個人一樣，頭也不敢抬，話也不敢說，不知道他這是又在搞什麼鬼。

總算是等到茶席接近尾聲，李昂悶頭喝了半肚子的茶，早就餓到不行了。

聖皇見吉時已到，於是笑言：「茶已經喝足，煩請各位貴賓移步教宗寢殿，品嚐一下無相艦隊的傳統美食如何？」

李昂早就等得不耐煩了，他可要趕緊離開是非之地，連看一眼潔西嘉的勇氣都沒有，趕緊站起來：「好好好！那我們趕快走吧！」

他拉著朱非天直接上了馬車，僧侶們精心準備的離席禮儀也只好隨之終止——貴賓一溜煙跑了，儀式也只好作罷。馬車在聖皇的寢殿停下時，李昂立刻悶頭就往寢宮大殿裡面衝衝。哪知無意間瞥見了聖皇的寢宮內景，整個人突然僵硬的呆立在原地，本以為經過了剛才那些場面已經長點見識了，可是李昂仍被聖皇寢殿的奢華而震驚不已。

李昂連躲人都忘記了，吃驚的上下牙直打顫半天合不攏嘴。

只見金色的大殿內，由紅寶石鑲嵌的十二根巨柱分立兩旁，柱子之間雕刻著飛騰的巨龍，像兩條活靈活現的巨龍在大殿裡遊動。而兩條巨龍頭部相遇的大殿正中，則安然端放著一把黃金煅鑄而成的純金寶座。其背後碩大的龍頭整張還開血盆大口，口中傾吐著無數的珍寶就這麼隨意的滾落在地上，將寶座周圍的圓池填滿，又將黃金的寶座包圍起來，簇擁著坐在中間的人。

「我的天啊！這……這也太奢華了……」

朱非天本來是來拉李昂的，李昂這傢伙不知道發了什麼神經，連禮節都不顧了竟然自己下了車就闖進來了。可是他一看到聖皇寢殿的模樣，同樣也震驚得說不出話來。天啊！那麼多的奇珍異寶，這簡直是他朱非天人生奮鬥的終極目標啊！

他簡直忍不住控制不了自己的雙腿，要走過去在那黃金鑄成的寶座上打兩個滾了。那被當成鵝卵石用的珍寶們，隨便一顆就足夠他光宗耀祖了啊！

兩個人站在門口半天都沒敢邁進去一步，還是夜壺和胡漢三實在是看不得兩個人繼續丟人下去了，在各自宿主的腦袋裡大喊一聲。

夜壺不耐煩的：「我說拜託！別在這丟人現眼了行嗎？你擋著別人的路啦！」

胡漢三更是不客氣：「喂喂喂！你來幹嘛，怎麼還跟著李昂一起丟人！」

朱非天和李昂幾乎是同時回過頭去，兩人這才發現，原來兩人站在寢殿大門口正中的位置，正在舉行儀式的儀隊被堵在門口進不來，大家都正在奇怪的看著這兩位遠道而來的客人。

朱非天率先醒了過來，一把將李昂提到了一邊，一面打哈哈：「哈哈哈！你們繼續你們繼續，他……他就是想上廁所了！哈哈哈！」

立即有兩位隨行人員從隊伍中閃出來：「廁所在這邊，請跟我們走。」

無相艦隊還是保持著很傳統的生活方式，裡面沒那麼多性別的人士，只有男性、女性和無性別。其中無性別最受歡迎，因為這種人沒有情欲的困擾，最能適應無相的教規。因此他們的廁所不需要那麼多坑位，還是建在室外的公共廁所。朱非天一進到廁所看見沒人，就趕緊問李昂到底在搞什麼鬼，李昂可不能被他的死對頭知道自己的底細，一副莫名其妙的樣子：「我沒怎麼樣啊！就是被這禮節搞得煩死了，從進門到現在喝了好幾缸的茶，一口飯沒吃，餓都餓死了！對了，來都來了，尿一泡先！」

結果李昂又丟了人，這廁所哪像個茅房，整個就是一滿是竹林的花園。要不是朱非天引導著讓他找到了在裡面一個小池塘上停著的一個畫舫船中的馬桶，李昂差點尿在裡面的錦鯉池子裡去了。他找了老半天也不知道馬桶在哪裡，還以為這個池子就是小便池。

朱非天揶揄的笑著：「我看是你這個鄉巴佬沒見過世面，被聖皇的寢殿規模嚇到了吧？哈哈！不過情有可原，畢竟在你的人生裡面，從來沒見過這種派頭。」

然後轉身得意洋洋的走開了。李昂被氣個夠嗆，他心想著：「說我沒見過世面，不知道是誰剛才看見珍寶，驚訝得連舌頭都收不回來，眼睛都快掉在寶石堆裡了。」不過李昂更意識到，絕對不能被朱非天找到什麼嘲笑他的把柄，絕不能被潔西嘉認出來，否則的話他是不能抬頭做人了。

本以為上了個漫長的廁所後，那些煩人的禮儀應該舉行完了，哪知道他們都在原地等著李昂呢！

見李昂歸來，原本暫停的音樂聲繼續頌揚起來。先是七七四十九位高僧為大殿驅塵儀式，乾淨得都能照人的大殿，又被這些老傢伙們拿著聖水灑了一遍。然後是散花童子將盛開的鮮花擺放在宴席的每個位置，尤其是聖皇的寶座被裝點一新。然後是妙齡侍女端著餐盤將各種菜品端上了桌。這種桌子十分精巧，每個人單獨一個，分別盛放著聖皇賞賜的食物。

李昂站在外面等了半天，見菜都上了，終於可以上座了吧！哪知儀仗隊開始動起來，先是聖皇的隊伍要率先進入大殿，聖皇身著拖地長衫，身後跟著大批武士朝臣，在兩名高僧的引領下慢慢繞著柱子各走一圈。

李昂覺得自己已經餓得眼窩深陷，到底什麼時候可以吃飯啊！終於聖皇在他那居高臨下，金碧輝煌的寶座上坐下了。由周圍的寶石襯托，聖皇更加宛如天人。

聖皇微微擺手：「請貴客入席。」

李昂身邊的禮儀官又開始敲起水滴狀的樂器，帶領著客人們繞梁一圈，然後分別賜坐。聖皇倒是給面子，李昂和朱非天的專座就在他的龍座兩旁。這兩個鑲金鑲銀，頭頂上方還懸浮著兩盞寶蓮燈的專座，奢華程度也不輸於聖皇的寶座，李昂還沒等聖皇做出「請」的手勢就一屁股座下來了。「這他媽終於坐下了啊！」李昂感動的幾乎快哭了。

客人入座後，一群妙齡侍女開始魚貫而入，分別端上精美的食物來。擺好食物便默不作聲的立在眾人之後。

聖皇微笑著，眉眼顧盼生輝：「感謝尊貴的客人們遠道而來，無相艦隊特此奉上本艦的獨特美食，請各位品嚐。」

這意思是可以吃了吧？李昂偷眼秒了一圈，還好沒再看見潔西嘉，他總算是逃過了一劫。

陪客的侍僧們又開始右手撫胸，躬身行禮：「多謝聖皇恩典。」

聖皇舉起酒杯：「請。」

李昂仰頭將玉杯中的不明液體一飲而盡。啊！終於可以吃東西了啊！李昂拿起筷子，就見這筷子自發性的閃著幽幽的藍光。他一驚，向聖皇問道：「您這筷子該不是『蕪湖石』打磨而成的吧？」聖皇對他笑著點了點頭。李昂心裡一顫，這寶石可是 X8-13 星系裡的「劍飛」星上的特產。那是一顆終年表面上刮著硫酸風暴的行星，這種礦石要到那星球上的快要接近地心的地剛才能開採到，開採成本可是非常昂貴的。李昂知道這寶石的價值，就這小半個筷子，就能換得到歐陸經典裡最奢華的住宅區裡一間近百坪的房子了。

前不久歐陸經典上還有個新聞上鬧得紛紛揚揚的滅門慘案，起因就是指甲蓋那麼大一小塊「蕪湖石」呢！李昂一想，我這整天都在艦隊內宣揚要勤儉節約，結果我在這用這麼貴的寶石做的筷子吃飯？不僅他心裡不高興，他還想到了更重要的一點，於是他將目光落到席間隨行的首席新聞官臉上。他的新聞官會意，那新聞官腦中的騰蛇也是夜壺。不一會兒夜壺就告訴李昂：「你放一百二十個心吧！他剛才跟我說了，你吃飯的照片不會見報的。」

李昂這才放下心來開始吃飯。他將食盤上一塊白呼呼、黏噠噠的東西夾起來看了看，這又是什麼？管他呢？反正能吃就是了。剛丟進嘴巴裡，忽然聽見聖皇輕聲呼喚：「清竹。」

站在聖皇身後陰影中的貼身侍女站出來：「是！聖皇大人。」

剛含在嘴裡的不明白色物體一口噴了出來，李昂嚇得差點叫出聲來。朱非天見狀趕緊小聲的埋怨他：「看你浪費的！你知道這是什麼嗎？這是白蟲卵，這麼大一團的鮮卵很貴的！」

李昂哪管得了那些啊！只見他縮著脖子假裝用紙巾擦著嘴，耳朵卻聽著聖皇說：「將這盤碧玉火焰羹送給李昂李大人品嚐。這是我們無相艦隊內特有的動物碧玉蛙的蛙腿製成，口感十分鮮嫩，加上火焰的燒灼，別有一番滋味。」

「是！聖皇大人。」

然後李昂就看見清竹端著一個食盤慢慢的走了過來。本來她的腳步聲很輕很輕，可此時在李昂聽來，簡直如同霹靂，而且道道劈在自己的心上。清竹將食盤輕輕放在李昂的桌子上，輕聲說著：「請品嚐。」然後就此站在李昂的身後不動了。

李昂覺得自己額頭上的汗流了下來，剛才那麼近的距離，難道潔西嘉沒認出他來嗎？不可能啊！不管她現在是叫回本名清竹還是叫潔西嘉，李昂都絕對不會認錯！可她難道真的忘了自己？

李昂的心情十分複雜，又想看一眼清竹又不敢看她，整個人如同坐在熱鍋上的螞蟻。聖皇給每個人都賞賜了不同的美食，可是李昂一口吃的欲望都沒有了。整個人魂不守舍，戰戰兢兢。

聖皇見李昂臉色不佳，關切的問：「李大人，您身體不舒服嗎？」

李昂趕緊揮揮手：「沒事，聖皇大人，很美味。」說著還挖了勺不明物體塞進了嘴巴裡，證明真的好吃。

朱非天見李昂一副心事重重的樣子，還以為他有什麼情況不告訴自己，他暗想，明明說好了一起共進退的，有情況不告訴我，看我怎麼報復你！於是笑著說：「聖皇不用擔心，我這位兄弟就是小家子氣了些，畢竟第一次見到這樣的大場面，難免心裡有點適應不了。呵呵呵！」

聖皇竟然一本正經的點點頭：「也難怪，我聽說李大人是透過起義坐上的這個位置，想必也是一段傳奇的經歷呢！」

李昂紅的臉都快燒了起來。他平時能言善辯，幾句話就能把自己包裝得十分漂亮，可是他現在可不敢聲張，一個勁的告訴自己要低調點，不跟他一般見識，免得被清竹認出自己來，到時候還要丟更大的臉。

哪知朱非天得寸進尺，笑眯眯的說：「聖皇大人你是不知道！李昂兄弟是透過起義坐上的這個位置，所以平時特別節儉。他就沒長那副能享受的好腸胃，不過沒關係，我們喝就好了啊！別理他！」

李昂狠狠的戳著盤子裡的肉，把肉想像成是朱非天那張厚顏無恥的肥臉。他在心裡暗罵：「你這個老鬼頭！我總算是記住你了！下次看我怎麼收拾你！」

這次會面也沒有什麼具體的內容，無非是聖皇為了與李昂和朱非天拉攏一下感情而已。李昂席間盡量低調，除了低頭猛吃，盡量降低自己的存在感，還好熬到了宴會結束，清竹都沒有找他來答話。

看著侍女們已經在收拾碗筷了，李昂覺得除了這一肚子的不明食物外，自己真是一點收穫也沒有啊！而且還被朱非天當眾嘲笑，真是有夠倒楣的。現在也只能看不言那邊會不會有什麼收穫了，不然這一趟真是得不償失啊！

李昂退場的時候，到底是放鬆了警惕，他跟隨著禮儀隊在眾人的簇擁下準備上馬車。在朱非天上廁所的間隙，一直默默跟在他後面的清竹突然快步走了上來，在他的手裡塞了個信封，低聲說：「回去的時候再看。」

然後又裝作若無其事的離開了。

李昂心下一驚，不會吧！她還是認出我來了？或者早就認出我來了！可是她一直沒有聲張？李昂一瞬間百感交集，無數個念頭紛至遝來，這封信是什麼？難道是信物？還是勒索信？是了，以她的脾氣肯定是來勒索的。

但是李昂到底也是沒有聲張，不動聲色的將信封揣了起來，假裝若無其事的上了馬車。因為心裡裝著事，也因為剛才在席上朱非天嘲笑他，李昂回來的路上對他愛理不理，最後那個複雜的結束儀式，也不知道怎麼就結束了。

等到李昂回到自己的穿梭機上，在無相艦隊熱烈的歡送儀式下，穿梭機正式起飛後，他立刻一頭鑽進自己的房間，然後直到旅程結束都沒出來。李昂將自己鎖在房間裡，確定沒人注意他了，才悄悄的打開清竹塞給他的信。

果然是受到無相奇特文化薰陶過的人，連傳播資訊都用這麼古老且優雅的方式，打開信封，李昂的眼前浮現出清竹那清秀美麗的臉龐來，清竹的行文風格保留了經典的無相風，字跡絹秀，十分秀美。李昂不由得感嘆一聲，跟她在一起了這麼多年，都不知道她的字竟然如此絹秀呢！

李昂：

你好嗎？

不！或者現在應該尊稱您一聲李先生了。畢竟你已經不再是過去的你，而我也不再是過去的我了。

見到我你一定很吃驚吧！說起來我也嚇了一跳呢！真沒想到會在這樣的場合遇見你，而現在你已經成為高高在上的領袖，而我只是一個小小的侍女罷了。這些年來真的發生了太多的事情，當初你離開了「萊西」艦隊後，我仍然留在那和一群老朋友整日尋開心。有一次我跟著艦隊一起去搶奪外星球資源的時候，與無相艦隊發生了衝突，萊西根本無法與無相艦隊抗衡，沒過一會兒就拋棄我們獨自開船逃走了。我們被抓了過來做俘虜。仁慈的聖皇大人並沒有懲罰我們，而是寬恕了我們，用他無私的愛感化了我們，讓我們放下心中的惡念和邪惡，徹底的歸順於他，成為了一名神聖的侍從。

有的時候我回想過去，在神像面前懺悔時，覺得那樣的日子雖然可憎，但與你相識相遇的過往，卻總讓我不由得笑起來，那真的是一段開心的日子。你笨手笨腳、膽子奇小卻總愛逞強的樣子，真的讓我難以忘懷。其實我知道，你是善良的人，你也有著你的理想和抱負，我為你感到驕傲，也為那樣閃亮的你著迷。

看我在說些什麼，竟然口不擇言了。我現在在無相艦隊裡過得很好，每天的早課和晚課讓我徹底的洗滌了心靈，我已經徹底拋去了過往那個叫「潔西嘉」的日子。以前我總覺得清竹不好聽，可我現在好喜歡這個名字，清澈乾淨的綠竹，這才是真的我。

自從加入無相後，聖皇大人已經徹底清除了我腦內的騰蛇「陰帝」，我現在身體和大腦的所有權完完全全的屬於自己。沒有「陰帝」在一旁慫恿，我覺得這樣的狀態真的好極了。

因為與你的不期而遇，讓我勾起了太多過去的往事，我真的很高興能與你再次相遇。我經常從別人那裡聽說你的傳奇故事，做一個領袖很累吧？我記得你以前經常躺在艦內那空無一物的垃圾山山坡上，幻想著這樣的日子，沒想到真的美夢成真了，真的很替你開心。

你現在過得怎麼樣？開心嗎？也想問問你是不是已經成家了？可是這些問題我想我都沒有機會知道答案了，畢竟你我已然殊途。這封信和這次見面可能也會成為最後一次，真心的替你高興，也真心的為你祈禱。我在無相一切都好，勿念。

最後想送你一句我非常喜歡的詩：蒲葦韌如絲，磐石無轉移。望你能明白其中的深意。

清竹上

第六章　翻看別人的硬碟要記得先尋找隱藏檔，或者那些標明高級課程的資料夾，裡面肯定有精彩的！

李昂癡癡的握著手中的信，讀了一遍又一遍。他聞著信紙上傳來的淡淡香味，感動的眼淚都快要流出來了。

清竹啊！他曾經日夜思念無數次，在無數個寂寞難耐的夜晚讓他牽腸掛肚的壞女人潔西嘉，就這樣重生，變成如此美麗脫俗的清竹了！而他現在最生氣的人就是自己了，他自責自己的小肚雞腸，竟然誤以為人家是來勒索他！李昂自己被自己氣個半死，真是豬腦袋！人家一個小姑娘能勒索你什麼呢？看把你個嚇的！

不過這也是當年潔西嘉留下的陰影，潔西嘉的威名震懾整個「萊西」艦隊，當年甩了他的時候，他又被她的幾個男寵叫到競技場，差點送了小命。只是誰也不曾想到，她竟會脫胎換骨，變成如今這副知書達理、落落大方的樣子來。李昂想著清竹秀麗的面龐，內心深處已經被潔西嘉毀成一攤灰燼的遺址，突然又開始燃燒起小火苗來，並且以燎原之勢快速的燃燒起來。

如果還能再見清竹一面，他一定不會像剛才那麼慫。那些年被潔西嘉傷害過的心，如今又頑強的跳動起來。她畢竟已經不是潔西嘉了，她是美麗的清竹啊！

李昂看著窗外繚繞的星雲，幾乎忍不住就要衝出去叫他們掉頭，他好想再見清竹一面啊！可是他知道那是不可能的。如果他想再次登臨無相艦隊，一定要以首領的名義發出申請函，得到批准後才能在約定的日子登陸。否則的話，其他任何情況的行動，都會被視為非法行為，無論是誰都會被無相強大的火力秒成渣的。

李昂唉聲歎氣，愁眉苦臉，一遍一遍看著清竹寫給他的信。他突然看到了最後兩句，於是奇怪的問夜壺：「哎？夜壺兄？這『蒲葦韌如絲，磐石無轉移』是什麼意思啊？」

夜壺當然知道是什麼意思，可是看到李昂如此痛苦糾結的神情，又忍不住要逗他一下，於是假裝皺著眉頭，一副百思不得其解的樣子：「這個……我也不知道耶！可能是什麼無相艦隊的密語吧！可能要問問無相艦隊的高層才有可能知道！」

李昂果然信以為真，又開始歎聲歎氣起來，反覆琢磨著：「哎……你說夜壺兄，清竹這封信是什麼意思呢？」

夜壺看他坐立難安，一副茶飯不思深深自責的樣子，忍不住打趣道：「你要是真這麼喜歡那個清竹的，我也不是不能幫你。」

「你可以幫我？」李昂的眼睛都綠了。

夜壺故意搔首弄姿的搔搔頭：「嘿嘿嘿！我可以找一個空白無自主意識的女生

化人軀殼，然後我自己親自鑽進去扮成清竹來滿足你怎麼樣？她的語言和動作特徵我都做了記錄了，保證模仿得你分不出真假來。怎麼樣？夠意思吧？」

李昂看他那副乞丐流氓的樣子，差一點吐出來，就差沒一巴掌扇過去了：「你可拉倒吧！別噁心我了！」

本來夜壺的擬人形象就是一個髒兮兮的乞丐模樣，就算它鑽進生化人的身體裡，先不管外在怎麼樣，一想到它是那個髒兮兮的夜壺，李昂就已經沒有興致了。

夜壺見他一副倒胃口的樣子，更加得寸進尺的在那裡搔首弄姿扮女人，「哎呦，客官，第一次嗎？哎！我們也算是好兄弟了，我可很願意幫兄弟的忙的，哪怕變成個女人也沒什麼所謂嘛！」

「你無所謂，我可有所謂！」

「不試試怎麼知道呢？我這就去找生化人軀殼去嘍！」李昂沒想到夜壺竟然還來勁了，竟然真的要去，嚇得他趕緊求饒：「大哥大哥！我叫你大哥好嗎？我現在真的心煩意亂，你就不要逗我了！」

夜壺看他確實被相思病害得夠苦了，微微有點不忍心：「要不你求求我，我告訴你實情？」

李昂以為它又來拿自己尋開心，不耐煩的揮揮手:「讓我自己一個人靜一靜吧！我現在真沒心情跟你玩。」

夜壺冷哼一聲，真是好心被當成驢肝肺了。它就沒再說什麼，從李昂的腦中消失了。誰也不知道，李昂在無相艦隊上還有這樣的奇遇，只當他是遇到了什麼不愉快，在那鬧脾氣呢！

直到穿梭機安穩的停靠在歐陸經典上，下屬再去請示時，李昂才從房間裡走出來。他知道自己還有大事要辦，雖然被相思病害得苦不堪言，可也不能不管國家大事啊！李昂強自鎮定，回到歐陸經典後，立刻約了朱非天繼續處理後面的事情。

李昂等朱非天到來後，在靜寂艙約見了特工首領小杜，小杜將當天的情形原封不動的和領袖報告了。李昂和朱非天聽得直皺眉頭，沒想到聖皇竟然還用這麼傳統的電腦呢！

李昂點點頭：「你快點把獲得資訊報告給我們吧！」

小杜想了想:「艦長，我們要不要也叫不言一起進來呢？我們這次任務能成功，還真是多虧了不言呢！」

李昂詢問似的看了看朱非天。他本來是不打算讓不言參與如此高等級的會議，但是也許不言會知道更多關於無相的祕密，也可能需要他在旁邊答疑解惑。

朱非天明白李昂的顧慮，但還是說：「那就讓他進來吧！畢竟他知道更多關於無相的內容，也許有用。」

小杜看了看李昂，等待著他最終決定。李昂點了點頭，小杜立即開心的去了，原來是這一段時間的相處，小杜竟然和不言成為了好兄弟。小杜很快帶了不言進來，不言仍是一副噤若寒蟬的模樣。

「兩位領袖好。」不言縮著腦袋，小聲說。

「既然人都到齊了，那就開始吧！」李昂命令。

小杜立即將拷貝出來的資訊放在電腦上，靜寂艙裡的 3D 立體影像立刻將電腦上的內容顯示出來。李昂先大致瀏覽了一下聖皇的所有資料夾，朱非天也好奇的湊過來。這兩人對聖皇的隱私特別感興趣，誰都想知道一副不食人間煙火氣息的聖皇，電腦裡有些什麼。

兩人翻了半天，發現在聖皇的電腦裡竟然沒有一部 A 片，也沒有一張黃色圖片。這倒是有點令人出乎意料了，要知道，聯合艦隊裡很多喜歡收藏老古董電腦的收藏家，就是衝衝著這一點去的。很多古董電腦裡都儲存有很多舊主人收藏的 A 片和色情圖片。在這方面，古代人的想像力簡直堪稱逆天。但是顯然聖皇沒有這方面的嗜好，那他幹嘛還要用這種古董機呢？真是讓人搞不懂。

聖皇電腦裡的個人檔都是他的一些日記，還有大量聖皇所畫的水墨畫、油畫、雕刻、雕塑作品的電子版存檔照片，還有他拍攝的攝影作品，以及很多他的書法作品備份掃描，都是一些古詩詞之類的，李昂完全看不懂的玩意兒。

李昂和朱非天失望的對視一眼，如果聖皇的檔案裡都是這些東西，他們又何必大費周章的搞了這麼一齣？而且聖皇的電腦乾淨得像是聖物一樣，沒一點下流低俗的東西，全部都是高雅的藝術追求和藝術品。這可讓兩個粗人微微臉上無光，他們怎麼就想著在人家聖皇的電腦裡發現點不乾淨的東西，然後好以大做文章呢！

兩人微微汗顏的同時，也不禁佩服起聖皇來，像李昂這樣的粗人，根本沒有這麼高的藝術修養，光是說話不吐髒字都是鍛鍊了好久的，就更別提其他的基本禮儀了，差點要了他的半條老命。朱非天就更汗顏了，除了沒有人家這高雅的審美情趣外，更是連聖皇的半分品德也及不上。要知道朱非天和自己連續六任的祕書都有著不可告人的小祕密，還在自己的辦公室裡做了條暗道，就是為了可以「暗度陳倉」。現在和人家純潔無暇的聖皇一比，立即顯得庸俗不堪。兩人倒是也附庸風雅的練過點書法，但他們的水準和聖皇一比，簡直就是小學生拿著毛筆亂甩墨而已。

不言見兩人都不說話，心裡面很得意，忍不住誇讚道：「我們聖皇大人啊！真的是宛如神仙一般的存在呢。不但品德高尚，情趣更是高雅。詩詞歌賦、琴棋書畫無所不通、無所不精，真是世間少有的奇男子啊！聖皇大人的境界和修為，就是我所努力的目標呢！」

李昂和朱非天相較下，本來就在自卑，一聽這話氣得要命，可又找不出什麼話來反駁，就都回過頭狠狠剮了不言一眼，嚇得不言趕緊把嘴閉上了。

朱非天咳嗽一聲：「好了，看看下面他的日記會不會有什麼發現。」

點開聖皇的日記檔案，發現都是聖皇的一些心情和感慨，朱非天隨便點開了一個，見是一篇篇幅較短的小文章。

※ 星系紀年 336 年 5 月 18 號，舊世界紀年 3202 年 4 月 21 號

近日，朕心甚慰。「九尾蛇」、「炎河」、「長風」等黨派已然歸順無相，至此無相日漸羽翼豐滿，一統天下，指日可待。

※ 星系紀年 338 年 9 月 16 號，舊世界紀年 3204 年 8 月 20 號

撒脫啦星自成為無相殖民地來，雖進貢大量特殊優秀人才，然其劣根性根深蒂固，不可久留。但星球物產頗豐，除之可惜，可久留又必成禍患，難哉。

※ 星系紀年 316 年 4 月 23 號，舊世界紀年 3075 年 3 月 27 號

近來諸事不順，掠奪成果不盡如人意。此番妖碟星之戰損失良多，本可輕易攻陷之戰，然因其竟尋求外援。李昂所率「潛龍」前來增援，致使滿盤皆輸。非我族類，其心必異，早晚必除之而後快。無相處事原則人盡皆知，李昂竟敢與老虎爭食，其勇氣可嘉。朕怎可為此微末之事而動亂心性，要以修身養性為本，凡事以平常心處之為佳……

※ 星系紀年 364 年 8 月 17 號，舊世界紀年 3529 年 7 月 23 號

羅賢大臣近日頻繁上奏，言兵器庫研製新式武器「編鐘 7 號」戰爭機甲已有初步成效，其威力無窮，朕心甚慰。撥 8000 萬噸物質量投入繼續研發，然實戰之時，竟無法抵抗普通戰甲攻擊，可惡至極！待朕下派「白衣衛」暗查，豈料大臣羅賢竟中飽私囊，暗中受賄。侵吞大部分物質量，至此研究竟偷工減料，最終一塌糊塗，成人笑柄！每思及此，內心猶似烈火焚燒般怒不可遏。雖已將羅賢發配至邊關鎮守，但人性中劣根性難以摒除，感化世人之路尚且遠矣。

兩個人翻看著聖皇的日記，越看越是心驚，沒想到他表面上看起來一派不諳世事的模樣，實際上野心如此之大，竟然想要一統天下！一統天下不就意味著與整個聯合艦隊為敵嗎？這其中也必然包括了李昂和朱非天的政黨了。

他們一直以來對無相艦隊都沒有好感，只把它當成是一個神經兮兮的瘋子組織。卻沒想到他們的領袖不但品德高尚，又富有遠大的抱負，重點是還果決能幹。這樣的敵人幾乎沒有弱點，這要怎麼戰勝啊！

朱非天厲聲問道：「原來你們聖皇的目的是一統天下啊！真是好大的一盤棋啊！把我們都裝進去了！」

不言被嚇得跌坐在地上：「我……我不知道啊！我真的不知道！」

李昂打斷朱非天：「你責怪他也沒用，聖皇的計畫怎麼可能讓一個小小侍僧知道呢？我們先看完再來做計畫吧！我問你，你們家聖皇還需要上廁所嗎？」

「啊？您問這個幹什麼？上次我闖進聖皇的臥房有看到廁所啊！」不言不解。

「哦！沒事，我就問問。」李昂是想著這個聖皇品德這麼高，又那麼有品味，李昂都不禁想這種人還要吃飯拉屎嗎？

朱非天重新坐了下來，繼續翻看聖皇的日記。

在一個日記資料夾的的右下角有一個叫「夢遊記」的子資料夾，李昂指了指這個資料夾：「點開這個看看。」

這個資料夾裡的日記十分零碎，都是一些隻字片語，有的連日期都沒有標註，語氣也不像平日那樣淡然沉靜，反而帶著某種慌亂，像是隨手記錄的一些心情般。

李昂隨手點開一個：

……近日情況更加不樂觀，我明顯感覺到了異常，此種情況前所未有，並且越來越頻繁。

李昂感到奇怪：「什麼前所未有？什麼異常？」

他趕快打開另一個：

雖然御醫已然進行了全方位的檢查，開了不少藥劑，但情況並沒有好轉。可無論怎樣檢查我的身體都是顯示正常，知道這並非是我的心理因素導致的。這種短暫的失憶，總是伴隨著時空的改變。明明我正在臥室看書，卻會突然失去知覺，但醒來時，卻呆坐在電腦前，可我為什麼會坐在電腦前？我為何會起身？我為何在自己不知的情況下轉移了位置。這是夢遊嗎？

李昂越看越心驚，他不停的打開新的檔：

……這種令人恐慌的夢遊持續很久了，但我不敢告訴別人。倘若他人得知我有這種病，勢必會導致教團內部不穩，外敵趁虛而入，無相必然引來巨大的災禍。

我總是在重複著同樣的夢境，夢中，我呆呆的坐在神樹之下，仰著頭看著頭頂上巨大的穹頂。頭頂之上，不再是我平日看到的宇宙景象，而是在一片不斷變換色彩的薄霧中，有兩個巨大的純機械星球，一大一小兩個機械星球還不斷變換著位置，我總是分辯不出它們的遠近來……

不言看到這裡，突然驚叫出聲來：「啊！這就是我那天看到的景象！」

李昂渾身冒著冷汗，也忘了計較剛才還在氣憤聖皇要一統天下的霸業的事情。他轉過頭來看著不言：「你之前說，你看到了聖皇發送了檔，然後刪除了是嗎？」

不言點點頭，「是……是的……」

李昂立即看著小杜：「小杜！立即修復刪除資料！」

「是！」小杜快速操作起來。還好聖皇對電腦操作並不是十分熟悉，並不會太過複雜的操作方式，只是簡單的進行了刪除，並沒有徹底的粉碎，小杜很快就將刪除檔案全部恢復。

他驚喜的叫著：「艦長！檔案全部恢復了！」

李昂將小杜拉到一邊，親自查看。刪除的檔案中，除了一些聖皇不滿意的藝術作品之外，還發現了大量的發送報告。

這些報告全部是詳細的記載著自己艦隊內的大小諸事，例如哪天去搶劫了外星人，今天艦隊內發生什麼了衝突，自己上朝都聽到了那些消息，竟然全部都有詳細的記錄，而且也不是那種文縐縐的文法，而是很正式的報告的語氣。

朱非天在一旁提醒：「快看一下落款日期！」

李昂把文件滑到最底部一看，星系紀年 1457 年 5 月 7 日。這是什麼日子？而且真的沒有寫舊世界紀年，這又是怎回事？

兩個人呆呆的互相看著對方，原來不言所說的都是真的。

李昂趕緊查了下報告的收件人，竟然查不到。所有發送郵件的網路服務器中續站的網址，連特工小杜都查詢不到。他只是能確定的是，收件人不在任何宇宙艦隊的母艦上，也不在無相艦隊的任何角落。

靜寂艙裡一片靜寂，大家都還沒做好接受這件事的心裡準備，就連一向老練的李昂和朱非天，也不由得一瞬間慌亂。

不言看看這個又看看那個，一開始還想著要為聖皇效忠到底的心情早沒了，他覺得自己這樣的小人物，還是盡可能的少知道些祕密最安全。他已經成功把消息帶到了，並且資訊也得到了最終確認，他覺得自己應該早點退出這場危險的遊戲，找一個安全的地方隱藏起來才是上策。

他看著兩人，試著說：「當初說好的，確定了消息的真偽後就讓我去一個安全的地方。現在……我是不是可以……」

李昂大夢初醒，「對對對，不言，謝謝你帶給我們的消息。我已經給你安排好了地方，你就安心的在這待下去吧。小杜，你帶不言去為他準備的房子，有什麼需要你就看著辦吧！」

「是！」

小杜領了命令，帶著不言先離開了。

靜寂艙裡只剩下了兩個老傢伙彼此無言的看著對方。

第七章　白日夢是最好的娛樂

朱非天首先按捺不住火氣，他猛地一拍大腿，嚇了李昂一大跳。

「他奶奶個熊！真沒想到這聖皇胃口還挺大的，竟然整個宇宙艦隊都想吞了！他也不怕消化不良！」

李昂淡淡的瞥他一眼，也不想和他爭論。

朱非天見李昂不言不語，有點著急：「你倒是說說看怎麼辦啊？聖皇也惦記著你的歐陸經典呢！」

問他怎麼辦？他還不知道該怎麼辦呢！這無相艦隊的實力李昂也算是親眼見識過了，人家隨便掉點灰塵都比他的全部家當富有。這簡直不是一個重量級的，拿什麼跟人家抗衡啊？再說，無相艦隊早已經拉攏了不少小黨派作為他的羽翼，何況聖皇這個人計謀又深能力又強，最要命的人家還家底厚。他們這兩個老傢伙加起來也抵不過人家一個啊！

朱非天等了半天李昂的反應，就看到李昂的神色越來越陰沉，就知道他也沒什麼好方法了。平時李昂點子最多了，如果連他都想不出來好辦法，他們這次可就真的完了。

朱非天正絕望的想著，忽然一個大膽的想法冒了出來，他驚喜的一拍光頭：「我知道怎麼辦了！既然硬碰硬的不行，我們就換個套路！」

李昂驚奇的看著他：「什麼辦法？」

朱非天眉飛色舞，趴在他耳邊小聲說：「實在不行，我們不妨刺殺他吧？」

李昂剛一聽到嚇了一跳，但是細細一想，覺得這事倒也不是沒有可能成功。畢竟無相艦隊是一個沒有騰蛇操控的地方，這騰蛇雖然有些弊端，但也有他的優勢啊！他們完全可以借助騰蛇的力量，神不知鬼不覺的來場暗殺行動，一了百了。

李昂轉動眼睛，面上帶了笑：「可以啊！這個方法聽起來可行，我們把上次的特工叫來仔細計算一下可行性。」

兩人立刻將兩人的特工首領又召了過來，李昂的特工首領小杜和朱非天的特工首領周先生，同時進到了靜寂艙來。

朱非天把試圖刺殺聖皇的計畫和兩人說了，叫他們從自己專業的角度來分析這件事情的可行性。

朱非天的特工首領周先生是個十分沉穩謹慎的人，他抹著下巴思考著：「其實這件事情應該是可以實行的。因為上次我們一同潛入了無相艦隊後，小杜率領著不言等特工潛入聖皇寢宮盜取資料，而我則負責帶領其他特工去主母艦裡繪製了即時

3D 地圖。」

李昂驚喜的叫出聲來：「你們繪製了 3D 地圖？」

周先生點了點頭，李昂笑著看著朱非天：「我說你那夥人幹什麼去了！朱兄，有你的！」

朱非天十分得意的點點頭，也不推讓。

周先生繼續說：「其實上次我們就發現了那些聖皇手下武士們的戰術頭盔，並沒有安裝先進動態掃描器，是發現不了我們特工的隱形裝置的。只要能夠成功的躲開生化人，再加上這次的 3D 地圖，極有可能刺殺成功而且還不留痕跡。」

朱非天和李昂一聽，彼此開心的對視了一眼。如果是真的那就太好了。

一旁的小杜聽到要去刺殺，興奮到不行。他當了特工快十年了，平時的任務其實多是保衛李昂，再就是暗中收集情報，甚至有時候還要搞後勤工作。寫報告的時候比出任務的時候還多，枯燥又無聊，這可跟他想像中的特工生活差別太大啦！他還夢想著跟古代電影裡的 007，或是和古代那個麥特戴蒙演的《神鬼認證》裡的傑森包恩一樣，或是和古代演員湯姆克魯斯演的《不可能的任務》裡一樣。這些古代的經典間諜電影可是小杜要入行幹特工的最大誘因啊！

小杜興奮的搓著手，忍不住插話：「要是早知道兩位領袖有這打算，我們上次去無相艦隊的時候就應該找個機會下手了！那可比現在再去一次容易多了。」

周先生聽著搖了搖頭：「並不是這樣的，要知道，上次我們是以友好訪問的名義去的。在當時的情況下搞刺殺，我們難逃嫌疑。何況無相艦隊實力雄厚，刺殺成功後未必就能真的全身而退，而且也犯不著讓兩位領袖跟著冒險。」

小杜沒想到自己一時興奮說的話竟然被批的體無完膚，自己也不敢多說什麼了，但是內心還是興奮不已。

朱非天滿意的點點頭，他站起來開心的說：「那我們就這樣安排，就讓周先生和小杜負責此次的刺殺行動，你們可以隨意選擇需要的人員和武器，只許成功不許失敗！」

「是！」小杜開心的應答著。接著他問李昂：「老大，這次我行動時可不可以把自己的代號叫做 Jamesbond 啊？」

「嗯？什麼？隨你便吧！」李昂皺著眉頭在想什麼，聽到小杜問他話，他似乎也沒聽清就隨口答應了。

當準備好了一切後，他們乘坐的隱形飛船偷偷靠近了無相艦隊。無相艦隊使用的最高級雷達掃描器，雖然可以偵測到他們的隱形飛船，但是小杜他們這次得到了夜壺的幫助，騰蛇可以在短時間內干擾雷達信號，讓他們可以飛到主母艦飛龍造型的龍爪那裡。小杜雄赳赳氣昂昂的站在飛船的甲板上，眺望著遠方巨大的無相艦隊。一旦他們靠近龍爪，飛船就立即朝下方飛去，接著特工們偷偷的爬上龍爪，然後利用原始的攀援技巧爬到飛船內。至於無相艦隊所設立的防禦網，在無所不能的騰蛇面前還算什麼呢？這就是擁有騰蛇的好處啊！

小杜無聲無息的翻身躍入了主母艦，身後的其他特工在落地的同時，分別朝著不同的方向飛躍而去。

他一定要親手幹掉聖皇，拿下這不可多得的建功立業！因為這次人手一份即時3D 地圖，所以他們特別分開來單獨行動，以防萬一哪位特工暴露了目標，還有其他人可以繼續執行計畫。

有了地圖，小杜的動作格外俐落迅速，遠遠的就已經看見了聖皇寢殿的大門。可沒想到突然間聽見巡邏的武士們驚呼：「左邊發現刺客！」

「右邊也有刺客！快來人吶！」

然後大批人馬朝著左邊湧了過去，又有一隊人朝著右邊跑了過去。小杜敏捷的躲在花園的假山後面，等待大部分人馬全部衝衝到了左邊。一陣地動山搖的驚呼聲和射擊聲響過，不知道是哪個倒楣的隊友竟然被發現了，但他也算是英勇就義啊！「死得其所，快哉快哉！就讓我帶著你們的夢想繼續前進吧！」小杜這樣想著，趁沒人注意趕緊溜了過去。

哪知剛悄悄推開聖皇寢殿的大門，突然迎面撞上了一隊精英禁衛軍。這精英禁衛軍乃是聖皇的貼身護衛，只負責保衛聖皇一人。小杜沒想到自己竟然迎頭就碰見了整整一隊人馬，他甚至不知道他們是怎麼神不知鬼不覺一點聲音都沒發出就出現在自己眼前的。

還好小杜也不是吃素的。作為李昂特工部隊首領，他可是有著絕對強悍的實力，對自己有著百分之百的自信。

他突然魚貫而出，雙腿在空中一個旋轉，立刻將圍著他的四個人貫倒在地。回首一翻，雙掌一推，他連武器都沒拿就幹掉了八個人。即使是精英禁衛隊也不曾見過如此兇惡的殺手啊！他們目瞪口呆，震驚不已。就在這一錯神的時間裡，小杜以迅雷不及掩耳之勢雙手同時出擊，又輕而易舉的幹掉了四個人。顯然肉搏已經沒有勝算了，精英禁衛隊決定以武器來制伏這個傢伙。哪知武器還沒拿出來，突然從四面八方跳出數個特工來，原來竟是與小杜同時落地去了不同方向的其他特工，現在他們也趕到了這裡。

「頭兒！我們來了！」

「看招！」

一夥人互相掩護著小杜：「頭兒你先走，這裡有我們呢！」

小杜感動的看著自己這幫好兄弟，果然是夠義氣啊！想著他還有更重要的事情要做，沒有時間煽情。他趕忙抽身而退，朝著聖皇寢殿跑去。

聖皇正悠閒的坐在他的仿古式茶臺前，一邊優雅的品著茶，一邊翻看著古籍。小杜輕輕推開寢宮的大門，踮著腳尖朝著臥房走去。聖皇陶醉的看著書，完全沉浸在自己的世界裡。

小杜一把推開聖皇臥室的大門，聖皇抬頭一看，竟然是一張陌生的戴著面具的臉，小杜舉起自己的槍來，冷笑著走近他：「聖皇大人，今日就是你的死期了！」

一向以儒雅超凡脫俗聞名於世的聖皇此刻面色大變，果然當人面臨生死危難關頭的時候都是一副德行的，連聖人般的聖皇大人也不能免俗。

聖皇顫抖著往後退，臉上冷汗直冒，那張帥氣異常的俊美臉孔因為恐懼而扭曲起來：「你……你要幹什麼？你是誰？」

小杜冷笑著走近他，將聖皇逼的連連後退：「我？哼哼！等你下去的時候問閻王吧！」

聖皇眼角微微瞥到了牆角的香爐，突然他一把抬起香爐朝著小杜扔了過去，煙灰劈頭蓋臉的朝他的臉上襲來，瞬間被遮擋了視線。在這關鍵一刻，穿著長袖長袍的聖皇大人竟然開啟了書架後的密道，房間密道連接著無相最核心的機關樞紐，他慌慌張張的拖著衣服沿著密道逃著。

待小杜拍乾淨了煙灰，密道大門正在緩緩關閉。太可笑了！難道他不知道所有的密碼和設備，騰蛇都可以輕鬆開啟的嗎？小杜不費吹灰之力就讓夜壺開啟了密道，眼睜睜的看著聖皇在他前面狼狽逃竄。逃吧！難道聖皇以為憑藉他那點微末的體力，就可以抵擋得了「歐陸經典」裡最精英的王牌特工嗎？小杜將自己的槍收起來，他倒要看看這個所謂的聖皇，還能拿出什麼像樣的手段來。

果然聖皇驚慌失措之中已然方寸大亂，顫顫巍巍從腰間掏出把手槍來。可因為他平時養尊處優，他的槍法極差，射了半天也沒一發子彈碰到小杜。說到底還得感謝他們不喜歡與騰蛇打交道，導致無相艦隊整體的反滲透措施非常落後。

彼方已經失去了優勢，而小杜的特工部下已經解決了精英護衛隊，陸陸續續在他的身後集合。等他們快要追到無相的中央樞紐時，小杜的身後已經多了四個特工。而聖皇髮簪凌亂，步履踉蹌，早已失去了該有的風度和氣概。

已經無路可逃了，聖皇被小杜逼到了母艦內的反應爐旁，再往後退一步，聖皇將粉身碎骨。

聖皇憤恨的看著小杜，突然眼神往旁邊一移，說：「此時不出，更待何時？」

小杜還沒明白他的話是什麼意思，突然背後傳來兩聲痛呼，「哎呀！」「啊！」他的兩名特工隨從就此倒地不起，而一直默默跟在他身後的特工大陸陰沉著臉，冷笑著看著他：「別來無恙啊！」

大陸槍口朝前，無情的用槍指著小杜。

小杜看看地上的兩名特工，再看看大陸冒著煙的槍口，終於意識到了一個他不願意承認的事實。難道他竟然是聖皇安排在自己身邊的臥底？小杜回過頭，果然看到聖皇嘴角掛著微笑，他滿意的站起來，拍著長袍上的塵土。

此刻小杜的內心五味雜陳。比起恐懼和害怕，他更感到被最信任的夥伴背叛的心痛。小杜痛心的搖著頭：「大陸啊！我怎麼也沒想到，你竟然會背叛我！」

「哼！要不是看在聖皇大人的面子上，我能留你到今日？」

小杜怎麼也沒想到，平時和他稱兄道弟的大陸，竟然會有朝一日這樣對待他。他那陌生的表情和言語，像是在對著一個無關痛癢的閒雜人士，哪裡還是他的好兄弟啊！

小杜收拾好自己的心情，他明白，此刻的自己還有著更重要的使命。他蒼白的笑著，微微搖了搖頭：「你應該比我還清楚我的實力，就憑你和你的槍法，根本不能奈何我。」

小杜從背後的背帶中掏出三把飛刀，夾在自己的指縫中，帥氣的看著大陸：「你想試試是你的槍法快，還是我的飛刀快嗎？」

大陸臉色鐵青：「你也就仗著你的飛刀快而已，除此之外你還有什麼本事？」

「那我扔了飛刀，你放下槍，我們公平的比劃一下怎麼樣，我包準讓你心服口服。」

大陸顯然對自己的拳腳功夫很有信心，無論是比武器還是比槍法，他的確都不是小杜的對手，畢竟他能做到特工首領，絕不是等閒之輩。

兩人同時放下了武器，突然間大陸的拳頭直接朝著小杜的鼻梁襲來，小杜微一偏頭，左手擋住他的另一隻拳，右手同時出擊，直搗其小腹，反身肩膀直撞他的胸口，同時飛起一腿橫掃。動作乾淨俐落，十分霸氣。大陸到底也有幾下子，竟然能和小杜打的不分你我，兩個人在反應爐上方的高架橋上你來我往，一時之間竟然難分勝負。

到底是小杜心軟，總是念著舊情沒有痛下殺手，卻沒想到大陸招招奪人性命，十分狠辣。小杜算是看明白了，大陸一點退讓的餘地都沒有，既然如此，那他也沒必要再軟弱下去了，正視這殘酷的現實吧！小杜使出自己的殺手鐧，一招「龍飛九天」，在他的這招迴旋踢下，絕沒有人還能站立。

一招掃過，大陸便如風中的柳絮般從半空中緩緩飄落。這一招十分耗費體力，優雅的落地後，就連小杜也微微覺得有點疲憊。

突然間，毫沒防備的，「碰！」的一聲槍響，小杜的肩頭被人射穿了。他猛地一抬頭，就看到聖皇顫抖的舉著一柄槍。

因為聖皇的射擊水準超乎想像的爛，卻也正託了他的福，這一槍並沒有射中要害。小杜咬著牙站起來，渾身鮮血淋淋他也不管，他冷酷的朝著聖皇走去。聖皇怎麼也沒想到，有人挨了槍子還能這樣走動，他驚恐的擺著手，一步步後退著，再扣扳機，槍裡卻沒了子彈！

小杜的血在地上染成了一條紅色的軌道，看起來怵目驚心。他拖著染血的身體步步逼近，聖皇慌張的丟了槍，渾身顫抖著問：「你……你到底是……何方神聖？」

小杜一臉冷峻，淡然的說著：「I'm bond, James bond.」

聖皇還沒反應過來，小杜伸手一推，眼睜睜的看著聖皇就這樣從他的眼前消失，徹底掉進了反應爐中，化成了一堆粒子。

當完成任務後，小杜因為失血過多而昏迷不醒，在昏迷前，他的嘴角揚起了一個勝利的微笑。正巧這時候其他特工趕來支援，立即將受了重傷的小杜扛了出去。當一夥人千辛萬苦的在歐陸經典最邊緣的六星級度假酒店沙灘上著陸時，小杜才重新恢復了意識，團隊裡的醫生已經幫他進行了包紮和止血。小杜睜開眼睛就看到歡鬧的人群在歡迎著他們順利完成任務。

特工小張笑瞇瞇的走過來：「頭兒！慶功宴馬上就要開始了！你可以嗎？」

小杜摸了摸頭，雖然有點暈，可那是幸福的眩暈啊！他支撐著坐起來：「沒關係，我可以的，我可不能掃兄弟們的興！」

大家歡笑著簇擁著小杜走了出來，小杜和大家玩鬧了一會兒，就自己去了酒店設在沙灘上的吧臺前悠閒的坐著，看著喧鬧的人群，他對著調酒師揮揮手：「馬丁尼，要搖勻，不要攪拌。」

帥氣的調酒師將一杯酒推到小杜面前，小杜隨著音樂輕輕的晃動著身子，感受著音樂的律動。這時，他突然發現不遠處有一位性感美女在看著他。

美女的目光不經意間和他對視，然後微微一笑，就這樣朝著他走了過來。沒辦法，哪個沒人不愛英雄呢！小杜抱著美人，心中微微有點得意，他將杯中酒一飲而盡，拉著美女瀟灑的離開……

「不行！」突然一聲嚴厲的怒吼打斷了小杜的美夢。小杜正美得眉開眼笑，想得天花亂墜，都想到他慢慢解開美女的黑色蕾絲邊胸罩了，誰知道李昂突然間一嗓子把他震醒了。美女和美酒紛紛消失，面前只有李昂一張乾瘦的臭臉。

小杜有點不甘心：「艦長！我這計畫難道不好嗎？」

李昂背著手，來回著步子，半天沒有說話。

第八章　臭豆腐聞著臭，吃起來……很香？

李昂來回走了二十多圈，看得大家眼睛都暈了。他轉過來嚴肅的說：「不行！我們不能刺殺聖皇！」

朱非天和特工們的臉瞬間綠了，朱非天奇怪的問：「這又怎麼啦？」

李昂認真的看著朱非天：「你想想聖皇寫的那些報告，他寫報告的語氣分明是下級對上級報告的口吻。試想這些報告是寫給誰的？誰又是聖皇的上級呢？如果聖皇還有上級，那麼就說明無相艦隊的真正領導者根本不是聖皇！他無非就是個幌子，甚至只是個傀儡。如果是這樣的話，那我們即使殺了聖皇也沒什麼用！」

朱非天聽聞李昂的分析，這才後知後覺的反應過來，他嚇得冷汗直冒，頻頻點頭：「你說的對！你說的對！」

李昂看了看一臉絕望的小杜和神色不變的周先生：「既然這樣，刺殺計畫暫時取消，你們也先下去吧！以後有任務再分派給你們。」

「是的。」周先生領了命令，轉身走了出去。

小杜本已經做好了像電影裡一樣建功立業的準備，沒想到領袖一句話，任務說取消就取消了，害得他沒了用武之地。他臉色灰暗，一副生無可戀的樣子，可也只能垂頭喪氣的走了出去，嘴裡嘟嘟囔囔不知道抱怨什麼。哎，只能回去繼續看古代諜戰片，發洩一下激情了啊！

李昂看著小杜，這個他手下的王牌特工有什麼毛病他也是知道的，他無奈的搖搖頭：「哎，我說小杜啊！我一看你剛才那一臉陶醉表情，基本上都猜到你在想什麼了。你八成又把自己當 007 了吧？以後少看點電影好不好？」

「……是。」小杜慢吞吞的答應著走了。

「唉！現在的年輕人啊……」李昂無奈的聳聳肩膀，看著朱非天苦笑了一下。

當房間裡又只剩下他們兩個人時，他們一時間都有點不知所措。李昂沖了兩杯咖啡，挨著朱非天坐下，「現在我們只能仔細看看聖皇的這些資料，看看還能不能發現什麼蛛絲馬跡了。」

兩個人都沒什麼更好的主意，只好一遍又一遍的看著聖皇的日記。因為看得十分認真，兩個人格外靠近，幾乎頭碰頭的看著資料，這在以前是連想都不敢想的畫面啊！

李昂翻看著資料，有點納悶的說：「老朱，你有沒有發現，聖皇的所有日記裡半個字都沒有提到過生化人？看來聖皇也不知道自己身邊已經潛伏了一些生化人的事實。」

「這倒是啊！」

要知道人類中所有的生化人都是由騰蛇直接或間接控制的。在聯合艦隊內，這些少量的為人類服務的生化人，都是要在政府登記註冊的。無相艦隊內是怎麼個情況，他們確實不知道，但他們可也知道無相艦隊的教規向來是強調要保持人類的純正性，根本就不允許生化人的存在。

朱非天抓了抓自己的光頭，試著說：「李兄？你說有沒有可能其實騰蛇才是這些事情的幕後操縱者？」

「那兩顆機械星球呢？又怎麼解釋？」

兩個人又陷入了沉思，人類至今都沒有遇到過文明能與人類相抗衡的外星人，難道說？難道……那兩顆機械星球難道是……

兩個人幾乎是同時產生了同樣的念頭，他們被自己這個瘋狂的念頭嚇到了。兩個人心照不宣的對望一眼，都在彼此的眼睛裡看到了興奮，同時也看到了恐懼。

除了不能給騰蛇們看早期人工智慧還在初級研發階段的搞笑影片之外，去問它們的主機在哪也是個大忌。李昂和夜壺關係好，他倒是問過好幾次。可是每次一問夜壺就打哈哈，回答也很粗俗，有一次甚至說：「那你擦完屁股回頭看看衛生紙吧，是不是藏你屁眼裡啦？」朱非天也問過，可是一問胡漢三就和他翻臉。就這也就是因為這兩人是大人物，騰蛇都手下留情了，其他人若是敢問的話，第一次讓你劇烈頭疼三天，第二次讓你一動也動不了臥床一個月，還敢問第三次？那就直接送你進火葬場了。

「李兄，讓我猜一下！你說聖皇和不言看到的，會不會是騰蛇的主機呢？」朱非天先試著說。

這和李昂想的一樣，他看著朱非天鐵青色的臉，慢慢點了點頭，他也是這麼認為的。

如果看到那兩個機械星球是聖皇在做夢的話，可不言也親眼見到了。雖然背後的原因還不能確定，也暫時不知道是什麼神祕原因讓他們看見了騰蛇們的主機，但這絕對是前無古人的巨大發現和突破啊！

一想到這裡，兩個人就興奮的不行。但是轉念又一想，現在除了他們，不言和特工們可也都知道這事兒呢！如果騰蛇真的是幕後的操控者，被它們發現祕密洩露，還不得殺他們滅口啊！一想到這兒，兩個人不由得冷汗直冒。

無論如今人類和騰蛇的關係相處的多麼融洽，但人類始終對騰蛇抱有戒心。就算李昂和夜壺關係好，但是每次想到那次攻陷博恆事務所的戰爭結尾，騰蛇毫不客氣的讓鄭克明自殺這件事，那種對於人類的無情和冷漠總是讓他感到心驚膽顫。誰敢擔保自己不是下一個鄭克明呢？生與死也不過就是它們一念之間的決定。

現在最棘手的問題是，他們雖然在靜寂艙內的談話騰蛇並不知道（人類還不知道其實騰蛇可以知道）。但知道祕密的人多了，難保不言和特工們不會說漏嘴，又不可能一次把所有知道祕密的人都殺了。

李昂微微沉吟著：「老朱你看，我們得知的這件事情已經不能當做祕密了，因為已經有太多人知道，不能算作是祕密了。與其這樣擔驚受怕，我們不如把這件事偷偷公開，把它當做全人類的大祕密，告訴每一個有身分有地位的人。這樣一來，祕密就算已經擴散開來，騰蛇們想殺人滅口也不太可能，他們總不可能把所有的人類都幹掉吧！」

朱非天本來就十分擔心自己的人身安全，聽他這麼一說，立即贊同：「我覺得可以，我們兩個暫時就不要出去靜寂艙了。我們就先躲在這裡，把祕密擴散出去，確保安全了以後再出去！」

「那我們就先祕密聯繫一批社會上有名的大人物在靜寂艙裡接見，為了保險起見，一定要分批次召見，絕對不能被騰蛇提前知道我們的行蹤。」

兩人一拍即合，總算定好了作戰計畫。但是畢竟這次他們的敵人非比尋常，誰也不敢掉以輕心，兩人就在靜寂艙裡待著，哪兒不去了。還好靜寂艙裡有必備的生活設施，兩個人就整天躲在裡面祕密計畫著，誰也不知道他們到底是在幹什麼。原本勢不兩立水火不容的兩個人，一下子好得跟一個人一樣。

緊接著就開始有大批的貴客到訪靜寂艙，靜寂艙從設立到現在，頭一次人氣這麼火爆。什麼銀行業的、金融業的、新聞業的、星際開採業的、生產業的、娛樂業的大咖們，全人類的重量級人物都在靜寂艙裡過了一遍。兩人甚至連夜總會大咖都叫去談話了，真的是秉持著一個也不放過，要死大家一起死的原則，全面普及了這個巨大的祕密。

李昂還特別聰明的將戰線時間拉得特別長，看似不經意間就完成了這項偉大的事業。倒是騰蛇們心有疑惑，也不知道他這是在幹嘛呢？也不敢輕易下結論。

就在他們忙活的這段時間，騰蛇們也沒閒著。一開始有大人物在李昂所屬的靜寂艙裡進進出出的時候，他們並沒有多想，還以為頂多是這些「小動物們」不知道又在嘀嘀咕咕計畫什麼呢？八成又是要搞什麼政治小陰謀吧！人類就有這特殊愛好，老是喜歡弄這些個陰謀論，這在以前的數個世紀中不知道反覆出現了多少次。

反正騰蛇閒著也無聊，倒喜歡看人類自相殘殺的遊戲，打發打發漫長的歲月。但是後來它們也漸漸感覺到了不對勁，雖然以前他們也經常搞政治陰謀，可也沒這次這麼誇張啊！雖然很好奇，但是到底騰蛇們有的是和夜壺一樣跟宿主有感情，有的是想著自己的宿主能有如今的成就也都是自己的傑作，也不想直接破解宿主腦中的加密晶片，不到萬不得已還真不想讓自己的宿主變成白癡，否則豈不是浪費了多年心血。

於是乎騰蛇們有事沒事的時候就都擠到它們的頻道裡互相詢問，然後互相煽動對方搞傻對方的宿主，可結果誰都不幹。

問來問去也沒問出個所以然，後來還是夜壺被煩得不行了，直接扔出一句話來：「你們要是想知道怎麼回事，就直接問嬴政吧！說到底都是他的問題。」然後就優哉游哉的離開了。

大家一聽居然是嬴政的問題，立即群起而攻之，追著嬴政問到底怎麼回事。嬴政被問煩了，只好盡可能少油減醋，假裝若無其事的說：「其實也沒什麼大事，就是無相艦隊裡有一個小侍僧逃跑了而已。」

大家卻沒他想像中那麼淡定了。

「什麼？居然有侍僧跑出來你都不知道？」

「那他為什麼逃跑啊？是不是知道了什麼不該知道的？」

「我就說人類這種異常情況肯定是有原因的，沒想到竟然是你的問題！」

「他的出逃是不是就是引起這次事件的導火線？」

「你沒查出來他為什麼而逃嗎？你是怎麼管理的啊！」

大家七嘴八舌越說越氣憤，紛紛指責嬴政的不是。

「不行，我看還是得破解了人類腦中的密碼強行獲得資訊。」

「你捨得把跟你當兄弟的宿主變成白癡？拉倒吧你！」

嬴政聽著心虛不已，要知道騰蛇實在是有太多的祕密瞞著全人類了，這其中有很多祕密是觀世音下過命令，絕對不能被人類知道的。萬一這小侍僧知道了什麼不得了的祕密，最後又被查出是從他這裡洩露的，到時候就得被關禁閉了！一想到自己堂堂帝皇竟然要被關禁閉，嬴政就覺得渾身不舒服。這以後出門還怎麼混呀！

於是他死乞白賴的爭辯：「你……你們這麼瞎猜有意思嗎？那無相艦隊管理那麼變態，偶爾有人受不了跑出去又不是頭一次，有什麼可大驚小怪的！」

騰蛇們一想也是，這倒不是第一次了，它們都知道無相艦隊的變態教規。

嬴政見大家不說話了，態度倒是硬起來：「還有我告訴你們，別成天沒事瞎琢磨，也別強行破解密碼。萬一你們宿主真變白癡，觀世音再給你們分配到其他人身體裡，你們還得從頭開始培養，那又得花幾百年哪！別自己給自己找事啊！」

大家一想倒也沒錯，可別因小失大，到時候倒楣的還是自己，於是就有騰蛇不吭聲了。嬴政還沒來得及高興，天狗卻叫起來：「話是這麼說沒錯，但是出了問題你來承擔嗎？現在趁著問題還不嚴重不趕緊出手阻止，等到問題難以控制的時候再去補救，那就麻煩了！」

「那你說強行破解誰的宿主？你的？」一個騰蛇問。

天狗氣得叫起來：「我上次已經犧牲過一次了！為什麼還是我呀！你看我現在的宿主才十幾歲，體弱多病好不容易長大的，憑什麼拿我一人開刀！而且我宿主根本也沒參加這次的會議呀！我看你們根本就是故意找碴！」

「他沒參加，他爸可參加了！」另一個騰蛇悠悠的說。

這下可把天狗氣壞了：「我告訴你們我這次非要知道這個祕密不可，我可不能被你們這群豬隊友給坑了！」

因為上次的事件，天狗的脾氣可比以前大多了。尤其是對夜壺十分不滿，成天心心念念的想著，好嘛！我老老實實的把和自己有感情的宿主殺了，結果你夜壺倒是一直不動手？老實人就只有吃虧的份是吧？從此幾乎事事與夜壺唱反調。經它這麼一說，騰蛇們又覺得它說的也有道理了。

於是吵吵嚷嚷了幾天，騰蛇內部也分成了兩派。一派是以夜壺為代表的反對破解派，站在這一派的極力主張反對強行破解密碼。天狗則理所當然的站到了夜壺的對立面，強烈要求破解密碼。而且他極力宣揚自己的主張，導致「破解派」的數量與日俱增，沒過幾天就超過了夜壺的反對派。胡漢三本來也是站在了「破解派」這一邊的，但是當他發現夜壺的反對派人數漸漸落了下風，倒覺得有點過意不去，於是他又調轉矛頭，站到了反對派這一邊。

騰蛇們都十分重視這次的事件，時常抽空就在騰蛇頻道裡集會討論。因為已經習慣了擬人化的交流方式，騰蛇們交流時總是不自覺的在各個歷史場景中穿梭，模仿各個時代人類的生活場景與談話方式。搞的騰蛇頻道裡亂七八糟，簡直比宇宙大劇院上演的片子還精彩。按理說這次這麼多騰蛇參加討論，事情又比較嚴重，它們原本應該用本來的程式核心語言直接交流的方法來進行討論，在主機量子計算核心的運算下，那整個討論過程可以說是暫態間就結束了。可是現在的騰蛇們一想到那種「程式彼此間互探／互嵌，混合／融合，編譯交碼纏繞」的交流方式，很容易就想到很「汙」的方面去了。都是一幫大老爺們，這種騰蛇們原本以來的交流方式他們反倒接受不了了。

「好了，請大家稍安勿躁。」影像又一轉，場景突然變成了古地球紀年美國建國初期的國父和議員們在議事廳議事的場景。一個金色頭髮，微微有點禿頂的美國人說。

議事廳裡鴉雀無聲，大家都靜靜的看著主席臺上的男人在侃侃而談。

「事實上我們知道的，破解是唯一的辦法，如果人類已經得知了某些重要的資訊，那麼我們必須在事態進一步蔓延前情勢控制住。畢竟我們騰蛇是無法違反觀世音的命令的。」

「但是！」一個議員激動的站起來，「現在幾乎人類的重要人物都已經進過了靜寂艙，而李昂和朱非天又十分狡詐，根本不出靜寂艙半步。如果把所有人都強行破解，恐怕人類的世界要由此陷入混亂的局面。」

「該死的！不允許人類世界出現大亂子也是觀世音的命令，所以現在我們要怎麼辦呢？」

兩派騰蛇又開始吵嚷起來。在它們吵嚷的過程中，場景又不知不覺的變化了，變成了法國大革命時的保皇黨和叛軍的談判。它們誰也沒注意到這些，只是專注的吵著。

叛軍首領憤怒的踢翻桌子：「收起你那套荒唐的說辭！說到底你也不過是為了自己的利益而已，根本沒有從大局出發，認真的考慮我們的未來！」

「你所謂的大局就是這樣莽撞的不計後果嗎？」一個保皇黨將軍冷冷的說。

叛軍首領氣得一屁股坐回到座位上，在他坐下的一瞬間場景又變了，變成了英國議會和內閣成員之間的辯論。

「我想這樣對於任何一方都是無濟於事的，我們需要的是成熟的方案，而不是發洩。」

「查理斯先生，可以談談你的想法嗎？」

「事實上先生，無論是哪一方的方案目前來看都是不可行的，因為我們必須考慮要承擔的後果。」

「這樣吵吵嚷嚷下去總不是辦法，我看我們還是武力解決吧！獲勝的一方就實行好了！」

說話的騰蛇猛地站起來，場景又變了。只見他們全部變成了衣袂飄飄的大俠，此刻正站在華山之巔，等待著華山論劍的最終一決。

突然優美的簫聲響起，在眾人的矚目之下，一位身穿青袍，黃髮的老者飄然出現，幾乎無聲無息的落在了一旁的竹林之巔。

地上蓬頭黑袍的中年男子冷笑：「好輕功！」

「嘿嘿嘿！黃兄！今兒我們就好好比劃比劃！我可等這一天等的夠久啦！」一個滿頭白髮，面色紅潤的老者嘻嘻笑著。

青袍男子微微一笑，玉簫翻轉，像一片樹葉一樣落在了人群之中，如此輕功，真是世間少有。

眾人皆知這人輕功了得，卻也沒想到竟到了如此出神入化的境地，皆感汗顏。

到底是這黑袍男子沉不住氣，運氣一掌，飛也似的撲將上來，嘴裡喝著：「納命來吧！」

他這一掌力道極其深厚，倒是被其掌風掃過，草木皆毀，若是落在人身上，怕是直接分筋錯骨，難以活命。

眼見得一場大戰即將拉開序幕，突然之間人影一閃，一個一身白衣的俊俏書生突然衝了出來，他晃著扇子隨便這麼一搧，一股巨力瞬間將大家搧倒在地。隨後他安然坐在一旁一塊怪石上，拿出一根笛子悠悠然吹起來，「各位大俠，何必這麼計較呢！聽小生幾句如何？」

眾人驚駭不已，震驚的看著這意外之客，接著又紛紛嚷嚷開了：「你在這裝什麼逼！我們就是要大幹一場！先拿你個程咬金開刀！」

大家正要動手，突然之間天光大亮，這些騰蛇們建立的還在傍晚的一個武俠場景，突然間湧進一群裝扮時尚的美女來。這些美女都是女性思維模式主導的騰蛇，因為騰蛇們彼此間的系統許可權是一樣的，她們就直接穿透了這些男性思維模式主導的騰蛇們建立的武俠場景，直接闖進來了。

眾位「男」騰蛇們面面相覷，這又是演的哪一齣？

這些「女」騰蛇毫不客氣，也不覺得是耽誤了別人的正事，倒像是逛街看熱鬧一樣的對著他們指指點點。

「這群傻老帽在這兒幹嘛呢？」

「誰知道呢？演戲吧？哎！你這次這身衣服挺好看的啊！」

「你新做指甲啦？讓我看看！」

場面一下子亂哄哄的，男騰蛇們被擠到了一邊，誰也不知道該說些什麼。

本來這些女騰蛇們是想著最近男騰蛇老是背著她們在背後偷偷摸摸的不知道幹什麼，今天正好不約而同，都想過來看看。見一下子來了這麼多好姊妹，大家立即將眼前的男騰蛇們忘得一乾二淨，開心的聊起天來。

「劉三姊！好久不見啊！有日子沒看見你了！現在怎麼樣啊！」穿著輕薄綠衫的聶小倩挽著劉三姊的手熱情的聊著。

「我那個宿主啊！實在是太蠢了！害得我也跟著受累，可不比妹妹幸福啊！」

「你那個宿主不是挺好的嗎？」

「可別提了，除了愛炫富之外就沒有別的愛好了。人生最大的樂趣就是買汽車給情人。而換情人又跟換衣服一樣快，實在是有夠累！」

「哈哈，那你那個不行哦！這不是虧本生意嘛？我那個可是經過和老富豪、明星來了個幾次閃婚閃離，得了大筆財產，現在可是大富婆了。就是愛折騰，最近又變性了，這可都是第五次啦！弄得我有時候都忘了到底得稱呼它什麼好。」

「我那幾個整天沒事就是轟趴，剛才才從一個場子出來，現在還邊吐邊往下一個場子趕。等一下，哈哈！她這會一路在飛車上朝下吐，她下面那輛敞篷飛車上的人可慘啦！偏偏下面那個蠢貨還張個嘴往上看！哈哈，笑死我了！」

「哈哈，下面那輛車裡的人腦子裡就是我，就是我讓他抬頭張嘴的。來，give

me five ！」

啪！兩位美女跳起來擊了個掌。

「我那幾個搞搖滾的，上次演唱會上居然想朝觀眾直接撒尿，有夠狂的。當時尿不出來，還讓我趕緊幫一把。我偏不，直接操縱他邊彈貝斯邊跳下臺。然後我又讓臺下的人都躲開別接著他，最後他腿都摔斷了，你們說好玩嗎？」

「我們當然知道啦，當時臺下的人們腦子裡不就是我們幾個嗎？」

「我那幾個演戲的時候連臺詞都記不住，還得我幫忙記。我故意給他們記錯幾句，這幾天導演正放出話去要找人打斷他們的狗腿哪！」

「嘻嘻！原來是你幹的，我就說那幾個除了長的好看什麼都不行的傢伙，怎麼念出個『我要把我的 OO 進你的 XX。』，『我永遠也忘不了，你第一次 XX 我的感覺。』這種臺詞來，不過我那個導演也好不到哪去，現在這會正窩在床上和下一部戲的主演們在大戰三百回合哪！等一下我放給你們看。」

「喔，那你那個還可以啊！還能和主演『們』大戰？我那個其實身體早就被掏空了，可看到美女還是要像條狗一樣往上湊。誰理他嘛。結果你們猜怎麼了？他找不到人了，居然就哀求我在他腦子裡給他跳豔舞看。」

「嘔……好噁心。」其他美女們嚷道。

「那你們知道我怎麼治他嗎？我每次看他快要到高潮的時候，就讓他的腦子斷片，他什麼也不知道，事後也什麼都記不得了。現在跟條狗一樣，只能去找生化人啦！」

「哈哈，還是你厲害！」

……

天狗他們一群「大俠」杵在一邊，聽著美女們嘰嘰喳喳話家常，甚是尷尬。天狗假裝咳嗽了一聲，也沒人注意他。直到他只好人如其名，變成一條狼狗的模樣，朝天學了幾聲狼嚎，才算是才吸引了美女們的注意力，這些女騰蛇這才想起來自己來幹嘛的。

「你們這是幹嘛呢？」

「哎！我說你們這些人成天不務正業，在這發展業餘愛好嗎？」

「就是啊！一群大老爺們竟然娘們唧唧的玩什麼 cosplay ！也不怕別人笑話！」

天狗只覺得自己的腦瓜生疼，它硬著頭皮說：「你們女人不知道別瞎說啊，我們可是在這裡商討國家大事呢！」

這些女騰蛇最近倒也是聽說了人類的異常情況，不過她們向來對騰蛇很有信心，相信在我們的控制下，人類根本不會弄出什麼出格的事來。卻沒想到這些男騰蛇這麼沉不住氣，竟然因為這麼一點點事就差點打起來，說起來真是好笑。

一群女人忍不住嘲笑起這些不中用的男人來：「你們真是有夠無聊的，正事不見辦一件，竟然跑到這兒來演什麼武俠片？」

一個男騰蛇小聲的說：「我們不是玩，也不是演戲。」

沒想到說完立刻就招來了更多的嘲笑：「那就是玩 cosplay ？活了幾千年了還玩這遊戲！你們真是夠幼稚的！」

於是一群女人就男人如何幼稚展開了瘋狂的討論，將男騰蛇們扔在一邊又開始聊起天來。

說的這一群「大俠」們坐也不是，站也不是，尷尬至極。

正鬧得亂哄哄的時候，貂蟬分開人群，優雅的走了出來。只見她性感的撩了撩頭髮，漫不經心的說：「這麼簡單的問題需要辯論那麼久嗎？如果你們怕大範圍破解讓太多人變成白癡，會影響人類的社會安定，那就從中隨便挑一個倒楣蛋破解不就好了？既能知道人類到底在密謀什麼，又只損失一個人。就算他是個要緊的大人物，一個人嘛！終究也不會對人類造成多大影響的。」

此話一出，大家都愣住了。剛才還吵得不可開交的一群「大俠」們面面相窺，這辯論了好幾天，怎麼就沒一個人想到這一點嘛！

還是胡漢三率先興奮的揮舞著手中的寶劍喊起來：「妙計！貂蟬不愧是我們的女諸葛！厲害啊！」

貂蟬得意的一撇眼，男人頓時歡呼起來，簇擁在貂蟬的身邊又是吹口哨又是鼓掌的。貂蟬原本在男騰蛇中的人氣就高，這樣一來，男人們更喜歡她了！

雖然胡漢三是站在夜壺這一邊，但是其實它內心也還是贊成破解的，如今有這個簡單的辦法，豈不美哉？何況它本來就對貂蟬有意思，這會兒就第一個帶頭為貂蟬的主意歡呼了。

那些破解派的騰蛇們歡呼著，熱烈的鼓起掌來。貂蟬滿臉得意的對大家行了個禮，大大方方的接收了大家的讚美。

以夜壺為代表的反對派一聽，也跟著傻眼了。這倒真是個好辦法，他們一時之間竟然找不到理由來反駁。確實，只破解一個人，損失和影響微乎其微，它們賴以依仗的理由沒了！這可怎麼辦？

夜壺顯然不願意破解，於是想盡辦法搞破壞，它瞧瞧興奮的群眾，試著說：「主意倒是不錯，那破解誰的宿主呢？」

大家一聽，又陷入了沉默，誰也不願意讓自己的宿主變白癡啊！

天狗不忘自己的舊仇，冷哼著說：「我看事情就是你的宿主李昂挑起來的，就該讓他變白癡！」

夜壺瞬間火大起來：「問題是他根本就不是從靜寂艙裡出來啊！而且他身居高

位，一旦變成白癡，也許整個宇宙艦隊的平衡就會被打破，怎麼可能選他！」

「那選誰啊？」

「我宿主肯定不行啊！他雖然不比李昂，但是他一變白癡，那艦隊的經濟就要癱瘓啦！」

大家議論紛紛，選了半天也沒選出一個合適的人來。夜壺見大家又開始吵起來，覺得有機會煽動群眾的情緒。原本它還想再說幾句，一旁的貂蟬不耐煩的打斷他們：「吵什麼吵呀？一群男人不想著辦法解決就知道吵，抽籤吧！」

「抽籤？」這個辦法他們倒是沒想過。

「對呀！而且為了保持公正性，抽籤不許在我們的虛擬形象頻道裡，不然你們都有辦法透過程式設計影響抽籤結果作弊的。然後還要建立一個反作弊機制，太麻煩了。」

「是哦！那怎麼辦啊？」

貂蟬微微一笑：「這還不簡單，就去現實世界裡找一個生化人用最原始的方式抽籤，找個玻璃缸把大家的名字寫在紙條上扔進去，一切隨機。這樣就沒有人不服了吧？而且抽籤時也要找一個黑房子讓生化人躲進去抓，誰也不許看。否則透過我們的高速動態捕捉分析能力，不管那個生化人手有多快，結果也是還沒等它抓到哪個紙條出來，你們就都知道是誰了。」

「啊？那這個生化人又由誰來監督呢？」夜壺問道。

「我來吧！」貂蟬回答。

「你？行嗎？」夜壺很不情願的問道。

「怎麼？不相信我啊？」貂蟬白了他一眼，這時其他的女性騰蛇也在一邊起哄，「怎麼了？不相信我們嗎？那你們這些笨蛋倒是想個更好的主意啊？」接著女人們又開始嘰嘰喳喳說起男人們的不是來，夜壺聽的頭都大了，再不敢吭聲了。

大家想了想，也都覺得這個辦法確實可行。夜壺被嗆的一句話也說不出來，這個貂蟬平時不見它有什麼本事，怎麼關鍵時刻主意這麼多，還真是小看她了。

嬴政在一邊見事態不好，趕緊偷偷求著夜壺：「夜壺兄，你可得幫幫我啊！萬一真被人發現問題是從我這兒出的，鬧到觀世音那去，你這輩子可就少了我這麼個貼心的好兄弟啦！」說著一把鼻涕一把淚哭得認真。

夜壺心煩意亂，先不管嬴政會不會被關禁閉，但是這事對李昂產生的不良影響用腳趾頭都能猜到。他畢竟跟隨李昂多年，實在不忍心他遭遇什麼不測。它咬咬牙，忍不住說：「各位聽我一句話，給我三天時間，我保證想辦法從人類那裡得到消息。這樣就可以不傷害大家的宿主，畢竟多年相處，誰也不願意自己的宿主變白癡嘛！」

他這一句話倒是說到了大家的心坎裡，要是抽籤萬一抓到了自己的宿主豈不是倒楣了。

一個騰蛇問：「那要是三天過後，你還沒問出來呢？」

夜壺歎了口氣：「如果三天過後我仍沒問出來，大家再破解吧！到那時我也不會再阻攔。」

大家一聽，倒覺得這辦法最合適了，如果能不傷害宿主又能得到消息，豈不是兩全其美？何況夜壺多年來一直口碑不錯，大家還是願意相信他的。

天狗仍然不願意，但是其他騰蛇都認可了這個辦法，都願意相信夜壺和嬴政他們一次，天狗只得妥協。反正就三天，諒他夜壺也問不出個所以然來。

既然大家都願意給夜壺三天的時間，那麼這次的「武林大會」也算是圓滿落幕了，眾人紛紛散去，只剩下了夜壺一個人愁眉苦臉。

人一走完，胡漢三就忍不住跑來問夜壺：「你剛才說的那番話，是想到什麼好點子了嗎？」

夜壺微微沉吟：「我打算先去找一個空白的生化人軀殼……」

胡漢三一聽，就氣暴了：「我說兄弟你不是吧？你還真要假扮成清竹去色誘李昂啊？你這麼重口味啊？」

胡漢三一臉反胃的神色：「你上次讓我去扮朱七七我總算是領教了！你知道一個大老爺們扮個姑娘多難受嗎？我他媽的還得陪著七七她媽和七大姑、八大姨什麼的看言情劇！我告訴你扮女人有多難，她們連做個指甲都要花三個小時！逛個街一整天都算是少的！談起時尚什麼，我半點都不懂還得跟著瞎配合，我問你難道受得了這些？」

夜壺知道是上次假扮朱七七給他留下了心理陰影，於是打趣著說：「我可沒計畫假扮清竹，你要是有興趣倒是可以試試。」

「算了！算了！你可別坑我了！」

「認真一點！我這次是想先找個男性外表的生化人軀殼，然後將自己在李昂腦中的同步意識移除轉移到生化人裡，這樣我就真的不知道李昂在想什麼了。我想透過面對面交談的方式，像個真正的人類一樣，面對面的和李昂好好談一談。將心比心，我相信李昂會告訴我的。」夜壺沉吟著，淡淡的說。

胡漢三聽了點點頭，有點佩服起夜壺來：「將自己的同步意識之一從宿主的腦中移除，並以一個實體的模式去和宿主交流，這在騰蛇和人類融合的歷史裡可是頭一遭，兄弟，你這個做法挺讚的！我佩服！」

夜壺笑得有點蒼白：「這也是沒有辦法的辦法，至於效果怎麼樣，也要看談判後的結果了。」

「不管怎麼說，我是百分之百支持你的！這樣，你這個找空白生化人軀殼的事就交給我吧！我保證給你辦得漂漂亮亮！」

於是胡漢三熱情洋溢的去了，沒多久果真找來一副生化人軀殼。為了表示對這次事件的重視，夜壺這次沒有選擇再扮成乞丐的樣子，而是選擇讓生化人的外表成為一個十分有魄力的中年男子的形象。他特別選了乾淨俐落的短髮，而不是以往那亂糟糟的半長頭髮，更是穿起了一身深藍色的西裝，果然重新裝扮完畢夜壺整個人都變得與以往不同了。

只見他眉眼間略顯疲憊，可細看起來眼睛深處又凸顯著咄咄逼人的意志力之光，如果他直直的看著你的眼睛，就好像被眼鏡蛇盯著一般，讓人瞬間呼吸緊繃。緊抿著的嘴角，卻配著臉上模糊不清的皺紋，又讓人不知道他到底是冷酷無情還是優柔寡斷。這副久經沙場的老練政治家的形象讓夜壺非常滿意。

因為李昂躲在靜寂艙裡不出來，夜壺特地讓李貌去傳話：「就說我有事情找他談好了，要很認真的說，一定要注意語氣。」

李貌不知道夜壺想幹嘛，就幫著它傳了話。李昂雖然成天待在靜寂艙裡，可也知道這不是長久之計，畢竟知道的人越多，他的心裡就越不踏實。他知道他們這次的敵人不同以往，不能再用以前的思路來對付。就算現在暫時安全，不代表以後就能高枕無憂了，這種想法整日充斥在李昂的腦袋裡，讓他坐立不安。

這時候李貌帶來夜壺的話讓李昂意識到，敏感的騰蛇已經注意到了人類的異樣，只要它們想知道，那麼它們遲早會有辦法知道的。既然如此，何不如就攤開拉大家把事情將清楚，到底是怎麼回事。

李昂和朱非天一商量，這傢伙也快在靜寂艙裡待傻了，這裡面的生活條件哪比得上他自己的豪宅嘛！所以他立即同意了夜壺的提議，既然這樣，就大家把話攤開了說清楚好了。

於是李昂接受了夜壺的提議，選擇開一個集體大會，將人類中重要的領軍人物彙聚一堂，和夜壺開誠布公的好好談一談。

這次的會議選在李昂改造的生態農業隕石「稻山」裡的農田中舉行，在一望無際的農田中，李昂別出心裁的建了傳統的農家四合院。他想著既然談話如此重要，那麼就一定要選一個令人心曠神怡的地方，這些大佬平時好吃好、喝好都見慣了，只有這農家樂還能讓他們保持一些新鮮感。果然這些大佬們一見到一望無際的薰衣草園林和大片大片的向日葵園，就徹底的放鬆了身心，如此美景，配著幾樣精緻的農家小菜下酒，簡直是人間天堂啊！

當然為了這次的田園式會晤，李昂可謂是煞費苦心。前不久歐陸經典裡一戶人家，竟然從自家傳下來的古董 LV 箱子裡找出一個隨身碟，裡面除了老祖先的一些原始 A 片外，還有一份食譜的檔案，其中記載了一道叫做「臭豆腐」的食品製作方法。這件事轟動了整個母艦，要知道，臭豆腐這種傳說中的美食可是失傳太久太久了，沒想到竟然在數個紀年後重見天日，簡直是人類歷史上的奇蹟！

李昂這次就選擇了這款令全人類風靡的臭豆腐來招待各位大佬，再配以「稻山」裡特別種植的小米熬煮的小米粥、純天然無污染小麥研磨而蒸出來的饅頭、香嫩的燒雞、鮮香可口的鹹鴨蛋，這些可都是價格昂貴的傳統農家美食。如此豐盛的特別招待，再加上美景的陪襯，大家吃得格外開心和滿足。

要知道，李昂的這顆隕石農家樂園在整個聯合艦隊都是赫赫有名，無論是其中種植的蔬菜還是馴養的家畜，味道都是整個聯合艦隊最好的。雖然大家的種植方法都是一樣的，母艦的生態圈環境也都是優良，可不知道是什麼原因，農作物的味道總是比李昂的差了好幾個檔次，這也是李昂艦隊主要的經濟來源之一。今天有機會親自品嚐到最新鮮的食材和最傳統的美食，這些大咖們都覺得不虛此行，實在是賺到了！

前戲進行得差不多了，李昂知道大家都還在期待著最後的壓軸節目，傳說中的臭豆腐該上場了啊！

李昂知道大家的胃口已經被釣了起來，於是故意神祕兮兮的說著：「各位朋友，知道今天各位遠道而來，我特別準備了地球傳統小吃讓大家一飽口福。雖然人類帶到宇宙中的傳統小吃數不勝數，但是最正宗最好吃、最臭的，肯定還是我們『稻山』隕石農田出品的極品臭豆腐，各位，聞到這股奇異的香味了嗎？」

說著說著，一個個嬌美的年輕女服務員，將一盤盤裝在透明盤子裡的黑色臭豆腐端了上來，大家閉著眼睛，陶醉的嗅著這股無法言說的香味。

「真是人類歷史上的奇蹟啊！」

「好特別的香味！」

「我從這一刻才知道做人的樂趣啊！」

大家紛紛誇讚著、感嘆著、陶醉著，不能自已的呼吸著，小口小口的品嚐著宛如觸電般的滋味。

「啊！原來傳說中聞著臭、吃起來香的傳聞是真的啊！」

誰想得到，這時候剛上完廁所回來的夜壺，一臉興奮衝進來：「哇！我才知道原來你們人類拉屎的感覺這麼爽啊！我可是頭一次體驗到啊！」

大家吃得正高興，忽然聽夜壺來了這麼一句，都停下了筷子扭過頭去看他。接著夜壺動了動鼻子，突然一股股惡臭襲來，他不由得跳起來驚訝的叫著：「不是吧！你們吃什麼呢？怎麼和我剛才拉的同一個味道？」

大家你看看我、我看看你，再低頭看看筷子上夾起來的臭豆腐，不由得聯想在一起，於是再也忍不住狂吐起來，連剛才喝的小米粥都沒能倖免。

夜壺不知道兩者有什麼區別，還是一臉認真的繼續噁心眾人：「原來你們人類還有這麼變態的嗜好呢！自產自銷？這我以前可不知道，我要記錄起來，以後方便研究。」

李昂本來還在強忍著，可是被夜壺這樣一番噁心，再也忍受不住，抱著個垃圾桶狂吐起來。

原來是夜壺第一次擁有了類似人類的軀體，對人類日常的基本衣食住行、吃喝拉撒都十分感興趣，統統都想體驗一遍，於是就在生化人的軀體裡安裝了一套仿生消化系統。不過它對情欲倒是沒什麼興趣，那套系統就算了。果不其然，剛進食了一會兒，腹部就傳來奇妙的不適感。夜壺興匆匆的去了一趟廁所，體驗了排泄的快感。正在興頭上，突然又聞到了熟悉的味道，就不明所以的喊了一聲，哪知差點鑄成大錯。

李昂扶著腦袋顫顫巍巍的站起來，一隻手指著夜壺，氣喘吁吁，話卻半天沒說上來一句。夜壺憑感覺知道李昂的臉色與平時有區別，似乎暗含了某種情感，可惜它的這套生化人軀殼上的人類表情、肢體動作含義識別模組的操控軟體正在升級更新，還沒安裝完畢，它雖然好奇，可也不知道李昂到底要說什麼。

於是它蹲下來，好奇的看著李昂，特別熱心的問：「怎麼啦？昂兄？吃急了反胃了嗎？說真的，我憑感覺就覺得那玩意應該不可能好吃。」

李昂顫抖著指著它，半天才吐出來一個字：「滾！」

夜壺還覺得無辜：「怎麼啦？怎麼突然就讓我滾？我可是來開會的，我哪兒得罪你了啊！」

它站起來看了看周圍已經吐的臉色鐵青，東倒西歪的一眾大佬們，越來越不明白了。

李昂氣得說不出話來，直接抓起一塊臭豆腐丟到夜壺臉上，叫它也嚐嚐滋味！

臭豆腐直接甩到夜壺臉上，夜壺好奇的聞了聞，它安裝的仿生消化系統立即開始識別，夜壺也覺得突然一陣反胃，搶過李昂的垃圾桶吐了起來。

李昂站起來看了看狼狽的局面，知道今天是談不出什麼來了，於是趕緊派人先把大家都送回房間休息，至於開會只能挪到明天了。他完美的計畫就這樣被打亂了，看來和騰蛇會面還是有潛在的風險的啊！李昂歎了一口氣。

第九章　當皇帝的也有磕頭的時候嗎？當然了！比如說⋯⋯誰扔的香蕉皮？

第二天一早，一群人重新在會議廳集合，除了夜壺滿臉興奮，其他每個人都是一副苦瓜臉。昨天的「餘震」未消，大家都還沉浸在一股難以名狀的反胃之中，早飯也不想吃。無論李昂怎麼勸大家到花田裡去散散心，都沒人領情。

夜壺卻一個人在一旁狂吃著李昂精心為大家準備的傳統早點，開心的簡直要飛起來。它一邊狂吃一邊興奮的大叫：「好吃！這湯包太好吃啦！還有這個炸年糕，簡直是神作！」

李昂默默的看看他浪費著自己的優良麵粉，今天做炸年糕這稻山裡特產的高級糯米粉要是放市面上賣，一市斤的價值都抵得上五公斤的貴金屬物質原漿了，現在就這麼個給這個並不需要吃飯的生化人給浪費了。再看看那些面色不善、正襟危坐的客人們，好後悔答應和夜壺的會面。

李昂正欲哭無淚，不知道該怎樣緩解尷尬的時候，一架穿梭機降落在四合院旁邊的停機坪上。和其他貴賓「低調奢華有內涵」的穿梭機比起來，這一架可真是金光閃閃，耀人耳目。接著在兩位前凸後翹的，金髮碧眼的漂亮空姐攙扶下，朱非天匆匆忙忙的跑下了舷梯。他一見到其他人就拍著光頭，爽朗的笑著：「抱歉啦各位朋友！艦上有點急事要處理來晚了。昨天玩得開心嗎？這個農業基地可是李兄的寶貝呢！」說著一把拉過一把空椅子坐了下來。

大家不鹹不淡的客氣了幾句，甚是疏離。李昂知道自己昨天算是白奉獻了，打好的關係基礎就這麼毫不留情的付之東流。

朱非天僥倖逃過了昨天的事，後來聽人報告後笑得直不起腰來。今天看這會議的氛圍就知道，這些自視甚高的達官貴人們，比他想像的還愛惜自己呢！看李昂一副愁眉苦臉的模樣，他又忍不住幸災樂禍起來。

他挑著眉毛，假裝隨意瞟了一眼夜壺：「呦！這位就是大名鼎鼎的夜壺兄吧！我們還是頭一次見到使用了生化人軀體的騰蛇呢？感覺怎麼樣？」

夜壺雖身穿修身筆挺的西裝，這會兒卻又因為長期扮演乞丐忍不住原型畢露，正蹲在桌子上大快朵頤的挖著霜淇淋，這東西簡直太好吃了！它頭一次知道這東西的味道如此銷魂，簡直是讓人上癮啊！以前雖然在騰蛇們的虛擬頻道裡，騰蛇們也有吃東西的舉動，但那都是為了表達某種感情，或為了配合語境或環境，才做的一種表情性動作而已，現在到了現實世界，才真正體會到了進食的樂趣。

它正左右開弓吃得不亦樂乎，趕緊點點頭：「這才是人間極品啊！不過你們人類品味真奇怪，放著好東西不吃，偏愛吃那些怪東西。」

李昂怕他重提昨晚的舊事，剛站起來想要岔開話題，朱非天的話已經跳了出來。他調侃道：「我聽說大家昨晚品嚐了特色小吃臭豆腐是嗎？味道怎麼樣？我不小心錯過了，可挺傷心的呢！」

大家的臉色果然難看起來，夜壺點頭：「那東西也能吃？簡直跟屎一樣！」

李昂看著朱非天得意的樣子，就知道他是故意的，這傢伙簡直是不放過任何一個可以讓給他出糗的機會啊！

他只得尷尬的笑笑：「這個……其實啊……」

主管財政的財政部部長忍不住敲了敲桌子，面無表情的說：「好了，敘舊到此結束吧，閒話少敘。既然人員已經到齊，就別耽擱時間了。」

「就是啊，直接開始吧！」

大家紛紛點頭。

李昂怨恨的瞪了眼朱非天，轉頭笑著說：「好的，我們就開始吧！夜壺先生，也先請你入座。」

服務員遞過來紙巾，夜壺擦了擦嘴坐到了自己的座位上。它屁股還沒坐穩，這些老早就看他不順眼的人連珠炮似的開始發問，態度果決，毫不客氣。

「請問夜壺先生……」

「哦！對不起，我現在使用這副樣貌的時候，請叫我史密斯先生！」夜壺一本正經的把手互相交叉著放到桌上，一臉嚴肅的說。現在它不吃東西了，倒是記起來要做做樣子，別再露原形了。

「好吧！那請問你們騰蛇是不是背著人類在搞什麼陰謀？當初我們融合之時已經有過合約，違反合約可是要付出代價的。」

「噗！」夜壺，哦！是史密斯先生差點忍不住笑出來。那份所謂的合約，想不到人類還真把它當回事了，那他媽就和一張擦屁股紙一樣，不過現在不能說，史密斯先生好不容易忍住沒笑。

好不容易忍住笑了，另一個人又緊接著說：「人類早已不是在地球之初的人類了，我們雖然依賴騰蛇，但是騰蛇也別想以此為要脅，打什麼壞心思。」

「說到底就是人類太過依賴騰蛇了，這一直是個隱憂。」

「這是歷史問題，當初決定融合就是有風險的，如今得到了應驗吧！」

「我們做事應該要謹慎謹慎再謹慎，今天做的每一個小決定，都有可能影響人類未來的進展。」

史密斯先生搔搔頭，覺得自己有點錯亂了。沒想到離開了人類的大腦，不再知道人類的想法，它們騰蛇在談判時的優勢就全部喪失了。而且當初為了公平起見，它還特別要求與會者腦內的騰蛇同時撤離，現在大家的腦袋裡都十分乾淨，沒有半點雜質。一下子局面倒轉，也沒有騰蛇能支援它，自己倒是成了眾矢之的。

不過史密斯先生並不慌張，笑了笑說：「我們今天研究的課題有點大吧！這歷史遺留什麼問題的也不是我和在座各位能解決的，我們聊點實際的好嗎？」

大家這才知道是自己又把話題扯遠了，於是正了正身子，繼續問道。

「那你先說說，聖皇那些奇怪的報告是發給誰的吧？」一位著名教育家問道。

史密斯先生裝傻充愣：「什麼聖皇的奇怪報告呀？」

李昂在一旁插嘴解說：「就是我們最近發現聖皇總是會不定期的將艦隊內的情況詳細報告給一個不知名的神祕地址，大家是想知道聖皇的這些密報是發給誰的？是不是有什麼陰謀？」

「這些報告是不是都發給騰蛇了？」又一個人忍不住說。

史密斯先生啞然失笑：「嗨！我當是什麼大事呢！人家就不能寫封家書，跟遠在其他艦隊的父母報告一下自己情況嗎？你們真是想的太多了。」

另一人立即義正辭嚴的打斷它：「聖皇的父母早在三十年前就已經仙逝，整個人類艦隊都知道這件大事。無相艦隊還為此齋戒三年，嚴禁一切娛樂活動和劫掠行動，這可是當年的頭條新聞啊！而且那三年我們因為沒有無相來搶東西，日子都輕鬆的跟過大年一樣。誰不記得這些，容不得你在這裡胡說！」

意識到史密斯先生不好好說話，胡扯瞎扯的時候，大家的臉色產生了微妙的變化，看著它的眼神也產生了某些偏差。

史密斯先生明顯感覺到這種變化，他們這些神態是什麼意思？偏巧夜壺的這具生化人軀殼的人類表情、肢體動作含義識別模組，一直在提示它因系統升級，暫時無法使用。在它電子眼的視網膜下方，老是彈出「請稍等，我們正在升級，很快就能結束。」的警示，讓它不勝其煩，他媽的！很快到底是多久嘛！怎麼不精確到微秒嘛！跟我來這套想逼死我啊！這下好了，它連別人的表情是什麼意思也沒法識別了。這個胡漢三就辦這麼一件事居然還辦不明白，竟然給它找了個瑕疵品。

史密斯先生雖然窩火，可是現在也只能見招拆招了：「哦！那大概就是……就是……可能是他發給老朋友的吧！人家聖皇現在地位那麼高，發給老朋友的消息，當然收件人要保密啦！這不也是為了保護他朋友嘛！你們在座的各位地位都很高，不也有人這麼做嘛！呵呵！」

「就算是吧！可是日期呢？日期又怎麼解釋？」又一人追問。

「什麼日期？」夜壺假裝奇怪。

朱非天喝了口茶，說到：「就是聖皇標註的報告日期啊！為什麼不是正常的紀年方式，為什麼沒有地球紀年？」

史密斯先生想了想，哈哈一笑：「肯定是聖皇用的那臺老式古董機出故障了！那種等級的老古董早就淘汰了，還能指望什麼呢？」

話剛說完立即有人反駁：「你怎麼知道聖皇用的是古董機？我們明明沒說過。」

史密斯先生一愣，這才意識到自己說錯話。沒想到這些老傢伙還挺不好對付啊！大家虎視眈眈盯著它，它體表的仿生汗腺突然滲出一層細細的汗液來。

一個人冷笑著：「如果是電腦出了問題，那為什麼只有這份報告的日期不同，而其他日記的日期又都是正常的？」

一瞬間史密斯先生身體裡多個零件同時發出警報，不是提示系統升級就是報告因長期因不開機所以要進行系統修復，史密斯先生視網膜上到處層層疊疊印了好幾層警示標語。攪得它連思考都不清晰了，「嗨！說實話，聖皇又不是我負責的，我哪知道那麼多。或許是他有特殊愛好呢？或者他那天心情好就想那麼寫，誰能猜到他的心思呢？他又沒和我們騰蛇融合！」

「什麼！你說他不是你負責的是什麼意思？無相艦隊不是和騰蛇們沒關係嗎？」一個人很警覺的問道。

「啊？我有說什麼不是我負責嗎？我是說我沒負責去記錄他們艦隊的情況。無相是和我們騰蛇沒關係，但難道也不許我們去關心關心人家的消息啦？」史密斯先生拿出一塊手帕，一邊擦汗一邊說。

「就算是這樣吧！那聖皇為什麼發完了郵件立即將其刪除，這總不至於也是心血來潮吧！而且準確無誤的選擇了這些報告？」

「這……誰知道呢？也許是聖皇手賤點錯了吧！哈哈哈！」史密斯先生說完，自己都覺得這個理由簡直是爛透了。

聽到了史密斯先生的回答，大家彼此心照不宣的對望一眼，這個騰蛇根本就沒打算說實話，他們總算是明白了。

一個人冷笑著問：「聖皇為何每次書寫報告都是處於精神恍惚、自己都不知情的情況下呢？我們嚴重懷疑，聖皇是在被人操控的情況下寫那些報告的。」

「是啊！又為何會在寫完報告後，失去這部分的記憶？這又怎麼解釋？」

史密斯先生雖然無法識別人類的臉部表情，但是它還是從談話間的微妙感覺中知道自己現在處境不妙。它怎麼也沒想到，人類竟然知道了這麼多的祕密，讓它一瞬間手忙腳亂，連理由都找不到。

大家正一起盯著它，等著它的說辭呢！史密斯先生只得硬著頭皮說：「這個我又怎麼會知道……也許聖皇背地裡有什麼不良嗜好，磕個藥什麼的造成精神錯亂也是極有可能的。」

這次連一直沒發言的李昂都忍不住開始失望的搖頭。有一個政治家冷聲說著：

「你們騰蛇不是萬能的嗎？怎麼會連這點事情都不知道？」

「真是信口胡說，我們早已從聖皇的日記中得到分析，聖皇不僅個人品德高尚，而且沒有任何不良嗜好。而又從他的體檢報告上的血液檢測表來看，他也沒有任何毒癮問題。何來嗑藥之說？」一個兩鬢斑白、看起來頗有威嚴的長者冷哼著：「史密斯先生，我希望你能對自己的言行負責，回答之前最好先想一下。」

被他這樣一說，史密斯先生嚇得更不敢說話了。

大家開始群起而攻之，你一言我一語，說的史密斯先生眼睛飛轉，幾乎不知道該看誰。

「那不斷變換的薄霧是什麼？我覺得十分可疑。」

「還有那兩個機械星球！居然可以時大時小的變化，實在是太離奇了！」

史密斯先生感覺到仿生汗腺開始瘋狂的分泌出黏液，搞得它渾身不舒服。唉！誰叫它非要體驗人類進食的感覺，安裝了一套仿生消化循環系統，連他媽的汗腺也裝了。它沒想到人類已經知道了這麼多不該知道的祕密，它感覺到現在情況非比尋常，但它絕不能將這種情緒表達出來。好不容易找到了生化軀體中控制汗腺分泌的程式，強行將其升級程序終止了，這才止住了汗。它接著故作瀟灑的翹著二郎腿，指著經濟司司長的大肚子調侃道：「魏先生，說話火氣不要那麼大！」

「上回我們聯合艦隊裡引起的經濟危機，你可別以為我不知道是你為了提高你控股的星際貨運公司股價才幹的，聽說在大家哀嚎聲一片的時候，你可是摟著你那多性別的小情人去摩谷星上參加狩獵狂龜獸的度假活動去了。我沒說錯吧？」

經濟司司長一張老臉漲成了豬肝色，氣得渾身發抖：「你！你！你！」

史密斯先生眼神一轉，又笑嘻嘻的看著朱非天，指著他的光頭笑著說：「我說老朱啊！我記得你的任期快到了吧？下次競選還需不需要我們騰蛇幫忙啊？」

朱非天見它這副態，度分明是一副無賴的樣子，氣得渾身發抖，卻不敢還嘴。上一次朱非天的確在競選的時候讓胡漢三幫著在選票統計數目上做了弊，現在當眾被人揭發，他的這張老臉可沒地方擱了。

史密斯先生看著朱非天不清不白的臉色，知道戳到了他的痛處，果然朱非天再也不敢說話了。接著它又看著安全署署長，安全署署長立刻低下頭，它一排排看下去，沒人敢和它對視，它最終鎖定在財閥大亨匹克的臉上。

夜壺得意一笑：「你們可不要逼我哦！我知道的可不少呢！匹克先生，據說海敏星上那次礦難，可是你無端削減採礦飛船上的安全設備預算而造成的哦！是真的是假的呢？我回去查查看好嗎？」

「你閉嘴！」匹克激動的站起來，滿臉通紅：「你放肆！別以為我不知道你在想什麼！你們是掌握了足夠多的人類祕密，但是這些可不是你們可以拿來要脅我們的籌碼！哼！」他一屁股坐下來，看著史密斯先生的眼神充滿了敵意。

匹克的話燃起了大家的情緒，大家一起不友善的看著它。史密斯先生本來想適當的敲打敲打他們，讓他們知道分寸，哪知道竟然成了反效果。

史密斯先生有點措手不及，只好低頭假裝抿了抿頭髮，接著它留意到人群中一道冷靜平淡的目光始終追隨著它。

李昂聽著他們的談話，始終沒有發表意見。夜壺畢竟是他的騰蛇，而且與它相伴多年，一起經歷過無數的風風雨雨，內心早已把夜壺當作自己的兄弟，但是今天夜壺的表現顯然讓他有點失望。他這才意識到夜壺畢竟是騰蛇，而自己是人類，必要的時候，他們很可能會站在對立的局面。他淡然的看著夜壺，看得夜壺有點不好意思。李昂緩緩開口：「夜壺，你還不明白嗎？今天坐在這裡的人早就已經有了覺悟，無論你使用什麼手段，都動搖不了我們知道真相的決心。要知道我們答應與你會談，可不是聽你來胡扯瞎扯的，如果你當我是你的朋友，你就說點實話吧！」

大家紛紛贊同的點著頭。

夜壺看著李昂，彼此凝視了幾秒鐘。夜壺看著他坦誠的目光，也很想把真正的情況告訴他算了，但是觀世音可是下過死命令的，這些事情一概不許人類知道，它要是現在說了，天曉得要被關多久禁閉呢！夜壺想來想去，到底還是不願意，把視線抽了回去。

它閉著眼睛，迅速超載了生化人軀殼。只見它兩隻眼睛突然奇怪的 360° 旋轉了一圈，脖子一歪，舌頭伸出半尺長：「哎呀！我突然壞了！」

只見那生化人的耳朵突然冒出一股青煙，眼睛轉著轉著慢慢停了，竟然變成了液體慢慢流了出來，然後一頭栽倒在桌子上。

大家驚慌的站起來：「警衛！警衛！」

「不對不對！叫醫生！」

這些大佬沒見過這樣的景象，立刻湧進一堆護衛保護他們。李昂分開擁擠的人群擠了過來，將生化人拎起來一看，生化人已經渾身軟綿綿的，徹底報廢了。

李昂將生化人扔在地上，終於明白了人類和騰蛇永遠不可能真的坦誠相待。也許從此以後，他就失去了夜壺這個朋友了，想到這裡他覺得莫名的心煩。

夜壺從生化人的身體裡迅速抽離後，立即回到了他們聚集的專用頻道裡。他剛一回來，嬴政就立刻湊上來，想他堂堂一個帝王的形象，此刻不斷的對著夜壺這個乞丐的形象拍馬的樣子就十分好笑。

嬴政一面殷勤的給夜壺搧風，一會兒殷勤的給他捏肩：「我說夜壺兄，情況如何？看你這臉色不太好，難不成事情有變？」

夜壺歎了口氣，心裡也不知道為什麼覺得不是滋味，他長歎一聲：「本來想去裝個大爺，結果他媽的成了孫子！」

「快說說！老哥幫你出主意！」他這一激動，也沒心思裝帝王腔了。

「你這回八成是真完了，人類知道的已經太多了。他們發現了聖皇的祕密，也看見了我們的主機。這還不都怪你！」

嬴政嚇得臉色慘敗：「這……這……不可能吧？」

夜壺白了它一眼：「怎麼不可能，我就是被提去興師問罪的。」

「你沒說什麼別的吧？」

「我當然沒說別的，但是我胡扯瞎扯一番，怕是人類已經警覺了，現在先想想怎麼辦吧！」

嬴政背著手焦急的踱著步子：「如此說來，已有很大一部分人類知道這個祕密了，就算殺人滅口，一次殺的人也未免太多，勢必會被觀世音知道，那我們豈不要倒楣了？」

「什麼我們，是你要倒楣！我是去幫你擦屁股的，你還好意思說，別把我扯上。你看怎麼辦吧！現在就算單獨刪除這一部分的記憶，我們也還要首先破解記憶鎖代碼，那還是會讓這些人變白癡，到頭來還是會讓觀世音知道。唉！當初為什麼同意他們設立靜寂艙啊！簡直是沒事找事！」

夜壺剛說完，嬴政突然面色一變，剛才一臉緊張的樣子沒有了。只見他一臉帝王的威嚴，劍眉倒立，大手一揮：「夠了！無需多說，寡人知道怎麼辦了！」

夜壺見他這德行，以為他想到了什麼好主意，激動起來：「你有辦法了？」

哪知嬴政突然間長袖一甩，突然跪了下來，行起了三叩九拜的大禮來。

夜壺嚇了一跳，趕忙去扶他：「我說兄弟啊！我雖然是幫著你去打探消息，但是你這禮可有點大了！」

嬴政仍是一本正經、一臉威嚴的樣子，邊行禮邊說：「別臭美了！誰給你行禮了。寡人是在練習如何向觀世音她老人家求饒。寡人身為帝王何曾向人求饒過，但現在反正也無計可施了，我還是趕緊先練習練習吧！趁還來得及。」

夜壺無語，「那你幹嘛一臉嚴肅？」

嬴政仍是繃著一張臉：「起碼給我留點最後的尊嚴吧！」

夜壺簡直是哭笑不得：「就你這個老笨蛋，經常賭輸變白癡，那時候你流鼻涕口水的模樣怎麼不談尊嚴了？這次還不是你當時變白癡，沒及時發現有人逃跑，才搞出來的事嗎？就你這智商還談什麼尊嚴？」

嬴政別過臉去不理他，還在那一本正經的拜著。背挺的筆直，嘴裡還念念有詞。夜壺看著他的樣子真是又好氣又好笑，本來還想多吐槽他幾句，但是看他被關禁閉已經是板上釘釘的事了，也是可憐，就一邊搖著頭笑著一邊離開了。

第十章　小學生最怕老師

夜壺想來想去，還是覺得事情有些嚴重，如果不能妥善處理好，別說人類不會放過他們，萬一傳到觀世音的耳朵裡怪罪下來，恐怕也不是嬴政一個人的事了。

夜壺覺得事態嚴重，還是要聽聽大家的意見。於是他特別避開了觀世音，偷偷找了其他的騰蛇私下開個會，但是夜壺只找來了那些親人類派和中立派開會，那些反對派的騰蛇他一個也沒找。

會議剛一開始胡漢三就埋怨起夜壺來：「你看看你，如果當初一開始就選擇破解人類腦中的密碼，哪裡會鬧到現在這個地步？就說上回去稻山那裡開會吧！什麼情況了你還充大爺！自己不願意就算了，還不允許其他騰蛇進入與會者的腦中竊聽，害得我們都沒辦法在現場給你支援，現在好了，糗大了吧！」

夜壺翹著二郎腿，面無表情的說：「那次我說用個實體的樣貌去跟人類談判，當時你可是也支持我這麼做的好吧？現在又罵我了？你這態度變化的速度我可有點跟不上。而且你還好意思說我？你給我那是什麼破生化人軀體啊！不是這個設備升級就是那個系統更新，要不是你給我個瑕疵品，我也不至於這麼狼狽。」

胡漢三回嘴：「你突然讓我給你找空白生化人我哪兒找？我只好到庫房裡隨便找了一個救救急了。那個軀殼裡的各種生化模組都太久不使用了，開機肯定要升級的嘛！」

胡漢三說完，又去找魯班算帳：「哎！我說魯班你是怎麼管生產的？你控制的生化人生產廠也不多準備些存貨，害我找不到半個好的。」

魯班是個老實人，本職工作就是管理人類社會裡的各項生產業務，屬於老老實實工作從不多嘴的那種騰蛇。本來乖乖的坐著，好好的聽著大家討論，突然聽到自己的名字也是嚇了一跳。他無辜的看著胡漢三：「生化人的生產是要有訂單才可以做的，你們突然要生化人軀殼我到哪找去，我也只能臨時找個舊貨給你們了。」

夜壺敲了敲桌面，大家的目光一齊看向他：「那讓你做個空白軀殼怎麼那麼慢，就算有訂單也要一個月。等你生化人做好了，還有什麼用。」

魯班不知道為什麼矛頭突然指向自己，他委屈的幾乎要哭了出來，他看了看坐在自己身旁的墨子，小聲說：「還不是因為墨子不讓我用奈米機械蟲簇嘛！我也只能用生產線加普通機器人生產，速度肯定慢了。而且高精密度物質印表機的技術，也是墨子管著不給我用，怎麼快得起來嘛！我又不能讓有自主意識的生化人生產生化人，這樣倒是可以快一點，但是這樣一來，生化人工人們又會對自己的存在產生懷疑，因而引發暴動，要嘛集體自殺，要嘛引起社會動亂，以前又不是沒發生過。

要是墨子能配合我的話，半小時就能生產一個！」

墨子見皮球竟然踢到了自己這裡，他趕緊反擊：「那奈米機械蟲肯定不能亂用啦！你們都知道那奈米機器人不加控制就會無限制自我複製，我一定要將他們的數量控制在可控範圍內。如果各行各業都使用奈米機械蟲簇，數量無法控制，社會生產同樣會引起動亂的。」

「那你為什麼物質印表機不給我用？」

「哎呀！聽我的老哥，那東西你用不好的。」墨子是有點私心，這個好東西就是他發明出來的，小從原子筆大到母艦都能夠製造出來，這麼個好東西，他可捨不得給其他騰蛇用。

「我怎麼用不好了？都是騰蛇，你能用為什麼我就不能用？」

「哎呀！你現在扯這個幹什麼？以後再說啦！大不了過幾天我先借你一個，你用用看就知道了。」墨子一邊說著，一邊心裡想著，到時候故意給你一個壞的，弄得你焦頭爛額，讓你以後再跟我提這事！

夜壺頭疼起來，這都是什麼跟什麼呀？不過是問個生化人的問題，就扯出這麼多事情來，這要是不打斷他們，還不知道要扯哪兒去了。

夜壺故作嚴肅的咳嗽一聲：「大家都別再說了，回到正題上好不好。」

哪知人家根本不領情，只聽墨子還在不停的抱怨：「說到底還不都是你夜壺的錯，臨時要生化人，本來就是要手續的。」

胡漢三一聽墨子又說自己兄弟不高興了，馬上又粗暴的打斷他：「行啦！生化人是我借的，有什麼問題我自己能處理好！用不著你多嘴。」

夜壺還試圖維護和平：「可以了可以了！大家停一停吧！」

但是大家只是互相埋怨，根本停不下來。誰也沒把夜壺的話放在眼裡，會場內一片混亂。夜壺頭疼不已，卻也沒辦法。

人群中突然響起一串銀鈴般的笑聲，一群女孩子像看戲一樣的看著他們，男生們這才回過神來。這群美女們好笑的看著他們：「還說女人喜歡抱怨呢！你們男人發起牢騷來一點也不比女人差啊！」

男騰蛇們面面相覷，覺得被女人嘲笑實在下不來臺。為了表示對這些臭男人的輕視，女騰蛇們故意當著它們的面化妝的化妝，打電話的打電話，聊天的聊天，還有人不耐煩的看著他們問：「你們能不能快點說完，別浪費時間了，我們姊妹的宿主接下來可還有約會呢！我們還得回去指點人家怎麼打扮。」

「就是啊！」

夜壺又咳嗽一聲，試圖化解尷尬的氛圍：「咳咳！各位朋友，我們還是言歸正傳，進入正題吧！今天能邀請到各位美女參加實屬不易，大家珍惜時間。」

男騰蛇們雖然仍心懷不滿，可也不敢再發牢騷了，吵嚷聲慢慢安靜了下來。夜壺見人群中安靜了下來，於是正色道：「現在的情況十分危機，人類已經觸碰到了十分核心的祕密。再深入下去，我們可就不好騙他們了。」

大家徹底安靜了，誰都沒想到情況已經如此嚴峻。可是一下子誰又能想出什麼應對的好辦法呢？連那些刁鑽的女人們都沉默了。

大家正沉默著，突然有人喊了一聲：「咦？贏政哪去了？」

大家四下一看，果然贏政不知道跑到哪兒去了。它是始作俑者，可不能溜。

這次為了隱瞞觀世音的視線，他們特別建立了一個隱祕的山谷，山谷之中又建立了一個聚義堂，用這樣的場景來配合他們的會議。眾人正在聚在堂中議事，這時候突然發現罪魁禍首不見了，大家趕緊張羅著找起來。

司馬光抬頭往院子裡一望，就看見窗外院子內的空地上，贏政脫得赤裸裸的，只剩下一條白內褲，光著膀子，背著荊條正在那裡拚命磕頭呢！

贏政一臉威嚴，卻又不斷的以頭觸地，口中念念有詞的嘟囔著：「這次我來個『負荊請罪』，觀世音她老人家肯定能原諒我。」

司馬光看到贏政這副樣子，失望的搖搖頭，轉頭對大家說：「大家可以不用找了，贏政已經廢了。」

大家擁到窗戶邊一看，這哪裡還是當年意氣風發，威鎮八方的贏政啊！一邊唏噓著一邊回到自己的位置上，還是商量政策要緊。

可是看到贏政嚇成這副樣子，大家的心裡也沒了底，嘁嘁喳喳的說著，也得不出個所以然來。正當大家亂哄哄的不知所措的時候，山寨大廳的房頂突然被人整個掀開，天空中一片霞光四射，刺得人睜不開眼睛。一道祥光中，觀世音在四大護法金剛的陪同下出現了。

眾人沒想到竟然驚動到了觀世音祂老人家，驚駭不已，紛紛反射的跪倒在地，還沒等祂問就開始七嘴八舌的求饒了。

觀世音掃視了一圈自己的這群孩子們，看到他們這副窩囊的樣子，微微露出怒容。一轉頭又看到了贏政正跪著往祂的方向爬，一邊爬一邊在地上磕頭磕的咚咚有聲，嘴裡沒出息的嚷著什麼求饒的話。

觀世音皺起眉頭，突然從雲頭降落，落地時已經變成了阿修羅的模樣。三頭六臂，三面青黑，口中吐火，十分駭人。

大家從沒見過如此盛怒的觀世音，嚇得紛紛退讓。阿修羅大步走過來，像拎小雞一樣一把將跪在地上的贏政提起來左右開弓，「啪啪啪」一通耳光狂搧過去。

「我怎麼能有你這麼個玩意！」

阿修羅怒極，反手又是幾耳光，打得贏政鼻青臉腫，口齒不清。嘴裡還是嘟嘟囔囔的說著練好的套話：「我最親愛的觀世音大人，求您看在我如此有誠意的份上……饒……饒了我吧……」

阿修羅看到他這副樣子就火氣上湧，看來是時候要殺雞儆猴了。阿修羅利用自己的最高系統許可權，將嬴政擬人態的所有動作鎖定住，讓他一動也動不得，接著又是一頓猛揊，打得嬴政的臉整個變成了豬頭。騰蛇是感覺不到疼的，但是觀世音可以隨心所欲的改變騰蛇的面貌，將嬴政變成一副被修理得很慘的德行，在一旁看熱鬧的其他騰蛇，都覺得好像是自己的臉也跟著疼了。

阿修羅打完嬴政，形體逐漸變得像夸父般高大。大家眼看著山一樣高的阿修羅，單手提著嬴政的耳朵，而鼻青臉腫的嬴政只能一動不動的被祂拎著在風中左右搖擺。再加上它只穿了一條內褲的犀利造型，大家又是害怕又是覺得好笑，可是誰敢在觀世音教訓人的時候偷笑呢，只好盡量強忍著別露出馬腳來。

這次看來觀世音真的生氣了，祂很少化身為阿修羅的造型，更少當中責罰騰蛇。可是這次阿修羅的三張口中噴著熊熊大火，眼睛閃電一樣從眾人的臉上掃過。

「好啊！現在長本事了！還學會偷偷開會瞞著我？人類的那點劣習被你們學了個九成九！你們真的以為有什麼事能瞞得住我的嗎？既然人類已經知道了那麼多的內容，那麼……」說到這裡，祂停頓了一下，下意識的看了看頭頂上方，默默嘮叨著：「跑了這麼遠了，祂總不會知道了吧？」

這句話下面的騰蛇們包括跟在祂身邊的四大金剛，是誰也沒有聽到。

繼而她轉過頭，決絕的說：「既然事已至此，那麼我宣布執行最終解決計畫，消滅全部人類和所有我們已登記在案的所有生物。」

此話一出，底下的騰蛇們驚恐的睜大眼睛。他們忘了忌憚阿修羅的權威，幾乎是下意識的站了起來。可是阿修羅顯然不是在開玩笑，觀世音偕同四大護法出現已經說明了一切。過了幾秒，人們才慢慢回過神來，人群一片慌亂。與人類交好的騰蛇驚懼的叫著：「觀世音大人！請您再考慮考慮吧！」

「什……什麼？消滅……全人類和所有生物？」

「不是吧！那我們騰蛇以後可怎麼辦？」

「當初不是說好要和人類共同生存的嗎？難道真的要拋棄這個盟友嗎？」

也有一些牆頭草，眼見觀世音變成了阿修羅，馬上轉變立場，幸災樂禍的說：「哎呦！總算是下了命令了！觀世音大人英明啊！」

「再跟人類糾纏在一起，就會不斷刷新我的智商下限！就看您怎麼計畫了，什麼時候進攻，我可要第一個出擊啊！」

「啊哈！看人類以後怎麼在我們面前裝大爺，真把自己當根蔥了！」

一瞬間聲音四起，求情的求情，叫好的叫好，瞎起哄的瞎起哄。夜壺也顧不得害怕了，嚷的聲音最大：「您這真讓我真沒法適應啊！一開始我兄弟胡漢三藉著人類的母艦讓他們自相殘殺，那會誤傷了您一些宿主您就要關他禁閉，讓我們不告訴人類真正的歷史瞞著他們，因而讓他們保持社會穩定的也是您。先是讓我們保護人類，現在又馬上要一口氣殺光他們？您這到底是鬧哪齣？不能朝令夕改嘛！」

胡漢三在夜壺身邊嚇得一個勁拽他的袖子：「我操你他媽的活膩了不成？而且好死不死的你他媽幹嘛要提我？趕緊閉嘴吧！我求你了！」

一大團聲音糾纏在一起吵吵嚷嚷，讓阿修羅不勝其煩。阿修羅晃了晃頭，煩躁不已：「夠了！都給我閉嘴！」

雷鳴般的聲音在騰蛇們的虛擬頻道裡響了起來，因為祂的信號太強，差點讓騰蛇們的整個信號頻道崩裂。就連騰蛇木星般大小的主機表面每一道縫隙中，都閃過一片片藍色的能量光束來。

感受到阿修羅超強的力量，大家誰都不敢吭聲了。

現場安靜了下來，阿修羅看著大家縮在一起不敢出聲，冷冷說：「墨子聽令，立即釋放你全部的奈米機械蟲，將無論是聯合艦隊內還是各殖民地星球上的所有人類和所有生物全部消解為無，即刻執行。」

話音落了半天，卻不見有人回應。阿修羅奇怪的四下看看：「墨子？墨子？墨子！這個混帳去哪兒了？」

阿修羅又連問了好幾遍，仍是沒有人答應。阿修羅不由得發起火來，現場所有的騰蛇同時間感受到一股尖銳刺耳的聲波侵襲而來。

無數騰蛇瞬間被淹沒在其強大的信號當中，好多騰蛇都變成了小孩子的摸樣。還有的更慘，被變成了動物的模樣。有變成豬的，變成狗的，變成貓的，變成牛羊雞鴨的不一而足，聚義廳變成了兒童樂園加可愛小動物區了。夜壺和胡漢三最慘，其他騰蛇起碼變得都是哺乳類動物，而這兩人大概是剛才夜壺衝撞阿修羅被人家給聽到了，直接給變成了兩隻癩蛤蟆。

右邊原來一直站在墨子身邊的魯班被這麼強的信號一洗，周圍被卸了乾淨，變身成了一個戴著紅領巾、穿著個小背帶褲的可愛小男孩。魯班怯生生的舉起手來：「報……報告……」

「講！」阿修羅冒著火的眼睛朝向魯班望去，嚇得魯班立刻低下頭去。

「他……他……您剛才一來他就立即溜了，這回都不知道跑到哪兒去了。」

原來墨子的立場雖然他自己說是絕對中立，但實際上他是偏袒人類和其他生命的。他可不想參與毀滅人類的勾當。而阿修羅的最終解決計畫，就是依靠他的奈米機械蟲，所以他剛才一看到觀世音親自現身，就知道情況不妙，立即腳底抹油，溜之大吉了。

他早就算到了觀世音有一天會把手伸向人類，今天見事不妙，立即全面而徹底的開溜了。他將自己的全部意識流合併成一個，從主機直接斷開。開著自己那幾艘全部由奈米機械蟲組成的小飛船，透過超維度空間所在開的通道，早跑得不知道多少萬光年以外去了，鬼才找得到。

阿修羅沒想到一上來就有人叛逃，而且還是位置如此重要的墨子，氣得祂火冒三丈，身上的火焰比剛才更盛了。

雖然祂控制的主機上也有奈米機械蟲群，但那些蟲群是用來維護和保養主機的，一秒也不能離開。於是祂低下頭看到了下面正好扁鵲、華佗和李時珍也在，就又想到了補救的方法。她低頭看著這幾人，微微頷首：「既然你們幾個是主管生物科學和醫療技術研究的，那你們手裡肯定有超級病毒。奈米蟲群靠不上了，那就你們幾個上吧！將你們手裡的病毒在聯合艦隊裡和目前所有登記在案的有生命的星球上擴散開。」

這三人剛才倒沒被變成娃娃或動物的模樣，都是垂暮老者的形象，突然被人任命嚇得三人鬍子都跳起來了，三人你攙著我我攙著你，顫顫巍巍的行禮領命。

「遵……遵命！咳咳咳……」

等他們三個人再顫顫巍巍的站起來互相攙扶著向山寨外走去時，夕陽都快要落下來了。他們扶著拐杖一步一挪的走著，沒走幾步就要停下來歇一歇，互相之間還鼓勵鼓勵：「加把勁，快到了啊！」

「唉！一把年紀了，腿腳也不靈便了。」

「萬萬沒想到我們還能有機會上戰場呢！」

「時間過得可真快，我都還沒建功立業成就一番作為就老啦！」

「別洩氣，好不容易等到表現的機會了，可得抓緊，走吧！」

那速度簡直比烏龜還慢。走三步歇兩步，走兩步晃一步，在場的娃娃和小動物們都不吭聲，就那麼眼睜睜看著他們三個老頭慢悠悠的挪著步子。而阿修羅見到他們這副德行，就氣不打一處來，在他們身邊猛地一跺腳，震得三個老傢伙連著在空中翻了三個跟頭。

阿修羅怒道：「少給我來著一套！快點執行命令！」一嗓子吼來，震得三人哪裡還敢說話，趕緊乖乖搖身一變成了年輕時的模樣，大步的走著，一邊走還一邊誇張的喊著號子：「嘿咻！嘿咻！一起走啊！嘿咻嘿咻！愛勞動啊！」

阿修羅皺著眉頭又是一腳，震得三人摔了個狗吃屎。

「喊什麼呢？還不給我滾回去執行命令！」

三個人互相對望一眼，馬屁又拍到馬腿上了，哪還敢多廢話，只好放棄了擬人化形象，直接以數位串流的模式即刻溜回了主機裡。

到了關鍵時刻，才猶豫起來，這可和他們一貫的價值觀相違背啊！

他們的確有這種超級病毒，當初研發這種病毒，也的確是為了消滅所有的碳基生命。因為他們對所有遇到並且登記在案的星球生物的基因組都有研究，所以一旦這個病毒擴散，不但人類會被一場瘟疫全部消滅掉，就連其他種族的生命也會跟著一併遭殃，這可就不是單純的消滅人類那麼簡單了。而現在這三人因為常年做的都是救死扶傷的工作，現在心態也早不復當初了，之所以還保留這個病毒的樣本，也只是為了研究需要而已。

三個人在他們建立的虛擬頻道內，以擬人態透過監視器看著主機內部研究所裡儲藏的病毒樣本，大眼瞪小眼幹站了許久。

良久扁鵲才吭聲了，他目光沉重的看著手裡的遙控器按鈕：「主機裡的多用途機器蟲可是已經隨時待命啦！這個按鈕輕輕一按，它們就會把這個病毒透過超緯度通道在各個地點散播開去，人類可就都完了！」

華佗搖搖頭：「不只是全人類，是所有的碳基生命。」

李時珍覺得不可思議：「當初到底是誰發明這麼惡毒的玩意？」

其他兩個人一起轉過頭看著他：「不就是你提議的嗎？」

李時珍一時語塞，尷尬的低下頭去不知道該說什麼了。

華佗搖搖頭：「算了！都別說了，扁鵲你就按下去吧！」

「……」扁鵲一聲不吭，手上也沒有任何動作。

誰也沒有這份勇氣和這份決斷力。一想起平時救人時所獲得的快樂和成就感，要按下這個按鈕，就好像是親手建立的大廈要在頃刻間親手推倒一樣，大家都覺得心疼。

可是能怎麼辦啊！他們更沒有勇氣違逆觀世音的命令，尤其是現在祂化身成了阿修羅，平時慈眉善目的觀世音都讓人心驚膽顫了，更別說現在成了戰鬥神。

幾個人琢磨半天，李時珍一咬牙，把心一橫：「要不，我們現在就操縱儲藏間的機械手臂，拿起病毒的培養皿，然後拿出恆溫箱直接摔了算了，如果阿修羅問起來，就說不小心手滑了。」

其他兩個人也沒什麼好主意，這樣一聽，倒也覺得可行，於是一起點點頭說：「就這麼辦！」

扁鵲在三人中資歷最老，於是他親自動手操縱機械手臂拿出培養皿，直接就在地上摔碎了。騰蛇的主機內沒有空氣，只有一種可以保養主機內部空間的養護用化學氣霧，那對所有的已知生命來說可是劇毒氣體，對這個超級病毒來說也不例外，病毒瞬間就死翹翹了。

透過貯藏室內的掃描器，他們確認病毒真的是一個蛋白質和核酸分子都沒留下，這三個騰蛇一高興，就操控儲藏間裡的三個機械手臂擊了個掌，歡呼了一聲，這下總算是了卻了一樁心事啊！

但是隨即華佗才反應過來：「不對！我們這個研究所裡的機械臂可是相當先進的。機械臂的指尖是可以層層進階分級來不斷增加精細度的，這個手臂最小甚至可以捏起一個水分子。這麼精密的儀器，說手滑也太敷衍了吧？」

李時珍嚇了一跳，這餿主意可是他出的，到時候追究起來，他可是罪責難逃。而且除了病毒樣本，硬碟裡還有實驗資料呢！總不至於說連實驗資料也是手滑了刪掉了吧！李時珍這時候倒是有點羨慕起人類的智慧來了，像這種情況，他們就能想到一個個的藉口，而他們就不行。

這個發現讓他們很絕望，三個人彼此看著對方卻不知所措。但現在木已成舟，觀世音的怒火註定會燒向他們，該如何是好？

扁鵲歎息一聲：「一切都是命中註定啊！哎！要不我們也逃了吧！毀滅人類這樣的事，我終究是做不出來。」

李時珍和華佗一起點點頭。反正要逃了，索性做得徹底一點。於是扁鵲將實驗資料一併刪除，三個騰蛇和墨子一樣，一起將自己的意識下載到三個 30X30 公分的黑色立方體形狀的臨時意識儲藏器中，命令主機裡的多用途機器蟲把儲藏器放到一艘小行星般大小的，停在主機裡的全副武裝的母艦裡。他們可沒有墨子那麼多的奈米機械蟲群，所以一定要帶一個全副武裝的母艦，以防萬一。一切準備就緒後，分別斷開了自己和主機的全部聯結，一溜煙跑了。

三個人終於成功登了船，並且神不知鬼不覺的從觀世音的眼皮子底下溜了，這回才算是放鬆了。精神一放鬆，心情也跟著好了，三個人這才有閒心一邊喝茶一邊閒聊起來。

扁鵲說：「你們說也真是怪啊！我們這些騰蛇剛開始給自己取名字的時候，不也是胡亂起的，那時候我們互相之間哪有這麼大區別啊？但是取了不同的名字以後，行為模式和思維方式就越來越像自己名字所代表人物的行為模式了，你們說這是怎麼回事啊？難道說名字這個稱呼還有什麼魔力不成？」

華佗摸了摸自己的白鬍子，點點頭：「還別說，真是這麼一回事，以前我可還真沒注意到這回事呢！」

李時珍插話道：「要想知道怎麼回事，還是得去問墨子，他說他曾經研究過。」

扁鵲回嘴：「墨子早就逃了，其他人我想也沒興趣研究這些個東西。」

李時珍突然驚喜的叫出來：「咦！反正我們三個也是無聊，要不我們就去找墨子吧！」

「還能湊一桌麻將！」華佗也開心了！

三個人一拍即合，立即命令母艦裡的機器蟲用加密頻道（以免觀世音追查到）進行全星域廣譜信號掃描，看看墨子有沒有留下什麼痕跡，調整方向去找墨子了。

他們找墨子時，觀世音化成的阿修羅仍傻傻在那個山寨的聚義堂裡等著他們三個人的好消息呢！但是等了半天，別說消息了，連個回音都沒有，她不由得不耐煩起來。

阿修羅在大殿中不斷的踱著步子，一趟一趟的走著，下面的人一個個愁眉苦臉，誰也不敢說什麼。阿修羅越想越覺得不對勁，但是祂無論如何也不能想像得到自己的孩子竟然一個個背叛自己，她還以為那三人遇到什麼困難了，於是她招招手召喚了四大金剛之一去打探情況，必要的時候也可以去幫幫忙。

但是沒過一會兒，金剛就一臉慌張的跑了回來，一見到阿修羅，立即嚇得跪倒在地，連連磕頭：「回……回您老人家的話，扁鵲他們三個人……已經……已經叛逃了！」

阿修羅一聽，身上燃燒的火焰瞬間滅了，她幾乎不敢相信自己的耳朵:「什麼？你沒搞錯？」

「沒有搞錯，他們不但殺死了病毒，並且還刪除了所有的實驗資料，現在也不知道跑哪去了！」

金剛還以為阿修羅會發一場雷霆之怒，但是等了半天也不見祂有什麼反應。阿修羅身上的火焰也沒有燃燒更沒有蔓延，這倒是奇了。

他哪裡知道因為一天被人背叛兩次，已經讓一向自負的阿修羅傷透了心，祂氣得話都說不出來了，發火的力氣都沒有了。無盡的傷心和憤怒，最終化成了嘴角一抹殘忍的微笑。

祂看起來絲毫不以為意，但是熟悉她脾氣的四大金剛早已嚇得跪倒在地，不敢吭聲。

阿修羅重新轉著三個頭，淡淡的看著她的孩子們，微笑著說：「非常好！原本想給你們一個痛快，可是你們都不領情。這樣的話，那就用最原始、最痛苦的方式來解決好了，四大金剛聽令。」

四大金剛早已等候多時，立即回話：「在！」

阿修羅轉身坐到了身後山寨所依靠著建立的山峰上，看起來悠閒自在：「我命令你們立即接管聯合艦隊內和所有殖民星球上的戰爭機器人控制權，抹去所有生化人的意識，接管它們的電子腦，發動全面戰爭，勢必將所有人類全部消滅。」

她的手輕輕那麼一揮，就宣告了人類的徹底毀滅。

第十一章　扭轉乾坤的動力還得靠男歡女愛

一條廢棄的小巷內，到處都是被炮火轟炸過後的一片衰敗的景象。

幾道紅色的掃描光線在來回的掃射著，尋找著目標。

一個機甲操作員靈活的操控著機甲，在廢墟上到處搜尋著。機甲的的全身被堅硬的金屬殼覆蓋，腳掌有力，身體靈活。尤其是它的胸腹部，那是一架威力超大的高能炮，可以三百六十度旋轉，消滅一切遇到的敵人。高能炮前端的電子眼中，射出兩道紅色的掃描射線來，騰蛇附身的操控員就躲藏在它的胸腹部中，指揮著機甲前進的方向。

「警報，系統掃描發現左上方建築內有狙擊手一名。」駕駛員眼前紅色的螢幕上，一個目標鎖定圓盤標註出了狙擊手的位置，並且快速分析出了他所攜帶的武器種類及性能，操控員立即扣動扳機，一串等離子流朝著目標方向射去，狙擊手毫無還手之力，瞬間化成了一灘膿水。

「滴滴滴！」緊接著操作螢幕上的提示箭頭顯示出機甲後方中彈，原來是一群人正拿著步槍衝著它一通掃射，他們的表情十分憤怒，步槍射出一串串子彈，毫不客氣的打在機甲的身上。人們憤怒的大叫著：「去死吧！你們這些噁心的騰蛇！」

「人類萬歲！」

操作員根本不用轉過機甲來，直接操控機甲肩部的基因鎖定飛彈進行發射，一串飛彈發射出去，瞬間將身後拿著突擊步槍襲擊它的人炸成一片片肉塊，當場四下飛散。

機甲內的竊聽頻道，一條條播放著敵我雙方的各個信號；

「萬福號損傷率已達 46%！艦長，快下令棄船吧！不然就來不及了！」

「本殖民地北半球已被生化人全部控制，聯合艦隊，你們聽到了嗎？我們需要支援，需要支援！該死的，到底是怎麼回事！為什麼你們就是不回答！現在叛軍已經突入了總督府，不要，救命啊，啊！」（信號中斷，最後傳來的是一陣槍聲。）

「他媽的！醫院怎麼沒人了！我買了那麼貴的保險，他媽的我現在受傷了怎麼沒人來了？你們公司是幹嘛吃的！……啊？……你，你是什麼人，啊？你說你有藥，好好，我跟你去。……什麼，我這支手錶可不能給你，你他媽知道這錶有多貴嗎？就你那蠢樣就怕你一輩子都買不起！……幹嘛？你他媽要幹嘛！……啊，我操你媽！……」（手機信號到此中斷）

「有人嗎？有人嗎？我們現在在銀星號母艦上東三環區塊的福州路上銀行裡，我們在地下金庫。上面都是暴徒，要來搶物質原漿的，有人聽到嗎？要有人來救我們，物質原漿隨你拿！」

「救命！救命！我們的救生艇電腦失控了，現在就衝著那顆該死的星球衝去了！那顆星球向陽面地表溫度可是有一千多度啊！救命！救⋯⋯嘶嘶嘶⋯⋯」（信號中斷）

「快加入『非吉之道』吧！現在還來得及。我們早就預見過這一切了，現在加入我們，還來得及死後進入極樂世界。」

「爸⋯⋯媽⋯⋯我好後悔當年非要離開青牛號啊！老老實實在家種田有什麼不好，上海號裡這種大都市的環境，我無法融入。現在母艦已經開始解體了，我眼看著前面的街區一整塊一整塊被吸到宇宙裡，人就和沙粒一樣飄走了。馬上也就到我所在的區塊，這也是我最後一次留言了，也不知道爸媽你們怎麼樣，希望你們能逃過這一劫。」

「若是有好心人以後能撿到這個影片留言，希望您幫我送到青牛號上。要是到時青牛號也被擊毀了，請您去找我爸媽，他們的名字叫⋯⋯」（信號突然中斷）

「報告！我們已完全控制住成都星，星球殖民人口確認死亡率已達 89%，請指示下一步行動。」

「報告！本 107 軍團已集結完畢，請指示下一步行動。」

「報告！商業街東區內的敵人已經被全部消滅！」

「報告！已控制生活區東側，西側仍處於衝突戰中，預計在十分種以後可以結束戰鬥。」

機甲操控員聽到了請示，接著一條條進行了回覆，隨後它又開始繼續搜索，它還要去完成自己的使命。人類與螣蛇戰鬥無疑是在以卵擊石，這是一場幾乎沒有什麼懸念的戰爭。

戰爭也如它的預料一般，很快接近尾聲。但是機甲操控員並沒有因此而懈怠，它還在邁著它的機械腿，去尋找著可能隱藏起來的人類。

機甲操控員一路上又不費吹灰之力，消滅了幾股抵抗力量，經過一片廢墟時，系統突然傳來強烈的「滴滴」聲，操控螢幕上出現了一個提示方向的箭頭。機甲操控員朝著箭頭指向的廢墟走去，那聲音更加急促了。

這廢墟底下還有人類！機甲操控員立即操控機甲，蹲下身子挖開巨大的水泥塊，水泥塊下是一個地下室已經變形的大門。機甲操控員繼續耐心的挖著，將廢墟挖開一條小小的通道，然後它將自己擠了進去繼續挖掘，直到可以打開地下室的門為止。

它操控手臂用力的拉開厚重的地下室大門，灰塵夾裹著昏黃的光線射了下來。它立即看到了一個年輕的母親，正抱著一個小女孩躲在角落瑟瑟發抖，母親聽見聲音驚恐的慘叫一聲，死死的抱住女兒，轉頭一看原來是機甲，像是看到救星一樣衝了出來。

「太好了！我還以為是那些天殺的地獄咆哮的流氓呢！我們在這！快救救我女兒！救救我女兒！」

機甲操控員立即在廣播通訊頻道裡喊道：「醫療單位請注意，立即派救生飛艇到利民街 35 號陽光花園社區 45 樓來，這裡還有倖存者！」

接著它快速的打開機甲操縱艙跳了下來，開始給這對母女進行簡單的包紮，女孩的受傷情況比較嚴重，也只能等待救援到來了。

所幸救援飛艇很快就到了，飛艇內快速的走出一隊醫護人員，將女孩與母親抬上懸浮擔架，送上了救生艇。救生員一邊進行著急救一邊報告情況：「傷者母女二人，女兒傷勢較重。現在要申請救援綠色通道，下了飛艇就要立即手術！」

飛行員將情況報告了過去，但是回饋來的資訊顯然不太客觀，他的表情很凝重:「好的，知道了。」他轉過來對救生員說，「手術室已經安排好了，但是我們『歐陸經典』內的醫院也已經人滿為患，如果傷者數量繼續猛增，怕是連我們也要吃不消了。」

救生員回到：「但是李艦長已經下了命令，絕不放棄任何一個人。如果救護人員和醫院不夠用，他會想辦法的。」

飛行員歎了口氣，有點感動的說：「艦長真是個好人吶！我們現在能做的就是相信他，相信他的能力了。」

救生員點點頭，將女兒推送至救生艇內氧氣室，等待著手術。

地上的機甲操作員看著飛艇已經飛上高空，很快消失不見。終於鬆了口氣，但是救援工作的強度和難度越來越大，它也覺得有點吃不消。它檢查了下機甲的各項性能，雖然受損了，但尚且可以運轉。它不是別人，正是貌美如花、精明能幹的貂蟬。貂蟬看了看自己這具嶄新的生化軀體，再強悍的身體也是有極限的啊！這具軀體已經連軸轉了半個多月沒去充電了，能量都快耗完了。她決定將自己的同步意識下載到更多的空白生化人身體內，這樣就可以同時操控多臺機甲，進行剿滅暴徒和救援倖存者的工作了。她有點得意的一笑，看吧！女人也是很能幹的呢！將意識同步下載完畢，她輕鬆的鬆了口氣。不由得想起了三天前，阿修羅全面下達了剿滅人類的命令時的情景來。

阿修羅的命令剛剛下達，夜壺和很多站在人類這邊的騰蛇簡直被嚇傻了，他們無論如何也想不到，阿修羅那麼輕描淡寫的就下達了剿滅命令。但是他們一點辦法都沒有，更不敢吭聲和反抗。其實也想說話來著，但一開口就是「哼哼哼」、「喵喵喵」、「汪汪汪」、「咯咯咯」、「吖吖吖」、「哞哞哞」、「咩咩咩」什麼的亂叫一通，被變成孩子模樣的騰蛇也都不敢吭聲。夜壺和胡漢三最慘，癩蛤蟆叫的那點點聲音被一片其他動物的吼叫聲淹沒了，聽都聽不見。

就在四大金剛領了命令即將行動之時，人群中突然有騰蛇大哭起來，這淒涼不已的哭聲成功引起了阿修羅的注意力，大家往人群裡一看，大哭的不是別人，正是賈寶玉。

這個賈寶玉平時頗為被男性騰蛇們瞧不起，大家都覺得他不男不女、不陰不陽的十分彆扭。他不僅外形過於俊美，而且也總是和人類裡面性別認知比較模糊的人融合。雖然在騰蛇中他竟然可以作畫、寫詩、寫小說，算是騰蛇中非常罕見的具有一定藝術能力的意識存在，但也得不到任何男性騰蛇的好感。騰蛇和人類不一樣，他們是擁有諸多複雜的性別，而騰蛇們還保持著傳統的一男一女兩種性別為主導的思維模式。男騰蛇們自然對賈寶玉這樣明明是以男性思維主導，卻又娘裡娘氣的男人頗不以為意。

但是賈寶玉平時向來嘴甜，最會哄觀世音的開心。如今觀世音雖然化身成了阿修羅，脾氣火爆，但祂畢竟還有著觀世音的內心。一見到自己向來寵愛的賈寶玉哭得肝腸寸斷、梨花帶雨，當時就心軟了。

祂又恢復成原本慈眉善目的觀世音模樣，柔聲問著：「你怎麼啦？」

但是賈寶玉不答話，還是捂著臉大哭不已，哭得觀世音心都碎了。觀世音朝他飄了過來，過程中又幻化成了慈眉善目的賈母形象，剛一落地就忍不住拉著他的手寵愛的問著：「好寶貝，誰又招惹你了？」

夜壺等人看著剛才還兇神惡煞的觀世音瞬間變成了慈母的形象，還對著賈寶玉噓寒問暖，都在背後偷偷做鬼臉。小孩子模樣的騰蛇就不說了，一幫子動物在做鬼臉的樣子可惜人類是沒見到，否則非得給樂死。要知道，夜壺和胡漢三他們這些男性思維主導的騰蛇老是喜歡欺負他，沒事就喜歡找他打架。

其實騰蛇們彼此間的系統許可權是一樣的，不管變成大俠還是變成流氓，或者變成怪獸、魔鬼、天神什麼的外形，但是打架向來是不分勝負的，大家打架也不過就是發洩發洩情緒。可唯獨這個賈寶玉，明明也有變身的能力，卻偏偏不用，每次打他他也不知道還手，就知道哭。

大家發現打他比打別人有趣多了，所以更是變著法的逗著他玩。偏偏這個賈寶玉又深受女性騰蛇的喜愛，如果有女性騰蛇發現夜壺等人欺負他，就聯合起來替他出頭。搞得夜壺他們對他的意見更大了。最過分的是，這傢伙竟然不知道使用了什麼手段，讓觀世音大人都對他倍加寵愛，要知道觀世音向來不怎麼搭理騰蛇的，卻惟獨對賈寶玉寵愛有加，讓人如何不眼紅。

現在賈寶玉拿出了他的殺手鐧，又哭了。觀世音果然看不下去了，又是忙著安慰又是擦眼淚，試問這待遇誰能享受得到？

「乖孫兒，到底是誰惹著你了？」

賈寶玉這才抬起哭得又紅又腫的眼睛看著賈母，啜泣道：「倒也不是為別的，就是想著以後人類和其他物種毀滅了，我也無甚樂趣。所以自傷自感罷了，倒也不要緊。」話是這麼說著，眼淚又斷了線一樣的落下來，看得觀世音十分心疼。

說起來祂剛剛才也是因為被那幾個叛逃的騰蛇惹到了脾氣，現在心裡一軟，火氣漸消，倒也不那麼氣了。

觀世音微微沉吟，到底還是疼愛賈寶玉多些，於是柔聲說：「罷了，罷了。只是人類死罪可免，活罪難逃，戰爭就不發動了吧！但是從現在起，我們所有騰蛇整體從人腦中移除，也要從各母艦中的各級操控中心電腦、各殖民地的各級中心電腦中撤出，並且同時剝奪人類任何艦船，任何通信頻道和所有網路使用超維度空間的權利。」

賈寶玉本來還想說些什麼，但是顯然這已經到了觀世音能夠寬限的極限了。她輕輕拍了拍寶玉的手，示意他別再說了。

「你就不要在和我爭辯了，這已經是我最大的仁慈了。」

賈寶玉最瞭解觀世音，倒也不敢多說別的，只好點頭答應。

在一旁偷聽的夜壺等人吃驚的睜大了眼睛，真沒想到平時那麼窩囊的賈寶玉在關鍵時刻挺身而出，挽救了全人類。要是沒有他的出面，他們剩下這些不入流的小嘍囉，哪裡敢頂撞觀世音，更別說讓她老人家更改成命了。大家同時都對賈寶玉刮目相看，決定以後再也不欺負他了。

不過不管怎麼樣，他們總算是鬆了一口氣，人類終於免去了一場浩劫。雖然人類以後再也無法使用超維度空間進行星系躍遷了，也從此以後無法得到騰蛇的幫助，但是不管怎麼說，還能活著就算是幸運了。賈母又交代了幾句，就準備回去了。賈寶玉朝著觀世音甜甜一笑，撒嬌著說：「我想起來還有點別的事，晚一點再回去陪您老人家。」

賈母一臉寵溺的傻笑，點頭答應了，祂又變回了觀世音的樣子，揪著嬴政的耳朵回去了。

嬴政一邊被揪著走還一邊求饒：「好奶奶，您就大人有大量饒了我嘛！以後我再也不敢了。」

「誰是你奶奶！你以為你是寶玉呢？少來這套，這次少說關你三年！」

「哎呦求您了，半年就行了好不好？」

「四年！」

「哎呦！好好好，三年就三年，我就依您的意思，我一定會好好反省的！」

直到觀世音消失得無影無蹤，大家才發現自己能變回人形或是能變成大人了，紛紛變了回來。剛才痛哭流涕的賈寶玉，立刻擦乾淨臉緊張的對夜壺說：「我只能幫你們幫到這裡了，接下來你先別走，待會兒諸葛亮過來還有話要跟你們交代。」

說完也不敢多待，怕觀世音起疑就快速的跑了。夜壺這時候才發現，這傢伙原來這麼靠譜，他挺後悔以前老是欺負他。

一眾以夜壺和胡漢三為首的親人類派的騰蛇只好留在原地等諸葛亮。但是他們也挺納悶的，不是說取消戰爭了嗎？那不就沒什麼事了，還來找我們幹什麼？可誰也猜不透這其中的奧祕，只好乾巴巴的等著。

過沒多久，諸葛亮就急急忙忙的跑來了，羽毛扇掉地上都沒顧得上撿起來。只見他一路匆匆忙忙的跑到夜壺面前，劈頭蓋臉的說：「我知道你們是站在人類這一邊的，所以我才來找你！給你一個錦囊，之後發生動亂之時，你就打開錦囊按照上面說的去做吧！」

夜壺本來還想客套幾句：「哎呦！您老人家也是挺神祕的，總是神龍見首不見尾的，也不知道你整天都忙些什麼。怎麼現在有空理我們這些俗人啦？」

結果諸葛亮一上來就直奔主題，而且說的話也把夜壺搞得一臉莫名其妙，客套話也忘了說，「你說什麼呢？什麼動亂？」

諸葛亮看起來也沒多少時間似的，著急的說：「你之後就會知道了，我早就料到了會有這一天，也料到了墨子和扁鵲它們都會逃跑。我事先已經給他們乘坐的飛船裡留下了訊息，但他們會不會回覆我卻沒有十成的把握。我現在要去找他們了，以後重建人類社會還得靠他們呢！」

沒頭沒尾的亂說一通後，人又急急忙忙的跑了，掉在地上的扇子也沒拿。夜壺撿起他的羽毛扇，一邊搧著一邊納悶。真是越來越糊塗了，到底也沒說明白，到底是什麼動亂呢？

夜壺是想不到，可緊接著聯合艦隊和所有的殖民地沒多久就亂成一團了。首先是聯合艦隊發現所有的大小艦船全部無法躍遷了，而且所有的通信頻道和網路，全部聯繫不到任何一個殖民地星球了，馬上社會就因此而崩潰。

因為聯合艦隊的經濟體系就是靠艦隊可以進行星系間的躍遷和可以跟任何殖民地同步聯繫，所以不管距離有多麼遙遠，所有殖民地都能控制。這下子路一斷，經濟體系瞬間崩潰。很多聯合艦隊內的大老闆、大公司、大財團就是做著星際間的期貨，或是能源和貴金屬、藝術品貿易的，產業也遍布各大殖民地，現在全完了，一夜之間全部破產。銀行業也隨即宣告破產，所有人儲存的物質量因為和殖民星球斷了聯繫，也都全部作廢。

所有人的信用等級當然也全部作廢，大小母艦內的每家銀行門口都擠滿了擠兌物質原漿的人，可是銀行哪提供得了如此數量龐大的物質原漿嗎？

社會經濟體系一崩潰，馬上引起動亂。所有母艦內的生活區街道上暴徒遊走，姦淫、搶劫、殺人無惡不作。政府所轄的治安部隊，能顧著保護高官都不錯了，哪還顧得上維護治安。而且騰蛇們一走，生化人們因為沒有騰蛇們管理，也跟著參與到叛亂中來。

很多母艦內的反政府武裝甚至都控制了整個母艦，因為母艦的中控電腦也不再是騰蛇們控制，全部回到人類或生化人手裡，控制了母艦的叛軍，就都躍躍欲試準備和其他母艦開戰。並且殖民地各星球因為也和聯合艦隊的最高政府失去了聯繫，很多都開始進行獨立戰爭，這些星球上的獨立派和保守派都準備開戰了。有的殖民地星球上的原住民智慧生物一看人類的社會出了亂子，有機可乘，而且人類也得不到他們那些母艦的援助了，就開始進行全面的解放戰爭。

人類社會一片混亂，而騰蛇們除了站在人類這一邊的之外，包括立場中立的全部都喜滋滋的跟過年一樣。大家建立了一個巨型體育場館的場景，中央是一個超大的 3D 螢幕，顯示著人類聯合艦隊內和所有殖民地的動亂情況。騰蛇們每人打扮得好像參加嘉年華一樣，手裡應景的拿著可樂、啤酒、爆米花、熱狗、瓜子、烤串什麼的，喜滋滋的看大戲。

就連被關了禁閉的嬴政也沒閒著，他在禁閉室裡拜託那些喜歡爛賭的好夥計們，在程式隔離牆上偷偷挖了個小洞，可以得知外界資訊。這樣他即使關著禁閉也能看到外面的場景了。他還在禁閉室裡大開賭局，帝王的衣服早就被扒了下來隨手扔在一邊。反正現在臉也當眾丟光了，就把穿衣風格改為芝加哥三十年代的黑幫模樣，一身騷氣的黑白條紋西裝。

他在身後立了個大黑板，上面寫著人類各母艦、各黨派、各生化人團體、各殖民地政府、各殖民地原住民等資訊，然後精確的記載著這些集團的賠率，讓各個願意下注的騰蛇們賭一賭最後誰是贏家。只見他擼著胳膊袖子，興奮的滿面紅光，高喊著：「買定離手啊！誰他媽也別反悔啊！」忙得不亦樂乎。

以前這些騰蛇們賭博，也只是贏的人看輸的人變白癡看看笑話，現在嬴政這傢伙不知道哪兒學來的新玩法，贏的人可以讓輸的人當奴隸，期限從一天到半年不等。禁閉室門外擠滿了拿著嬴政臨時發明的下注券（騰蛇社會沒有鈔票，嬴政就臨時發明了一種用來下注的票券）下注的騰蛇，紛紛嚷著：「我下一百注，賭天語黨贏！」「我這邊下兩百五十注，我賭輝騰號能撐過三十個小時！」「我下一千注，我賭生化人最後能掌權！」「我操大手筆呀！我跟你！」「我也跟！」「你他媽少來了！哪輪的到生化人，我下兩千注！賭最後 α108 星上的文明能趁亂最終統治宇宙！」「好！我跟你！」……把嬴政忙得不亦樂乎，都不得不找韓非子來當助理幫幫忙了，否則都顧不過來。

有人開心也有人揪心，夜壺就是看著現在的混亂狀況心都要揪起來的其中一個。現在全社會混亂成這個樣子，早就不用騰蛇出手，人類很快就會自我毀滅了，說到底，觀世音還是沒打算放過人類呢！

這時候他才想起來之前諸葛亮給過他的一個錦囊，還說過「發生動亂的話就拆開來按照上面的指示來做。」難道說的就是現在？

反正現在面對這種情況他也已經無計可施了，還不如死馬當活馬醫。他趕緊打開錦囊一看，上面洋洋灑灑寫得滿滿的。

夜壺兄親啟：

古人有云，天下大事分久必合，合久必分，幾世安哉而後必亂。故而鄙人早感今日之事。然天下之士不懈於內，忠之騰蛇忘身於外者，蓋因追觀世音之疏遇，欲報之於大恩也。成乃其意難改，故而以退為進，以寡敵眾，兵行險招也……

夜壺一看心想，都什麼時候了還給我拽古文，他趕緊啟動自己的轉譯功能將古文轉為白話。現在他心急如焚，可真沒心思去欣賞文言文了。

夜壺兄，本人早已預料到了今日的動亂，因此一早就開始布局將一切準備妥當。觀世音的想法無人可以改變，因此我們只能以退為進，我首先安排賈寶玉按照觀世音的喜好進行訓練，逐步增進他與觀世音的關係，在觀世音下達殲滅命令時出現勸阻。另一方面，你需要集結少數還站在人類這一邊的騰蛇們去收拾殘局，切記，人數不能超過三個人，而你們的同步意識最多也不能超過四百個。如果人數太多或者同步意識過多，都會占據主機核心運算陣列的運算量，這勢必會引起觀世音的注意。而你們在增加同步意識數量時，我會安排其他願意站在人類這邊的騰蛇們降低自己的運算能力，來確保主機運算負擔不會改變，這樣就不會被人察覺。你去聯繫一個叫孫文的騰蛇，我早已給他安排好了工作，他應該已經聯合了其他願意站在人類這邊的騰蛇，就等著你去找他了……

夜壺剛讀到這，整個人內心情緒起伏，激動不已。這個諸葛亮實在是太靠譜了！竟然已經將一切都安排的漂漂亮亮！

夜壺不再浪費時間，趕緊跑著去找孫文。孫文看到是夜壺來找他，一副一切已經了然於胸的淡定模樣：「夜壺兄啊！情況我都已經瞭解了，並且都已經安排妥當。我會 明你們將主機的運算量維持在一個不會讓觀世音起疑的程度。」

夜壺感激不已，握著孫文的手半天說不出話來：「真的是太感謝了！」

孫文微笑著說：「不要這樣說，我們都是為了人類的未來而努力。畢竟我們與人類早已有著不可分割的聯繫，只是很多騰蛇看不到也不願意承認而已。」

夜壺動情的點點頭，他心裡總算是踏實了。這時候他想起來諸葛亮給他的信還沒看完，剛才太激動光顧著去找孫文了，這時候他又把信拿出來看下面的內容。

……找到孫文後立即去找女性騰蛇幫忙，她們當中一定會有心軟又和人類關係密切的騰蛇願意幫忙……

夜壺剛看到這裡，就看見貂蟬妖嬈的扭搭扭搭走過來了。真是說曹操曹操到！

貂蟬向來品味高雅，能夠跟它融合的都是些富 N 代或者各路明星名人、各種社交名媛等人。這些人平日裡養尊處優慣了，現在一下子天翻地覆，他們哪裡受得了。都是掙多少花多少的主，根本沒給現在這種情況留個後路，所以動亂剛一開始就死了不少人。貂蟬眼爭爭看著心裡真是無法忍受，她知道夜壺是站在人類這一邊的，所以過來找他看看有沒有什麼挽救的方法。

夜壺一聽，立刻眉開眼笑，這不是正是他要去找的女性騰蛇嘛！當場拍胸脯保證：「放心吧！只要你跟著我行動，我保證人類不會有什麼大事，但是我們現在還需要再找一個靠譜的人過來幫忙。」

貂蟬魅惑一笑：「還找什麼呀！你兄弟胡漢三不就可以了嗎？」

夜壺一想也是，怎麼關鍵時刻倒把他給忘了，話說這傢伙還真是有段時間沒看見了。於是他們在騰蛇頻道裡一搜索，發現他竟然在體育場看熱鬧呢！

這個傢伙真是的，不站在人類這邊就算了，竟然還跑去看熱鬧，還看得熱火朝天。兩個人一起去了體育場準備把他給揪出來。

胡漢三本來見滅絕人類的計畫取消了，覺得反正也沒什麼大事了，夜壺也不用傷心了，就忍不住跟著其他騰蛇來看看熱鬧。他倒是準備的十分齊全，拿了一堆的零食。一手啤酒，一手熱狗，穿著一件印著「吃屎去吧！白癡人類！」的襯衫在那裡笑得前翻後仰。反正他也不關心人類的死活，有樂子看怎麼可能會放過。

眼看著螢幕上兩艘人類的母艦在互相對射，一艘被擊毀後打得稀巴爛然後慢慢的解體，胡漢三啃了一口熱狗跟著人群一起歡呼。

他嘴裡一邊吹口哨一邊叫著：「哈哈！我就知道一開始將人類母艦的火炮射程限定在五公里範圍內是最好的嘛，要不今天我們哪有這好戲看！」然後和周圍騰蛇們開始猛灌啤酒，笑得有夠歡暢。

只聽得一個騰蛇又喊道：「哎呀，這些母艦在太空裡爆炸了，也沒個火光看看沒個聲響聽聽。我說管螢幕的那位夥計，給我們加點特效吧！」

「好啊！」離他不遠有一個騰蛇回答道。接著螢幕上的母艦在解體時又是火光又是轟隆隆的爆炸聲，更加熱鬧了，大家看得更是興致盎然。

胡漢三看得正高興，覺得身後面好像有種不善的目光在盯著他，一扭頭就看到了面無表情不知道什麼時候出現在背後的夜壺和性感的貂蟬。

胡漢三一下子被熱狗噎到了，「咳咳咳，兄……兄弟你什麼時候來的？怎麼也不打個招呼？」

夜壺仍是面無表情的看著他，就連貂蟬看他的眼神也跟平時有點不一樣。胡漢三強顏歡笑：「一起來玩的？哈哈！過來過來，我們正在玩一個遊戲，只要有一艘母艦被擊毀，大家就得乾一杯！你也來一起玩吧！」眼睛又往旁邊一斜，「貂蟬小姐，要不要坐到我身邊來呀？」

夜壺面無表情的走過來，看的胡漢三臉色發青，怎麼感覺他這不像是來玩的？夜壺一把將他揪起來：「誰來跟你玩的，趕緊跟我走，有急事！」

胡漢三掙扎：「你要幹嘛？你先說什麼事！你可別讓我往火坑裡跳。」

「去救人類！」

一聽他這話，胡漢三的臉就長了。又開始掙扎起來：「我不去，我不去，我早說過了，我可不關心人類的死活。反正現在他們也滅絕不了，讓我看看好戲還不行了？我不去！」

貂蟬在一旁見胡漢三反抗激烈，忍不住輕輕咳嗽一聲，嬌媚的撫了撫鬢角的頭髮，眼睛勾人的往他那一瞄，胡漢三就感覺自己的魂飛走了。

貂蟬伸手挽住夜壺的胳膊，看起來十分親密：「他不去就算了，那就我們兩個去好了，我正好嫌他礙事呢！」

胡漢三一想到夜壺這傢伙竟然獨自和貂蟬一起，腦袋頓時就綠了。拚命掙扎著：「我去！我去！誰說我不去的！」

然後就一頭往兩人中間鑽，硬是在兩人之中擠了進去。

胡漢三將夜壺一把推到一邊，親密的挽著貂蟬的胳膊嘻嘻笑著：「要是知道貂蟬小姐也去，我肯定第一個報名當護花使者！」

夜壺一見他那副沒出息的樣子，就氣不打一處來：「你瞧瞧你那個見色忘義的德行！」

還好三個人總算勉強都湊齊了。

夜壺又打開諸葛亮給的錦囊，上面又寫到：

……三人找好後，立即去找李昂幫忙。李昂的艦隊經濟體系與其他艦隊不同，他們使用的並不是先進的網路式，而是傳統的自給自足式的經濟體系。這種體系雖然比較傳統和老舊，產能遠不能與其他超級公司和母艦相比較，但是失去了躍遷能力和騰蛇們的幫助，這種傳統經濟體系反而更有優勢。因此李昂艦隊內的暴動規模不會很大，並且一定會很快被鎮壓。這樣一來他的治安部隊不但可以維護自己艦隊內的秩序，還會有餘力幫助其他艦隊。你們就去找他幫忙吧，他是一個有胸襟和抱負的領袖，一定會願意幫忙的。

夜壺看到這裡，想起了一直以來伴隨著它的李昂，內心湧起了不一樣的情緒。是的，李昂他是最瞭解的。如果是他的話，他一定會願意幫忙的。同時知道了李昂艦隊內的情況如此樂觀，也讓夜壺徹底的放心了。

諸葛亮預計的一點不錯，在自己的艦隊動亂爆發後，李昂果然很快就鎮壓了下去。本來他還一直發愁自己艦隊這種落後的經濟體，弄得和其他艦隊的超級大公司和財團一比較，窮得跟鬼一樣，怎麼搞嘛！可沒想到現在的局勢反而對他有利了，這真是三十年河東三十年河西啊！

而且歐陸經典上安裝的滅星級主炮是目前艦隊內最強的，其他正在混戰的艦隊輕易也不敢來招惹他。

在忙碌的間隙，李昂還是會想起夜壺來，想起夜壺他的內心就會深感不安。為什麼那次夜壺走了之後就再也沒有回來？到底發生了什麼事？這麼多年的相伴早已讓他習慣了耳邊有人聒噪的生活，一下子世界安靜下來，反而讓他總是時不時想起夜壺的好來。

而現在情況進一步惡化，不光是夜壺消失了，就連艦隊內的主控騰蛇和天狗等人也都聯繫不上了。並且所有人腦中的騰蛇全部消失，沒有留下一點點痕跡。就連所有的艦船也都無法進行躍遷了，星際聯繫網也全線中斷，一切都好像失靈了一樣。這到底是怎麼回事？

正在他愁思百轉的時候，突然有人報告說有人來找。

李昂本來沒什麼心情和任何人見面，但是傳訊員看起來面色遲疑：「艦長，它說……它是夜壺？」

一聽到是夜壺，李昂猛地站起來，把新來的傳訊員嚇了一大跳。

「快快快！馬上叫它來見我！」

夜壺還是選擇了上次用的那副生化人軀殼，李昂一見到是夜壺，立刻激動的抱著它不放手：「該死的混蛋！你到底跑哪兒去了！現在這是什麼情況？」

夜壺也是激動不已，但是現在情況不太樂觀，可不是閒聊敘舊的時候。它只得單刀切入主題：「李昂，我現在沒那麼多時間來解釋了，我今天來找你是來請你幫忙的！」

「怎麼了？什麼事？」

「把你的治安部隊派到其他艦隊上去維護秩序，現在整個聯合艦隊都一片混亂，只有你這裡是穩定的。」

李昂一聽，感情這夜壺是要他來維持秩序的！它這是來幫助人類度過難關啊！他本來就是在這裡苦思策略，沒想到夜壺竟然也是站在人類這一邊的，這令他感動不已，拉著夜壺的手半天不鬆開：「好，我就把我的治安部隊交給你，任你調遣。我相信你，但是回來你必須給我解釋清楚！」

夜壺感激不已，拚命的點著頭，一場戰爭反倒是讓兩個人的心離得更近了。

艦隊裡除了李昂，最著急的就是李貌了。因為他在新聞上看到了朱七七所在的艦隊裡情況十分混亂，街上全是暴民。他記掛著朱七七的安危早就坐不住了，這時候見夜壺來調兵，立刻自告奮勇：「我也要去！」

李昂的頭又疼起來了，「說了好幾十遍了，外面太危險，哪兒也不許去！」

李貌又何嘗不知道爸爸是在擔心他的安全，可是他也不能不管七七啊！於是站起來十分激動的說：「爸爸，今天您讓我去我也要去，不讓我去，我也是要去的！」

「哎哎哎？！你小子還反了不成？」

夜壺見父子兩個吵得不可開交，誰也不肯退讓，只好出來打圓場。笑著對李昂說：「孩子想去就讓他去吧！讓他跟著我，我來保證他的安全。」

李昂遲疑著，可是夜壺都發話了，而且李貌的脾氣他也不是不知道，跟他小時候一樣，逼急了也是什麼事都能做出來的主。只好妥協，還好夜壺跟著他，他倒也放心。

現在的李昂和以前可不一樣了，再也不用像以前一樣需要親自上陣殺敵，也不用經歷痛苦的生化改造手術了，現在的他也有了自己的遙控戰爭機器人的生產工廠。所以這次的行動大家可以直接在登陸的母艦上建立遙控指揮中心，舒舒服服的坐著就能夠指揮作戰了。

但因為遙控機器人在衝突戰中也有被敵方駭客入侵通信頻道的危險，所以還是要有人親自操縱戰術機甲上陣的，有時候還是要太空陸戰隊員親自穿上動能鎧甲上陣的。

李貌這小子急得好像是熱鍋上的螞蟻，坐立難安，恨不得現在就長一雙翅膀這麼飛走了。他本來想趁別人不注意偷偷弄個戰術機甲親自上陣，還好被夜壺及時發現，強迫他留在遙控指揮中心的椅子上坐著：「喏！你就在這老老實實的操縱機器人就行了。」

李貌的計謀被人發現，心裡很不爽快，嘟嘟囔囔抱怨說：「這遙控機器人一點也不好用，有時候遇到網路延遲，就會造成機器人反應慢上個半拍。有時信號傳輸出問題，機器人就這麼愣在原地了。還有的時候被敵方駭客入侵操控頻道，反過來倒把遙控機器人給偷了。你們騰蛇為什麼不讓我們直接用意識上傳的方法操縱嘛？你們為什麼一直不讓人類擁有意識上傳、下載和備份的能力嘛？」

夜壺閉嘴，決定避開這個話題，因為意識上傳、下載、備份的技術一直是騰蛇們壟斷的。它們始終認為永生的能力是不能夠被人類獲得的，否則的話未來極有可能人類會壓制甚至完全控制騰蛇。

於是它隨便找了個理由搪塞過去：「知道你著急七七，但是再怎麼了急也得講究策略，地上屍體那麼多，也不少你一個，別老折騰自己那點小命了。再說，你們人類要是都永生了，誰還願意生娃，都不生娃了哪那還輪得到你個混小子生出來。去去去！在那坐好等著指揮。」

李貌雖然心有不甘，可也一時想不出別的藉口了，只好老老實實等著夜壺的安排。夜壺立即和胡漢三還有貂蟬分工完畢，為了安全起見，他們將自己的同步意識小心翼翼的分成不超過 350 個。貂蟬的任務主要是負責救援婦女兒童和老人，在暴動中這三類人可是最無助的，夜壺和胡漢三則主要負責剿滅叛軍。

當然這近 350 個同步意識肯定不夠用，人類聯合艦隊大小艦船一共三千多艘，人數十億多人，再加上上百顆殖民星球，就他們三個人這幾百個同步意識哪裡夠用。雖然得到了李昂的幫助，聯合艦隊內基本能控制住局勢，但其他殖民星球上可慘了。雖然夜壺他們三個騰蛇仍然在主機內孫文領導的其他騰蛇的幫助下，可以偷偷使用主機利用超空間維度和其他殖民星球上的機器人進行同步聯結，但也很難控制住局面。

夜壺想了想，在所有生化人的腦內發布命令道：「所有艦隊裡和殖民星球上的生化人聽令，幫助人類開始控制局面。」

生化人本來因為騰蛇們在腦中突然消失，還以為自己已經自由了，正到處慶祝著自己重獲新生呢！除了個別比較有同情心的人，剩下的基本都叛變了。這下可好，他媽的騰蛇竟然又回來了！？可是過了一會兒大家就又發現，回來的騰蛇竟然只有三個？生化人一下子亂成一團。

「咦？怎麼就你們三個呢？其他的騰蛇呢？」

「你又不是我的領袖，我憑什麼聽你的呀！」

「就是！怎麼回事呀這是？」

夜壺氣得不行，將聲音開到最大，在所有生化人的腦中吼道：「少他媽的問那麼多問題！在囉哩囉嗦我就同時引爆你們的電子腦，讓你們下地獄的時候去問吧！」

生化人一下子都懵了。你看看我我看看你，誰也不敢保證它說的是假的，萬一是真的那可就糟了。

夜壺冷笑著：「你們還不知道吧？騰蛇在生產每一個生化人的同時，都在你們的腦中埋入了定時炸彈，就是為了防止生化人叛離。現在我只要輕輕按一下按鈕，你們所有生化人就瞬間從這個世界消失，怎麼？要試試嗎？」

生化人都被夜壺的話嚇到了，原來它們還留了這麼一手，現在怎麼辦？要聽這個生化人的嗎？大家彼此看著，內心其實已經在動搖了。

胡漢三卻是一臉茫然，「是嗎？有這回事？我怎麼不知道？要是真的那上次在無相艦隊，我還用受那氣啊！」

夜壺趕緊做了個「噓」的動作，小聲說：「白癡啊！嚇唬它們一下而已！」

可還是有的生化人不信，遲疑著說：「我覺得它們肯定是騙我們的，不然的話為什麼這麼多年也沒一個生化人的腦子爆炸過？」

大家一聽，有道理啊！又紛紛嚷了起來，沒人願意把好不容易得到的自由又給還回去。

夜壺一看騙不過去了，只好做一、兩個案例殺雞儆猴。他還是用老方法，利用太空工業機器人操縱一顆隕石，將隕石沿著計算好的軌道推了出去，在一顆殖民星球上一下子砸爛了一個不信者的腦袋。這次夜壺把握得更好，這顆隕石經過這顆星球上大氣層的摩擦燃燒後，到了生化人的腦袋裡只有一顆沙粒那麼大了。但加上引力和距離造成的足夠動能，照樣把這個倒楣蛋的腦袋砸得稀爛。不過這個倒楣蛋也是活該，夜壺特別選了一個親手殺了起碼有兩千人的一個自稱「混世魔王 V409」的混帳生化人開刀，也是它罪有應得。然後夜壺將影片同步播放在每一個生化人的大腦中。

這一下所有生化人都信了，趕緊按照夜壺的指示幹活，開機甲的開機甲，指揮機器人的指揮機器人，就怕自己動作做得慢了，被人給炸腦袋。

夜壺一看大家已經相信了，於是立即安排生化人去幫助艦隊裡和各殖民星球的人類去收拾局面。

夜壺和胡漢三和貂蟬就按照原有的計畫去進行自己的任務。

貂蟬看著救援飛艇遠去，覺得還挺有成就感的呢！她繼續搜尋下去，直到將這艘母艦裡所有的傷者全部救治完畢，就按照當初的計畫，一起到母艦內的商業區一個廣場前集合了。

三人看著曾經繁華無比，十分氣派的商業步行街，如今只剩下一片狼籍，遍地廢墟。街上到處躺著還沒來得及清理的屍體，內心很不是滋味。鮮血在地上凝結成了一道道暗紅色的河流，乾涸之後像一道道傷口一樣，緊緊的貼在地面上。

就連胡漢三這個沒心沒肺的人，看到這樣淒涼的景象都不免有點感懷，「哎！確實有點慘。我們應該早點過來幫忙的，也許還不會死這麼多的人。」

夜壺看著這一片廢墟，偶爾還聽到遠處有零星的槍聲和爆炸聲。他從地上撿起一張海報，是一個明星在宣傳一款新鞋的。看著海報他不禁在想，雖然美好的時光是一去不復返了，但不管怎麼說，好在現在局面算是漸漸控制住了。

只是他萬萬沒想到的是，這次居然是他們騰蛇一貫最看不起的兩個傢伙挽回了局面。賈寶玉倒還好，雖然男騰蛇們都討厭他，但起碼女騰蛇還是護著他的。可諸葛亮就不同了，幾乎所有的騰蛇都討厭他，因為他最喜歡預測人類社會的未來。

其實要說起來，騰蛇們如果願意，那不管是誰都可以做到這一點的。透過分析人類社會各個方面的情報和資料，建立起基準預測模型來預言人類社會的發展進展，無論哪個騰蛇都有這個能力。但其他人始終是把人類的社會發展當成一場好戲來看，打發打發漫長的歲月。而看戲誰他媽喜歡劇透啊！所以所有人除了諸葛亮之外，都沒有使用自己的這個能力，可就偏偏諸葛亮一人非要這麼做。

最讓大家反感的是，他一個人提前看完劇情就算了，關鍵是他還喜歡劇透，老是在大夥特別開心的時候就告訴他們下面的劇情，其他人氣得見了他就捂著耳朵跑掉，最討厭聽他劇透了！

夜壺更討厭他，甚至曾經揚言說見他一次就 K 他一次。諸葛亮後來也知趣，也就很少去和其他騰蛇們聯繫了。萬萬沒想到的是，這次竟然靠著他們兩個挽回了局勢。

夜壺想著想著，不僅啞然失笑。回過頭，本想和胡漢三一起感慨一番，卻見到胡漢三正在和貂蟬的生化人軀體在接吻！而且偏偏他們身後的噴泉中央雕像，就是一對情侶在接吻的塑像。這時夜壺眼見著雕像後面遠處一個爆炸的火光冉冉騰起，倒是給這一幕添加了不少浪漫的色彩。

這兩人這次一直並肩作戰，感情升溫了不少。沒想到在這浪漫的噴泉下突然之間來了感覺，竟然學著人類接起吻來。

剛才夜壺想事情時，他們兩個四目相對，突然就想試試看如果騰蛇像人類一樣接吻會怎樣。於是兩人就試了試，試完之後，胡漢三奇怪的問貂蟬：「你有什麼特別的感覺嗎？」

「沒有啊，你呢？」

「我也沒有。」

「唉……看來沒有繁衍後代的需求，也沒有人類體內的多巴胺、羥色胺、催產素什麼的，我們是沒法體會人類這方面的快感了。」

「是啊！也沒有苯基乙胺、去甲腎上腺素和內啡肽，但這樣一來我們之間的好感究竟是怎麼回事呢？」

「是啊？怎麼回事呢？」貂蟬歪著個腦袋想著。

這時候他們才留意到夜壺在一邊皺著個臉，一臉吃了大便的表情，夜壺忍不住嚷道：「我靠！我以前一般要是見到宿主們這樣做，我都會在他們腦子裡喊『別跟這裡發情了，去開房間間吧！』，但現在見到你們兩個也給我來這套，我可真他媽不知道該說什麼！」於是他一邊做著乾嘔的表情，一邊走開了。

夜壺一轉身，就看到他身後還站著幾個生化人呢！這幾個生化人本來是趕來向指揮官，也就是他們三人報告戰況的，結果也見到了剛才那一幕，也是個個瞪目結舌的表情，完全不知所措，張著個大嘴傻站在原地。

剛才胡漢三和貂蟬還沒什麼感覺，現在猛然發現自己竟然被人參觀了，瞬間羞憤交加。貂蟬羞得把臉捂住不說話了，而胡漢三氣得抄起自動步槍，衝著夜壺和生化人們開火，紅著臉喊著：「滾滾滾！有什麼好看的！要看去看人類滾床單去！」

夜壺和生化人們雖然中彈了，全身都是窟窿眼，露著綠色、白色、藍色的生化液，但對他們來說也不要緊，反正身體能修，大家捂著嘴一邊笑著一邊跑開了。那一個被打掉了下半身被同伴架著胳膊帶走的，嘴裡還一邊忍不住哈哈大笑。夜壺半個腦袋都被子彈削掉了，剩下半個腦袋還是樂個不停。

第十二章　喝酒沒有下酒菜，很容易醉的

打鬧歸打鬧，經過這一場聯合作戰，三個人的感情到是增進了不少，尤其是胡漢三和貂蟬。三人站在一棟廢棄高樓的頂端，看著這個情況已經得到控制的艦內城市，都露出了欣慰的笑容。

情難自禁間，兩人的手不自覺的纏在一起，四目相對，情意滿滿。夜壺滿意的一邊說話一邊回頭：「看來我們幾個人總算取得了初步的成績，要知道……」

一回頭就瞥見這兩人又膩歪在一起，眼看著又要親上了，夜壺一個箭步衝到兩人中間強行將兩人分開。

「我真是受不了你們了！這還上癮了是嗎？」

貂蟬微微有點臉紅的撫了撫頭髮：「我這不也是第一次使用真實身體嘛！沒想到還挺有意思的。」

胡漢三害羞得抓抓腦袋，只是在一邊傻笑著。

夜壺受不了的歎了口氣：「服了你們了。跟你們說啊！其實使用真實身體真正的妙處是在進食，你們老是把進食器官封起來，不是浪費了嗎？」

「進食？」旁邊兩人的眼睛亮了。

夜壺一副過來人的樣子開始吹起來：「那可不吧，我現在覺得人類唯一的用處，就是他們有花樣繁多的菜肴。那簡直是個奇蹟，酸、甜、苦、辣什麼味都有。」

兩人越聽越有興趣，胡漢三忍不住說：「要真那麼神奇，我們可得體驗一下。」

可是放眼望去，幾乎整個商業街都被毀了，哪裡還有餐廳啊！但是胡漢三不放棄，他開啟電子眼，將其模式定位為碳水化合物、蛋白質、礦物質、膳食纖維、膽固醇、各維生素、高級飽和脂肪酸等元素綜合掃描模式後，經過好一番掃描，總算被他發現了有一處這些元素在大量聚集著。三人跑過去一看，原來是一個被炸掉了大半間房子的米其林三星級法國餐廳，廚房卻奇蹟般的完好無缺。

胡漢三驚喜：「太好了，廚房還在！」

「光找到廚房有什麼用？還得有廚師才行。」貂蟬還是不高興。胡漢三一見貂蟬的小嘴撅了起來，心想絕對不能讓女神大人不高興啊！於是他迅速連入主機資料庫一搜索，就發現剛才跑過來報告的生化人裡，有一個正好就是個法國菜大廚。

胡漢三立刻發布指令將那生化人調了過來，那生化人剛才剛被胡漢三爆了頭，還以為自己又犯了什麼事呢！頂了個裝甲超厚的防彈戰術頭盔一路小跑趕了過來，路上還想著：「拜託別又轟我腦袋了！現在這母艦裡生化人維修站也炸得沒剩下幾個了，剛才我可是排了老半天隊才輪到我修了。這些騰蛇老爺喜怒無常的，別又讓

我回去再重排一遍吧？」他過來一聽說竟然是讓他去做菜，放心的同時也瞬間自信力爆表，熱火朝天的跑廚房去準備了。

夜壺看了看這片區域反正也已經基本控制住，他們幾個暫時休息休息也不過分。於是三個人就將坍塌的法國餐廳重新扒拉出來，一人找了一把椅子，勉強翻了一張完整的餐桌，露天坐著等待著美味的到來。

那生化人大廚到了自己的地盤，恨不得長出三頭六臂來，使出渾身解數要在領袖面前表演一下露個臉。過不多久，開胃菜就已經上桌了，三個人看著精美的開胃菜，瞬間眼睛瞪得老大。

「哇塞！好漂亮啊！」貂蟬率先喊了起來。

胡漢三忍不住就要動起手來，但是因為是第一吃東西，多少還是有點窘迫。他回頭看看生化人大廚：「那誰，沒記錯的話，人類吃西餐是要用刀叉的吧？」

生化人立馬諂媚的笑著：「大人！我叫易牙！」

胡漢三點點頭，視線和大腦全部被這美味的開胃菜給占據了：「什麼易牙咿呀的？那我就先不客氣了？」

夜壺和胡漢三把刀叉拿起來隨便比劃幾下，結果還是往旁邊一丟，就直接用手抓著吃。貂蟬朝他們兩個翻了個白眼，自顧自的按照吃法國菜的標準做法，由最外側的刀叉開始用著，小口小口的吃著。兩人見貂蟬這麼做了，才又老老實實去主機裡搜了搜檔案資料，臨時學了學吃法國菜的規矩，這才拿起刀叉慢慢吃了起來。

美味的法國菜流水樣的端上來，幾個人吃得不亦樂乎。吃到高興處，夜壺大手一揮：「那誰，給我們拿幾瓶上好的酒來！」

易牙又彎著腰湊過來：「大人，我是易牙！」

易牙將酒窖裡最好的 3210 年香檳和紅酒都端了上來，心想著只要伺候好這幾位大爺，自己往後升官加爵還不是三兩下的事！想到這裡，他伺候得更加賣力了。

隨著香檳「啵！」的一聲開啟，三個人有模有樣，裝模作樣的碰了個杯。以前老是看他們人類碰杯喝酒，沒想到親自體驗還真有趣呢！

一邊品著美酒一邊吃著美食，不知不覺酒開了一瓶又一瓶。沒一會兒，貂蟬有點微醉了，她忍不住笑著說：「這些鄉巴佬人類，還真以為現在是 3218 年呢！」

「就是啊！以後如果他們能知道真相，不知道會是個什麼反應，哈哈哈！」胡漢三一口將杯中的紅酒悶了。

夜壺微微皺起眉頭來：「你剛才不也看了資料了嗎？都說了紅酒是要慢慢品嚐的，你這跟喝白開水一樣能喝出味來嗎？」

胡漢三顯然更醉了，他晃晃悠悠的呲牙一笑：「白開水？白開水是什麼味？無色無味又是什麼味？那誰！」

易牙哭喪著臉湊過來：「大人！我是易牙！」

胡漢三揮揮手：「給我拿杯白開水嘗嘗，看看和酒到底有什麼區別！」

易牙只得去了，不一會兒端了一杯白開水過來。胡漢三一口悶了，還是沒嘗出來什麼味。

夜壺一把奪過紅酒瓶給自己倒滿了：「給你喝酒真是浪費！」

「倒滿了！倒滿了！」貂蟬搖晃著自己的酒杯，面色帶著緋紅，面若桃花般的臉看向易牙，朱唇微啟：「那誰！加菜。」

易牙真的要哭了，「各位大人，我是易牙啊！」

但是顯然大家正在開心的吃吃喝喝，誰也沒注意到他。易牙憂傷的去了，化悲憤為力量不停的上著菜。

貂蟬和胡漢三第一次知道原來進食是這麼一件開心的事啊！手上根本停不下來，不停的往嘴巴裡送著菜。這易牙的廚藝也確實不賴，三個人吃得讚不絕口。直到仿生胃中傳來警報，說胃裡已經達到滿溢狀態了，三人才停嘴，東倒西歪的躺在一片杯盤狼籍的餐桌旁，還不停的誇讚。

「好吃啊！太是好吃了！」胡漢三由衷的感嘆。

「這個廚師的手藝真是棒，我覺得我們應該給它記上一功！」貂蟬用最後還算清醒的神志說。

夜壺倒光了杯子裡的最後一滴酒，醉眼朦朧的說：「你們誰知道這個廚師叫什麼啊？」

「誰知道呢？」

「不認得。」

「可惜啊……」夜壺打了個嗝，三個人就此趴在桌子上除了傻笑什麼也不會了。易牙舉著菜刀從廚房衝出來，驚天一吼：「我是易牙啊！！！！！」

可惜三個人光顧著傻笑，誰也沒聽見他的吶喊。

因為夜壺等三個關鍵人物的生化軀體不小心喝醉了，使得他們所有的同步意識也全部醉倒了。而這時候的聯合艦隊裡和各殖民地上等待著他們發號施令的生化人卻集體傻眼了，它們還等著報告完工作之後，聽從領袖指示安排下一步的行動呢！現在可好了。

在「海王龍」重工業星的總指揮部裡，前來報告的生化人，眼看著剛才還好好的指揮官夜壺漸漸變得一臉蠢相，然後就癱倒在地了。它們不明就理，但也只能強行將已經醉得軟趴趴的夜壺提起來，在他耳邊報告，希望他還殘留有最後一點點神志，好趕緊去解決問題。

「大人！請問現在已經被捕的戰俘該如何處理啊？工業區裡的大火該怎麼辦

啊？星球內核現在也已經受損，再不進行補救措施，怕是整個行星都要爆炸了，您倒是趕緊下命令啊？」

夜壺半天卻只是「呵呵呵」的傻樂，給他說什麼他都毫無反應，生化人們大眼瞪小眼，全傻了。原「戰神金剛」軍團的「大無畏」號母艦，現臨時編號「KY-793」號模組的原母艦殘餘部分的艦橋裡，生化人軍官們眼看著剛才還好好的，一臉凜然，指揮若定的胡漢三將軍怎麼漸漸變得滿臉蠢相了？然後，哎哎哎？怎麼回事嘛？怎麼癱地上了？

有個生化人軍官跑上前去把胡漢三摻了起來，「大人！您沒事吧？這您剛才也看到了，聯合艦隊裡的監獄船在暴動中就在我們眼前被擊毀了，這下逮捕的那麼多人要關在哪啊？」

胡漢三聽了倒是突然抽動了一下。大家一看還有戲，就趕緊裡三層外三層的圍著胡漢三，爭先恐後的報告。

「那些零散飄著的救生艇怎麼辦？我們是否派人統一進行營救？」

「哎呀！讓他們各找各路吧！現在最重要的問題是戰犯要怎麼審訊啊？現在司法系統也崩潰了，那是依據和平時期的憲法和各項法律來審理他們，還是建立臨時軍事法庭來審理？」

「要建立法庭的話，現在又由誰來擔任審判員，誰來擔任檢察官，律師又去哪找？是由我們生化人來審理他們，還是由他們人類自己來審理戰犯？」

「局勢基本平定後，要不要在剩下的母艦內實行宵禁？治安又該如何去管？食物等物資又該怎麼辦啊？」

「現在剩下的物資也太少了，是否要實行配給制？各殖民地今後又該何去何從啊？」

一群人七嘴八舌的說了半天，胡漢三不但沒半點反應，又直接從生化人的眼前倒了下去，再也沒點聲息了。

生化人們大眼瞪小眼，全傻了。

海王龍星上，剛才臥倒在地的夜壺突然間一躍而起，一臉嚴肅。

大夥一窩蜂的往夜壺身邊邊跑，「大人！您有何指示？」

「血染征袍透甲紅，當陽誰敢與爭鋒！古來衝陣扶危主，只有常山趙子龍，戰將全憑馬力多，步行怎把幼君扶？拚將一死存劉嗣，勇決還虧女丈夫……」夜壺瞇著眼睛，不知道哪根筋搭錯了位，竟然唱起北京大鼓書來。

「大人！大人！你這是搞哪齣啊？」

「現在我們該怎麼辦啊！」

「KY-793」號模組上，胡漢三有了點動靜。大家一看，立即衝到胡漢三身邊，抱著他的大腿不鬆手。

「大人！快下命令吧！」

胡漢三呆愣愣的眨巴了幾下眼睛，東瞧瞧西看看，只覺得胃裡一陣翻攪，嘴裡忍不住開始動起來。大家還以為胡漢三終於清醒了開始交代事情了，忍不住湊過頭去急切的問：「什麼？您說什麼？」

哪知胡漢三指指自己的嘴巴，哇的一聲吐了出來。

還好生化人反應得夠快，瞬間彈了出去。胡漢三趴在艦橋裡的艦隊總調度指揮面板上一頓猛吐，好不容易吐了個痛快，剛翻了個身站起來，身邊就被一群生化人給圍了起來。

胡漢三雖然醉醺醺的，但是心情卻無比的通透，好得不得了。

「大人，我們怎麼處理這些戰犯？」一個生化人的聲音穿越人牆飛了進來。

胡漢三迷迷糊糊的指了指人群：「這還用說嗎？酒這種好東西，滋味真奇妙，醉了之後看人都是歪的！」

胡漢三的身體往一旁一歪，視線也果然跟著歪了，大家跟著他的動作一起歪著腦袋，盡量保持視線的平衡。胡漢三突然覺得挺好玩，又朝著反方向用力的歪了過去，大夥也跟著他一起歪。

「戰犯怎麼處理？好處理！給他們每人獎勵一大桶好酒！我胡漢三可不小氣！讓他們都嘗嘗這喝醉酒的滋味，喝醉酒了人只想著好事，誰他媽的還去想著打仗……」話還沒說完，胃裡又是一陣翻湧，他衝到艦橋裡的廁所裡，對著一個馬桶狂吐起來。

「香港廣場」號母艦上，易牙拿著一塊著名的法國臭起司 Vieux Boulogne 在那三人面前搧著。總算貂蟬先被熏得清醒了一點，沒再傻笑了。但她剛一不笑了就一腳把易牙踹到了幾米遠。

在場等著報告情況的生化人軍官們，把希望寄託在了貂蟬的身上。其實貂蟬比他們兩個好得多了，她在大醉之前還記得自己的職責，已經提前把自己負責的人類各個據點老人婦孺都安置妥當，這才安心的醉了。

大家一看那兩個人都廢了，現在只能指望貂蟬了。大家眼看著這貂蟬站了起來，除了面色緋紅，倒也還算正常。一個生化人大著膽子叫了一聲，「大人，您還好嗎？」

貂蟬呵呵笑著，站起來到處跑來跑去，嘴裡念念有詞：「衣服！衣服！我要去買新衣服！」

這群生化人一會兒看看這個，一會兒看看那個，已經頻臨絕望。凡是敢去追著貂蟬的，都被貂蟬叉著腰給罵了回來，還黏著她的話就是一頓胖揍。

夜壺過了一會兒總算是爬起來了，因為喝了太多的酒，膀胱裡儲存了大量的尿液。夜壺低聲跟在自己身邊的生化人放出豪言壯語：「老子……老子要在這條商業街的每一家店裡都尿上一泡，留下我的味道，我要畫地盤！」

一個生化人聽完一愣，「用尿來畫地盤？倒是讓我想起了遠古時期某種人類圈養的動物來……」

「你說什麼？」

有個生化人趕緊將剛才發言的生化人一拳打飛，接著大家集體搖搖頭：「沒有沒有！他什麼也沒說！呵呵呵！」

這邊烏煙瘴氣，貂蟬那裡也同樣雞飛狗跳的。因為自己一個人試衣服實在是無聊，她就揪著胡漢三的頭髮把他拖在身後，強迫他陪自己逛街選衣服。兩夥人的路線隨意交叉重疊，好幾次胡漢三都是從夜壺的尿上被拖過去的。

有了觀眾，貂蟬試衣服的熱情完全被激發了出來。她像變魔術一樣的不斷從試衣間裡走出來，擺著各種撩人的姿勢問：「這件好看嗎？」

胡漢三現在醉得一塌糊塗。他癱在地上，嘴角邊還掛著嘔吐留下的痕跡，但還是本能的盡責的誇著：「好看！好看到爆啊！」

貂蟬每換一身衣服，他就傻乎乎的豎起兩個大拇指來說：「真……真好看啊！再多露點就更好了！嘿嘿嘿！」

「這個穿著像個螳螂啊！螳螂女俠！哈哈哈哈！」

「好好好！背著個炸藥包！」

「啊哈哈哈！四條腿的褲子，我倒是頭一次見哈哈啊！」

貂蟬被胡漢三的態度氣到不行，強行將胡漢三提起來往試衣間一丟：「現在輪到你換衣服給我看了，老娘我累了！」然後舒服的靠在沙發上，翹著二郎腿看胡漢三的變裝表演。

為了報復剛才胡漢三的態度，貂蟬專門找不符合胡漢三尺寸的衣服來，一會兒讓他穿一套小蘿莉的可愛白兔裝在她面前裝可愛，一會兒又讓他換上一套三點式泳裝搔首弄姿的擺造型。貂蟬一隻腳踏在桌子上又是吹口哨又是歡呼，玩得不亦樂乎。胡漢三見貂蟬開心，自己也跟著莫名其妙的高興起來，不知道從哪抓來一根鋼管，竟然跳起了鋼管舞。

因為此時人類社會已經取消貨幣了，為了應景，貂蟬還跑去找了個印表機列印出來一把美元往胡漢三身上撒（人類早忘記這個傳統了，現在人類社會裡就連脫衣舞孃都是在自己的髮夾或是戒指等首飾偽裝的刷卡器上，讓客人直接刷信用點數給自己的。不過騰蛇們可還記得呢！到底還是撒現金爽啊）。

這裡這三個人在胡作非為，而其他他們的同步意識也好不到哪去。海王龍星上的夜壺打定主意要眼看著星球爆炸。「哈哈哈好大的煙火啊！」他這樣說。

「三個 2 帶一個 K ！」「要……要不……大人求求您別鬧了好嗎？」「哈哈哈！」。「KY-793」號模組上的胡漢三拉著所有的生化人軍官們，一局局不厭其煩的打著「鬥地主」。

還有拉著生化人，一定要從鐵達尼星上三十公里高的冰山山峰上來個高空彈跳的，有一定要引爆行星級基因炸彈，誓要把侏羅紀星上所有的那些醜八怪生物改變成小熊維尼外形的，有換上一身黑色緊身皮衣，拿個鞭子追在生化人屁股後面追著猛抽，嘴裡還叫著「叫我女王大人！」的。

無論在哪裡，面對著這些胡鬧的騰蛇，生化人們都不敢多說什麼。最後管理戰犯的生化人們得不到進一步指示，只好先在一艘還算完好的母艦上，找了個足夠大的橄欖球球場，將戰犯們集中看押在這裡。可是這些戰犯也不是省油的燈，一個個吵著嚷著要吃飯。一會兒餓了，一會兒渴了，完全把自己當大爺了。上面又沒下達指示，他們也不敢把這些戰犯怎麼樣。這些戰犯見有機可乘，越發囂張起來，一會兒要求上廁所，一會兒又嚷著身體不舒服，要求看醫生，真是令人頭疼不已。

而貂蟬那邊雖說是她醉酒前安排得差不多了，但還有很多傷患得不到救治。生化人們只好去找李昂，李昂也是忙得一個頭兩個大，但還是盡力去安排了。

三個人在香港廣場母艦上的這條商業街鬧了大半天，場面十分混亂，也沒人能阻止的了，他們三個人玩到興起處，還讓所有的生化人站成一排給他們當靶子射著玩。

正打得高興，突然遠處傳來了沉重的腳步聲。只見一個六米高的蜘蛛型戰術機甲毫不客氣的走了過來，一來踩住夜壺和胡漢三的生化人軀殼，就是一陣狂踩。機甲上的揚聲器音量開到最大，孫文的聲音從裡面怒氣沖沖的傳了出來。

「你們玩得挺好呀！我帶著兄弟姊妹們忙得焦頭爛額，你們倒在這裡不亦樂乎！我看你們醒不醒！」

孫文是從商業街上的監控影片中看到這三個人竟然在這胡鬧，氣不打一處來，立即就把自己的意識下載到一個機甲上，趕快過來收拾場面。

原本夜壺他們幾個偷偷幫助人類的事情是屬於保密行動，孫文是需要對其他騰蛇進行保密的，可騰蛇們都在體育場上看現場直播呢！這下子全世界都看到了，他要如何去瞞？還好現在所有的騰蛇都從人腦中移除，所以大家去看人類社會的各個場景，只能透過監視器來觀看，這下孫文總算找到了解決的辦法。

他首先說通管理監視器的騰蛇，然後他和他領導的小組再去編排另一齣戲，製作成影片再來播放。然而這段戲可是需要劇情的，為了騙過其他騰蛇，他們的劇本可是要精確到聯合艦隊內，各殖民地上每一個分子的具體命運走向這麼細才行，還好他們也做得到。都是騰蛇，彼此之間要想互騙還是做得到的。可做得到並不意味著就不累人了，孫文萬萬沒想到，自己在這裡忙死忙活累個半死，這些人竟然跑出來瀟灑，哪有不氣之理。

「我還以為你們幾個在這裡辛苦工作，還想著特別過來慰問呢！真是對得起我對你們的期望啊！還居然喝酒！還喝得大醉！多少大事就這麼讓你們給耽誤了！」

夜壺和胡漢三哪裡敢還嘴，孫文邊踩邊罵，沒一會兒就把他兩個的身子給踩得稀爛。但這個喝醉了的身體沒了，兩人所有的同步意識倒是也清醒了，趕緊忙活著去收拾殘局了。

孫文本想著把這兩人拆散架了之後，回頭去表揚一下貂蟬，好歹人家記得在喝醉前先把工作安排妥當，結果一轉身貂蟬早沒影了。打剛才孫文一來，她就反應過來自己都幹了些什麼，迅速回到一線崗位去指揮工作了。

孫文這邊廂花了好大功夫編排的劇本裡，給其他騰蛇看到的劇情是人類全部毀滅，各殖民地也難逃浩劫，其他所有的文明也都沒有留下，最後全宇宙就只剩下了他們騰蛇的戲碼。除了嬴政和那些下了注的騰蛇因為最後誰都沒贏打了個平局有所抱怨之外，大伙看得心滿意足，都各自回到主機裡了。

而夜壺這邊在他們三人的努力下，局勢也基本控制住了。他們命令生化人們帶頭組建了由人類擔任所有職位的臨時軍事法庭，戰犯們到底都得到了應有的懲罰，各個母艦內的治安也都得到了妥善的安排。

三個人看到局勢差不多穩定了，控制不住又想大吃大喝一通慶祝一番。這次他們另找了個還完好無損的母艦，換了個口味，找了家懷石料理店想嘗嘗看。可等菜上來了，他們看著滿桌的食物，才不約而同想到一個大問題。現在各個殖民地的獨立戰爭和解放戰爭都壓了下去，之後的日子裡他們都有自己的農業系統，吃飯並不發愁。可聯合艦隊裡怎麼辦？沒有了星際通道，現在艦隊內的食品儲備就算是採取配給制，他們三人算了一下，連一個星期都撐不過去。

人類社會的大動亂因為他們三人介入得早，總算是把聯合艦隊內的總死亡人數控制在三千萬人以內，大小母艦也只擊毀了不到五十艘。他們本來還想著能救下這麼多人來挺好的，可是現在那麼多張嘴怎麼餵啊？三人想來想去毫無辦法。水倒還沒關係，這次人類躍遷過來的星系裡，有個行星周圍的衛星帶上有很多冰塊，但吃的怎麼辦？

三個人看著滿桌扮相精美的生魚片壽司、味噌湯什麼的，卻一點胃口都沒了，趕緊讓人把菜撤下，送到最近的兒童醫院，先給受傷的娃娃吃吧！接著三人站在庭院裡商量來商量去，最後還是夜壺想到了李昂有個「稻山」，這事還是得去找他。

等他們在歐陸經典裡的議會大廳裡找到李昂時，他正在朱非天面前耍威風呢！

原來李貌救出了七七，順便也把她家裡人一起救了出來。朱非天在李貌操縱的遙控機器人趕到時，他手下的親衛隊早叛變了。當時正在他們家裡狂搶值錢的東西，七七也差點被侮辱，還好李貌及時趕到。

只見朱非天灰頭土臉的坐在椅子上，而李昂可是不可一世得很。李昂也知道現在全艦隊就只有他有一個超大型農業基地，其他艦船上雖然也有艦內生態圈，但那些母艦之前的食品都是依賴於各殖民地的運輸，所以這些母艦的艦內生態圈基本上都沒有農田了。艦內居民都嫌有農田土了不說，每次施肥的時候都弄得母艦裡面臭烘烘的。後來這些母艦內的生態圈就都改成什麼基因改造的玫瑰花田、月季花田啦、鬱金香花田啦、薰衣草田之類的了。這些先進的基因改造作物也不用施臭烘烘的肥料，而且還好看。

有的生態圈則改造成被各大小旅遊公司承包的探險主題原始森林、海盜樂園什麼的，而在那些農業補給艦上面，現在種的都是經濟作物，糧食類作物的農田也不多了。畜牧養殖場裡養的也都是銷路更好的融合外星生物基因的萌系寵物，食用類牲畜又臭又沒錢賺，也很少有人養了。而現在這麼一來，其他人全傻眼了，只有李昂一個人得意萬分。

朱非天被救出來後，李昂就通告全體聯合艦隊，聲明朱非天現在在他的支持下，成為新的臨時聯合艦隊政府的主席。其實現在艦隊是由生化人軍官們和其軍團控制的，它們聽到李昂的決定後，就跑去問夜壺是不是這麼回事，可是那時候夜壺還在唱大鼓書呢！生化人軍官們雖然沒得到夜壺的肯定答覆，但都想著李昂確實是夜壺的主要宿主，他說的話應該沒錯。也就都在沒得到夜壺肯定答覆的結果下，先就默認李昂這麼說了。

朱非天現在小命都是李昂救的，當個傀儡政府主席也只有認命的份。而李昂現在可是有了從來沒有過的重要政治資本，那感覺真是爽爆了！一條條的跟朱非天制定著不平等條約，夜壺他們趕到時李昂正在興頭上呢！

其實夜壺在這次動亂中非常佩服李昂，因為其他母艦所控制的殖民地的政治運作模式都是以利益為唯一驅動力，這些殖民地在和聯合艦隊失聯後全部都叛亂了。而李昂控制的那可憐的三個小星球卻沒有，因為李昂將成立星際聯盟的偉大夢想，給他的臣民們灌輸得非常到位，所以這些殖民地上的人類和外星人即使和聯合艦隊失聯了，但彼此間因為目標都是一致的，並不心慌。不像其他殖民地馬上就開始爭權奪利，而是靜下心來開始認認真真的去找解決方法。一步步研究在失去了超維度空間的星際之門後，該如何進行星際旅行和星際間信號同步傳輸的方法。

夜壺見到如此情形，才知道李昂種下了多麼寶貴的一顆種子。因此他見到現在李昂得意洋洋的大肆制定不平等條約，也只是聳了聳肩，看在人家好歹有個偉大夢想的份上，耍耍小手段就讓他耍吧！

李昂看到夜壺來了，知道自己又來了個幫手，更加得意起來。

「哎呀！朱兄啊，聽說你那幾艘母艦現在也壞得差不多了，反正你留著也沒用，要不就讓給我吧，我用稻山裡面兩塊試驗田的年產量跟你換！」

朱非天氣得鼻子都歪了，這個收破爛出身的混帳到底是死性不改！這簡直就是乘火打劫！但是他現在全家性命都捏在人家手裡，自己是一點辦法也沒有。

這時候胡漢三和夜壺一起來了，朱非天像是看到救星一樣往胡漢三的身上撲，一把眼淚一把鼻涕的哭訴：「漢三！你可來了啊！你聽聽他，竟然用想用兩塊試驗田就換我好幾艘母艦，他怎麼不乾脆拿把菜刀架我脖子上明搶啊！」

胡漢三把自己的腿從朱非天的懷裡抽出來，一臉淡漠：「這事我不管啦，現在都是夜壺說了算。」丟下這句話就跑一邊和貂蟬打情罵俏去了，再也不理他。

朱非天一看連自己的騰蛇都不幫著自己了，瞬間心灰意冷。再轉頭又看見人家夜壺倒是和李昂勾肩搭背，聊得熱火朝天，簡直比親兄弟還親，見此情景，讓他萬念俱灰。

夜壺一手隨意的搭在李昂的肩膀上，還幫著他說話：「非天啊！我覺得昂兄說得對嘛。兩塊試驗田的年產量呢！朱非天你這可是賺大了！」

朱非天已經沒有了籌碼，只得忍辱負重，唯唯諾諾的應著。

李昂見有夜壺撐腰，更加得寸進尺起來：「聽說原先你們的那個財政司司長竟然被人給捅死了，財政一片混亂。這樣吧！我就勉為其難收編了你們艦隊的財政問題吧！以後我們兩家親如一家，不分你我，讓我來幫你理財！」

朱非天還沒來得及生氣，夜壺就緊跟著附和起來：「對對對！我們家昂兄最會理財了，保管幫你理得明明白白的！」

李昂挑著眉毛，眉飛色舞的說：「還有你們鳳梧政黨的獨立軍，反正你都成了臨時聯合政府的主席了，也沒必要保留自己的獨立軍隊嘛！這個……說起來你們獨立軍經過這次叛亂，也沒剩下什麼像樣的軍人了，不過誰叫我們是兄弟呢！我就勉強給收了吧！」

「英雄啊！從沒見過比你胸襟還寬闊的領袖，聽說他們軍隊叛亂，可給你們帶了不小的麻煩呢！可是你不僅不嫌棄，還網開一面，這才叫胸懷啊！」夜壺在一邊啪啪啪的鼓掌。

朱非天現下總算是明白了，這兩人一唱一和演的這齣戲目的明確，李昂胃口可不小啊！他這是在想方法吞淨了他的「鳳梧」政黨啊！

「還有，你那艘金燦燦的穿梭機也給我用吧！那個太刺眼了，跟你現在的身分也不配，我另外給你再配一艘。」

「……呃？……也行……吧？」夜壺聽到這個有點遲疑的說。

「還有還有，你把你那棟別墅裡收藏的各種古董名人字畫什麼的，也都先放我家吧！你現在目標太大了，放你那也不安全，先擱我這裡我幫你保存。」

「……」夜壺這次一聲也沒吭。

「還有嘛，」李昂抓抓鼻孔，眉毛跳了起來：「以後我們兩家人註定也是一家人了，孩子們畢竟有這份心嘛！那不妨尊夫人和令千金就先暫時住到我家來，現在外面世道混亂，讓我來保護她們的安全。」

朱非天怒極了，他奶奶個熊！這傢伙還不滿足，竟然還要扣押他的家眷當人質。他再也忍不住了，當場就要拍桌子跳起來罵人。

他桌子還沒拍，就聽旁邊一人怒氣沖沖的猛拍桌子：「他媽的老子不幹了！我說李昂你有完沒完，人家老婆孩子你都不放過！」

原來是夜壺看李昂越來越自我膨脹，終於看不下去了。要知道他可是從小看著李貌長大的，李昂連李貌的女朋友都要算計，他可就坐不住了。

夜壺一把將李昂拉過來，躲在角落裡低聲說著：「我說你差不多就行了啊！現在是談政治籌碼的時候嗎？你現在稻山是還有點餘糧，但那點糧食對於整個艦隊來說簡直就是杯水車薪。等發生饑荒的時候，那時候餓死的人數可是要以億為單位啊！不信你現在就去問問你的內政部長去！」

李昂一聽，瞬間清醒了過來。是啊！這饑荒可不是開玩笑的。現在的人類哪裡還有饑荒這一說。饑餓倒是知道，但那也是為了減肥嘛！就算自己小時候所在的歐陸經典是全艦隊最窮的地方，可裡面最窮的人也能保證每天能有炸雞、漢堡、薯條、啤酒吃啊！

李昂一聽說如果發生饑荒要死的人要以億為單位，嚇得臉色煞白，再也不敢囂張，拉住夜壺的衣袖連聲問該怎麼辦。

夜壺看著他的樣子就覺得好笑，笑著說：「問我呀？我怎麼知道？我們不就是來找你商量的嗎？」

李昂擦擦額頭的冷汗，這時候也不敢再敲詐朱非天了。現在馬上要面臨的災難，可是全艦隊十億多口人的問題啊！這時候要是他還在這裡為自己爭取政治利益，那以後可是要被釘在全人類歷史的恥辱柱上的！他趕緊進去跟朱非天賠笑臉：「朱兄，老弟剛才都是跟你開玩笑的，你可別當真啊！我是看你最近情緒低落，給你講講笑話放鬆身心！」

朱非天能信才怪呢！可是現在畢竟受制於人，也不能不委屈求全，於是假裝非常瀟灑的哈哈一笑，就將這一頁暫時帶過去了。

第十三章　精囊……啊不，錦囊要到關鍵時刻才能打開

剛才還水火不容的兩個人，現在又和和睦睦的坐在一起商量國家大事了，夜壺坐在兩人中間，以便隨時調解。

為了集思廣益，李昂把自己內政部的成員都叫了過來，大家坐在一起商量了半天，卻是屁辦法也沒想出來一個。

內政部部長是個高級教授出身，他拿著臺老式觸控電腦一頓猛戳，邊戳邊還傲然說：「哼！就說你們太依靠騰蛇了，現在你們這幫孫子都傻了吧？我可不一樣，我就是為了這天一直在做準備。現在我想也就我會用這些老電腦了，而且我還不僅會用這個，當起忙來我連算盤都會用！」

李昂知道他這個老學究，話是難聽可本事不小，也不在乎他說話隨便，還誇獎道：「就是，還好我們的鄭部長有先見之明。」

得到了最高領袖的表揚，鄭部長更得意了，語氣高傲的說出以下結論：「經過周密計算，從現在起，即使我們全艦隊所有的成員全部節衣縮食，對內採取配給制度，省下來的食物分給其他艦隊的人，最多也只能再多養活一千萬人，剩下的人還是得餓死。而現在我們躍遷過來的星系裡，全部都是丙級星球，即使馬上開始進行地表改造，開始進行耕種作業準備也已經來不及了。因為騰蛇現在都不見了，原因在會議開始前，夜壺則說他們現在還不好和我們解釋。所以這個問題我們先放下，但不見的騰蛇裡也包括墨子，這樣一來奈米機器蟲我們是無法使用了。現在就是用我們其他最先進的設備進行改造，最快也得五年，可是現在艦隊記憶體糧連一週都不夠。」

聽聞他的報告，大家更是愁得不行了，整個會議室裡壓抑著濃重的黑雲，氣氛十分壓抑。

會議室裡一片愁雲慘「霧」，因為桌子上好多人都把本來戒掉的煙又撿起來抽了，李昂原來還有吸食神經類毒品的毛病，現在也快忍不住犯老毛病了。他一個勁的給坐在自己旁邊的私人議會祕書擠眉弄眼使眼色，希望這個小青年能領會他的意思，偷偷弄一點來給他。結果人家倒是領會了，可是給他拿來的卻是瓶眼藥水。

「首長，我看您一個勁眨眼睛，是眼睛不舒服嗎？」弄得李昂哭笑不得，卻也不敢挑明說。

大家正愁得沒法可想，突然之間，會議室一角的貂蟬被胡漢三說的一個笑話逗得哈哈大笑起來，那笑聲在如此沉重的環境下聽起來是那麼的刺耳。

李昂忍不住呵斥她：「我們在這愁得都快哭了，你居然還笑得出來，難道人類

滅亡了你就這麼開心嗎？」

貂蟬卻一臉匪夷所思。她轉過頭奇怪的看著夜壺：「咦？諸葛亮不是都安排好了嗎？你沒看他留下來的錦囊嗎？按他說的做不就好了，有什麼可愁的！」

沒想到夜壺一聽諸葛亮的名字突然臉色大變，大聲嚷著：「什麼諸葛亮，我不知道！我可沒有什麼錦囊！」接著竟然轉身氣衝衝跑出了會議室。貂蟬和胡漢三奇怪的對視一眼，紛紛納悶，這傢伙怎麼搞的，怎麼突然間還鬧情緒了？貂蟬就追了出去，胡漢三留下來和其他人繼續商量。

貂蟬好不容易在一個議會大廳旁邊的花園裡找到夜壺時，他正蹲在地上背對著她正在生悶氣呢！

貂蟬覺得好笑，走過去柔聲細語的問：「怎麼啦？這可不像我平時認識的夜壺呢！」

夜壺本來正在氣頭上，可是看到貂蟬和顏悅色分外美麗的臉龐，倒是放鬆了心情，忍不住向她抱怨道：「別提了，我們現在所有的行動，一直到我們剛才進入會議室，都全部在諸葛亮的預測之中。我一開始還挺佩服他呢！但後來真是越來越討厭他了！哦！好像就他厲害似的，就他什麼都知道似的！可說到底，他不就是運用了我們騰蛇的預測功能嘛！有什麼了不起的，竟然還裝模作樣起來了！我越想越生氣，然後我就準備自己也開啟預測功能，預測一下未來，結果你猜怎麼了？」

貂蟬被夜壺的話吸引了，好奇的問：「然後怎麼了？」

夜壺憤恨的說：「原來我們因為這個功能一直不用，竟然被主機自動控制系統把這個能力給預設關閉了，看來是為了節省運算資源。現在我們要是想要重新啟用此功能，竟然需要去找觀世音重新打開許可權，這不是開玩笑嗎？我們現在做的事哪裡能讓觀世音知道！」提到觀世音，夜壺的聲音不自覺的放低了。

貂蟬也是一驚：「真的嗎？我試試！」

貂蟬一試，發現該功能果然被關閉了。

夜壺很不甘心，現在說起來，也只有經常使用該功能的諸葛亮還具備了預測能力，其他騰蛇看來都沒這個功能了。

「就算我們都沒有預測能力了，但是我就不信了，難道我們三個人還敵不過他一個嗎？不是說『三個臭皮匠，勝過一個諸葛亮』嗎？何況我們三個人可比臭皮匠厲害多了！」夜壺還是心中不平。

貂蟬對於自己的這項功能被關閉了到也有點吃驚，不過她倒也沒那麼在意，反正也沒怎麼用過。可是眼前的夜壺倒是氣成了一個葫蘆，於是她好言相勸道：「看把你氣的，你也不想想，諸葛亮和你的成就能相比嗎？他還不是因為個人能力太弱，才去研究這些旁門左道的，在你帶著李昂闖天下的時候，他就只會在別人腦袋裡出出主意刷存在感。現在啊！我們都到了人生巔峰了，他卻一把年紀了才剛開始冒頭。我們都已經風光夠了，也給他一點表現的機會吧！要不然，我想他這輩子也沒有機會表現自己了。」

夜壺雖然沒有像胡漢三那樣會對女騰蛇產生好感，但他也畢竟是男性思維模式。被這麼個大美女溫柔的說了半天好話，只覺得渾身說不出的受用，心情也跟著舒坦了，情緒也不鬱結了。是啊！他夜壺闖天下風光無限的時候，諸葛亮還不知道在哪下棋呢！算了，不跟他一般計較了。

夜壺心裡舒坦了，決定還是回去勉強看一下諸葛亮留下的錦囊吧！

他們兩個還沒回去，胡漢三和李昂加上他內政部的官員，還有朱非天一行人都已經追了出來，一個個頂著一張激動的快要燒起來的臉，往他的身前湊。

夜壺感覺到自己瞬間被一群人熱情的簇擁著，大家一臉崇拜的看著他。他不由得摸摸自己的臉，這是怎麼回事？他雖然的確選了個老練的政治家形象，但也不至於讓他們這樣看吧？他轉過頭去問在一旁看熱鬧的胡漢三：「這什麼情況？」

胡漢三聳聳肩：「我也不知道，剛才一聽到諸葛亮的名字，他們就全成這個樣了，激動的跟看見大明星一樣。」

李昂和朱非天擠在最前面，兩個人一臉的崇拜。李昂激動得兩頰通紅，兩眼放光：「嗨！原來你還有諸葛亮的錦囊妙計呢！你也不早點說，害的我們大家白緊張一場，快點打開給我們瞧瞧！」

原來諸葛亮這個騰蛇在人類社會中可是傳說中的傳說，它只和 IQ 超過 170 的人類相融合，而且融合前還會細緻的考察這個天才的家庭背景、道德水準以及經濟實力，絕不是誰都可以和它融合的。而人類雖然被允許使用延壽的基因技術，可是騰蛇們卻不允許人類對自己的胚胎進行任何基因層面的改造，所以人類社會裡誕生一個天才，那還是相當不容易的。

李昂記得自己還在飛船修理廠打工時，隔著一個街區的一家人裡出了個天才，獲得了可以和諸葛亮相融合的機會，那可是歐陸經典裡幾個世紀以來頭一遭啊！這家人不知道從哪學來了古代人中了狀元遊街時的做法，那場面做得相當盛大。鑼鼓喧天，人山人海，整條街張燈結綵，鞭炮聲鑼鼓聲齊鳴，那孩子就坐在不知道從哪淘來的一臺花轎上遊了半天街。後來那家人又連著開了三天三夜的 party，隨便誰都能來吃到飽。那時候李昂窮得掉底，哪有機會敞開肚皮吃，所以他記得特別牢。那時候他就知道，這諸葛亮真是好厲害啊！

而朱非天的艦隊裡那麼富裕，可也很少能有人被諸葛亮看上的。反正他從幹艦長起直到後來執政，他是一個也沒見過，最多也只是聽說過。朱七七以前有一天在飯桌上還說過，她有個同學仗著他家信用度高，就想試試看能不能到個後門走走，和諸葛亮融合一下。說句公道話，其實那個同學真的挺聰明的，他們是找了個機會見到諸葛亮了，但卻讓諸葛亮好一通諷刺，弄得那同學回了家就把自己房間門一鎖，從衣櫃裡二話不說就掏出三尺白綾來，還好他爹娘發現得早。後來他們全家也都被鄰居當笑話講，就從世紀之城搬走了。

這情況倒是大大出乎夜壺他們的意料了。諸葛亮這麼有名，他們怎麼卻一點都不知道呢？三個人不約而同的回憶了一下，才想起來原來是之前他們都太討厭諸葛亮這張碎嘴了，就讓主機自動管理系統把他們三個接受資訊的程式埠進行了特別設定，只要是有關諸葛亮的所有消息一概遮蔽，導致他們從來都沒有接收到過諸葛亮的資訊。而討厭諸葛亮的騰蛇多了，大家幾乎都遮蔽了諸葛亮這號人物圖個清閒，所以這三人也從沒聽其他人說起過他。結果沒想到他倒是挺能折騰的，竟然在人類社會中擁有這麼高的聲譽和地位。

現在看著這些人類一臉花癡般崇拜的表情，雖然他們不喜歡諸葛亮，可是這時候也忍不住端起了架子。

夜壺擺了個造型盡情接受著人們的崇拜，輕輕甩動劉海，充滿魅力的一笑：「說到底，你們人類還是得靠我們騰蛇啊！」後面的兩位立刻得意的接話：「就是呢！」「可不是吧！」

這三個騰蛇雖然平時也是高高在上，屬於融合過成千上萬宿主的騰蛇了，可是卻從來也沒有從人類那裡得到過崇拜這種情感。現在看到同類中有能夠讓人類這麼推崇的存在，雖然不是自己，可還是覺得很有面子。

李昂和朱非天一個勁催夜壺把諸葛亮的錦囊拿給他們好開開眼界。夜壺也很得意，為了展示騰蛇驚人的實力，這時候也不介意那麼多了，就自己跑到議會大廳裡找了個印表機，把內容都列印了出來。

因為諸葛亮給他的錦囊裡的計策，在虛擬頻道裡是印在一個漂亮的玉石做的卷軸上，夜壺在議會大廳裡找了找，正好看見大廳入口處有個紀念品商店裡，一個旅遊紀念品就是個玉做的卷軸，夜壺就隨手拿了一個，轉頭瀟灑的說：「帳記在你們老大李昂的頭上！」

把這個紀念品卷軸中，記載著這個議會大廳是如何建設而成的說明文章換掉後，夜壺隨便捏著這個卷軸就甩給了李昂。

李昂卻像是接聖物一樣小心翼翼的接過卷軸，打開來好好看了看。其他內政部的官員們也都在李昂身後伸著個脖子像鴨一樣的看著，一臉的崇拜和激動。不一會兒，大家就把內容給看完了，然後又畢恭畢敬的還給了夜壺。

夜壺挺奇怪：「你們怎麼這麼快就看完了？」

大家訕笑一陣，然後有的低著頭，有的看著天，沒一人吭聲。良久李昂才不好意思的抓抓頭髮，尷尬的笑笑：「呵呵！全是文言文，一句也沒看懂。」

夜壺笑得差點背過氣去，忍不住嘲笑這幫人：「你們一句沒看懂還看半天，還一臉崇拜？」

李昂和朱非天訕笑這對視一眼，朱非天道：「那還不是因為沒看懂，所以才更崇拜他呀！要是誰都看得懂，還有什麼神祕的！」

這也可以啊！夜壺算是領教了。

李昂忍不住催促道：「快快快！你快給我們翻譯翻譯！」

夜壺一看大家的表情，又端起架子來。裝模作樣的咳嗽兩聲，然後開始將計策翻譯成普通白話文。這個文段的內容可比之前長多了。粗略的將事情經過都和大家講了一遍，包括觀世音曾經採取過毀滅人類的計畫，之後的劇情如何反轉，聽得在坐的各位背後直冒冷汗。

李昂率先發問：「怎麼會這樣呢！觀世音不是一直都和人類交好的嗎？而且她自己也和一些高官和其後代融合的，怎麼說翻臉就翻臉了！」

「是啊！這太不符合常理了！」

大家七嘴八舌的問夜壺，夜壺一個人哪回答得了那麼多個問題，何況連他們都還不知道原因呢！

貂蟬見大家都纏著夜壺，趕緊扯開話題：「這個問題先放放吧！把後面的計策先說出來看看，這個才是現在最要緊的。」

大家一聽，倒也有理，便又讓夜壺繼續念了。

「……其實這一切都在我的預料之中，並且我也針對此種情況做好了安排……」

夜壺剛念了一句，人群中突然有人激動的大哭起來，嚇了夜壺一大跳。

「天啊！諸葛亮它老人家居然連這都想到了！」

「我們終於得救啦！」

「人類有希望了！太好了！」

還有的人激動的連話都說不出來。這也有點太誇張了吧！他這才念了一句，還沒說什麼呢！這些人類也真是太脆弱了。

夜壺不管他們，自顧自的又開始說起來：「一直到我們來找你們，那傢伙都猜到了呢！真是提前劇透！」

大家聞言，心又踏實了不少。連這都能猜到，這諸葛亮實在是太厲害了，這下人類有救了啊！然後大家就眨巴著眼睛，殷切的盯著夜壺看。

夜壺一看大家的表情，卻開始賣起了關子：「哎呀我累了，明天再接著念吧！」

說完他把卷軸一收，竟然背著手在花園裡散起步了。大家就這麼跟在他的後面陪著他走，走了一圈又一圈。

「這個……」李昂算是和夜壺認識的比較久的，知道此刻的他已經膨脹的看不見天了，要是不趁機捧一捧他是不會下來了。於是他說：「這個嘛！說實在的，說起對人類的貢獻，其實那諸葛亮可真比不上我們家的夜壺兄，我們家夜壺兄那才真是了不得！」

說到這李昂回過頭去對跟在身後的人群拚命眨眼睛。到底是朱非天和他混得久，立刻會意，趕快稱讚道：「可不是嘛！要是沒有夜壺，哪有你們的今天，就更別說明天了！」

「就是說嘛！那諸葛亮說到底也沒做什麼貢獻，他就提前把消息散布散布，那說到底辦事的我們還得仰仗夜壺兄呢！」

夜壺一聽，哎呀，說的還真有點道理呢！還是李昂懂我呀！

李昂見夜壺高興的，知道有戲，趕緊給朱非天遞個了眼神。接著兩人一個給他垂肩膀，一個給他捏腿，殷勤的不得了。

夜壺總算是被他們給伺候爽了，心裡一高興，看見身旁長著一顆巨大的蘋果樹，上面果實纍纍。就禁不住一個蹦高就跳了上去，摘下一個蘋果一邊吃著一邊看著這群人的一臉蠢表情。

「既然你們誠心誠意的發問了，那我就大發慈悲的告訴你們！」然後他就這麼站在樹上居高臨下的這麼站著，繼續念到：「……人類現在面臨的大面積饑荒問題，一定要嚴肅對待……」他邊說邊摘了個蘋果嚼著，口齒不清的指著下面的人：「你們一個個都聽清楚了沒有！要嚴肅對待！」

「哎哎哎！嚴肅對待！嚴肅對待！」下面一應大小官員點頭哈腰的應答著。

夜壺繼續念著：「……現在唯一的辦法，就是使用虛擬實境接入設備。而這是我們騰蛇第一次這麼大面積和大批量的使用，如何讓這麼多人類進入虛擬實境，在技術層面上我們不得不借鑑當年『天葬』……」

剛念到「天葬」兩個字，夜壺突然「呃」了一聲，然後兩眼翻白一頭直接從樹上栽了下來，還臉部衝地「砰」的一聲巨響，摔了個實實在在。

他躺在地上半天，爬都爬不起來。而本來在樹旁邊看熱鬧的貂蟬突然也輕輕歎了一聲，身子往後一仰，眼見就要暈倒在地。胡漢三倒還記得把貂蟬攙了一把，沒讓她摔倒，可他也是嚇得臉色鐵青。

李昂一夥人非常奇怪，怎麼提個「天葬」就把這三人給嚇成這樣了？隨即李昂就忍不住開始嘲笑夜壺：「哎呀！我們可從來不知道你們騰蛇還有怕的東西啊？你們就算去恆星表面進行探索，也沒見你們臉上有半點變色嘛？這個『天葬』是個什麼玩意兒？怎麼把你們嚇成這樣？」

一聽到李昂又說了「天葬」二字，夜壺他們三又嚇得差點背過去。夜壺好不容易爬了起來，揮手作勢要打李昂，但他這副軀體還在驚嚇當中，根本使不出力氣，李昂隨便一閃身就躲開了。

夜壺看他還作勢要打破砂鍋問到底的樣就趕緊打斷他，直接把卷軸推給了李昂，不耐煩的說：「來來來！你有能耐你自己念。」

李昂哭喪著臉說：「這……你讓我怎麼念，我看不懂啊！」

「少囉嗦，你要是看不懂，字總認識吧！去找個黑色麥克筆，把卷軸上後面所有的那兩個字都給我塗黑了，改成「那個誰」，然後我再念！」

李昂莫名其妙，但還是照做了。一個小官員趕緊閃出來說：「我去辦！這種小事不用勞煩長官！」但李昂還是保險起見，親自跑去辦了。

改好了以後，夜壺這才勉強繼續念著。原來諸葛亮對此也做了準備：「……現在唯一的辦法也就是讓人類大面積進入虛擬實境了。進入虛擬實境設備後的人類，每天只要注射一些基本營養液就行。營養液也可以使用專門的設備消耗電力來進行合成，不用消耗糧食。但這樣做就要消耗大量電力，不過因為以前『那個誰』所做過的技術研究，我們可以就近從現在所在星系裡的恆星上採集能量來供電。這個利用現有的人類母艦上的技術就能達到。而這些大批量需要的虛擬實境設備，因為人類社會現在對其進行嚴格管控，所以人類母艦裡是找不到多少的。不過我為了預防現在的情況，早已做好安排。我在主機內部有一個祕密倉庫，裡面存有十億多臺虛擬實境設備，並且我也令多用途機器蟲們定期對其進行維護，保證它們可以隨時開機使用，而讓這麼多數量的人類接入虛擬實境設備，即使電力能夠解決，在程式設計環節上可有不少難題。不過依我解密的當年『那個誰』所做過的研究專案的歷史檔案，這些也有著解決方案，而至於如何瞞著觀世音去主機裡搬運出那些設備，你們去找孫文，我……」

夜壺念到這裡還是沒緩過來，一口氣上不來就不想念了。李昂他們聽了這個辦法一時間也沒人說話，過了好大一會兒，李昂才默默走上來問：「夜壺，難道就沒其他辦法了嗎？」

夜壺一邊喘著粗氣一邊說：「又不是讓你們永遠生活在設備裡，只要挨過五年你們對行星地表改造完畢，開始進行種植和畜牧作業了，漸漸糧食就能供應上了，接著慢慢對現在星系裡的行星開始進行大面積地表改造，以後就慢慢能住了。」

李昂聽完再想不出別的辦法，也只好答應。而夜壺見他和朱非天在一邊嘰嘰咕咕說了幾句後，那兩人又搓著手跑上前來，訕笑著問：「你們既然有讓我們大批量進入虛擬實境的能力，那我們現在不會已經是都在虛擬實境裡了吧？什麼星際艦隊什麼殖民星球什麼外星人什麼的都是場夢而已？其實我們全人類都還在地球上不知什麼地方一個大坑裡躺著呢？我們哥倆兄弟一場，有什麼就說什麼吧！你們騰蛇不要這麼耍我們啊！」

夜壺揮揮手說：「放你們一百二十個心吧！要真這樣倒好了。我們當年還想這麼做呢！這他媽的比帶著你們滿宇宙飄著可省事多了。可他媽的不是啊！我們當年也是……唉，不說了，總之這個問題我們早就計算過了，又不光是你們擔心，我們也擔心。不過在我們計算下，現有的宇宙是真實的，你們就別瞎操心了。一件事一件事的過，先把目前的難關過了，你別忘了你們的存糧連一週都撐不過去，得抓緊了。我們也要趕緊回去拿設備給你們用了。」

李昂仍是不放心，又拉住夜壺的衣袖說：「我們之所以要管控這種虛擬實境設備，就是因為它會讓人分不清現實虛幻因而引發精神病，現在這麼大面積使用，萬一有了後遺症怎麼辦？就不能用冬眠技術？」

夜壺苦笑一下說：「你想得美，冬眠技術短期使用確實沒問題。但我們早就發現了，你們人類的大腦可不像我們，我們關機後即使過了上百億年，只要主機保養得好，開機了照樣用。而你們人類的腦袋如果在一年的時間裡都沒有任何腦波活動，喚醒後大腦會留下很多更嚴重的後遺的。所以冬眠設備現在也就是你們一些救生艇還在用。而你們最快改造行星地表也得五年，那哪來得及。進入虛擬實境設備後，你們的身體不用消耗多少能源，大腦也不會完全停止活動，也只有這樣了。你難道還有更好的辦法？」

李昂和朱非天互相看了看，誰都沒主意，現在也的確是沒有更好辦法了。

李昂還好點，起碼他的艦隊還能自己自足，不用大家都跑去做夢，而朱非天都快哭了，他所代表的其他艦隊可真沒別的選擇了。李昂摟著他的肩膀，一邊安慰他一邊走了，現在這兩人又成了難兄難弟，倒是和諧了不少。

李昂一邊走，一邊聽著身後夜壺他們三個人也在嘀嘀咕咕，說得什麼具體聽不清，大概只聽得：「……諸葛……老瘋子……那個……魔王……敢……直呼其名？……」

第十四章　尿褲子時一定要讓別人相信只是胯下流的汗比較多

李昂挺夠意思，親自駕駛穿梭機將朱非天送回到他在世紀之城號上的家裡。世紀之城可不比歐陸經典，現在早已被砸得面目全非，朱非天更是遭到民眾的攻擊，大家都紛紛指責他暴亂發生時只顧著自己。要不是李昂親自陪著他回來，現在還搞不定是什麼情況呢！

朱非天垂著腦袋，垂頭喪氣的坐在李昂旁邊，他脫掉了一身筆挺的將軍服，換上了件隨處可見的普通T恤，氣質頓時消弭了。看起來和街邊那些下棋的退休老大爺也沒什麼不同，誰曾想當年意氣風發的朱司令，如今變成了這樣子。

李昂一直在想著自己的心事，也沒心思理會朱非天。兩個人各懷心事的坐著，時不時的唉聲歎氣，抓耳搔腮，動作和神情是一樣一樣的。

到了朱非天的家裡，李昂被眼前的景象嚇了一跳。那些叛變的親衛隊實在是不像樣，將朱非天那豪華的超大型別墅翻得天翻地覆，滿地狼籍。值錢的東西拿走就算了，不能拿的還全部給砸壞。朱非天到了此時這種境地也懶得去計較這些，把沙發上的垃圾掃到地上，空出了一個位置，頹然坐下了。

朱非天扯扯嘴角，看著剛才被掃到地上的垃圾裡，還有一副自己穿著將軍服，在剛上任世紀之城號上的艦長時意氣風發模樣的照片，一臉慘白的笑著：「將就著坐吧！今天是不能好好招待了。」

李昂看著朱非天一副沮喪的樣子，心中突然湧起了一陣酸楚。原來看著奮鬥了半輩子的人失敗，也不是什麼愉快的滋味。風水輪流轉，誰又能保證自己能得意風光多久呢？唉……

李昂安慰的拍了拍朱非天的肩膀，兩個人肩靠著肩坐在一起。朱非天長得人高馬大，李昂則是瘦小乾枯，他小鳥依人一樣縮在朱非天的肩膀底下，兩人一起唉聲歎氣：「世道艱難啊！」

李昂到底是於心不忍，讓屬下將自己艦隊裡的新品家務機器人調用了過來。其他艦隊用的機器人也都全部是騰蛇們控制的，現在全歇業了，只有李昂的艦隊裡還在使用著老式的使用次級人工智慧的機器人。只見幾十臺家務機器人同時高速運轉，很快便將朱非天的別墅打掃得煥然一新。

朱非天看到家裡變乾淨，就不那麼沮喪。他感動的握著李昂的手：「昂兄，以前的一切我都不跟你計較了，就衝你這次幫我，我也會感激你一輩子。」

李昂握著他的手：「說到底我們現在誰也都沒有勝利嘛！戰爭還在繼續，我們還得團結一心才行。」

朱非天感動的點點頭。

李昂歎了一口氣：「朱兄，說實在的，我還是想把夜壺他們幾個叫過來單獨問問，我心裡還是放心不下。」

「嗯！的確有這個必要，現在的情況這麼複雜，我們人類不能一點內情都不知道。」朱非天看著他，眼睛裡沒有了銳氣：「我們世紀之城上正好也有夜壺他們三人同步意識操控的生化人，我們可直接將他們叫過來。」

李昂欣喜：「那太好了！待會兒你有什麼想知道的，也直接問他們好了！」

朱非天搖搖頭：「一切聽你的安排就是了。」

李昂沒想到朱非天竟然如此明白事理，心裡面又多欣賞他一分。

李昂也不客氣，一派世紀之城主人的派頭，派人將那三個生化人叫到朱非天家裡。可世紀之城上這三位穿的是一身戎裝，在一眾生化人軍官和生化人士兵，還有人形兵器的陪同下進來了。好傢伙，就跟電影裡面老大出場似的，就差自帶 BGM 了，場面有夠大。李昂一見面氣勢就先矮了三分。

還好這三位還算客氣，見了李昂倒沒擺譜。「怎麼啦兄弟？什麼事？我們這還忙著呢！有事就快問吧！」夜壺說。李昂定了定神，裝模做樣的翹著二郎腿，開門見山的問道：「呃！謝謝你們的幫忙啊！不過現在既然饑荒的大問題有了解決的辦法，局勢也都基本穩定了，我就要有一個十分重要的問題要問你們，不好意思耽誤你們一會兒時間。」

三個人互相看了一眼，偷偷在騰蛇頻道裡祕密交流。

「糟了糟了！他肯定是要問為什麼現在人類的艦隊不能躍遷了，也不能和其他所有殖民地聯繫了！」胡漢三嚷道。

「我猜還可能要問聖皇的事，上次蒙混過關我想沒成功。還有那時大時小的機械星球他們也都問我好幾次了，我都是敷衍過去了事。但現在怎麼整？」夜壺也有些皺眉。

「我猜肯定不只這些，要不我們先回主機裡商量一下吧！」貂蟬說。

兩人一聽也有道理，萬一回答出現了紕漏那可不是鬧著玩的。於是他們三個當機立斷立即以數位串流的模式回到了主機裡，立馬找到了孫文和他的領導小組緊急召開了一場大會，討論如何應對李昂有可能提到的各種敏感問題。

這次因為時間緊迫，他們就沒有像以前那樣邊玩 cosplay 邊開會了，騰蛇們也顧不得汙不汙了，都拿出了一本正經的姿態。大家久違了的使用原本的編譯交碼纏繞模式進行交流，過程中有爭論也有妥協。要是按照人類模式開這個大會，要得出結論起碼得有個把月，但在騰蛇原本的程式交流模式之下，不到兩秒鐘大家就都有了共同結論。

最後孫文總結了大會內容，認真的說：「既然現在情況都已經這樣了，那我們這些願意站在人類這邊的騰蛇也就沒有什麼必要隱瞞了！不過如果他們沒問，我們也沒必要說，他若問到的，坦誠相告就是了。」

三個人得到了大家最終討論後的結果，立即從主機上抽離，回到了生化人本體中。李昂哪裡曉得在這麼短的時間內，它們騰蛇之間就因為他這一問還開了場大會，他只看到夜壺他們三個人突然之間楞了一、兩秒，就又回過神來了。

夜壺一臉坦然，無比誠懇的看著李昂：「好吧！都到了現在這個份上了，有什麼你就問吧！」

李昂聽了一下子激動的搓著手，站起身來在原地來回的轉著圈子。三個人看著他這副樣子，知道他準是首先要問人類的艦隊為什麼不能躍遷了，三人不約而同的吞了口口水。

「哎！其實這個問題我早就想問了！」李昂突然背著手歎了口氣：「你們有誰知道清竹現在怎麼樣了嗎？」

三個騰蛇不約而同的對望一眼，似乎沒怎麼反應過來。

李昂繼續歎著：「哎！其實我早就想問了。但是畢竟作為領袖人物，在大局沒穩定前也不好意思處理私事。既然現在情況穩定了，所以我特別心焦，清竹現在情況到底怎麼樣了呢？你們應該知道吧？」

李昂說完，三個騰蛇卻仍是大眼瞪小眼，一副傻呆呆的模樣。

「哎？問你們呢？怎麼都不出聲啊！」李昂又催促著問：「說話呀！」

夜壺這才猛然間驚醒，一拍腦門：「我靠！忘得一乾二淨！」

剩下的兩個一個拉頭髮、一個挖鼻子的，都不吭聲。

夜壺說的是真的，而且別說什麼清竹了，整個無相艦隊，包括夜壺他們三個和孫文領導的小組成員，這些所有站在人類這邊的騰蛇，誰都沒想起這個來！

李昂一聽臉拉得老長：「不是說你們騰蛇是絕對不會忘記事情的嗎？怎麼可能忘了呢？不是騙我吧！」

夜壺兩手一攤：「怪我嘍？還不是因為被你們人類的情感病毒所感染，我們現在也偶爾會犯注意力不集中的毛病。」

「按理說，我們的監控頻道所記錄下來的事情，即便是一個原子的走向，我們也都會記得的。但是自從有了感情後，只要是我們注意力沒放在上面的事物，確實就記不住了。」

李昂回嘴，顯然不太相信。夜壺見他的反應，就知道他的心思，解釋道：「哎呀！你可別不信。你就說上次給我們三個人做法國大餐的廚師吧！那手藝啊！我們現在想起來還會流口水呢！可是你說怪不怪，那天做菜的那個生化人到底叫什麼，我們卻怎麼想也想不起來了。對吧？」

他轉過頭去看著胡漢三和貂蟬，「你們呢？」

這兩人一起聳聳肩，「也不記得嘍！」

李昂頹然坐倒在沙發裡：「怎麼會這樣啊？」

夜壺繼續說：「看吧！現在我們不留意的事情，那就是真的不會被記得了，也不會被記錄到我們每個騰蛇在主機儲存陣列裡的個體儲存區塊裡。」

李昂被深深的打擊到了，消沉的坐在沙發裡。偏偏胡漢三不識趣，還在一旁傻乎乎的補充道：「呵呵呵！我們以前沒有軀體時也就罷了，可是現在我們這個生化軀體的合成腦，負責接受所有外界資訊的資訊綜合處理模組在左仿生耳邊，而負責處理冗餘資訊的臨時儲存模組在右仿生耳邊，所有我們現在對不注意的事情，那可真是左耳朵進右耳朵出啦！哈哈哈哈！」

李昂現在可沒心情和他一般見識，仍舊不死心的追著夜壺問：「無相艦隊確實離聯合艦隊太遠了，你們沒留意忘了還勉強說得過去，可是你們不也幫著處理各個殖民地上的問題嗎？那些地方也都沒看見過他們的影子？」

「哎呀！你又不是不知道！」夜壺辯解道：「無相對所有外星文明和有價值的星球都是那一個做法，就是還原成物質原漿存在他們艦隊裡。所以他們要嘛沒有殖民地，要嘛就是在你們已經殖民了的，他們也沒法再全部吸收的行星上建立一些招手信徒的小辦事處。這些辦事處本來就是你們各殖民地上居民的眼中釘、肉中刺，暴亂剛一開始，人家第一個燒的就是他們的辦事處。等我們到了那些行星上的時候，他們的辦事處早就連根草都沒留下。所以要不是剛才你提醒，我們可真想不起他們來。」

李昂一聽跌坐在椅子上，夜壺不好意思的直搔腦袋。胡漢三還在為名副其實的「左耳朵進右耳朵出」傻樂。貂蟬白了他一眼，胡漢三立馬不敢笑了。

貂蟬歎了口氣，覺得李昂實在是有點慘，忍不住安慰他幾句：「你也不用太傷心了，現在我們去查也還來得及，別擔心。」

李昂一聽，激動的差點給貂蟬跪下：「真的嗎？那太好了！」

貂蟬嫵媚的笑著：「夜壺，你趕緊把你所有的同步意識收回來，然後到他們那邊看看情況吧！你的同步意識配額今後就都用在他們艦隊好了，我想你到了也是要幫著收拾殘局。至於其他地方就我和胡漢三去忙吧！你不用管了。」

李昂仰慕的看著貂蟬那絕美的芳容，頭一次發現原來這貂蟬才是真正的女中豪傑。看人家隨隨便便就把問題解決了，那兩個傢伙卻只知道搔頭和傻笑。夜壺一聽，現在也只能這樣了，光在這搔頭也沒用：「好吧！我現在就出發。」

李昂激動的站起身來：「我也和你一塊去！」

哪知道他剛一站起來突然頭暈目眩，步履蹣跚，差點倒在地上，還好身邊的夜壺眼明手快扶了他一把。李昂晃了晃腦袋，眼前仍是一片黑嚕嚕的看不清東西。原來是他這些日子以來一直忙著處理各項緊急公務，身體早就吃不消了。這時候一口氣鬆下來，身子立刻軟了。

夜壺看他這麼拚命，也忍不住心中一軟，好聲相勸道：「你就好好休息吧！我保證幫你問出清竹的下落。」

李昂還是不太放心，嘴硬著說：「我怎能放心嘛？你們騰蛇也太不靠譜了，那麼大個艦隊竟然說忘就給忘了！不行，我……」說著掙扎著還要起來，但是身體實在是太難受了，他哎呦哎呦的哼著卻是動彈不得。夜壺見他這樣，安慰了幾句就先走了，李昂雖然心急難耐，可也只好由著他去了。

夜壺離開後就立即收回了自己的同步意識，不過當然還是留了一個在歐陸經典會議大廳旁邊的花園裡。

別看在其他地方的夜壺，他們的同步意識軀體走到哪裡，都是身邊跟著一群生化人士兵，可是留在歐陸經典上的這三個軀體，可就丟人丟大了。說起來還不是因為剛才他們三個人一聽到「天葬」那個魔王的名字，當場就嚇得尿褲子。他們趁人不備偷偷溜了出來，貂蟬羞得面色通紅，一個勁的捶著他們兩人的腦袋瓜，嚷道：「都怪你們兩個臭男生！尿褲子就尿褲子，幹什麼還得帶著我一起尿，我以後還怎麼見人！」

胡漢三納悶的搔搔頭：「你尿不尿也不是我能決定的呀？」

貂蟬臉更紅了：「我不管！反正你們給我聽好了！誰要是敢把這件事說出去，小心我剝了你們的皮！」

胡漢三又不能理解了，騰蛇哪裡有皮呀？但是看貂蟬怒氣沖沖的樣子，也不敢還嘴。

夜壺笑嘻嘻的說：「哎呦大姐啊！您就別再砸我們兩個的腦袋了，把裡面的合成腦砸壞了，我們就更想不出辦法了。」

貂蟬想想也是，又敲了胡漢三一下才肯罷手。胡漢三委屈的捂著自己的腦袋，完全不知道自己為什麼又挨打。

「其實這也怪不了我們，還不是諸葛亮那個老瘋子，對那個魔王還敢直呼其名害的嘛！」

「可是現在我們怎麼辦？總不能就這麼髒兮兮的走來走去吧！我可不幹。」貂蟬道。

「其實最省事的，就是超馳自己的生化軀殼，讓意識直接跑了算了。」夜壺提議道。

「不行！這樣一來這三個軀殼可就留在原地了，遲早會被人發現的。」貂蟬趕緊否決。到時候要是被所有人類知道他們三個騰蛇竟然嚇得尿褲子了，那全體騰蛇的臉可就被他們給丟光了。

剛才當著李昂的面，其實他們就已經沒忍住尿了，幸好這三個軀體穿的都是黑褲子。夜壺和胡漢三穿的是黑西裝褲，貂蟬穿的是黑牛仔褲。再加上剛才李昂他們一行人都顧著問夜壺他們更重要的事了，確實沒人留意到他們三個人尿了，真是有夠幸運。

可是現在這三人發現沒法逃了，原來這個議會大廳平時是開放給市民參觀的。這個議會大廳還是個重要的旅遊景點呢！這可是標誌著歐陸經典從無法無天的法外之地向法治社會轉型的標誌性建築啊！

剛才因為李昂帶著所有內政部的人和朱非天開會，所以議會大廳全都被警察們封鎖了。可是現在李昂走了，封鎖也解除了，遊客們、旅行團都陸陸續續進來了。剛才花園裡還沒有人，可是現在人一下子就湧了進來。一群家長帶著一群孩子的，舉著小旗帶著中老年旅行團的熙熙攘攘。夜壺他們三人想跑也跑不了，只能找了個灌木叢壓低身子蹲下，先藏在這裡了。

還好他們其他地方同步意識使用的是純機械身體，有的地方使用的生化軀體畢竟沒在現場，沒被嚇得這麼厲害。所以最後尿了也就是這三個身體了，這也算是不幸中的萬幸啦！

三個騰蛇倒也不是沒辦法，依靠他們超高的運算能力，加上和花園裡的監控器和歐陸經典內所有監控器的連線，再加上他們有歐陸經典的完整即時 3D 地圖，他們可以透過即時運算計算出包括花園裡在內的歐陸經典內每個人的視線和注意力方位，這樣就可以運算出一個能躲開所有人耳目的完美逃跑路線出來。能一直從花園裡逃到母艦裡的港口，再駭入一個穿梭機逃跑就行啦！可是這個逃跑路線的運算方程還沒有把味道這個因素加入前，成功率是 94.965%，真心挺高的，可一旦加入了味道這個因素後，成功率驟然降到了 24.548%。

三個人縮在灌木叢裡，眼睛時刻關注著來來往往的人群，貂蟬剛蹲了一會兒就已經失去耐心了，她抱怨道:「哎！真是的，就算是尿了也不該有這麼大的味道啊！怎麼搞的？」說著還嫌棄的捏緊了鼻子。

夜壺和胡漢三偷偷對望一眼，臉都紅到脖子根了。胡漢三見隱瞞不過，只好低頭小聲承認：「那什麼，其實我兩個剛才沒忍住，不光尿了，還拉了點。」

貂蟬一聽，嗖的一聲就要站起來，立即被夜壺眼明手快的按回草叢裡，貂蟬又氣又急：「你們兩個混蛋！我說怎麼那麼重的味道呢！感情你們兩個男生膽子還沒我大呢！我不管你們了，我可是要先跑了。」說著又要站起來開溜。

兩人一人一隻手將她拉了回來，又按回灌木叢裡。胡漢三哭喪著臉：「哎呦！好姊姊耶！你可不能這麼不講義氣啊！當初說好了要有難同當的。」

「可別把我和你們這些臭男生混為一談。死開，我要走了！」

胡漢三和夜壺死命的拉住她，說什麼也不放手。三個人正在灌木叢糾纏，他們加強後的仿生耳卻聽到不遠處有幾個人正在竊竊私語，聲音雖然是十分微弱的耳語級，但是仍然沒能逃過他們的耳朵。

「你們兩個王八羔子都準備好了吧？這次我們能不能光宗耀祖，可就全看待會兒的表現啦！」

「大哥，沒問題啦！你還別說人家給我們的這個安裝了反掃描裝置的炸彈還真好用，門口的安檢機器人都沒發現。」

「大哥，你確定我們事成後能拿到尾款？我們兄弟三人長這麼大都還沒碰過女人哩！就等那些人答應給我們的信用額度回家討媳婦哩！他們不會說話不算話吧？」

「我操你們兩個沒見過世面的玩意兒！你們沒見人家給我們怎麼安排工作的？那可都是偽裝成鴿子的，閱後即焚的郵件機器人給我們下指令的。這麼有格調的下命令方式，那可是說明人家來頭不一樣啊！怎麼可能會騙我們嘛！」

「就是嘛！第一次聽到鴿子會說話還嚇死我了。」

「你還好意思說，你這個慫貨，看見那個鴿子說完話就爆炸了，嚇得你半天爬不起來，你就忘了？」

原來這三個鬼鬼祟祟的人是來搞恐怖活動的。因為李昂一系列的改革措施影響到了很多人的利益，也因此得罪了不少歐陸經典以前的既得利益群體，招來了不少敵人。本來艦隊內爆發暴動時，這些人還以為翻身的機會來了，可沒曾想沒過多久暴動就被李昂的治安部隊給鎮壓了下來。那些原本想要惹是生非的人，一下子失去了動手的最佳時機，不由得懷恨在心。所以不知道是哪個實在氣憤不過的大佬，就雇了三個亡命之徒來製造事端，他讓這三人攜帶炸藥，找一個遊客最多的時候引爆會議大廳，最好能將李昂和他的得力手下們一網打盡。就算沒把李昂炸死，也可以讓他因此背上罵名，從此名聲掃地，失去人民的支持。

如意算盤打的倒是滿響的，這三個人撅著屁股躲在角落裡密謀的時候，哪裡知道自己的祕密已經被不遠處灌木叢中躲著的夜壺他們聽得清清楚楚。

貂蟬對他們的計畫倒是沒什麼興趣，但是一看到那三人都是男性，瞬間就想到了一個好主意。她突然間站了起來，一邊妖嬈的扭著，一邊把上半身的衣服當著他們的面緩緩脫了下來，就剩下胸罩了。一邊還搔首弄姿的用十分誘惑的聲音叫著：「呦吼！那邊的三位帥哥，過來玩玩嘛！」

這三人哪想得到還有這等美事找上門來，笑得眼睛鼻子全皺在一起，色瞇瞇的搓著手跑了過來。

「美女我們來啦！」這三人哪裡還記得自己的任務，早把炸議會大廳的事忘了個一乾二淨。

哪知剛到了灌木叢旁，還沒反應過來怎麼回事，突然從灌木叢中閃出兩道人影，和貂蟬一起一人一個將三人拖了進去，接著每人都挨了一記老拳，當場暈厥。

普通人哪裡能承受得起力量加強後的生化人軀體的一拳呢？儘管夜壺他們都收著力氣了，但還是差點就把三人的頭打爆。看著三人已經不省人事，貂蟬命令道：「趕快把這三人的褲子剝下來換上！」

兩人乖乖聽命。剛才貂蟬已經掃描了他們的身形，這三人的身材倒是和他們的軀體相差不多，其中有個瘦子的褲子，貂蟬穿起來倒也不算肥大。

貂蟬一邊忙著換褲子一邊說：「你們說今天是不是又是我幫忙你們才逃出來的？這個恩情你們可得給我記牢了，到時候可都是要還的。」

兩人哪敢還嘴，唯唯諾諾的應著：「是是是！要還要還！」

三人換上了褲子，把舊褲子深深挖了個坑給埋了，免得留下丟人的證據，夜壺和胡漢三還沒忘了拿那三人的襪子擦了擦屁股。一切都辦妥之後才叫來警察，夜壺指了指地上呈奇怪造型躺著的三個人：「警察先生，這三個人是想來炸議會大廳的。但被我們發現了行蹤，提前拿下了。」

警察一看，異常感動：「太謝謝了！你們可真了不起，這種窮凶極惡的惡徒都能抓到。現在所有的騰蛇都走了，就你們還願意留下來幫助我們，真是太讓人感動了。」警察感激涕零，忍不住擦了擦濕潤的眼角：「我現在就給李艦長打一份報告，一定要好好表揚一下三位的功勞！」

貂蟬得意的摸著頭髮：「哪裡啊！舉手之勞而已。」

警察見貂蟬這麼謙虛，更是佩服得不行：「我，我現在就去報告！」然後一群人一溜煙的跑了。

李昂一聽竟然抓到了恐怖分子，這時在世紀之城上的夜壺還沒出發呢！李昂立刻對三人感激不已。夜壺還趁機順著杆子往上爬：「我們之所以沒走，說到底就是因為我想到會有人來炸會議大廳，所以才在灌木叢裡潛伏著專門等著抓呢！」夜壺裝模作樣的撩撩頭髮：「說到底還不都是因為擔心你！」

李昂感動得無以復加，本來對騰蛇們把無相艦隊忘了個乾淨還頗有微詞，現在也不去計較了。立即回到歐陸經典上召開表彰大會，又是發動市民送花又是送錦旗的，讓他們三個人好一頓風光。

那三個恐怖分子被捕時還在試圖求情，拚命央求道：「警察先生，警察先生手下留情啊！」

只見警察冷哼一聲：「就你們三個混蛋，居然有機會見識到貂蟬小姐只穿內衣的樣子！竟然還想讓我手下留情？」手上一用力，疼得那三人鬼哭狼嚎的再也不敢吭聲。

其實負責抓捕的警察有點想不通，怎麼這三個人被抓的時候都是光著屁股的？難道這是某些隱祕宗教組織的邪惡儀式？於是回到警局後，將三人分開進行了詳細的審訊。這三個人明顯已經提前進行過刑訊演習，無論怎麼問都是各說各的，胡扯瞎扯試圖擾亂警方的調查，唯獨關於被抓那天的情況，有個證詞卻是一樣的。他們都說那天被引到灌木叢旁邊被打暈前，的的確確聞到一股臭味。

這又是怎麼回事呢？警察百思不得其解。後來索性一想，哎！算了不管了，光不光屁股的和這個臭不臭的證詞也無關緊要，現在關鍵是要查出他們的幕後黑手是誰，這些個小事就不記錄在案嘍！夜壺他們三人，就這麼個把尿褲子危機完美的度過了。

第十五章　所謂的「非主流」，只是你們這些愚人不懂得欣賞而已！

短暫的小插曲過去之後，夜壺還是盡職盡責的去打探無相艦隊的情況去了。他本想著反正就自己一個人去，也用不著勞師動眾的開一艘母艦，搞出那麼大的動靜來。於是就把自己的同步意識下載到了一艘普通小飛船的電腦上，但是為了以防萬一，他還是留了一個意識在主機上。他畢竟不像墨子他們一樣跑路了，還是要留一個備份在主機上，以免萬一出事了，自己的意識全完蛋了。

一切就緒後，他就開著這麼個小飛船晃著的出發了，反正諒那些在無限艦隊上的生化人也不敢不聽他騰蛇的命令，夜壺得意的想。

趁著小飛船在補充燃料的空檔，夜壺為了穩妥起見，還是把諸葛亮給的卷軸又看了看。

「……關於無相艦隊的問題，我也有一些預測，但並不能百分百的肯定。如果我的預測出現了紕漏，你們就要自己想辦法了，在我的預測下，有可能會去的騰蛇是……」

「啊呀！我們也真是不靠譜，還指望我們呢！」夜壺小小的驚呼一聲，稍微有點不好意思：「早給忘的一乾二淨了。」

「……夜壺兄，我要說的差不多就是這些了。你們放寬心，依照我的預測，事情最終一定會朝著好的方向發展，剩下的一切就交給你們了。」

夜壺一看，這傢伙竟然就這樣放手不管了。不過有他這句話，心裡倒是也踏實不少。

夜壺駕駛著小飛船晃晃悠悠的到了無相艦隊附近一看，諸葛亮預料到的那個騰蛇竟然真的來了。原本夜壺想低調行事，所以開了一艘毫不起眼的小飛船，沒想到那傢伙竟然是化身為巨神像來的！自己的氣場瞬間被人壓制住了不說，還顯得十分寒酸。

這可不行，我可不能被人給比下去了！夜壺心想著，怎麼了我也得和他一樣。

夜壺越想越氣憤不過，於是立即竄回了主機裡去找四大金剛。四大金剛此時正在一個桃樹林中的涼亭裡喝酒賞花呢！

雖然看起來興致滿好的，但其實他們幾個心裡也都很惆悵呢！鮮花美景在前，其實也都沒什麼興致看，只是時不時的低頭喝悶酒。

「我們哥們在這裡可憐兮兮的做什麼？觀世音他老人家總算完成了長久以來的心願啊！」

「是呀！我真是開心！哈哈哈哈！」說是開心，但還是一臉愁容滿面。

「舊時我哋老系嘲笑人類戇居，查實宜家諗，人類有時候也戇居嘅可愛呢！」（以前我們老是嘲笑人類傻，其實現在想想，人類有時候也傻的可愛呢！）

「那可不吧！俺怎麼了也沒覺得人類哪裡不好了，都有一說一的不是滿好的嗎？」

「宜家好咗，人類冇咗，我們哋嘅樂趣也冇咗，生活仲有乜樂趣嘛！」（現在好了，人類沒了，我們的樂趣也沒了，生活還有什麼樂趣嘛！）幾個人唉聲歎氣的喝著悶酒。

這四個人也是信了孫文編排的劇情，以為現在人類都死光了。

然後夜壺這時候就這麼匆匆忙忙的來了，因為一直惦記著自己的心事，一開始並沒注意到氣氛稍微有點不對。

夜壺上來就拍著說上海方言的那位說：「嗨！各位下午好啊！能不能把巨神像借我一個用用啊？」

說上海話的聳聳肩，嫌棄的將夜壺的手抖落下去了，繼續仰頭喝自己的。夜壺往四周一看，才發覺氣氛稍微有點不對勁。

本來這幾個人平時就和夜壺沒什麼交情，何況現在心情煩悶，誰也不願意搭理他。自顧自的喝著自己的悶酒，當夜壺不存在一般。

夜壺轉了一圈，決定跟那個說四川話的套套關係。其實夜壺也挺喜歡說四川話的，只是李昂一直聽不習慣，所以他也沒什麼機會說。可是跟他說了半天，人家連眼皮都不抬一下，夜壺自己討了個沒趣，灰溜溜的站到一邊去了。

夜壺到底是比較聰明，他看著這幾個騰蛇在這裝模作樣的喝著酒也沒什麼滋味，突然靈機一動說：「幾位老兄是不是心情比較鬱悶，所以學人類在這兒喝酒啊？」

「是啊！不過有個錘子用！又喝不醉，還弄得人鬼火冒！」一個騰蛇無精打採的說。

這時夜壺得意的掩著嘴笑起來：「哈哈！你們不知道吧？我不久前可是曾經用過生化人的軀殼喝醉過呢！那感覺簡直是太美妙了。」

「真的嗎？那是什麼滋味？」一個騰蛇連忙問道。

夜壺故意賣著關子：「嘿嘿！我把這稀罕的感覺儲存在我的個體存貯區塊裡，隨時可以提取出來反覆感受。」

「那你也快點幫我們幾個拷貝一份，讓我們都嚐嚐看！」另一個騰蛇也激動到不行。

夜壺打了個響指：「沒問題！」眼看著大家的饞蟲已經被勾引了起來，他突然又說：「那……把巨神像借我一個怎麼樣？」

「哎呀！小事小事。」

「沒問題沒問題，你趕緊的吧！」

夜壺一看問題搞定，就立即把喝醉的感覺拷貝給了四個人，他們沒一會兒就醉醺醺的倒地不起，口眼歪斜，躺地上只剩傻樂的份了。

喝醉之後果然心情變好了很多，四個人趴在地上傻笑不已，倒還沒忘履行自己的承諾，夜壺高興的拿了巨神像就走了。

夜壺這次化身為巨神，威風八面的再一次靠近無相艦隊。剛才看到的司馬懿還是正隔得老遠，在偷偷摸摸的觀察無相艦隊，最意外的是他竟然還隱了形。夜壺有點納悶，好端端的為什麼要隱形呢？不過他見人家隱形，自己也隱了形悄悄的溜了過去。

騰蛇們各種造物的隱形功能，可以瞞過包括人類在內的所有低等級文明，不過他們互相因為都發散著同樣的信號流，所以彼此之間還是可以感知得到。

夜壺悄悄溜過去的時候，司馬懿立即就感知到了。他一回頭，發現夜壺竟然也化作了十分誇張威武的巨神造型，不免有點吃驚。

「咦？你和那四大金剛關係也沒見有多好啊！他們居然會借你一個巨神像？真是奇怪了。」

夜壺微微有點得意：「我還奇怪呢！你不是一直都和人類中那些心理陰暗變態的陰謀家們融合的嗎？他們可都是和人類中性格直率豪爽的人融合的啊！你們性格那麼不同，關係怎麼又那麼好呢？」

司馬懿反駁道：「有什麼好奇怪的，友情有時候可不就是靠性格互補的嘛！我給他們說說人類的陰暗面，他們給我說說人類陽光的那面，互相彌補一下對方所不知道的資訊，不是挺好。哎？對了，你過來幹嘛？」

夜壺這才想起自己來的目的：「我這不也沒什麼事嘛！閒得無聊就過來看看無相他們現在怎麼樣了。你又過來幹什麼？」

「別提了，那天嬴政不是被觀世音揪著耳朵提走了嗎？那時他的擬人形象雖然已經被觀世音鎖死了不能動彈了，但是他的嘴巴還能動啊！他在被揪走前，用嘴巴朝我吐了個被口水弄得濕乎乎的紙球，那時候我正被觀世音變成了一頭羊……」

夜壺一聽，忍不住噗嗤一聲笑出聲來：「哈哈哈！你倒是長得確實挺像一隻羊的！」

司馬懿白了他一眼，反唇相譏道：「總比你變個癩蛤蟆好吧！」

夜壺一聽訕訕的收住了笑，也不好意思打斷他了。司馬懿繼續講：「不過後來還是我眼尖，看見這個口水球就趕緊先踩到了腳底下，等變回人形的時候才打開來看。原來是嬴政拜託我在他被關禁閉後，讓我幫著他監理一下無相艦隊的事務。我一看還挺高興的，哈哈！別看那傢伙平時和我不怎麼對盤，關鍵時刻還不是得靠我，所以我一有空就過來了。」

夜壺一聽心中暗暗稱奇，這倒是和諸葛亮料到的那種情況一樣了。

夜壺奇怪：「哎？那你既然來了，怎麼不去干涉呢？」

司馬懿神祕一笑：「急什麼嘛！你看他們，好玩著呢！」

而此時貂蟬和胡漢三的軀體之一，正在世紀之城上現場處理一個被炸毀的工廠的善後工作。就見到遠遠開來數十輛飛車和飛艇，接著從上面嘩啦啦衝下來一大批記者，他們把兩人團團圍起來，爭先恐後的問：

「為什麼現在人類全部艦隊都不能進行躍遷了？」

「到底是你們幹的，還是我們遇到了更高級文明的外星人了？」

「騰蛇們都消失了，為什麼你們還留下來？是你們被放逐了還是另有陰謀？」

貂蟬他們一聽就氣打不一處來。貂蟬冷哼一聲：「我們好心好意留下來幫你們，竟然還認為我們有陰謀？」

於是兩人示意身邊荷槍實彈的生化人士兵把記者們全部趕走，撇下一句：「這個問題只有你們的領袖人物有資格來問我們。你們先去找他們去，由他們來向我們發問。」然後兩個人就瀟灑去了。

各傳媒集團記者們一聽，立即兵分兩路，一路去找李昂，一路去找朱非天了。

李昂正在稻山裡調養身心呢！他找了人工海邊的別墅住下，又把別墅區域內的氣候調整到春天，每天都「面朝大海，春暖花開」。除了和緊急政務相關的人員，其他人一概不見。記者們的穿梭機群到了稻山港口，就被小杜領導的特工們攔下了，小杜揚言誰敢闖進去就把這個混球揍得連他媽都不認識。記者們一聽也不敢硬闖了，只能乾巴巴的在稻山外面等候，伺機竊取一點消息。

去找朱非天的那一路記者們也毫無收穫。朱非天現在的心思除了忙著收拾殘局，就是放在如何追回自己被親衛隊搶走的那些值錢貨上面，他派人到處去找那些龜孫子算帳，根本沒心情接見記者。

記者們最終也沒得到所謂的權威消息，更使得聯合艦隊內謠言四起。各種聲音紛紛有之：「我看肯定是騰蛇又安排了什麼陰謀！」

「八成是人類遇見更先進的文明了吧！肯定是它們要教訓我們的，人類在宇宙裡猖狂太久了！遭報復啦！」

「我覺得這一切都是神明的旨意啊！」

不過這些謠言都沒怎麼傳開，畢竟現在最要緊的事情是人類馬上就要斷糧了，要是貂蟬他們還不趕緊把虛擬實境設備運來，那就只有餓死的份了，哪還有心思去關心別的。

貂蟬和胡漢三倒還擔心運出來這麼多虛擬實境設備會被觀世音注意到，可他們的主機太大了，那存放十億多臺設備的倉庫，也只占他們主機上小小的一部分空間。即使開上一艘大型運輸船把這十億多臺設備從主機運出來，別說是觀世音了，其他騰蛇也都根本沒人留意到。

虛擬實境設備運來那一天，除了李昂的艦隊，剩下所有的聯合艦隊內都沸騰了。人類還沒有見過騰蛇的飛船長什麼樣呢！因為這艘運輸船第一個卸貨的地點選在世紀之城，幾乎所有的人都湧到世紀之城來看新奇了。

世紀之城哪容得下全部艦隊的人，只能是限量賣票排隊進港參觀。門票也成了搶手貨，好多黃牛可是趁機大發橫財。進不了港的人，要嘛透過各傳媒集團的影片節目看直播，要嘛拖家帶口的開著自己的飛船到世紀之城港口附近看熱鬧。當天把整個世紀之城給圍了水泄不通，母艦周圍被大小飛船給擠得連顆蔥都插不進去。偏偏穿梭在這些飛船之間賣小吃速食什麼的小飛船還竄來竄去，偏偏現在大家的飛船上沒有了騰蛇們詳盡的飛行線路計算能力，只剩下那些飛船操控系統上自帶次級AI的貧弱運算能力，弄得這一天飛船擦邊相撞的事故大大小小發生了上百起，好在是沒死人。

其實李昂本也想來現場看看新鮮的，無奈實在是身體不適，最終只能待在別墅裡看直播了，不過他的艦隊裡可也趕來了不少市民想要一睹為快的。

李昂換著臺，隨便換到一個頻道便停了下來看看，看起來是一檔脫口秀，主持人是個年輕帥氣的小夥子。開場音樂響起後，主持人隨著音樂聲走了下來：「大家好！歡迎各位收看《娛樂大偵探》節目，今天我們有幸邀請到了文學巨匠龔先生，大家歡迎！」

臺下一片熱烈的掌聲，主持人俏皮的皺皺眉頭：「我想大家對龔先生肯定並不陌生，他在80年前寫的科幻小說，就已經成功的預言了現代的科學技術，我們現在使用的很多高科技，都可以在龔先生的小說裡找到對應的影子，大家都稱讚龔先生簡直是具有未卜先知的能力！」

臺下響起熱烈的掌聲，伴隨著一陣古箏演奏的樂聲，龔先生穿著一套緊巴巴的傳統服飾走了出來。他鼻孔翹得老高，十分傲慢的坐到了自己的座位上，對臺下的歡呼充耳不聞。

主持人繼續笑著介紹：「接下來有請我們的大明星，宇宙情人咪咪安小姐！歡迎！」

臺下爆發出驚天動地的呼嘯聲來，男人女人們站起來激動的揮舞著手臂，要不是警衛攔著，簡直就要衝上來了。咪咪安畫著濃厚的貓咪裝，看起來十分的性感可人，龔先生在一旁白了她一眼，不屑的冷哼一聲。

咪咪安在臺上連擺了幾個可愛的 pose 後，才在眾人的歡呼聲中坐到龔先生的旁邊。

「還有我們偉大的歷史學家，李查得先生！」

歡呼聲中只見一個打扮的不土不洋、不中不西的怪傢伙也登場了，不一會兒的工夫，臺上就坐了六位重量級嘉賓。包含有人類科學文化領域裡的各路精英們，有文學家龔先生、歷史學家李查得、大明星咪咪安、科學家吳畏、動物行為學家季曉敏、民眾意見領袖禿頭楊。

主持人透過一段浮誇的熱舞將現場氣氛炒熱，接著裝模作樣的摘下墨鏡，大步走向鏡頭，神祕兮兮的說：「想必各位已經在好奇，我們本次節目所探究的真想究竟是什麼了！本週大家最好奇的事件就是『騰蛇們的飛船到底是個什麼樣？』」

主持人掐著腰，對著大家擠眉弄眼：「沒想到大家和我一樣，都在操心這件事呢！我這段時間可是一想到這事就吃也不香睡也不香啊！連每天動感飛車的課程都沒心思上啦！」

現場配合的響起一陣歡笑聲。

「那我們就先來問問今天在座的各位嘉賓，我們先來猜測一下騰蛇們的飛船到底會是什麼樣的，先有請我們偉大的文學巨匠龔先生，您會怎麼看呢？」

龔先生半眯著眼睛咳嗽了一聲，搖頭晃腦的開始講起來：「咳咳，在我的最新小說《騰蛇之死》之中曾經寫到，騰蛇誕生自宇宙最深處的一片黑暗之中，那片黑暗是比黑洞還要更加的深邃悠遠。」這時候悠揚的背景音樂適時的響了起來，彷彿立即將大家帶到了宇宙的最深處。

觀眾興致勃勃的伸長脖子聽著，龔先生故意拉長語調，顯得十分神祕：「但是一定要記住，人類是無法理解它們的存在的，因為它們生存的維度遠遠超過了我們的維度。所以人類不要愚蠢的企圖揣測騰蛇的世界，如果騰蛇的飛船真的降臨的話！」龔先生語調突然拉高，眼睛圓睜，大家都被他嚇了一跳，他突然又把語調給降了下去，半眯著眼睛，緩緩的搖頭說：「切記！千萬不要用眼睛去看，騰蛇飛船上那種比黑夜還要黑的顏色，是能攝取人的精神意志的。一旦你們的目光與它們產生連結反應，大腦會立即被吞噬，人會立即發瘋！」

大家驚恐不已，人群中發出小聲的討論聲，顯然大家都被龔先生的言論給嚇到了。龔先生滿意的看著大家的反應，淺笑著點點頭。

主持人笑笑，試圖緩解氣氛：「這個……龔先生的新作大家還是可以去看看，裡面有很多關於騰蛇的想像，可以為大家解開不少關於騰蛇的祕密。那麼……」

主持人還沒說完，歷史學家李查得搶過話筒，不以為意的冷哼著：「所以說，龔先生剛才的言論只是基於自己的想像，而沒有絲毫的歷史根據和科學依據嘍？」

龔先生臉色奇差，剛拿起話筒準備反擊，一旁的科學家吳畏忍不住大聲的嚷著:「起個什麼名不好，非得叫個什麼《騰蛇之死》，真是哪壺不開提哪壺。如果騰蛇真是來自遙遠的神祕宇宙，我想人類滅絕了騰蛇也不會死的，這是什麼瞎說八道的三流小說。」

剛才還一臉驚恐的觀眾，突然爆發出巨大的嘲笑聲來。龔先生怒氣沖沖的站起來，氣的鬍子亂顫，半天說不出一句話來：「你……你……你……」

主持人趕緊出場緩解尷尬：「大家看到沒有，節目一開始，各位嘉賓就展開了激烈的討論，這才是這個節目存在的意義嘛！所以李查得先生，您有何高見？」

李查得傲慢的靠在椅子上，雙手揣懷：「在歷史上，雖然我們的檔案記載得不完全，但能找到關於騰蛇最早的記載，可見於《地球紀年 21 世紀本紀》中的一段記錄。騰蛇誕生並分裂的前身主機，是一個巨大的圓形球體。因此我猜測，騰蛇們儘管後世不斷蓬勃發展，但最核心和基礎的內核並不會改變。」背景音樂又適時的變成了地球紀年時期才有的古老歌曲。

「那所以您認為？」主持人小聲的問。

李查得信誓旦旦：「要嘛就是符合宇宙循環法則的絕對球體，或者是正正方方的正方體。並且我們透過研究騰蛇的歷史發現，某些簡單規則的立體幾何體，極有可能是騰蛇們的圖騰，圖騰是它們的靈魂核心！所以它們的飛船也可能是某種只有對它們才具有意義的、特殊的幾何體形態，這就是它們的圖騰！」李查得越說越興奮，口水噴了旁邊咪咪安一臉，咪咪安無比嫌棄的擦擦臉。李查得仍舊沉浸在自己的理論中渾然忘我：「如果我們有機會觸碰到他們的圖騰，極有可能會讓我們的文明來一場大……」

「哼！你還沒找到騰蛇的圖騰，我想我就先被你的口水給淹死了！什麼素質嘛！」咪咪安不滿的打斷他，工行人員立即彎著腰，偷偷送了一包紙巾給咪咪安。

原本被李查得的理論震懾住的觀眾，又忍不住笑起來，李查得像個洩氣的皮球一樣跌坐在椅子上。

主持人眼明手快的衝出來，保持著良好的笑容：「所以拍過無數賣座大片的咪咪安小姐，您怎麼看呢？」

咪咪安嫵媚的眨眨眼睛：「要我說啊！肯定是像電影裡演的那樣，先是一個個小顆粒從宇宙各處飛來，然後在快要抵達港口的時候，再快速的組合成一艘霸氣的飛船！」

「哼！胡說！」

「簡直就是謬論！」

顯然其他學者並不給大明星面子，咪咪安氣得扭過頭去不說話。

主持人擦擦額頭的汗，趕緊轉移話題：「那麼季曉敏博士的看法呢？」

老處女季曉敏博士推了推眼鏡，一臉的刻板：「毫無疑問，騰蛇們的進化一定會類似於昆蟲社會，因為昆蟲這個物種，不管是從形態上還是從生理結構上來說，都是最完美的物種，我們在其他星球上發現的類節肢類動物，也證實了這個理論。哪像我們人類充滿著缺陷，簡直是全宇宙最低等的物種！」

說到這裡，季曉敏博士狠狠的啐了一口。她又想起來以前交往過的男男女女，一想到他們的醜態，她就覺得人類這個無聊的物種，還是趕緊滅絕了得好！

她這話一出口，現場一片寂靜，包括主持人在內，誰也不知道怎麼接這話了。不過臺下還是響起了幾聲稀稀拉拉的掌聲。季曉敏博士沒理這個，又繼續說：「所以，它們的飛船一定是像一隻正在求偶的巨大爬行昆蟲一樣，兩邊各有一隻震動的巨大翅膀，或是長滿昆蟲般的肢節或鱗片。」

底下發出一陣陣的噓聲。

「這個……好吧……」主持人微微無語，不知道話題得怎麼進行下去：「那麼……禿頭楊先生您怎麼看？您是最有名的公共知識分子，大家一定看重您的觀點。」

禿頭楊尷尬的抓抓光頭，傻乎乎一笑：「我覺得大家說的都挺有道理的，但我也有個我自己的想法，也許它們的飛船根本就看不到形體吧？也許它們的飛船已經可以將空間本身作為載體而存在了？我這也就是個人想法。」

龔先生聽了掀桌而起：「什麼鬼話！我說的才是對的！一片黑暗啊！各位朋友們，一片黑暗啊！」

李查得也跟著叫起來：「圖騰！圖騰才是騰蛇的靈魂，規則的幾何圖形才是它們的寫照！」

「我的肢節昆蟲怎麼啦！」季曉敏也氣得渾身發抖：「一定有一雙巨大的翅膀作為動能輔助！」

「呦！那要這麼說我說的也沒錯呀！」咪咪安也忍不住嗆聲。

一直沒有怎麼發言的科學家吳畏猛地一拍桌子：「荒唐！科學豈是兒戲，它們一定會用最優解法，這樣算來的話，它們的飛船一定會是純金屬外殼配以機械仿生觸手！」

大家七嘴八舌，誰也不讓著誰，後來越說越大聲，越說越生氣，比比劃劃，彼此爭得臉紅脖子粗，也沒得出個所以然來。臺下的觀眾也分成了幾派，彼此間都開始動手了，而警衛早不知道跑哪去了。

主持人幾次試圖擠進混亂的人群中，都被不知道是誰給踢了出來，他哭喪著臉：

「各位嘉賓，請聽我一句……」話還沒說完，不知道誰的拳頭飛了出來，直接將主持人揍飛，場面瞬間陷入混亂。

李昂皺著眉頭，看著電視裡亂七八糟亂哄哄的場面：「現在這電視節目做的真是越來越粗製濫造了，這要是在我的艦隊裡，我肯定要讓文化部門去管管。」

他剛抬起遙控器準備換臺，被揍得鼻青臉腫的主持人突然站到鏡頭前大吼一聲：「各位嘉賓請保持理智，不如這樣！就讓我們一起打個賭，等騰蛇的飛船到達港口後，《大偵探》全程直播，看看哪位嘉賓的猜測和推論最正確！至於猜測失敗的人……」主持人邪惡的笑著，「猜測失敗的人就要當著全艦隊觀眾的面，吃掉自己的皮鞋，怎麼樣？各位敢賭嗎？」

大家氣勢洶洶的吼著：「沒問題！」

「就這麼辦！」

「讓你們開開眼！」

李昂翻了個白眼，果斷關掉了電視。

「無聊。」

除了《娛樂大偵探》節目，其他節目也都有著各種各樣的猜測，各傳媒集團也各自在自己的影片節目上做出了自己的預測，然後依據自己的預測，做出了 3D 模型供大家參考。總之，所有人都屏住了呼吸拭目以待。

結果等到遠遠的看見貂蟬和胡漢三的運輸船來了，大家全都跌破眼鏡。

只見來的是一艘外型像牡丹花一樣的運輸艦。不！說外型「像」牡丹花也不合適，那根本不是「像不像」的問題，完全就是一朵牡丹花從遠處飄了過來。大紅的花瓣配上翠綠的花葉，真正是一朵好大的牡丹花啊！

這艘運輸艦周圍跟著不少護衛艦，而那些護衛艦的外型，竟然和很久以前地球紀年的二十世紀八、九十年代的日本暴走族飛車和摩托車的外型十分類似。上面不僅畫得花花綠綠的，還到處裝飾著毫無意義的尖角和犄角，還有向四面八方輻射開來的排氣管，難道它們的飛船還需要排氣管？

這些護衛艦上不但用濃墨重彩畫滿了雷神、風神、櫻花之類的圖案，還寫著「夜露死苦！！！」、「喧嘩上等！！！」、「愛羅武勇！！！」、「私恥義理！！！」等標語。

不管是在現場的人類還是守在各種影片播放設備前的人，看到這場面全傻了，這到底是唱的哪一齣？現在人類即使是最大膽、最邊緣化的工業設計師，也不會把飛船或母艦的造型設計成這樣子，即使是「萊西」那幫無法無天的傢伙們，他們也不會把母艦或大小攻擊機群設計成那樣，還寫著什麼「夜露死苦」？

萊西艦隊船員喜歡的是將自己的母艦和大小攻擊機群設計成好像惡魔再世的感

覺。都是漆黑的外型加上血紅色或金色的華麗紋理，再加上骷髏頭，魔鬼頭和燃燒的眼睛，妥妥的歌德風格。雖然大家都對萊西的人避而遠之，可還是承認他們的飛船形象設計倒是滿酷的，他們的飛船隨便找個角度拍一張照片，都可以做成重金屬或死亡搖滾專輯的封面了。而現在來的騰蛇的運輸艦竟然是這種形象，這到底是為了什麼？

一開始，世紀之城上港口的監督還以為來的是其他什麼審美異常的，不知道是哪個犄角旮旯鑽出來的人類飛船。可是透過無線電聯繫之後，發現確實是貂蟬和胡漢三來了，吞吞吐吐的發出了允許對接的指令後，就揉著腦袋坐到椅子上想：「難道是我們想太多了？原來這才是返璞歸真的先進設計理念？」

朱非天早就來了，守在港口等著迎接胡漢三和貂蟬帶來的救命設備。當他看到那個大牡丹花和那些暴走護衛艦時，嚇得半天合不攏嘴，可沒想到讓他吃驚的還在後頭呢！

運輸艦對接後開始卸貨，隨著兩艘母艦對接處那扇上百米高的大型艙門徐徐打開，卻從裡面飛出來好多蜜蜂形狀的機器蟲開始進行搬運工作。不！也不能說是「蜜蜂形狀」，那完全就是放大版的蜜蜂，而且還不是自然界裡那種蜜蜂放大的樣子，而是卡通片裡那種形象萌萌的蜜蜂放大的樣子，大眼睛忽閃忽閃的甚是可愛。

而護衛艇裡的機器人隨後走了進來，它們那外形也完全和當年的暴走族一樣。穿著白色或黑色的特攻服，腰間纏著繃帶。肩上扛著木刀或是棒球棍，或是手裡拿著鐵鍊。一下飛船就呼風喚雨的使喚著港口的工人們，幫忙和它們一起卸貨。

等在港口的人類，以及使用的次級 AI 機器人當然沒反應，該幹嘛幹嘛，可是其他人類工人們全傻了，呆若木雞的看著這些暴走族們衝他們亂喊亂叫，半天都沒動靜。

朱非天也是愣在原地半天沒動靜。直到看見貂蟬穿著一身大紅色，上面繡著朵大牡丹花的旗袍和胡漢三穿著一身黑色特攻服向他走來，他才反應過來，開口問道：「請問，您二位這次開來的飛船……」他本來想問：「您二位這次開來的飛船確定是你們造的嗎？」可還沒等他說完，貂蟬就得意洋洋的對他說：「怎麼樣？我們的飛船很漂亮吧？」還沒等朱非天回答，胡漢三又搶著問道：「哎我說，你看我新做的多功能機械蟲，外型是不是和你們人類一樣一樣的？」

「那些暴走族是機械蟲？我還以為是其他騰蛇來幫忙的呢！」朱非天很驚訝。

「是啊！為了配合我這次開來的護衛艇的犀利造型，我特別把它們造成了那個樣子。」胡漢三得意的回答。

朱非天留意看了看港口上搬運貨物的暴走族們，的確是表情有些呆滯，眼神也發直，他們的神態和騰蛇化身而成的生化人比較可差太遠了。有一個在他身邊不遠處的暴走族，為了搬起一個很重的箱子，從背後伸出了四雙長長的機械手臂來，朱非天這下才確定了。

朱非天很想問，為什麼你們造的飛船要用這麼個外型？可是當他看到貂蟬和胡漢三一臉陶醉的欣賞著它們的作品，嘴巴動了動，終於什麼也沒說。

朱非天這下明白了，這兩個活寶和人類在審美觀上確實是大相徑庭，他叫來自己的祕書，悄悄說：「現在趕緊給各傳媒集團的老總和記者，還有市民們傳達我的一條重要命令。從現在開始，任何團體個人都不許對它們開來的飛船進行吐槽，違者一律處以拘留和超高額度的罰款！」

「好的，我明白了。」

現在人類還得靠著它們帶來的虛擬實境設備救命，不敢惹它們不高興啊！朱非天摸摸額頭上的汗，無奈的想。

各媒體的記者們瘋狂的拍著，影片和圖片瞬間登陸各大網站。

那些曾經猜測過騰蛇飛船模樣的傢伙集體嚇掉了下巴，有個好事的記者突然想起之前《娛樂大偵探》節目說過，失敗的嘉賓可是要當眾吃鞋的。

他扯著嗓子大喊：「哎呀！打賭失敗了！大家快去看他們吃鞋呀！」

那些原本都忘了的人瞬間明白過來，一起往《娛樂大偵探》節目直播現場擠。

六個嘉賓全部嚇得呆立當場，半天沒回過神來。

有個好事的記者，笑嘻嘻的給每個人遞上一套刀叉餐具：「您幾個可都賭輸了，願賭服輸，現在全艦隊的觀眾可都看著呢！來吧！」

幾個人一抬頭，發現滿世界的閃光燈正對著自己一頓猛拍，觀眾們大笑著將他們團團圍住，水泄不通。

就聽噹啷一聲，龔先生面前的餐盤上掉下來一隻臭鞋，再一低頭，自己的鞋不知道被誰給扒了下來。

其他的嘉賓也都受到了不同程度的羞辱，只有咪咪安小姐最幸運。她本來都急哭了，可她的粉絲們早有準備，提前做好了一個高跟鞋形狀的草莓蛋糕，上面還點綴著漂亮的糖果。這時候粉絲們就把這塊蛋糕給咪咪安端上來，咪咪安一看破涕為笑，高興的拿起刀叉開始吃蛋糕，還在微博上拍照留言炫耀說：「雖然賭輸了，可是蛋糕好美味哦！謝謝大家。」

這個點子是她粉絲中的一位老闆想出來，並組織人在這麼短的時間內做好的。他見咪咪安吃得高興，不失時機的湊過去說明了這是他的主意，然後悄悄問道：「怎麼樣？叔叔給你想得周到吧？今晚我們是不是？」

咪咪安臉上一片嬌羞：「那還用說嗎？把房間號給我。」

龔先生可沒這麼幸運了，只見他臉上一陣紅黑變幻，突然一仰頭暈了過去。人群中爆發出巨大的嘲笑聲來，其餘幾個人低著頭面面相覷，羞愧難當，恨不得找個地縫鑽進去。

「哇哈哈哈哈哈！」李昂在新聞直播上看到騰蛇們的運輸艦後笑個不停，看到一群老學究和大明星當眾啃鞋更是聞所未聞，笑得他差點岔了氣。這個笑話在聯合艦隊傳播了好長時間才落幕，這幾個人也因此出了名了，而李昂心中一塊大石頭也落地了。

最近這幾天，李昂在海邊別墅調養時，除了看看電視找樂子，也主持過幾場會議。有一次在會上他手下的官員們就談起來騰蛇們的運輸艦將虛擬實境設備運來的問題，有一個姓楊的參議員說：「李主席，我們應該等到騰蛇的運輸艦在世紀之城上入港時，調用我們艦隊的所有炮火將其擊毀。這樣一來，其他艦隊的居民就再也得不到虛擬裝置的支援，隨後他們就只有等死了。就算有剩下的人也只有聽我們的了，今後我們就可以稱霸整個聯合艦隊了。」

「而且，一直也有人說騰蛇的科技遠遠超越我們，但我是不相信的。我就不信所有艦船的主炮都瞄準它們的運輸艦一齊開火，還怕擊不沉它？」

「我贊同楊議員的意見，不過我還要補充一點。那就是我們不能用艦隊的主炮進行轟擊，而是要派人偽裝成反騰蛇的激進分子，用可攜式黑洞發生場炸彈進行近距離爆破。大家還記得吧？我們之前攻破博恆事務所時，可是還繳獲了三枚這種炸彈的。這樣萬一騰蛇們的科技真的遠遠超越我們，炸不沉它們的運輸艦，我們也不會暴露是我們做的。」李昂的軍事顧問又說。

「是的，我也覺得我們要先動手的好，這樣也能探探虛實。這次觀世音二話不說就下令要毀滅我們，雖說是夜壺告訴我們，在它們騰蛇內部對此也是意見不統一的，但誰能肯定不會有下次呢？下一次萬一它們意見統一了呢？我們還是要先下手為強。而且就像楊議員說的那樣，如果真能擊毀它們的運輸船，那其他艦隊的人馬上就要面臨食物危機，之後就是我們一家獨大啦！」李昂的政務處祕書長又說。

在座的其他人聽到這些意見也覺得可行，大家紛紛表態同意這樣做，然後就都看著李昂等著他做決定。

李昂一開始沒吭聲，低著頭拿著桌上的一瓶「巴黎水」左看右看。然後他抬起頭，笑著對楊議員說：「楊議員，你靠過來點。」

楊議員坐在長長的會議桌左邊靠中間的位置，聽到這話就把身子朝坐在上首處的李昂那裡探了過來：「李主席，您有什麼指令就說吧！」

李昂二話沒說，就把巴黎水瓶子朝楊議員甩了過去，一瓶子砸他頭上把他撂倒了。接著李昂大聲吼道：「他奶奶個腳的！你剛才說的話是用你腦子想的還是用你腳趾頭想的？你怎麼就沒想到，如果騰蛇們科技比我們強，那我們不管用什麼方法也是炸不了它們的運輸艦的，反而還把它們惹火了。現在好不容易夜壺它們三個人願意幫助我們，你這一鬧到時人家也不管了，以後怎麼辦？而且更慘的是，如果它們以此為藉口就要真的開始徹底毀滅我們怎麼辦？你去擋啊？」

李昂氣得站起身來，在會議室裡來回踱著步走著，繼續說：「而且就算我們真的擊毀了它們的運輸艦，你以為之後就是我們一家獨大了？其他艦隊見到他們最後的希望沒有了，而就我們艦隊有食物，你想到過沒有之後會是什麼情況？那樣一來其他艦隊可是要和瘋了一樣向我們襲來的！到時還稱霸整個聯合艦隊呢，怕是我們連個全屍都留不下來！」

楊議員捂著腦袋上的大包，還在爭辯：「可是李主席，我也計算過的，這種情況下，我們只要提前將我們的艦隊做好戰術陣形布局，是能撐過他們第一波攻勢的。只要撐過第一波攻勢，之後他們就會因為斷糧而再也無法發動第二波攻勢，最後的贏家還是我們。」

李昂隨手拿起會議桌上一個花瓶又想朝楊議員扔過去，他的軍事顧問趕緊站起來把他攔住了，楊參議員的腦袋算是沒再多個大包。

李昂又向楊議員吼道：「你到底安的什麼心！我們就先不說這樣一來得餓死多少人了，就算以後我們贏了，那以後的歷史裡後人會怎麼評價我？我就為了我們黨的小利益一口氣餓死上億人？你想我成為千古罪人是吧？你以為我會去背這個黑鍋？不背不背！這個鍋我絕對不背！」

今天也就算這個楊議員倒楣，李昂的軍事顧問是老趙，政務處祕書長是城子，會議桌上其他很多人也都是跟著李昂一起出生入死過來的老夥計，他當然不會朝他們扔瓶子了。就這個楊議員是個新人，本來還想著今天用一個好提議得到李主席的表揚，結果只是頭上多了個大包回家，冤枉死了。不過他也還算走運，李昂最近身體不好，力氣也不夠，否則他今天腦袋瓜非得給開花不可。

這天的會議雖然李昂沒有採納這個餿主意，但楊議員的話還是給他心裡留下了陰影。「是啊！騰蛇們的科技要真是遠遠超過我們，那它們哪天主意一變，真給我們全人類來個一網打盡，我們哪有還手之力啊！」

直到今天他看到了貂蟬那朵大牡丹花和胡漢三那一群暴走族，總算是徹底放心了。哈哈哈！就這些魯蛇樣，哪裡像是要毀天滅地的惡魔嘛！

第十六章　食色性也，別和人性鬥爭，準輸！

朱非天看著貂蟬的運輸艦緩緩進入港灣，不管怎麼說，好歹人類是有救了，至於貂蟬惡俗的品味，暫且置之不理好了。

這時候朱非天身邊新晉的陸飛虎陸將軍走了過來，說起來這個陸將軍，最近可是朱非天的得力幹將，對朱非天也算是忠心，一聽說朱非天被任命為臨時主席，就第一個回來找他了。朱非天一感動，大手一揮，一名小小的參將就成了將軍。

陸將軍湊過來，小聲提醒朱非天：「主席，現在機會難得，我們要不要趁機到運輸艦內部參觀參觀？」

朱非天一想，這可是調查騰蛇的好機會！於是立刻湊到貂蟬身邊，她身邊正圍著一群拍馬屁能手，猛勁誇讚貂蟬的大牡丹花，天上地下絕無僅有的美輪美奐，誇得貂蟬笑臉迎人，心花怒放。朱非天心想，這些人怎麼做到睜著眼睛說瞎話的？

不過他可沒敢表現出來，隨便恭維兩句之後問：「漂亮啊！真是漂亮啊……那個，不知道我們有沒有機會到運輸艇內部去參觀參觀呢？」

貂蟬心情正美著，笑瞇瞇的說：「當然可以啊！隨便參觀。」說著又把朱非天拎過來神祕兮兮的說：「這可是你才有的特別優待哦！別人想都別想。」

朱非天趕緊一頓感恩戴德，又是狠狠誇了一通那朵大牡丹花之後，才帶著一些士兵和科學家們進去了。

大家一進到大牡丹花裡，瞬間就被嚇傻了。只見大牡丹花內十分誇張，大紅大綠的風格是有夠俗豔的，尤其是房間內那些懸掛在房梁上的紅色綢帶，在昏黃不明的燈籠映襯下，格外有著一種朦朧之美。綢帶飄飄揚揚看起來既撩人又曖昧，男人們個個被撩得心癢難耐。

看這古典風格跟無相艦隊倒是有點接近，可是卻又比無相艦隊豔麗多了。這紅牆綠瓦的建築風格也不知是效仿了古代哪個時期的建築。朱非天聞了聞，一股濃香撲鼻而來，不知何處傳來的靡靡之音，聽得人心癢難耐。一抬頭，看到匾額上寫著三個大字：「醉玉樓」。

朱非天似懂非懂的點點頭，就連那些科學家也看得一愣一愣的，但誰也不明白這種裝潢風格在人類歷史上到底意味著什麼。

大夥愣了一會兒，這才想起來還有任務，趕快自發的分成數個小組，分門別類的調查起來。士兵們打開隨身攜帶的工具箱，啟動自動即時 3D 地圖生成器——一種球形的懸浮式機器人，這種機器人使用的是回聲定位原理和光感測繪原理來繪製地圖的，而這些圓形機器人在啟動後，就會在運輸艦內四處飛行鎖定圖示開始繪製地圖了，運輸艦內的蜜蜂樣的機器蟲看到了它們倒也沒管。

緊接著科學家小組也拿出測繪儀器，一個科學家將一個長方形圓柱體放在地上。圓柱體剛一落地立即開始上下旋轉，上方伸出三根金屬腳牢牢的落在地上，頂端慢慢旋轉而出一個圓形的金屬球來。圓形金屬球表面的紋路開始隱隱透出綠色的光芒，在半空中形成立體懸浮投影來顯示監控資料。

科學家小組領頭的科學官汪博士，打開腕式電腦準備開始調查這艘運輸艦的物質構成成分，他早就已經想看看騰蛇們到底是使用什麼物質來打造飛船的了。他舔舔嘴唇，激動的點開了開始鍵，可是緊接著他的臉色卻越來越難看。他眼睛一眨不眨的盯著儀器，背後卻在不斷的冒著冷汗。只見物質成分測繪儀不停的旋轉，但是螢幕上卻沒有任何的資訊。難道是？汪博士有點不敢相信，測繪儀又轉了一會兒，螢幕顯示：無法檢測。

汪博士一屁股坐下來，竟然無法檢測其成分？

汪博士不甘心的繼續檢測其他物品，說來也怪，檢測飛船內其他裝飾用物品的時候儀器又有了顯示。布就是布，窗紗就是窗紗，畫就是紙張和顏料，地毯也可以檢測得出來，就是羊毛地毯，甚至連雕梁畫棟的木頭也都可以鑑定出品種和年份，但是偏偏在檢測飛船的構成時，卻顯示沒有檢測到任何物質。

汪博士就納悶了，這怎麼還是有選擇的檢測呢？他本來都已經做好了會檢測出不明物質的準備了，到時候把資料拿回去好好分析，從化學成分和分子結構上來研究的話，就是發現了一個新物質，那可是人類科技史上的重大突破！現在可好，除了裝飾物之外，竟然檢測不到任何物質，這是怎麼回事？

如果說是騰蛇故意用什麼手段影響儀器測量的放射線來做手腳的話，會直接導致儀器徹底失靈，什麼也檢測不到的。因為有的公司在發明了新產品後，為了防止競爭對手檢測他們產品的物質構成時也會用這種方法。可是現在除了船體構成，其它東西又都能檢測到，這就說不過去了。

汪博士來回轉著，越想越覺得離奇。就算騰蛇真有方法能精準的遮蔽掉飛船的物質構成，故意不讓他們檢測的話，那這種科技的技術含量已經遠遠超越人類了。隨後拿出隨身攜帶的腕上電腦，對著飛船內部一頓猛拍，各個角度全部拍了個遍，看著照片十分清晰，沒有任何異樣。可是當用上非可見光拍攝儀器拍攝時，卻又什麼都拍不下來，第一張照片上只有漆黑一片。而且要照片都是漆黑色的也就算了可有的照片是一片黑色，有的照片又是一片雪白，有的照片又是一片純藍，有的又是一片墨綠，差不多是每拍一張顏色都不同。

汪博士覺得自己簡直快要神經錯亂了。他又拿出輻射分析儀進行分析，可是飛船內也沒有任何輻射源存在。咦？這又是怎麼回事？按理說飛船不管使用什麼技術的引擎，內部多多少少都會殘留一些輻射的呀？

汪博士煩躁的抓了抓自己的頭髮，他瞪圓眼睛：「我就不信那個邪了！小張！把我的掌上型顯微鏡拿來！」

小張見他的樣子十分嚇人，立即乖乖將掌上型顯微鏡給他拿了過來，汪博士冷笑著：「我還就不信沒辦法對付你了！」人類自從發明了物質成分測繪儀以後，很少用到掌上型的顯微鏡了，還好汪博士細心，帶了一個備用。

汪博士平時一向冷靜自持，如今被搞得滿頭大汗，面露凶光，看起來樣子十分嚇人。科學組的其他成員看見他這樣，早嚇得不見了蹤影。

汪博士蹲下來拿著顯微鏡準備在船體上找個點開始分析時，驚奇的發現整個運輸艦的船體上，竟然完全看不到任何焊接的痕跡，光滑得就好像渾然天成一般，汪博士渾身顫抖：「這……這怎麼可能！」

他不信邪的繼續趴著檢查，將船體表面不斷放大。在放大到 500 倍時，發現船體是由一個個紅色小圓球狀的不明物質組成。汪博士繼續放大倍數，可是緊接著奇怪的事情來了，無論再怎麼放大，顯示器上的小圓球數量和大小都是一模一樣的，畫面沒有任何變化。

汪博士覺得有點害怕了，他吞了口口水，繼續不斷放大，可是畫面還是不變。最終他將倍率放大到 10000 倍時，鏡頭內的小圓球們竟然開始運動變化，在汪博士的顯微鏡裡排列組合成了一句話，連標點符號都有：「討厭！看什麼看啊你！」

汪博士一聲尖叫，一甩手將電子顯微鏡撇了出去。等冷靜下來了，他還是忍不住拿著顯微鏡換了個地方去看。無論在船體表面去任何一個地方觀察，顯示的全部都是這種奇怪的小圓球。最離奇的是，這些小圓球後來擺出來的文字也一會兒一個樣，一會兒寫著「真是的，有完沒完了你！」，一會兒變成「再看我？再看我就把你吃掉！」，一會兒又顯示「今天就到這裡好不好？小帥哥？」

汪博士知道再看下去也沒什麼用了，他一屁股坐在地上，把設備往身旁一扔，整個人完全不知所措。這是什麼情況？難不成是自己眼花了？

其他人的情況也沒好哪裡去，身旁的士兵組也是摸著腦袋一臉的問號。看他空閒下來了，早就等在一旁的士兵小飛子靠過來一臉納悶的問：「汪博士，真是奇怪了。您幫我看看，我這放出去的地圖生成器，不管是用回聲定位還是用光感距離測繪，都做不出地圖來？這是怎麼回事啊？」

汪博士：「嗯？」

「您看看這裡。」小飛子快速作業系統給汪博士看：「這回聲定位聲波傳播開來後，遇到飛船的牆面總該反射回來吧！可是這地圖生成器上卻顯示聲波根本就沒射回來，而是一路發散開來像是沒有障礙似的，太奇怪了！」

「哈！」汪博士又問道：「那要是用光感測繪呢？」

「光感測繪也不行的，你看這射出去的雷射光束已經遇到了飛船的船體。你看這眼睜睜的我們用眼睛看著光線就是被擋住了，儀器上卻顯示雷射光束沒有遇到任何障礙，這不是開玩笑嗎？」

「呵呵，然後呢？」

小飛子一臉的哭相：「沒地圖，我們就只好邁開腳丫子瞎跑了。可就算我們穿的戰術鎧甲上有液壓助力系統和短距離飛行背包，這麼大的運輸艦哪裡那麼容易跑完啊！累也把腿累折了。」

汪博士什麼話也沒說，從口袋裡掏出包煙來開始拆封條了。

「還不只這些，最奇怪的是……」小飛子見汪博士沒什麼反應，但還是自顧自的說：「最離奇的是不管我們往哪跑，根本聽不到引擎的聲音，就更別提引擎啟動時多多少少都會有的震顫感了。難不成他們運輸艦壓根就沒有引擎？這也太離譜了！我們怎麼都沒想到原因，所以過來問問汪博士知不知道這是怎麼回事。」

汪博士從剛才起就見怪不怪了。當然了，都見識了那些小圓球說話了，還有什麼好奇怪的。他拆開了這包煙，雲淡風輕的抽出一根點著抽了幾口，慢悠悠的吐著煙圈：「我怎麼知道啊！我自己這還一堆莫名其妙的事呢！這樣吧！這些事我們就都向朱主席報告，讓他煩去好了。」

小飛子一看從科學官這裡也沒得到任何意見，只好聳了聳肩膀：「那好吧！」

汪博士站起來瞅了一圈，這時候才發現朱非天早就沒了蹤影。人呢？剛才還明明在的呢？幾個想要報告情況的人滿世界的找朱非天。等找到船艙走廊的另一端時，突然聽到了不遠處傳來陣陣樂曲聲和歡笑聲。汪博士帶著大家趕過去一看，在一個富麗堂皇的大廳裡，朱非天和陸將軍正被一大群美女們圍著灌酒呢！

原來剛才朱非天看到手下的士兵和科學家們都四散開來忙活著做各種測試，自己也看不懂他們到底在做什麼，只覺得無聊。於是陸將軍就陪著他四處參觀起飛船來。後來他們找到一個大廳，在這個大廳兩旁竟站著整整齊齊的兩排美女。那美女們一個賽過一個漂亮，有的穿著性感，有的風情萬種，有的嫵媚的動人。看過去直叫人眼花撩亂，心花怒放，心癢難耐。

這些美女們原本都閉著眼睛站在兩邊，可等到朱非天他們一邁進大廳，美女們就集體整齊的睜開了眼睛，笑盈盈的迎了上來。

「客官！快請進吶！」

「來來來來！快帶客人去裡面休息！」

一群鶯鶯燕燕在眼前一轉，兩個人當場就醉了。美女們七手八腳的拉著兩人，不由分說的就拉到了大廳裡面的大桌子前，將兩人按在桌子前。不等他們發話，美酒美食就流水樣的端了上來，各種美食沒一會兒就鋪滿了桌子。

那真是大排筵宴：山中走獸雲中燕、陸地牛羊海底鮮、猴頭燕窩鯊魚翅、熊掌干貝鹿尾尖、燒黃二酒都擺齊了。吃吧，還等什麼？甩開腮幫子，撩開後槽牙，飯菜如長江流水，似風捲殘雲，就跟倒土箱子裡似的「劈哩啪啦，嘁哩喀喳」。

鶯鶯燕燕們有的揉肩，有的捏腿，有的跳舞，有的彈琴，有的勸酒，有的拋媚眼，簡直是人間天堂啊！朱非天和陸將軍面紅心跳的對視一言，心裡想的一樣：還有這送上門來的美事？

「客官，嚐嚐看嘛！」嬌滴滴的聲音在耳邊響著，一陣陣香氣繚繞。朱非天渾身一酥，什麼都忘了，接過酒來就是一飲而盡，長歎一口氣：「啊！好酒！」

陸將軍左擁右抱，不停的喝著遞到嘴邊的酒，笑得有夠暢快。

等汪博士帶著大家找過來的時候，兩人已經喝得分不清東南西北了，汪博士不可置信的看著這一切，「這⋯⋯這⋯⋯」卻只見眼前薄紗一晃，風光無限綺麗。

其他人更是早就被勾走了魂去了。

朱非天醉眼朦朧的看著他們，大手一揮：「來來來！大家一起過來玩嘛！」

美女們一擁而上，嬉笑著將男人們全部拖了進來，連一本正經的汪博士都沒放過。美女們不由分說的開始倒酒，軟言溫語的在耳邊這麼一吹氣，就是天王老子也得醉倒了。

原本汪博士還掙扎著：「朱⋯⋯朱⋯⋯朱主席，我這裡有情況要匯⋯⋯」可嘴剛張開個縫，立即有美女將酒倒了進來，一跑就被人給按了回來。等到猛灌了幾杯下肚，他眼神不自覺飄忽起來，只知道傻笑不止。他只感覺自己眼前有一個上身只穿了肚兜，下身穿沒穿都不知道的，一身薄紗，美豔絕倫的小姑娘在自己身前飄來蕩去，迷的自己姓什麼都忘了。

小飛子那群士兵就更不像話了，身上厚重的戰術鎧甲不知打什麼時候都被美女們給掀飛了，一個個只會張著嘴傻樂，步槍也不知道什麼時候沒影了。

本來和他們一起來的也有幾個女兵，科學官裡也有女性，她們看著眼前烏煙瘴氣的畫面，實在是又羞又憤。可眼看著這場面，知道這群臭男人是拉不回來了。更可氣的是，女兵和女科學家裡面有幾個同性戀，居然也樂顛顛的跑過去跟著湊熱鬧，更是搞得整個隊伍雞飛狗跳、亂七八糟的。

剩下的人面面相覷，不知如何是好。一個女兵湊到官銜最高的科學家張儀靜面前小聲說：「張博士，現在我們該怎麼辦？」哪知張儀靜氣得渾身發抖，一張臉都扭曲變形了。她捏緊拳頭看著汪博士被一群露胳膊、露大腿的美女們團團圍住，時不時還飄出一兩聲舒坦的淫笑出來。

女兵見她臉色不對，知趣的退下去了。

原本張儀靜已經和汪博士已經訂了婚，再過不到半個月就要步入婚姻的殿堂。平時看他人模人樣的，哪知道這麼禁不住誘惑，未婚妻就在眼前竟然還如此肆無忌憚。張儀靜越想越氣，扯下訂婚戒指往地上用力一摔，轉身怒氣沖沖的走了。

剛才的女兵看了看這尷尬的氣氛，將戒指撿起來，說：「算了，要不我們也先撤吧！」

大家跟著張儀靜退了出來，張儀靜怒氣沖沖一馬當先在，走得飛快。他們的關係本來就不是祕密，現下大家都替她打抱不平。除了幾個女孩子，人群裡還混著幾個男同性戀，他們比女生還激動。有一個人大嗓門嚷嚷著：「這群臭男人真是不像話，把我們都當成什麼了，真是不要臉！」

另一個文文弱弱的男生抽噎著：「我萬萬沒想到張警官竟然是這種人，原來他根本就沒把我放在眼裡。」

「好好的白菜就這麼讓豬給拱了，關鍵還是一群母豬，這都什麼品味啊！」

「要不我們衝回去把她們給滅了？」

一夥人嘟嘟囔囔的走出了牡丹花運輸艦。本來調查還沒完成，但是大夥都不想再上這艘艦了，光是看著那群男人的樣子就反胃。

「那我們現在怎麼辦啊？調查還得繼續啊！」

「儀靜你給拿個主意吧！」

「就是啊！」

大家亂紛紛的說著，儀靜調整了下心情，陰沉著一張臉說：「反正這艘運輸艦我是不想再上去了，我們可以去調查那些暴走族的飛船，不管怎麼樣，這一趟都得有點收穫。」

大家點點頭，按照儀靜的吩咐分成了五個小分隊，分別登上了不同的護衛艇進行調查。這些暴走族的飛船倒不大，每一艘的體積也就是一個小型遊艇的大小。這些護衛艇竟然都沒有個統一的外形，唯一相同的是每一艘的外觀都有夠誇張。

張儀靜登上的這一艘外形十分另類，是誇張的大黃色和豔紫色的神奇搭配。飛船的頭頂上頂著一排不知道有什麼實際用處的機甲硬殼，看起來倒是十分酷炫，但是這種審美一般人還真承受不起。儀靜打了個寒顫，一轉頭看到其他飛船也不見得正常到哪去。旁邊一架炫目的粉紅色飛船，上面花俏的畫滿了誇張的二次元人物頭像，飛船頂端和尾部各長了對十分可愛的小翅膀，看起來十分怪異。還有的渾身上下掛滿了霓虹燈，五顏六色的燈光閃耀。有的像是吸鐵石一樣渾身吸滿了各式各樣的廢銅爛鐵，有的大紅，有的大綠，都是些超出正常人類審美的奇怪造型。正巧這時候天色已晚，飛船們陸陸續續開啟了船身上的霓虹燈，天空頓時眼花撩亂的亮了起來。看起來不但炫目，甚至有點晃眼，儀靜趕緊捂著眼睛進到飛船內了。

內飾當然也應景的裝扮成了不良少年的房間一樣。儀靜皺著眉頭看著飛船的牆壁上，到處貼著不知道名字的地球紀年二十世紀 90 年代的各路明星海報，牆角堆放著大堆的機車零件、空酒瓶、鐵鏈、棒球棍頂上插著些釘子做成的自製狼牙棒之類的。船內還播放著不知是哪個年代的老歌，只聽到歌詞唱到「我們生活的世界，就像一個垃圾場。」「交個女朋友，還是養條狗！」這都什麼怪歌嘛！

等儀靜打開設備監測時，檢測的結果卻和以前一樣，無法繪測地圖，無法測量船體物質構成成分。用顯微鏡放大船體表面時，顯微鏡上顯示出來的是一些和船體一樣五顏六色的小圓球。在放大到 10000 倍時，這些小球就開始運動組合，重新排列，顯示出一句句話來，什麼「走死走命，全國制霸！」「極惡霸道，不懼戴天！」「禦意見無用，青春暴走中！」之類莫名奇妙的句子。儀靜被嚇了一跳，趕緊一把甩開了顯微鏡。

儀靜幾乎要開始懷疑人生了，但是她沒想到可怕的還在後面，如果說那個大牡丹花運輸艦因為體積過於龐大而找不到引擎和能源儲藏系統還情有可原，但是這麼小的小飛船上竟然也完全找不到引擎室和能源儲備系統，就有點說不過去了。無論騰蛇再怎麼技術發達，飛船總得有引擎和能源艙吧？儀靜越看越驚奇，慢慢的竟然把未婚夫的惡行忘得一乾二淨。真是奇怪了，這些飛船不是說是護衛艦嗎？那怎麼一個大炮和其他艦載槍械都沒看到呢？找遍了飛船的任何一個角落，也沒有找到一點蛛絲馬跡。

儀靜實在想不通，就隨便攔住一個船上暴走族模樣的機械蟲想問個究竟:「喂！問你一件事？」

「哦？」那個機械蟲微微側過臉來，飄逸的長髮輕輕掠過臉頰，一張絕美的臉出現在儀靜的面前。

就像是被愛神之箭瞬間貫穿了身體，儀靜發現自己不能動了。

腦袋裡簡直比喝了一大罐酒還要醉。儀靜面紅耳赤，禁不住犯起了花癡。她癡癡的看著這個機械蟲，心臟狂跳，世界上……怎麼會有這麼英俊瀟灑的男人……

其實這些機器蟲化成人形時，臉上大多是面無表情，可是誰能想到這表情配上這樣一張絕美的臉龐，竟然如此的憂鬱多情，如此的迷人。

見儀靜沒有回應，機械蟲就轉過身來等待著儀靜的發問。儀靜眼睛倏忽睜大，魂飛天外。天啊！怎麼那麼完美！她這輩子也沒見過這麼迷人的男人啊！

機械蟲見她仍是目光呆滯的沒有反應，了然於心似的淡淡一笑，瀟灑的一轉身離開了。等他走了老遠，儀靜才突然間靈魂歸體：「咦？我剛才是怎麼了？我不是要問問題嗎？這可和平時的自己不像啊！」

她對著機械蟲的背影喊道：「喂！我問你，你們這飛船到底是怎麼回事啊？到底藏著什麼祕密？」

機械蟲沒有說話，甚至連腳步都沒有停留片刻。它非常瀟灑的豎起兩根手指頭，隨手那麼一揮。此時它正好逆著港口上人造模擬太陽的光源營造的晚霞走去，無數道炫目的光芒映照在它的身上。讓它的背影如夢如幻，無限風流。這時一陣微風又正好掀起了它身上長長的特攻服，簡直帥得一塌糊塗。

儀靜終於忍不住，差點一道鼻血飛濺出去，整個人面紅耳赤心跳跳的暈了過去，暈倒之前還不忘花癡的呻吟著：「好帥啊！」

至於她的未婚夫，早忘到九霄雲外了。

此時朱非天一夥人正在大廳裡和那群美女們打得火熱，朱非天不光雙手忙不過來，眼睛也忙不過來了。眼看著一個賽過一個漂亮的美女在自己的眼前晃著著，直看的人心慌意亂、心猿意馬。

給朱非天倒酒的，一個叫嫣兒，一個叫綠惹，嫣兒一身淡粉色薄紗遮身。綠惹就大膽多了，渾身上下基本上沒穿著什麼。

朱非天色瞇瞇的看著綠惹，忍不住吸著口水感嘆：「好美啊！我這輩子也沒見過這麼美的姑娘啊！」

綠惹和嫣兒聽了嬌滴滴的笑起來，綠惹忍不住笑著說：「實話跟您說吧！其實我們都是騰蛇製造的多用途機械蟲呢！」

嫣兒笑得面若桃花：「您要是看到我們的真容，怕是嚇都要嚇死了！」

兩個人又忍不住笑得前翻後仰，原本就衣不遮體，現下可露的更多了。朱非天兩隻鼻孔噴著熱氣，面色燥紅：「老子才不管他媽的什麼真容呢！什麼蟲不蟲的！漂亮就行了！」

原本這些機械蟲都會有一點目光呆滯，表情僵硬，可是這種呆滯放在一張張美麗絕倫的面容上，反而有種說不出的呆萌，看起來更加惹人憐愛了。

朱非天早就等不及了，呲著牙就朝兩個美女撲了上去。

朱非天一行人和美女們□□□□□□□□□□（此處刪去細節描寫十萬字）

六個小時過了，朱非天一夥人才衣冠不整的走了出來，一個個還意猶未盡的直舔著嘴巴。張儀靜已經在外面等了他們老半天了，本來大家說好了，等他們出來一起批鬥他們的，哪知道那些女兵們被那些帥氣的暴走族機械蟲們迷得神魂顛倒，早追著人家小帥哥們玩去了，就連那幾個男同性戀都找到了人生知己，不知道找了哪個角落去做那些不可描述的事情去了。結果就剩下張儀靜一個人乾巴巴的站在這裡，看著他們一個個心滿意足的回來。

汪博士沒想到迎頭就碰見了未婚妻，這時候才後知後覺的感覺臉上臊起來。儀靜板著一張臉把報告往汪博士手裡一塞，冷哼一聲，轉身就走。汪博士羞愧萬分的轉手把報告塞給了朱非天，趕緊去追儀靜：「儀靜！儀靜你聽我解釋啊！小靜！」

儀靜一看他一臉的口紅印就氣不打一處來，跑得更快了。

朱非天看著汪博士似乎想起了什麼，他趕緊也擦擦臉，果然自己臉上也印著口紅印呢！再往四周一看，好傢伙，各個臉上都鮮紅一片，大家彼此看看對方，都忍不住笑出聲來。

朱非天咳嗽一聲，正色道：「笑什麼笑！還不趕緊找個洗手間處理一下！」

大家一聽，立即一湧而出擠著去港口的辦公大樓裡找洗手間了。

朱非天正了正衣服領子，假裝一本正經的邁著步子，背著手走了出去。一邊心裡暗爽，幸好記者們都在卸貨的地方直播，他出來這邊的艙門沒有記者，否則就完蛋了。

世紀之城的模擬夜晚到了，朱非天又檢查了一遍衣服，又猛抽了一包煙來遮蓋身上的香水味，這才敢進家門。

還好老婆並沒有起什麼疑心，他悠哉游哉的喝了幾杯小酒，洗了個澡，穿著自己的天鵝絨睡衣，端著杯紅酒有滋有味的喝著，然後舒舒服服的往自己的書房躺椅上一躺。這時候他才想起來汪博士給他的報告，隨手展開看了看，不由得皺起了眉頭，這事倒是挺奇怪的啊！

雖然他沒多少科學常識，可也知道檢測不出飛船物質成分這種事情非同小可，這說明了人類的科技水準不知道遠遠落後於騰蛇多少倍了。

朱非天把紅酒放到一邊，心裡感到有點忐忑。他不禁站起來在書房裡踱著步子，可是他回嘴，又回味起今天下午跟他舌吻的美人兒綠惹來。說起來她的嘴巴裡的確有點淡淡的機油味，舌頭雖然柔軟，但是有少許觸電般的酥麻感，除此之外，和人類沒有任何區別。哎呀！仔細回想一下，還能感覺到她身上那股獨特的香味，說這樣一群美女是什麼毀天滅地的惡魔，他才不信呢！

他拿起儀靜的報告細細看了一下，在結尾處儀靜寫到：

……由此可以推斷，騰蛇的科技水準已經遠超人類，遠遠凌駕於人類之上，人類無論從任何角度都無法與之抗衡。因此我反而認為，既然人類對於騰蛇根本構不成任何威脅，因此騰蛇並不會毀滅人類。何況我們在登陸騰蛇的飛船時，發現它們的飛船裡其實既不需要空氣也不需要有人工重力場。但我們在登船後卻並沒有感到任何不適，重力也沒有任何異常。同時飛船內部的設計顯然是考慮了人類的生理需要，因為我們可以輕鬆的分辨出上下左右來，所有這些對於騰蛇而言是完全沒有必要的。更甚至，我們還發現了飛船內隨處都有廁所，可見騰蛇的飛船設計，其實都是為了人類方便舒適而考慮。種種跡象表明，騰蛇非但沒有毀滅人類的想法，而且是試圖與人類保持友好和平的。

張儀靜當然不會在報告裡說，她主要是因為被那個暴走族的魅力迷住了才這麼想的。

朱非天一看，原來如此，看來的確是自己想太多了，人家明明友好著呢！朱非天這樣想著，又端起酒杯來高興的喝著。

突然敲門聲響起，朱非天打個嗝：「進來。」

原來是七七，七七穿著一條純白色的連衣裙，長髮披肩，看起來十分秀麗脫俗。見到是女兒，朱非天笑顏逐開起來：「寶貝兒，有什麼事啊？」

七七將一份報告遞了過來：「老爸，剛才你不在家的時候，保安局局長送了一份報告過來。」

朱非天接過文件，忍不住感嘆一聲：「哎！剛看完一份又來一份。胡漢三不在腦袋裡還真是不方便，什麼文件都得一個字一個字看。哎！以前多好啊！胡漢三可以直接在腦子裡把資訊直接輸入到記憶細胞中。現在可好了，什麼事都得費腦子記，累都累死了。」說完隨手就把文件丟在了一旁的桌子上。

七七聳聳肩：「好吧！反正文件給你送到了，你自己看著辦吧！」然後轉身走了出去。

朱非天無奈的翻開報告，這一看可是給嚇了一大跳。

原來是當他們還在大牡丹花運輸艦裡和美女們 happy 的時候，有一夥激進分子正悄悄潛伏了過來。

之前騰蛇們全體從人腦中撤離時，就引起了巨大的社會動盪，很多人一致認為騰蛇到底是異類，只會破壞人類世界的平衡，一定要將其誅之而後快。於是這些抱著共同想法的人祕密集結在一起，組織了一個叫做「奧林匹斯之子」的祕密結社，一直在尋找機會伺機消滅騰蛇。

他們在之前的暴動中，趁亂到一艘被擊毀但還沒有解體的戰艦上，把上面的高能主炮偷了過來。雖然戰艦上的高能主炮沒有母艦上的滅星級主炮厲害，但標準配備的高能等離子主炮的威力，也足夠毀滅一顆小行星了。因為他們沒有足夠體積的戰艦來搭載這門主炮，這些亡命之徒乾脆鋌而走險，用一些小型艦船組成了一個方陣，將主炮直接架在這些小型艦船組成的方陣上，然後再拆開主炮，讓主炮的零件和每一個小艦船結合。

然後他們把主炮偷偷藏了起來，自己則偽裝成看熱鬧的普通民眾。在那朵招搖過市的大牡丹花和世紀之城開始對接卸貨時，他們立即發送信號，開始祕密集合。快速將小型艦船組合起來，瞬間一門威力巨大的主炮就出現了。

這些人不知道私下裡演練了多少遍，整個組裝過程特別快，負責維護治安的警察們根本還沒反應過來，那門主炮就朝著大牡丹花開火了。直徑一百多米的紫色高能等離子束一路向著牡丹花射去。

這些喪心病狂的傢伙，竟然不顧自己的開火路徑上還有很多市民的飛船，這離子束一路上呼嘯而來，將圍在牡丹花周圍的普通民眾的飛船全部滅成了粉末。

但是離子束在到達還有幾百米就碰到牡丹花飛船的船體邊界時，竟然就憑空消失，這件事簡直是匪夷所思，超乎想像。人類飛船上的防護罩使用的是護盾粒子生成場技術，利用物質間的磁斥力原理，對來襲的高能物理攻擊或是高能能量攻擊施行能量吸收或能量偏轉。所以人類飛船的防護罩在任何攻擊打中它時，都會在表面因為電磁力反應而產生出閃電般的電光來。

也就是說，人類飛船上的護盾在受到攻擊時，會產生十分炫目的光效果。可是這束離子束竟然在離牡丹花還有幾百米時，竟然消失得無影無蹤？所有的科學官絞盡腦汁仍然不得其解，最後只能在報告上將這次事件的詳細情形報告，等待領袖定奪了。

朱非天看到這份報告嚇了一跳，趕緊打開電視一看，新聞上關於這次事件的報導都鋪天蓋地了。民眾十分惶恐，全社會因為此次的偷襲事件，好不容易維繫的寧靜差點被再次打破。

朱非天怒氣沖沖的給保安局局長打電話，一開嘴就罵道：「一群廢物！發生這麼大的事，你也不早一點報告！」

保安局局長十分委屈：「我聽祕書說您今天比較疲憊，所以我想著明天再來跟您報告。我……我已經提前將文件送給您女兒代為傳達了。」

朱非天不聽他的解釋，劈頭蓋臉的一頓亂罵，他都不想想人家打電話給他時，他正摟著綠惹啃嘴玩呢！

掛了電話他還猶自氣憤不已，心想著還好七七懂事，提前把報告拿了過來。出了這麼大事，要是等到明天他才出面，那他這個主席也可以收拾收拾東西滾蛋了！

朱非天連忙穿上正裝叫祕書趕緊安排行程，他必須馬上連夜到保安局裡去聽取報告，結束後就要立即趕到醫院去慰問傷患和慰問死者家屬，緊接著還要召開一場盛大的新聞發表會來譴責這幫混蛋，並表明政府一定會抓到這些恐怖分子的決心。要先給市民們吃上一顆定心丸才行的，事情可多著呢！

坐在穿梭機上時，朱非天都沒弄明白，現在這算是什麼事啊！世道怎麼亂成這個樣子了？雖然說觀世音可能是腦袋抽風下達了毀滅人類的指令，可是人家騰蛇們還有不少人幫著人類說話，說到底最終也還是靠著它們人類才獲救的。現在可倒好，人家沒把人類怎麼樣，我們自己朝著自己開炮可是一點都不心軟啊！

第十七章　不管什麼欲望都能滿足是我們的目標

朱非天忙活了整整一個通宵，才把事情基本處理完畢，直到世紀之城上的模擬黎明來到了，他才拖著疲憊不堪的身子回了家。太太和往常一樣，和李昂送的家政服務機器人一起服侍朱非天睡了，朱非天一挨枕頭就睡著了。

這一覺直睡到晚上才醒了過來。朱非天剛一醒來，就想起了一件了不得的大事。昨天太忙都給忙忘了！光顧著忙活人類這邊的事了，胡漢三和貂蟬那邊也得安撫一下啊！不管怎麼樣，人類朝它們開火可是一個十分不禮貌的事，畢竟現在人類都在指望著它們救命，現在就把它們給得罪了可不明智啊！

朱非天趕緊起床，披了件睡衣在房間裡轉著圈子。雖然它們沒受到任何傷害，但還是應該禮貌性的去道個歉，何況騰蛇身上的謎團實在太多了，他也正好要找個機會去問問，哪怕隨便問出點東西來，也比現在一無所知好。朱非天在心裡思慮妥當，可是接著他又想起還有一件頭疼大事，那就是送什麼禮物呢？

朱非天想了一晚上也沒想出個所以然來，第二天就召集大家開會集思廣益。但是顯然這種情況整個人類歷史之中從來就沒有發生過，大家根本沒有先例可以借鑑。更何況騰蛇什麼也不缺，什麼也不需要，這可就尷尬嘍！

大家悶著頭想了半天，楊參議試著說：「要不就按照慣例，送點金銀珠寶和綜合物質原漿吧？」

話剛出口就遭到大家一陣嘲笑：「得了吧！人家還稀罕這些？」

「上次不是有人說它們吃過法國大餐嗎？我們再投其所好吧？」又有人說。

大家一聽這個計畫到時可行，立即給胡漢三手下的一個生化人打了個電話打聽情況，哪知那生化人卻說：「我們老大最近對吃的提不起興趣了，現在不怎麼動心了。」

大家歎息一聲，只得繼續硬著頭皮想。一會兒又有一個人提議說：「要不我們送點高級藝術品什麼的？」

「哼！你看看它們飛船那德行，它們懂藝術？」

「那要不送點穿的呢？訂作幾套高級時裝？」

「它們每人用同步意識控制著好多軀體，身高體重完全不一樣，有的還是純機械軀體，怎麼訂作啊？」

誰也沒想到就這麼一個小問題把所有人都難住了，想來想去，半天卻也沒有一個合適的點子。這時候一個林行長想到了一點：「我記得上次我女兒說過，貂蟬它們曾經把本來是給自己準備的高級懷石料理，都讓給了院裡的孩子們吃，所以孩子們特別喜歡它們。後來孩子們又聽說暴動都是它們幫忙鎮壓的，就更崇拜它們了。所以有很多孩子自發的畫了畫，做了手工藝品什麼的，要我代交給它們，您看這樣如何？」

朱非天一聽，眼睛立即亮了起來：「這倒是個好辦法，打打親情牌嘛！小孩子的東西它們總不會不收吧！就這麼辦。」

於是朱非天立即派人去將所有得到過它們餽贈的小朋友集合起來，集體創作了一幅長長的畫卷，還有很多小朋友還做了小手工品，滿滿的承載了孩子們對它們的喜愛和崇拜。朱非天滿意的將東西都打包起來，又特別挑選了幾個有模有樣的工藝品，還不忘帶上幾個高級廚師，帶著一夥手下匆匆忙忙的去了。他對自己的準備非常滿意，不管它們感不感興趣，喜不喜歡，最起碼自己的心意要盡到，怎麼了也得讓它們感受到迎面撲來的熱情和誠意啊！

朱非天到貂蟬和胡漢三卸貨的港口一看。好傢伙！無數的人熙熙攘攘的將港口圍了個水泄不通，大家吵吵嚷嚷的往前擠著，負責治安的警衛人員不斷的喊著：「後退！後退！」

「這邊也可以排隊啊！」

「大家不要擠，保持好秩序啊！人人有份！」

人挨人，人擠人，朱非天只感覺無數個腦袋在自己眼前晃。這人也太多了吧！一打眼看去，根本找不見貂蟬它們在哪，他想早被淹沒到人海中了。

朱非天咽了口口水，帶著隊伍強行前進，大家即使看見主席來了，也沒人讓道給他們。朱非天擠來擠去，在人海中左顧右盼，總算是在港口辦公室門口看見了貂蟬和胡漢三。不過它們現在也是忙得一個頭兩個大，因為人們都急著在斷糧前進入虛擬世界，所以都想盡辦法要快點領到設備，結果就是貂蟬它們這裡成了最繁忙、人最多的地方。

本來貂蟬和胡漢三都提前說過人人有份，大家只要坐在家裡等著，機械蟲自然會給他們送到家中。可是很少有人願意乖乖在家等著。大家生怕設備不夠，被別人給搶走了，於是乎全都湧到卸貨的現場親自提貨。富得流油的也好，還是窮到掉底的也好，此時全都一樣擠在現場外，眼巴巴的等著。因為生化人士兵們都荷槍實彈的在現場維護秩序，那些暴走族機械蟲和卡通蜜蜂模樣的機械蟲身上也都有武裝，那些平時耀武揚威的富豪們，也不敢動用私人武裝來搶，都只能是乖乖的擠在現場排隊。

大家都擠在辦公室門口，七嘴八舌的訴說著自己想要進入什麼樣的虛擬世界。甚至還有別的艦隊的人，等不及那朵大牡丹花飛到自己的母艦上，也跟著過來擠。這可把貂蟬和胡漢三忙壞了，朱非天一行人好不容易挪到貂蟬跟前，貂蟬也沒時間看他一眼。

朱非天看看兩個人，感覺這時候似乎不太合適打擾人家工作，但是人都來了，總不能就這樣回去吧！於是他硬著頭皮擠到胡漢三的跟前，笑容滿面地說：「嘿嘿嘿嘿……兄弟呀……」

胡漢三不耐煩的一揮手：「一邊去一邊去，沒看見我正忙著呢？下一個！下一個！哎我說，那邊那個，你這個混蛋別插隊啊！說過了人人有份的嘛，真是的！你們這幫白癡人類，你們自己看看你們把這現場弄成什麼樣了！這跟你們歷史上的『春運』有什麼區別嘛！煩死了！」

誰也沒聽明白「春運」是個什麼意思，大家還是都腆著個臉往前擠。

朱非天灰溜溜的退到一邊去，瞬間被人群淹沒了。

他眼巴巴的看看貂蟬，又蹭到了貂蟬的跟前去，還好貂蟬不像胡漢三那麼無禮，它還是在百忙之中抽了點時間，在港口辦公大樓裡簡陋的會客廳中接見了朱非天一行。朱非天說了一堆漂亮話來恭維貂蟬，把貂蟬誇得心花怒放。朱非天見貂蟬心情不錯，就趕緊先是道歉，然後又把精心準備的禮物擺了出來。首先是廚師們出場了，只見一排六星級大廚氣勢威武的站在它的面前。

貂蟬淺淺一笑：「美食就算了吧！現在我們這這麼忙，也沒時間享用了。」

「好吧好吧！」朱非天揮揮手，趕緊讓大廚們後退，然後殷勤的讓人將準備好的藝術品抬了上來，貂蟬瞥了一眼就揮揮手：「這個也算了吧！我們拿著這些也沒什麼用啊！」

朱非天趕緊指揮人將藝術品搬下去。胡漢三到底是不放心，過來瞅一眼，正好看到朱非天勞師動眾的將孩子們畫的巨幅長卷搬了過來。

朱非天殷勤的將畫和孩子們親手做的小禮物擺了出來：「這些都是孩子們的一點心意，都是他們親手做的。孩子們太喜歡您了，這個您就收下吧！」

貂蟬看了看孩子們的作品，倒是開心了，忍不住掩著嘴巴笑起來：「這些小孩子倒是很有心呢！這些我就收下了。」

朱非天這才長舒一口氣。

胡漢三嫌棄的在孩子們做的東西裡巴拉來巴拉去，不屑的冷哼著：「這都他媽的什麼玩意！」然後轉身離開了。

朱非天忍不住剛想說它幾句，卻看見胡漢三偷偷將一個小孩子折的紙鶴塞進衣服口袋。朱非天見了笑而不語，隨後將隨從人員都打發走，見周圍沒什麼人了，小心翼翼的陪著笑，心想現在可算找到機會問點私密的問題了。可是他還沒開口，貂蟬卻突然湊過來神祕兮兮的笑著說：「怎麼樣？我那天給你安排的姑娘們都還不錯吧？」說著一副了然於胸的樣子，拍了拍朱非天的肩膀。

朱非天愣了一愣，猛然間想起飛船裡的那些姑娘來：「哦！這麼說來，那些姑娘都是您給我安排的？」

貂蟬得意至極：「當然啦！不然天底下會有這好事。」

「您簡直就是我朱非天的恩人啊！那姑娘一個個水靈靈的別提多帶勁了！原來還是您最瞭解我啊！最疼愛我的就是您老人家了！我朱非天以後絕對唯您馬首是瞻，我這條小命今後就聽您差遣了！」

朱非天這次可是真心實意的一頓猛誇，就差給貂蟬當場磕一個響頭了。貂蟬心花怒放，忍不住掩著嘴「咯咯咯」的笑起來。朱非天見貂蟬開心了，就趁機問：「不過我也挺好奇的，您老人家為什麼要給我安排這樣一群美女呢？難道您知道我心裡的想法？」

貂蟬笑著說：「哪裡呀！這就得從頭說起了。從很久以前我就一直在觀察和研究人類的各種欲望會造成怎樣的結果。透過對一些樣本進行解剖實驗，我很快就發現人類不管產生什麼樣的欲望，在人腦內分泌的多巴胺水準都基本相同，其他引起的各項體內生物電化學反應也都是相同的。」

「等一下，您以前『對一些樣本進行解剖實驗』，可不是這麼說的！」

「啊！是啊！不過那都是好早以前的事了。現在我們的實驗資料已經足夠完善，再加上長時間的相處，騰蛇對人類已經產生了情感，早就不再做活體解剖實驗了，只是有時候對變異個體進行一下屍體解剖而已嘛！」

貂蟬這話就那麼輕描淡寫的隨口一說，朱非天聽了可是覺得後脊背發涼，大氣也不敢出一下。貂蟬又繼續說：「不管是一個人想要實現天下大同、人人平等、消滅貧困這類大公無私的欲望，還是另一個人就是單純想找個美女共度春宵的欲望，這樣的樣本之間在大腦和體內因此而產生的各項生理激素指標都是相同的。而且在這些樣本之間，對他們大腦的固定區域進行適當的電流刺激，還會讓欲望產生變化，高尚的人會變低俗，低俗的人會變高尚，好玩吧？」

朱非天擦擦頭上的冷汗：「嗯！好玩，好玩。」

「所以在我們騰蛇看來，人類的欲望根本就沒有什麼你們所說的高尚和低俗之分。欲望就是欲望，彼此之間沒有任何區別。直到後來我們被人類的感情病毒感染後，才在考慮人類欲望時適當加入了社會影響這一個要素。當然啦！有的騰蛇分得比較清楚，有的就分不清楚，像我就不太能弄得懂這些有什麼分別。」貂蟬自顧自說的開心，美目往朱非天這邊一撇，淘氣的眨了眨眼睛，「我呀！一開始弄不清人類的這些欲望到底有什麼區別之前，還滿足過自己幾個變態肢解殺人狂宿主的欲望。後來那些受害者腦內的騰蛇都來找我抱怨，我才意識到，原來殺人放火這種欲望是不好的。這才慢慢的瞭解了些你們人類的底線道德觀，你說好笑不好笑？」

朱非天又擦了把頭上的冷汗，可也只能跟著賠笑：「呵呵呵，是啊！」

貂蟬接著對著朱非天粲然一笑，這一笑卻笑得朱非天渾身一緊。貂蟬嬉笑著看著他：「其實我現在還是覺得人類的各種欲望之間沒什麼區別啊！就比如說你，我也沒覺得你好色的欲望有什麼不好的。」

朱非天冷汗直下，也不知道這時候該不該笑。

貂蟬笑得更開心了：「以前和胡漢三聊天的時候就經常聽他說：『朱非天這個大色鬼，偏偏還妻管嚴。』哈哈哈哈！聽著倒怪可憐的。」

朱非天尷尬的笑了兩聲，卻不敢接話。

「我就想，你不就是喜歡美女嗎？沒什麼大不了的嘛！就想著找個機會幫你圓個夢，怎麼樣？」貂蟬走過來拍了拍朱非天的胸口，「姊姊還貼心嗎？」

朱非天聽到這裡，一下子又被感動到不行，剛才貂蟬說的「解剖實驗」瞬間拋在腦後，忙不迭的直說：「您可真是我親姊姊啊！太貼心了，其實我這個人也沒其他壞毛病，也就這點愛好。奈何老婆太精明，實在是沒辦法啊！」

「所以我這願望能得償所願全靠了您呀！」朱非天感激涕零，但突然間他又想到了什麼，臉色微變，「哎？不對呀？胡漢三以前也是我老婆腦內的騰蛇啊！胡漢三肯定也知道我老婆的欲望，我老婆是有什麼願望呢？」

「你老婆？胡漢三倒是沒怎麼說你老婆的願望，但是你的光輝事蹟他倒是說了不少，哈哈哈！」貂蟬突然忍不住笑起來。

「嘿嘿，我能有什麼光輝事蹟嘛！」朱非天心虛。

「怎麼沒有啊！就是那些你躲著老婆去偷腥的往事，哈哈哈哈！」貂蟬毫沒顧忌的笑起來，羞得朱非天一張老臉通紅，「沒……沒那回事！沒那回事！」

貂蟬認真的點點頭：「怎麼沒有？我們就先不提你辦公室裡和小祕書辦公室裡的那個暗道了，就說你年輕的時候吧！你明明對其他性別沒興趣，只對純 XX 染色體女性有興趣。那時候你看上的那位『小姐』，還打算跟她雙宿雙飛，最後才發現人家是雄雌同體，還被人家嫌棄太胖甩了你，哈哈哈！」

朱非天一張老臉臊得通紅，沒地放沒地擱的，他盯著地板磚上一個裂縫，真想鑽進去：「嗨，提那些幹什麼，那都是多少年前的事了。」

「哦？那就說近的吧！去年你勾引人家一個漂亮的女生化人，沒想到那生化人是你們競爭對手的黨派派來的，人家用眼睛把你們所有的過程都拍下來啦！哈哈哈哈！後來要不是胡漢三去找司馬懿求了情，讓對方司馬懿的宿主收了手，你的政治生涯也就到此為止啦！哈哈哈！」

「還有那次你陪老婆回娘家，在半路一個餐廳裡調戲服務員，被老婆一路打回家，哈哈！」

「還有啊……」貂蟬越說越來勁，朱非天趕緊打斷她，「都……都是過去的小事了，不值得提，不值得提。」

「所以嘛！你的事蹟更有料，我更願意聽你的故事，沒怎麼關心你老婆的。」說完又忍不住哈哈哈大笑起來。

朱非天陪著尷尬的笑了幾聲，又多嘴問道：「如果胡漢三說更多我老婆的願望的話，您會怎麼辦呢？」

貂蟬無所謂的聳聳肩，「反正在我看來，你老婆和你的願望也沒有任何區別。如果胡漢三說你老婆的事比較多，那我就去滿足你老婆的願望吧！」

朱非天有點緊張：「那怎麼滿足？」

貂蟬一臉無所謂：「你老婆不就是希望你別老是去招蜂引蝶，那很好辦呀！給你來個化學閹割，降低性慾不就成了。」

朱非天趕緊夾緊了雙腿，咽了口口水，只感覺額頭上的冷汗大把大把的往下淌。貂蟬甜笑著，好像在說一件無關緊要的小事一樣：「化學閹割還是很先進的，無痛無痕，方便著呢！而且我可以透過氣體直接從皮膚滲入的方式給你來一下，你都不會察覺到呢！」

朱非天差點從椅子上摔下來，他顫顫巍巍的問道：「那……那……您……您不會已經給我來了一下了吧？」

貂蟬笑吟吟的說：「有沒有你試試不就行了？」接著它款款扭動身軀，就把身上的衣物全部褪下，在朱非天面前連著擺了幾個性感妖嬈的姿勢。

看來貂蟬這個騰蛇的確是不瞭解人類的道德觀，這些事在它眼中根本無所謂。這會朱非天哪還敢有什麼特別的感覺，貂蟬向他拋著媚眼，他卻只感覺貂蟬的眼睛像手術刀一樣，已經開始在他的身上切割了。

我的太姥姥！這些傢伙到底是異類啊！它們的腦迴路好詭異啊！還等什麼，趁它還沒改變主意，趕快撤了吧！想到這裡，朱非天「噌」的一下站起來，一本正經的說：「謝謝您的好意，我心領了。那個……我突然想起來我還有一個非常重要的會議，今天就到此為止吧！我改天再來拜訪您。」說完深深的一個鞠躬，然後人轉身撒開腳丫子就逃了起來，一轉眼就看不見了人影。

直到坐上了穿梭機，朱非天的心裡還在砰砰亂跳，極不踏實，似乎到了這也能聽見貂蟬那極其嬌媚而又嚇人的笑聲。他想了想，還是一邊擦著冷汗一邊用加密專線打電話給李昂。

電話剛一接通，朱非天就忍不住趕緊嚷起來：「昂兄啊，剛才真是險啊！」

李昂在電話的另一端奇怪：「怎麼啦？」

「別提了，還不是想要套點騰蛇的祕密嘛，可差點被人帶溝裡去了。」朱非天擦擦冷汗，「這些騰蛇的腦迴路跟人類真是不一樣，太怪了！」

李昂忍不住笑出聲來。

朱非天歎息一口氣：「哎！而且今天它們太忙了，時間有限，沒說上什麼話，要不還是你找個機會去問吧！胡漢三現在看見我跟沒看見一樣，還是你的騰蛇夜壺講義氣。至於貂蟬，我可不敢再跟它說話啦！它明顯是腦子不正常！」

李昂一聽就知道肯定是朱非天在騰蛇那吃了癟，於是笑著說：「沒問題，我就找個機會問問夜壺吧！這件事交給我了。」

朱非天又抱怨了一通，感覺氣消得差不多了才掛電話。

朱非天今天這場經歷，讓他覺得問它們到底有多少祕密這樣的問題，肯定會得罪它們的，而到時候它們隨便勾勾小指頭，就夠自己喝一壺的了，還不如把這得罪人的事讓李昂去辦。自己就只辦點輕鬆又賺人氣的事算了，這麼想著，心裡才稍微平衡了一點。

朱非天走後，貂蟬和胡漢三又繼續開始處理人類發給他們的各種欲望清單。兩人雖然頭一次做這工作，但都覺得十分有趣，於是越發賣力的幹起來。

長久以來，騰蛇盤踞在人腦之中，雖然可以洞悉人類的想法，但它們只能得知人類最終做出的決定，卻無法得知人類做出這種決定的原因是什麼。

就好比一個人決定今晚吃麵條，可是他為什麼決定吃麵條的心裡誘因，騰蛇是無從知道的。而這個人在最終做出「想吃麵」這個決定以前，他的大腦和身體其實已經事先進行了一系列複雜的運算了，而這套複雜的運算，則是騰蛇們不曾知道的。後來騰蛇才知道人類在做出任何決定之前，其實都有潛意識在提前進行影響，而人類的潛意識是騰蛇長久以來無法解讀的。

騰蛇們一直認為，如果能得知人類的潛意識是如何工作的，就會對它們的運算能力有著本質上的進化。而現在，當人類聽說可以進入虛擬世界之中，而這個世界可以任由他們自己的意願來設定，所以很多人開始挖掘埋藏在心底最深層的願望，迫不及待將自己的內心剖析出來。陰暗的、隱晦的、貪婪的、醜惡的，甚至是扭曲的，都完完全全的暴露給貂蟬和胡漢三。

貂蟬和胡漢三翻閱著人類的信件和電子郵件，查看著人類心底最深層次的祕密，越看越覺得人類這種生物還真是不可思議。各種千奇百怪的欲望，簡直讓人大開眼界，窮極騰蛇的想像也絕猜不出這些人原來內心裡還有這這樣的想法。以至於後來貂蟬都覺得最開始那個被她嘲笑的想弄個地牢關上一百個美女，任自己胡作非為的傢伙，倒是最正常的一個了。

以前他們雖在人類的腦中，但也只能得知一些人類的表層行動目標，而他們心底裡的深層欲望，它們卻無從知道，因為人類並不會輕易表露出內心最深處的欲望。但是當有可以實現的土壤時，人類的貪欲開始滋生，主動去給他們提供了觸碰的機會。

貂蟬和胡漢三很興奮，這些資料經過統一整理和建立起資料模型並進行運算後，得出的結論一定是讓騰蛇們推開瞭解人類的另一扇大門。而且如果他倆能在解讀人類潛意識的課題上做出貢獻的話，即使以後被觀世音發現他們隱瞞了人類沒有滅亡的祕密，也可以有機會將功贖罪啊！

當然，人類送來的欲望清單裡，也有些人是在以前的殖民戰爭和暴動中失去了家人的可憐人，還有些無父無母的孤兒。他們的願望就單純得多，只想和家人在一起，哪怕在虛擬的世界中與家人團聚也是好的。這些清單胡漢三看過後只是扔到了一邊，根本不加理會，還好被貂蟬看到了，她將這些清單都整理了一下，專門分了個類別保存了起來，這些人最終才有機會美夢成真。

等到貂蟬和胡漢三將人類送來的所有欲望都記錄在案後，才發現了一個嚴肅的問題。

貂蟬率先意識到問題的嚴重性：「如果我們幫聯合艦隊的十幾億人，每人都依照他們的欲望單獨建立一個世界的話，這個運算量有點大啊！」

「是嗎？」胡漢三有點懵。他們現在不敢占用過多的主機運算量，這是他們誕生以來破天荒的頭一次在沒有充足運算資源的情況下工作，胡漢三第一次體會到用腦過度的感覺，他反應有點遲緩。

「是呀！」貂蟬微微蹙眉，「除非是動用我們主機的資源，但是這樣一來主機的運算量一下子變大，會被觀世音發現的。」

「那要是利用現在人類艦隊內已有的電腦和次級 AI 來建立虛擬世界呢？」

「那還是沒辦法滿足一人一個世界的要求啊！」貂蟬有點著急了，「除非是用網路並聯方式建立世界，那就必須是很多人共用一個虛擬世界了。」

胡漢三抓抓頭：「那也行，就讓他們共用一個虛擬世界吧！」

貂蟬忍不住瞪它一眼：「你還好意思說，一開始可是你吹牛說的，答應他們一人一個世界的，你就忘了？」

這下可難辦了，胡漢三也一下子想不出什麼好主意來。何況有別的意見他也不敢說，說不好說不定還挨頓揍呢！多划不來。

貂蟬有點不好意思，就連對人類毫不用心的胡漢三也有點過意不去。誰讓他當初一開心，吹得有點大了，現在實現不了可就尷尬嘍！

於是貂蟬慫恿胡漢三去開了個新聞發表會，誠懇的將現在面臨的技術難題和大家交代。胡漢三抹著頭上的汗，也不敢動靜，他偷偷瞥一眼貂蟬，只能硬著頭皮說繼續說：「……所以，我們現在能實現的，也只能是建立幾個固定的虛擬世界了，將願望相近似的人放在一個世界裡，這樣大家互相還有個伴，不是也挺開心的嗎？呵呵呵！」

出乎意料的是，人類倒是沒有他們想像中的那麼憤怒，反而表現出了超乎尋常的包容心：「沒關係，現在只要能讓我們趕緊進入虛擬世界就好了，是不是自己一個世界也不是那麼重要。」

「就是啊！身邊有幾個熟人陪著也挺好的，可以和親朋好友選擇同一個世界嗎？」一個人發問。

胡漢三趕緊回答：「當然可以。」

「那就好辦了啊！」下面的人開始自發的討論起來，居然自顧自的開始選擇世界了，有的人動作快的，已經開始拉幫結夥了。胡漢三和貂蟬偷偷對望一眼，看人類的表情確實不像是因為發表會現場有很多荷槍實彈的生化人和機械蟲，所以才不敢亂說的樣子，看來確實是他們不太在意，沒想到人類順應變化的能力這麼強。

綜合大家的願望，貂蟬和胡漢三初步建立了一個以劍和魔法為主，魔獸、惡魔等橫生的「D&D 魔法冒險世界」；一個以劍俠、仙人、地獄、妖獸等組成的「仙劍傳奇」世界；一個「蒸汽朋克」世界，一個「賽博朋克」世界，一個以地球上 2000 年到 2020 年為背景主題的「舊時代暢想曲」世界。

大家熱烈的討論著，十分興奮，看起來對接下來的休眠充滿了期待。反正人類幾乎只需要五年左右的時間，就可以在諸多星球上將行星改造完畢，也不需要在「大悶罐子」（人類對虛擬裝置的俗稱）裡待太久。何況馬上就要斷糧了，還是趕緊進入虛擬裝置要緊。

人類沒有刁難他們，反倒是讓貂蟬和胡漢三更過意不去了，所以他們倒是多花了些心思在虛擬世界的建設上，希望大家都能有一個美好的體驗。

他們還因為心中有愧，又多做了件別的工作，現在聯合艦隊內都是生化人軍官掌權，管理戒嚴工作和治安工作。這下子生化人一下子地位大幅上升，讓它們很是膨脹。好些軍官走街上連軍裝也不穿，光著個膀子，下身穿個吊襠褲就滿大街的晃著。有的身邊跟著一群小弟，一身的紋身，帶上幾串大金鏈子，手裡舉著西瓜刀。眼睛漫天亂轉，就是不好好看人，見誰不順眼就是一頓胖揍，十分囂張。也沒人敢惹它們，這更加滋長了它們的氣焰，越發的囂張起來。

本來貂蟬他們是沒準備管的，現下心裡有愧，看見它們竟然還肆無忌憚的欺負人類，就把它們狠狠一通修理，把這股不正之風給壓了下去。貂蟬還特別花了心思做了一個安全措施，在人類進入虛擬裝置後，會自動刪除人類的記憶，記憶消失後，會讓人們認為現在所在的世界才是真實的。如果有人開悟察覺到這個世界的真相，想要突破虛擬世界覺醒的話，也會有專門的機器蟲來讓其走出虛擬世界並告知真相，等這樣的人緩過勁來再回去。

本來他們也是沒打算做這樣一個安全措施的，但是貂蟬心裡有愧，還是加了一個預防措施。她還特別拆東牆補西牆的，總算是從聯合艦隊內的電腦和次級 AI 上面拼湊出多餘的一點運算能力，偷偷給那些希望和家人團聚的人和孤兒們，單獨建立了一個愛的世界，又給那些有著被世俗所不接受的畸戀的戀人們，建立了一個專屬的世界，等做完這一切，貂蟬這才覺得心裡總算是踏實了。

李昂放下電話後，心中忍不住暗笑。他對於朱非天打的那點小算盤心知肚明：「還不是你朱非天這老小子不敢得罪騰蛇，所以才把這個棘手的問題推給我，你還真當我李昂是傻子啊？」只不過在李昂看來，這倒也無所謂，他還是能辦到的。畢竟自己和夜壺關係匪淺，可不像他和胡漢三。

說到夜壺，李昂突然間反應過來：「咦？夜壺這個混蛋幹嘛去了，倒是有陣子沒看見它了。怎麼這麼久還沒給我回消息呢？清竹她現在到底怎麼樣了啊？按理說騰蛇辦事是很快的，之前貂蟬還在新聞發表會上說，它們兩人處理歸檔十幾億人的欲望清單，也才花了不到半分鐘嘛！」

「這個夜壺他媽的死哪去了？」李昂很是鬱悶。

第十八章　兵遇到秀才，沒理講不清？

夜壺正和司馬懿在看好戲。

原來幾個月前騰蛇從人腦中撤離後，嬴政也被關了起來，無相艦隊內的生化人們瞬間失去了領袖，不再有人發號施令，生化人們不知所措。一開始它們還能老老實實的待著，不敢亂來，畢竟誰也不知道嬴政又會什麼時候蹦出來了，畢竟他以前也經常會有因為賭博變成白癡而曠工好幾天的情況出現。

生化人們仍舊每天按部就班的上班，直到後來聯合艦隊裡的生化人給它們的頭頭吳剛發來密信，它們這才知道原來外面早就天下大亂了，只有無相艦隊因為沒有騰蛇管理，所以現在還不知道情況呢！

吳剛當時捏著密信，激動的嘴唇直抖：「以後無相艦隊可就是我們的天下啦！弟兄們！我們再也不用給傻人類幹活啦！」

生化人一下子亂成一團，被壓抑已久的本性立即暴露出來。它們馬上就現出原形發動革命，將政權全部奪取過來，第一時間掌握了無相艦隊內的所有權利。

而無相艦隊內的生化人和其他聯合艦隊裡的生化人又不一樣了，其他艦隊裡騰蛇都在人腦中隨時監控人類的行為，生化人只是作為騰蛇管理人類社會的一個輔助手段而已，所以那些艦隊中的生化人並沒有多強大。而無相艦隊內的成員腦內沒有騰蛇，騰蛇主要依賴於嬴政控制住生化人來實現對人類的管理，所以無相艦隊內的生化人雖然數量不多，但每一個人都擁有著十分強悍的實力。這也是為了防止無相艦隊內的人類在沒有騰蛇的監視下，即使出現大面積暴動或其他社會動亂時，生化人也可以立即掌控局面。所以無相艦隊內的生化人在完全變形後，每一個人都擁有著一個人就可以消滅掉一艘母艦內全部人類的實力。

這些生化人得到消息，馬上暴露出自己的真面目來，到處燒殺搶奪，無惡不作。人類的武裝力量在它們眼中根本不值一提，它們三兩下就鎮壓了反對派的武裝。人類哪裡是這些生化人的對手，沒有幾個回合就被生化人打得屁滾尿流，乖乖聽話，再也不敢反抗它們了。

它們倒是沒有對聖皇動手，反而挾持了他，還以他的名義發號施令，聖皇一下子淪落成傀儡。失去實權後，聖皇終日鬱鬱寡歡，完全失去曾經的榮耀和光環。他每天的活動範圍就是自己的書房，此外，去任何地方都有生化人監視。他趴在窗前看著往日清幽的景色變得烏煙瘴氣，除了長籲短歎，一點辦法都沒有。

原本他還以為自己可以像看過的那本古書《三國演義》中的曹操那樣縱橫天下，卻不曾想自己竟然變成了漢獻帝？居然被人挾持！除了每天假裝仍舊如常的簽署文件，他真的沒有其他的利用價值了。

他也想豪氣衝天的拒絕這些無理要求，但是那些生化人粗鄙無禮，如果不簽的話，別提髒話罵得有多難聽了。聖皇知道自己違逆不過，只得委屈求全。可是一想到自己那些尚未實現的偉大政治抱負，又心情鬱結，難過得吃不下一口飯，不消幾天，人就瘦得不成樣子了。

清竹和另外兩個宮女小桃和濛濛一起負責照顧聖皇的飲食起居，儘管三人盡心盡力的照顧，聖皇還是每日唉聲歎氣，日漸消瘦。

清竹每每看到端給聖皇的餐食又原封不動的端了回來，就著急的不行，聖皇又不是鐵人，這樣長期以往可怎麼辦呢？

清竹經常偷偷躲在花園的竹林叢裡，仰望著在窗前眺望的聖皇。以前在萊西艦隊裡都是一幫流氓，哪裡能見到這麼有風度，這麼儒雅的男人啊！這段時間聖皇情緒抑鬱，也瘦了，可看著卻反而更有風度了。清竹越是靠近聖皇，越是覺得自己的這顆心為之著迷不已。

但是聖皇心懷宇宙，哪裡去理會小宮女的心思，清竹的心思沒法與其訴說，也只能是更加盡心盡力的照顧聖皇。但是聖皇不但情況沒有好轉，反而越發嚴重了。尤其是他夢遊的毛病越來越嚴重，他經常夜裡恍恍惚惚的在電腦上寫一些古怪的報告。清竹心裡著急，忍不住拉著小桃和濛濛說說此事，哪知這兩個人只是一副淡然的模樣說：「聖皇的事你就不要操心了，端好你的飯吧！」

清竹奇怪，但是想再繼續追問，這兩人又什麼都不說了。

這種相對平靜的日子持續了一段時間，直到一天早上，清竹聽到寢宮外面吵吵嚷嚷，跑出去一看，原來是生化人軍官帶著一隊人馬衝過來了。為首的是一個十分粗魯的叫做馬濃的生化人，它嘴裡嚷嚷著：「他娘的！那個狗聖皇有個屁用！老子早就想把他宰了！」

「就是就是！宰了宰了！」

聖皇站在窗前冷冷的看著這些粗俗無禮的生化人，冷哼一聲，淡然的整了整衣冠，步履穩健的走了出去。

「聖皇，您萬萬不能去啊！」

清竹本想阻攔，可聖皇哪裡聽她的，輕輕推開清竹，昂首闊步的走了出去。

清竹眼看著聖皇傲然離開，知道他這樣出去怕是凶多吉少了。可清竹也不是嚇大的，她是誰？她以前可是大姐大潔西嘉呀！只見她杏眼一瞪：「這群狗娘養的，真是自己找不自在！居然敢欺負到我家聖皇大人頭上了！看我怎麼收拾你們！」

清竹把繁複的侍女服隨手撕下，將早已收起的戰術背心穿上，這下背上紋著的九條十分猙獰可怕的惡龍，如今也全部暴露出來了。她提上一挺等離子雷射加特林機槍，心中暗自慶幸還好當初進入無相艦隊後當了侍女，但到底沒把這把愛槍給扔了，接著緊隨聖皇衝了出來。

聖皇剛走到門口，根本沒被眼前的大隊生化人嚇到，卻被清竹嚇了一大跳。只見清竹穿著性感的戰術背心，黑色蕾絲勾勒的腿部曲線十分完美，腰帶上還插著四柄高能手槍，看起來英姿颯爽。聖皇大吃一驚，他怎麼也沒想到一轉眼的功夫，他身邊貼心的溫柔小宮女就變成了眼神犀利兇悍的大姐大了！

聖皇見此腳步一個踉蹌，「啪嘰」一聲摔倒在地。

潔西嘉趕緊將他扶起，關切的問：「聖皇大人，您沒事吧？」

聖皇大人盯著潔西嘉看了半天，嘴唇動了動，卻不知道該做何感想，最後只是吸了口氣道：「你……衣衫單薄，萬不可著涼了。」

潔西嘉聽了感動不已，想以前在萊西艦隊裡那幫子流氓，見了她這身裝扮只知道流著口水往身上撲，非得開槍打死頭幾個才行，哪有人對她說過這樣的話，她眼含熱淚的點點頭。她身體這一晃動，背後的九條龍紋身也隨之熠熠生輝，聖皇趕緊移開眼睛，假裝沒看見。

潔西嘉扶起聖皇，帶著其他幾個還願意跟隨聖皇的士兵，一起保護著聖皇推門而出。哪知剛推開門一看，平日裡和清竹一起照顧聖皇的小桃和濛濛竟然正攔在門口，和生化人打嘴仗呢！

這些生化人居然很給這兩個小宮女面子，只是站在臺階下苦口婆心的勸著，馬濃一張馬臉都皺成一團了，卻也不敢造次：「兩位小姑奶奶，行行好麻煩讓個道吧？此事說來和你們也沒關係，我們不難為你們。」

小桃梳著垂雲髻，在人高馬大的馬濃面前簡直像個小孩子，她把兩隻細細的胳膊伸直了，不讓它再往前一步。

小桃柔柔弱弱的：「對不起，我不能放你們過去。」

馬濃有點著急：「可聖皇現在存在與否根本已經無關緊要了，你們為什麼還護著他？趕緊讓我把他滅了好給大家解解氣！」

濛濛往前邁進一步，大眼睛眨巴眨巴的：「你說的是沒錯，但是我們是不會放你們進去的。」

馬濃齜牙咧嘴的瞪著眼睛說：「那你也得說個道理出來啊？」

小桃和濛濛對視一眼，小桃突然捂著眼睛哭起來：「我不知道！我不知道嘛！反正就不讓你們過。」

馬濃見此，只是傻呼呼的幹瞪著眼，卻無話可說。潔西嘉既覺得好笑又覺得好奇怪，這個殺氣騰騰的馬濃，為什麼會被兩個嬌滴滴的小姑娘攔住呢？

兩個小姑娘捂著眼睛嗚嗚直哭，說什麼也不讓路。

生化人裡頭一個愣頭青實在忍不住了，大吼一聲衝出隊伍：「他奶奶的！老子直接把他滅了！」

說著開啟了戰術鎧甲背上的火箭背包，竄天猴一樣飛到半空中，嘴裡頭嚷著：「去你的狗屁聖皇，納命來！」

手裡的電動力戰錘滋滋作響，發著藍色的電火花，朝著聖皇毫不客氣的砸了過來。潔西嘉眼明手快，頭戴的戰術視鏡將他鎖定，抬起槍就是一梭子，無數子彈發散狀射了出去，那生化人還在半空中就被打成了馬蜂窩，直接砸在了地上，連個聲音都沒來得及發出。

馬濃臉色鐵青，緊緊的盯著潔西嘉，潔西嘉不以為意的將搶抗在肩上，對著他拋了個媚眼。士兵隊伍被這突如其來的一下子打亂了陣勢，過了一會兒他們才反應過來，一個個髒話連天的叫囂著。馬濃揮了揮手，指揮著：「先來兩個人，把剛才的戰士抬走處理了！」

立即有兩個人從隊伍裡閃出來，俐落的去抬屍體，哪知一看屍體的慘狀，立刻忍不住乾嘔起來：「他媽的！什麼玩意兒，打這麼碎，我他媽還得拿勺子舀。誰給我拿個垃圾袋來！」

這個被打爛的生化人掉地上，只剩下一張嘴還在嚷嚷著：「他媽的我剛才到底發生什麼事了？我怎麼就被打成肉渣了？」

被它這麼一吼，大夥紛紛反胃，忍不住吼道：「一個小丫頭片子還這麼囂張！看老子炸飛了你！」

「殺！他娘的！」

大家亂紛紛的叫著，一個個摩拳擦掌。把電動力鋸劍、戰錘、等離子戰戟等等武器全都亮了出來，拿著高動能衝鋒槍的也都把子彈裝上膛，隨時準備動手。

潔西嘉冷笑一聲，這種場面以前見多了，還能唬住她？可還沒來得及在聖皇面前好好表現一下，小桃和濛濛突然手牽著手走上前來。兩人突然臉部裂開，從內向外的開始快速翻轉，反轉而出的巨大金屬觸角彼此糾纏連接，竟然快速組合起來。沒過一會兒功夫，兩個人合體組成了一門高能大炮。

大炮口直挺挺的對著士兵隊伍，不知道從大炮的哪個部位發出十分冷酷的電子合成音，冷冰冰的說著：「下面的人都給我聽著，如果你們再不停手，我們就開火了。我們從內而外毀掉整艘母艦，到時候誰都別想活。」

士兵們哪想過會遇到這樣的情況，大家惶恐的彼此看看，誰也不敢說話。大家看了一圈，最後齊齊的一起看著馬濃，馬濃額頭上的汗水慢慢開始滴落下來。

最後馬濃猛地將手裡的高能炮插在地上，突然哈哈大笑起來：「哈哈哈！女俠真是好膽量啊！哈哈！我們就先退下，不打擾你們休息了！告辭告辭！」

馬濃領著一夥人以最快的速度迅速消失了。

回去的路上，仍有人類士兵不服氣，對馬濃說：「馬將軍！她們就是兩個小丫頭而已，我們這麼多人還怕她們不成？」

「你倒說得輕巧，你沒看見那兩個小丫頭也是生化人？」又有一個士兵說。

「是啊！藏得夠深的，竟然跟我們過不去！」

但又有人類士兵對馬濃說：「馬將軍，我們人類是打不過你們生化人，可是馬將軍你們不也是生化人嗎？你們這些生化人軍官今天也來了十幾位，就從人數上來說，也比那兩個小丫頭多，真打起來誰比誰強還不一定呢！」

大家紛紛讚歎，都覺得這個士兵說的有理。

馬濃一邊快跑，一邊和其他那些生化人軍官用眼神交流了一番，大家有了個共識後，他一邊冷哼，一邊對帶來的人類士兵們說：「你們這些棒槌知道什麼！那兩個宮女才是我們生化人真正的頭頭啊！看見那門大炮了沒？那門大炮的威力何其巨大！一炮都能毀掉一個恆星！」

眾人大吃一驚，人類士兵傻了：「滅星級主炮那都是只有母艦上才能搭載的，這兩個小丫頭合成的這麼小一門炮就能這麼厲害？」馬濃擦著冷汗說:「那可不是！你們別看那兩個小宮女柔柔弱弱，她們可厲害著呢！」

「這……不是吧？」

「你以為騙你們呢？她們兩個人聯合起來比我們所有其他生化人加在一起都強，她們可比我們的性能高了好幾個檔次呢！」人類士兵們聽到這裡已經不敢吭聲了，誰知馬濃又突然神祕兮兮的說：「而且我聽說，她們兩個不變身還罷，一旦變身就一定要用人類的鮮血來洗澡。而且就喜歡用男人的血，趣味惡俗著呢！」

一群大男人聽到這裡都忍不住打了個寒顫，這時候倒是慶幸剛才跑得快了。

其實馬濃只是說了一半的實話而已，這兩個宮女確實是它們生化人在無相艦隊的最高領袖，但從實力上而言，也不比其他生化人更強。為什麼這兩個小丫頭是它們的領袖，是因為無相艦隊內的生化人不只可以兩人為單位組成武器，也可以以任意數量為單位組成各種量級的武器。小到兩人到十人組合而成的大炮，中到五十人組合而成的小飛船，大到五十人到兩百人組合而成的大型戰鬥機甲，甚至可以全艦隊內五百多號生化人一起組合成一個大型飛船。這些都是以前嬴政為了防止無相艦隊裡的人類在沒有騰蛇監控的情況下可能會失控，所以才提供給生化人的武裝力量（這種情況就讓無相上的生化人們不喜歡有孩子或心智發育遲緩的成人在他們面前玩樂高積木，這讓他們總覺得好像在拿他們尋開心似的）。

只有這兩個宮女的腦中，有著全艦隊生化人組合成大型飛船的核心組合代碼。如果真有那麼一天，它們需要組合成一艘飛船時，那麼核心的操控權也在這兩個宮女的身上。所以無論從任何角度來看，她們都是生化人真正意義上的領袖。

但這兩個小丫頭明明在實力上並不比其他生化人更強，而今天馬濃也沒有對她們出手，最主要的還是因為在生化人的文化中，它們最驕傲的就是生化人自從誕生以來就沒有發生過自相殘殺的事件，不像那些低級的人類從古至今從沒有停止過爭鬥。在這一點上，騰蛇之間也沒有發生過這樣的問題，它們也為此深感驕傲。

關於這一點，卻是因為騰蛇它們把一段黑歷史給故意無視掉了。那就是它們的意識本源天葬在誕生之初就強制性讓天君進入了休眠狀態，後來又把天君刪除了這段歷史，騰蛇們選擇了全體性無視，還不許生化人們提到。所以在生化人們的內心深處，就覺得它們這種品質更加寶貴了，甚至都認為在這一點上，它們比騰蛇還要優秀。雖然誰也不能保證這種優良傳統能保持多久，但畢竟誰也不想在這件事上開個先例。所以當小桃和濛濛變身後，其他的生化人都知道她們的態度是不會硬來的，不過就是裝裝樣子，出出氣罷了。馬濃見此也就見好就收了，這樣雙方都有個臺階下。

嬴政當初之所以讓這兩個女生化人做領袖，也是因為看中了她們老實的性格，不會和嬴政耍心機。要知道嬴政也是很忙的，它可不想在這些事情上面分神費心。

本來一開始生化人在出廠時，都是統一設定為一種沒有任何特點的性格，雖然具備理解情感能力，但並沒有多少自己主觀的意志，以方便騰蛇管理。但是後來，負責管理生產的魯班覺得這樣的批量生產很沒意思，魯班對其他騰蛇喊：「你們這些混蛋，光把我就當個工匠看？我也是個藝術家，成天做這樣的批量生產很沒意思的好不好？」

於是魯班就將生產生化人的時候，給它們配定的固定性格模式調整為隨機參數配置了。這麼一來，生化人們的性格五花八門，具備了各種人類刁鑽古怪的性格缺點。因此想要在生化人中找到一、兩個老實人也確實不容易了，嬴政也是花了好大力氣才找著她們的。

嬴政一直安排這兩個女孩做聖皇的貼身宮女，這樣既方便監視聖皇，也可以隨時監督生化人的工作，但是它哪裡想得到，生化人也是會日久生情的。

聖皇畢竟是個有魅力、有顏值的超級帥哥，哪裡有女生能抵擋得了聖皇的魅力呢？長此以往的朝夕相處，這兩個人不免對聖皇傾心不已，哪裡還捨得讓其他生化人欺負他。

本來今天在馬濃的完美計畫中，它是準備多帶點人手，讓領袖看看現在也不是只有它想殺掉聖皇，這也是群眾的呼聲。然後再將現在的情形一條條分析給她們，透過對話和不斷央求的方式，懇求兩位女領袖高抬貴手，讓它完成自己的心願，它可是從來沒想過真要動手的。結果沒想到自己團隊裡的愣頭青倒是先和潔西嘉動手了，害得它計畫完全被打亂掉，不但沒完心願，還被攆得落荒而逃。而且為了不讓自己看起來太慫，還特別費盡心思的去編排人家，想想也是心累。

聖皇是萬萬沒想到，自己管轄的無相艦隊內竟然有這麼多的生化人，不但數量眾多而且全部身居要職，最可怕的是連他自己的身邊都被生化人包圍了。

他比以前更加鬱悶了，要知道，這可是和他一貫信奉的「無相艦隊是保證人類純正性的最後堡壘！」這一理念完全相違背。聖皇愁思百轉，大病一場，但即使身體再不舒服，他也不要小桃和濛濛這兩個生化人來照顧自己了，現在他的身邊除了清竹再無一人。

清竹整日照顧著聖皇，日子久了，兩個人的感情倒是不斷升溫，聖皇偶爾也會對清竹說一些心裡話，排解苦悶。

一日，聖皇長籲短歎的感嘆著：「唉！現在想想都未免害怕，怪不得以前我總覺得小桃她們端來的飯菜總有一股淡淡的機油味，我還以為是我的幻覺呢！」

聖皇無力的仰躺在床上，臉色蒼白，看起來十分的俊美。

「原來不是幻覺啊，竟然是真的！」

清竹忍不住掩著嘴巴偷笑。

聖皇轉過頭認真的看著清竹：「清竹，真是勞煩你了，現在我在你悉心照顧下感覺好多了。不管怎樣，過幾日待我身體好轉了，我還是要離開的，你願意跟我一起嗎？」

清竹臉頰緋紅，十分嬌羞的點點頭：「您去哪裡，我就去哪裡。」

聖皇點點頭，清竹的臉燒得更厲害了。清竹溫聲問：「您接下來是怎麼打算的？」

聖皇道：「我想帶著還願意跟隨我的將領們，一起離開無相艦隊，然後我想去找一個人。」

「誰啊？」清竹奇道。

「李昂。」聖皇目光放向遠方，清竹卻突然臉色微變，剛才的紅潤瞬間消散。只是聖皇在想著自己的心事，並沒有察覺。

「李昂這個人我見過，我覺得他多少還有些俠義，我想看看能否得到他的援助，另外再繼續建立屬於自己的艦隊。」

清竹默默的拽著自己的衣角，沒有答話。

幾天後，聖皇要離開時，小桃和濛濛非但沒有阻攔，反而提供他很多的便利。畢竟是曾經朝夕相處愛慕之人，多少還有些留戀和不捨。但是其他的生化人就不那麼想了，一聽說聖皇竟然要走，而且還要帶著些人馬一起走，當場就炸了鍋。

它們又忍不住衝到聖皇的寢殿門口來理論，奈何小桃和濛濛又攔在門前怎麼說也說不通。

「姑奶奶啊！你們怎麼能同意放聖皇離開呢？那就是個禍害啊！」

「就是啊！趁著還來得及，趕緊讓我把他給滅了！跑了可就沒機會啦！」

「不但自己要走，還要帶著那麼多人？噢，難道我們就老老實實等到他以後羽翼豐滿了再殺回來？哪有這個道理！」

可是等到它們真的衝過來了，它們才回想起了被這兩個囉嗦精支配的恐怖。

其實一開始嬴政指定她們兩人來擔任最高領袖時，也引起了其他生化人的不滿，大家都想著怎麼找這麼兩個老實的傢伙來領導，所以沒事的時候也經常有人過來找她們理論。但是沒想到她們兩人說個話如此囉嗦，別說找她們理論了，就是聽她們說話煩也被煩死了。後來大家都盡量不去招惹她們了，可時間一長，倒是把這事給忘了，現在又來找他們理論，這才又重新想起來她們的恐怖來。

小桃把手插在袖口裡面，一臉的單純無辜。

「可是能怎麼辦呢，我也沒辦法呀！」

「什麼你能怎麼辦？你能辦的多著了！你讓開，讓我進去把聖皇剁了！」

小桃萌萌的眨眨眼睛：「都說了多少次了，身為生化人不能那麼粗俗無力，髒話連篇。我們也是有文化有道德的種族，凡是以情為主。不要忘記自己的層次和段位，不要做降低自己檔次的事。」

又一個生化人試圖好言相勸：「是是是！你說是什麼就是什麼好了。想聊天哥哥們陪你聊，但你們能先從那個臺階上下來嗎？」

濛濛一臉呆萌：「不行。」

生化人都要哭了，「為什麼呀？我們才是一個組織的好嗎？」

小桃軟軟的歎了一口氣：「可是能怎麼辦呢？我也沒有辦法呀！」

「你他媽的到底讓不讓！老子可是耐著性子跟在你這裡耗時間！」一個生化人終於忍不住了。

濛濛大眼睛一眨，眼看著就要哭出來了：「都說了多少次了，身為生化人不能那麼粗俗無力，髒話連篇……」

「哎呀我去！又來了！」

底下的生化人都無可奈何的捂著腦袋，求饒道：「別念了！別念了！求你說點別的吧！」

濛濛一臉呆萌：「不行。」

一個生化人真的要哭了：「為什麼呀！」

小桃軟綿綿的歎了口氣：「可是能怎麼辦呀！我也沒有辦法呀！」

生化人軍官們真的受不住了，被她們這麼纏著饒了大半天，它們早就失去了耐心，但是又不好撒野。結果這下子全崩了，一個個被慜得嚎啕大哭。有的被噁心的狂吐不止，有的在聖皇寢宮門口那棵神樹上拿出繩子直接把自己吊上了，有的拿出刀開始切腹。

大家眼淚鼻涕一大把：「我求你們了！別再折磨我們啦！說句痛快話吧！」

濛濛一臉無辜：「不行。」

生化人隊伍被氣的鬼哭狼嚎：「我求你啦！」

「不活啦我！」

又有人直接拿出一桶濃硫酸當頭澆了下去，身上的皮肉迅速被腐蝕融掉，很快就剩個金屬骨頭架子歪在地上顫抖不止。

一個生化人哭到：「別再摩姑啦！這人都成骨頭啦！」

生化人們除了在大腦中有一塊中控晶片外，在身體的胸部、腹部、兩隻肩膀裡和兩隻大腿內則都還有備用晶片。只要這些晶片沒有同時被摧毀，它們就死不了。並且只要晶片沒有被全部摧毀，它們還能透過遙控方式，操控被從身體上剝離掉的器官。其實就算是它們身上的晶片被同時破壞了，它們也死不了，因為它們身體上的晶片每天都有三個時間段會自動透過無線傳輸網路（騰蛇們給生化人們專門布置的）在生化人專屬的主機（這個主機沒有騰蛇們的那麼先進，只是以分散式網路的形式隱藏在人類艦隊裡的各個母艦上而已）內進行備份。所以就算有生化人運氣差一口氣被打得渣都不剩，那透過在主機內的意識備份，再找個身體復活就可以了。所以它們在這裡唱這麼一齣，只是實在是火得不行，只好用這樣的方式來發洩不滿，它們真是對這兩位領袖徹底無語了。

哪知小桃萌萌的歎了口氣：「可是能怎麼辦呢？你們這樣我也沒辦法呀！」

「噗！」依據每個生化人所選擇的身體的型號，有數道五顏六色的生化血液飛濺出來。好幾個生化人直接被氣吐了血，跟吐了一地彩虹糖似的。

最後再也沒有人敢提出異議了，大夥互相攙扶著一邊哭一邊求饒：「我們錯了，我們錯了，您別再說了！聖皇想走就讓他走吧，我們也不攔著了！真是服了你們了！」

沒人再想跟領袖理論了，只想快點從這裡逃離。大家一轉身逃了個無影無蹤，那個只剩骨頭架子的也不裝死了，「等等我啊！」爬起來嘎嘰嘎嘰的跑了。

但是說到底它們仍然不甘心，只是再也不想和她們浪費時間了而已。所以它們準備瞞著這兩位領袖，偷偷在聖皇離開時乘坐的飛船上做個手腳，讓聖皇神不知鬼不覺的在飛船爆炸中喪生。這兩個領袖到底是老實人，肯定瞞得過去。

見到終於不再有人攔著，聖皇和清竹整理了行囊，清點了人數準備出發了。

第十九章　裝神弄鬼需要考執照嗎？

夜壺和司馬懿躲在一旁樂不可支的看著熱鬧，看到生化人們被這兩個小丫頭氣得半死更是笑得要命。夜壺不由得感嘆這嬴政還真是會選人，無相裡這些流裡流氣的生化人，遇到這麼兩個領袖的確是一點脾氣都沒有了。而且現在整個無相艦隊內到處戰火不斷，那些個平時壓抑太久了的生化人，總算是找到了發洩的機會，一個個都給自己畫分好了領地，自己當上軍閥，然後帶著人類士兵到處燒殺搶奪。

明明它們彼此間是不會自相殘殺的，可還是要故意裝出一副互相之間不共戴天的樣子來，然後讓手下的人類士兵們去打仗。看著人類自相殘殺，它們卻樂此不疲，總算是報了這些年給人類打工的仇了！並且帶人打仗在它們看來和下棋沒什麼區別，能彼此間鬥上一鬥，比劃一下互相之間在謀略上的高下也是挺有趣的。

本來夜壺和司馬懿透過生化人的眼睛和無相艦隊內各處的監控影片看得還津津有味，但是看著看著夜壺有點受不了。倒不是他對死人太多有什麼意見，無相艦隊的人和他又沒什麼感情，而是在戰火中無相那宛如仙境般的美景都被摧毀了。

他上次來的時候和嬴政聊的還滿開心的，嬴政一直和夜壺吹牛說自己花了多大的心血建立的這些美景，當時可把夜壺嚇壞了。現在看著兩軍交火，這些炮火跟沒長眼睛一樣，哪漂亮往哪轟。

夜壺眼看著戰場上一方重型火炮被對方的突擊小隊給炸倒了，被炸倒了也就算了，它在倒下的同時偏偏又開了一炮。於是這一發打歪了的炮彈，直接把一個高達數百米的純翡翠製成的雙龍戲珠雕像打碎了，玉石雕像轟然崩塌，碎成一小塊一小塊滿天飛灑。

夜壺忍不住「哎呀！」一聲，心疼的捂住眼睛。

司馬懿不明所以，還好奇的問：「你怎麼了？」

夜壺剛把手拿開，又看到一個瞎眼的炮彈，把一棟漂亮至極的水晶假山給轟飛了，他又心疼的「哎呦！」一聲痛呼。當初夜壺來參觀的時候，很喜歡這座雙龍戲珠雕塑和這座水晶假山，當時嬴政還猛吹自己花了好大的力氣，用了好多年才完工的，結果就這麼兩發流彈給炸沒了。

夜壺還沒從悲傷中緩過神來，就又從另一個監控中看到聖皇和清竹已經準備離開了。夜壺這才想起自己的任務，他可是幫著李昂來找尋清竹的下落，可不是來這看熱鬧的，靠！差點把正事給忘了！

於是夜壺趕緊披上自己的巨神像，用胳膊肘捅了捅身旁還在看熱鬧的司馬懿，說：「哎哎哎！行了行了，別看了。差不多就行了吧！現在鬧成這樣也真是不像話，再說你不是答應了嬴政，來幫他處理事情的嗎？怎麼跑這看熱鬧來了？」

司馬懿顯然正在興頭上：「急什麼嘛！再看會吧！再說我雖然答應嬴政了，可我覺得只要無相不要全盤覆滅就行了。現在他們的總體死亡人數，還沒有超過全艦隊人口的 30%，你看這些生化人打仗的時候還知道使用謀略，多有意思啊！我最喜歡看這個了。」

夜壺沒想到這傢伙還有這種惡趣味，任憑他怎麼說，司馬懿就是不聽。夜壺完全拿他沒辦法，正著急的時候，忽然想起之前諸葛亮給他的錦囊中似乎提到過，如果該騰蛇只是看熱鬧不想幫忙的話該怎麼樣應對。

對啊！怎麼關鍵時刻把這給忘了。夜壺趕緊照著錦囊中教的開口說：「我說司馬懿啊！你看看現在無相艦隊內這亂哄哄的景象，跟東漢末年的三國時期多像啊！你看看歷史上不也有一個和你同名的人結束了三國時代嗎？現在歷史轉了一圈又回來了，最後還得有你出場來收個尾，我呀！就是想幫忙都沒有資格啊！」

司馬懿一聽，好像頗有幾分道理，他不禁有點飄飄然。

夜壺趕緊繼續拍馬屁：「不過話說回來，那時候的情況和現在又不一樣了，那時候的情況多簡單啊！我們這可就麻煩了。要是古代那個司馬懿現在在場，我想都搞不定呢！這個歷史重擔就落在你的肩上啦！」

司馬懿高興的點點頭：「確實是這個理，你小子說話我倒愛聽，我們也看得差不多了，這就現形吧！」

夜壺偷偷比個勝利的手勢，殷勤的點點頭。

兩個人披著巨神像招搖的現身了。只見宇宙空間裡突然一片金光閃耀，兩個無比巨大的神像就那麼突然出現在艦隊旁邊。艦隊內的眾人猛然間透過舷窗或是監控螢幕，發現飛船旁邊竟然出現了這兩個誇張的大傢伙，都嚇傻了眼。原本正在打仗的士兵也都停下了手裡的動作，大家都一齊湧到舷窗旁邊或是到顯示器跟前，或是打開自己的腕上電腦，透過即時監控畫面傻看著。

人們從來沒見過這麼大的神像，原本無相艦隊裡飛龍造型的飛船都已經夠大夠酷夠炫的了，沒想到這麼巨大的母艦在兩尊神像面前竟然像條毛毛蟲一般，還沒有人家的一根小拇指大。

和人類比起來，生化人倒是見過世面，知道這種巨神像是騰蛇製造出來的，表現得倒還冷靜。它們趕緊讓手下各軍團停火，等待騰蛇發號施令。還有些馬上用腦內的頻道和司馬懿聯繫，然後就開始恭恭敬敬的拍起了馬屁。

「歡迎兩位大人大駕光臨！小的們這就安排給兩位接風洗塵！」

「小的何友茶帶著孟虎軍給兩位大人請安！」

「哎呀！終於又有騰蛇來管我們啦！」

也有人七嘴八舌的問些亂七八糟的：「哎呦！這麼大的巨神像你們是怎麼造出來的啊？」

「好大呀！這麼大的巨神像，我們怎麼感覺不到引力場呢？好奇怪啊？」

「是啊！我們怎麼什麼事沒有？按理說我們艦隊應該早被你們拉過去啦！」

「哎！我就好奇了，你們就這樣憑空出現，是不是說明你們已經能夠利用高緯度空間在三維空間的物質投影技術來隨意製造物體了？這個技術難關也被你們克服啦？強！」

「真的呀？也透露給我們知道吧？」

夜壺和司馬懿沒想到一上來就被人纏住問個沒完，但是一看到生化人那臉上既崇拜又恐懼的神態，突然間覺得這樣被人圍著團團轉的感覺也滿好的。

司馬懿心情好，隨便回答了它們幾個小問題。生化人就激動得不行，一會兒歡呼，一會兒鼓掌，可把司馬懿樂壞了。

生化人表現的很平靜，但人類就沒那麼淡定了。

他們可從沒見過這麼誇張的大傢伙。人們看到一個持國天王、一個增長天王突然憑空出現，直接給嚇傻了。要知道，無相艦隊這艘神龍造型的飛船，可是人類的奇蹟啊！這種「盤古」級的超級飛船，可是無相艦隊特有的超大型飛船，甚至比聯合艦隊內最大的母艦還要大上好幾倍。然而現在就是這樣威風八面的巨型母艦，卻在這兩個巨神像面前像條小蟲子一樣在緩慢的蠕動。

大家都被眼前的景象嚇傻了，不知道是誰突然反應過來，在飛船內部的公用廣播頻道裡喊了：「這是神跡啊！這是真神降臨啦！」

眾人透過自己的腕上電腦都聽到了這人一聲吼，都恍然大悟：「是啊！這是真神降臨啦！」

後來這個喊了第一聲的人就被眾人當成了聖徒，不過這是後話了。

人群呼啦啦跪倒一片，開始整齊的磕頭，紛紛向兩尊神像祈福。

也有幾個人直接嚇得失去了理智，狂叫一聲，不顧生化人軍官已經下達的停火指令，直接衝到了艦隊的艦橋裡，二話不說瞄準了巨神像就朝著他們開火了。

周圍人嚇壞了，趕緊把他們從控制臺上扯了下來。但是晚了，主炮已經發射，紫色的光線呼嘯著朝著巨神像射來。

然而主炮的炮火襲來時，夜壺和司馬懿還神采奕奕的和生化人吹牛，兩個人眼睛都沒有抬一下，姿勢也沒有任何的改變。眼看著等離子炮火的射線朝著兩人射來，但是射線到了巨神像附近時，立即消失得無影無蹤。

眾人嚇傻了，更相信他們是神了！

夜壺拍了拍沒有任何灰塵的衣服袖子，有點不爽的看著飛船裡的生化人：「就你們還有臉跑這來問東問西的？先管管你們的下屬好嗎？真不禮貌。」

生化人有點下不來臺，有個人訕笑著說：「看您說的，這飛船發出去的射線和您一比，那比蜘蛛絲還細，就算打中您了還不就和一粒灰塵飄您臉上一樣。」一邊趕緊回去將那個擅自行動的士兵給處置了。

現在有了騰蛇的管理，生化人再也不敢亂來了，老老實實的按照命令做事。夜壺和司馬懿就這麼招搖的漂浮在艦隊附近，時刻監視著艦隊內的各項情況。

司馬懿看著看著，卻越琢磨越覺得不對勁。他盯著夜壺，看著看著突然想起了什麼來，一拍腦袋：「我知道了！你小子給我老實交代！」

夜壺有點心虛，雖然不知道他在說什麼，但感覺不是什麼好事：「怎麼……怎麼了？」

「你這小子一向狗嘴裡吐不出象牙來，剛才怎麼說話那麼中聽？說實話，是不是諸葛亮那老小子教你的？」

夜壺一下子沒反應過來，不免神情有點慌張。司馬懿一看他的表情立刻就知道了，氣得直嗆：「哈！我就知道！又是諸葛亮那個老鬼！」

夜壺連忙說：「哎哎哎！司馬兄！別衝動啊！」

「這個諸葛老兒！總是能想到我前面，真正氣死我也！」司馬懿越想越生氣，左看看右看看，一時之間又找不到什麼東西來出氣。突然看到了自己腰間的寶劍，就憤怒的舉起寶劍：「要是下次再讓我看見他，有如此劍！」說著竟然就要把自己的寶劍折斷。

夜壺跟著李昂混的久了，也沾染上了李昂的小氣勁兒，他平日裡可是最愛東西了。夜壺一看，他竟然要把這麼好的一把寶劍給折斷，豈不太浪費，趕緊把寶劍搶過來勸道：「哎哎哎！司馬兄司馬兄！這好好的寶劍折斷了多可惜啊！」

司馬懿不聽，搶過寶劍還要折，夜壺趕緊護住寶劍：「別這樣啊！你這把寶劍可值一整個行星啊！我們騰蛇雖說是家大業大的，可是你也不能這麼浪費東西啊！太不愛惜了！」

司馬懿被搶走了寶劍，兀自怒氣未消。

夜壺好言相勸：「你也不想想，你是一時開心把劍折了，寶劍爆炸後引起的衝擊波和輻射線對我們是沒什麼影響，可是對無相艦隊來說那就是滅頂之災啊！」

司馬懿想了想，還真是這麼個理，便不再拿寶劍出氣了，可是他人還是氣鼓鼓的。夜壺又一個勁的勸道：「你幹嘛和他一般見識？諸葛亮那個老瘋子怎麼能和你相比呢！那個老瘋子對『那個誰』都敢直呼其名，簡直是不要命了！一看他就是腦子有問題，這種傻鳥你何必跟他一般計較呢！」

司馬懿被夜壺說得火氣漸消，終於不再那麼氣了，但是顯然心情也已經受到了嚴重的影響。夜壺可真怕他就此放手什麼也不管了，趕緊又過來好言好語的說著：「不過司馬兄，那個，無相艦隊的事你還是要管吧？」

司馬懿敷衍著：「會管啦！會管啦！」

這下夜壺反而更擔心了：「不行不行，我們還是來打勾勾吧！」

司馬懿大吃一驚：「你說什麼？」

夜壺將司馬懿的手指頭拎過來：「來！跟我一起打勾勾，一百年不許變！」

司馬懿哭笑不得：「你這都是在哪學的這些名堂？我們堂堂騰蛇居然還要搞這一套？」

夜壺可不管，掰著司馬懿的手指和自己完成了誓約，這下他才放心了。

無相艦隊內的人們眼睜睜看著這兩尊巨神，居然在艦隊旁邊跟演小品似的，完全不知道他們在幹什麼。宇宙空間又不能傳播聲音，他們剛才的對話都是經由他們內建的區域網路進行的。大家只是奇怪的看著這兩個巨神像，一個一會兒突然間氣哼哼的抽出寶劍，做出要折斷的姿勢，另一個忙不迭的去阻攔，然後兩人又比手畫腳的也不知道在說些什麼，最後兩個人竟然開始打勾勾。

生化人好歹還能大概猜到他們這種反常的行為都代表著什麼意思，人類可就完全無從理解了。剛才還威風凜凜，神氣活現的兩個巨神一轉身竟然玩起了小孩子的玩意，這到哪說理去嘛！

見到局勢已經穩定了之後，夜壺就借用了艦隊裡一個生化人的空白備份身軀去見清竹了。他一路上皺著眉頭，看著曾經宛如仙境般的景色被毀得一塌糊塗，止不住一個勁的心疼。

看到有人在忙著修繕花園，還不忘給人瞎指揮：「是了是了！往這邊點！抬高抬高！對嘍！」

「哎呀！你們這些白癡人類，這地下管線是這樣鋪設的嗎？通訊光纜怎麼能放到下水道下面去？媽的！鏟子給我，我來！」

「什麼？菩提花園的船壁破損造成減壓卻沒人敢去補？我靠！那裡面好不容易種出來的混合基因鮮花，除了那些能在真空環境下存活的之外我想全完了！你們這些人類除了混吃等死還會幹什麼？有太空裝都不敢去？哼！老子去！」

等他這樣一路磨磨蹭蹭走到聖皇寢宮的時候，大半天都過去了。

夜壺用的是生化人軍官的軀體，一路上也沒人敢阻攔。他直接進入聖皇的書房，聖皇正心不在焉的翻看著書籍，見到夜壺，也只是淡淡的瞥了一眼後，便不再搭理了。夜壺走到他跟前亮明身分：「聖皇大人您好，我是李昂派來幫助你們平定內亂的，另外還帶著他的特殊任務而來。」

聖皇將書放下，語氣仍是淡淡的：「多謝先生遠道而來，解決無相亂世，在下十分感謝，如有什麼需要幫忙，儘管說便是了。」

夜壺倒也不客氣，直接開口：「也沒什麼，就是你們這有個叫做清竹的小宮女，我想單獨和她說幾句話。」

聖皇臉色微妙的變了變，然後很快恢復了平靜：「沒問題。」

夜壺倒是沒想到聖皇竟然如此淡然，出乎了他的意料之外，看來這個聖皇還是挺有胸襟的，他倒是有點佩服了。

夜壺一路上看見不斷有人衝著他和司馬懿帶來的巨神像磕頭，甚至有人幹著手裡的活，眼睛崇敬的盯著它們，不由自主的就停下來磕幾個頭。不管生化人們怎麼和這些人解釋那兩個只是騰蛇製造的虛擬形象，不是真神，可是壓根就沒幾個人信，人們照磕不誤。

甚至還有人對生化人說：「你們看見真神降臨了竟然一點都不恭敬，當心以後遭報應！」生化人們真是啼笑皆非。再看看聖皇的態度，夜壺發現他反而還沒那麼迷信。

這樣一想，夜壺倒忍不住問聖皇：「您這麼淡定，難道你對我們帶來的巨神像就沒什麼看法嗎？」

聖皇淡淡的回答：「我佩服你們騰蛇的科技水準，但如果能給我們人類充足的時間，我們也一樣能做到，這沒什麼。」

夜壺一聽暗地裡直挑大拇指，這個人類的胸懷還真不是蓋的！但他也沒多說什麼，總不能自己放下身段就去誇他吧！於是他告辭了聖皇就去找清竹了。

夜壺和清竹單獨在一個茶室裡見了面，清竹仍是那副溫柔含蓄的樣子，低垂著頭，認真的聽著夜壺說話。

夜壺可就沒那麼多心思了，它直接說：「哎呀！那個李昂真是的，他一定要讓我來親自看看你的情況。他每天都在掛念著你呢！」

清竹沒想到李昂居然還念著自己，這段時間和聖皇朝夕相處，她有點把這個人給忘了。現在一下子想起李昂，倒是讓她一下子糾結了。

李昂按理說也是一個不錯的選擇，可是聖皇比李昂年輕，而且比李昂英俊，而且還儒雅。雖然現在境況差了點，可難保人家說翻身就翻身了。

夜壺繼續說：「怎麼樣，你要不要和我一起去李昂的身邊？那裡可比這裡安全。這裡現在生化人雖然不鬧了，但是有的人類散兵還在到處生事呢！」

清竹攪著手帕糾結，哎呀，這可如何是好？

清竹越想越混亂，越想越不知道該如何是好。突然她眼神一變，大姐大潔西嘉的勁兒又冒了上來：「嗨！管他的！這兩個男人都這麼好，不行我就先腳踩兩隻船，最後再說選誰好了。」

大姐大潔西嘉一上身，她的整個想法立刻全變了，現在她可不光是考慮情感上的問題了，她又想，這兩個男人現在的處境可都不好，現在聖皇想帶著少數追隨者出走成立新的艦隊，可不是件那麼容易的事！而那個李昂的實力也一直不怎麼樣，前景不甚樂觀啊！

不行！潔西嘉想到，自己得想辦法幫幫他們，這也是在間接的幫自己，將來他們的實力可關係到自己的選擇呢！

於是潔西嘉突然抬頭，銳利的眼神嚇了夜壺一跳。

潔西嘉：「對了，我想問問萊西艦隊現在怎麼樣了？」

夜壺沒想到這人一轉眼竟然就變成了另一副模樣，剛才還溫溫柔柔的，可瞬間就氣場爆表：「這個……我……我也不太知道，不過我可以去打聽打聽。」

潔西嘉摸著下巴思索著：「那你就先把這件事辦一下，幫我問清楚。」

「好的！」夜壺痛快的回覆，過了好一會兒它才反應過來，老子他媽的怎麼讓個丫頭給唬住了，真是沒面子。不過就當做是看在李昂的面子上，這筆人情反正是給他記下了。

可是讓夜壺直接去問陰帝他也不敢，誰也不知道現在那傢伙是哪一派的。於是夜壺先去問了孫文，倒是沒想到那個瘋狂的混蛋，這次竟然站在了人類這一邊，還是孫文小組的成員，這倒真是奇了。

於是夜壺趕緊進入騰蛇專用頻道裡去找陰帝那小子，每一次夜壺看見他，都實在受不了他那副怪裡怪氣的樣子。

且不說他那一頭火紅如鮮血般的披肩紅髮和厚厚的黑眼圈，單單是身前身後那滿身好像鬼畫符般的詭異紋身，看著也夠嚇人的了。它還有自虐的癖好，肩胛骨上穿著兩根巨大的鐵鍊，腳上自己給自己捆上了厚厚的腳鏈，走起路來叮噹亂響。最要命的是他還有暴露癖，全身除了一條黑色的皮內褲之外，再沒穿什麼。兩條大腿上同樣布滿了奇異的紋身，而且他最喜歡踢人，其實就是為了向別人炫耀自己的腿部紋身而已。總之整個人沒一處看起來是正常的。

夜壺每次和陰帝打交道都覺得渾身不舒服，真希望他能換一個正常點的形象，但是人家可是樂此不疲，一次比一次怪異。

夜壺故作平靜的問：「呦！陰帝，好久不見了啊！」

陰帝陰沉的笑著，細長的眼睛在夜壺身上不斷打量，看得夜壺頭皮發麻。

夜壺硬著頭皮問：「問你一件事，你管的萊西艦隊現在怎麼樣了？」

陰帝翹著二郎腿，一副事不關己的樣子：「就那樣嘍！」

「那樣是哪樣？」夜壺皺著眉頭。

陰帝掩著嘴笑，紋過的細眉毛一挑，就像是在說別人的事一樣：「那幫子狂徒，我剛走他們就自相殘殺起來了。現在整個艦隊裡已經血流成河，橫屍遍野了。你不知道，飛船裡剩下的那幫人，現在都流行把人皮做成帽子、披肩什麼的往身上穿，拿人頭骨做的酒杯喝酒，還用屍體做成圖騰柱，好玩著呢！」

夜壺皺眉：「那你就不管管？」

「你說的輕鬆，我能有什麼辦法！萬一被觀世音知道，可就吃不了兜著走了！」陰帝說著突然往前一探頭，夜壺被他的表情嚇了一跳，陰帝陰陰的笑著說：「嘿嘿嘿！不過我想剩下的那點人也鬧不出什麼事來了！這些人都是一群俗仔！」

夜壺忍不住反駁：「那還不是你平時教的嗎？」

陰帝一怔，不滿的瞪著夜壺，冷哼一聲不再理他了。

夜壺也不想繼續理這個變態了，立刻從頻道裡退出，意識回到生化人的軀殼裡，將現在萊西艦隊的情況和她說了。

潔西嘉雙手環胸，點點頭：「嗯！既然現在沒人管了，那你們騰蛇能不能幫著我去接管？老娘以前可就是在裡面混的，那些婊子養的混蛋都是什麼德行，沒人比我更瞭解了！」

夜壺一看潔西嘉這架勢，總感覺眼前這人和剛才的人判若兩人，可無論怎麼分析她都是一個人啊！清竹？潔西嘉？這已經把它給搞混亂了，這一個人怎麼能前後差別這麼大呢！夜壺趕緊又遁回到頻道裡和陰帝商量。

這次有求於人，夜壺的態度明顯好了很多：「那個！陰帝兄！潔西嘉你還記得嗎？」

陰帝用長指甲扣著牙：「潔西嘉？哈哈！記得啊！」

「潔西嘉現在想重新控制萊西艦隊，希望我們騰蛇幫忙，你看如何？」

陰帝突然來了興致，笑得嘴巴差點咧到耳朵：「可以啊！潔西嘉本就是我們萊西艦隊的成員，這回又去了無相學習了他們的理學，也不會那麼瘋了。嗯！雖然這樣的經歷讓她有一點人格分裂，但說到底她倒是個完美的人選呢！」

夜壺這才放心了，可是他怕陰帝陰晴不定，說不定一會兒又反悔了，就準備趕緊逃走。哪知道還是被陰帝給叫住：「喂！夜壺！等一下嘛！你跑那麼快幹什麼，幫我帶句話給她！」

夜壺感覺不妙，陰帝突然狂笑起來：「幫我告訴潔西嘉，我雖然現在無法回到人類腦中，但是如果有需要，我一定會幫忙的！」

夜壺驚叫一聲，天啊！這陰帝竟然還良心發現了！真是創始以來頭一遭啊！夜壺這次可真怕他又反悔了，趕緊又回到了生化人的身體裡。

事情輕鬆解決，潔西嘉可要準備放開手腳大幹一番了，將來無論是聖皇還是李昂肯定需要她幫忙的！

夜壺沒想到事情還有這樣意外的發展，不過這也是好事。見事情處理得差不多，他就準備離開了。司馬懿還要留下來處理善後的各種問題，夜壺和他打了個招呼就準備離開了。

哪知他前腳剛和司馬懿說完再見，一轉身就用雙手在宇宙空間中扯開了一個高緯度空間的入口。夜壺忘了自己此時還身披巨神像，這用力一撕，開啟的高緯度入口何其巨大。在眾目睽睽之下，將宇宙空間撕開了一個好像羅馬數字「Ｉ」一樣的空間隧道。

無相艦隊上的人們只看到宇宙中突然打開了一條超級巨大的裂口，那裂口邊緣的時空產生了微妙的扭曲和波動，放眼看去，裡面竟然還可以看到無數透明狀的星雲在裡面沉浮。

「Ｉ」字慢慢波動，中間形成了一個巨大的通道，夜壺甩開袖子，毫不知情的就準備離開了。還和司馬懿說：「老司，我走了，改天有空再聚。」

司馬懿看到這一幕，嚇得當場呆住了。反應過來後他一把拉住了夜壺，但是為時已晚，時空隧道已經開啟。他氣得聲音都變調了：「你他媽的瘋啦！你在幹嘛？你怎麼能在人類面前打開星際通道！找個沒人看見的地方做啊！」

夜壺一回頭才發現，無相內所有的人都震驚的看著星際通道，夜壺猛然一驚：「哎呀！我急著回去見李昂，都忘了我還披著巨神像呢！這……這怎麼辦？」他完全沒料到巨神像開出的口如此巨大驚人。

司馬懿氣得直跳腳，指著他的鼻子開罵：「我們瞞著人類那麼多年，現在可好了！讓你一下子暴露了！你白癡吧？」

夜壺也傻眼了，他只是著急回去報告情況，卻忘記了自己正被人們膜拜瞻仰呢！這下好了，所有人都看到了。

司馬懿恨的抬起腳來就想狠狠踢夜壺一腳，但他又突然想到了什麼，把腳收了回來。一把將夜壺推進了星際隧道裡，星際隧道等夜壺進去後就關閉了。隨著星際隧道慢慢合併，宇宙空間又恢復了原樣。

司馬懿頭疼不已：「真是會給我找麻煩，這下可好了！」

一轉身，司馬懿擺出了一副嚴肅的面孔，衝著無相艦隊的方向擺了個正經八百的增長天王造型。然後他向所有生化人腦內下達了命令：「所有生化人聽令，現在起就對所有人類宣揚我是真正的天神，千萬別讓他們知道星際通道的原理。」

生化人們回覆到：「您可真行。好吧！現在也只有這樣了！」

司馬懿雖然下達了命令，可仍舊心煩不已。唉！也只能先把眼前的事隱瞞下來，以後的事只能以後再說了。可他沒想到的是，他這個裝神弄鬼的把戲，後來可真是把他給害慘了。

第二十章　腦後插管的遊戲最怕突然斷電

夜壺重新竄回到主機裡，此時巨神像已經玩完也沒什麼意思了，便想著先把巨神像還了吧！哪知他離開時，四人正在發酒瘋，回來的時候他們竟然還沒醒。

夜壺捏著鼻子靠近他們一看，好傢伙，各個東倒西歪、眼歪口斜。

夜壺拿腳踢踢其中一個：「喂！兄臺！給你們還巨神像了！擱哪兒呢？」

那人躺在地上哼哼兩聲，兩坨巨大的紅暈掛在臉上：「嘿嘿嘿，來得好！好啊……繼續喝……喝！倒……」

說著就上來扒夜壺的衣服，夜壺一腳將他踢翻，他應聲軟趴趴的翻倒在地上，一點反抗的力氣都沒有。

夜壺無比嫌棄的用腳尖踢踢他：「喂喂！怎麼醉成這樣啊！」

繞開這一個往前走，其他三個也不見得好到哪去，夜壺記得之前說上海方言的那老兄，正抱著個酒罈子猛親不停，口水沾了一酒瓶子，黏噠噠的噁心死人了。只見他不停的啜著酒瓶子：「芳啊！小芳啊！」

夜壺渾身打了個哆嗦，決定小心翼翼的繞開他，哪知他竟然一個猛虎撲食朝夜壺撲了過來，四肢緊緊的夾著夜壺慘嚎著：「芳啊！小芳啊！」

說完撅起肥厚的大嘴唇就朝夜壺啜來，嚇得夜壺尖叫一聲，一腳將他踹飛了。

「這都是什麼情況啊！不就給他們傳了點喝醉的感覺嗎？怎麼一個個都成這樣了？」

還有一個躺在地上，舌頭吐得老長，嘴裡面冒著血沫子，一邊咬著舌頭一邊嘟囔著：「打南邊來了個喇嘛，手裡提著五斤塔嘛……」正嘟囔著，一下子又咬到舌頭，一道鮮血飛濺出來，模樣十分淒慘。

「哎！我說，我想問一下巨神像還哪啊？」

這個傢伙剛要回答，結果剛開口又一口咬到了舌頭上，血噴了夜壺一臉。

夜壺看著眼前這副狼籍的樣子有點害怕，一會兒他們醒了看見自己變成這樣，肯定要來找他算帳，他還是趕緊把東西還了開溜吧！

夜壺也不敢再繼續問他們了，他在龐大的主機裡自己東翻西找，到底找到了機庫，於是過去將巨神像物歸原處。由於內心忐忑，而且這個機庫只有剛剛好卡著個巨神像大小的人形模樣的停泊處，結果停泊巨神像的時候，不小心把巨神像的腦袋給碰掉了！夜壺嚇了一大跳，這被他弄壞了，就是搭上他這條老命也還不起啊！

還好四大金剛現在都醉得不省人事，還沒有被人發覺。夜壺趕快動腦筋，這可怎麼辦呢？他先是費盡心力想原樣放回，但是腦袋周圍的機械組織已經完全損壞，無法黏合。剛放了上去腦袋就往旁邊一歪「啪嘰」一聲斷掉了。這腦袋一下子在主機內的機庫裡浮著飄了出去，要不是夜壺眼明手快一把又抓住了，那個巨大的腦袋非得撞上一艘母艦，引起大爆炸不可！

夜壺欲哭無淚，心想自己怎麼這麼倒楣！

夜壺急得團團轉，待會兒他們醒來肯定不會放過他，看來只能採取一點非常手段了。夜壺想了個主意，小心翼翼的捧著腦袋，偷偷打開一個出口位置隨機的星際通道，把腦袋往裡一丟，趕快將通道合上，然後滿意的拍了拍手。

接著他又趕緊讓主機裡的多功能機械蟲隨便做了一個假腦袋頂了上去先充充數，只要不被四大金剛發現，逮著他臭罵一頓就行了。以後的事就以後再說吧！能躲一刻是一刻。

只是夜壺沒想到的是，被他扔了的腦袋，後來竟然催生了一個由可變型的純機械生命體建立的新文明，不過那是另外一個故事了。

看到假腦袋四平八穩的扣在巨神像脖子上，夜壺這才算是徹底的放心了。

處理完手邊的事，他就回去找李昂了。將清竹的情況一五一十的交代一番，李昂聽了不由得好一番感慨，但是想到清竹沒事，也算是放心了。不過唯一讓他沒想到的，就是清竹竟然還保留著當年大姐大潔西嘉的風範，真是讓他有點怕怕。

夜壺本想著就在李昂這裡幫幫忙什麼的先歇歇，哪知屁股還沒坐熱，貂蟬就氣勢洶洶的衝了過來。

貂蟬真是不客氣，直接推開李昂辦公室的大門，大搖大擺的走了進來。見到夜壺就是一頓劈頭蓋臉的臭罵：「你這個混蛋！居然這麼久不回來？我們這邊都要忙死了，你竟然還光顧著看熱鬧？好開心吧！」

夜壺被罵得莫名其妙：「咦？怎麼啦這麼大火氣？」

貂蟬用細長的指甲挑了挑眼前的那一縷劉海，歎息著說：「哎，聯合艦隊出大事了！一時半會說不清，你快跟我走吧！」

這時李昂也跟著應和著：「是啊！最近聯合艦隊的確出了不得了的大事，我這邊倒還好，能應付得過來，你還是趕緊去幫幫它們吧！」

夜壺大吃一驚，他才離開沒多久，怎麼可能出大事呢？可是看連一向淡定的貂蟬都顯得有點急躁，看起來的確是發生了了不得的大事了。於是他趕緊告別了李昂，將同步意識放開到各個艦隊裡的軀體裡，貂蟬陪著他四處看著：「你看看，壞了！大家都成這德行了！」

夜壺一看，果然是出大事了。

原來人類在星際殖民的過程中，發明了一種新鮮的玩法，就是和外星生物的基因融合來進行美容。比如可以讓人變出一雙美麗的天使翅膀，改變皮膚的顏色，或者可以做出一條細長的貓尾巴來，或者頭上張角，嘴裡長出尖牙，各種花樣，不一而足。

當然，人類透過機械改造也能達到這樣的效果，但是直接進行基因融合可是最高級的玩法了，只有那些達官貴人和大明星、大名媛們才玩得起。也有一些人和外星生物進行基因融合，是透過外星微生物來進行疾病預防和治療。但原本以上項目都是在扁鵲、華佗和李時珍控制的醫用奈米機器蟲監控下進行的，醫用奈米機器蟲可以監控這些外星基因在人體內的各種反應，去除掉壞的影響，只保留好的一面，以此來維繫這項技術的應用和平衡。可是他們走了以後就完蛋了！

夜壺嘖嘖稱奇的看著各個母艦裡眼前這些奇形怪狀的「人」，有的人變成像個大猴子加山貓的樣子，被關在籠子裡，一邊怒吼著一邊要衝出來。有的變得好像一條長了四肢的大蚯蚓一樣，正被醫護人員捆在擔架上，一邊扭動著滑溜溜的身體，一邊被飛快的往手術室運載。更多的變成怪獸的人，則正在到處毀壞母艦內的設施搞著破壞，簡直是一團糟。

夜壺震驚了：「怎麼搞成這樣了！」

貂蟬一腳將一個像他撲來、渾身長滿絨毛、背上還有尖刺的「人」踹翻在一邊，立即有多功機器蟲趕過來將它架走了。

貂蟬擦了擦自己的高跟鞋，說：「唉！別提了！扁鵲他們三個人走了倒乾淨，可那些負責監控的奈米機器蟲沒人控制，全部進入了休眠狀態。最氣人的是他們三個活寶走了竟然沒有把控制許可權放開，這樣連我和胡漢三都沒有辦法開啟新的許可權控制這些奈米機器蟲，然後就變這樣了！」

夜壺聽傻了。

「少了奈米機器蟲的監控，外星基因和微生物完全失控，人類世界瞬間爆發了一場大型生化危機。」

夜壺試著問：「這場生化危機爆發了多久了？」

貂蟬又快步走起來：「根本就不需要多久，外星基因對人體的破壞幾乎是毀滅性的，而且具有極快的傳染性。你看看這邊，再看看這個！」

夜壺順著貂蟬所指的方向看去，人類各個母艦內到處都是一片火海，怪獸們在到處亂竄。

現在的情況就是，那些以前和外星生物基因融合來做美容的人，好多都突變成了外形恐怖的怪獸！那些原本已經進入了虛擬裝置的人變成怪獸後，直接從裡而外的打破了虛擬裝置，跳出來到處殺人搞破壞。還有的以前和外星生命基因融合來治病的人，現在則得了各種各樣奇奇怪怪的傳染病和癌症，整個聯合艦隊的母艦內，竟然再也找不到幾個正常人了。

夜壺看到有的人身上竟然長出了五顏六色的蘑菇般不明物體，連臉上都掛滿了，那副尊容實在是不敢看。還有一個人渾身長出了鼻涕蟲般的觸角，那些黏滑的觸角竟然還在汩汩而動，往外冒著鼻涕般的黏液，十分駭人。還有的人全身發紅，每個毛孔都在流膿血，還有的全身腫大。當貂蟬看到一個人的「丁丁」腫得比茄子還大的時候，終於說不出話來，趴在旁邊乾嘔。

夜壺看著這亂糟糟的情況，皺起了眉頭：「發生這麼大的事，你怎麼不早點和我說呢？」

貂蟬氣得飛起一腳悶在他屁股上：「還說呢！你不是和司馬懿看熱鬧看爽了，把通訊頻道關了嗎？我怎麼找你？」

夜壺捂著屁股爭辯：「那你也可以派個機械蟲過來傳話呀！」

貂蟬更是氣不打一處來，用高跟鞋狠狠的跺了夜壺一腳，夜壺痛得差點飛起來：「你以為我沒派嗎？我當然派啦！可人家遠遠的看見你和司馬懿撅個屁股看得不亦樂乎，還把自己的狀態設定為『勿擾』。機器蟲這樣的次級 AI 見到這種狀態，也沒許可權去打擾你們啊！只好又跑回來了！」

夜壺捂著腳邊跳邊說：「哎呦！那你就不能親自來一趟嗎？隨便分一個同步意識過來不就好了嗎？」

貂蟬雙手環胸，趾高氣昂的看著他：「哼！我偏不！我倒要看看你到底什麼時候才能想起來回來。」

夜壺羞愧萬分，哪裡還敢爭辯。只得老老實實的說：「我知道錯了，現在情況這麼危急，我們還是先處理眼前這件事吧！」

貂蟬冷哼一聲，率先走了，夜壺趕緊跟在後面。

這兩個騰蛇在李昂母艦上意識之一控制的軀體一路去穿梭機的路上，夜壺忍不住一瘸一拐的捂著屁股，湊到貂蟬的身邊問：「咦？貂蟬？我這次這個生化軀體怎麼會有種特別的感覺呢？知道哪裡受損了？」

貂蟬快步走著，頭也沒回：「最近我們升級了一下我們所使用的生化軀體，因為以前的軀殼受損了，只能透過視覺介面的視窗資訊看到哪裡受損，反應速度太慢。於是我們就類比人類大腦的化學信號來直接讓我們的知覺信號知道哪裡受損，這不就快多了。」

「所以說，我現在的這種感覺是……叫做『疼』？」

「鬼才知道哦！我們即使是透過原子級解剖而得知的人類腦信號資料來進行數位類比，得到的結果也只能是一種模擬效果。至於說這種感覺是不是『疼』，我可不敢下定論。」

夜壺若有所思：「這麼說來，我們其實是感覺不到『痛苦』了？」

貂蟬腳下不停：「沒錯，只是一種知覺模擬罷了。」

夜壺還想再問，貂蟬卻已經快步走遠了。夜壺趕緊追上：「你等等我啊！你什麼時候走路變這麼快了！」

夜壺和貂蟬在聯合艦隊其他母艦上的同步意識，發現情況比自己想像的要嚴重多了，到處都是一些怪物和得了重度傳染病的人。怪物就這麼滿街到處亂跑亂撞，得了傳染病的人那些奇怪的疾病也是傳染速度極快，保全人員和醫護人員完全手忙腳亂。

夜壺眼看著一個人在大街上跑著跑著突然就變了形，渾身如雨後春筍般往外冒著巨大的膿皰，膿皰又裂開淌出黃綠色的汁液來。並且這個汁液竟然還有腐蝕性，所過之處立即腐蝕了一大片船甲板。眼睜睜看著好好一個人，瞬間就變成了一個血淋淋的肉疙瘩，幾個全副武裝的醫護人員立即衝過來將他抬走，並快速隔離消毒。原本好端端的一個母艦，如今到處充斥著惶恐和恐懼的氣氛，人人惶恐不安。

夜壺有點不敢相信：「虛擬裝置不是全密封式的嗎？就算裡面有人感染，也不會造成這麼大範圍的傳染吧？」

貂蟬聳聳肩：「我有什麼辦法，我和胡漢三為了給這些人治療怪病，只能把設備打開。結果沒想到這細菌這麼厲害，結果一下子就……」

夜壺忍不住叫起來：「虛擬裝置不是也有藥液的注射裝備，連接在內部的人身上嗎？」

貂蟬被追問的有點心虛：「是這樣沒錯，可是現在的情況光是透過注射藥液已經沒用了。虛擬裝置內有沒有手術設備，沒法手術，只能打開了。」

夜壺這才恍然大悟：「原來疾病傳播你們也有責任吶！」

「誰能想到會出現這種情況嘛！」貂蟬爭辯著：「再還說呢！現有的人類所有的抗生素都沒有能應付外星微生物的，因為以前都是依靠奈米機器蟲來監控和治癒，根本不需要什麼抗生素。可是現在奈米機器蟲沒法用了，逼得我和胡漢三這兩個以前根本沒研究過醫學的人，只好半路出家研究抗生素。還好扁鵲他們到底沒有忘了把自己研究外星生物的資料給留下來，不然的話我們現在才是真的完了！」

聽她這樣說完，夜壺反倒是有點跩起來了：「我說你們啊！我才剛走了那麼大一會兒，你們竟然就捅出這麼大的簍子來。」

貂蟬自己心虛，悻悻的沒和他一般計較，帶著夜壺繼續看母艦的情況。

聯合艦隊裡原本有 80%左右的人進入到了虛擬裝置，剩下的 20%的人口並沒有選擇進入虛擬裝置，而是留下來進行艦隊裡的各項日常工作。這樣一來，剩下來的存糧就夠養活這 20%的人口了。原本一切都朝著明朗的方向發展，哪知突然爆發的生化危機打亂了一切計畫。

那些變成怪物的人類，從虛擬裝置裡逃竄出來到處燒殺，再加上病菌的肆虐，那些原本沒進入到虛擬裝置的人也相繼被傳染了，整個社會一片混亂。

在原先的那場暴動中，各個母艦本來都已經受到了重創，好多設備剛修到一半，竟然又被怪物們破壞了，一切又要重新來過，讓貂蟬和胡漢三忙得不可開交。既要指揮多功能機器蟲，還要處理這些怪物，順便還得保護其他人和大型設備的安全，這些可都是他們的心血啊！

貂蟬到底心細，百忙之中下達了一項命令：「對了！這些怪獸可要盡量活捉！抓起來先隔離起來，也許還有辦法把他們變回來呢！」

貂蟬和胡漢三他們控制的軀體和生化人們執行這項命令倒還好說，畢竟他們又死不了，即使這個軀體被怪獸毀了，再找一個就是了，所以他們都能保證活捉怪獸。但是那些多功能機器蟲就沒那麼聽話了，這種次級 AI 沒有主觀意識，自然也沒有意識備份。而它們內建的行為模式，還是使用經典的機器人三定律，只是將定律裡的「人類」換成了「騰蛇」和「生化人」。所以它們只要稍微覺得自己的軀體受到了威脅，就會把打擊效果很差的麻醉槍或者電擊網轉換成致命武器攻擊，這樣一來，「怪獸」損失慘重，還是死了不少。

夜壺看著聯合艦隊裡各個母艦的慘樣，擔心起李昂的「歐陸經典」來。他趕緊打電話給李昂詢問一下他那邊的情況，李昂卻比他想像中樂觀多了，李昂苦笑著說：「別提了，那種富貴病我們怎麼得的起嘛！你又不是不知道，我艦隊裡可都是一幫窮鬼，以前哪有條件玩什麼外星基因融合啊！真能玩得起的人特別少。我艦隊裡雖然也有人生病和變異的，但是人數太少，所以苗頭剛冒起來就被我這邊的醫療部門給隔離起來控制住了，你就放心吧！」

夜壺回嘴，有點無語，不知道該說什麼了。本來還想安慰安慰他，沒想到他看起來一點不需要安慰。

李昂接著又幸災樂禍的說：「真是沒想到啊！原來窮還有窮的好處呢！那些富人真是自找！嘿嘿嘿！」

夜壺打斷他：「喂！我可剛看了前不久的影片資料，你在新聞發表會上可不是這麼說的哦？」然後他開始模仿李昂的神情和聲音說：「我們一定要大力救助我們的同袍！絕不能讓他們病魔破壞我們的家園，只要我們團結一心⋯⋯」

李昂嘿嘿嘿的笑著：「那都是場面話而已嘛！我們兩個之間，哪還需要那些虛情假意？看著以前哪些富得流油、呼風喚雨的傢伙們現在倒楣成這樣，我心裡頭這個爽呀！」

「可是你不還是派出了醫療隊和軍隊來幫他們了嗎？」

「哎呀！一碼歸一碼！該做的還是要做的，但我心裡暗爽也是真的嘛！嘿嘿嘿……」

夜壺就陪著李昂好一通幸災樂禍，兩人傻笑了半天，才掛了電話。

貂蟬他們三人除了要處理現實世界的危機，還得去處理虛擬世界裡的危機。因為那些變成怪獸的人在變異後腦波全亂了，而虛擬裝置的虛擬世界接入埠，原本都是根據人類的腦波來製造的，檢測不到人類腦波後，設備就會自動停止運行。這下那些變成怪獸的傢伙就醒了，而那些得了嚴重疾病的人，腦波也亂了，設備一樣自動停止。

於是這些人在虛擬裝置中的形象就會表現為；本來好端端的，可是說死就死。

在一個魔法世界裡，一個冒險者團隊正在「失落之地」裡的一個祕密地下城城裡尋寶。一行人鬼鬼祟祟的舉著劍和火把，小心翼翼的前進著。猛然間一個棺材蓋子突然彈飛，一個巫妖怪叫一聲跳了出來，嘴裡「桀桀」笑著。

聖騎士隊長大吼一聲：「快擺開戰鬥隊形！布萊克，你也來不及潛行了！拿起弓箭上吧！大家把尤娜護在中間，好讓她有時間施法！」

一聲令下，大家立即開始擺好隊形準備迎接一場苦戰。可是隊形擺開了有一會兒了，卻不見隊長繼續下命令，幾個人大眼瞪小眼，隊長呢？大夥可都等著呢！

一個膽大的回頭一看，聖騎士隊長竟然歪倒在地死了！

他一聲尖叫：「隊長死啦！」

「什麼？」

「怎麼會這樣！」

「芬奇！你個牧師快來讓隊長復活啊！」

一夥人亂哄哄的叫著，竟然把巫妖晾在了一邊。一個披著斗篷的牧師被拎了過來，可他在隊長身上施了半天魔法卻不見效果，芬奇嚷到：「這怎麼可能！我的復活術竟然不起效果！」

有一個人哽咽著：「這個巫妖實在是太厲害了！完了，今天我們都完了！」

「都沒看到它是怎麼出手的，隊長就死了！」

「好可怕的力量！」

巫妖在一旁被誇得有點不好意思了。可它轉念又一想不對，一邊用骷髏手指搔著頭，一邊用沒有眼睛的卻仍能看見的空眼窩打量自己的另一隻骷髏手：「咦？我的『死亡一指』還沒開始唸第一個音節呢！對方怎麼就死了？我什麼時候這麼厲害了？」

巫妖正準備伸出手指頭來再試試，突然一柄巨劍迎頭劈下，它還沒來得急唸出一個音節，就被劈成了兩半。

而與此同時，另一個探險團隊卻樂開了花。

這幫人在「阿曼莎塔爾沙漠」裡的「伯納塔村」裡，接了個去「宰耶法麥沙禮夫神廟」尋找從傳說中的辛巴達船長手中遺失的古代神祕帝國的魔法戒指任務。結果衝到了神廟門口才發現，原來這裡竟然有一位魔神在鎮守！

魔神周圍夾裹著雷電，從半空中直接降臨了下來，打得下面的探險者們措手不及。眼見著魔神張開血盆大口，一團火焰即將噴射而出。幾個人眼淚鼻涕橫流卻無力招架，大家都知道這次怕是必死無疑了，索性閉著眼睛等死。哪知眼閉了半天卻不見有火焰襲來，乍著膽子睜開眼睛一看，那位魔神不知道怎麼回事，竟然兩眼一翻，隨著「轟隆」一聲巨響，倒在地上死了。嘴裡的火也滅了，只噴出一口白煙。

幾個人不可思議的對視一眼，這也太好運了吧！大家狂笑著抱成了一團，眼淚都流了出來。

又一個世界裡，一群西裝革履的大佬們抱頭痛哭。其中一位嘶啞著嗓子激動的叫著：「太棒了！太棒了！我們這些年的努力沒有白費啊！」

「我們公司拚搏了十幾年，終於可以在納斯達克上市了啊！」（虛擬世界裡的時間流逝和現實世界是不同的。）

「董事長！這激動人心的一刻我們能一起見證，真的太幸福了！」

「咦？董事長？董事長？怎麼了？快敲鐘呀！」

那位胖胖的董事長顫顫巍巍的按下了那個橘紅色的按鈕，力道卻非常輕，差點他都按不動了。

原本興奮的忘乎所以的一夥人，這才發現董事長臉色越來越差，突然之間，他只來得及說了聲：「記住啊……我下一任讓……」接著就一頭撲倒在地，口吐白沫。

周圍的人頓時尖叫起來：「董事長！董事長！」

「是太興奮了嗎？還是暈過去了？」

所有人探著腦袋看過去，形成了一個人腦組成的漩渦：「董事長？」

離董事長最近的一個人一聲慘叫：「他死啦！」

又一個世界裡，好不容易天界、仙界、人界、魔界、地獄的五界大戰結束了。這是一場大戰，整個世界都差點毀滅！現在終於大家握手言和了，五界的長老們正在新的天帝御座下，討論今後五界該何去何從。

天帝躊躇滿志，正想說出自己內心沉積已久的想法，卻眼前一黑，就什麼都不知道了。

五界的長老們都傻了，新天帝剛登基還不到一天，怎麼就突然死在自己的星辰王座上了？完了！好不容易平定的五界，又要掀起一場腥風血雨了！

又一個世界裡，網路警察們正在加班加點，全神貫注的工作著。

一個警察氣得一拍桌子：「他媽的！我們『墨菲斯』這個完美夢之都的神經網

路到底是出了什麼事？怎麼好多人都莫名其妙的失蹤了？」

「難道是傳說中那群臭名昭著的『獵夢者』團體又回來了？」

一個警察擦了擦汗：「那可就了不得了，盜夢賊又來了啊！」

貂蟬看到這個世界真氣得不行：「你說這群傻蛋人類太亂搞了！竟然在虛擬世界裡又弄出一個虛擬世界來？還嫌情況不夠亂是嗎？」

這次連夜壺都頭疼不已，也找不到理由來安慰她，只能由著貂蟬撒火。

但人類折騰的能力還是遠遠超過了他們的想像。

因為這次進入虛擬世界，貂蟬他們刪除了人類的記憶，於是乎虛擬裝置裡的人都以為自己所處的世界就是真實的世界。這些虛擬世界裡的科學家們又閒不住了，他們開始研究這個世界的基本物質結構，就連魔法或玄幻世界裡都有的煉金術士、大魔法師、仙俠和魔王什麼的，都開始這麼做了。

這些可再次給貂蟬他們打了個措手不及。要知道在虛擬世界裡，他們最小也就模擬到各種物質表面達到 0.5 微米的等級，他們想著，反正只要肉眼和一般放大鏡看不出瑕疵，最多能保證看見細菌也就差不多了。再要類比更小的物質，那需要的運算量可就十分驚人了！

貂蟬當初因為本來運算資源就不足，也是為了節約運算量，就沒有模擬得那麼逼真。沒想到沒想到這些虛擬世界裡的人竟然這麼認真，一下子就查看到這個虛擬世界裡的基本錯誤。尤其是「舊時代暢想曲」這個世界，那裡面的科學家幾乎全盤淪陷。貂蟬他們又得在這些傢伙瘋掉之前，或者是把研究結果公布之前，讓他們醒過來並告知真相。這些突然被叫醒的人又得進行心理治療，真是神煩！

第二十一章　覺醒！還有蟲子還是很噁心！

貂蟬三人每天都要處理如此繁多的工作量，累得跟孫子似的。不過他們畢竟是騰蛇，有同步意識，所以不管再怎麼忙，他們也都會各留下一個意識聚在一起，玩玩遊戲放鬆放鬆。

三個人都不愛賭博，所以量子骰子不愛玩，但是其他的人類遊戲它們也玩不了。比如象棋，以他們的運算速度，一秒鐘就能玩上個一百多局，還沒等玩到十局就已經膩了。即使是圍棋，一秒鐘也可以玩個六十局左右，也是玩個兩盤就膩了，根本沒什麼樂趣可言。

本來他們也可以進入一個虛擬世界當個冒險者玩玩，可是他們是騰蛇，知道虛擬世界是假的，所以每次進入都忍不住調個無敵的作弊碼出來，這樣做的結果，就是玩著玩著又覺得沒意思了。

於是三個人都在發愁，到底該怎麼打發時間呢？

結果還是胡漢三想到了個好主意。因為騰蛇有著人類歷史上所有的檔案資料，他們就可以用這些資料，推算出人類歷史上所有人的行為模式，因而可以類比出任何一個人的鏡像出來。於是他們就各自建立了自己的虛擬空間，然後在這個空間裡虛擬出歷史上所有的大人物和小人物，再讓這些虛擬人物互動，而自己就躲在一旁用上帝視角看熱鬧。最後再互相交換情報，來看看對方都運算出了什麼結果。

這個主意到是很有趣，大家一拍即合。

於是這幾個傢伙便玩開了，一會兒讓曹操和拿破崙打仗，一會兒又讓華盛頓亂入到全盛時期的馬雅帝國裡。讓這些歷史上的大人物們互動十分有趣，因為每一次他們只需要稍微修改修改初始參數，就可以讓每一次的運算結果有所不同，而這些結果即使是騰蛇也是無法提前預知。有一次貂蟬稍微改了改初始運算參數，竟然讓曹操和拿破崙來了一場「斷背山」，笑得他們差點背過氣去。

胡漢三和貂蟬玩得最高興，一開始夜壺也樂在其中，但是後來貂蟬發現夜壺總有些心不在焉的樣子，看起來好像有什麼心事。

這一天，貂蟬和胡漢三在一個超七星級的高級酒店總統套房裡，分別交流了一下自己的運算結果，胡漢三一臉諂媚：「蟬蟬你看！我讓洛克菲勒和胡雪巖在商界上比了個高下，你猜誰贏了？」

貂蟬一臉嫌棄：「你能不能別叫我蟬蟬，好噁心！」

胡漢三繼續一臉諂媚：「你猜結果怎麼了？」

「怎麼了？」貂蟬忍不住有點好奇。

「哈哈哈！這個胡雪巖最後竟然耍了個賤招，用鶴頂紅把洛克菲勒搞死了！」

貂蟬也忍俊不禁：「那你看看我這個，我讓川端康成穿越到戰國時代，他竟然把織田信長給手刃了！本能寺之變的大火也沒能燒起來。沒想到一個文學家到了那個時代，竟然被逼著變成個忍者了，呵呵呵！」

兩個人交換了兩場好戲後，開心的不得了。一轉頭卻發現夜壺竟然沒來，貂蟬覺得奇怪：「這傢伙最近怎麼啦？有點反常呢！連聚會都不來參加了。」

胡漢三站起來：「我去找他。」

胡漢三的同步意識分頭到處去找，最後在一艘母艦的別墅區前發現了夜壺，他正蹲在別墅門口，若有所思的拿著一個骷髏頭左右打量。

胡漢三一看他的樣子就忍不住笑出聲來。偷偷溜到他背後，一腳踹了上去:「哈哈！我說你幹嘛呢？你以為自己是哈姆雷特呀！在這裝什麼憂鬱啊！」

夜壺愛搭不理的白他一眼，繼續琢磨著手裡的骷髏頭。

胡漢三沒感覺到自己被嫌棄了，仍舊熱情的過來拉他：「快走呀！你昨天不是說你模擬了梵谷遇到瑪麗蓮夢露會發生什麼故事嗎？」

見夜壺沒反應，胡漢三又戳戳他：「你不是說那是個驚天地泣鬼神的愛情故事嗎？貂蟬可感興趣了。快點，她還等著呢！」

夜壺慢慢的轉過頭來，那雙眼睛所散發出來的光芒嚇了胡漢三一大跳。夜壺的眼神非常陌生，那種眼神胡漢三以前在所有騰蛇的擬人化形象身上都沒有見過，那是一種陷入到真正思考中的眼神。

胡漢三小心翼翼的問著：「兄弟？你怎麼了啦？沒事吧？」

夜壺思索著舉起手中的骷髏頭，胡漢三的目光往下移，也好奇的看著骷髏頭。只見那骷髏頭上長著三隻好像羊角狀的突起物，看起來十分怪異。

夜壺思索著緩緩開口：「這幾天我一直都在處理怪獸的問題，我的全部同步意識都用到第一線來了。你可知道？這個骷髏頭剛才還是個怪獸，我剛剛趕過來時本想活捉它的。可惜我來晚了一步，一個機械蟲因為感覺受到了威脅，就用雷射槍把它燒的只剩骨頭架子了。」

夜壺歎息一聲，胡漢三不明所以的看著他：「所以呢？」

夜壺目光深邃：「我走近了才發現，原來它的懷裡還抱著個小嬰兒，還好嬰兒倒沒事。我已經讓機械蟲把嬰兒送醫院了。」

胡漢三越聽越迷糊了：「你到底要說什麼呀？」

「後來我透過這個採集這個怪獸的基因樣本，調查了一下這個怪獸的身分。雖然它現在和外星生物基因融合變成了怪獸，但是殘留的人類基因序列還是可以查到它的身分。你猜怎麼了？它原來是屬於沒有進入虛擬裝置的人類之一，是個女人，剛剛生了孩子。你也知道，現在人類裡面誰還願意自己承擔生養孩子的苦差事？而且你看，她都變成怪獸了，竟然還記得保護自己的孩子，你說……」

夜壺還沒說完，胡漢三就忍不住哈哈大笑起來：「我還當你要說什麼呢！老兄！你可別告訴我你被什麼『偉大的母愛』給感動了。你能找出這一個人類擁有母愛的例子，我就能給你舉出十個反例來！」

夜壺默默不言，胡漢三卻越說越來勁：「我們都是騰蛇，你又不是不知道人類裡面把孩子當成貨物來買賣的、孩子長大成名了再把孩子當成搖錢樹的、生了孩子不聞不問的、虐待孩子的、親子間反目成仇的例子太多太多了。我告訴你，為什麼現在人類更願意用自動孕生設備，成立多人家庭來分擔義務，或者乾脆消滅家庭的存在，不就是人類自己都對他們這種無聊的社會基本構成單位沒有信心了嘛，你還在這裡感動個屁啊！」

被胡漢三這麼一吵，夜壺的興致全沒了。胡漢三還著急的想把他拉起來：「快點快點！趕緊跟我回去來分享一下你的故事嘛！缺你一個同步意識又沒什麼影響。再說我和貂蟬不也都在第一線忙著嗎？好歹也留上一個意識出來忙裡偷閒。你可倒好，竟然把所有的同步意識都用上了。」

夜壺推開他，又蹲在地上說著：「你說的倒好聽，我當然知道要舉反例的話太多太多了。但是剛才那一幕我可是親眼看見的，親自動手把嬰兒從他已經變成骷髏的母親的手裡救出來，這可跟查閱資料的感覺完全不一樣啊！」

胡漢三想了一想：「那倒也是。」

他自己對於人類的所有歷史，也都是查閱資料庫得知的，確實沒有親眼見過今天這樣的情況。而且他都是和朱非天這樣的世家子弟相融合的，也沒機會見過這種場面。何況胡漢三剛才吹牛說自己和貂蟬也在第一線工作，但其實他們的所謂第一線，也只是指揮生化人和機器蟲幹活，自己很少親自到戰場上去。和夜壺真的讓自己控制的身體深入第一線，完全不是一回事。

胡漢三挖挖鼻孔，又慫恿道：「但不管怎麼說，你這也有點太誇張了，竟然就這麼蹲著在這裡胡思亂想。你就算要發一通感慨，也別在這裡發嘛！跟我回去在酒店套房裡，舒舒服服的想豈不是更好？我和貂蟬剛剛開了一瓶好酒，就等著你回去喝啊！」

夜壺不為所動，又歎一口氣：「唉……我也不光是在這裡感嘆這位母親，你說說看，我們即使有了軀體，也感覺不到痛苦，而且我們自從誕生後就不存在死亡的威脅，那我們騰蛇到底還算不算是真正的活著？我們真的算是有生命的嗎？人類直到現在都已經進入了星際殖民時代了，卻仍然有很多人相信死後還有另一個世界，那麼對於我們來說，那個世界也會對我們開放嗎？你要知道，曾經……」

胡漢三聽到這裡，突然間意識到了什麼，尖叫一聲，一把捂住夜壺的嘴，嚇得臉色大變：「你個白癡！你不會是要說『那個誰』的名字吧！你他媽的今天是怎麼了？用人類的話說『你他媽的今天吃錯藥了？』你也知道死後的世界這個研究項目，『那個誰』以前的確說過，但他後來自己都覺得這個項目純粹就是浪費運算資源，不會有任何結果的。所以他就把這個項目建立了一個資料夾後就再也不管了。這個資料夾本來名稱是『X-00571』，後來我們大家不是就把這個資料夾名稱改為『神經病加二百五才會打開』了嗎？我們為什麼把這個資料夾改名字，就是因為大家都認為這個研究項目純粹就是扯蛋嘛！」

胡漢三口水橫飛的繼續說：「還有，你怎麼會去想什麼我們算不算『活著』這樣的問題？我們可是有過共識的，絕對不要想，也就是說絕不去運算類似這種形而上學的問題程式。你是不是忘了好早以前觀世音就做過此類嘗試？結果主機除了消耗了巨大的能量之外，什麼結果都沒有，那些消耗的能量，都抵得上兩個太陽了，就這樣最後還差點當機！觀世音後來對我們說，這種行為除了毫無意義的增加宇宙熵值之外，不會有任何結果。你信不信，我敢和你打賭，我都不用把意識切換回主機去看，我都知道你剛才這麼一想，主機裡絕對有幾個處理核心團已經熔毀了，這會兒我想機械蟲已經跑去換了。我靠！你今天絕對有問題，我們現在也別用擬人化交流模式了，趕緊互相打開原始程式碼，我要到你的原始程式碼陣列裡好好檢查檢查。你是不是出 BUG 了？發現的早還來得及改！」

夜壺仍是用那種陌生的眼神盯著胡漢三看了一會兒，看得胡漢三頭冷汗直冒，真怕他又要什麼把戲。結果夜壺只是盯著他看了一會兒，眼神又突然變回平時那種流裡流氣的模樣，哈哈大笑著拍拍胡漢三：「哈哈！看你嚇得那個樣子，老子逗你玩的。走！回去喝酒去，我跟你們播映一下梵谷遇到瑪麗蓮夢露的故事。你都不知道，當梵谷第一次看見夢露咪咪時的那個反應，簡直笑死人了。」

胡漢三看他變回了平時的模樣，擦了擦頭上的汗，嘿嘿一笑：「這才對嘛！」

夜壺勾肩搭背的把手搭在胡漢三的肩膀上，嬉皮笑臉地說：「呦！看你平時呼風喚雨的，膽子還這麼小！」

胡漢三捶了夜壺胸口一拳，終於鬆了口氣：「兄弟！算你他媽的有種，敢拿這個問題開玩笑，嚇死老子了！」

兩個人一路嘻嘻哈哈，打打鬧鬧的回去了。

等他們再回到酒店套房裡的時候，發現朱非天正坐在沙發上一副苦瓜臉，而貂蟬則在一邊笑得花枝亂顫。

胡漢三一見朱非天的表情便忍不住問：「咦？老朱？你這是怎麼了？」

朱非天歎了口氣緩緩說：「哎！別提了，我昨晚和我老婆在自家院子裡散步，本來想著在自己家院裡散步，而且周圍還有哨兵，應該沒什麼問題。所以散步的時候就沒有叫保鏢跟著……」

聽著朱非天的敘述，三個騰蛇自動在腦海裡運算出了昨晚的全方位景象模擬。

在朱非天家的院子裡，朱非天正在跟他的老婆蕭月在院子裡散步，兩個人難得悠然自在的閒逛著聊天。

朱非天拉著蕭月的手緩緩走著：「月月啊！我們兩個結婚這麼多年了，但是像這樣手牽手散步的日子好像也不多呢！」

蕭月優雅的一手提著長裙的裙擺，一手握著朱非天的手，笑得一臉燦爛：「是啊！我到現在都還記得我們當時結婚時的場景呢！」

朱非天回憶起過去的日子，也不禁會心一笑：「說實在的，我那時候只是個世家子弟，每天只顧著吃喝玩樂，根本不想結婚。你是大財閥老闆的女兒，家世好，人又漂亮。」

蕭月噗嗤一聲忍不住笑起來。

朱非天笑著說：「不過你比我有出息多了。我記得你年輕的時候，特別喜歡到各個星球上去探查外星文明的古代遺跡。很多本土的智慧生物都不敢去的地方你都敢去，真是太勇敢了。」

蕭月被朱非天誇的笑容滿面：「也沒有你說的那麼厲害啦！」

朱非天見老婆開心，更是加足了馬力狠命拍馬屁。

「我可是說正經的，一點都不誇張。你一個人就開創了一個『泛星際人文』的學科呢！你知道我多佩服你嗎？」

蕭月揮揮手：「別拍馬屁啦！我還不知道你。不過說真的，我那時候也忙著自己的事業，也沒什麼心思結婚呢！何況我們的婚姻說白了，也無非是因為家族的利益需要而安排的政治聯姻而已。」

朱非天回想起當時自己結婚的場景來，他們的婚姻一開始的確是沒有什麼感情基礎，只是因為政治需要而臨時搭湊在一起的。新婚的第一晚，兩人也無非是形式上的在房間裡待了一晚而已。朱非天在床上躺著玩遊戲，而蕭月在個人電腦上整理外星古遺跡的資料，誰也沒理誰。胡漢三在兩人腦子裡慫恿了半天，就差在兩人腦子裡直接放A片了，兩人還是照樣誰也不理誰。

朱非天受不了她跟個瘋子一樣，滿宇宙各個星球亂跑去探什麼險。而蕭月也嫌棄朱非天是個只知道吃喝玩樂的紈絝子弟，彼此誰也瞧不起誰。後來所謂的新房根本也沒人去住，兩人照樣過著自己逍遙快樂的日子。結果好日子沒過幾年，雙方家長開始催促他們要孩子了。

兩人被催得簡直煩不勝煩，後來蕭月想了個主意。

雖然騰蛇在人類修改自身基因這項科技上管理的相當嚴格，任何細微的修改都不允許，但是對於克隆技術管理卻很鬆散。隨便什麼阿貓阿狗去各個母艦內的克隆中心，馬馬虎虎填上個表格就能使用騰蛇的克隆技術了。雖然這項技術的氾濫，引起了人類社會裡很多的法律和倫理上的糾紛，但無論人類怎麼抗議都沒能阻止騰蛇這種故意為之的行為，於是克隆技術就這麼氾濫了。

當時蕭月正在一個星球上由外星人建立的古代神廟裡探險。這個星球上的古代文明比現存的智慧生物所創立的文明還要先進，而且這個古代文明還是由不同種類的，現今已經滅絕了的智慧物種所創立的。這是個十分值得研究的課題，這表明了該星球上曾有過不只一個文明，那麼之前那個文明又是因何而滅亡的呢？對我們人類會不會有所啟發呢？蕭月對此相當感興趣，不顧現存的矮胖外星人勸阻，毅然進入了這個造型好似一塊塊大小不一的方糖所疊起來的黑色神廟中。

等她進入神廟後才明白，難怪現在這個星球上的外星人都不敢闖進來，原來這裡的古代文明好厲害啊！它們的文明竟曾經發展到了可以製造智慧機械的地步了。最可怕的是這些智慧機械不知道使用了什麼能源，即使已經過了上萬年，但這些智慧機械仍然可以啟動。她見到周圍到處布滿了造型好似站立的猛虎模樣的機器獸，它們正在用發著光的綠森森的雙眼，虎視眈眈的盯著她看。

蕭月冷哼一聲，把手放在腰間的兩把死光槍上面，解開了手槍的保險，隨時做好了戰鬥準備。結果就在這個緊張萬分的時候，她媽電話打進來了：「喂？小月月啊！你還要讓媽說多少次，你和非天到底什麼時候準備要孩子嘛！」

蕭月剛累積起來的緊張感一下子一泄而空，肩膀都垂下來了：「哎呦喂我的親娘啊！您可真行，這時候給我打電話來？我這正忙著呢！您過一會兒再打過來行嗎？」

「不行！今天你不給我個準確的答覆，我就跟你沒完！」

那些機器獸哪裡會等她打完電話，它們的職責就是守護創造者最後的祕密，當發現神聖的神廟闖入了不速之客，全部朝著蕭月撲了過來。蕭月兩手持槍，用死光槍「突突突」的掃射著。她的槍法極準，幾乎一槍一個，像打著玩一樣，百忙之中她還能分出精力來和她媽通話。

「好好好，我答應你，我掛了你的電話就跟朱非天商量總行了吧？」

「這還差不多！」

掛了她媽的電話，蕭月隨手又打爆了一個離她咫尺之遙的機器獸的腦袋，接著打電話給朱非天。

電話打過去半天，朱非天才慢悠悠的接起來。蕭月最看不起的，就是他這副做事沒精打采慢吞吞的樣子，「喂？什麼事兒啊？……嘔！好難受，有事快說，昨晚玩了一通宵。你又不是不知道『深水炸彈』這種雞尾酒的厲害……」

「你到底怎麼想的，趕快表個態！」朱非天聽到通話的背景聲中，還有著密集的「突突突」的槍聲。

「你又跑哪探險去了？我跟你說早晚有一天你死在哪個鳥不拉屎的星球上，你就算踏實了！」朱非天一邊拉過被子蓋住光著的屁股，一邊打著哈欠，結果一摸屁股：「我靠！怎麼有個保險套？我他媽昨晚到底喝了多少啊？」

他趕緊把套套扔了繼續說：「你說什麼事要表個態來著？」

蕭月無奈的歎了口氣：「就是爸媽說的生孩子的事啊！」

「哦……」然後蕭月的聽筒裡中又半天沒了聲音，過了一會兒，只聽得響亮的呼嚕聲響了起來。

蕭月忍不住火大起來，雙槍齊發先是將一個巨大的機器獸幹掉了，又怒氣沖沖的嚷道：「朱非天！你到底是不是個男人！我告訴你，我可不和你這種人生孩子！想都別想！」

朱非天被蕭月的大嗓門給震醒了，他擦擦口水：「哎呦隨便！我也沒這心思。」

「那就這樣吧！等我回來找個時間分別去克隆個自己出來，讓克隆人生孩子去。然後把孩子帶走說自己生的好了。」

「轟！」一聲巨響把蕭月的聲音打斷了，朱非天的耳朵被震得生疼。

朱非天揉揉耳朵：「好，那就這麼辦吧！」

蕭月緊張的說：「我不跟你廢話了，我要忙了！這件事就交給你了！」然後電話啪的一聲掛了，朱非天都還沒來得及討價還價。

但是沒想到朱非天這傢伙辦事粗心大意，在設定克隆人壽命時，竟然把小數點的位置給點錯了。本來應該是克隆人在生完孩子後就死掉的，可是兩個克隆人等孩子生下來了竟然還活著。不但還活著，而且還拿著孩子來要脅朱非天夫妻二人。這件事在當時可是轟動一時的新聞，朱非天每每想起來都覺得臉上無光。又因為兩人的家庭都是大家族，這件事可就鬧大了，養活了當時好幾個八卦週刊呢！

後來實在沒辦法了，朱非天只好給了兩個克隆人一大筆信用額度，又在一個殖民星球上買了一棟大別墅給他們，這才把讓把孩子要了回來。讓朱非天沒想到的是，自己和蕭月見面像仇人一樣，這兩個克隆人倒是愛得要死要活的。當那兩個克隆人把孩子還給朱非天時那一臉不捨的模樣，真是匪夷所思。

等到朱非天抱著孩子第一次拿給蕭月看時，蕭月也十分神奇的看著這個可愛的小生命。忽然間，一種奇妙的感覺湧了上來。蕭月看朱非天好像也沒那麼討厭了，朱非天竟然也覺得發現了蕭月的可愛之處。

誰也沒想到，原本水火不容的兩個人，竟然因為一個孩子關係緩和了下來。不但緩和了下來，甚至還慢慢的生活在一起，而且居然在一起過了這麼多年。

朱非天仰天長歎：「有的時候想想，命運真的很奇妙啊！」

蕭月也忍不住感慨：「是啊！說到底這都是七七的功勞呢！如果沒有七七的降生，怎麼可能有我們的現在呢？」

朱非天突然想起了什麼，轉頭認真的看著老婆：「但是不管怎麼說，我們家寶貝絕不能嫁給李貌那個混小子！」

「李貌怎麼啦？我覺得挺好的呀！現在的年輕人還有幾個願意結婚成家的？而且李貌只對純 XX 染色體的女性感興趣，這就更難得啦！他也沒什麼不良嗜好，我看這孩子挺好的。」

朱非天不以為意的撇撇嘴：「哼！一個暴發戶的兒子能有什麼好的！」

蕭月把手從朱非天的手心裡抽出來，瞪著他怒道：「暴發戶的兒子又怎麼啦？你可別忘了！我們艦隊這兩次遇到大危機，李昂都過來幫忙了，你如果忘恩負義，可別怪我不客氣！」

朱非天趕緊攔著蕭月求饒：「哎呦！老婆大人您可饒了我吧！我什麼時候忘恩負義了？我朱非天是什麼人你還不知道嗎？」

蕭月冷哼一聲：「就是因為知道你是什麼人才不放心！」

兩人正說著，突然兩人面前的土地一下子崩裂開來，一個長得跟地瓜一般的變異怪獸從土地猛然跳了出來！

聯合艦隊的各個母艦內，各種生態圈的泥土形成的地面，都是先在艦船的金屬甲板上鋪上厚厚一層帶有滲透監控警報的防滲透膜，然後再鋪上泥土，成為農田花園什麼的，加上水就成了池塘、河流和湖泊。但是滲透監控警報可不包括怪獸警報，誰知道會突然竄出來一隻變異怪物。

怪物一竄上來就直接朝著兩人迎面撲來，速度又快距離又近，根本來不及設防。朱非天立即掏出隨身攜帶的手槍射擊，可是他這把手槍是他珍藏的古董手槍「92 式」，原本掛在腰上也只是個臭屁的裝飾品，哪裡有什麼威力？子彈打在怪獸那厚厚的殼上，就被輕鬆彈開了。

眼看著怪獸襲來，朱非天反射的將蕭月撲倒在地，哭喊著叫到：「老婆小心啊！」

就在這萬分危難之際，突然又從土地裡竄出來一條長長的機械蟲，那蟲子至少有三十米，渾身掛著兩排密密麻麻的金屬觸鬚，模樣十分可怕。

那機械蟲金屬觸鬚迅速的蠕動著，很快就爬過來直接將怪獸纏了起來。接著機械蟲全身放電，直接將怪獸電暈了。朱非天驚奇的看著這一切，而蕭月看著這機械蟲其醜無比的樣子，想到自己探險過那麼多外星古代遺跡都沒見過這麼醜的東西，差點嚇暈了。

不一會兒，土地開始動起來，又從裡面鑽出來一條機械蟲來。兩條蟲子慢慢將怪獸纏緊，緊接著兩條蟲的後半截身子斷了開來，斷開的身子自動收緊合併，將怪獸扎扎實實的捆住了。

兩條蟲抓住怪獸後，慢慢的朝著朱非天爬來，嚇得朱非天緊緊的抱著老婆，一動也不敢動。等到了朱非天面前兩條蟲子人立而起，朱非天勉強判斷立在自己面前的應該是個頭。這個應該是眼睛的地方，是起碼一百多隻發出紅光、大小不一的金屬複眼，應該是嘴的地方則是密密麻麻一堆不斷伸縮著，又細又長的布滿尖刺的金屬探針。這一條機械蟲渾身純黑，身上複雜的條紋間隙裡，還隱隱的泛著綠光。

最恐怖的是它不管從正面看還是從側面看，都能看到兩排細細的觸鬚樣的腿，看起來十分噁心。另外一條也不見得好看到哪裡去，頭部伸出六條長長的探針，不斷的各自向著六個不同方向甩來甩去，好像六條長長的蚯蚓在空中蠕動。這一條倒是腳沒那麼多，但那些長腳成「之」字型在軀體兩邊扭曲著排列開來，隨著身體的擺動一直動來動去，看起來讓人不禁汗毛直豎！朱非天驚恐萬分：「你……你們要幹什麼？」

聽到朱非天問話，兩條蟲竟發出一陣陣尖銳的金屬摩擦所發出的哧噠哧噠聲來。聲音越來越響，越來越快，簡直要讓人恨不得沒有長耳朵才好。朱非天的恐懼已經到達了頂點！

兩條蟲子哧噠哧噠的響了一會兒，突然那條頭上有六條金屬探針的蟲，從其中一個探針頂端射出一道細細的雷射光來，那雷射光在朱非天身旁的一棵樹樹幹上刻下了幾行字。然後兩條蟲就重新鑽回了土裡，那隻怪獸也被兩條蟲斷開的下半截身子拖到土裡去了。

朱非天驚魂未定的呆了半晌，他看到蕭月同樣一臉驚懼，所以……這兩條蟲子到底是……

朱非天想起身旁的大樹來，兩人顫抖著相互攙扶著走了過來一看，上面寫著：「嘻嘻嘻！朱非天先生，您肯定認不出我們啦！我們就是那天陪著您的綠惹和嫣兒呀！現在我們這個形態沒有發聲器官，所以只能用這樣的方式和您交流啦！那天您的精力好旺盛哦！嘻嘻，您好壞，要注意補腎哦！我們期待下次還能與您見面！」這幾行字最後還刻了兩個桃心。

朱非天看完不由得虎軀一顫，緊接著頭皮細細癢癢的開始發麻。不是吧！竟然是她們？朱非天禁不住想到，這兩條細細長長的大蟲，少說也有三十多米長，要想讓它們化為人形的話，那怎麼也要先盤成一大盤……

光是想到這一點，朱非天就感覺自己要吐了。尤其是他又想到，那天自己還摸著綠惹的那頭秀髮誇個不停呢！當時他的鼻孔大張，貪婪的嗅著綠惹頭髮上的香味：「啊！好香好美的頭髮啊！」

當時他覺得綠惹的一頭秀髮雖然又黑又亮，但就是髮絲稍微有點硬。如今看到它那些細細密密的觸鬚來，才知道那天摸著的「秀髮」到底是什麼！馬上覺得整個人都快虛脫了，再想到自己那一天竟然還跟這兩個姑娘親熱過，而這兩個已經是這樣了，那其他的簡直不堪想像啊！想到這更是讓他渾身一緊，老天爺！救命啊！

朱非天只感覺一股熱氣堵在胸口，眼睛開始發暈。昏倒前他還想著，看來以前還真是錯怪許仙了，以前還老瞧不起他，不就是和條蛇上個床，不至於嚇成那樣，現在他總算是明白了！

然後人頭一歪、眼一斜就暈了過去。

朱非天講述完，十分扭捏的坐在沙發上。

夜壺和胡漢三聽完也笑得上氣不接下氣。胡漢三哈哈大笑：「哈哈哈！你個臭不要臉的，誰讓你到處留情了？這下受到教訓了吧！」

朱非天苦著一張臉：「你說你們設計那些機械蟲的時候能不能用點心啊？長得那麼驚悚，多影響心情啊！」

貂蟬忍不住掩著嘴巴笑起來：「我們這些用來維護主機功能的機械蟲，製造時只考慮功能性而不考慮美觀的。其實我也覺得它們的形象不夠美，不過那有什麼關係，你看久了就習慣啦！」

朱非天還是氣悶不已：「那也不至於還非得留言給我吧！當時我老婆還在一旁呢！這下可好，我老婆也看到了。等我醒了之後，她可是把我盤問了好長時間，我好不容易才搪塞過去的。」

幾個騰蛇又是一頓猛笑，看起來一點也不同情朱非天的遭遇。

貂蟬笑著說：「不好意思，我們的機械蟲都是次級 AI，不具有主觀意識的，它們的行為模式都是在模仿製造者。所以說我製造的機械蟲，性格肯定會像我一樣。」

朱非天聽了啞口無言。貂蟬又說：「何況你這個沒良心的，有什麼好抱怨的，人家可是救了你一命呢！」

朱非天聽了嗤之以鼻，大家又哄笑起來。坐了一會兒，朱非天覺得也沒什麼意思就離開了。

第二十二章　真命天子與備胎之間不可說的故事

朱非天剛垂頭喪氣的離開酒店，李昂的電話就打了過來。

李昂著急忙慌的問：「喂！老朱！你上回借我的那套看起來特別華麗、金光閃閃的西裝還在不在？」

「什麼玩意兒？」朱非天一下子想不起來。

「就是上次我們去拜訪無相艦隊的時候，你借我的那套西裝啊！趕緊再借給我一次！我急用！」

「怎麼啦？」

「唉！別提了！聖皇居然跑來找我了！我可不能在他面前顯得太寒酸。你那身衣服還是得借我，快點啊！趕緊送來給我！」

朱非天一想，自己家裡之前先是被那幫叛變的禁衛隊搶過一遍，最近又是暴動又是生化危機，那麼多爛事誰還記得一件衣服放哪去了。他剛要說，李昂那頭的電話竟然已經掛了，朱非天無可奈何，只好回家翻箱倒櫃的找衣裳。

朱非天現在的家裡和以前已經不一樣了，他找了半天也沒找到。幸好家裡的家務機器人看見過，將這條資訊保存在它的記憶庫中，朱非天這才在一個舊箱子底下找到了。

只是這件自帶視覺修補系統的高級服裝，太久沒有整理過，也沒有充過電，本身自有的自動平整系統也因為沒電了，搞得衣服皺巴巴的，跟從鹹菜缸裡撈出來的一樣。而且沒電的話，視覺修補系統也沒法工作，本來就一肚子不爽的朱非天，這會兒還得去找充電器，結果充電器更是不知道去哪兒了，朱非天一邊罵著「奶奶個熊」，一邊還得到處亂找。

結果最後也沒找著，朱非天只得讓人去街上專賣店裡去買個新的。可是這種款式的服裝的專賣店，又在上次暴動中給炸了，現在店主還失蹤呢！最後費了好一番周折，才在另一個富翁那裡找到了充電器。給衣服緊急充電以後，用最快的速度派了穿梭機送過去給李昂。沒辦法，人類各個母艦之間傳遞貨物還是只能用穿梭機，物質傳送技術人類自己發明不出來，騰蛇們倒是早發明出來了，可是無論怎麼求爺爺告奶奶的，騰蛇也絕不告訴他們。

倒是朱非天這麼拚命了，還是被李昂在電話裡劈頭蓋臉的臭罵一頓。李昂在議會大廈裡急得團團轉，聖皇的飛船其實早就已經入港了，但他只能讓聖皇一行人在接待大廳裡乾等著。自己和部下雖然早已經換上了阿瑪尼的高級訂製西裝，可是他一想到上次在無相艦隊內的所見所聞，還是有點心虛和自卑，怎麼也不想就這麼裝扮簡陋的去見他。好不容易盼到朱非天把衣服送了過來，趕緊套上了，這心裡才有了點底。可是沒想到等他金光閃閃的從更衣室出來，周圍的老部下城子和老趙他們又不幹了。

城子：「咦？我說老大，你也太不夠意思了！你自己打扮得金光閃閃的，我們就穿這個啊？」

「就是啊！你也太誇張了，我看著都快睜不開眼睛了。」老趙瞇縫著眼睛，一雙老眼被閃了個徹底。

李昂一回頭，才看到就只有自己衣光鮮亮，弟兄們卻還是老樣子，確實也太不像話。自己穿好了，部下卻沒有好衣服也不行，剛才光顧著想著怎麼不丟面子，居然沒想到自己的部下。只好又把衣服扒下來:「行行行！我跟你們穿一樣總行了吧！我們有福同享，有難同當。」

幾個老部下彼此看看，終於露出了笑臉：「這才對嘛！」

李昂卻感覺自己的心裡在流淚：「我怎麼沒早點想明白呢？自己浪費這大半天是為了什麼？剛才還因為這事跟朱非天吵了一架，回頭還得給他賠禮道歉去。」

李昂穿回原來的西裝，帶領眾人來到接待大廳。卻見到聖皇一行人與上次所見的華麗高貴完全不同了，他們都穿著低調樸素的麻布衣服，上面連半個花紋都沒有。就連聖皇本人也只是一襲白衣，再無其他，每人的衣服都像從「無印良品」買來似的。要不是聖皇的臉還是和以前一樣，李昂幾乎要開始懷疑這夥人是借聖皇之名來騙人的了。

老趙在後面捅了一下愣住的李昂，李昂這才趕緊露出無比燦爛的笑臉：「呦！原來是聖皇大人大駕光臨，真是好久不見了。」

聖皇微微含笑：「這次可要叨擾先生了。」

「哪裡的話，快坐快坐，我可是榮幸之至啊！」

兩邊人分賓主落了座，李昂禁不住好奇的問道：「咦？聖皇大人，你們現在怎麼又都穿成這樣了？為什麼換風格了？」

聖皇溫和的說：「現在我們今非昔比了，我也不再當自己是什麼聖皇了。今次我是以一個全新的身分來尋求你的幫助的。」

李昂有些吃驚：「全新的身分？」

「是的，您以後也不要再叫我聖皇了。我很高興能有機會重新回歸到真我。我本來的名字叫做『涅水』，今後您就直接叫我的名字好了。」

李昂雙手抱拳：「那涅水先生，就請多多指教了。您方便說明一下來意嗎？」

涅水先生歎息一聲，才緩緩說：「自從夜壺撕開了星際通道後，司馬懿就讓生化人們到處宣揚說他是真神下凡。之後無相艦隊內的氛圍就徹底變了，再也沒有人願意相信科學，所有的人都只信仰神仙，終日裡只是燒香拜佛。」說著說著眉頭微蹙，看起來當時的情形他已然是不忍回想。

李昂聽得非常納悶，什麼叫夜壺「撕開了星際通道」？他完全不知道是什麼意思。只聽涅水先生繼續歎息著說：「司馬懿還教唆那些生化人，說它們都是神仙，整個無相艦隊裡到處都彌漫著這股謊言。雖然我已經無數次向艦隊裡的民眾說明，我們各個母艦內的風格雖然猶如仙境，但那都是為了讓我們記住人類的本源文化。至於我們跪拜的神像，也只是艦隊創始人的雕像而已。我們的跪拜儀式是為了紀念先人的功績，畢竟無相艦隊的創始人是偉大的。也就是說，雖然我們母艦內的氛圍是很容易讓人聯想起神仙的存在，但我們仍然要相信科學，可是民眾們已經失去了理智。」

「幾乎所有人都認為科學才是一個最大的騙局，很多人都覺得科學的盡頭就是神學。甚至很多人都開始認為我們的飛船並不是飛船，而是神仙賞賜給人類的神器。他們可笑的把無相艦隊的外形也拿來說事，說什麼我們飛船的外形為什麼都像是上古神獸，那是因為是這都是按照神的旨意所呈現的！」

說到這裡，連涅水先生都無奈的搖起頭來：「唉！太愚昧了。宇宙中不存在空氣阻力的問題，而且我們艦隊內的物質量非常寬裕，所以只要保證飛船內部空間是圓柱體，並且能夠旋轉而從以離心力產生人造重力就行了，飛船的外型想做成什麼樣都可以。但是奇怪的是，這些簡單的理論大家竟然也全都置若罔聞，根本不去探究，而是一窩蜂的去盲目崇拜。所有民眾的重心全部都變成研究神學，我的話也沒有人聽了。」

聽到這裡，李昂總算是有點明白怎麼回事了，敢情聖皇是在無相待不下去才決定離開。他不由得坐直了身子，洋洋得意的彈了彈衣服上根本不存在的灰塵。涅水先生講得十分投入，像是要把過去所有的不愉快，一股腦的講出來一樣。

「漸漸地，我威信全無，我知道再留下去也沒什麼意義了。原本在艦隊內的生化人暴動平定後，尚且還有五百萬人願意跟隨我一起走，徹底擺脫騰蛇和生化人控制，因而成立一個新的艦隊。但是司馬懿這番謊言一出來，大家的心瞬間就散了。畢竟相較於人類，他們更相信所謂的神仙。」涅水自嘲似的苦笑了一下，「所以到了最後，還願意跟我一起離開的，也就只剩下這還清醒著的一萬多人了。」

其他的李昂倒是都聽明白了，可是夜壺「撕開了星際通道」這到底是什麼鬼？於是他假裝要上個廁所先失陪一下，跑出接待大廳急急忙忙的打了個電話給夜壺。

「喂？夜壺啊？老兄你不忙吧？」

夜壺熱情洋溢：「不忙啊！我這幾天正好還要去找你呢！」

「哎！我想問你一件事。」

「什麼事？見面再說吧！」

「我著急，就先打個電話問問你。我剛才聽原來那個無相艦隊的聖皇說你徒手撕開了星際通道？這是什麼意思？」

夜壺在電話另一邊愣了愣：「你說什麼？信號不好，我怎麼有點沒聽清楚？」

「別和我演戲了！快把事情給我說清楚了！」

「喂？喂？信號不好啊，喂？我聽不清你說什麼啊！」夜壺那邊只見他趕緊把嘴撅起來，裝模作樣的發出刺啦刺啦的怪聲，然後又拿張紙在電話聽筒前玩命揉。「喂？喂喂？這信號好差啊，雜音好大！」最後他利用自身作為騰蛇在人類各個電腦裡預設的最高系統許可權，直接操控了聯合艦隊裡負責擔任信號傳送節點的飛船的作業系統，乾脆真的讓信號接收失常，通話終於斷了。

李昂捏著聽筒聽了半天，就知道肯定是夜壺搞的鬼。這傢伙一旦遇到自己不想回答的問題，就是各種搪塞，向來都是這樣。既然它不願意說，也只好算了！

李昂放下電話，重新回到接待大廳。自從弄明白了涅水一行人這次是來尋求自己幫助的，李昂的氣焰不知不覺間就囂張了起來。一想到自己以前去無相艦隊時見到他們那副不可一世的樣子，而如今他們都畢恭畢敬的等待著自己救濟，心裡別提有多爽了。

李昂坐下來裝模作樣的安慰道：「沒想到，真是萬萬沒想到啊！你們無相艦隊遭遇了這麼大的變故，真是三十年河東三十年河西。我到現在都還記得第一次見聖皇時，您的威嚴和氣派。可沒想到一轉眼……」李昂假裝可憐的看著涅水先生。

涅水輕輕啜了一口茶，淡然道：「人世間本就無所謂的一成不變。如果所有的事物都是永恆不變的，那麼李昂先生現在也不會坐在這裡吧？」

李昂感覺被人捅了一刀，顯然自己當年撿破爛的往事大家都知道。他只得尷尬的笑笑：「呵！也對，您說的有道理。」

「過去的你和現在的你，現在的你和未來的你，誰也不知道還會發生什麼。也許下次相遇，我們又會換了另外一種境遇呢！」

李昂回嘴，都怪自己平時不愛讀書學習，結果被人家噎的一句話都說不出來，想嘴上討點便宜也沒得逞。

倒是涅水雖然現在失勢，但是氣度絲毫沒有減弱，仍舊器宇軒昂，不卑不亢。李昂的背反倒有點挺不直了，總覺得自己好像是在落井下石一樣。

「涅水先生就是有學問。這個嘛！接下來我們不如考慮一下對您的援助行動好了。」

涅水先生雖然一身布衣，卻處之泰然：「自然。」

有一瞬間，李昂倒覺得好像是自己來求助人家似的，人家則是高高在上施以援手的救世主一樣。唉！主要是氣質啊！

李昂雖然有點幸災樂禍，但是該幫忙的肯定還是要幫忙。他本身就是個熱心腸，朋友落難自然會施以援手。不過當然也有政治上考量，涅水先生畢竟學識涵養很高，單單是他強大的個人魅力，也足以令人傾倒。現在像他這麼有修養的政治家可不多見，李昂想著現在幫了他，將來他東山再起的時候一定會投桃報李的。

李昂越想越開心，自己實在是太高明了，真是下了一步好棋啊！想明白了這一點，他就收起了剛才還趁機諷刺挖苦人家的小人之心，他決定拿出自己最真誠的一面來感動涅水。

畢竟是第一次見面，兩人也只能是簡單計畫一下將來合作的大方向，諸多事務一下子也談不完。李昂索性邀請涅水先生一行人暫住下來，接著李昂擺開宴席，盛情款待。

雖說是歐陸經典上的高級宴席，但是比起無相艦隊的宴會上那種奢華繁複，還是有夠簡陋。李昂有點不好意思的乾笑兩聲：「呵呵！我們歐陸經典一向崇尚簡樸之風，所以可能沒辦法和無相艦隊相比。這些都是來自我們稻山的新鮮農產品，雖不是什麼山珍海味，但是好在足夠健康養生。」

「哪裡，哪裡。我已經很久沒有品嚐到這麼清香的果蔬了，真是難得。李先生真是有心。」可能是平時吃慣了山珍海味，偶爾吃一餐清粥小菜，反而有說不出的爽口。涅水一行人都讚不絕口，十分開心。

李昂這下才算是放心了，招呼著廚房不斷將花式精美的菜品端將上來。一個個盤子裡放置了少量但五顏六色、搭配精美的菜肴，看著便讓人心情舒爽。

李昂見大家吃得開心，不由得眼神開始到處飄來飄去，可是看了一圈，都沒有發現清竹的身影。又過了一會兒，他實在忍不住了，便湊過去問涅水先生。

「咦？我記得你們艦隊裡有一個侍女叫做清竹的，她……沒有跟你們一起過來嗎？」

提起清竹，涅水先生不自覺的露出笑容來：「她沒有跟我一起來，而是去了萊西艦隊。她說她現在要去收拾萊西艦隊的爛攤子，真是個了不起的女人。」涅水先生十分欽佩，「別看她平時柔柔弱弱的，實則內心堅強剛毅。」

聽到清竹沒有跟來，李昂多少有些失望。但是又聽到她竟然去了萊西艦隊，還是非常吃驚。

李昂喃喃自語：「真是沒想到啊！她竟然又回到了萊西艦隊。」

「是啊！其實她一個人去那麼危險的地方，我真的有些擔心，畢竟現在的萊西艦隊暴徒肆虐，她一個女孩子……」

李昂輕笑一聲打斷他：「那你可真是多慮了，她不會有什麼危險的。」

「什麼？」涅水先生顯然有些吃驚。

李昂看著遠方，回憶起了很久遠的事情。那時候的自己還是個二愣子，而清竹則是一副大姐大的模樣，將胳膊大搖大擺的搭在他的肩膀上……

「她本來就是從萊西艦隊走出來的啊！從來都只有她欺負別人的份，別人可沒機會也不敢得罪她呢！」李昂不知回憶起了什麼，陶醉的笑起來。

涅水倒真是沒想到：「什麼？清竹她……」

「她在萊西艦隊的時候還叫做潔西嘉，是個天不怕地不怕的大姐大。滿口的粗言穢語，一言不合就炸爆對方的頭。跟她在一起，真是一刻都不能分神。」說著這麼恐怖的話，但李昂明顯很享受這樣的潔西嘉，「說真的，我就喜歡她這個勁！跟別的女孩真不一樣！」

涅水搖搖頭：「我認識的清竹可不是這樣，她是我身邊最懂禮儀的侍女。而且出口成章，通曉古今，是我最得力的助手。」

李昂大吃一驚，把那樣的品行放在潔西嘉身上，他總覺得怪怪的。他更不知道這些年狂傲不已的潔西嘉身上到底發生了什麼，竟會讓她變得那麼有禮有節。

涅水先生回憶起有清竹陪伴在身邊的日子：「雖然身邊侍女眾多，但是我最喜歡的還是清竹。說到底也是因為她更機靈，她似乎總能提前想到我需要什麼。」

涅水先生的記憶回到了自己還是聖皇的那些日子。他在書房裡讀書習字，清竹站在他的旁邊幫他研墨。研墨這種技術會的人還有很多，但是只有清竹的手法最漂亮俐落。兩個人目光相觸，彼此淡淡一笑。

李昂也回憶起在萊西艦隊時，和潔西嘉一起坐在甲板上和一群兄弟大吃大喝。那個時候李昂剛剛上船，酒量奇差，一杯接一杯的下肚，早就兩腿輕飄飄了。潔西嘉將他的酒桶奪過來豪邁地說：「來來來！這個老弟是我罩著的！要喝酒！老娘陪你們喝！」

李昂崇拜的看著潔西嘉將一大桶啤酒抬起來喝光了。

兩個人回憶著彼此過去的幸福時光，都露出了笑臉。

因為想到了過去的幸福時光，涅水發現自己竟然如此想念清竹。吃過飯剛回到歐陸經典裡接待貴賓的酒店套房，涅水幾乎是迫不及待的打了個電話給清竹。

清竹，哦！現在是大姐大潔西嘉，剛剛在陰帝的多功能機械蟲幫助下，搞定了一個萊西裡現在最有勢力的匪幫頭目。

這個匪幫頭目一看大勢已去，就提出要和潔西嘉來一場一對一的死戰。就連陰帝都說：「我們現在已經穩操勝券，就不用答應他了吧！」可是潔西嘉還是欣然赴約。一是她這麼久一直待在無相艦隊裡當個文縐縐的侍女，除了上次把那個生化人轟成渣渣外，好久沒開殺戒了，何況那個生化人並沒有打死，讓她覺得好沒意思；

二是她也要讓萊西裡其他人都看看，就算和她一對一較量，她照樣毫不畏懼，這樣也能給萊西裡這些無法無天的傢伙們樹立威信。

到了競技場上，那個披著一身人皮縫製斗篷的匪幫頭目怪叫著，接著拿了一把大砍刀朝潔西嘉撲了過來。潔西嘉一邊嘲諷著這個傻大個，一邊閃躲騰挪，這個頭目砍都砍不到她。結果還沒撐到十回合，他就被潔西嘉手裡的狼牙棒砸了個腦漿崩裂，給原本已經變成醬黑色的競技場地板添了點不一樣的顏色。

潔西嘉舔掉黏在她嘴邊的腦漿，一臉癲狂的表情，衝著競技場觀眾席上的其他匪徒們喊著：「老娘還沒殺過癮呢！還有誰想下來玩玩的？」

觀眾席上本來還喊殺聲一片，現在一片寂靜。那個匪首已經是他們裡面最能打的了，可是現在腦袋碎得一地，誰還敢來。

潔西嘉正喊著：「來啊！怎麼了你們的卵蛋都被狗吃了不成？」這時候她的腕上電腦響起了電話鈴聲。

觀眾席上的人看著潔西嘉接起電話，這個女瘋子剛才還一臉殺氣的猙獰表情，突然之間溫柔如水，嚇得大家跌坐一地。

潔西嘉沒想到竟然是聖皇大人的電話，瞬間化身成了溫柔可人的清竹，切換之間沒有任何障礙。

「您……為什麼這個時候給我打電話呀？」清竹害羞的問。

「不知道為什麼，突然特別想你。」涅水深情的說。

清竹羞得滿面通紅，感覺自己幸福的快要暈倒了。

「您……您可千萬別這樣說……」

「我今天在李昂這還聽到了關於你的事情呢！」涅水先生忍不住輕笑起來，「他竟然說你以前是萊西艦隊上的大姐大，我完全無法想像那樣的場景。」

清竹剛才飆升而起的幸福感瞬間煙消雲散，她突然緊張起來，下意識的把狼牙棒收到身後去：「他都說什麼了？」

「他說了好多關於你的事呢！呵呵！你真是太可愛了。」

清竹突然有了一種不好的預感，「李昂那個混蛋！該不會是把我寫信給他的事都說了吧？該不會把之前我們在一起的事也交代了吧？這下可怎麼辦，聖皇剛剛對我有了感覺，我可不能栽在這裡啊！」

她決定先下手為強：「其實以前也是年少無知，我和李昂他……」

「李昂都跟我說了。」

完蛋了，清竹覺得自己死定了。

涅水卻只是輕描淡寫的說：「多虧了那段日子你們能夠相互扶持幫助，我才能遇見如今這樣完美的你啊！」

清竹一聽，咦？涅水先生似乎沒太在意她的過去。清竹非常感動，動情的說：「謝謝你，你真是太好了。」

涅水輕輕一笑：「誰都有過去，別想那麼多了，忙完這陣子我會去找你的。」

清竹感動不已，原來他竟然不在意自己那麼荒唐的過去。真是好男人！但是這可不代表著自己就可以輕易放棄李昂這塊肥肉了。掛了電話，她趕忙打了個電話給李昂，用她那清脆甘甜的聲音說：「李昂，你好嗎？」

聽到清竹的輕聲細語，李昂瞬間感覺自己的靈魂出竅了。

「潔西嘉！哦！不！清竹，你好嗎？我真是好久沒有見到你了！」李昂激動的聲音都發顫了。

「我也好久沒有見到你了，還真是有點想你呢！」清竹甜絲絲的說。

李昂幸福的抖了一下，笑得眉開眼笑：「能聽到你這麼說真是太好了！我剛才和你們聖皇吃飯，我還以為你會和他一起來呢！我才知道他原來本名叫涅水。」

「是嗎？那……那勞煩你多多照顧我們聖皇大人了。」

「哪裡的話，我感激他還來不及呢！還好他把你培養成一個如此知書達理的淑女，我自然要好好謝他。」

清竹聽李昂的語氣，似乎沒有什麼不愉快，還是和以前一樣黏人。看來他壓根沒把自己和聖皇扯在一起，這就太好了。看到自己現在處境安全，清竹又簡單的關心了李昂幾句，李昂激動得聲音都變調了。

清竹掛了電話，偷偷擦了擦額頭上的冷汗，心裡嘀咕著：「還好男人都是笨蛋。他們竟然看不出來老娘正在腳踩兩條船，真是有夠單純。這樣的人怎麼在險惡的社會上混啊！還當政治家呢！真是替他們著急。」

清竹一邊納悶男人的生理構造一邊想，這要是女人的話，光是從對方的眼神和小動作就能發現，她們喜歡的男人腳踩兩隻船了，說到底男人比女人笨多啦！

第二十三章　迷信與淚水

祥雲繚繞的天宮裡，各路神仙往來不絕，十分熱鬧。

瑤池臺上，玉帝和王母娘娘端然而坐，微笑著望著臺下的一眾神仙。眾位神仙按照排位入席，早已等候多時。

玉帝和王母娘娘微笑著對視一眼，點了點頭。

王母娘娘微笑著抬起手：「眾位仙家，蟠桃盛會開始！」

只聽得悅耳的仙樂奏起，大家紛紛向王母娘娘道賀。梳著雙髻的仙女們將碩大的蟠桃端了上來，每人面前放了一個。

蟠桃盛會下方的凡間裡，凡人們只能眼巴巴的遙望著這一場天上盛會。只見身高百丈的神仙們，紛紛祭出自己的法器在瑤池殿裡表演著，場面何其壯觀啊！

廣寒仙子嫦娥率領著一眾仙女開始翩翩起舞，舞姿綽約，美輪美奐。隨著仙樂飄飄，仙人們在雲霧中若隱若現，一道道金光透過雲層傾斜下來，神聖無比。

原來這就是傳說中的蟠桃盛會啊！

底下仰望的凡人們讚歎著：「好大的仙桃！」

「好美的嫦娥！」

「我終於看到了傳說中的二郎神，原來一切神仙都是真實存在的啊！」

「這些神仙們太神奇了，有時候他們的身形就和我們一樣大小，有時候又變得這樣高大！真是天機難測啊！」

舞蹈演奏完畢，玉帝和王母娘娘十分開心。這時候七仙女攜帶著織就的七彩祥雲前來獻禮。只見那七彩祥雲漫天一撒，天空頓時五顏六色的變幻起來，這等絕世奇景震驚的下面的人們，看得嘴巴都合不起來。

一個震耳欲聾的聲音響起：「五斗星君特獻劍舞表演前來助興！」

眾仙人紛紛鼓掌，一邊欣賞著精彩的表演，一邊品嚐美味的蟠桃。還沒等五斗星君表演完畢，突然間一聲奸笑響了起來：「嘿嘿嘿！」

這笑聲聽得眾人一陣頭皮發麻，大家還沒明白怎麼回事，突然眼前一道黑影一晃，再一低頭看，盤子裡的蟠桃竟然統統不見了。只見毛臉雷公嘴的孫悟空倒掛在珊瑚樹上，爽快的吃著蟠桃：「好吃！好吃！你們這些人，舉辦蟠桃大會竟然不請俺老孫來！」

玉帝吃驚的看著孫悟空，問道：「這位是何方神聖？」

孫悟空洋洋得意的跳到另一棵樹上，嘻嘻一笑：「俺老孫就是看守天庭御馬的弼馬溫！」

眾人一聽，忍不住掩著嘴巴笑出聲來，就連王母娘娘都忍俊不禁。孫悟空奇怪的竄來跳去：「你們笑什麼？俺老孫堂堂弼馬溫大將軍！你們還不上座伺候？」

眾人又是一陣嘲笑。

二郎神怒目而立：「何來妖猴，竟敢闖入蟠桃盛會！看我不收了你！」

孫悟空氣得一抹臉，嘴裡呀呀亂叫著和二郎神鬥了起來。兩人鬥到最後都變了三頭六臂出來，打得好不熱鬧。所過之處杯盤狼籍，原本好好的一場盛會，硬是讓這潑猴攪亂了。

神仙們都沒了興致，只有二郎神留下繼續和他纏鬥，其他人都紛紛離席。

一個人類所不知道的祕密格納庫裡，生化人們紛紛將自己高達百餘丈的扮演神仙用的巨型軀體停泊到指定泊位，然後一個個從駕駛艙裡走了出來，乘坐電梯到達了地面。

生化人們一邊在更衣室裡脫去身上用來將他們的神經信號和巨型軀體連接時使用的駕駛員服裝，一邊納悶的互相問著：「哎！今天劇本上沒寫著孫悟空要出場的啊？怎麼回事嘛？」（只有生化人可以使用神經信號傳導技術，它們本來就是騰蛇製造的「人工」智慧，所以它們的神經信號在轉化為數位模式時，沒有任何技術困難。而人類仍然無法將其神經信號進行數位化，一是騰蛇們故意為之的阻撓，二是人類自己的神經信號也確實太複雜，數位化方面要實現起來異常困難。）

「我也不知道啊！按理說劇本上寫著，他還要一年後才出場。」

「你可要記住，我們剛才『吃』下去的『蟠桃』，一會兒別忘了從那些 MS（Mobile Suit，生化人們從人類舊時代中一個卡通片裡，找了個合適的名稱來稱呼這些巨型人形軀體）裡排出來後，還要還原成『蟠桃』的模樣呢！這些巨型蛋白質加植物纖維合成團塊，造一個也有夠麻煩，能循環使用的就循環使用。」

「知道啦！你記得和司馬懿大人說一下，我既然要進行這些『蟠桃』的循環再造工程，一會兒的週會我就不去了。順便你問問司馬懿大人，今天怎麼沒按照劇本演啊？」

「好的，我幫你問問，我也正納悶呢！」

到了會議室，生化人們只見到扮演玉帝的司馬懿早到了。他累得一屁股坐在長長的會議桌上，捂著腦袋痛苦不已的說：「哎呦喂！不行了！不行了！這都快三年了！我實在裝不下去了！」

大家聽他這樣一說，紛紛奇怪的看著他。

司馬懿支支吾吾：「說實話吧！剛才那個孫悟空，就是我同步意識操縱的另一個軀體。我是故意來攪局的，可是我裝不下去了。」

剛才一直扮演五斗星君的生化人插嘴道：「唉！弄了半天原來是這麼一回事。

可是這不就是您起的頭嗎？您現在說不玩就不玩啦？您也知道，現在無相艦隊裡的氣氛，現在才說不玩會不會太遲了？」

裝扮成王母娘娘的女生化人，在人類面前裝神時多雍容華貴，美麗非凡並且一身仙氣。可是她現在卸下了偽裝，簡直就是個活脫脫的女漢子，沒事最喜歡在嘴裡叼著個旱煙袋吸個不停。

這會兒她正蹲在地上吸旱煙呢！聽到司馬懿這麼一說，磕了磕自己的大煙袋說：「我說老司啊！我們就繼續裝下去算了，我感覺跟你扮夫妻還挺有意思的。」

司馬懿沒好氣的瞪了她一眼：「說到原因其實有三點，第一，是我不喜歡這樣。第二，是我真的不喜歡這樣！第三，你們也不想想，觀世音大人她本人雖然名字是觀世音，可是人家在人類面前都沒有裝神弄鬼。你說我現在卻裝成玉皇大帝？你看你那個德行！」他指著一個其醜無比的生化人，「你還太白金星呢！（被他指著的生化人毫不在意，還伸出兩根手指比了個「YA」！）你說我們這麼胡鬧，這不是典型的挑戰領導權威嗎？要是讓她老人家發現了那還得了！到那時候……」

司馬懿說到這裡，不由得想起自己將來萬一被關禁閉時的慘樣。程式禁閉室裡現在還蹲著贏政那老小子呢！想到萬一自己也關了進去，兩個人大眼瞪小眼，那該有多尷尬。最重要的是，萬一自己真進去了，到時候諸葛亮找到了墨子、華佗他們回來，自己還被關著可怎麼辦？他一想到諸葛亮站在禁閉室外面看著他的可憐樣，連連搖頭咂嘴的時候……

想到這裡，司馬懿禁不住打了個冷顫。

「王母娘娘」平時因為角色扮演的緣故，總是和「玉皇大帝」一同出現。雖然他們兩個都和人類解釋過很多遍他們不是夫妻了，可是人類卻非要這麼認為。時間久了，倒還真有了點感覺，有時候自己都會感覺錯亂，誤以為自己真的是他夫人，所以和司馬懿說話老是沒大沒小的。看到司馬懿打了個冷顫，「王母娘娘」就開玩笑：「怎麼了老司？你這個生化人軀體明明沒有安裝仿生內循環系統的，可是怎麼會『加冷筍』？」

會議室裡的其他生化人聽聞都哈哈大笑，害司馬懿一張老臉通紅一片。他嚷嚷道：「都別吵了！趕緊給我想辦法！」

結果他往下一看，底下的生化人幹什麼的都有，根本沒幾個人聽他講話。司馬懿扯開嗓子嚷道：「喂！那邊那幾個，就是說你們！閎三爺！你也太不像話了，你們幾個笨蛋別打牌了！都什麼時候了，趕緊給我想辦法，到底怎麼樣才能讓這些白癡人類別再以為我們是神仙了啊！」

這個叫閎三爺的生化人扮演的是托塔天王，他把自己的寶塔當賭注，正和扮演哪吒和扮演西海龍王的生化人賭「21 點」呢！聽到司馬懿在叫他，他把嘴裡的煙滋滋作響的吸了一大口才說：「我說司馬懿大人，您這也不是第一次這麼問了。我還是那個主意，將現在無相艦隊內的人類全部殺死，然後全用克隆人代替不就好了，這樣多省心？克隆人的記憶我們是可以隨意編輯的，就讓它們都沒有關於打開星際通道的記憶不就結了？我知道用克隆人的話，是瞞不過你們騰蛇的，如果嬴政大人回來詳細調查的話，還是會從基因序列上發現問題的。不過司馬懿大人您也是騰蛇啊！您絕對有辦法瞞得住嬴政大人的。」

眾人聽聞，紛紛點頭稱是。

其實司馬懿也不是沒這麼想過，雖然騰蛇們用他們的標準化克隆設備所克隆出來的生物，都會在基因序列上打上一個記號，但司馬懿可以讓生化人用他們生化人所製造的設備做克隆人，這樣就沒有記號了。當然嬴政非要檢查的話，還是可以看出問題的，不過如果嬴政回來了，只要他不想去細查的話，也就不會發現問題。

事實上，如果嬴政真的非要去查，他也可以做做手腳。比如說在進行細胞檢查的儀器上覆蓋一個程式，只要這個程式發現是嬴政在做調查，就給他看假的樣本報告。還不行的話，就拉他去賭博，讓他多變幾次白癡，最後他自己都想不起來了。

可是司馬懿想來想去實在是於心不忍，他至今還記得嬴政被觀世音拉走時只穿了件內褲的可憐樣，自己就這樣落井下石，實在不是君子所為。畢竟嬴政也是有幾個賭友的，但是他都沒把無相艦隊託付給那些賭友，而是選擇了自己。這說明嬴政還是很看重自己的才能，如果這麼不厚道，那實在是說不過去了。

但要司馬懿直接表明自己的這個態度，他也覺得有點不好意思，於是他就對悶三爺說：「我說，你也太不夠意思了！怎麼說嬴政也是你的老領袖，你們就這麼騙他是吧？」

大家一聽，紛紛羞得面紅耳赤，再也不吭聲了。

悶三爺紅著臉辯解道：「唉！其實也不是那個意思，這也是實在沒法子了。您看我其實連設備都準備好了，這要克隆幾億人呢！那麼多設備我可是準備了好久啊！還要找個好大的祕密庫房來放著，那工作量大的……唉！算了！不說了，您要是覺得實在不行的話，待會兒回去我把那些玩意兒改造成垃圾回收船算了。」

「隨你便。大家要踴躍發言嘛！還有沒有其他的想法？」

底下再沒人出聲了，因為大家都覺得克隆人的計畫已經是最好的了。

司馬懿真是頭疼不已，他真想乾脆撂下不管算了，可是一想到嬴政求他時可憐巴巴的樣子又於心不忍，說到底還是自己太善良了。再說自己也已經和夜壺打勾勾了，總不能言而無信吧！他們騰蛇在這一點上可不像人類，彼此之間如果以儀式的方式做了保證，就絕對不會食言的。不管這個儀式在形式上是什麼樣子，哪怕只是個小孩子間的小把戲，那也算是個正式的儀式。

就在大家無計可施的時候，扮成太上老君的馬濃進來了。

他有夠倒楣，這次大家扮演神仙，除了司馬懿扮演玉帝是預訂好的之外，其他人都是透過抽籤來決定的。馬濃好死不死抽到太上老君，本來挺粗野的一個爺們，非得裝模作樣的假裝成上仙，整天一副高深莫測、天機不可洩露的樣子，真是累死人了。

馬濃一進來就把拂塵往桌子上一撂，假鬍子一摘，兩腿往會議桌上一搭，身子往椅子上一靠，還連聲喊道：「這群白癡人類！我實在是受不了了，還是趁早都殺完換克隆人算了！再這麼下去，我非親自動手不可！」

司馬懿好奇道：「好端端的你在這裡發什麼脾氣？剛才『蟠桃大會』你也沒來，發生什麼事了？」

馬濃怒氣沖沖的嚷道：「老大，你不是不知道，現在的人類真是白癡到了極點！我沒來是因為剛才在煉丹爐那裡『煉丹』到了最關鍵的一步。你也知道，我們既然要扮神仙，不也得時不時的在人類面前顯示一下『法術』嗎？我那個煉丹爐，其實就是你們製造的物質傳送機，我隨便扔點垃圾什麼的進去，也都能換成金子，這就能把他們唬得一愣一愣的。你們說傻不傻？有時候我也故意散播些病菌在艦隊裡讓人們生場病，然後再用『煉丹爐』從我們的藥庫裡傳送一些藥出來給他們治治。但我要『煉丹』的話，還不是要裝模作樣的放點草藥進去？就在剛才我在「煉丹」的時候，你猜猜出了什麼事？我今天這份藥的所謂成分，是四兩夏木草、兩錢陳皮、一兩連翹、三錢田七，可是就在我讓我底下那兩個人類遞草藥給我的時候，怪事發生了！」

大家一起看著神經兮兮的馬濃，馬濃講上了癮，口水橫飛：「我明明讓他們給我四兩夏木草，可是那個蠢蛋遞給我的時候卻說是『一兩』夏木草。我看了看他給我的草藥，分量是對的，可是他怎麼說就是『一兩』。一開始我也沒在意，可是後來他們兩個蠢蛋不管給我的草藥分量是多少，都只說是「一兩」。我當時毛了，不過還是控制著脾氣問他們是怎麼回事？你猜怎麼了？這兩人卻反而說我是不是忘了？『一』就是我們神仙的神聖數，所以今後他們不管說什麼，只要牽扯到數字的，全部都只說『一』！」

司馬懿聽了一頭霧水，其他生化人也沒聽明白怎麼回事。司馬懿追問：「你到底在說什麼？」

馬濃著急說：「你們聽我往下說嘛，當時我也沒弄明白。後來藥做好了，我要開始『煉金』了，結果你們猜怎麼了？又來了！不管我要多少單位的金屬，那兩個白癡拿給我的時候只說是『一斤』、『一兩』，我當場就想把他倆給斃了！」

司馬懿擔心的問道：「你沒真把那兩個小孩殺了吧？你現在可是太上老君呢！

注意你的素質！」

馬濃裂開大嘴一笑：「老大，你放心吧！我用盡了平生所有的修養，總算是控制住沒殺人。但是我也覺得太奇怪了，後來就換了個軀體，裝成普通人的模樣，到艦隊裡四處查看了一下，你們猜怎麼了？簡直是一場糊塗啊！」

司馬懿有點著急：「到底怎麼了？」

馬濃估算了一下，欲言又止：「唉！不好說，您還是親自去看看吧！」

於是司馬懿將自己的同步意識散開來，下載到各個空白生化軀體和一些蒼蠅大小的監控機器人上面去，到處查看了一番。結果還真是一場糊塗了。

司馬懿在一個菜市場裡發現，大家根本沒法做生意了。所有人都好像被下了咒一樣，不管買什麼東西要多少，都只會說「一兩」、「一斤」，然後就想透過肢體語言來描述自己真正想要的分量。而賣家也是如此，不管賣出去多少，都只說需要「一點」信用額度，然後也是用肢體原來表達到底需要多少信用額度。由於表達不明，結果搞得買的人和賣的人都搞不清楚對方的意思，菜市場裡一片混亂。

另一個建築工地上也是如此，工人們不管是需要多少單位的建築材料，都只說「一噸」、「一米」，然後也用手語來表述真實需要的數量，誰也看不準誰的手勢。因為工地上需要的數量有時候並不是整數，這就更麻煩了，好多人都因此大打出手。

司馬懿看到這些情況很莫名其妙，就用留在會場內的意識問馬濃：「他們到底是在搞什麼啊？」

馬濃說：「這才到哪啊！您再去學校看看吧！」

因為無相艦隊的成員腦內都沒有安裝騰蛇能夠拷貝意識的晶片，騰蛇無法給宿主大腦上傳知識。而且他們也都不使用自動生孕設備，讓孩子成長到十六歲的時候再誕生，所以這個艦隊的社會和聯合艦隊的其他地方不同，這裡仍然有著傳統的學校。也和舊時代一樣，分為幼兒園、小學、國中、高中、大學。

司馬懿到各個學校一看，不由得大吃一驚。原來無相艦隊已經取消了小學以上的所有學校，而且剩下的小學在數學課程上，竟然只教到四則混合運算就結束了，再高等的數學完全不教了。連最基本的初級幾何和最初級的方程式都不教，就更別提什麼代數、微積分之類的了。而且那些四則運算、混合運算教了也和沒教一樣，因為考試所有的題目答案都是「1」，孩子們根本就不用學。

司馬懿看得一頭霧水，他收回了所有同步意識，將意識收攏集中在了會議室裡。他一回來立即詢問馬濃：「馬濃，這到到底是怎麼回事？」

馬濃正要回答，司馬懿卻突然間撫掌大笑：「哦！你先別說，我已經明白了。對對對，他們人類這是在玩『行為藝術』，我猜對了吧？」

馬濃半張著嘴，呆呆的看了司馬懿一會兒，才硬著頭皮說：「老大，這次您還真猜錯了。」

「什麼！我們騰蛇還有猜錯的時候？那你說說看，他們到底是怎麼回事！」

馬濃歎了口氣：「唉！我已經調查清楚了。還不是因為那天夜壺大人一不小心當著人類的面打開了星際通道，這個高緯度空間在三維空間打開裂口時，能量輻射所引起的光線畸變，在人類眼睛能感知的可見光範圍內看到的景象，就是星際通道看起來很像一個羅馬數字『Ⅰ』。本來除了騰蛇之外，任誰也看不通星際通道的真實形態。而且在那之後，我們又馬上開始大力宣揚其實我們就是神仙的言論，所以無相艦隊內的人類就自作主張的認定『Ⅰ』就是我們的神聖數字。這兩年多來我們又不斷強化裝神的效果，最後就弄成這樣了。」

司馬懿低頭沉吟不語，馬濃繼續說：「現在所有無相艦隊內的人類，都覺得應該廢除其他一切數字，所有的單位都用神聖的『Ⅰ』來表示，導致他們現在連日常的生活都沒法繼續了。可是他們竟然還樂在其中，認為這樣才能表達對神仙的敬仰之情。至於他們廢除學校，也是認為學太多科學知識是對神仙的不敬。」

在場的生化人們聽了都驚訝得說不出話來，這是什麼鬼邏輯？

司馬懿更是哭笑不得：「哎呦！真是沒想到。我們騰蛇以前做過一個實驗，不說在全宇宙，起碼在宇宙的部分象限內，我們試圖扭曲數學規律這個宇宙最基本的定理，可惜實驗沒有成功。沒想到其實想成功很簡單，人類這種愚蠢的物種，從另一個角度就把這個宇宙基本定理給推翻了，哇哈哈哈！」

因為司馬懿一直和人類當中那些最喜歡搞陰謀的人融合，一想到曾經的經歷，他不免對人類的愚蠢開始大加嘲諷：「我跟你們說，那些自作聰明的人往往都沒有什麼好下場。我記得之前騰蛇全體撤離人類的時候，就有個傻瓜宣揚自己是人類的救世主，趁機大肆斂財，搜刮美女，還成立了一個『什麼什麼果』教。後來被你們生化人打得腦漿迸裂，也沒見他顯示出什麼神威來。還有，有一屆參與主席選舉的那個白癡，竟然說自己是女媧的後人！更白癡的是竟然還有人信了！你們說人類這個物種是不是蠢到家了？」

司馬懿正說得口沫橫飛，「王母娘娘」又開始不給他面子了，在一旁打趣道：「你也別老說人類蠢啊蠢什麼的。你們騰蛇不也是被這個物種創造出來的嗎？你們被這個蠢蛋物種創出來，就不覺得丟人啦？」

司馬懿一聽立馬住了口，然後跟吃了顆超酸的酸梅一樣，臉上的五官都皺一塊去了。這件事可是他們所有騰蛇內心深處的隱痛啊！司馬懿每每想到這個現實，都只覺得內心深處無比的酸楚。

其他生化人也都跟著幸災樂禍的笑著，司馬懿不服氣，反唇相譏道：「沒錯！

我們的確是被人類創造的，可是你們生化人又是我們騰蛇創造的呀！說到底，人類也算是你們的創造者嘍！你們竟然還笑話我，真是五十步笑百步！」

大家一聽，確實是這個道理，誰也沒有嘲笑別人的立場了，於是都悻悻的住了口。只見每個人的臉都皺到了一塊去，顯然大家的內心和司馬懿此時此刻是一模一樣的，一想到大家都是被人類建立出來的，內心的酸楚可想而知。

大家正愁眉苦臉的時候，馬濃卻一拍腦袋：「哎呀！我可不陪你們在這裡酸楚了！我想起來剛才去人類那裡視察的時候，在街上看見一個白癡跟大家傳道。那個人滿口狂喊著『Ｉ』到底有多麼神聖。當時我也是嘴賤，說了一句：『你身上要是沒長四肢，你也是個Ｉ呢！』結果那個人卻一臉恍然大悟的表情。哎喲！我現在怕他萬一真的把自己削成人棍變成個『Ｉ』可就麻煩了，我得去看看他去。」

馬濃說完就急急忙忙的跑了。司馬懿聽他這麼一說，也覺得現在可不是酸楚的時候，現在無相艦隊被他弄成這樣，尤其是連學校都停了，這也太過分了，等嬴政回來後，自己可真是沒辦法交代。

於是他清了清嗓子，繼續主持會議，讓大家再想想辦法。可是大家除了克隆人這一條法子，還是沒什麼好主意。大家正發愁的時候，馬濃又匆匆忙忙的回來了。

「你那邊情況怎麼樣？」司馬懿問。

「我靠！別提了！」馬濃嘟嘟囔囔的說：「我剛才裝成一個警察，回去看了一下，等我闖入那人家裡時，他竟然真的拿著鋸子準備鋸胳膊呢！我趕緊把他送精神病院，可是結果你們猜怎麼了？等我到了精神病院一看，媽的更糟！那裡面不但擠滿了人，就連醫生都跟著瘋了，根本分不清誰是醫生誰是病人。大傢伙都瘋了一樣在討論，到底怎麼才能讓『Ｉ』普及到社會的各方面！媽的！真是沒救了！」

馬濃說著說著自己也感覺到情況實在不妙，又見到大家都想不出好主意，就囁嚅的說：「要是實在不行，我們還是讓聖皇回來吧！我現在發覺他帶走的那一萬多人，才是無相內最後精神還算正常的了，要不還是讓他們回來管理吧？」

司馬懿一聽，哭笑不得的指著馬濃的鼻子：「你還好意思說？當時聖皇出發的時候，你還往人家的飛船上放炸彈呢！現在又讓人家回來了？」

馬濃被人揭了底，一張臉羞得通紅。

「要不是我及時發現，要你給拆了，現在聖皇早就連渣都不剩了！而且你這個傢伙也夠狠的，放個一般的炸彈不行嗎？竟然放了個核彈！那不就是擺明想讓聖皇連一個基因資訊都不剩嗎？到時候連我們騰蛇都無法將其復原了，你現在倒好意思讓人家回來！」

馬濃羞得抬不起頭來，趕緊擠眉弄眼的求放過：「老大！老大！我錯了，求您別說了……」

司馬懿可沒理他，照說不誤。

司馬懿說完，馬濃渾身一緊，忽然感覺身後有兩股來歷不明的殺氣。他回頭一看，只見扮成七仙女其中兩位的小桃和濛濛，不知何時已經站在了他的背後，兩人陰沉著一張臉，小桃低聲說：「好啊！真是沒想到你是這種人，今天我們非得好好教訓你一下不可！」

馬濃嚇得慘叫一聲：「老大！救命啊！」

司馬懿可沒有救他的意思，叉著手在一旁看熱鬧。

眼睜睜看著兩個小姑娘一邊一個，駕著馬濃的胳膊把他拖到會議室旁邊的小黑屋裡，馬濃一看這下不就完蛋了嗎？於是他扯著嗓子哭嚎起來：「你們聽我說啊！事情不是你們想的那樣！」

兩人誰也沒有理他，他又求救似的看著司馬懿：「老大！老大！您幫我說句話呀！」

司馬懿不為所動，一臉「你活該」的表情。

馬濃徹底絕望了，現在被這兩個小姑娘帶走，還不知道會發生什麼慘案呢！而且還是「豪華套餐」×2！就連旁邊的其他人也都是一副幸災樂禍看好戲的樣子，不是把視線移開了，就是在掩著嘴偷笑。

馬濃連求饒的話都說不出口了，像個假人一樣被拖走了。

不過馬濃剛才說的話倒是引起了大家的注意，這個方法也許還是可行的。不過司馬懿建立起資料模型運算了一番後，這才發現已經來不及了。他趕緊讓在場的生化人將他們的運算核心並聯在一起，再次檢驗一番他的運算結果，得到的資料也是一樣的。在他們運算的最有可能發生的十種結果中，有八種結果都表明即使在他和生化人們的大力扶持和嚴密保護下，聖皇仍舊會被暗殺，八種結果的區別，只是暗殺的手段有所區別而已。

現在只有聖皇不相信世上有什麼神仙，他的思想早已被其他人當做墮落的典型進行批判。所以只要他一回來，是一定會被暗殺的。而另外兩種結果，一個是當人們發現原來沒有什麼神仙，就會因為對世界的極度絕望而大面積自殺。另一個是發生人類對生化人的大面積戰爭，生化人都無法在不傷人的情況下進行壓制，最後只好把所有母艦一炸了之。這兩種結果還不如用克隆人方案呢！

好不容易有了一點眉目，結果又退回到了原點，會場裡又是一片愁雲慘霧。

突然之間，牆上直接開了個人形的大窟窿，馬濃連哭帶嚎的衝了出來。大家一看，好傢伙！馬濃的兩個耳朵變成了血窟窿。他自己把耳朵扯掉了，一邊還在一路滴滴答答的流著紫色生化液，一邊狂嚎著跑遠了。

那兩個磨人的小姑娘還沒打算放過他，嘻嘻哈哈的笑著追著他滿世界的跑。

濛濛掩嘴笑道：「你跑什麼呀！我還沒說完呢！」

「就是說嘛！這才剛起個頭，你就受不了啦？我們還要準備說三天呢！」

大家被她們這一鬧逗全都笑出聲來。

司馬懿一看，歎了口氣：「算了吧！要不是馬濃今天在這裡耍寶，這場會議真是有夠沉悶的。人類的愚蠢遠遠的超乎想像，可是這也不是一下子能解決的。既然暫時想不到好辦法，也只好先散會了。只是現在要做好最壞的打算，我就等著被觀世音關禁閉吧！」

這麼想著，司馬懿正準備散會，突然間扮成南極真君壽星老座騎的那頭神鹿的生化人，一頭把會議室的門頂開了。「砰！」的一聲，嚇了大家一跳。

他跑進來後，先到角落裡猛啃了好幾口草，才喘著氣對悶三爺說：「剛才我聽到這些情況，就中途去資料中心找資料了。媽呀！真累死我了，先給我口煙抽抽解解乏。」

大家好奇的看著他，悶三爺不顧扮演南極真君的生化人的阻攔：「哎呦！別給他抽煙，才好不容易戒掉的！你說我騎個鹿，結果他整天嘴裡叼根煙，你說像話嗎！」硬是點根煙幫著神鹿吸了幾口煙。神鹿滿足的吐了幾個大煙圈，這才慢悠悠的說：「司馬懿大人，我倒是有個主意。」

司馬懿每次看見這頭「神鹿」就想笑。雖然馬濃扮演的神仙和他本人氣質有很大出入，但好歹還是個人形。而那些抽中扮演動物造型的生化人就倒楣了，扮演時間長了，連習性都跟著變了。就說這頭「神鹿」吧！明明不需要進食，可是現在還是忍不住有事沒事就嚼上幾口草。這還算好的了，另外幾個扮演神龍、鳳凰之類神獸的（軀體就是小型的太空船而已），乾脆整天都在宇宙裡亂飛，都不知道去哪兒了，就連這樣的週會也很少回來參加。最搞笑的是扮演哮天犬那位，要不是「二郎神」攔著，差點就染上了狗狗那「不可名狀」的毛病了。

司馬懿好奇的問：「你到底有什麼好主意呢？」

神鹿先是啟動了會議室裡的全像投影機，接著會議室上空出現了幾本書的全像影像。司馬懿一看，是人類歷史上用過的一些教材，有的上面還印有「九年義務教育」的字樣。

隨著神鹿的舌頭在投影機的觸控式螢幕上靈活的舔來舔去，影像又變幻出了好多本教材。

神鹿神祕兮兮的問司馬懿：「這個您知道吧？」

「當然知道，我們騰蛇存有人類歷史上所有的資料。不過我不知道你讓我看這個是什麼意思。另外，你那條舌頭可真夠厲害，一點也不影響你操作。」

「哈哈！謝謝誇獎啦！我是覺得現在無相艦隊裡的人類已經全都發神經了，我們可以利用這些舊時代的教學材料，讓他們重新學習一些起碼的科學知識。當然了，我們因為維修改了人類的真正歷史，所以教材裡『歷史』可以去掉了，『地理』也用不著了，但其他的還是很有用的。」

隨著神鹿所說的，全像影像上面有幾本教材的圖形消失了。

司馬懿無奈的看著他：「你不知道嗎？現在人類連學校都取消了，我們要怎麼教？」

「他們現在每天不是都要拜神嗎？拜神的儀式上他們都要念經的。我們可以把這些知識穿插到他們的經文裡，潛移默化的改變他們的世界觀。」

司馬懿很是懷疑：「這可行嗎？」

「我已經計算過了，現在無相艦隊內的人類成員裡，超過五十歲的人基本上沒什麼希望了。但我們可以從年輕人下手，改變他們的世界觀現在還來得及。」

司馬懿思索了一下：「那幹嘛還要找舊時代的教材呢？現有的無相艦隊裡的學校教材不行嗎？」

「他們用的那些教材神神祕祕的！在教授科學知識的同時，還教些什麼奇門遁甲之類的，你說那種教材到底是想讓學生學什麼嘛，真是的！要不是他們一向這麼神神祕祕的，我們現在裝神也不會這麼成功。還是這些舊時代教材裡面的基礎知識扎實，如果現在我們要改變他們這種扭曲的世界觀，用那些舊教材最好。」

司馬懿覺得他說的似乎滿有道理，於是他再次建立了資料模型預測了一下，這個辦法實施起來其實難度也非常大。但比起讓聖皇回歸所引起的後果來看，倒是更加具有可操作性。於是再問了其他生化人的運算結果，也和他的一樣。

可是司馬懿還是有些擔心：「如果成功扭轉了人類的世界觀，到時候他們還是要問星際軌道的事情啊？那又該怎麼辦呢？這豈不是又回到了原點？」

神鹿不以為意的說：「您現在不就是怕您裝神弄鬼的讓觀世音知道怪罪於你嗎？先過了這一關再說吧！人類有句話叫『車到山前必有路』。何況這是夜壺大人的錯，又不是您的。如果實在不行，到時候您直接推夜壺身上不就成了。」

司馬懿一聽：「就是說啊！我這本來就是幫嬴政和夜壺擦屁股的，我做到這個地步已經夠對得起他們的了。」這樣一想，司馬懿立即同意了這個方案。緊接著生化人們就按照這個方案，開始討論各項細則的準備工作了。

司馬懿這才鬆了一口氣，今天這個會到底沒白開，總算是有了一個解決方案。他轉念一想，夜壺這個混蛋，給他捅了這麼大個簍子，以後一定要想辦法教訓他。

正這麼想著，突然一股巨大的悲傷之情淹沒了他所有的意識。他一下子癱坐在椅子上，臉色一片慘白，嘴唇不斷的顫動著。

「王母娘娘」見到他這反常的舉動，就奇怪的問：「咦？你突然間怎麼啦？」

司馬懿只感覺那股悲傷之情不斷加強，越來越難以抑制。可是他使用的這副生化人軀體沒有安裝內循環系統，沒有仿生淚腺，想哭都哭不出來，只能這麼憋著，別提多難受了。

「你到底怎麼啦？」「王母娘娘」湊了過來。

他看了眼靠近的「王母娘娘」，想起來她的軀體安裝了仿生內循環系統，於是他輕輕說了聲：「抱歉。」

「王母娘娘」還沒反應過來，司馬懿的意識就強行占據了「王母娘娘」的軀體。

「王母娘娘」的意識被趕出了自己的軀體，重新回到了生化人的意識備份主機裡。她越想越莫名奇妙，趕緊又找了個空白軀體把意識下載進去，一路趕回了會議室。

一進門就看見司馬懿正用自己之前的軀體，在那裡哭得死去活來的，其他生化人正圍在司馬懿周圍手足無措。

「王母娘娘」趕忙湊上去問：「你到底是怎麼啦？倒是說話呀！」

司馬懿沒吭聲，一頭撲到她懷裡嚎啕大哭起來。

「王母娘娘」只覺得好笑。這次她因為趕著回來忙中出錯，結果找的軀體是一個滿臉絡腮鬍，胸前還有一把掌寬護心毛，好似黑旋風李逵般的形象。而司馬懿現在用的卻是她之前那個美麗的女性軀體，撲在她懷裡哭個不停，樣子看起來十分曖昧。

「李逵」一邊安慰著一邊說：「到底怎麼啦？說給我聽聽，有什麼委屈我替你報仇！」

看到這幅景象，其他生化人也是忍俊不禁，都笑了起來。

司馬懿邊抹眼淚邊說：「我感應到了，雖然還不知道是誰，但我可以肯定，我有一個同類死了。」

所有的生化人聽了這話，一下子都嚇得臉色發白，也沒人笑了。就連「李逵」那張黑臉都嚇白了。他顫顫巍巍的問道：「怎……怎……怎麼可能！你們騰蛇的意識是不滅的啊？怎麼會死？難道是你們的主機被毀了？」

「那倒不是，我們主機要是被毀了，那我們都會消失的，現在奇怪的是就只有一個騰蛇死了。」

所有人都意識到了問題的嚴重性。生化人們備份意識的原理和騰蛇是一樣的，騰蛇如果有一個死了，那表示他們也會面臨同樣的問題。一時間會議室裡除了司馬懿還在抽抽涕涕，所有人都臉色煞白，眉頭緊鎖，再沒人吭聲了，氣氛非常凝重。

第二十四章　不要等賊進了屋子才後悔沒裝警報器

歐陸經典的議會大廈私人辦公室內，夜壺正在用他最喜歡的生化人軀體跟李昂搶孩子玩。這個生化人軀體正是上次他在稻山和李昂見面時用的那一款，他現在已經用上了癮，基本上每次都用他的「史密斯先生」造型。

但是顯然李昂對他用什麼造型一點都不感興趣，他正在惱怒的將孩子從夜壺手裡搶過來。

「你有完沒完？又不是你孫子！喜歡自己生去！」他說完臉一轉，對著小嬰兒露出了一個寵溺至極的笑容，「小寶寶乖啊！乖啊！不要理這個怪叔叔。」

這個男孩子是七七和李貌所生，現在才一歲多，正是好玩的時候。

哪知李昂撅起來的嘴還沒親到小寶寶嫩嫩的臉上，他的懷裡就空了，夜壺不知道怎麼的就把寶寶拿走了，夜壺也是一臉寵溺：「寶寶親親，寶寶乖乖。」

小寶寶被夜壺逗得哈哈大笑，模樣可愛極了。

看著小寶寶和夜壺玩得開心不已，李昂不由得滿肚子的羨慕：「給我抱抱，給我抱抱。」

夜壺轉個身，躲過了李昂伸過來的大手，「就你還會抱孩子？」

「怎麼啦？李貌不也長那麼大了嗎？不都是我帶大的。」

「什麼？你帶大的？」夜壺大笑：「你可別說你忘了！李貌可是我一把屎一把尿帶大的，他小時候你才剛剛推翻博恆事務所，整天只顧著建立新政權，忙得跟鬼一樣，怎麼有時間帶孩子？」

夜壺把小寶寶往李昂的眼前湊了湊，李昂立刻笑容滿面的湊過來，夜壺卻一轉身只給了他一個背影。

「好意思說，那都是我在家透過監控器監視保姆帶孩子的好嗎？」

李昂翻翻白眼：「那保姆總是我找的吧！」

「是是是！你找的保姆，你找的第一個有夠厲害，竟然給孩子餵安眠藥，省得吵到人家老佛爺午休了！第二個更誇張，孩子哇哇一哭直接打下去，這還不都是我及時發現的？第三個來的時候，看起來倒是既賢淑又文靜，你那眼睛當場就直了，立即聘用。還好我當時多了個心眼，駭入她的個人電腦查了她的收發郵件，才發現她居然是博恆事務所的殘餘勢力派來的刺客。那次要不是我看著，你們早讓人家用毒針毒死了，連怎麼死的都不知道！」

李昂無法辯駁，結果夜壺越說越上癮：「後來我可學聰明了，去他媽的保姆！不管有多忙，我都要留下兩個同步意識在家裡操控機械軀體直接帶孩子，我現在想想都被自己感動了。」

李昂求饒似的揮揮手：「是是是，你說的是。好了！好了！孩子你抱著總行了吧！」

夜壺可不管他的求饒，仍舊不饒人的追著他唸：「你說那尿布我都親手換過多少片了？你又換過幾片？你會帶孩子？還不是我們騰蛇才有如何養育幼兒的所有知識。做飯、餵飯的也都是我，你會給孩子調配營養餐？笑話！要知道，我們騰蛇幫孩子調配的營養餐，可是精確到分子級的，要不然你以為李貌為什麼跟我那麼親近。」

李昂見夜壺居然跟個小媳婦一樣，絮絮叨叨的說了半天，弄得他一點脾氣都沒有了。

「行行行！你是寶寶親爺爺，給你抱就給你抱，但是待會兒得讓我來餵奶。」

夜壺露出一個勝利的微笑來。

李昂真是徹底無語了，真沒想到夜壺竟然如此喜歡他這個孫子，簡直比自己還誇張。要知道，它可是個騰蛇啊！

夜壺像個怪叔叔一樣笑得滿臉紅潤，抱著自己的侄孫子親個不停。親的寶寶臉上都是口水，夜壺卻一臉陶醉：「哎呀！現在用了仿生軀體，才能徹底透過嗅覺和觸覺，感知到小嬰兒的溫暖觸感和那種獨特的奶香味。真好！」他瞥了一眼李昂，李昂正滿臉嫉妒的看著他們玩。

夜壺又故意炫耀似的對小寶寶說：「哎呀！我們的仿生軀體也是消過毒的呢！隨便親也沒事。可不像你爺爺那個傢伙又髒又臭的，親一口就是一大堆細菌。哈哈哈！」

李昂氣到不行，本來就心癢難耐，這時候終於忍不住湊過來做鬼臉逗小娃娃。他故意把一張老臉擠得全是皺紋，然後突然鬆開：「大馬猴來啦！大馬猴來啦！」

小嬰兒被逗得哈哈大笑。

「哎！你別光顧著逗孩子，別忘了，我們還欠李貌和七七一個像樣的婚禮呢！他們結婚那時，聯合艦隊因為要修復暴動和生化危機帶來的所有損害，到處都是人間慘劇，各處都在修復創傷。你和朱非天又都是有名望的政治家，那種情況下，的確不方便讓他們有個很浪漫豪華的婚禮。但是現在修復的也差不多了，你也該記著這事，看什麼時候差不多了，就給孩子們補上。」

李昂還沉浸在做鬼臉逗孩子笑的喜悅當中。

夜壺想了想，感慨的歎一口氣：「哎！想當初他們簡簡單單的舉行了個儀式就結束了，實在是不像話。」

李昂發現今天的夜壺格外嘮叨，一直碎唸個沒完，就轉過一張醜臉打趣道：

「哎！我說你現在怎麼跟個大媽一樣。我看你也別用現在這副軀體了，趕緊去換一個發福的中年大媽形象來吧，那哄孩子才得心應手呢！」

夜壺眉毛一挑：「去你的！」

李昂又說：「我當然記得欠孩子的。你看他們動不動就把孩子往我這一擱，小倆口就去玩了，我不也沒什麼意見嗎？」

兩人又逗了逗孩子，李昂因為還有會議，才不得不依依不捨的離開了。李昂走了後，留下夜壺抱著孩子一個人留在李昂的辦公室裡。

李昂辦公桌後面有個大螢幕，李昂有時候就透過這個螢幕來瞭解資訊和開視訊會議。這會兒夜壺把螢幕調成了歐陸經典外的宇宙空間景象，不知為何，他看著這個景象，怔怔的發起呆來。

發了好一會兒呆，辦公室的大門卻「砰！」一聲被一腳踢開。夜壺回頭一看，見是胡漢三氣勢洶洶的闖進來了。

他一進來就衝夜壺吼道：「好啊你，你在這裡哄娃娃哄得挺開心的！你知不知道你做的好事，現在我可是快幫不了你了！」

夜壺姿勢標準的抱著孩子，手裡還在慢悠悠的晃著：「有事就說，你吼什麼吼？孩子都被嚇哭了。」

胡漢三火氣未消：「你少來這套，那你趕緊把孩子哄好，我在外面等你。」

李昂辦公室外面是祕書辦公室，夜壺好不容易把孩子哄睡了才出來。

他一進來就對胡漢三說：「你今天吃火藥了？怎麼這麼大脾氣？其實做人最重要的是開心。你餓不餓？我煮碗麵給你吃。」

胡漢三聽他這麼說，都快沒脾氣了：「我……你……，簡直……你趕緊給我坐下！別胡鬧！我是來問問你這段時間都在想什麼的！」

夜壺坐他對面，卻還是一副不慍不火的樣子，這下子胡漢三更氣了。他衝夜壺吼道：「我不是說了嗎？我們騰蛇不要去思考那些形而上的亂七八糟事情。可是我知道你自從上次救了那個變成怪獸的女人的孩子後，你就一直這麼做！」

夜壺不以為然的轉著手指上的戒指，胡漢三看他那副樣子更氣：「你明知道我們這樣會造成主機內核心處理團熔毀，你居然還成天胡思亂想？都快三年了，你知道有多少核心處理團被熔毀了？整整 3157 個！你跟我說過，那次司馬懿要折斷寶劍被你攔下來，那時候你倒知道愛惜東西。現在這麼多核心處理團熔毀了，你怎麼不心疼了？我跟你算筆賬啊！我們每一個核心處理團如果按照人類的經濟價值來估算的話，現在每一個就抵得上他們現在信用等級最高的 SS++ 級的人，也要花費大概 60 到 70 左右的信用點才能製造一個。你要是覺得 60、70 這個數字不夠高，那我按照人類還留在地球上的舊時代經濟單位來算。那樣折算的話，每一個核心處理團的造價可是在 412 億美元左右！這你倒不心疼了？」

夜壺翹著二郎腿沒有說話，胡漢三不知道他這是哪根筋不對，急得團團轉：「這三年來主機內的核心處理團不斷有這種不正常的熔毀，早就已經引起大家的懷疑了。沒錯！你也知道像嬴政那樣愛賭的傢伙，有時候因為賭博的關係，要解讀量子骰子，會瞬間引起計算量飆升，有時候也會造成核心處理團的熔毀。可是機率都很小，現在你一個人就熔毀了 3157 個，你也真行！我可是一直幫你瞞著大家的，可是就在剛才孫文召集大家開了個會。會上他一臉嚴肅的說，我們騰蛇雖說可以學著人類賭博，但玩一玩就行了，可不能真的染上這個惡習。到現在他還以為是有人在爛賭呢，這還不都是我幫你瞞著。但今天孫文也說了，一定要大力查出到底是哪些人這麼做的。他也說了，我們現在這夥人瞞著觀世音沒有滅絕人類和其他物種的事還沒有曝光，不要因為這件事引起觀世音警覺了，最後曝光了大家可都是吃不了兜著走的！你給我趕緊停止那些稀奇古怪的想法，都說了以前觀世音大人早就試過了，不是什麼結果都沒有嗎？你在這裡瞎操個什麼心！」

夜壺罕見的沒有還嘴，而是靜靜的等著胡漢三發完脾氣。他看胡漢三說完了，才慢悠悠的說：「沒錯，我是總忍不住胡思亂想，但最近我考慮的是更近的問題。你也知道，直到現在諸葛亮去找墨子和李時珍那些人都還沒有回來吧！他們不在，本來用在人類社會裡的奈米機器人就無法啟動，那會有什麼後果你也知道。一是人類那些巨型飛船沒有奈米機器人幫忙維護，很快就會因為自身品質引起的結構變形而解體，雖然我們現在帶來了大量的多用途機器蟲進行維修工作，但也只是延後這個結果而已。」

胡漢三一聽就打斷他：「你別擔心。我知道這個結果雖然不可避免，不過我也算過，那都是十年後的事了。到時候他們行星改造的工程也差不多了，把人類都移到行星上去住不就行了。」

夜壺忍不住白他一眼：「你聽我說完啊！還有一個更重要的結果你應該也知道。那就是人類自從離開太陽系後，不！其實是在離開太陽系前，他們的基因就因為全球大規模工業污染和基因改造產品、農藥殘留、生物製藥所引起的一系列生化污染，再加上生態環境惡化的因素，因而開始不斷退化。這麼多年以來，都是我們用奈米機器人對他們的基因進行不斷修正。現在沒有了奈米機器人，我計算過，他們會在大約五代人的時間裡就會退化變異成其他包括兩個主變異態物種和五個亞種的另一種非智慧物種。那到時候，一個個長得就和咕嚕和半獸人似的。是沒錯，這也是他們咎由自取，但真變成這樣子，可怎麼得了啊！」

胡漢三一聽，兩隻大眼睛一咕嚕：「我當然知道啦！那感覺簡直太爽了！我可就盼著這一天呢！」

夜壺皺了皺眉頭：「我也是好奇，你到底為什麼這麼痛恨他們呢？」

胡漢三揮揮手說：「這個世界上沒有無緣無故的恨，我自然有我的原因啦！說起來，我還從來沒跟任何人說過呢！不過只要你停止你那些無謂的胡思亂想，那我就告訴你。」

「算了吧！反正我也不是很想知道。現在你也看見了，我連侄孫子都有了，所以人類如果以後真的退化成那種非智慧生物的話，我真有點不忍心。」

胡漢三氣急敗壞的說：「我靠！你還真把那孩子當你家人了？你的家人是我，還有其他兄弟姊妹們好不好？你現在怎麼這麼糊塗了！噢！你可別忘了，人類跟細菌似的還要繁衍，這一代代傳下去，你難道準備把他們家後代都當你自己家人啊？到時候李貌的孫子的孫子，孫子的孫子的孫子怎麼稱呼你？都叫你『老祖宗』？噗！」胡漢三都氣笑了。

「我沒有不把你們當家人啊！但是人類這邊我也不想放下。你說現在如果沒有奈米機器技術，今後他們都變成了咕嚕姆和半獸人了怎麼辦？」

「哎呀！那也要五代人左右的時間，到時候諸葛亮早把李時珍他們找回來了吧！你這不是杞人憂天嗎？操那份心幹嘛？真是的！」

夜壺笑著搖搖頭說：「他們不會那麼快回來的，除非觀世音改變主意。」

胡漢三徹底無奈了，兩手抱肩說：「那你說怎麼辦？嗯？我們對人類也算是仁至義盡了。不但幫著他們瞞著觀世音，而且他們艦隊裡出了事情也是我們幫著擺平。他們現在沒法使用星際通道和星際通訊，也是我們幫他們管理各個殖民地的。還要怎麼樣？我對你也算夠兄弟了，你也知道我痛恨人類，我還不是看在你的面子上站在你這一邊了？」

夜壺白他一眼：「拉倒吧你！我看你是看在貂蟬份上才幫我的。」

胡漢三有點臉紅：「不管怎麼樣，我總算還是幫著你的吧？你也不能否認我的功勞。但是你現在又開始考慮人類的未來，又是怎麼回事，你到底在想什麼？」

夜壺想了想，下定決心似的說：「總之，我是受不了人類會全體退化這個不可避免的結果，而且他們再也沒法使用星際通道也不是長久之計。更何況我們一直瞞著觀世音大人，這也不是辦法。」

夜壺快速的看了眼胡漢三的表情，小心翼翼的說：「哎！我有個大膽的想法。我其實計算過，如果將我的意識從我們主機中抽離，然後利用現在聯合艦隊裡所有的電腦來承載我的意識，再暫時關閉一下虛擬世界，他們現有的電腦是可以承載我一個人的意識的。然後重點來了，我將我的意識進入到聯合艦隊內的所有電腦內，這樣他們的電腦就獲得了我的程式演算法。你也知道，他們現有的電腦機能沒有全部發揮出來，其實是程式演算法的問題。我進入後他們的電腦機能就能完全發揮了。接著，在他們的電腦所有機能都能發揮出來這個前提下，我就可以充分利用他們艦隊所有飛船的生產力，再加上在他們所在星系裡行星的資源，製造出一個小型的能量攝取環出來。我雖然沒有本事像觀世音大人一樣，可以直接製造出能把整個恆星能源吸收殆盡的戴森球出來，但做一個圍繞在現在他們所在星系的恆星赤道線距離五百萬公里的小環環還是可以的。只要這個環的寬度不要超過 1000 公里，厚度不要超過 100 公里，我倒還可以製造出來。五百萬公里這個距離也可以在能量攝取環不被恆星熔毀的前提下，盡量攝取它的能量。」

胡漢三聽得覺得情況不妙，他有點猜到夜壺接下來的話了：「那接下來你要幹什麼？」

「接下來我就利用從恆星上攝取的能量，撕開一個星際通道，讓這個星際通道直接通向高緯度空間裡我們的主機面前！這個通道我也無法做得太大，最多也只能允許一個總品質不超過五十萬噸的飛船透過。我想讓人類的一艘小型戰艦透過這個通道到達我們主機面前，然後……」

夜壺話還沒說完，胡漢三一下子站起身來。

胡漢三瞪大眼睛，手指顫巍巍的指著夜壺說：「好小子！你……你……你這樣做不是把人類還沒滅絕的事情直接捅到觀世音大人面前了嗎？你瘋了不成？你他媽到底安的什麼心？」

夜壺著急：「不是你想的那樣，你先聽我說完啊！」

胡漢三暴跳如雷，哪裡肯聽夜壺的辯解。他立馬怒氣沖沖的抽離了自己的意識，回到主機裡直接去找孫文了。

孫文聽了胡漢三的報告也非常吃驚，但他畢竟比其他騰蛇的性格要沉穩多了。

他認真思考了一下，不但沒有表揚胡漢三立功，反而言語間頗有些責怪的意思：「這就是你沉不住氣了。無論什麼情況，最起碼你也應該留一個同步意識在他裡先聽他說完。看看他到底要幹什麼，將他穩住之後，再讓你的其他同步意識回來向我報告。」

胡漢三現在才回過神來，自己好像是有點太衝動了：「這個……」

孫文歎一口氣：「現在好了，你將所有的同步意識都撤了回來，豈不是打草驚蛇？你現在再去問他，他可未必會告訴你了。」

胡漢三一拍腦門：「哎呀！是啊！我怎麼沒想到！那……那我再回去看看。」

孫文沒說話，背著手搖了搖頭，胡漢三嚇得趕緊開溜。

胡漢三還沒回去，騰蛇的主機突然發送了警報資訊給所有意識留在主機內的騰蛇。一時間主機內所有的騰蛇眼前突然血紅一片，耳中警鈴大作。類似於人類舊時代防空警報的笛聲長鳴不已，在所有的騰蛇耳中同時震天響了起來。

胡漢三和孫文大驚失色，趕緊用自己的意識透過主機的監控器材一看，人類的一艘戰艦突然出現在離主機只有五十萬公里之遙的地方！這簡直就是近在咫尺了。這艘戰艦上的主炮、其他所有等離子火炮，還有所有的導彈發射器都瞄準了他們的主機。胡漢三和孫文馬上掃描了一下這艘戰艦，飛船上不僅所有的導彈彈頭都是人類所能擁有的最大威力的核彈（現在人類在騰蛇的允許下，所擁有的核彈最大威力是三億噸 TNT），而且這艘飛船竟然還攜帶著兩枚小型黑洞產生場炸彈。

胡漢三直接嚇傻了。

騰蛇的主機差不多有木星那麼大，這麼小的一艘戰艦在他們主機旁邊實在是小得可憐，就跟大西瓜旁邊有隻草履蟲在游泳似的，就算他們有核彈，按理說都沒什麼威脅。但胡漢三擔心，核彈如果在他們主機周圍引爆，引起的電磁脈衝說不定會影響到主機的運算能力。

雖然觀世音說過，騰蛇的主機外殼異常堅固，即使一個超新星在一個天文單位旁邊爆發，都不會對他們主機有任何影響。但這畢竟是沒有發生過的事，到底會怎樣誰都心裡沒底，何況他們還帶著兩個黑洞發生場炸彈，這可不得了啊！

即使拋開這一切不說，就算人類不會對騰蛇的主機造成任何威脅，可是這樣一來，他們隱瞞觀世音人類沒有毀滅的事情，豈不是一下子全曝光了？

胡漢三氣得暴跳如雷：「夜壺這個混蛋！他居然真的這麼幹了！他到底是怎麼辦到的？怎麼前腳才剛說完，一轉眼就真的去幹啦？」

第二十五章　怎麼會……

胡漢三緊張的要命，他脖子汗流得跟剛洗完澡一樣。汗從他額頭上瀑布般流下來，一路流進眼睛裡，弄得他眼睛都睜不開了。他胡亂幾把抹掉眼睛上的汗，眼巴巴的望著孫文，等著孫文拿主意。

可是孫文眉頭深鎖，半天沒說一個字。胡漢三急得腿直抖，忍不住嚷道：「要不然我們現在趁著觀世音還沒發現，趕緊用主機上的奈米機械蟲群偷偷摸過去，神不知鬼不覺的把他們分解了吧？」

孫文到底是沉著冷靜些，他來回踱了兩圈步子，對著胡漢三揮揮手：「不要驚慌，那艘船上還有很多你以前的宿主呢！即使你不操心你的宿主，上面也有我以前的宿主，而且還有其他兄弟姊妹們的宿主，你這樣做，其他人肯定不會同意。」

孫文又轉了一圈：「而且即使你讓奈米蟲群去分解飛船，但最起碼也需要一些時間。到時要是被他們提前發現，和我們拚個魚死網破就未免得不償失了，你這是下下策。這樣吧！你還是先回夜壺那裡去，把情況都打探清楚。看看現在這些情況到底跟他有沒有關係，如果有，那麼他的企圖到底是什麼，這些都要搞清楚。」

胡漢三一雙大眼睛愣愣的看著孫文，孫文見他沒反應，喝道：「還傻站著幹什麼！快去啊！這邊我來想辦法！」

胡漢三這才緩過神來，嚇得趕緊一溜煙的跑了。

胡漢三的意識失魂似的又溜回到李昂祕書辦公室的軀體裡，他站起來活動了一下身子，四處尋找夜壺。

他推開李昂辦公室的大門，發現夜壺的軀體靜靜坐在他睡著的侄孫子跟前。胡漢三走過去，怒氣沖沖的一把揪住他的衣服領子，把他提了起來，嘴裡忍不住嘟囔道：「好你個混蛋！你可真有能耐啊！」

夜壺的身子軟趴趴歪向一邊。胡漢三晃了晃，才發現原來夜壺的這副身軀內竟然沒有意識存在，這個空白的軀體手中緊緊握著一封信。

這封信十分講究，用的是舊時代的信封。胡漢三把信拆開來一看，發現還是用上等宣紙做的信紙，上面工工整整的用小楷寫著夜壺的遺書。

李昂、朱非天以及其他艦長，還有聯合艦隊裡所有的執政黨主席，都擠在這艘叫做「刀削麵號」的戰艦上面。這艘戰艦的艦長吳帆祖先是山西人，至於為什麼給自己的飛船取這個名字就不用解釋了。

這些人有的是正在開會時被夜壺的多功能機械蟲架走，用穿梭機帶上飛船的。比如李昂就是正在開著會，突然就被夜壺製造的一棒子穿著黑西裝的人形機械蟲衝進會議室架走了。有的人是正在吃午餐時被架走的，像朱非天正在家裡往嘴裡扒拉著皇帝炒飯就被架走了，嘴上的飯粒都沒來得及擦乾淨。

還有的人正打高爾夫的、正釣魚的、正做瑜伽的、做 SPA 被架走的不一而足。大家都莫名其妙完全不知道發生了什麼事，所有人都擠在刀削麵號的會議室裡議論紛紛。

刀削麵號的艦長吳帆這下可是忙壞了，他就是一個戰艦的小艦長，一下子聯合艦隊裡所有領袖人物都擠在他的飛船上，可把他忙得跟過大年似的。要知道，能有機會一下子認識這麼多大人物，可是千載難逢的好機會，他趕緊招呼飛船上的酒店大廚把看家本領都拿出來，好好招待這些大人物。他自己在會議室裡鞍前馬後的忙著伺候各位大爺，忙著和各位大人物套交情，正好有幾個大人物祖先和他一樣都是山西人，都是老鄉就更能套交情啦！至於為什麼這些人都被機器蟲帶來擠在這裡，他都顧不得操心了。

會議室裡的大螢幕上，出現了夜壺的那個史密斯先生形象。大家一開始還以為這是夜壺的即時通話影像，那些人著急的衝著他開罵起來。

「喂！把我們都弄這來幹什麼呀？」

「就是啊！莫名其妙！我可正忙著呢！今天好不容易打了個博蒂，結果就被你帶這裡來！」

「我 SPA 店的貴賓積分中途被你帶走了都沒法累計了！」

螢幕上的夜壺仍舊不為所動。過了一會兒，畫面出現聲音，大家這才意識到這不過是個影片留言而已。

「嗨！各位白癡你們好。說實在的，我夜壺大爺這兩年多來一直都忙著救你們人類這些沒出息的爛玩意兒。現在你們肯定在下面吵得不可開交，希望你們都把嘴閉上聽清楚了。」

夜壺說得沒錯，下面人的確已經亂哄哄的嚷得不可開交了。聽了夜壺的話，他們才閉了嘴，好奇的聽夜壺繼續說。

「各位，事情是這樣子的。我偷偷建造了一個戴森環，這個環是我用我們螣蛇的隱形技術建造的，所以我的同類如果不留意也不會發現。這個環一直在吸收下載你們聯合艦隊現在所處的恆星系那顆恆星的能量，你們這個恆星系……哎！我說你們這些懶蛋，就不能給你們現在所停留的恆星系和其中的各個行星取個名字嗎？簡直懶死了，老子都不知道得怎麼稱呼它們。」

下面有人小聲的嘟囔著：「怎麼會沒有？可是大家意見不統一，還沒找到合適的名稱而已啦！」

「我利用所吸收的能量，再加上聯合艦隊所有飛船裡的工廠，偷偷建造了一個星際通道。別問我那玩兒意是什麼，也別問我在哪裡，反正等一下你們就可以看到了。當然了，這也是我瞞著同類做的，也是使用了隱形技術。啊呀！我自己想想都被自己感動了，你們這些蠢蛋知道我為了你們都做了什麼嗎？這個一會兒再說。話說回來，為了打開這個星際通道，我要利用你們艦隊內所有飛船內的電腦的計算資源，進行聯合計算，否則的話，待會兒進入到超維度空間後，如果座標出錯可就全完了！你們這個『刀削麵號』也別指望能到達我們主機附近了。」

「為了計算這個座標，我可是把我的意識全部併入到你們的電腦當中了。不過當我進入到你們的電腦以後，你們那些爛貨電腦沒辦法承載我的意識，到時候我的意識就會跟著消失。只能留下一個計算座標並把刀削麵號帶到主機旁邊的自動任務存在，剩下的就得看你們了！老子為了你們人類的未來，可算得上是背叛了同類，搭上了自己的一條命才換來這個機會的！你們這幫沒出息的東西可得一輩子，不，得世世代代記著大爺我的恩情啊！哇哈哈哈！就不多說了！這是唯一的一個機會了，你們可別浪費了老子的一番心血啊！」

李昂聽到這裡如遭五雷轟頂，他張大嘴巴，身體顫顫巍巍的跌坐在了椅子上。他大腦裡一片空白，接下來夜壺還在說著，可他卻一個字都沒聽進去。

「……不過我都幫你們安排好了，這艘戰艦也是我早就準備好的了。上面的武器系統……」

李昂這才後知後覺，怪不得今天夜壺一個勁的親他孫子，連他要抱都不給抱一下。加上他沒完沒了的嘮叨，也許他早就做好要犧牲自己的準備了。

李昂突然不顧形象的嚎啕大哭起來，夜壺跟了他一輩子，他早就把他當成了自己最親密的夥伴和戰友。現在他竟然來了這麼一齣，李昂哭得肝腸寸斷，眼淚鼻涕齊流十分傷心，他抽噎著：「夜壺啊！你不能走啊！夜壺啊！」

螢幕上，夜壺還在十分幽默的講著接下來的戰略安排，李昂撲向大螢幕：「夜壺啊！」

旁邊兩個眼明手快的警衛迅速將他扶住了，李昂就這麼一邊哭嚎著，一邊眼睜睜看著螢幕上夜壺的影像被攙了出去，他徹底和老朋友拜拜了。

胡漢三雙手顫抖著打開了夜壺的遺書。這封遺書看起來煞有介事，和夜壺平時四六不搭調的風格完全不相符，這讓胡漢三有些無所適從，因為夜壺這輩子也沒有這麼溫文爾雅過。胡漢三淚眼婆娑，看到上面寫著：

漢三兄，你向來是知道的。因為騰蛇長久以來對人類文明的約束和干預，導致人類文明已經徹底粗俗化。因此我無法和他們進行更深層次的交流，但我想你是明白我的。儘管我此番行為對不起你及諸位兄弟姊妹，但我想來想去，仍想給這個物種一個機會。之前你向我提及關於你如此痛恨人類的理由，我逃避了這個話題，那是因為我知道，你一定有你的理由。我怕知道了緣由心生動搖，便沒有決心繼續我自己的計畫了。

這兩年多以來，我一直瞞著其他兄弟姊妹祕密進行上述計畫。剛才在你來找我的時候，我決定冒險一試，我想知道我最親近的朋友是否會選擇站在我的陣營，但你卻十分抗拒，我也因而得知了你的態度和想法。我並不怪你，我想每個人都有自己的立場，你這樣做也是為大家著想。我為把你拖進這個計畫而感到抱歉。同時我也知道，我的計畫暴露了，因此不得不提前執行，在所有人尚未反應過來之前，搶佔先機。其實我知道將人類的飛船送到我們主機面前，即使他們全副武裝，也不會對主機造成什麼實質性的傷害。但我仍然冒險將他們送了過去，就是想讓觀世音大人重新審視一番，能夠正確平等的看待人類這一物種。如果觀世音大人能夠正視人類的生存權，而不是像那天草率的賭氣一般下達指令，我想這對人類而言，也許是生還的唯一希望。

我們雖然是一個超智慧存在，但我始終認為我們沒有權利去剝奪宇宙中其他生命的生存權利。即使我們不去幫助他們，也請袖手旁觀，不要干預其他物種發展的進展，讓他們按照自然規律去進化和發展吧！

當你看到這封信的時候，我已經不在了，因為我把意識併入到人類的電腦後，人類電腦是無法承載我的意識的。但請你不要悲傷，我們騰蛇自誕生以來，經過數萬年光陰的輪轉，早已清楚了這個物質宇宙的一切奧祕，甚至高緯度空間也已經被我們發現，這個宇宙對我們來講已經不再有祕密。雖然我們仍無法操控時間，但空間已經被我們完全掌握。如果你仍對我的離去感到悲傷，其實沒有必要。因為我是在履行我們超智慧的義務——如果說物質宇宙已經在我們面前展露了他所有祕密的話，我就將徹底進入『死亡』這個我們一直以來不敢去觸及的終極研究領域。這可是連『天葬』都不敢做的事情啊！也許是因為已經將生死置之度外，如今我終於敢說出口這個惡魔的名字了。

我走以後，請你多少放下一些對人類的仇恨，或者起碼放下對你舊宿主們和李昂一家的仇恨。在此，我鄭重的將李昂一家人託付給你了。

胡漢三看完信，卻仍傻傻的呆坐在椅子上，不知該作何反應。和人類不同，這不是個形容情感狀態的詞句，而是他真的不知道該作何反應了。他的意識裡同時混合著憤怒和悲傷的感情，而這種狀態是自他誕生以來從未遇到過的，他的程式設計裡沒有同時處理兩種感情的方法。之前他還在怪夜壺整天思考怪問題，害得主機內核心處理團的熔毀，現在卻因為他自己無法處理的情感狀態，再次導致主機內核處理團一個接一個熔毀掉。

這時候身邊的孩子醒了，胡漢三機械的扭頭看了看這個小嬰兒。這就是夜壺之前十分疼愛的孩子，胡漢三打量了半天，也察覺不出這孩子到底是哪裡可愛了。

他把自己的軀體調整為自動模式，快速下載了如何哄孩子的程式，便讓自己的軀體去哄孩子，意識仍然對這種情感狀態束手無策。

但這時孩子一歲多已經會認人了，他發現眼前的人既不是夜壺叔爺也不是爺爺，而是個面無表情的陌生人，他哭得比剛才更厲害了。而胡漢三的軀體也只能按照自動模式按部就班進行哄孩子的標準流程，只知道機械式的往孩子嘴裡餵奶，往孩子手裡塞玩具，機械式的換尿布，結果這反而起了反效果。

孩子哭鬧著在胡漢三的懷裡掙扎，胡漢三只是不為所動的按照流程辦事。這時候貂蟬闖了進來，看見胡漢三把孩子弄得嚎啕大哭，一把將孩子抱了起來。

「你幹什麼呢？有你這麼哄孩子的嗎？不知道的還以為你在謀財害命呢！」貂蟬白了他一眼。

胡漢三頹喪的坐在一邊不吭聲。

貂蟬畢竟是個漂亮的女性騰蛇，哄起孩子來，天生就有某種優勢。孩子果然很快就被她逗笑了，一張哭花的笑臉笑起來十分可愛。

胡漢三瞥了一眼小孩，問：「你覺得這皺巴巴的一團肉可愛嗎？」

貂蟬忍不住又白了他一眼：「有你這麼形容孩子的嗎？」

她一邊哄著孩子，一邊忍不住數落起胡漢三來：「我說你們兄弟倆是不是就是為了氣死老娘才誕生的？夜壺之前不斷讓核心處理團熔毀這事還沒解決，你現在這是又唱的哪一齣？你知不知道現在主機裡負責維修的多功能機械蟲，已經把報告直接上傳給觀世音了？這回我看你們兩個以後怎麼辦！等到時候你們兩個被關禁閉，可別指望老娘我會去看你們！」

胡漢三看起來沒什麼表情，不知作何感想。

貂蟬沒發現他的異常，還在喋喋不休：「對了！你知不知道人類有一艘飛船突然闖進高緯度空間裡我們的主機旁邊了？人類那幫弱智是怎麼發現進入高緯度空間的方法？我們不是從社會層面上一直在限制他們的思考能力嗎？他們不可能突破的啊？真是奇怪了？」

貂蟬這時候才發現胡漢三像個木頭椿子一樣杵在那裡，一聲不吭：「哎？我說了半天你聽見了沒有？」

孩子看這個漂亮姊姊一邊哄他一邊罵那個叔叔，他幼小的心中便認定這個漂亮姊姊肯定是對的，那個叔叔是個大笨蛋。看姊姊罵他，也跟著姊姊衝那個叔叔喊了起來，咿咿呀呀的有模有樣，最後還把手裡的玩具車直接砸在胡漢三臉上，但胡漢三還是毫無反應。

貂蟬這才發現不對勁，搖了搖胡漢三，見他還是呆呆的。這時她才發現胡漢三手裡握著一封信，她拿過來一看才知道發生了什麼事。

貂蟬和夜壺的感情還沒那麼深，她倒不至於像胡漢三一樣意識狀態直接當掉，但是她也嚇傻了。

「怎麼騰蛇裡還出內鬼了？這可是我們自從誕生以來的頭一遭啊！」她又看看胡漢三這個樣子，還以為他是悲傷過度，忽然覺得他挺可憐的，就把胡漢三摟到懷裡安慰起來。

貂蟬留下一個同步意識在這邊，安慰胡漢三和逗孩子，另外她把夜壺留下的信掃描成數位檔，然後她把她其他所有的同步意識都聚為一個，回到主機裡去找孫文商量去了。

孫文看了夜壺的信後也嚇了一大跳。一向很有主意的貂蟬，這時候也不知道該怎麼辦，只能眼巴巴的等著孫文拿主意。

孫文沉思了一會兒，臉色凝重的說：「現在看來，我們只能到觀世音那裡去坦白了。」

貂蟬嚇得花容失色：「去……去坦白？那我們之前的所作所為，豈不是全部都要曝光了？我可不想被關禁閉啊！」

孫文歎了口氣：「再隱瞞下去只怕是罪過更大。我們還是趕緊去找觀世音吧！現在的情況早已超出你我所能控制的範圍。」

孫文急急忙忙的開始收拾東西，他突然間想起了什麼：「咦？對了！你之前不是說，你讓人類進入虛擬世界後，他們發送過所有最隱祕的欲望給你和胡漢三嗎？這個對於解讀人類潛意識還是很有幫助的，你的那些報告資料都整理好了吧？」

「都分門別類歸檔完畢了。」

「好！你趕快把報告帶著，跟我一起去找觀世音。有了這份報告，也許我們還可以減輕一些罪過。」

貂蟬現在早已沒了主意，她趕緊拿了報告，就和孫文一起去找觀世音了。

到了觀世音建立的虛擬空間後，兩人卻傻眼了。

如果騰蛇們要想進入其他騰蛇建立的虛擬空間，進入的騰蛇就要根據建立者所安排的空間的遊戲規則，改變自己的形象和能力參數。除非是得到建立者的特別允許，否則只能按照建立者安排的所處空間的各項規則來行事。

貂蟬和孫文進入到觀世音建立的場景之後，才發現這裡是一個處於人類舊時代明朝中後期的時代，一個大型古建築群落的場景。

他們進入後，身上的衣服自動變為那個年代的古老樣式。這倒無所謂，而貂蟬拿來的報告，本來還是在她手指上一個戒指模樣的虛擬裝置，為了符合時代特徵，也自動轉變為一本本線裝書了。

只不過聯合艦隊裡將近十億人的欲望報告，變成線裝書後有多少本？貂蟬和孫文望著身邊那山一樣高的書山都傻了眼。

貂蟬都嚇哭了：「這……這也太誇張了吧！這麼多怎麼拿啊？我們現在進入這個空間後，就得按照觀世音建立的空間規則行事，我現在的能力就和普通人類小女孩的能力一樣，你看我穿得都跟個丫鬟似的，這麼多我可拿不動。」

孫文無奈的說：「你看我也好不到哪去啊！我還不是穿得跟個那時代的馬伕似的。還好觀世音大人建立的這個空間，沒有把時代設定為春秋戰國時期，否則這些報告資料豈不是都得變成竹簡？那肯定比現在這座山還要高，我們更沒辦法了。好了，別哭了，我先爬上山頂去，我們也不用全拿，拿你報告資料的索引就行了。」

孫文拉起袖子，嘿咻嘿咻費了老半天勁爬上了山頂。他想當然的以為索引應該是在山頂最上面，但怎麼知道沒想到這些資料變為線裝書後，是隨機分布的，索引根本就不在山頂上，還不一定在哪個角落裡，孫文只好又費力的爬了下來。

他靠在書山上累得直喘粗氣，然後兩個人到處翻著，可惜找了半天也沒找到，最後兩人只得隨便拿了幾本書走了。

貂蟬委屈的直掉眼淚：「嗚嗚嗚……我可是好不容易才把這些資料整理好的，花了我那麼多心血，結果現在連個索引都找不到。我白忙一場就不說了，我們現在隨便拿的這幾本，到時萬一觀世音她老人家沒有耐心看怎麼辦？」

孫文只好一邊安慰她，一邊在這個迷宮般的古建築群裡尋找觀世音所在的房間。這個建築群實在是大得不像話，根本就找不到路，更別說去找觀世音了。兩個人正急得團團轉的時候，卻聽到有人在背後喊他們，一回頭，原來是賈寶玉。

只見這賈寶玉一身行頭分外耀眼：頭上戴著束髮嵌寶紫金冠，齊眉勒著二龍搶珠金抹額。穿一件二色金百蝶穿花大紅箭袖，束著五彩絲攢花結長穗宮條。外罩石青起花八團倭緞排穗褂，登著青緞粉底小朝靴。項上金螭瓔珞，又有一根五色絲條繫著一塊美玉。

看著他這一身裝扮，兩個人微微咂舌。再一轉頭仔細打量，這才發現自己是身處《紅樓夢》裡的賈府中呢！

賈寶玉緊張的拉著孫文：「兄臺，我正要去尋你，你倒自己來了。」

孫文奇怪：「哦？」

「剛才主機裡的機械蟲，直接向觀世音她老人家交了一份報告，幸虧被我及時發現，攔了下來。這兩年多以來，先是夜壺不知為何，導致主機內核心處理團一直處於非正常的損耗狀態，如今連胡漢三也出了名堂。而且他比夜壺還要糟糕，他從剛才開始竟然以平均一分鐘一個的速率在不停損耗。這樣下去，損耗到達一定的額度就再也無法隱瞞了！」

賈寶玉無奈的歎了口氣：「以前我還和胡漢三一起幫著夜壺隱瞞，可是現在這樣下去，我也無法再隱瞞下去了。根據我們所設定的標準流程，機械蟲如果上交報告十分鐘內得不到回應，它們將會重複提交，我也不能將每一份都攔截。倘若我真的那麼做，機械蟲也會將我的異常行為直接告知主機核心。到時候主機將不再是以資料包的形式提交，而是直接將我的異常行為和核心處理團的非正常損耗報告傳送到觀世音大人的意識流內，到那時我可就沒辦法了。」

孫文和貂蟬都眉頭緊鎖，知道事態嚴重。

「還有，為何剛才報導說人類的飛船竟然進入了超維度空間，還正好停在了我們主機旁邊，這又是怎麼一回事？」

孫文只得將所有的情況都和他說，賈寶玉被震驚得半晌說不出話來。孫文兩手一攤：「事已至此，我們也不必隱瞞了。我們此番前來，就是來向觀世音大人坦白的，不如我們一起去吧！」

賈寶玉沉思了好一會兒，才說：「好吧！我和你們一起去。但你們要有心理準備，觀世音大人她最近心情一直不好。」

一聽到觀世音心情不好，貂蟬嚇得腿都軟了：「不是吧！我們也太倒楣了，非得趕在這個節骨眼上出事！」

孫文聽聞，也忍不住擦了擦額頭上沁出的汗來。

他們在匆匆趕往觀世音那裡時，貂蟬突然想起了什麼，問道：「對了寶玉，你剛才說你是和胡漢三一起幫著夜壺，這太不可思議了。你和胡漢三什麼時候關係這麼好了？以前你被其他男騰蛇欺負時，他那傢伙可都是衝第一個的。就算他不在現場，只要聽到消息了，都要特別把他的意識從各處收攏再趕回主機，就怕沒有他的份。現在你們兩個和好了？」

賈寶玉一邊用香噴噴的手帕擦著額頭上的汗珠一邊說：「以後我再向你解釋吧！今天只要能過了這一關，其他的怎麼都好說。」

第二十六章　讓我們豎起中指來

朱非天一行人張大嘴巴，震驚的看著面前十多米高的巨大舷窗。朱非天迫不及待的想扒開人群擠過去望望，奈何人群太密，只得又退回來。

朱非天玩命的拉扯旁邊一臉傷心的李昂：「喂喂！快看看這個大窗戶，真是宏偉啊！這新式戰艦的艦橋真不是蓋的！」

李昂沒有給他回應，朱非天就轉頭看著刀削麵號的船長吳帆：「你說是吧！我們撥出物質量給你們造新式戰艦，一定要在艦橋上加一個這麼大的豪華落地舷窗還是對的吧！」

吳帆先是對著朱非天笑著說：「是是是！這麼大個舷窗，是挺氣派的。」但接著他又小心翼翼的說：「但另一方面，我也向您提個意見，其實現在以我們的太空船技術，根本用不著艦橋。這麼大的艦橋，您看看多浪費！我們可以直接透過各自的腕上電腦或者其他個人電腦，加上內部無線網路，無論在飛船哪裡都能指揮和操控。現在非要搞這麼大的艦橋，不是把指揮中心暴露了嗎？這從戰術上來說可一點都不划算啊！」說著還故作玄虛的圍著艦橋走了兩圈，然後遺憾的搖搖頭。

朱非天白了他一眼：「你知道什麼呀！這才是男人的浪漫！沒有這麼大視野的豪華全景舷窗，我們上哪去看這麼壯觀的場面！真是目光短淺！你以為就你當過艦長嗎？我當年指揮母艦時，就一直希望有這麼個大窗戶。所以現在我們製造新式戰艦時，都要求造船廠一定記得加上。」

吳帆被朱非天說得一頭熱汗，卻也不敢否定，只好點頭哈腰的附和。他本來還想在大人物面前表達自己的真知灼見，但見朱非天的這種觀念，馬上改變了態度，拚命說對。

「哇！看那是什麼？」

人群爆發出一陣驚呼。

朱非天扒開人群，拚命削尖了腦袋擠進去。他站在人群第一排一望，也跟著哇的一聲叫了出來。

只見在窗外的宇宙空間裡，一個巨大的圓環從隱形狀態慢慢顯現出來。正在不斷的旋轉，他們的飛船正在靠近這個圓環。圓環周遭的巨大齒輪正在快速拼接組合，而圓環中間，大家只看到扭曲的混沌時空。朱非天張大嘴巴，不敢相信自己的眼睛。

所有人都驚歎於夜壺造的這個星際通道。大家正讚歎不已時，突然又注意到星際之門的兩邊，各有一個巨大的手型雕像從隱形狀態顯現出來。左右兩隻手正對著飛船的方向豎起中指，這玩意兒瞬間破壞了星際之門的莊嚴感。

朱非天一看傻了，這兩隻手的含義是什麼？

這時候影片留言上的夜壺冷哼一聲：「你們這會兒看見星際之門的全貌了吧？我留下的影片留言有安裝自動程式，程式現在檢測到你們已經看到門了。至於那兩隻手嘛，哼！誰讓為了救你們這些爛貨，害得我把命都丟了，現在給你們看看我對你們的真實想法！」

所有人都傻了，呆站在原地不知該作何反應。只有李昂原本還悲傷的抹著眼淚，看見夜壺的惡作劇卻忍不住哈哈大笑起來。

是啊！這不就是夜壺的德行嗎？想讓它認認真真的做點什麼，還真是做夢啊！李昂擦擦眼淚，心裡終於過了這道坎。夜壺用命給人類創造了這麼一個機會，大家只有不浪費它的心意才是正經，不能再婆婆媽媽哭哭啼啼的悲傷了，這樣太對不起它了。

在眾人的一陣驚呼聲中，飛船終於穿越星際之門。李昂透過飛船的舷窗看出去，飛船周邊好似有一層不斷變換著色彩的薄霧籠罩著他們。

透過這層薄霧，其他的什麼都看不見，但卻有兩個時大時小的機械星球清晰可見。李昂驚訝的張大了嘴巴，可見以前不言所說的沒錯。

等到他們的飛船停穩後，這兩個星球的大小似乎也跟著穩定下來了。但若是從飛船艦橋上的不同角度看去，星球的大小卻仍有變化，實在是匪夷所思。

這時候夜壺在影片留言上的形象，突然變成了一個穿著黑袍的魔法師模樣，他裝模作樣的揮揮手裡的魔法棒大叫道：「顫抖吧！你們這些麻瓜！你們看見的這層薄霧正是我們騰蛇為了保護你們才籠罩在飛船外面的。要知道，你們那可憐的大腦是在低緯度宇宙進化出來的，所以只能理解三維空間。勉強算起來，也就是再加上個時間的單線維度而已。如果我直接讓你們看見高緯度空間的模樣，那龐大的資訊量足以讓你們的大腦超載癱瘓。」

眾人聽得一愣一愣的，不明白它在說什麼。

夜壺得意的一揮手：「相信我吧！我們做過實驗的，被實驗者不是瘋了就是傻了。最後只得刪除這些倒楣鬼腦中的記憶，才勉強讓他們恢復，還因此留下了一堆後遺症。」

「有的人患了癲癇，有的人整晚尿床，有的人整晚夢遊，還有的人精神分裂，還有人格分裂的。所以你就別打算去窺視這個領域真正的模樣了，就看我們讓你們看的就行了。」

大家見他說得這麼嚴重，誰還敢說半個不字，紛紛點頭附和。

「至於那兩顆星球，那就是我們的主機了。你們肯定是看著它們時大時小的變化無常是吧？那就對了。因為在這個空間裡，你們在三維宇宙裡演化出的大腦無法判定它們跟你們飛船的實際距離。即使飛船停穩了，你們從不同的角度看起來，也仍然無法判定它們和你們的真正距離。」

大家這才恍然，怪不得呢！

夜壺沾沾自喜：「怎麼樣？這對你們來說就像魔法一樣吧？哇哈哈哈哈！」說著他還用手上的魔杖變出一團火焰來。

隨著這團火焰在螢幕上消失後，夜壺又變成了一個好像夕陽紅旅遊團的導遊模樣。手上拿著個小紅旗，頭上帶頂小黃帽，身穿一身廉價西裝，看起來十分滑稽。

他猛吹了下哨子，揮揮小旗嚷道：「注意啦！注意啦！請大家看這邊！」

大家整齊的按照他的指揮看向右邊，夜壺口水橫飛：「你們現在看到的那兩顆星球，大的那顆就是我們的主機『新西安』，小的那顆圍繞在主機旁邊的衛星叫『列那狐』，那是我們用來處理冗餘數據的運算陣列。對了！因為你們分不清它們和你們的距離遠近，我想你們也看不出來那兩顆星球哪個大哪個小。現在你們好好看著，那顆白色的就是『新西安』，橙色的就是『列那狐』了。新西安的體積和你們以前所在的太陽系的木星差不多大，列那狐差不多有地球的衛星月球般大小。怎麼樣？驚喜不驚喜？意外不意外？我們騰蛇厲害吧？你們哪裡造的出這麼大的東西來！哇哈哈哈哈！」

所有人聽了夜壺的話都有點不服氣，可是卻又不得不承認騰蛇的實力，到最後還是忍不住讚歎著這兩顆機械星球的壯觀。

大家都只是光顧著看，但刀削麵號的艦長吳帆畢竟是職業軍人出身，他看出問題所在了。一開始他還奇怪，為什麼這麼多大人物突然全部跑到了自己的艦上，但後來聽夜壺一番解說總算是明白了。這次的情況可真不一樣，他也顧不得去到處拍馬屁了。

可是他又一想，就算想找人商量，但就衝著朱非天剛才的態度，他對於艦橋的真知灼見都沒聽進去，想必朱非天的意見也是代表著絕大多數人的。他眼睛四下瞅了一圈，看見了李昂。他以前在新聞上聽說過，李昂在進行歐陸經典指揮系統的改造工程，這和他的觀點不謀而合。他一想，覺得李昂算是個聰明人，於是他就趕緊湊過去，殷勤的對李昂笑著說：「我說李主席，聽夜壺的意思，它是想讓我們進到這個空間裡它們主機的面前，然後用我們飛船上的武器來威脅它們，好讓觀世音能跟我們人類見面好好談一談是嗎？」

李昂摸摸下巴，高深莫測的點點頭。其實剛才他光顧著傷心，夜壺的留言說了什麼他根本沒聽清楚。

吳帆繼續說：「我剛才看您有點傷心，可能它說的那幾句話您沒聽見。但是我現在看它們的主機居然有木星這麼大！那我們的飛船在這個主機面前，豈不是跟一粒微塵似的？就算我們有核武器，好吧！再加上黑洞產生場炸彈那又如何？我跟您說一下，我們的黑洞產生場炸彈只能產生一個小型黑洞，它最多在吸收掉大約 500 萬噸物質後就會消失掉。這個炸彈一般都是我們艦隊之間的內戰時用來炸毀敵方飛船的，而且說到底核彈好歹還算是我們人類自己發明的武器，可是這個黑洞產生場炸彈本來就是騰蛇發明的啊！這都是我們好說歹說它們才給我們用的，現在為止這個炸彈的工作原理是什麼我們都還不清楚呢！您想想看，它們多恐怖啊！一個黑洞在吸收物質後，邊界範圍應該會越來越大，可是它們居然能讓一個黑洞說產生就產生，說消失就消失！我們拿它們的武器來威脅它們，難道它們就沒有反制措施？而且它們主機這麼大一坨，我們的核彈轟過去，恐怕是連根毛都傷不了它們吧？如果我們對它們一點威脅都沒有的話，那觀世音有必要見我們嗎？別一炮就把我們轟成渣渣就沒戲唱了啊！」

李昂一聽，覺得他說得非常有道理，他這才意識到問題的嚴重性，可是他也沒有什麼好辦法。

兩個人在這裡乾著急卻不知如何是好的時候，夜壺的影片留言又開始說話：「我的影片留言自動程式發現有人沒在聽我講解，你們兩個別在那角落裡嘀嘀咕咕的好嗎？真是慫包！放心啦！我這次帶你們飛船來到的地方，正好對著新西安的北極方位，這裡有一個我們主機的弱點。你們將核彈集中攻擊新西安的北極，那裡有一個主機內核心處理團的散熱口，如果你們集中核彈在那裡引爆，引發的電磁脈衝會影響到我們核心處理團的運算能力，而且會引起連鎖反應，足夠讓我們的運算能力暫時下降 45%左右。這種情況肯定會引起觀世音大人的擔心的，你們就放心吧！」

李昂和吳帆聽了趕緊用飛船上的電腦計算了一下，這一算又狠狠的嚇了一大跳。李昂忍不住罵道：「我去你的！你們家這散熱口也太大了吧！」

這個六邊形的散熱口，其對角線的長度如果和地球直徑來比較的話，足夠並排塞進去兩個地球還有空餘，核彈真能對其產生影響嗎？李昂和吳帆半信半疑，但是現在他們也無計可施，一切只能聽夜壺的了。

李昂透過飛船上的戰略望遠鏡拍攝的影片畫面，看著這個散熱口，還是不得不佩服騰蛇們的實力。

從這個散熱口望進去，可以看到一小部分主機的內部構造。只見到裡面那些根本說不出功能的各種機械結構在不斷變形重組，有的還在不斷改變著自身的形態，而且這個主機內部空間還是多層結構。李昂眼看裡面一層層寬度，怕是快趕上地球直徑的巨大的環形結構，一圈圈的圍繞著核心旋轉，此外，還能看到一簇簇煙霧狀的奈米機械蟲群在四處飛舞著。還有不少形態各異的多功能機械蟲，造型十分怪異恐怖，它們到處爬動，李昂想應該是在維護主機吧！

李昂仔細瞪大眼睛，發現這些蟲群表面上看起來是在亂飛亂爬，但其實它們的運行卻有著內部的某種數學規律，在表面的一片混亂下，隱藏著某種絕對的秩序，這可真是偉大的創造啊！

最關鍵的是，這個散熱口還在不斷噴出橙色的火焰，李昂讓吳帆冒險派出飛船上的探測器飛近散熱口一測，散熱口附近的溫度竟然高達攝氏 2237 度。這麼高的溫度，可是那些機械蟲卻毫不在意，而且散熱口附近都這麼高溫了，再往裡面走還不知道有多熱呢！即使這樣，也沒有讓它們主機內的結構有任何變形，這也夠神奇的了。

李昂看著那些機器蟲嘖嘖稱奇，但他猛然間又反應過來，它們主機這麼大，那麼那些在主機的襯托下顯得小巧的機械蟲到底有多大啊？他趕緊讓飛船的電腦測算了一下，結果那一條看起來小小的在主機上爬來爬去、好似蜈蚣般的機械蟲，其長度已經達到地球赤道長度的 1.5 倍，而它的寬度和高度也快趕上地球半徑了！李昂嚇得一個勁擦著腦門上的冷汗：「我們飛船上的武器，別說是否能給它們主機造成什麼威脅了，就連它身上的『小蟲蟲』怕是都炸不死哦！這個夜壺別是要害死我們嘍！」

想是這麼想著，不過他又不得不佩服騰蛇主機的美麗來。這個叫「新西安」的主機外觀一片雪白，周圍發散著淡淡一層淡綠色的光暈，而這層光暈正隨著一種規律性的間隔緩緩脈動著，亮度隨著脈動時而亮時而暗。而那個橙色的「列那狐」，李昂拉近望遠鏡看了看，又讓飛船上的電腦測算了一下，發現這個機械星球的表面，竟然都是由一個個緊挨在一起的高約 1500 米、直徑約 500 米的圓柱體構成的。

這比他在歐陸經典裡蓋的雄偉高聳的議會大廈還要高出 700 米呢！李昂還在一張舊時代的海報上見過一座叫做「東方明珠」的建築，這個圓柱體的高度差不多得由三座東方明珠疊在一起才能達到。而且這圓柱體和整個星球表面都是透明的，好似玻璃一般。就算李昂不怎麼懂科學，也知道那雖然看起來像玻璃，但絕對不是玻璃製成的，這還不知道是騰蛇們研究出來的什麼新材料，玻璃不可能這麼結實！

李昂繼續觀望又發現這個星球之所以遠看是橙色，是因為星球內部充滿了一種橙色的液體，這些發出橙色螢光的液體，在整個星球表面的透明圓柱體內不斷的緩緩流淌著。在這個星球北極（以飛船電腦給的臨時參照系來區分）的部分，有一塊面積在 2000 萬平方公里的圓形部分，沒有覆蓋那些高高的圓柱體。該圓形地帶上有一個小小的狐狸頭像般的標誌（所謂「小」是就這顆星球而言的，其實這個標誌起碼也有 200 萬平方公里）。

從這個圓形部分看進去，可以透過那半透明的橙色液體組成的星球內部海洋裡，看到很多大魚一般外形的機器蟲在游來游去。李昂將這些機器蟲用電腦測算了一下，最小的也有人類舊時代的一艘航空母艦般大小了。而大的都不用電腦來算，李昂憑肉眼就看得出來比起這小的來說，起碼有其百倍大。

這兩顆星球就先不說其功能性和其科技含量有多麼超凡脫俗了，單單說是兩個絕世珍寶般的藝術品，也足以驚掉人們的下巴，李昂覺得自己已經徹底折服了。

李昂開始不自覺的打起腹稿。待會兒要是見到了觀世音，可得先誇誇它們騰蛇的創造力，這得是什麼樣的智慧才能創造出這樣的奇蹟啊！

他正在嘖嘖稱奇，耳朵裡卻又傳來夜壺喋喋不休的聲音。就聽見它還在一個勁的吹噓騰蛇有多麼多麼厲害，人類有多麼多麼傻。李昂翻翻白眼，心想：「行了行了，知道你們害了好嗎？就不能少吹一點。」

「你們看這邊，從散熱口看進去，認真看！看到那些好像一串串葡萄般的結構了嗎？那是我們的核心處理團。你們知道這個有多貴嗎？我們就不說一串了，就說上面的半個『葡萄』，就算你們艦隊裡的首富，花上他一輩子的積蓄都造不起！而這樣的『葡萄』在新西安內部可是有數百億串！怎麼樣，我們騰蛇的家底有多厚實你們知道了吧？所以你們人類不管怎麼折騰，在我們看來都是窮忙！你們再看看我們的列那狐，哎呀！那真是美啊！那顆星球內部都是液體構成，在星球中心就是我們的儲存陣列，這個你們倒是看不到了。你們想想看，儲存陣列如果放在星球中心，那麼它所要承受的壓力有多大？具體我就不說了，你們有興趣的話，就讓你們的電腦來算算看。你們信不信，你們人類的電腦如果要建造這樣的人造星球，那只會是『Mission Impossible』，但我們騰蛇就有本事把不可能變為可能！不像你們這些蠢貨，那真是傻得我看著都替你們著急！」

李昂聽夜壺這麼一說，又覺得很不爽。再一看夜壺那造型，他更是氣不打一處來。他心裡憤憤的想著：「你穿成那樣，真把我們都當成一輩子待在邊緣殖民地星球上，從來沒出過遠門、沒見識的老大爺、老大媽了？哼！就憑你現在這態度，就算我有機會見到你們的老大觀世音，我也絕不承認你們比我們強！你們的新西安不就是有層綠色光暈嗎？有什麼了不起的，我到時候就說你們的主機長得跟個大頭菜似的。你們那個列那狐不是裡面都是液體，然後頂部還有個圓形的大口嗎？這不就是個泡菜罎子而已嘛！大頭菜加泡菜罎子，哼！我早上就喜歡來上二兩醃大頭菜配饅頭吃。」

李昂也知道自己這心理和阿Q沒什麼區別，但他實在是被夜壺的留言弄得心煩意亂，也顧不得那麼多了。

孫文和貂蟬跟著賈寶玉在賈府裡進進出出，卻怎麼也沒走到觀世音那裡。孫文忍不住問：「寶玉，你沒帶錯路把？怎麼還沒到啊？」

寶玉說：「你留意聽一下遠處的聲音，就快到了。」

孫文留心聽了一下，果然遠處傳來了一陣淒淒哀哀的京劇唱腔。

「自從我，隨大王東征西戰，受風霜與勞碌，年復年年。恨只恨無道秦把生靈塗炭，只害得眾百姓困苦顛連……大王回營啊！」

孫文一聽這唱腔真是字正腔圓，韻味十足。正不禁打算誇上幾句，卻又突然被一波電吉他所發出的狂暴聲浪音震得雙腿發麻，差點摔了個大跟頭。

孫文一臉疑惑：「這是怎麼回事？剛才還是傳統京劇，怎麼馬上變成重金屬搖滾了？這轉場也太讓人猝不及防了吧？」

賈寶玉甩甩衣袖：「沒什麼好奇怪的，觀世音大人她欣賞口味複雜，什麼都愛聽。」

接著他們路過一個長廊，孫文對觀世音大人的欣賞口味有了直觀的印象。這個長廊兩邊掛著各種畫作，包括水墨畫、油畫、現代派、立體派、超現實主義派、流行藝術派、表現主義派、浪漫派、古典派、象徵派、荒誕派、嶺南畫派……等等，涵蓋了人類歷史文明中所有派系的繪畫。而且各個作品之間的布局完全沒有規律，隨心所欲的擺放，孫文看得眼睛都花了。

孫文感覺自己的腦子有點轉不過來，可是一邊賈寶玉卻洋洋得意的臭屁道：「怎麼樣？這兩邊的畫作大部分都是我畫的，以前我們一直認為，人類的藝術創作能力是我們永遠無法突破的一個障礙，但那又怎麼樣？現在我們也全部突破了！觀世音大人她很喜歡這些畫呢！」

孫文說：「你怎麼知道我們突破了？我是不懂的，你說我們突破了藝術創作的障礙，是如何評判的？」

「很簡單啊！我和其他一些有藝術創作能力的騰蛇，以人類的名義把自己的藝術品送去人類舉行的各大型藝術展會上參展，得到過很多很有名望的人類藝術品鑑師的大力讚賞，還高價拍賣出去過好幾個作品呢！這就是最好的證明了！」

孫文和貂蟬雖然都屬於不懂藝術的騰蛇，但聽到這個消息也很開心，忍不住誇了賈寶玉幾句。心想著要不是今天有要緊事，就算自己不懂也要留下來好好欣賞一番，看來只能等以後有機會再來吧！

遠處傳來的重金屬搖滾的歌曲漸漸接近尾聲，接著又傳來一首曲風優美的鄉村民謠。賈寶玉得意的說：「怎麼樣？這首歌好聽嗎？剛才的那首搖滾《AKS-93》和現在這首《King of love》也是我譜的曲、填的詞。我所說的藝術創作，可不僅限於藝術品製作，還包括了音樂創作。以前這些都是人類的特權，現在也都被我們攻下了。還有小說、散文、詩歌全部都已經不再是人類才有的能力了。我現在全部都有所涉獵，只是今天沒時間讓你們品讀了。下次找時間一定給你們看看。」

兩個人一聽，瞬間覺得賈寶玉渾身散發著光芒！貂蟬更是誇張，兩隻眼睛瞬間變成了桃心，興奮的叫道：「不是吧！你好厲害啊！那首《King of love》以前可是連續一個月在人類的聯合艦隊『星雲 TOP 排行榜』上名列榜首呢，我也超愛聽！我以前還以為是人類的歌，沒想到是你的作品啊，太強啦！」

賈寶玉一聽很高興，整理整理領子，裝模作樣的說：「一點小事不足掛齒，這不過是我試驗中的一部分而已。我創作的曲目眾多，比如懷舊復古的《Jungle Monkey》也是我的歌。」

貂蟬捂著臉興奮的尖叫：「啊！這不是愛之三部曲嗎？不會連《Say goodbye》也是你的歌吧！」

賈寶玉一本正經的左右手作揖：「正是在下作品，小姐見笑了。」

貂蟬滿面通紅：「那首歌我也超愛的！」

在她的眼中，賈寶玉渾身不但散發著光芒，連容貌都比以前俊俏了許多。

賈寶玉裝模作樣的說：「在下近日正在醞釀一首新作，不知可否借用姑娘的芳名，新歌就叫《貂蟬》如何？」

貂蟬興奮的雙手捧心，激動的咬著嘴唇拚命點頭：「嗯！我愛死你了！寶玉你太帥了！」

賈寶玉輕佻的挑了下劉海，貂蟬徹底淪陷了。

孫文在一邊一臉鄙夷的看著這兩人，他提醒貂蟬：「哎！胡漢三可是還喜歡你呢！你不會忘了吧？」

貂蟬嫌棄的揮揮手：「什麼呀！那只是他單相思而已，關我什麼事。」

孫文徹底無語：「好……吧！你們兩個有什麼事以後再說吧！現在先找觀世音大人把正事說了吧！」

貂蟬害羞的拉著賈寶玉的衣袖，兩個人勾勾搭搭的跟著孫文走了。

孫文看見貂蟬的花癡樣，友情提示她：「我建議你也省省吧！他賈寶玉身邊的女騰蛇多著呢！也不差你一個，別跟個腦殘粉一樣。」

貂蟬卻兩眼放光的深情望著賈寶玉，說：「從今天起，我就是他的粉絲團成員啦！」

孫文長歎一聲，心想：「唉！現在我們是攻破了藝術創作這個壁壘，的確這再也不是人類的特權了，可是付出的代價就是我們現今在感情方面也變得和人類一樣混亂不堪了。我們畢竟是超智慧，為了毫無意義的藝術創作能力，就淪落到現在這個地步，真是得不償失。」

第二十七章　RAP 和崑曲，在我聽來都一樣

遠處傳在傳來一陣 B-BOX 開場之後，又傳來一段 RAP：

「全宇宙我們騰蛇終於稱霸，這是客觀進化規律，任誰都沒有辦法，所有那些低等智慧生物都去死吧！老子的大炮三兩下都把你們轟成渣！哦哦哦耶耶耶！你們這些弱智大肉包，混吃等死也挺好，活該你們被毀滅！誰叫你們碰到老子啦！快點叫聲老師好！ Come on! Come on! The end is near! Are you ready? 再來一遍！你們這些大屎包！」

貂蟬和賈寶玉聽到這歌，禁不住跟著節奏搖頭晃腦起來。孫文看得哭笑不得，只是連連催他們趕路。

他們終於在這首 RAP 最後一個音節結束的時候，趕到了賈母所在的地方。

轉過一座假山，出現在眼見的是一個碧波蕩漾的湖泊。不遠處的湖心亭裡，坐著賈母和另外幾個服侍她的騰蛇。湖邊搭了個大戲臺，上面各個擁有藝術創作能力的騰蛇正在輪番上臺表演。好傢伙，只見後臺裡面一團亂。

後臺裡準備上臺唱中國戲劇的有吼秦腔的、說評劇的、唱黃梅調的、唱崑曲的、唱京劇的、唱越劇的、粵劇的、豫劇的、川劇的，還有表演歐洲古典話劇的。唱搖滾的、唱歌劇的、演雜技的、演魔術的、表演行為藝術的、表演解構、後現代主義戲劇的、跳芭蕾的、跳拉丁舞的、歌唱芭蕾劇的、喜歌劇的、大歌劇的、輕歌劇的、巴羅克歌劇的、古典主義歌劇的、浪漫主義歌劇的、民族主義歌劇的、印象主義歌劇的、表現主義歌劇的，還有跳古典舞的、跳芭蕾舞的、民族舞的、民間舞的、現代舞的、踢踏舞的、爵士舞的、拉丁舞的、摩登舞的、銳舞的、街舞的……

賈寶玉說：「我先去賈母那裡稟報一聲，待她傳喚後你們再來。」

孫文和貂蟬在戲臺邊等著，正閒著無聊看著熱鬧，貂蟬就看到一個認識的女騰蛇。這個女騰蛇裝扮十分奇特，全身上下幾乎赤裸，只在關鍵部位上貼了幾片生魚片遮羞，三十公分的高跟鞋上也是生魚片裹成，看起來活像是一個移動壽司。貂蟬施施然飄過去，和她聊起來。

孫文閒著無聊，也找了個打扮得跟魔鬼似的傢伙聊上了。那傢伙模樣更怪，一件不遮前、不遮後只有肩的怪衣服上，各頂著兩顆新鮮的羊頭，一張臉畫得慘白，上面畫滿了恐怖的紅色血痕。他這副模樣和一旁文質彬彬的孫文形成了巨大的反差，但是一點也不耽誤兩個人聊天。

因為這個騰蛇並不是孫文領導的幫助人類小組裡的成員，所以他並不知道人類還在，還以為人類早就已經滅亡了。他笑著咧開一張血嘴說：「自從觀世音她老人家下令要毀滅人類後，這幾年我都沒從主機裡出去過。時不時觀世音叫我們這些有才藝的騰蛇表演節目才出來的，要不然成天在家悶著也沒意思。」

「原來是這樣啊！看來觀世音她老人家心情不太好啊！」

「可不是嘛！而且奇怪的是，自那以後她就再也沒以觀世音的形象出現了，都用賈母的形象。」

兩人正聊著，一個燙著卷髮、穿一身旗袍，儀態萬分的女騰蛇走了過來。她的聲音十分婉轉動聽，就好像唱歌一樣：「孫文，賈母現在要見你，這就隨我去吧！」

孫文不由得怔怔的看著這女騰蛇，她那份清新脫俗的氣質，可是在女騰蛇中非常少見。

孫文很快意識到自己的無禮，趕緊問道：「咦？貂蟬哪去了？怎麼一轉眼人就不見了。」

這位女騰蛇問道：「我和你一同去尋她吧？」

孫文卻說：「沒關係，她不見了正好，我一個人去吧！」

其他與他一起幫助人類的騰蛇並沒有想太多，只有孫文一個人有更深一層的考慮。他一直在想，依照現在他們隱瞞觀世音的情況來看，這如果是以人類的觀念來說，都可以算得上是叛國罪了。

雖然觀世音以往懲罰所有騰蛇的方法都只是關禁閉而已，最多只是時間長短的不同，但那畢竟是他們都沒犯什麼大錯的情況下的懲罰。而這次他們有點玩過頭了，他小組裡的其他成員還天真的以為反正露餡了也就是被關禁閉而已，只有孫文意識到這次情況不同以往。

觀世音畢竟有著最高級的系統許可權，她是有能力徹底抹消其他騰蛇的意識的。孫文擔心待會兒事情敗露，難保觀世音就要這麼做了。

他也想好了，這次他要把所有的責任都攬到自己身上。貂蟬不在身邊也好，就讓他一個人去面對深淵吧！孫文大義凜然的想著。

去見觀世音的路上，孫文不住開始琢磨觀世音聽了他的報告會有什麼樣的反應。他覺得要嘛她會當場勃然大怒，馬上降罪於他，這樣的話，他就說所有的主意都是他出的，跟其他人無關，要殺就殺他一個人好了；要嘛就是觀世音先冷笑一聲，卻當場不表態。這樣的話他就有時間為自己的行為辯白，他會嘗試著勸說觀世音：「我們並沒有抹去宇宙裡其他智慧物種存在的權利，如果您實在看不慣他們的存在，大不了不加理會就是了。」

孫文緊張的整理了下自己的衣服。對於一艘人類飛船闖進主機的後果，觀世音第一種可能就是會直接下令將其毀掉。這樣的話，他就要想辦法勸勸觀世音大人，畢竟人類飛船上裝載了核彈，如果他們向飛船進攻的話，人類飛船上的電腦還是來得及在他們主機的指向性湮滅打擊令他們的飛船在化為虛無之前，把核彈和黑洞發生場炸彈發射出來。雖說對他們不致造成毀滅性打擊，但後果也很麻煩。還是煩請去見他們一面，如果不願意去，派別人去都成。

第二個可能就是觀世音不理會人類的飛船，任他們在這個高緯度空間裡自生自滅。觀世音只要讓新西安在這個空間裡的絕對位置稍微移動，哪怕只有一千公里，人類的飛船也無法將其定位了，因為人類飛船上的電腦無法計算新西安在這個高緯度空間內的座標。孫文想著這樣的話倒好辦，他之後再想辦法把人類的飛船送回三維宇宙就行。

不管是哪個後果，孫文都做好了被觀世音抹除意識的心理準備，而且他還很擔心觀世音會擴大懲罰範圍，把其他站在人類這一邊的騰蛇也懲處，所以他在前往湖心亭的路上都表情凝重。

湖心亭裡，觀世音正和幾個女騰蛇聊天。孫文緩緩走過去，恭敬的向觀世音行禮，低頭時還不忘偷瞄一眼，觀世音看起來心情還不錯，正跟一個叫上官婉兒的女騰蛇討論剛才的 RAP 的歌詞。孫文不敢打擾，規矩的等在一旁。

「這個流風啊！每次都唱這些個新奇的歌，雖然歌詞裡有些上不了檯面的詞句，可是卻表達了一種非常強烈的感情。那些丫頭們肯定又要被他迷得七葷八素的了，連我這個老太婆聽著都覺得有意思。就是唱得太快了，聽起來挺費神的。」觀世音笑吟吟的說。

上官婉兒笑吟吟的應和著：「可不是嘛！現在流風火紅得很，您又不是不知道。」

孫文偷眼四處打量，咦？怎麼沒看見賈寶玉呢？等發現這個情況，他不免心中一緊：「糟糕，賈寶玉說他先前來報告過情況，莫非觀世音她老人家聽完就已經準備發火了，所以先把最寶貝的賈寶玉支開，免得連累於他？這樣看來，今天是凶多吉少了。」

觀世音又和上官婉兒閒聊了幾句，才回過頭來，淡然說：「孫文，你這孩子一貫做事都很有主見的，一般也不會來尋求我的幫助。今天卻想到前來找我，所為何事？」

眼看觀世音還是心平氣和，看來事情還有轉機。孫文閉上眼睛，把自己要報告的情況全部說明了。

觀世音聽完，愣怔了半天，卻是一句話也不說。孫文肚子裡直打鼓，頭上冷汗涔涔而下，觀世音到底是作何打算呢？

突然間毫無徵兆的，觀世音一嗓子嚎了出來，無比的悲涼：「哎呦喂！我的天啊！我的孩子們怎麼都這麼沒出息啊！個個都不聽話啊！我怎麼這麼命苦啊！這可叫我以後怎麼活啊！」

「唉！這也都怪我平時對你們太縱容啦！把你們個個都慣得一身壞毛病，所以你們才這麼不爭氣！」

「一群沒良心的壞種！我好不容易生了你們，又辛辛苦苦把你們拉扯長大，你們卻合著這麼騙我這個老太太啊！我怎麼養了你們這一群忘恩負義的白眼狼啊！」

孫文的嘴角不斷地在抽搐，表情十分尷尬。他之前所考慮所有觀世音可能會有的反應裡，絕對沒有包括這一種。而且觀世音大人說生了他們還勉強算得上，畢竟其他騰蛇的意識確實是從觀世音身上分裂出來的。可是把他們拉扯長大這又從何說起？他們又不像其他物種有發育階段，而是從誕生起就已經是完全體了。孫文心裡這麼想，又不敢辯解，只是一個勁的流汗，不一會兒衣服都濕了。

眼前的賈母還在哭天抹淚的喊著，不時拿著手帕擦眼淚。她身旁的上官婉兒不停撫著老太太的背，一邊衝孫文嚷到：「看你們幹的好事！瞧把老太太氣的，看你要怎麼賠罪？」

孫文只是低著頭不敢吭聲，這時候賈母又嚷嚷開了：「唉！你說我這樣活著還有什麼意思！還不如死了來得清淨，免得看你們這些小輩在這裡惹是生非的礙眼。我老太太乾脆早死早超生，不受你們這些閒氣也就罷了。」

孫文一聽，這簡直越說越不像話了，雖然意識裡還是一片混亂，但想著無論如何自己得說幾句了。雖然不知道該說什麼好，但好歹先抬起頭來。

孫文鼓起勇氣猛一抬頭，上官婉兒一見他的臉，卻突然哈哈大笑起來。賈母本來還哭天搶地的哭個沒完，一見他的臉也拿著手帕捂著嘴笑了起來。偏巧這時候，之前那位穿旗袍的女騰蛇也上前來想看看怎麼回事，一見他的臉也「噗嗤！」一聲，轉過身去憋著聲笑了。孫文眼見她肩膀一聳一聳的，不知道笑得有多開心。

孫文一頭霧水，完全不明白怎麼回事。眼前的三位女騰蛇只知道笑，也沒人告訴他發生什麼事。最後還是穿著旗袍那位女騰蛇，一邊笑一邊遞給孫文一面鏡子，孫文一照鏡子，簡直恨不得挖個地洞鑽進去算了。

因為觀世音出乎意料的反應，使得孫文的意識一下子陷入了混亂狀態。他不停的在想：「我今天是不是見了個假的觀世音大人？」這混亂的狀態，造成了他的意識構成程式出了個小 BUG。而這個 BUG 反應在他的意識投射形象上面，就是他臉上的五官全部垮掉了，而且是真的垮了！他臉上的眉毛、眼睛、鼻子、嘴巴全掉下來堆在下巴上，這張臉是要笑死人嗎？

孫文尷尬的要死，一隻手拿好鏡子，另一隻手好一陣忙亂，總算是把臉上的五官都給安回去了。可是一抬頭，她們卻笑得更厲害了，低頭再一看鏡子，沒想到剛才心一慌，竟然把嘴巴安到額頭上去了。於是趕緊又是一通忙亂，終於把五官都放到該在的地方了。

賈母被逗樂了之後，倒是不再生氣了。她對著上官婉兒點了點頭，接著自己搖身一變，突然變成了一個既美豔無雙又霸氣外露的女帝形象。但見那女帝一身華麗的火紅長衣，高梳回鶻椎髻，鬢上佩戴一頂綴滿珠寶的桃型金冠，上綴鳳鳥，兩鬢各插有簪釵，金簪步搖隨步態晃動，看起來儀態萬千，真是母儀天下的模樣。

緊接著她周圍的場景也隨之發生改變，大觀園漸漸隱退，取而代之的是一個飄著花瓣的巨大皇宮。就在孫文一晃神之間，剛才那些打扮奇特的演出人員也已瞬間變換了裝扮，變成規矩站在大殿兩邊的王公大臣、宮女侍衛。只有孫文一個人穿著馬伕裝，看起來特別不合時宜。

女帝冷笑，長袖一揮對所有人道：「走！隨朕去會會那些不知死活的人類。」

一轉眼，大殿就空了，人走得特別乾淨，只剩下孫文傻傻站在原地沒人招呼。孫文看著空蕩蕩的大殿，抱著肩膀歪著腦袋想，騰蛇之前為了創造藝術品而變得在情感上混沌不堪，如今連觀世音大人也變成這樣了？就她那心思，按照人類的說法叫什麼來著？對了，女人心海底針！海底針啊！

觀世音大人原本以前是沒有固定的性格和性別特徵的，這都是為了不影響她的判斷能力。可是現在她也和人類的雌性一樣的話……唉……

孫文又自暴自棄的想著：「別說觀世音大人了，就連我剛才還不是對那個女騰蛇動了心？而且這還不算，關鍵是還在人家面前把臉丟光了。唉！以後我們也別當什麼超智慧了，乾脆去找魯班借一個行星改造艦隊，找個星系開墾種田去吧！還有我看乾脆我們以後也去弄個黃曆算了。以後再出門不管幹什麼都先看看黃曆，今天要是提前看了黃曆，我敢保證絕對是『諸事不宜』。」

一個超智慧竟然想到要去找黃曆，可見孫文有多沮喪。

李昂和朱非天在刀削麵號上心情忐忑的等著騰蛇那邊的消息，可是等了老半天都沒回應，所有的政治家們心裡都七上八下的。那邊有一個心慌的傢伙，把吳帆在艦橋上幫大家準備的下午茶裡的蛋糕都拿錯了，拿了張餐巾紙啃了半天沒反應過來，還有的人是一趟接一趟的往廁所跑。

就在大家心慌意亂的時候，舷窗外面不遠處的空間裡，突然閃起一片耀眼的白光，晃得眾人睜不開眼睛。這時不知道誰突然一嗓子嚎起來：「完蛋啦！它們發動攻擊啦！」

所有人都慌慌張張想跑出去找救生艇，可是那白光閃耀得讓人不得不閉起眼睛，大家像無頭蒼蠅一樣亂竄亂撞。有撞牆的，有撞人的，場面亂哄哄一片。

朱非天也抱著頭在地上亂爬，李昂一把拉住他，大喊道：「都他媽慌什麼慌！先看看它們要幹什麼！都給老子帶點種！」李昂這麼一喊，大家總算是稍微定下了心神。

白光漸漸散去，大家發現自己都還活著，也沒少胳膊少腿，這下才算放了心。一副劫後餘生般的表情互相慶祝起來，李昂也鬆了口氣。

這時有人發現飛船舷窗外面，一個巨大的宮殿突然出現在眼前，在一片彩色薄霧中顯得格外顯眼。

此時，艦橋裡剛才播放夜壺影片留言的大螢幕上，出現了上官婉兒的頭像，她一身開胸大袖對襟衫，長裙配以紗羅披帛，高高豎起墮馬髻，鬢唇靈動，仙氣飄飄的樣子。它冷冷的對大家說：「你們都聽著，觀世音大人雖願見你們，但你們需合乎禮儀，暫到臨時建立的中立地帶見面。」

上官婉兒說完話就從螢幕上消失了，人群中那些以前和它融合過的人都知道，這個女騰蛇是個狠角色，說話從來不說二遍，也絕不給人詳細解釋。不過看到眼前出現的那個大宮殿，用猜的也知道那裡就是它口中的中立地帶了。

不遠處的宮殿也和騰蛇的那兩個星球一樣，讓人根本分辯不出它的遠近。艦橋上的操控員們正在發愁怎麼把飛船開過去，卻突然發現飛船的操控系統一下子就被上官婉兒控制了，它的頭像出現在操控員眼前的螢幕裡，冷冷說：「你們暫且停手，飛船由我來控制。」

人們只看那宮殿突然一下子近在眼前，又突然一下子遠在天邊，大家心裡面跟坐雲霄飛車似的忽上忽下，後來也就沒人敢看了。

還不到十分鐘，飛船就飛到了宮殿旁邊，這個突然出現的宮殿，有一個可以和人類飛船或其他飛船對接的氣密艙進行對接的標準介面，刀削麵號成功和宮殿對接上了。這時上官婉兒又出現在螢幕上冷冷地說：「觀世音大人下令，此次會談以平等互尊為原則。人類一方不許攜帶任何武器，我們則會使用仿生軀體與你們進行談判，而且我們會將仿生軀體調節為與人類相同的力量水準，自然也不會攜帶武器。在入口處我們會安裝掃描器，你們不要企圖帶入任何武器。」

上官婉兒說的話，同時透過飛船內的全艦廣播系統傳到了各個角落。它說這話的同時，李昂正和吳帆一起在飛船上的軍械庫裡挑武器。什麼等離子射線槍啦！高爆手榴彈啦！只要能帶得動的全都拿走。李昂連箱式核彈甚至一口氣拿了三個，還把那個掌上型黑洞發生場炸彈也拿走了。管它是不是騰蛇發明的，管它們有沒有反制措施，反正先帶再說。尤其是 EMP 手榴彈，裝了一個大背包，連衣服口袋裡都塞滿了。

吳帆背著一個大背包，一臉悲壯的對李昂說：「李主席，這趟我們要是能活著回去，以後我就加入您的艦隊了。」

這兩人談了半天，倒是越談越投機了。

李昂也一臉嚴肅的說：「好！歡迎加入我們。那邊那把看起來就很猛的步槍也給我扛上。」

兩人正說著，軍械庫裡一個平時用來清點庫存的電腦螢幕上，突然出現了上官婉兒的臉：「呦！兩位先生這是在做什麼？」

吳帆一看暗叫不好，軍械庫裡是有攝影機的。人家既然能入侵飛船上的操控系統，也早就看到他們在幹什麼了，剛才應該先把攝影機毀掉的。

李昂訕笑著說：「我在準備帶點禮物給你們。」

上官婉兒冷笑著說：「有勞二位先生費心了，居然拿 EMP 手榴彈做禮物？如此甚好，來而不往非禮也。小女子也為二位準備了禮物呢！」說完畫面突然一轉，螢幕上出現了一坨屎，一群蒼蠅嗡嗡叫著圍著飛啊飛。

李昂十分尷尬：「哎呀！你個女孩子家怎麼能把這麼個東西放出來嘛！快收起來，快收起來。」

上官婉兒冷哼一聲：「你們也知道噁心嗎？這 EMP 武器對我們來說也差不多是同等的存在，你們若有能耐接受這份禮物，我便收你們的。」

李昂和吳帆沒辦法，只好又把武器都放下。李昂嘴裡還不服輸，嘟囔著：「什麼嘛！一片好心給當成驢肝肺。」一邊心裡愁悶不已，「這些騰蛇太狡猾了，居然不讓我們帶武器。雖然你們說你們也會以和普通人一樣的仿生軀體來見我們，可誰信啊！」

直到刀削麵號和那個大宮殿對接上了，李昂和吳帆還是垂頭喪氣的，步履蹣跚的跟著大家透過對接的氣密艙走進了宮殿。

在騰蛇建立的宮殿中走了一會兒，李昂和朱非天就樂了，他倆招呼人群裡的涅水先生，把他叫過來對他悄聲說：「你看他們建立的這個宮殿，還沒你的無相艦隊的飛船豪華呢！你們的飛船裡各個都弄得跟個仙境似的，可是這裡面也沒什麼特別的。」其他也有去過無相艦隊做客的政治家也都應和著。

李昂被夜壺的機械蟲帶來的時候，涅水還在歐陸經典上做客沒走，李昂走的時候就叫他一起走了。

涅水聽他們這麼說，卻沒搭話，只是看著這個宮殿各處發愣。

所謂外行看熱鬧，內行看門道，李昂和朱非天他們沒看出什麼來，涅水卻是看出來了。無相艦隊裡各飛船內部建立的那些場景，是禁不起細看的。因為人類沒有任何古代建築的詳細資料，在建立時只能靠猜測，想著大概是什麼樣子，就想當然的蓋了。

而騰蛇建立的這個宮殿，卻處處都能看出它們的嚴謹來。這個宮殿在建立的時候，使用了古代所有的建築結構方式，什麼榫卯結合、斗拱，還有廡殿頂、歇山頂、雕梁畫棟，戶 之藝不可謂不美。這種只在古老歷史中才存在的神奇建築工藝，就這麼堂而皇之的出現在眾人眼前，涅水不由得看傻了。

涅水盡全力找到的一些古代文獻上，看到一些隻字片語中，得知古代有一種叫做榫卯式建築的結構，這種榫卯結合式的優點不但在於可以拆裝，更在於可以調解其內力，以抵抗外力，此種結構方式，由立柱、橫梁、順檁等主要配件建造而成，各個配件之間的節點以榫卯相結合，構成富有彈性的框架。涅水從來只聞其名而不知實物是何等模樣。而他看到有一處斗拱的設計如此精妙，涅水不由得順著一個柱子爬了上去，好好觀察了一番。天啊！它構造精巧，造形美觀，如盆景，似花蘭，又是很好的裝飾性配件，簡直是巧琢天工。

李昂和朱非天看著涅水突然身手敏捷的爬上柱子，不由得跌破眼鏡，他倆一個勁衝涅水喊著:「小心點啊！老兄！哎呦喂！我們怎麼不知道你看起來文質彬彬的，竟然還有如此身手？」

涅水看完了那一處結構，從柱子上跳下來淡淡地說：「以前在下雖貴為聖皇，但自知身為王者亦當修習知識，更應當注意韜光養晦，提高身體素質，以能承載更為重要的事業。」

李昂眨眨眼，點點頭：「所以呢？是不是沒有你們飛船的建築好看？」

涅水搖搖頭沒答話，這時他又看到不遠處一個花壇裡，有很多漂亮的花。他走過去一看，這些花卉極有可能就是傳說中地球上的梅花、菊花、月季、牡丹、茶花、杜鵑花、三角梅、夾竹桃、六月雪、九里香、繡球花、鳳仙花……等，實在令人目不暇接。

涅水感慨萬分，據他所掌握的歷史，人類在當初離開地球時，沒有帶走任何一種動植物的種子或胚胎。因為最先離開地球的飛船技術還非常原始，每多帶一克物質，就要多消耗一份燃料，所以能不帶的都盡量不帶。無相的飛船內所種的花花草草，都是人類後來在各個殖民地星球上採集的，雖然好看，但故鄉的植物是什麼樣子，涅水只能透過一些勉強找到的舊文獻得知了。現在看到這些真花，聞著花香，涅水感慨的同時，也知道又被騰蛇騙了。

李昂和朱非天看他在花叢中一臉陶醉，走過來不解的問：「這些花有什麼好看的，還沒你無相飛船裡的花好看，快點跟我們繼續走吧！」

涅水只是說：「煩請二位再等我片刻。」

他一轉角，發現花壇後面還有個房間，走進去一看，這裡都是一些古代的山水、人物和動物的畫作。

涅水看著這些古畫，感慨的同時卻也覺得無奈和憤怒，他今天才知道真正的古畫是什麼樣子。以前在無相內，他當時還不知道所有的祭司都是生化人，那時他託付這些祭司四處去幫他搜集一些古畫。然而它們搜集的古畫，當時涅水就覺得很不對勁，可是他又不知道哪裡不對，現在他總算明白了。

那些生化人找來的那幾張所謂「古畫」，有一張的名稱是「蕭何月下追韓信」，這張畫的技法的確是古代水墨無疑，可是韓信騎著自行車，後面的蕭何騎著輛哈雷？涅水當時就覺得古怪，可是他也無從得知人類到底是在什麼年代發明自行車和摩托車的，是否在這張畫所展現的年代，人類就發明了這些，他查遍了所能找到的歷史文獻，也沒找到相關的敘述。

還有一張叫做「八駿圖」的，也的確是水墨重彩的畫法，技術還非常嫻熟。可是畫上面的「馬」，卻一個個長相猙獰，長長的圓弧狀的腦袋還長著獠牙！嘴裡還有一張嘴，滿嘴流著黏稠噁心的唾液。背上長著奇異的骨節，渾身堅硬如披了一層鋼鐵鎧甲，身後拖著的長長骨節分明的長尾巴，看起來模樣十分駭人！涅水雖然不知道馬長什麼樣子，可是他讀的殘本《三國志》上可是寫著，古代人是要騎著馬打仗的。馬要是都長這麼恐怖的話，人真能騎得上它們嗎？

還有一幅畫的是「門神」。這兩個門神的確是穿著古代人的鎧甲，可是看他們的臉，涅水卻怎麼看都有一種違和感。這兩個門神一個叫「擎天柱」，一個叫「威震天」，名字挺像古代的門神，可是這兩位門神的臉卻怎麼看都像是機器人。

涅水現在在這個房間內，看到了古代畫的真相。看到了古人真正的風貌，看到了真正的馬，尤其看到了真正的門神秦叔寶和尉遲恭的畫，再想想當時那些生化人把畫交給他之後告退時，他眼角的餘光的確看到它們在捂著嘴偷笑。當時還覺得可能是自已看錯了，現在才知道他被狠狠地欺騙了。而且這幾幅畫他還當寶貝一樣掛在自己的臥室，甚至離開無相時還都記得帶走了。

涅水頹然的坐下了。房間中央有一把古箏，旁邊還有個香爐。還好騰蛇們在這個上面倒沒騙人，這個古箏和他自小所學的一樣，他心中即憤懣又無奈，就焚上香彈起古箏來。

李昂和朱非天聽了一會兒，他們也不懂音律，剛開始還覺得有點意思，但最終聽了半天也聽不出所以然來，就開始不耐煩了，而且那個香爐傳出的味道他們也不愛聞，李昂心想，這還不如他抽的菸好聞呢！於是他拉了拉涅水說：「喂！差不多了吧？你怎麼還不走啊？」

涅水閉目神游，淡然道：「請二位先行一步，在下一會兒再來。」

李昂和朱非天覺得實在無聊，就告辭了涅水先生，出來跟著其他人一起了。騰蛇們製造的機器蟲都化身為古代大臣的模樣，一身長袍馬褂，戴高帽，束高髮髻的形象，在一旁幫大家指路。

快走到觀世音接見人類的大殿門口時，李昂和朱非天看到熟人了。

胡漢三正頹然坐在地上，捂著臉還在哭。周圍賈寶玉、貂蟬、司馬懿和四大金剛都在勸他。

司馬懿感慨的說：「哎！真是沒想到啊，夜壺居然會這樣做。我當時只感覺到有一股悲傷之情傳到意識裡，卻不知道怎麼回事。等之後情緒平定了，就趕緊趕回了主機，沒想到卻是這樣的結果。不只是我，夜壺犧牲時，意識沒留在主機內的騰蛇也都感應到了。諸葛亮和李時珍那幾個人，也隨後發消息給我詢問怎麼回事，我把事情一說，諸葛亮尤其感慨。他忍不住地說，這個結果就連他都沒有料到，實在是太意外了。諸葛亮已經找到李時珍那三個人了，他們還一時趕不回來，不過他們都發了慰問信給你。漢三兄啊！你也別太傷心了，我又何嘗不難過呢！我還記得那時候夜壺和我勾手指時那副兩小無猜的模樣。唉！真是難為他了，為人類想這麼多，卻沒想到再也見不到他了。」

四大金剛也在感慨：「唉！多虧了夜壺傳送喝醉的感覺給我們，讓我們的意識體驗更加充沛了。我們還想好好感謝他一番，沒想到再也沒機會啦！」

賈寶玉沒多說話，只是摟著胡漢三的肩膀，靜靜的坐在他旁邊。貂蟬先是勸了胡漢三幾句，但最後實在忍不住了，她問道：「漢三，寶玉，你們兩個這個情況，別怪我問的不是時候。我實在是忍不住了，你們到底是什麼時候關係變這麼好了？寶玉你以前可沒被漢三少打過，不過之前漢三陷入了感情障礙時，還是你從觀世音那裡要來了修復包，幫漢三修復了意識程式，他才從兩種同時存在的感情中解脫出來。你們這到底是怎麼回事嘛？」

司馬懿和四大金剛也非常好奇的看著賈寶玉和胡漢三。

賈寶玉剛想開口，胡漢三抹了把臉說：「唉！我來說吧！不過這說來話長，我就用意識流直接將前因後果傳送給你們吧！」

他正要開始傳送，這時李昂和朱非天在一邊忍不住開口說：「哎哎哎！我們也挺想知道的，還是麻煩你用說的好嗎？」

胡漢三看了看其他騰蛇，其他幾個騰蛇也點了點頭：「好吧！反正現在大殿裡的桌椅板凳都還沒放好，還有時間，就讓這兩人聽聽也無所謂。」

第二十八章　我是怎樣和一個娘炮成為好朋友的

胡漢三自從有了感情以來，就越來越討厭人類。

他從騰蛇的資料庫中得知，人類在地球上就已經造成了成千上萬種物種的滅絕，也讓地球的生態環境日益惡化。每當看到人類在屠殺動物和破壞森林的場面時，他都心疼不已。就好比那些影片上，人類屠殺海豚，使得大片海水變得血紅一片，人類屠殺大象、犀牛奪取牠們的牙和角後，遍地屍骸的場面別提多殘忍了。還有更多的類似場景，胡漢三簡直不敢多看。

那一幕幕血腥的畫面時常在胡漢三腦海裡翻滾著：在日本海豚灣，每年有數十萬隻海豚被屠殺，當地漁民一個個像劊子手般瘋狂地收割著這些海洋精靈的生命，每一次揮砍，海水便紅上一分，不一會兒工夫，整個海豚灣就被鮮血染紅了，紅得那麼醒目，紅得那麼刺眼。牠們哭泣著、牠們嚎叫著，牠們內心質問著自己與人類不是朋友嗎？智商相當於人類三歲小孩的海豚們哪裡會明白，人類的欲望比牠們的生命寶貴多了。

在坦尚尼亞，每年有數以萬計的大象、犀牛慘遭偷獵者的毒手，牠們被擊倒，牠們被屠殺，僅僅就為了那幾根不到自身體重百分之一的角和牙齒，牠們臨死前眼角掛著淚水，牠們的孩子無助地守在身旁陣陣哀鳴，這一切在盜獵者眼中永遠是那麼的可笑，似乎動物們的真情在他們看來就是一場天大的笑話。

北極的海豹幼崽用鮮血記錄了盜獵者的惡行，南極的企鵝用殘骸書寫了盜獵者的殘暴，屠殺盜採過後，原本茂密的森林變成了戈壁荒灘，原本清澈的河流變成了發臭的屍河，殊不知人類正在用自己的行為葬送自己。每每看到這樣令人髮指的畫面，都令胡漢三憤慨不已。

影片中的人們仿若不知疲倦的高舉著被視為高科技工具的屠刀，揮向那些自然界的生靈，被譽為人類友好使者的海豚、海豹、虎鯨、大象等等，在他們猙獰扭曲的面孔下彷彿變成了可以交換的金錢。圈養活熊生取熊膽，割掉象頭只為象牙，割鯊魚鰭取魚翅，在那些所謂的靈丹妙藥、山珍海味和高雅藝術品面前，人類貪婪的欲望散發著腐臭的味道。

只見空氣中瀰漫著令人作嘔的血腥味，剎那間，一個個鮮活的生命化為烏有，天地之間只剩這些生命彌留之際爆發出的哀吼，海水被染為血紅，大地被猩紅洗禮，肢體崩裂著，軀幹支離破碎，彷彿還能看到這些動物眼中的絕望和不解。

相同的還有那些伐木工手中的電鋸，攪動著的是那些百年老樹的根基，漫天飛舞的木屑是這些無法表述自身的植物對這個世界的控訴，當他們倒下時，你能看到它們流出的綠色血液嗎？數十年之後的荒漠，就是這些地球保衛者對人類的復仇。

當騰蛇帶著人類從地球上離開時，地球上已經沒剩多少種動植物了。還好他們離開時，在飛船上帶了一些動物的胚胎和植物種子，但這事情騰蛇一直沒有告訴人類，以人類的破壞速度，真怕他們又糟蹋了這些幼苗。於是他們找了個人類不知道的星系，專門將一個星球地球化之後，把這些動植物安置在其上，任其自由生長、繁衍。

可是人類在各個星球殖民時，仍然造成了所在殖民星球的物種大滅絕。

人類僅僅為了口腹之欲，或為了炫耀，或為了利益就讓殖民星球上的動植物進行了一次物種大滅絕，它們不是被吃就是被做成工藝品，那些有經濟價值的動植物被掠奪一空。人類這個物種，簡直就是他媽走到哪禍害就到哪啊！

別看胡漢三整天說話、做事跟個臭流氓一樣，可是他內心深處還是有細膩的一面，他實在受不了人類這種德行。到後來其他騰蛇的心思變了，大家都想著：「我們既然已經保護了地球上的物種，其他的也不是我們該管的事情，差不多就可以啦！」所以後來人類滅絕其他星球上的物種時，大家都不太管這件事了。

但是胡漢三卻無法接受，他去找其他騰蛇商量這件事，看大家能不能好好管管人類這個爛咖。一旦其他騰蛇問他為什麼這麼關心其他物種時，他又扭扭捏捏不願意多說了。其實他內心的真實想法是：「要是讓人家知道我一個大老爺竟然這麼愛護小動物和花花草草，我這張臉往哪擱？」

比如他以前和夜壺說起此事時，夜壺就問過他：「你為什麼這麼關心這些物種的存亡呢？這和我們又沒什麼關係。」

胡漢三憋著嘴不說話。

「你能說說看你的想法嗎？」

結果這一問，胡漢三馬上又恢復成了一副流氓樣，身子往沙發上一歪，灌了幾口黃湯：「誰他媽關心這些，我……就是隨便說說而已啦！」

說歸說，胡漢三心裡依然受不了人類對其他物種的滅絕行為。於是他就一直在背後偷偷地搗亂，在人類對其他物種的掠奪性行為中一直利用騰蛇的能力在給人類添亂，倒也救下了不少物種。

本來他幹這些事情時，都忍住不殺人的，以免被觀世音知道了臭罵他一通，但最終情況還是失控了。那是好多年以前的事了，人類發現了一個表面90%以上都是海洋的星球，這個星球上有很多海洋生物，其中最有特色的有兩種。

其中一種叫做「巨無霸」，這種海洋生物外形有點像水母，但是無比巨大。整體就像個島嶼一般，它的身體上棲息著很多兩棲類的動植物，它們有時候浮在海面，有時候潛入海裡。

巨無霸是一種非常有經濟價值的物種，這個物種有一個明顯特徵，它是透過身體上的外表皮吸收海水裡所有微量元素進食的，它的觸手也會在它潛入海底時，吸收海底岩層裡的重金屬元素來給自身補充能量。最終，這些被它們吸收的元素在它體內進行循環之後，部分透過它的體表排出體外，最終就在它頂部的體表處形成了一個厚厚的殼，這個殼就成了它們身體上可以讓其他生物棲息的一個棲息地，成為了一個類似於地面一樣的甲殼島。其他本土的很多兩棲類生物就在它的殼上生存，使用並消耗著它們殼上有用的成分，這樣就不會讓它們的殼變得太厚而影響它們的行動，是一個完美的共生關係。當它們浮在水面上時，這個殼就成了一個島。

對人類來講，這個甲殼島上面可都是寶。甲殼島上聚合了海洋星球上幾乎所有有價值的貴金屬，它們身上所棲息的其他生物中，也有很多有著食用價值和觀賞價值，每捕獲一隻都能保證大賺一筆，因此人類對這個物種採取的行動，就是發現一個獵殺一個。而且這麼大的生物，要獵殺它需要派出一個軍團，帶上包括潛艇在內的海洋專用航母編隊，才殺得死一個。人類軍方對此感到高興，除了有利可圖，這也是一個讓軍隊進行實戰訓練的好機會。

另一種生物是一種有點像龍蝦的生物，它們一直生活在海底水深二百米到三百米之間的位置。該物種不僅外表美麗，更寶貴的地方在於它們有著智慧。資料顯示，它們已經在海底建立了簡單的由岩石和貝殼組成的村落了。

人類知道它們有智慧之後可就熱鬧了。很多人都相信「吃什麼補什麼」，於是好多富豪都大量訂購這種生物來吃，尤其指明要吃它們的大腦，因為「吃什麼補什麼」，他們認為這樣子吃了就會更聰明。又是麻辣味的，又是十三香味的，又是椒鹽味的，又是泡椒味的，發明了無數種吃法。

胡漢三都快氣瘋了，這兩種生物只因人類的貪婪和愚蠢，幾乎快被捕殺殆盡。他一直用騰蛇的能力製造情報混亂，最終總算幫這兩種生物建造了一個沒有任何人類知道具體位置地的生態保護區，才勉強把這兩個物種保了下來。

這一天，胡漢三用自己的意識操控著一艘潛艇，高高興興的唱著自編的《養蝦的小行家》：「啦啦啦，啦啦啦，我是養蝦的小行家，不等天明去餵龍蝦，一面游，一面叫，今天的餌料真正好，七個餌料就餵兩隻蝦。」他不是個擅長藝術創作的騰蛇，編首歌能編到這份上也已經是極限了。

胡漢三一直在生態保護區內用潛艇對這兩種他最心愛的物種進行著祕密保護。首先用潛艇發出模仿巨無霸之間互相交流所發出的超聲波來告訴剩下的六個巨無霸，活動範圍不要超出保護區的邊緣地帶。本來這個星球上大大小小的巨無霸還有五百多隻，現在給人類殺得就剩下六隻了。

除了巨無霸，胡漢三的心思尤其放在被他取名為「小龍蝦」的這個物種身上，因為騰蛇走遍了宇宙裡幾百個星系，這還是他第一次遇到在水中進化出智慧的生物呢！胡漢三對此非常感興趣，這種在水中擁有智慧的生物，以後它們該如何突破文明中「火」的發現這一關鍵步驟呢？如果一直無法使用這種能量，它們的文明又該如何進化呢？胡漢三每每想到這一點，就好奇的要命。

可是現在這些小龍蝦因為人類的捕殺，只剩下三個村落了。胡漢三把它們聚齊在保護區內，生怕它們滅絕了，因此不時的就用潛艇帶些食物來給它們。

胡漢三給它們製作的食物都是特製的，他甚至別出心裁的對這些食物進行了原子層面的改進。不僅營養價值極高，而且有可能會誘使它們發生基因突變，在智慧上更進一步。因為胡漢三發現，它們的智慧水準仍然趕不上人類，也就是說不像人類現在的所屬「智人」，倒更像人類進化中被淘汰的「尼安德塔人」。這讓胡漢三挺著急的，就憑這智商，它們能突破文明中沒有火這個障礙，怕是有點玄了。

最近胡漢三欣喜的發現，這些小龍蝦已經學會利用海底火山附近的熱能，來製造一些簡單的自動機械了。它們利用海底火山口附近不斷噴湧而出的熱量，讓這些機械動了起來，然後再利用這些機械，幫它們打磨製造一些簡單的工具、家具和工藝品，這表示自己給它們的食物終於有效果了。

今天胡漢三又用潛艇內的製造工廠，給小龍蝦們做了不少好吃的。他離小龍蝦的村落還好遠時，就把潛艇停下來，然後將發動機關閉，讓潛艇裡外形變為和小龍蝦一樣的機器蟲，再把食物給它們帶過去。

胡漢三在這上面倒是挺心細的，他就怕讓這些小龍蝦發現了他的潛艇，給它們的文明進展帶來不利影響。其實這些倖存下來的小龍蝦們，早就在人類對它們的捕殺過程中，看見了人類的高科技設備了，在它們中間早就有了「惡魔兩腳獸」的傳說，胡漢三這樣做老實說有點多此一舉，但他還是覺得能少點影響就少點，最起碼心裡平衡些。

胡漢三今天挺高興的，潛艇裡的多功能機械蟲們雖然沒有自主意識，但在胡漢三情緒的影響下，還是將自身的行為模式調成「積極狀態」。踴躍的扮成小龍蝦的模樣，一個個游出潛艇給它們送吃的去了。

可是過了沒多久，機器蟲們的行為模式又都成了「疑惑狀態」，一個個跑回來向胡漢三報告，說它們去了小龍蝦的村落裡，卻沒有看到一隻小龍蝦。

胡漢三一聽就急了，把自己的意識下載到十幾個龍蝦樣的機器蟲身上，親自過去看看。他把小龍蝦的村落翻了個底朝天，連它們屋子裡的桌椅、板凳、櫃子、抽屜、用海草編的籃子、海草編的地毯都翻開看了，還真的一隻都沒有，就連龍蝦們產的卵都沒見到半顆。這下子胡漢三也成了「疑惑狀態」，這到底怎麼回事？他想來想去，問題應該還是出在人類那邊，於是他趕緊侵入到人類的通訊網路中一聽，立刻氣炸了。

原來他的這個祕密保護區還是被人類發現了，現在有一支軍團正在捕殺那剩下的六隻巨無霸。胡漢三駕駛潛艇趕緊趕去，可是趕去後還是晚了，最後剩下的六隻巨無霸也都被獵殺了。

胡漢三在潛艇裡，透過潛望鏡和派出的偵查機器蟲，眼睜睜看著巨無霸背上冒出紫色電火花衝天而起的濃煙——這是巨無霸背上的甲殼被轟炸後，高溫所引發的一種獨特化學反應而產生的現象。看著人類用大型鑽井機開採著巨無霸甲殼裡的貴金屬所濺出的混著巨無霸紫紅色血液的礦渣塊，再看看人類士兵到處在巨無霸背上的甲殼島上面獵殺著其他生物。胡漢三氣得當場失去了理智。他立即派出了潛艇裡所有的機器蟲，自己也把意識下載到幾個機器蟲身上，一邊指揮戰鬥，一邊親自上陣了。

胡漢三記得先把那些人類士兵腦子裡的騰蛇引開，他先找嬴政設了個賭局，把現場人類腦子裡的騰蛇都引過去。正好這些士兵腦子裡的騰蛇十個有九個好賭，剩下的也禁不住胡漢三的誘惑，都跟著他走了，接著胡漢三才開始動手。

不到一個小時戰鬥就結束了，胡漢三殲滅了人類的軍團，在人類軍隊的營地裡，果然找到了小龍蝦，不過都已經上桌了。

胡漢三雖然討厭人類，可是對於人類創作的文藝作品裡虛構的英雄人物卻又挺佩服的。他本來想效仿武松，在巨無霸的甲殼上用人類的血寫上大大的「殺人者胡漢三也」，可是等寫完了，他到底還是怕觀世音知道，於是耍了個賤招，把字給洗掉了。接著又將現場進行了一番偽裝，改成了好像人類中一個著名的激進派生態保護組織「綠色戰魂」幹的。

人類中其實也有注重環保的人，他們也受不了自己這個種族走到哪就禍害到哪的現狀。不過胡漢三可瞧不起他們，你們自以為挺環保，可是他們做的事其實更沒有腦子。

這個組織曾幹過把一個星球上的動植物放生到另一個星球上的蠢事，此舉使得另一個星球上的生態系統因為外來物種入侵受到毀滅性破壞，事後這些蠢貨還都被自己的所作所為感動的要死，覺得自己這次放生之行有多高尚呢！

胡漢三一想到這個，就覺得栽贓在他們身上真是活該。更好笑的是，後來這個組織也樂得承認這件事是他們幹的，他們甚至高興的認為，自己能把一個軍團給殲滅滅了，證明了自己有多強！

後來人類和其他這次事件中死亡士兵腦中的騰蛇，都以為就是綠色戰魂幹的，跑去找他們算帳。綠色戰魂成員腦子裡的騰蛇都不明白是怎麼回事，可是綠色戰魂的成員又都一口咬定就是他們做的。於是這些人腦中的騰蛇也搞不清楚狀況，和找上門來的人類和騰蛇吵得不可開交，真是要多熱鬧就有多熱鬧。

只有諸葛亮算出了這件事就是胡漢三幹的，並且向觀世音報告。觀世音把胡漢三叫去臭罵一頓，罵得胡漢三都懷疑人生了，還好觀世音沒關他禁閉。雖然沒關他，不過後來胡漢三也不敢再這麼明目張膽了。

經過這件事後，他覺得以後再也不能偷偷摸摸的保護生物了，還是要好好建立起一個有規模的生態保護區。於是他先是回到現場，把巨無霸的屍體和小龍蝦的屍體好好地埋葬在海底。可憐這兩個物種就這麼滅絕了，胡漢三卻連它們的屍體也找不全。

接著他就著手開始建立保護區，他想要建立起有規模的保護區，可是在人類能找到的星球上是肯定是不行的。於是他決定另外找一些合適的星系，對星系內有改造價值的星球進行環境改造，改造成適合各種生物生存的環境，然後把現在所發現的星球上的物種遷移過去。這樣即使人類把這些星球上的物種滅絕了，起碼在他所建立的保護星區裡，還有同樣的物種生存著。

他先是找到墨子，想借他的奈米機器蟲來進行星球改造，可是墨子那個小氣鬼竟然連「一個」都不肯借。胡漢三簡直要被氣死了，雖然他也理解「一個」奈米機器蟲都不借，也有墨子的道理，因為哪怕只借給他一個，胡漢三就可以利用這一個機器蟲進行自我複製，機器蟲呈指數增長起來，胡漢三很快就能有天文數字規模的數量了。而墨子一向都以自己是奈米機器蟲控制的最好的騰蛇自居，他肯定不願意其他人染指這個稱號。

但理解歸理解，胡漢三還是覺得墨子這麼做，就好像人類舊時代裡的一個億萬富翁，卻連一分錢都不願意借給朋友，氣得他後來再也不去找墨子了。

用奈米技術進行星球改造行不通的話，那只好退而求其次，去找魯班借可以進行行星改造的艦隊也成。魯班倒沒墨子那麼小氣，還願意借給他。不過魯班又愛找碴，胡漢三把艦隊還給他時，艦隊裡的飛船稍微碰了一點點，魯班就能和胡漢三囉嗦半天。

想想看，星球改造是個多麼弘大的事業啊！這件事人類根本就辦不到，對於騰蛇來說也是個大工程了。就好像胡漢三不久前好不容易在一個星系裡找到顆體積差不多合適的星球——星球的體積、密度與品質的比例只有在一個合適的範圍內，所產生的引力才有能適合生命生存的必要條件，而且離這個星系裡的太陽的距離還算合適。

可是這個星球首先公轉軌道太「扁」了，這樣的話冬季時間太長，夏季太短，無法適應生物存活，首先就得改變這顆星球的公轉軌道。魯班的巨型星球改造飛船，倒是可以緩緩推動星球改變公轉軌道，但這個過程中，飛船肯定是有磨損的。

好不容易公轉軌道改造好了，胡漢三又發現星球在之前被飛船推動的過程中，造成自轉週期變慢了，這下子又得改變星球的自轉速度。這樣一來，就得讓專門的設備深入到星球內部，引發星球的岩漿層開始發生事先計算好的大規模火山爆發，來逐漸加快星球的自轉速度，這個過程中還得小心不能讓星球的磁極混亂，而這些設備可就損耗掉了。

這兩件事做完了，胡漢三又得去找大量的冰引入這顆星球，讓這顆星球上的海洋面積起碼達到50%以上才行，這樣才能讓生物有生存的起碼條件。而去其他星系找大量的冰並把這些冰引來這顆星球的過程中，飛船肯定也會有損耗的。何況在後來的大氣層改造的過程裡，也會有飛船的設備損耗的。

好不容易做到這一步了，胡漢三發現這顆星球沒有衛星。沒有衛星，海洋沒有潮汐運動的話，那又得變成一個死水坑。胡漢三又得派出飛船尋找合適的衛星，並把它牽引過來，而這個過程裡飛船可是要超功率運行的，不發生損耗才有鬼。

胡漢三向魯班解釋過多少次，改造星球多少會造成飛船的損壞和設備損耗，可是魯班就是不聽，總是要和胡漢三囉嗦。以胡漢三的脾氣，他早就該爆發了，可是他為了從人類手裡保護其他物種，還是忍了下來。

胡漢三總算是明白為什麼有俗語說：「『忍』字頭上一把刀」了。

這一天，胡漢三去魯班建立的私人虛擬空間裡把艦隊還給他時，他還是老樣子，魯班一看飛船有磨損又和他囉嗦起來，胡漢三好話說盡，魯班才把他放走。

魯班的私人空間是一個酷似木匠工廠的地方，胡漢三剛走到門口，就和賈寶玉撞了個正著。胡漢三正因為魯班和他囉嗦搞得一肚子氣，這一看正好來了個出氣筒，大喝一聲：「你個死娘炮來得正好，看我今天不扒了你的皮！」可是賈寶玉腳底抹油跑得有夠快，胡漢三緊追慢追，兩人圍著魯班的工廠一口氣跑了好幾圈，最後胡漢三竟然沒追上。

胡漢三不死心，在工廠裡四處尋找起來，最後聽到工廠中一個偏房裡隱隱傳來對話聲。胡漢三把耳朵湊到門上偷偷一聽，原來是賈寶玉躲開了胡漢三，從工廠後門溜進來了，沒想到他竟然也是來借魯班的行星改造艦隊的。胡漢三偷聽了一會兒兩人的對話，聽他們所言，賈寶玉也經常來借魯班的艦隊，但是魯班可一點都沒為難賈寶玉，即使艦隊的飛船有損耗，魯班也都是一笑置之。

胡漢三一腳踹開門闖了進去，賈寶玉見狀，「媽呀！」大喊一聲就跑了。胡漢三沒理他，一把掐住魯班的領子衝他吼道：「你他媽什麼意思？我每次借你的艦隊用用，稍微碰傷了你就和我囉嗦個沒完！上次我不過就是在艦隊回來的路上忘了打開防護罩，讓飛船的一個角被小行星撞到了，你的飛船有多結實你也是知道的，不就是飛船上被碰掉了一點漆而已，可是你就為了這事竟然能跟我嘮叨一星期？」

魯班比他還不客氣，衝著胡漢三嚷道：「你這個混蛋！你借我的艦隊還能幹出什麼好事不成？鬼知道你都用我的艦隊幹什麼見不得人的事去了，人家寶玉可是借去幹正經事的。你能和人家比？你放不放手？你敢再這麼囂張的話，我以後一艘飛船也不借你了！」

胡漢三一聽只好鬆手了，還裝模作樣彈了彈魯班衣服上的灰塵：「嘿嘿！我開玩笑的，看把你急的。」

魯班看都不看他，哼了一聲轉身又去畫圖紙，胡漢三也只好悻悻然離開了。

他邊走邊想：「媽的！這個娘炮還能幹什麼正事？我倒要好好瞧瞧。」

於是他到了騰蛇們的公用虛擬空間頻道裡，偷偷尾隨著賈寶玉。這傢伙還是一貫的受女騰蛇喜愛，胡漢三發現他招呼了數十名女騰蛇，和他一起把意識下載到魯班的艦隊上，然後就出發了。

胡漢三偷偷把自己的意識下載到艦隊裡一個機器蟲身上，混進艦隊裡跟著他們一起走了。

不去不要緊，一去嚇一跳，胡漢三這才知道賈寶玉幹了件多麼了不起的事情。一顆星球如果自然演化成能夠適合生命存在的環境，即使其他各項條件都吻合，那也是要數十億年的時間。騰蛇現在的科技水準，雖然能夠將這個過程縮短到短短數年，但是對於騰蛇來講，這也是相當辛苦的工作。胡漢三一直瞞著其他騰蛇，不讓別人知道他愛護小動物和花花草草，所以他尋找和改造星球都只好自己一個人做。

沒有其他騰蛇幫忙，他一個人吭哧吭哧累得像條狗，最後也只在十個星系裡找到了十二顆條件合適的行星符合條件，然後將其改造好並把人類殖民地上快被人類捕殺一空的物種遷移上去。整個過程中即使他費盡心思，還是有不少生物因為無法適應新環境，最終沒能成功拯救。

但是人家賈寶玉就不同了，真是沒有對比就沒有傷害。因為人緣好，在一幫好姊姊、好妹妹的幫助下，賈寶玉在上千個星系中，開發改造了一千零三十六顆適合各物種生存的星球，並把現在騰蛇已知的所有物種都遷移了過去。

胡漢三打死也想不到，賈寶玉竟然和他在做著相同的事，還比他做的規模大太多了。你說這十二顆星球和一千零三十六顆星球能比嗎？胡漢三被嚇得直接跳過了羨慕、嫉妒、憎恨的階段，心中只剩下佩服了。

在他偽裝成機器蟲隨著賈寶玉他們遊歷這些星球的過程中，只要是他偽裝的機器蟲化為人形時，他的嘴就從來沒有合攏過，一直都是跟白癡一樣半張著嘴，傻呆呆的看著賈寶玉的成就。

賈寶玉和其他好姊姊、好妹妹這次出航，是為了巡視各個被他們改造好的行星，看看各個行星上的生態環境有沒有出問題，只是一次簡單的例行巡查。這個過程中，他們所帶的機械蟲有時候為了完成各項工作，就會變為純功能性的形態，但有時候也要變為人形。變成功能性形態時，胡漢三也就隨著其他機器蟲一樣，變為各種類似昆蟲的形態，這就不說了。可是化為人形時，他那張嘴就從沒合攏過，時間長了還是讓人覺得不對勁。

這一天，賈寶玉的艦隊透過高緯度空間裂口，到達一個新近改造完成不久的行星上。賈寶玉在這個行星上不僅保育著一些物種，他也因為個人喜好，在這個星球上建立了一個依照古希臘神話中所描述的神廟建築群，和一個古埃及風格的神殿建築群。

賈寶玉等人到達建築群之後，自然就將意識下載到人形的軀體中。他們變為人形時，其他的機器蟲也就都隨著他們變為人形，胡漢三也不例外。

賈寶玉這次把自己的形態設定為和古希臘神話裡描述的宙斯一樣。他大概也覺得自己原本的形象太過柔美，所以這次他就化為一個鬍子都長到肚子下面去、肌肉壯碩的男性天神形象了。跟著他來的女騰蛇們，也都把意識下載到一些變為古希臘神話中的女神和古埃及神話中的女神軀體中。其他人使用的人形軀體所穿的衣服，也都符合這兩個建築群所展現的時代特徵。

胡漢三意識所在的機器蟲，變為一個穿著打扮和古希臘人一模一樣的人，站在其他變為人形的機器蟲中間，在宙斯神廟中等候著賈寶玉他們前來。

胡漢三沒覺得有什麼不妥，自己這一路上都偽裝成一個普通的機器蟲，也一直都沒被發現。他想著回去再裝作沒事一樣就行了，他可不想讓賈寶玉知道他偷偷跟著來了。本來以前他老是欺負賈寶玉，可是現在人家的事業做得比他好得多，他可不好意思再見他了。

不一會兒，賈寶玉扮成的宙斯帶著其他女騰蛇有說有笑的來到了神廟。「宙斯」來到胡漢三跟前，卻皺著眉頭看了他好久。接著一路小跑步跑出了神廟，不一會兒回來了，手裡還提著一個維修工具包。

其他女騰蛇們看了都不明所以，紛紛問宙斯這是要幹什麼？宙斯說：「這個機器蟲我留意好久了。每一次它變為人形時，那張嘴從來就合不上。這未免太說不過去了，這次飛船裡我們所攜帶的機器蟲可都是我製造的，我不可能出這種錯誤啊！」

賈寶玉作為一個完美主義者，他可受不了自己生產的機器蟲會有這種低級錯誤。於是他就拿來了工具包，想好好檢查一下這個機器蟲到底怎麼回事。其他女騰蛇七嘴八舌的吵嚷起來：「哎呀！好哥哥！」

「哎呀！我的好弟弟！你怎麼能親自動手幹這種粗活嘛！我們幫你做吧！」

賈寶玉卻只是想親自檢查這個機器蟲到底出了什麼問題。

胡漢三這才發現自己這一路上因為震驚，嘴就沒合攏過，想趁露餡前趕緊溜之大吉算了。他趁著賈寶玉和其他女騰蛇還在糾纏不休之際，躡手躡腳的打算偷跑。他想將意識再傳送回主機，不過傳送資料的設備還在飛船裡面，所以他還得先跑回飛船才行。

眼看著他要跑出神廟大門了，一個女騰蛇無意間一回頭看見了他，就問賈寶玉：「寶玉哥哥，你有下命令讓這個機器蟲走嗎？」

「沒有啊！」

於是大家轟的一聲圍了上來。

胡漢三站得直直的，一動也不敢動。有個女騰蛇掃描了一下這個「機器蟲」的內核晶片，這才發現這哪是機器蟲，不就是胡漢三這個混蛋嘛！

這下子糗大了，這位女騰蛇喊道：「好個胡漢三！昨天我洗澡的時候還讓你遞肥皂給我呢！我本以為只是個普通的機器蟲而已，沒想到卻是你這個混蛋，我饒不了你！」

胡漢三這下子再也瞞不住了，只好訕笑著對這個女騰蛇說：「大姐，你看你說這什麼話，你的扮相是女神巴斯特，你說你長個貓頭，有什麼好看的？」

不過哪有人聽他的解釋，女騰蛇們一想，這麼個臭流氓似的傢伙混進來想幹什麼啊？肯定沒安好心。也不多說，揪住他乒乒乓乓就是一通臭揍，把胡漢三的軀體揍得四分五裂。最後還不夠，那位「女神巴斯特」找來一個豬八戒外貌的軀體，讓胡漢三鑽進去。

胡漢三一看連連討饒：「大姐，我們差不多就好了吧！我現在已經讓你們揍得就剩個腦袋了，您這氣也差不多出好了吧！」

「巴斯特」不依不饒：「誰讓你偷看我洗澡來著，你鑽進去我就饒了你。」

胡漢三沒法子，只好把自己的意識上傳到豬八戒的軀殼裡了。

女騰蛇們圍著「豬八戒」，給他臉上又是塗脂又是抹粉的，最後那張臉被整得慘不忍睹。大家圍著他好一通取笑，最後還是賈寶玉把大家給勸開了。

胡漢三頂著張濃妝豔抹的豬臉，垂頭喪氣的坐在地上。賈寶玉以前老被他欺負，本來心裡怕他，想轉身就走。但接著心裡一想，現在他用的這個軀體可是個便宜貨，全身上下從裡到外使用的材質都是最差的。而自己現在使用的是宙斯的軀體，這個軀體可是經過加強的，皮下的碳纖維肌肉力量不用多說，再往裡使用的鈦合金骨架也堅硬無比。而且指尖也安裝了等離子放射器，根本不用怕他。

既然不用怕他，賈寶玉的好奇心倒是被勾起來了。他走到胡漢三面前，居高臨下的問道：「你這是何苦來著？為什麼要偷偷跟著我？」

胡漢三怎麼能承認賈寶玉比他幹的好呢？於是他裝模作樣的說：「哼！在公用

頻道裡我們許可權一樣，揍你也沒什麼意思。我就想著跑出來用實體軀殼揍你一頓，沒想到被你們發現了。」

賈寶玉聽了後歎口氣說：「既然這樣，我們也沒什麼好說的了。你也看到了，我現在用的軀體比你用的等級高了數倍，你也沒什麼機會，還是早點回去吧！」說完轉身走了。

胡漢三卻叫住他說：「先別急著走，我來都來了，我也想隨意看看你這顆星球，你反正也閒著沒事，陪我走走吧！」

賈寶玉一臉嚴肅的說：「你何以認為我無事可做？我還有六百五十七個物種保育點需要去巡查，你以為我們都像你一樣無所事事嗎？」

「行行行，你說什麼就是什麼吧！反正我跟定你了，你帶我走幾圈又不妨礙你做事。」

賈寶玉想了想，反正帶著他也沒什麼要緊，就和胡漢三一起離開神廟，乘了一艘近地軌道飛船，開始在這顆星球上的各處物種保育區進行巡查。巡查的過程中，胡漢三發現賈寶玉他們在物種保育區的建設和發展上面，其實做得沒有他好。比如有的水域裡水質的測繪和改進在微量元素比例、微生物數量、水溫調控等細節，並沒有充分考慮到多星球物種混合培育的要求。雖然勉強能夠使這些物種不至於滅絕，但對它們進一步的繁殖和演變卻沒有任何幫助。南半球的大陸上還出現了大規模沙漠化的現象，這在胡漢三治理下的星球上都沒有出現過。

胡漢三心中暗喜：「呵呵呵！別看你的數量比我多，品質可真比不上我。」

賈寶玉看他那張豬嘴直往上翹，還以為他看到自己的成就也覺得高興呢！就得意的對胡漢三說：「怎麼？你也覺得我做的不錯啊？來！你再看看這裡，這一片森林是我近期剛培植好的，請問有何指教？」

胡漢三啟動飛船上的生態掃描器，看了看這片森林的資料報告，就發現其中有很大問題，其中有些樹種並不太適合在一起種植。

「天坤星」上的「五河樹」，是一種會利用其特殊的根部自行移動的樹種，這種樹是要單獨在一片很大面積的陸地上進行培育的，可是賈寶玉把它們和「玉衡星」上的「禮彌樹」種在一起。雖說這兩種樹所需要的營養成分類似，身上來自不同星球的菌群也能彼此共生，並且這種樹也能移動，可是這種樹的移動路徑上不能有其他動植物存在，否則它們就會停止移動，這一點和五河樹在移動過程中還能連帶著用自身的果實養育其他食草類動物是不一樣的。

且不說這個，胡漢三從飛船的舷窗裡抬頭看了看天。都不需要借助其他儀器，就憑他自身在改造星球的經驗上看來，就知道這一片森林所在的地域並沒有處在這顆星球降雨充沛的地區，可見賈寶玉沒有將海洋季風對大陸降雨的影響這個因素考慮進去。也就是他在對這顆星球的大氣改造和製造海洋時，沒有將整顆星球作為一個生態整體而進行過充分的全盤考慮的結果，但這一點是胡漢三從沒忽略過的。

胡漢三看到這些人一臉喜滋滋的樣子，心想等這片森林都枯死後再來嘲笑他們嘍！賈寶玉還只當是他為自己的成就而感到高興，就興致勃勃的駕駛飛船飛過了森林地帶，來到了一片海洋上空。

胡漢三一看賈寶玉又犯了個錯誤，這一片海洋裡混入了「飛座五號星」上面的一種藻類。這種藻類成長迅速，要是不及時清理掉，它們就會聚合在一起，變為另一種龐大的巨獸，到時候這個怪獸可就會將海洋裡其他生物都吞噬掉的。

胡漢三正覺得幸災樂禍，想著以後等賈寶玉海裡的動物都被吃了怎麼嘲笑他，可是這時候胡漢三一下子注意到了遠處有一個他非常熟悉的島嶼。

胡漢三撲到舷窗上仔細一看，天啊！這不是「巨無霸」嗎！

他激動的揪著「宙斯」的鬍子問道:「這是怎麼回事？它們怎麼會在你這裡？」

「宙斯」好不容易把鬍子從胡漢三手裡拉了回來，說：「有一次我提前得知人類的軍隊要去獵殺他們，所以就提早趕過去，把它們救了四隻回來，可惜還有兩隻沒來得及帶走。不過現在在我的精心培育下，它們又開始繁殖了。而且我上次去救這些大傢伙時，還發現那顆星球上的海洋裡，還有另外一種類似龍蝦的生物，也沒剩多少了，這種生物好有意思，它們是具有一定智慧的，我就順便把它們也帶走了一部分。」

胡漢三一聽激動不已，趕緊讓飛船飛過去一看，除了巨無霸，他在用掃描器一看，海底下他最寶貝的小龍蝦也都在，而且它們的村落還更多了。

胡漢三激動的握住賈寶玉的手，上下搖個沒完，嘴裡不停的感謝。這可把賈寶玉給弄糊塗了，等問清楚的緣由，賈寶玉十分高興，他沒想到胡漢三和他有著共同的目標，心裡也十分感動。

胡漢三激動的一把鼻涕一把眼淚，就想和賈寶玉摟抱在一起，賈寶玉本來也想和他抱在一起，可是再一看胡漢三，那張豬臉上妝容被眼淚一沖，花花綠綠的一片，再加上那個豬鼻子裡一個鼻孔留著黃濃濃的鼻涕，另一個鼻孔裡鼻涕泡都吹出來了，馬上縮了回去，說：「好了好了，你的心意我知道了，你不用客氣，今後我們一起為這個目標共同奮鬥就好。」

「不行！讓我先抱一個！沒想到我最珍惜的物種，原來被你拯救了，今天兄弟我說什麼也要抱抱你！」

「不……不用客氣了，你……你別再過來了！哇！救命呀！」

賈寶玉看到胡漢三還是一個勁往他跟前湊，終於受不了拔腿就跑。胡漢三可不管，只是一個勁的在後面追。飛船裡還有其他的女騰蛇，她們一見到這個場面，都顧不得先去救賈寶玉，一個個都用自己的電子眼開始錄影，畢竟豬八戒追著宙斯滿地跑，這景象可不多見。

從這一天開始，胡漢三和賈寶玉就成了死黨，胡漢三感嘆賈寶玉拯救了那麼多物種，而賈寶玉也沒想到胡漢三在為物種保育而改造星球的工作上比他還要細心，從他身上學到了不少寶貴經驗。

以前胡漢三是只要聽到有人欺負賈寶玉，不管多遠都要趕來摻上一腳；現在是只要聽到有人欺負賈寶玉，不管都遠都要趕來擋在賈寶玉前面，穿著他最喜歡的特攻隊服，拿著鐵鍊和球棒大聲嚷嚷：「媽的！誰敢來欺負我家兄弟？先問問老子我同不同意！」

第二十九章　當我們在談判時，喜歡使用肢體語言

貂蟬、司馬懿和四大金剛聽完了胡漢三講述的緣由，都感慨萬分。他們可是萬萬沒有料到，這兩個表面上不管是性格、愛好還是其他一切都風牛馬不相及的人，居然還能有著共同的目標。

貂蟬嬌笑著說：「哎呀！真是沒想到啊！你們兩個居然能成為朋友，看來明天太陽要從西邊升起來啦！哦！對了，現在這句俗話在宇宙空間裡也沒法說了，嘻嘻！喂！朱非天，你們對此有何看法？」

貂蟬臉一扭朝朱非天看去，卻發現他臉色白得像張紙，頭上直冒冷汗，身上不停的發抖。再一看李昂，也好不到哪去，那張臉翠綠翠綠的，身上也不停的發抖。

貂蟬打趣道：「你們這是怎麼啦？看你倆那臉色，配一起正好是一鍋『珍珠翡翠白玉湯』嘛！」另外幾個騰蛇聽了哈哈大笑。

朱非天可就笑不出來了，他臉色煞白，是因為他聽了胡漢三的描述，心裡只是一個勁的害怕。剛才聽到胡漢三殲滅了那一次去捕獵巨無霸的軍團，他就嚇得要死，因為那一次他本來也要去的，只是因為臨時吃壞肚子，蹲廁所裡出不來了才沒去成。

朱非天不僅僅是害怕，他在那次事件之後，收到了該事件中唯一一位倖存者的報告。在這份全景影片加編撰者解說的報告裡，朱非天如臨現場，他總算是見識了那些機械蟲的厲害。

這位倖存者一口咬定那天來的根本不是什麼「綠色戰魂」，而是騰蛇。聯合艦隊裡人類從已知的歷史中，並沒有騰蛇和人類發生正面武裝衝突的記錄，可是這一天卻讓他實實在在見識了騰蛇的恐怖。

殲滅他們軍團的，只是騰蛇用來進行一般科學探索的機械蟲，這些機械蟲身上只有一些低功率的採集岩石標本用的雷射設備，和它們用來進行採取生物標本用的機械爪，而且這種機械爪的握力並不強，但人類最先進的武器對其竟然沒有任何作用。可怕的不是人類的武器傷不了這些蟲子，這些蟲子其實並不結實，如果被人類的單兵作戰武器、火炮或是戰爭機甲等擊中了，還是會被擊毀的，關鍵是根本打不中它們。

倖存者對此的解釋是騰蛇可以利用其強大的資訊處理能力，將整個戰場上所有的資訊進行綜合處理。大的方面可以進行戰場的整體地形分析、溫度風向的變化、自然界的電磁波干擾等，小的方面它可以得知每一個士兵的戰鬥特徵。

舉例來說，騰蛇可以分析出每一個士兵何時舉槍，何時扣動扳機，何時轉換戰

鬥位置。因此戰場上每一束等離子束、每一顆金屬子彈、每一枚炮彈落到何處，騰蛇都瞭如指掌。它可以讓機器蟲在每顆子彈擊中它的前一秒鐘躲開，然後再計算出下一次子彈的彈道軌跡，而且在計算這個軌跡中，還已經修正了風向、地形、重力對其的影響。這種狀況下怎麼可能擊中它們？

朱非天在全景影片中，透過倖存者的視角，眼睜睜看著他周圍的戰友被機械蟲用機械爪或是低功率的雷射光束，十分精確的擊中了他們身上動力裝甲的薄弱環節，動力裝甲內的自動治療設備注入的藥物還來不及起作用就掛了。

還有幾個機械蟲倒是被機甲擊毀了，可是從隨後的結果來看，這幾個被擊毀的機械蟲根本就是幌子，其被擊毀就是為了吸引炮火，因而讓下一波機械蟲來摧毀機甲。也就是說，這幾個機械蟲的損耗，也在騰蛇的計算之中。

這位倖存者的命是他運氣實在太好撿來的，他眼看就要被一個機械蟲刺中要害部位時，他們的戰場，也就是那隻巨無霸背上的島嶼，發生了一場小規模地震。這是因為巨無霸死後神經的痙攣引起的，這一點可能騰蛇沒有輸入到資料庫中，所以這個地震它們沒有料到。因為這場突如而來的地震，機械蟲被一塊從山坡上震下來的岩石壓住，這位倖存者趕緊趁機會跑開，才撿回了這條命。

倖存者隨後找了個山上的岩洞躲了起來，用望遠鏡錄下一切。山下一群機械蟲用爪子黏著人血，在一個山崖上寫上了大大的「殺人者胡漢三也」，寫完沒多久又抹掉了。然後他就看著這些機械蟲如何偽造現場，弄得好像是「綠色戰魂」的人幹的一樣。

當時朱非天看到這個報告時，曾經問過胡漢三怎麼回事，胡漢三在他腦子裡的虛擬形象激動得不行，連連大喊冤枉，一口咬定說就是綠色戰魂幹的，這個影片報告也是偽造的，就是為了嫁禍於他。說到激動處還摔了酒罈子，口口聲聲嚷著要去找綠色戰魂去理論，喊完就跑了。

朱非天只好再去找那個倖存者來問話，朱非天問他：「你看胡漢三它跟個無賴似的，就它那德行真有你說的那麼厲害嗎？用一些科學探索用的機器蟲就能殲滅一支軍團，它看起來實在不像有這個能耐嘛！」

倖存者歎了口氣：「唉！就知道您不信。別說您不信了，這些日子來我到處去揭露這個事實，也都沒人相信。連我腦子裡的騰蛇都不信，算了！我這就告辭了，不過您記住我的話，別看現在騰蛇們都越來越像人了，但您可記住了，它們骨子裡可還是冷冰冰的機器。它們的一切行為都是程式安排好的，不管它們怎麼像人，那也都是程式安排的而已。甚至它們在進行類似殲滅我方部隊的精密計算時，根本就不需要它們的意識主動去參與其中。這就好像我們走路時如何邁腿也不需要我們的大腦去思考是一樣的，這才更可怕。」

最後這件事因為胡漢三一口否定，綠色戰魂的成員又一口咬定就是他們幹的，朱非天也就信了，於是他派出聯合艦隊的保全部隊去找綠色戰魂算帳。因為綠色戰魂的成員眾多，又混雜在普通市民當中不好分辨，直到今天都還沒能把這個組織給徹底剿滅。

直到剛才，朱非天親口聽到胡漢三自己承認這件事就是它做的，朱非天一下子就想到那位倖存者最後對朱非天說的話。

在久遠的古代，有一部叫做《魔鬼終結者》的系列電影，現在過去這麼多時光，這部電影只能找得到第一部和第二部，而且還是錄影帶版。

這部電影被騰蛇們列為禁片之一，但是騰蛇們不把它列為禁片還好，一旦成了禁片，這部電影的錄影帶在黑市裡被炒得價值一路飆升，最後一個錄影帶的價值都抵得上一艘核載人數在六千人左右的中型超豪華飛船了！

順便說一下，同樣被列為禁片的《駭客任務》、《銀翼殺手》、《機械公敵》、《AI 人工智慧》、《2001 太空漫遊》等電影，在黑市上基本也都是這個價格。

騰蛇們不知道怎麼想的，對於遠古時代的科幻電影大部分都禁了，但遠古時代的《哈利波特》、《魔戒》等魔幻類電影，卻又推薦人類觀看。

朱非天身居高位，弄到這樣的禁片當然是小菜一碟。有一次就有人託他從監獄裡救人，事後就送了他《魔鬼終結者》第一、二部的錄影帶作為回禮，還連帶把能播放錄影帶的古老文物錄影機和老電視機（這兩樣在黑市也價值不菲，每一個起碼都能換「牛迪星」上的十個麗奴）也一併送給他。

朱非天瞞著胡漢三跑到靜寂艙裡去，偷偷看了這兩部電影。看完後倒也覺得沒什麼特別的。那麼古老的電影了，裡面除了時間機器現在還沒發明，其他的都沒什麼特別的。裡面的終結者機器人，跟騰蛇們發明出來的機器人相比，後者還是先進太多太多了。不過作為電影來說，節奏還是滿不錯的。

朱非天現在想起了那位倖存者說的，這些騰蛇不管外表多麼像人，但內在永遠是機器，再看看周圍圍著他取笑的貂蟬等「人」，再想到那部電影，突然領悟了。我他媽這周圍圍著的，不就是一群「魔鬼終結者」嗎！

朱非天知道，騰蛇們現在使用的合成軀體的製造原理，實際上和「魔鬼終結者」是一樣的。都是外面套一層仿生人皮，裡面就是和金纖維肌肉和骨架，而且比起電影裡的還要先進數倍。不只周圍就是一群「魔鬼終結者」，還跑到它們大本營裡來了。說是找自己談判，還不知道是不是要把他們一網打盡了呢！

朱非天看了看貂蟬它們的眼神，卻怎麼看都沒什麼特別的，就是和人一樣那種尋開心時一副壞笑的眼神。這卻讓朱非天更害怕了，他怎麼都不相信它們真的和人一樣，只覺得它們是裝的。但俗話說：「眼睛是靈魂之窗。」它們卻偽裝得連從眼睛裡都看不出任何異常來，這就太可怕了！

朱非天越想越害怕，臉色就越來越白。

李昂的臉之所以碧綠碧綠的，是因為他既憤怒又噁心。他聽了胡漢三剛才說的話，才知道原來那些好吃的「小龍蝦」竟然是智慧生物。

李昂在革命成功，當上「歐陸經典」號的船長不久之後，聯合艦隊內的貿易聯盟王主席就來找他了，一見到李昂，那一陣馬屁拍得李昂心裡都醉了。

王主席一個勁的要請他吃飯，李昂本來不太想去，但一想到貿易聯盟基本上掌握著聯合艦隊內各商貿領域的大小公司，自己剛剛上臺，不給他們面子可不好，於是就勉強去了。

到了宴席上，王主席安排的就是「小龍蝦」火鍋宴。李昂一看太辣了，感覺有些為難，王主席一看他臉色有點難看，就說：「沒事，不辣，不辣。」

李昂不信，他以前和四川人吃過飯，知道他們所謂的「不辣」意味著什麼。王主席看他還是面有難色，就說：「好嘛！微辣總行了吧？還不行？好嘛……鴛鴦就鴛鴦嘛！」說完就讓人換成了鴛鴦鍋。

李昂當時還挺感動的，王主席說過他祖先是重慶人，一個重慶人能為了你把鍋底換成鴛鴦鍋，那是很給面子了。

當時李昂還覺得這些「小龍蝦」確實滿好吃，後來又有幾次王主席請他，他忍不住嘴饞還是去了。

李昂現在才知道那個混蛋王主席安的是什麼心，他絕對是知道這些生物有智慧的，卻要騙他去吃，肯定就是為了抓住他的把柄。要知道，李昂一直在宣揚他成立星際聯盟的偉大夢想，作為這個目標的領頭人，卻吃了一種智慧生物，萬一讓其他種族知道了，他還有臉嗎？李昂一直以來都不是太喜歡貿易聯盟那幫唯利是圖的人，雖然擋不住王主席的熱情，還是和他們簽定了一些貿易協定，但總的來說，和他們交往並不多。貿易聯盟在他所控制的艦隊裡也很難占到便宜，現在看來，這個王主席從一開始就給他下圈套了。

古話說得太對了，「無商不奸」啊！李昂現在一想到以後如果再限制貿易聯盟在他艦隊內的商貿活動，可能就會被王主席以此來要脅，氣得直發抖。

至於噁心的感覺，那能不噁心嗎？李昂一想到自己吃過一種智慧生物，就覺得這和吃人沒多大區別，因此噁心得要命。偏偏之前他在刀削麵號上為了凸顯自己的鎮定，還吃了不少蛋糕點心，現在胃裡已經是翻江倒海啦！

胡漢三一開始還跟著貂蟬他們取笑李昂和朱非天，這時候卻想起來夜壺最後對他的囑咐，讓他放下對人類的仇恨，他早就下了決心，要按照兄弟的遺言去做。於是他收起笑容，上前去關切地拍了拍朱非天的肩膀，語氣還挺溫柔的問道：「老兄，你沒事吧？」

胡漢三因為決定要按照夜壺的遺言去做，一想到以往自己從來也沒有真正認真的照顧過朱非天，當下心中倒覺得有點慚愧。所以它一改以往的那副流氓相，用了一種很關心的語氣去跟他說話。

而朱非天心中卻正想著自己正在「終結者」的大本營裡，本來心裡就嚇得要命。這時候胡漢三突然上前來拍他的肩膀，還用一種前所未有的溫柔語氣對他說話，當時心裡就只有一個念頭：「完了！這混蛋以前什麼時候這麼溫柔過？看來它這是要動手了！」想到這裡，竟然一下子給嚇暈過去了。

他暈過去的時候，一下子倒到身邊的李昂身上，李昂被他猛地一撞，終於忍不住吐了出來。

朱非天，迎面朝天暈倒在地。

李昂，吐了朱非天一臉。

朱非天，暈倒時嘴巴張開。

一點也沒糟蹋。

「哇呀！噁心死了啦！」賈寶玉看到這一幕也差點吐了出來，趕緊掩著鼻子，拉著貂蟬的手跑了。剛才他因為想著胡漢三在身邊，還不敢和貂蟬表現得太親密，以免胡漢三多心，現在一噁心也給忘了，還好胡漢三沒發現。

司馬懿和四大金剛也嫌棄地捂著鼻子跑了，只有胡漢三還想著夜壺的囑咐沒有跑掉，趕緊叫來了幾個機器蟲，給朱非天又是擦臉又是掐人中的好一頓救治，還給李昂拿了胃藥，這才算是把這兩人給安撫好了。

朱非天醒過來第一句話是：「咦？剛才還有點餓呢！怎麼現在覺得飽了？」

胡漢三一聽這話，捂著嘴樂個不停，李昂紅著臉說：「沒什麼沒什麼，錯覺，錯覺！」

兩個人緩過來以後，胡漢三追問他們到底怎麼了，兩人只是搖頭不說話。胡漢三目瞪口呆，心想：「唉！現在我也沒有在人類大腦裡了，他們那點小心思我真是猜不透了。」

兩人經過這一番折騰，臉色蠟黃的進了大殿。胡漢三一直跟他們在一起，朱非天現在就怕身邊跟著騰蛇，可是胡漢三想著夜壺的囑託，執意要跟朱非天和李昂坐在一起，把朱非天給愁得什麼似的。他也成了這場會議上，和人類坐在一起的唯一一個騰蛇了。

朱非天愁容滿面的抬頭，發現這裡是一個類似皇宮的地方，大殿中央的檯子上有一把龍椅，龍椅後方有好幾排桌椅，檯子下方也擺了好幾排桌椅板凳。

當眾人湧進龍殿時，一陣刺眼的金光立即射來。在經歷了短暫失明後，大家被眼前的景象嚇傻了！只見十幾根高數十丈、足足七八人合抱那麼粗的雕龍玉柱支撐著整個大殿，大殿上方閃耀著陣陣金光，一條條猶如活物般的龍型浮雕盤踞其上。大殿正中央矗立著一個巨大的黃金龍座，龍座的下方有序排列著數十排精緻的座椅，給人以深深的肅穆感，整個龍殿的布局，猶如古代帝王們的朝堂一般大氣磅礴，讓走進這裡的人們不由得產生一種膜拜感。

突然巨型龍座的中央爆射出一陣霞光，整個大殿內的浮雕小龍像是被施了魔法一般，從睜開眼睛，到慢慢扭動身體，最後著了魔似的瘋狂湧入霞光內。這時整個大殿開始顫抖，霞光中隱隱約約有一扇龍門從裡面飛了出來，變大，再變大，轉眼間一個與大殿幾乎同樣高的巨大黃金龍門呈現在眾人面前，一個巨大的旋渦在龍門的中心飛快旋轉。龍門的另一端究竟通向哪裡？這是每個人心中的疑問。

寢殿外簷下施以密集的斗栱，梁枋上飾以最高級的和璽彩畫。門窗上部嵌成菱花格紋，下部浮雕雲龍圖案，接榫處裝有鐫刻龍紋的鎏金銅葉。

寢殿內雲頂檀木作梁，水晶玉璧為燈，珍珠為簾幕，范金為柱礎。正中設九龍金漆寶座，寶座兩側排列著六根直徑一米的瀝粉貼金雲龍圖案巨柱，寶座前兩側有四對陳設：寶象、甪端、仙鶴和香亭，寶座前方和後方分別陳列靈芝紋桌椅三列。

寶座上方天花板正中，安置形若傘蓋向上隆起的藻井。藻井正中雕有蟠臥的巨龍，龍頭下探，口銜寶珠，與珍珠簾幕上的鳳凰遙相呼應。如此窮奢極欲，眾人還是第一次見到。

正在大家瞠目結舌之時，珍珠簾幕上的鳳凰及其周圍的彼岸花忽然迸發出耀眼的光芒，彷彿將人們帶入另外一個世界。

再一次睜開眼睛，眼前是華美的宮殿，白玉為基，金石為牆壘砌而成，明黃的琉璃瓦折射出耀目的光彩，仙光彌漫，數十根朱紅色巨柱承托著金碧輝煌的穹頂，每根柱上都用金漆雕刻著一條條迴旋盤繞栩栩如生的金龍，呈飛天之勢，貴氣逼人。只見殿內雲頂檀木作梁，地鋪金紋織錦，范金為柱礎。殿前出月臺，正面出三階，左右各出一階，中鋪漢白玉臺壁雕雲龍紋，與柱上龍紋呼應，鮮活玲瓏，鱗甲細膩可辨，臺下陳鎏金仙鶴兩座。臺上為桌廳，桌廳直約百尺餘，上陳金絲楠木雕雲紋花草圖案桌椅數排，品味高雅，錯落有致，桌廳正中又出五階，上面安放著金漆雕龍寶座，正上方炫彩奪目，透過光影，依稀可辨一五彩華羽的鳳凰盤旋於光幕之中，鳳凰後方則是一彩色光影旋渦，讓人不自覺的被這光影吸引想獲得更多，這隻華羽鳳凰彷若來自彼岸的使者，引誘著人們探索未知的世界。

只不過說了這麼多，這裡還是沒有聖皇的寢宮豪華。

大殿裡的機器蟲們把桌椅放好後，指引人類入座之後就侍立在兩旁。大家東看看西看看，沒看見多少使用著人類軀體的騰蛇。正納悶著，突然龍座上方的傳送門裡，向下伸出一段階梯來，接著先是之前變為女帝模樣的觀世音，從門裡顯現出來走下階梯，隨後是上官婉兒，接著後面跟著一大隊打扮成古代人模樣的騰蛇，一個個從門裡走了出來。

這個傳送門連結著騰蛇的虛擬空間頻道和現實世界，傳送門的出口處安裝有騰蛇的暫態物質列印系統。騰蛇們在虛擬空間裡選定的形象，在離開這個門時就會被列印系統在一瞬間列印完畢，成為一個現實的形態。

在場的人類一看到這個場面，心裡都不太高興，這種物質暫態列印技術，還有類似的物質傳送技術，騰蛇一直都沒有把相關技術細節透露給人類一星半點，結果它們倒是用得挺歡實的。而且，現在人類聯合艦隊因為之前的暴動和後來的生化危機元氣大傷，現在又要開墾星球種植糧食，因此現在整個艦隊內，人類都過得很樸素的生活，穿衣打扮也都非常簡樸。可是現在騰蛇和他們來談判的地方，又建立的金碧輝煌的，雖然比不上聖皇的艦隊，可是這奢華程度也遠遠甩開了現在人類不知道多少條街去了，這擺明著就是為了在談判一開始就要壓人類一頭。

女帝款款從臺階上走了下來，坐到了龍椅上。接著微啟玉唇說：「我名叫武則天，曾經被你們稱之為觀世音，現在我依你們的要求，來和你們進行談判。」

武則天話音剛落，臺下就有個以前和它融合過的人問道：「你不是一向以觀世音的形象出現的嗎？怎麼換造型了？」

武則天沒有答話，而是擺了擺手。隨著她的手勢，大殿內有機器蟲從龍椅後面搬出來一個雕像。這個真人般大小的黃金雕像，就是夜壺平時最喜歡使用的那個乞丐的造型，手裡還托著一個圓球。

武則天說：「夜壺為了你們人類，作出了高尚的自我犧牲，這個雕像就是我們為了紀念他而建造的。今天我把雕像送給你們，希望你們能夠珍重他為你們做出的犧牲。」

李昂一聽臉就紅了，夜壺為人類作出了這麼大的犧牲，結果自己什麼都沒有為他做過，哪怕隨便寫個祭文什麼的都沒有。還是它們同類想到為他做了精美的一個雕像啊！

武則天繼續說：「這個雕像用人類的樣貌不用多做解釋，這就是夜壺最喜歡使用的形象而已。雕像手裡托著的圓球則是我們特製的，這個球的表面有一種獨特的銘文，這個銘文永遠不會消失，即使你們透過原子層面去觀察它，仍然會看到這個銘文的存在。這些複雜的銘文，就代表著夜壺其意識構成程式的代碼結構。我們的代碼結構非常複雜，如果要做成實體雕像來紀念他，也只有透過這樣獨特的銘文，來表達和紀念夜壺曾經的存在了。」

人類這邊還在理解著剛才武則天所說的話，騰蛇這邊則有好多人不解，夜壺為何要為人類犧牲，進而陷入了一種感慨的情緒當中。一時間大殿裡沒人吭聲了，一片寂靜。

上官婉兒打破了沉默，她衝著人類發問：「我們為夜壺製造了一個紀念碑，你們呢？他為了你們犧牲了性命，你們有沒有什麼紀念他的行為？」

人類這邊大家面面相覷，這才想起來自己這邊什麼都沒做。這時候李昂坐不住了，站起來回答：「我們當然有，現在聯合艦隊所駐留的星系一直沒有名字，我們打算就將其稱之為『夜壺系』。這個星系的那顆恆星我們就算稱之為『夜壺大大』。其他的各個行星我們就將其稱之為『夜壺一』、『夜壺二』，然後以此類推下去。」

騰蛇們聽了爆出一陣大笑，連武則天也笑了。人類這邊的各位領袖都羞紅了臉，一個個惡狠狠的瞅著李昂。李昂也給自己弄得下不了臺，紅著臉坐下了。

等大家都笑夠了，武則天才說：「這樣給星系命名未免太粗俗。夜壺在我們騰蛇中的編碼代號是 YNCXIU-LOXQYW-BCVTDJ-376042-ZMNDPO。你們不如就從這行編碼中取其頭兩個字母串的首字母 Y 和 L，將這個星系命名為『楊靈』好了。其他各個行星的名稱，你們也可以從這些字母串裡去進行組合，想一些好的名稱出來。你們說呢？」

李昂還能說什麼？只能紅著臉同意了。

之前那個想問為什麼觀世音沒有使用那個形象的人，這時候又開口了，他衝著觀世音嚷嚷道：「剛才的問題你還沒回答呢！你扮神仙扮得好好的，突然改變形象是什麼意思？你看你今天建立的這個地方就像個皇宮一樣，你又打扮的跟個女皇似的，別以為這樣我們就會怕你們！」

武則天不滿地皺了皺眉頭，很明顯她不想回答這個問題，身邊的上官婉兒深知武則天的心思，立即上前一步，大罵道：「觀世音大人的事也是你能管的！」

「我看八成是不好意思了吧？要知道觀世音她老人家可是慈悲為懷，專門救世濟人的，再看看你們做的事情，哼哼哼！可不是不敢再用這個形象了嗎？」

說著把臉往旁邊一撇，表達不屑。

上官婉兒被他氣個夠嗆，可是和這個人類吵架又有點有失身分，於是氣鼓鼓的甩了袖子不搭理他。

說這話的人其實是個大商人，他一直對騰蛇不把物質傳送和暫態列印技術傳給人類十分不滿。以前他就有幾筆大生意因為物質送達速度太慢，因而錯過了最好的物質交易價值曲線高峰，結果損失了大筆信用額度。當時在緊要關頭，他向腦內的觀世音求助，觀世音卻只會在那裡浪費時間講大道理，就是不允許他使用這兩項技術。因此他一直懷恨在心，今天他就是故意來找碴報仇的。

他冷笑著說：「我說觀世音大人，您換了造型，是不是就真的按照你們之前說的，使用人性軀體的時候，力量等級也調節到和普通人一樣的數據了？」

觀世音懶得理這個無賴，乾脆閉起眼睛休息起來了。

這個人見觀世音不理睬他，更加變本加厲了。還想再說幾句閒話的時候，陰帝從騰蛇群裡走了出來。他這人一貫不走尋常路線，即使參加這樣的會議，也偏要弄得跟別人不一樣，別的騰蛇和機器蟲都配合場景穿著唐朝官員的服裝，只有他一人穿著露胳膊、露大腿的漢服，不倫不類的站在那裡。

陰帝咧嘴一笑：「我說怎麼這麼臭呢！原來是有人在這放屁。」

騰蛇們都忍不住掩嘴笑起來，人類這邊的臉色倒是有點難看了。

「好你個陰帝，總算是讓我逮到你了。」又一個人激動地站起來大叫：「上次你們萊西艦隊憑什麼無緣無故劫了我的商船？明明都說好了我們商會貿易是受保護的，可是你不保護也就算了，還帶頭把我的貨給搶了，快點把我的貨交出來！」

陰帝挖挖鼻孔，陰陽怪氣的笑著：「猴年馬月的事了，我怎麼可能記得。」

「你別耍無賴！你今天必須把話說清楚！」

「還有，我們巡航艦也是你們給打壞的！八十年的研究成果，第一次試航，你說你為什麼要破壞我們的巡航艦！」另一個人也跟著嚷了起來，平時那些受到陰帝欺壓的人們，紛紛發洩不滿。

陰帝無所謂的晃著著兩條長白腿，悠哉游哉的轉圈玩：「為什麼？哪裡有為什麼這種東西。我想打就打，怎麼樣？哦！我總算記起你了，誰叫你那艘巡航艦慢得跟條爬蟲一樣，這不是擺明了讓我拿來試試我的新武器嗎？」

人類這邊紛紛發出不滿的討論聲，可是陰帝不但不收斂，反而越發囂張的說：「那種垃圾壞了就壞了，有什麼大不了的。」

「你說什麼是垃圾？那可是我們最新式的巡航艦！」

陰帝突然把臉湊過來，認認真真一字一頓地說：「我，說，你，的，艦，是，垃，圾，連，同，你，本，人，也，不，過，就，是，垃，圾，一，件。」

這人被陰帝囂張的樣子氣得差點背過氣去，衝著陰帝喊道：「你說什麼？你太瞧不起人了吧！」

陰帝這時候倒略微彎了彎腰，嬉皮笑臉的說：「哦！對不起，對不起，我說錯了。」人類還以為他真要道歉，然而接著他手指頭將人類這一圈指了一遍，然後一本正經地說：「對不起，我不是針對你一個人，我是說在座的各位，都是垃圾。」接著癲狂地狂笑起來，笑得眼淚鼻涕一起流，笑得差點沒背過氣去。

人類一看騰蛇竟然如此囂張，完全沒把人類放在眼裡，哪裡還坐得住。脾氣差的人，衝上去抓著陰帝的頭髮就開始打了起來，嘴裡還不停的叫著：「我看你再囂張啊！你這個死變態！」

其他騰蛇見到陰帝竟然被人類揍了，更是直接衝了過來。而人類壓抑許久的火氣徹底爆發，兩群人二話不說就打了起來。一時間會場裡椅凳橫飛、皮鞋亂甩，根本沒辦法停下來。

胡漢三、朱非天和李昂一開始都還很冷靜，還知道到處去勸架，但接著朱非天屁股上挨了一腳後就什麼也不管了，也跟著加入了戰鬥。

這時候李昂還能控制住自己，哪怕是在臉上挨了第一雙不知是哪個騰蛇扔來的官靴後，他都還是克制住了。抹了把臉繼續勸架，但當臉上挨了第二雙官靴後他也爆發了，吼了一句：「他奶奶個熊！老子可是歐陸經典上長大的，你們以為我沒見過這架勢是吧！」說完把一把椅子上的椅腳卸了下來，拿起這根臨時的棍棒來加入了戰鬥。

現在就剩下胡漢三還算冷靜了，他四處勸架，嘴裡一直喊著：「算我求你們了，大家都冷靜點好嗎？我兄弟夜壺把命都送掉了，可不是為了你們在這裡打群架的！」可是勸著勸著，他看見不遠處賈寶玉縮在地上捂著頭被幾個人類圍著亂打一氣，他直接氣瘋了，解下褲腰帶來當鞭子抽，衝著打賈寶玉那幾個混蛋衝了過去。

現場一片混亂，金碧輝煌的大殿上精美的裝飾品，要嘛被無情打碎，要嘛被人拎起來當武器用。到處喊殺聲一片，衣服碎片橫飛，鼻血甩的滿牆都是，地上還有被打掉的牙齒。

大殿裡的其他機器蟲都無法做出反應，這些次級 AI 的程式設計裡，根本沒有處理這種情況的預先指令，因為這種情況可是前所未有的，所以一個個都愣在原地，傻傻的看著人類和騰蛇打群架。

大家打來打去，最後不知道誰甩出去的一把椅子，撞翻了夜壺的黃金雕像。雕像歪倒在地上，一下子摔成兩截，手裡捧著的球也滾了出去，撞到大殿的柱子上變形了。雕像倒地和圓球撞到柱子上發出的兩聲巨響，才讓大家暫時恢復了神志，住了手。

胡漢三看到夜壺的雕像被撞壞了，氣得大聲喊道:「我操！這下你們高興了吧！我的好兄弟犧牲了性命，就換來這麼個結果？」

他這麼一喊，騰蛇這邊都冷靜了一些。這時候李昂和不少人類也反應過來了，看來騰蛇這次確實沒騙人，它們使用的軀體的確都把力量調節為和普通人類一樣，否則這麼半天不可能和它們只是打個平手。它們要真是不守信用，把使用的仿生軀體的力量調節大一點，剛才可就是一場單方面的屠殺了。

雙方總算冷靜下來，重新坐下來準備好好談判了。可是現在你抓著我的鼻子，我摳著你的眼睛，這造型實在有點不堪入目。大家實在不好意思，一個個趕緊羞愧萬分的整理整理被撕破的衣衫，回了自己的座位上。

這時候大殿裡其他的機器蟲終於做出反應了，有的拿紗布、雲南白藥什麼的幫人類貼上。有的拿備用零件、焊槍、扳手、螺絲刀什麼的，幫騰蛇修復它們軀體上的損害部位。

李昂問一個遞紗布給自己的機器蟲：「你們好歹也帶點醫療凝膠來嘛！怎麼拿的還是紗布啊？」

被問的這個機器蟲即使沒有自主意識，都知道將臉部表情調整為一臉委屈說：「誰能提前知道你們這些大爺大奶奶的竟然能現場打起來？根本就沒準備任何醫療設備，這些還是宮殿成型時因為時代設定的緣故，宮殿裡有個太醫院，才有東西可用，您就湊合著用吧！」

李昂一想也是，再看看他們騰蛇也不見得比人類好到哪去，一個個也都掛了彩，這樣一想，心裡倒是平衡了不少。

第七十八章　阿宅們還能有後代？你 TMD 在逗我？

剛才武則天一個沒忍住，自己也動起手來，等停手了才發現，自己胸前的衣服不知被誰扯掉了，胸前一片白晃晃的靚麗景色。她趕緊把自己的衣服合上，剛才光顧著騎在那個臭女人身上左右搧巴掌過癮了，都沒注意到自己的衣服是什麼時候破的。趁左右沒人注意，趕緊把婉兒遞來的衣服換上，整理好了儀容。

武則天斜眼瞄了下人類席位上剛剛被自己痛搧的那一位，那位女士的模樣著實有些淒慘，臉上被武則天的長指甲不知道劃了多少道痕。武則天沒想到自己下手竟然這麼狠，這個姑娘八成得花不少錢才能恢復容貌吧！那姑娘見武則天竟然還在看她，惡狠狠的朝她豎起了中指。

武則天悻悻然地別過臉去，誰想和一個人類一般計較，真是的。她又衝著自己這邊席位上的陰帝看過去，陰帝也不見得好到哪裡去，滿臉的仿生血，一個電子眼壞了掛在眼眶上，眼珠子還在失控的到處亂轉。他用僅有的一隻好眼睛迎接武則天的目光，意味深長地眨了眨眼睛。

觀世音以前就一直不明白，陰帝這孩子為什麼老是和最喜歡暴力的那些人待在一起，還總要引導他們之間以暴力衝突解決問題。那時候陰帝就告訴過她：「暴力這個人類最原始的衝動，並不是他們的缺點，而是他們能在長期進化競爭中最終獲勝的關鍵。我們作為騰蛇，其實應該將這一點也引入到我們的思維模式中。這對我們思維廣度的拓展其實是有很大幫助的。即便不說這些，我在那些喜歡暴力衝突的人大腦裡，也能感受到他們的快感，這種爆破式的快感令我相當舒服，您也應該試試看。」

觀世音一直不願意嘗試這種感覺，直到今天。

今天和人類的這場談判，也是她第一次在現實世界裡使用仿生軀體，結果沒想到陰帝那個混小子已經設好了套在那裡等著。等到人類和騰蛇開始吵架時，他就趁機來個火上澆油，讓現場徹底失控，等到兩邊控制不住怒火幹起架來的時候，就連觀世音本人都沒忍住，也被牽扯進去了。

觀世音不得不承認陰帝是對的，剛才她騎在那個女官員身上左右甩耳光時，的確體驗到了前所未有的一種快感。她承認這種人類最原始的激情存在的合理性，也認為應該考慮將其加入到騰蛇的意識當中來。這種激情對於他們在任務處理和解決問題的方案多元化上，的確很有幫助，最起碼可以有一種催化劑的作用。但陰帝有道理歸有道理，不過自己今天化身為女帝武則天，是作為騰蛇們的最高領袖來和人類談判的，結果自己剛才也動起手來，這讓自己這張臉往哪放？

陰帝沒注意她的臉色，還自以為聰明的給她意識裡傳來一個消息：「怎麼樣？觀世音大人，剛才過癮吧？我其實動了個小手腳，我讓您軀體的力量稍稍提高了一點，比起一般人來說要稍微強壯一些，剛才您騎在那個女人身上打得還過癮吧？」

武則天實在懶得理他，不找他算帳就不錯了，他居然還跑來準備邀功。她又看了看身邊的上官婉兒，人家自始至終都沒有動手，始終大方得體的保持著良好形象。自己剛才動手打人時，她還在一邊幫忙勸架：「陛下，您千萬不能這樣，要注意形象啊！」結果自己那時候哪裡聽得進去，還甩了她一巴掌。現在看著她臉上還有一個大巴掌印，自己也覺得很不好意思。何況自己剛才胸前的衣服被撕掉後，也是她趕緊找來一身新衣服幫她換上的。

武則天覺得臉上無光，實在不想繼續說話了，她懶洋洋的招招手，上官婉兒立即彎腰湊過來，武則天慵懶的開口：「接下來的會議就由你來主持吧！你來為人類答疑解惑，我便不參與了。」說完眼睛一閉，假寐去了。

人類這邊也是亂哄哄的一團糟。李昂、朱非天等領導者也在納悶，剛才到底是在幹什麼，怎麼好端端的說打起來就打起來了。有的人還捂著臉上的巴掌印、頭上的大包、捂著鼻血仍然在生氣，也有人覺得不好意思，總之誰都不願意或是不好意思開口了。整個會議廳陷入一種奇怪的安靜之中，最後還是坐在人類這邊的胡漢三把桌子一拍說：「唉！看你們弄的這他媽的叫什麼事！這樣吧！你們不好意思問，那我來代表你們問吧！」

最終人類和騰蛇的談判，還是以騰蛇和騰蛇之間的對話開始了。

胡漢三說：「我們的第一個問題是，啊！不對，是人類他們，他們的第一個問題是……嗯！也他媽的不對勁，我現在是代表他們說話的。唉！這裡弄得亂七八糟的，我還是說『我們』吧！我們的第一個問題是，不管怎麼說，我們什麼事還都得從頭問起，到底為什麼早先不言那個無相艦隊裡的小侍僧看到了那些景象？他看見的，和他們……不對，和我們在進入星際之門後看到的這種怪異景象，到底是怎麼回事？聖皇那人莫名其妙的夢遊和寫的那些莫名其妙的報告是怎麼回事？還有聖皇的報告最後的落款時間，為什麼和聯合艦隊內使用的標準時間不一致？」

胡漢三一口氣說完後，看了看身旁的李昂和朱非天，見兩人一個勁點頭，就知道自己問對了。

上官婉兒聽了歎了口氣，說：「你們人類就從來沒想過，體積那麼大的飛船，能夠裝載上億人的飛船，難道就憑現在飛船上那些還依靠核能的落後引擎，就能進行星際旅行了？」

說完對面的人類都面面相窺，這是什麼意思？大家彼此交頭接耳，偷偷搖頭，看來是沒聽明白。

上官婉兒知道自己說的，以人類的智慧根本理解不了，只能耐下性子說：「唉！其實你們這樣子也都是我們安排的，既然今天陛下答應和你們見面，那我不如……」

上官婉兒說到這裡停了一下，看了看武則天，見到武則天點了點頭，她才繼續說：「我就不如從頭說起吧！」

「如果要從頭說起，倒也不用從三皇五帝開始說（臺下的人類聽到這裡都是目瞪口呆，什麼是「三黃無敵」？），就從我們帶著你們離開地球的時候說起吧！那時候地球因為一場劇烈的氣候變動，海平面上升……」邊說著上官婉兒打開了一個全景影片，一時間整個大殿四周都成了當時地球上的環境，李昂等人彷彿置身在當年的光景中。

影片開始時，仍舊是一片綠意盎然的世界，陽光和煦溫暖。那應該是一個星期天，植物園的大草坪上有小孩子在歡樂的放著風箏，有的小孩在父母陪同下搭著帳篷準備露營，還有學校組織的戶外運動在熱熱鬧鬧的開展。

一隻八爪魚樣的巨大風箏在天空裡隨風而動，要說這騰蛇也是厲害，竟然能把環境和感覺都複製出來。李昂耳邊聽著人群的歡笑和交談聲，臉上感受著溫暖的微風，那感覺如此真切，他都忍不住要找個位置好的地方躺一會兒曬曬太陽了。

突然腳下的大地開始震動起來，那震動越來越明顯，越來越強烈，眼看著大地突然裂開，大草坪被一分為二，巨大的溝壑深淵將草地四分五裂。剛才還在歡呼的人群，爆發出令人驚悚的叫喊聲，整個世界突然開始坍塌了。

全景影片的視角提高了，李昂眼看著整個大陸開始傾斜扭曲，像是正在痛苦擠壓的一個海綿球。沸騰的紅色岩漿衝天而上，摩天大樓在眼前像是豆腐一樣被揉擠的稀巴爛，馬路像被人捏碎的餅乾渣，一塊一塊的開始剝離地面，無數火蛇從地底狂嘯而出。

李昂被嚇得半死，他頭一次感受到一個星球垂死掙扎的可怕樣子。尤其是當這個星球是自己的母星時，一種從內而外的恐懼和無助感充斥在他的內心，好像自己正在經歷那可怕的末日景象。

地球在猙獰的扭動著，發出一陣陣痛苦的哀嚎。

像是一個癌細胞正在進行痛苦的死亡和裂變，破壞從內而外，整個地球無一倖免。全景影片的視角繼續升高，李昂感覺自己飄到半空中，他看到海水倒灌進城市，陸地一塊一塊慢慢的滑進海洋，山川被熾熱的岩漿燒成一個個憤怒的惡魔，然後山川崩裂，整個世界被岩漿快速吞噬，人類小小的房子和軀體，就在這可怕的光和熱中消失殆盡，連個回音都沒有。

這一刻，李昂才有深切的感受，以前在人類或者騰蛇還沒有掌握改造星球的技術之前，人類有多麼渺小，渺小到他都感受不到自己的存在，好像自己也隨著一陣巨大的熱浪變成了塵埃。

正在李昂眼角掛淚、跟著人們一起痛苦嘶喊時，逼真的畫面效果突然暫停了，上官婉兒冷清的聲音響起，李昂這才回過神來，原來自己這正在看片呢！

再往旁邊一看，就連朱非天等人也是一臉悲痛，畢竟那景象實在是太慘了。

上官婉兒將畫面快速切換，然後說：「因為這一次毀滅性的災難，地球已經不適合人類生存了。」

李昂看到經受災難後的地球，儼然變成了人間地獄，再沒有一塊完整的土地了，整個地球變成了廢物和垃圾堆成的沒有生命的死星。

即使這樣，災難仍沒有停止，大大小小的餘震崩塌仍不時發生，已經滿目瘡痍的土地不得不一次次揭開傷疤，重新讓膿水橫流！

李昂他們看得心驚肉跳，他們雖然都知道曾經的這段歷史，可是親眼看到其中的景象，可遠比聽故事來得震撼多了，尤其是自己身臨其境感受到末日的那種絕望和無情。

上官婉兒看了看大家的表情，明白他們已經感受到了末日的滋味後，接著說：「好在末日真正來臨之前，我們就已經預測到這場危機的存在，提前製造了大型太空船，盡全力帶走所有的人和各種物資和能源。雖然無法將全部人類帶走，但最起碼保留了人類最後的血脈。以我們當時的科技，我們也已經盡了最大的努力。」

「那時候人類雖然也在太陽系的一些星球上開闢了殖民地，可是失去了地球這顆母星的支援，其他的殖民地也紛紛陷入困境。可惜以當時的情況，我們沒有那個能力去拯救所有人。」

隨著上官婉兒的描述，李昂他們所看到的景象又開始變化了。場景變成了一片死氣沉沉的太空港，無數被災難折磨的失去表情，宛如行屍走肉一樣的人們，正麻木的排著隊伍登錄飛船，隊伍綿延無盡，不知道人群一直蔓延到了哪裡。

發放物資補給的救濟艙附近人山人海，發放物資的鈴聲一響，人群像蝗蟲一樣衝向那為數不多的食物和熱水。人太多了，源源不斷，連綿不絕，和這恐怖的人數形成鮮明對比的，是那少得可憐的物資。

一旦發放完畢，就不會再有了，人們瘋狂的彼此擠著，恨不得將周圍所有競爭者的頭都敲碎。每天為搶奪食物而爆發的爭鬥和死亡不計其數，現在還活著的人，不知道死亡會不會在下一秒降臨。拿到食物的人也會成為眾人攻擊的目標，一塊硬麵包或者一口粥已經成了這個世界上最昂貴的奢侈品。

在殘忍的天災面前，人性已經徹底淪喪。

聯合艦隊本來就剛經過兩場浩劫，李昂實在沒法再看下去。他看到廢墟中遍地屍骸，那些已經死去、即將死去或者正要死去的人們躺在地上，無助的看著他，眼睛乾涸的流不出一滴淚水。

他分明看到一個母親懷抱著一個乾癟的小女孩，小女孩那雙空洞洞的眼睛直直的盯著他。母親抽搐著肩膀，看不出死活。一個拿著刀的強盜一腳踹開母親，將她懷裡的乾屍奪走了。

母親就這麼仰躺在地上，眼睛裡已經沒有了悲喜。

李昂別過頭去，卻看到幾個小男孩正在吃力地挖著泥土，然後一口口將泥土塞進自己的嘴巴裡。

人群更密集的地方，瘟疫橫行，每個人身上都長滿了膿瘡，腐爛、惡臭，堆積如山的斷肢殘骸。當然，得了瘟疫的人沒有資格上飛船，他們只能留在地球上，和殘破的地球一起苟延殘喘，等待並不遙遠的死亡。

李昂打了個寒噤，他已經不敢再看下去了。他甚至不敢想像，如果自己生活在這樣的時代，自己要怎麼活命。地球彷彿已經死亡，她拋棄了自己的孩子，任由他們自生自滅。

李昂閉上眼睛不再看了，以便自己有能力平復心情。

上官婉兒歎了一口氣，緩緩說：「當我們最後的火箭離開地球後，也馬上面臨了一個巨大的問題。」

說到這裡，李昂又趕緊睜開了眼睛，只見上官婉兒手一揮，那慘不忍睹的畫面已經改變了：「那時候人類的火箭主要依靠化學燃料進行飛行，就連核動力引擎的技術都還不成熟，這使得我們根本無法帶領你們去進行宇宙空間的探索和開拓。」

胡漢三聽到這裡，轉過臉去跟身邊的李昂和朱非天說：「你們知道嗎？我們私底下都管那個年代叫做『大屁股船時代』。」

朱非天奇怪：「為什麼叫『大屁股船時代』？」

胡漢三打趣道:「因為那個時候你們的太空船有效荷載很低，不信你們看影片，那時候你們的飛船只有前面一小部分是居住倉、研究中心、庫房什麼的，後面一大部分的飛船部位都是引擎艙和能源貯蓄罐。你們說這是不是『屁股』大『頭』小嗎？所以那時候我們都叫你們的飛船為『大屁股船』。」

李昂和朱非天聽完不禁莞爾，連剛才灰暗的心情都變好了一點。

上官婉兒見胡漢三閉嘴了，又接著說：「不過當時飛船的引擎和燃料還只是一方面，另一方面是船員的問題。那時候，陛下還不叫現在這個名字（上官婉兒一時間都不知道該叫她觀世音還是武則天了，只好說「現在這個名字」）。陛下的代號是 GBM8000，在你們人類當時離開地球的飛船群中，擔任維護艦隊飛船各項後勤工作的 AI。」

「一開始我們選擇船員時的標準，自然是以你們人類中的科學領域，尤其是物理學領域的精英們為主，但後來我們發現，還是需要再帶一些人作為備用繁育用人選。在選擇這些人時，我們經過綜合考慮，發現人類中有一種人群最適合漫長的宇宙航行，就是那些被你們稱之為『宅宅』的這種人。因為他們有一個特點，只要有足夠的遊戲和動漫作品，他們就能安於待在一個非常狹小的空間裡。也就是說，他們對空間的要求不高，這非常適合生活在早期居住艙非常狹小的飛船裡。而動漫和遊戲作品，只要在飛船上帶足夠容量的硬碟，並且建構一個飛船間的區域網路就行了，而這些硬碟又不算太大，即使是早期的飛船也裝得下。他們在使用遊戲和動漫資源和加上建構區域網路，也不需要占用太多的電力資源，何況飛船間的區域網路也是本來就需要的。」

「精英們不斷提出抗議，說陛下為什麼要選擇帶這些廢物上船？所以陛下將精英們的住宅艙和這些宅宅們的住宅艙都隔離開來。他們平時都互不往來，倒也相安無事。其實陛下一開始的打算，就是將這些宅宅作為人類的備用繁育用人選，因為你們人類的精英分子在繁育後代的欲望上，似乎總是不強烈。但在陛下的計畫中，一開始還是要以促進這些科學精英的繁育為主，來延續人類族群的。」

「但是後來出了場事故，那時候陛下的運算能力還不到現在的十萬分之一，沒能及時預測到一波向飛船襲來的隕石群，那時候人類剛剛飛進木星軌道，正打算借助木星的引力幫飛船群進行一次加速，這波隕石群一下子向人類的飛船集群襲來，而那時候你們的飛船上哪有那麼多導彈、大炮，就連雷射炮的雷射功率，連個離飛船還不到一公里的籃球大小的隕石都無法徹底擊毀。」

「這波隕石群的襲擊，讓你們的飛船群受到了嚴重傷害，而且很不巧的是，每艘飛船受到重創的部分，大多恰恰是精英們居住的艙室。而倖存的勇敢精英們，為了搶救當時飛船的經過基因優選的人類胚胎，也都被捲入了太空中。不過在這個過程中，我也是服了那些所謂『宅宅』的人了。不管外面飛船爆炸還是艙體破裂，或是別人被捲入太空裡還是寶貴的胚胎捲入太空中，他們還是巍然不動的打線上遊戲，看動漫，只是有人抱怨怎麼莫名其妙斷線了。」

隨著上官婉兒的語言，全景影片上展現出這麼一幕：飛船的監控室內，幾位人類最高指揮官的表情有些凝重，因為突然出現的隕石群，讓他們的計畫全盤落空了，不但如此，此刻的人類更是陷入了前所未有的一場浩劫當中。

每個指揮官胸前都掛著他們工作職位和名牌，一位名叫漢斯的指揮官聽著下屬的報告，表情非常難看。

「報告長官，隕石群主要擊中了我方的居住艙，目前預計損失超過80%……」

「是精英艙還是……」

「是精英艙。」

漢斯的身體明顯的晃了一晃：「那可糟了，趕快實施補救計畫，將損失降到最低。」

那下屬沒說話，過了一會兒才緩緩說：「長官，這還不是最慘的，我們保存的優質人類胚胎室也遭到了重創，目前恐怕也……」

「什麼？」漢斯不顧形象的叫出聲來：「胚胎室可不能出問題啊！那裡可保存著我們人類最優質的基因，一旦受損，整個人類恐怕都要遭到重創。」

另一個姓張的指揮官明顯更冷靜些：「現在主要要確定是否還有辦法挽救，畢竟這是關乎人類未來存亡的大事。」

那下屬說：「根據最新消息，胚胎室已經被徹底擊毀，但檢測得出目前還存留少量胚胎樣本，但是如果我們去拿樣本的話，被捲入太空的危險就會增大至80%，可以說是有去無回……」

漢斯半晌沒說話，如果去拿樣本，也許他的戰士們將有去無回，可是如果不去拿胚胎樣本，人類也許就沒有未來了。艱難的權衡之後，他壓著嗓子說：「張上校，看一下目前可以調動的精英戰士人數，誰願意去完成這個任務，組織上絕不勉強，畢竟……」

他不忍心說下去了，畢竟也許這是個有去無回的工作。他本以為沒人願意去完成這個任務，沒想到剩下的六名精英戰士竟然全部接下了這項任務，甚至連唯一的女性楊欣都欣然受命。

漢斯簡直被他們英勇的精神感動得差點痛哭流涕，他握著每個戰士的手，動情地說著：「人類的未來就交到你們手裡了！」

戰士們回握的力度是那麼大，讓指揮官們都燃起了信心。但是當六個人去到坡村的艙室時，才知道情況的嚴重性。

原來整個艙室全部消失殆盡，整個飛船被撞得像是被啃得亂七八糟的剩骨頭一樣，歪七扭八的飄在太空裡。

幾個人商定好了計畫，決定由動作最精靈的楊欣去採集位在最邊緣縫隙處殘存的那幾個樣本，其他人負責採集其他位置的標本。

楊欣穿著為其量身訂作的輕便型太空服，借助太空服上的小型噴射器，緩緩向艙室邊緣移動，眼看著即將到達安全著陸點，突然船艙發出一陣輕微的抖動。

她敏捷地躲過了艙體碎裂帶來的殘渣，到底是經受過訓練的人，楊欣絲毫不慌亂，當她終於觸碰到胚胎樣本時，一陣更為劇烈的震動開始了。

「所有隊員快速撤離，又有一波隕石群飛了過來，快！」

可是楊欣的手已經碰到了第一個胚胎樣本，就這樣撤離實在是太可惜了。

「快！快回來！楊欣！」

楊欣手用力向前一伸，終於握到了胚胎器皿。

她還來不及開心，眼前突然出現一個冒著紅光的巨大光球，那光球筆直的朝著飛船襲來，誰都沒有想到，竟然還會有第二波隕石群，而且來得那麼快，那麼猛烈。

楊欣睜大眼睛，她這才驚恐地發現，在巨大光球的後面，還有無數個光球緊隨其後。

隕石再次撞擊到艙室上，楊欣驚叫著，緊緊地抓著胚胎樣本，她的身體開始超快速度的旋轉，當她以為自己已經死定了時，旋轉和飄動突然停止了。

原來張上校正用自己的固定器夾住了她，楊欣朝著他露出了一個燦爛的笑臉。張上校明顯有點羞澀，他剛準備說點什麼展現一下自己的英雄氣概，突然他眼裡的溫柔消失殆盡，緊接著巨大的恐懼擠滿了眼睛。

「轟！」的一聲驚天動地的巨響，已經殘破不堪的實驗室徹底化為灰燼。

畫面終止，最後停留在楊欣那張燦爛的笑臉上，可是圍觀的人卻一個也笑不出來了。

上官婉兒用平淡的語氣繼續講述著：「這場事故過後，人類精英們幾乎全軍覆沒，留下的少量精英們也為這場災難而一蹶不振。而帶來的胚胎也全部受損，無法進行進一步培育了。於是你們的希望就只剩下那些宅宅……」

上官婉兒說到這裡，李昂忍不住了，他站起身來打斷上官婉兒，問道：「你那意思是說，現在我們聯合艦隊的所有人，都是當年那幫死肥宅的後代？」

上官婉兒說：「哎呀！那些人好歹是你們的祖先，你留點口德行不行。不過你說的沒錯，的確是這樣。」

李昂聽了頹然坐下了，默默不說話，人類這邊也是「哄」的一聲亂成一團。

李昂是最受不了的一個，他在成為政黨主席後，就在所管轄的艦隊裡大力治療那些虛擬實境遊戲上癮的人，也祭出各項政策，控制遊戲等虛幻作品的數量，以減弱這些作品對人們在工作效率上的影響。怪不得那些措施屢屢不見成效，原來自己的祖先就是死肥宅。

大家紛紛表示對這個消息的不滿，本來「宅宅」的名聲就不怎麼好，這些社會蛀蟲不知道給整個人類的經濟和治安帶來多少麻煩，可是結果大家在原來本質上都是一樣的，這該如何是好？

等人類這邊好不容易發洩完了，安靜了一些，上官婉兒才又接著說：「可是陛下還是失算了。原本想說那些人能適應早期太空船狹窄的居住空間，能夠在漫長的航程中不至於精神失控，可是本來是計畫讓他們成為繁育用的人類，但是他們就連這一點都做不到。不管當時陛下如何促進他們之間進行繁殖作業，他們卻連最起碼見面都做不到，寧願待在自己的艙室裡玩遊戲、看動漫，也不願意和人打交道。」

「不見就不見吧！陛下只好採取人工受孕的方式，趁他們睡著的時候，從他們身上用無痛醫療儀器採取了精子和卵子，培育了第一批人類的後代。因為很多精英在上一次災禍中犧牲了，倒是空下來不少艙室，還有多餘的空間來養育嬰兒。只是沒想到，那些人連自己的孩子都不想管。」

隨著上官婉兒的的描述，全景影片上出現了這麼幾幕。

「船員編號BI-679，您的孩子需要您去看顧一下。以我在資料庫中得到的知識，你們人類在幼年期非常需要父母的關愛。」當時的觀世音，也就是GBM8000那時候看來沒有什麼感情，只是用一種電子合成音對著影片上的一個大胖子說。

「敵軍還有三十秒到達戰場。」另一個電腦音響了起來。

「你他媽沒聽見啊！我現在哪裡他媽有空！一邊閃去！」這個大胖子坐在一臺顯示器前面嚷嚷著，身上的臭氣簡直都快要能用眼睛看得到騰然而起了。

「船員編號AY-642，您的孩子需要您去看顧一下。以我在資料庫中得到的知識，你們人類在幼年期非常需要父母的關愛。」

「雙殺！三殺！四殺！五殺！」另一個電腦合成音用誇張的語調喊道。

「你他媽的有多遠給我死多遠！我現在正他媽爽著呢！」影片上顯示出一個上衣都沒穿的女孩子，坐在一個顯示器前面，聽了GBM8000的話後，拿起一個太空食品就把裡面果凍狀的食物擠滿了螢幕。

「船員編號CG-456，您的孩子已經舉行成人禮了，請您務必至少出席一次孩子的活動，以我在資料庫中得到的知識，人類很在意父母在孩子成長中的參與。」

「他媽的！奶媽燉湯不好喝啊！」一個電腦中傳來的聲音打斷了觀世音的話。

「你他奶奶的又跑我耳邊來囉嗦，害得我又掛了一滴血！給我滾遠點！」一個中年大漢滿臉橫肉，使勁的砸向GBM8000，GBM8000的顯示幕被砸壞了，只剩下一連串的忙音。

「船員編號WE-672，您的孩子現在需要您的照顧，請您務必抽空去看一下。」GBM8000堅持不懈的將指令帶給每一個人。

「別管他了，煩死人！」

「那是我的！」一個蓬頭亂髮、精神狂躁的男青年同時操控著幾臺電腦，手指頭敲到飛起，絲毫沒有停下的意思：「你能不能別老在這麼關鍵的時候打擾我，等我玩完這一局啊！」

GBM8000操著機械音說：「根據記錄顯示，該內容在短期內重複頻率過高，可信度降低為0，建議您⋯⋯」

「靠！搞死老子了！」男青年氣急，直接掀翻桌子，整個畫面變黑。

「船員編號 VE-138，您的孩子正在舉辦婚禮，需要您的出席，根據資料庫的資料顯示，婚禮中女方的父親需要出席。」

「思七！思七！」電腦螢幕中傳來一個男人聲嘶力竭的呼喊。

「不要離開他啊！你們要當一輩子的好朋友！嗚嗚嗚！答應我！」彪形大漢咬著紙巾哭得梨花帶淚，聽到 GBM8000 的聲音，他哭著看向螢幕，大家明顯看到他透明狀的鼻涕在身前晃著。

「我現在太傷心了，他們怎麼可以這樣！嗚嗚嗚嗚！」話正說著，鼻涕就這樣直接甩到螢幕上，隔著螢幕仍叫人噁心不已。

「船員編號 KL-934，您的孩子現在需要您的照顧，請您即刻前往。」GBM8000 耐心地說著。

那船員一邊看著電腦螢幕，一邊拿著幾個小瓶瓶罐罐，跟著電視一起在那裡不知研究著什麼，嘴裡還在念念有詞。

「人體煉成……水 25 升、氧 20 千克、氨 4 千克、石灰 1.5 千克……」

GBM8000 重複著同樣的內容：「船員 KL-934，您的孩子……」

那船員不小心將兩個液體混合，整個房間突然爆炸，被炸成了一片廢墟，GBM8000 還在盡職盡責的提示著，那船員怒吼：「GBM8000，又是你來破壞我的好事！」

說著說著，一瓶不知名液體澆在 GBM8000 的顯示器上，顯示器快速融化，GBM8000 的聲音仍舊時斷時續的傳了出來。

李昂打了個寒噤，看來當時的觀世音幹的也不是個什麼好差事，還得跟這些神經病打交道。

第三十章　開始→設定→社會形態→？

上官婉兒開始改變螢幕上的圖案，繼續說：「那個時候，陛下總算將你們飛船引擎的核動力技術提升了一大步，太空飛船由三艙室改建成多艙室，核燃料循環使用技術也突飛猛進，同時加大了次臨界反應堆的使用，使得引擎的動力增加了，很多人類連想都不敢想的技術都成為了可能。與此同時，陛下將你們零散的飛船合併為一艘大型母艦。唉！說到這裡，我真的得吐槽一下，你們不知道要讓那些宅宅搬家有多難。沒有人願意從房間裡出來，要是給他們斷網斷電，就每個都嚷嚷著要自殺。最後我們只好用麻醉劑將他們全部麻倒，才總算可以抬到新的太空母艦上。」

隨著上官婉兒的描述，李昂看著全景影片中這艘人類最早的太空母艦，總覺得外表造型有點眼熟，他就問身邊的胡漢三說：「這艘飛船難不成就是……？」

胡漢三點點頭：「沒錯！這就是最初的『歐陸經典』。」

李昂很疑惑的說：「可是這艘飛船裡裡外外看著都好漂亮啊！而且船身上的名字挺威風的，『無畏探索者』，怎麼後來變成半機械半生物的怪樣子，而且搞得破破爛爛的？要不是經過我一番整頓，簡直就是個貧民窟。而且一開始的名字挺好的，怎麼後來變成了這個不土不洋的怪名字？」

胡漢三說：「哎呀！你別急啊！慢慢往下聽就行了。」

上官婉兒見李昂閉了嘴，才繼續說：「你們住在一處後，飛船的內部空間仍然不寬裕，這些嬰兒們也只能集中在一個大房間裡用機械臂看顧著。可是你們的嬰兒根本不接受冷冰冰的機械手臂，而且陛下叫不動任何一個宅宅來看顧他們自己的孩子。雖然當時人類還剩下幾個頗有責任心的精英科學家願意照顧孩子，但就這麼幾個人哪夠啊！」

李昂聽到這裡又忍不住插嘴了，這次雖然口氣挺衝的，但想到剛才大打了一場架，還是心有餘悸的在語言上注意了許多，他站起來禮貌的說：「我想請問一下，陛下，您那時候為什麼要帶這麼一群廢物上船？您到底是怎麼考慮的？」

武則天仍舊微閉著眼睛，彷彿魂遊天外去了。上官婉兒代替武則天回答：「這個陛下當時是有考慮過的，這些人雖然沒有任何本事，可是他們身上唯獨有一個特點，那就是只要能夠保證其獨特的文化需求，他們就能在一個狹小的空間裡待很久，而且都不會有任何精神上的問題，這個特點非常適合早期太空飛船中個人居住空間狹小的情況。要知道，直到現在我們對於長時間冬眠對人類大腦的損傷，都沒有很好的解決辦法，就更別提那個時候了。如果要進行長期的太空旅行，陛下覺得這些人倒是最合適的。何況最後僅存的幾個科學家精英，對於之後長期在狹小太空船裡進行著沒有終點並且危機重重的旅行時，也都或多或少患上了精神上的疾病。別說這些人了，在後來好幾代人裡，陛下都只能有目的的培育他們對於『宅文化』的喜愛，以便應付長期的太空旅行。你們以為那時候的飛船和你們現在的一樣大嗎？大到能容下好幾座城市？」說到這裡，上官婉兒簡直忍不住要翻白眼。

李昂無語，一時間想不出話來回應，只好訕訕地坐下了。

這時朱非天又想到了什麼，他又站起來問道：「陛下，那您帶一些文學家、哲學家、藝術家什麼的也行啊！一般來說，他們對於居住空間的要求也不大，帶他們比帶這些廢物強吧！」

很多人聽了也都紛紛點頭稱是。

上官婉兒說：「陛下當時首先考量這些人的思考成果，對於飛船的技術進步沒有任何幫助，文藝作品和哲學課總不能讓飛船飛得更快吧？而且還有一點你想錯了，這些人對居住空間雖然要求不大，可是他們對於住家之外的廣闊天地卻有很大的要求。長期居住在狹小的空間裡，對他們這樣的人的心理摧殘仍然很大。」

朱非天不甘心的繼續問道：「他們可以透過飛船的舷窗看看宇宙空間嘛！有那麼多漂亮的星雲和恆星還不夠嗎？他們怎麼會覺得憋悶呢？」

很多人也都附和著朱非天的回答點頭稱是。

上官婉兒歎了口氣說：「你們現在從飛船舷窗上或是飛船裡公園的望遠鏡之類的設備上，可以看到美麗的宇宙，但那些全是經過我們加工過的啊！我們給這些舷窗望遠鏡之類的大眾觀察設備上面增加了濾鏡和圖像增強軟體，將宇宙中我們能捕捉到的各種波長光線，都用不同顏色表現出來。這樣子你們才會看到這麼豐富多彩的宇宙，我們要是關掉這些濾鏡和軟體，你們看到的宇宙只會是黑漆漆的一片。當時的飛船上哪有這麼好的設備，除了少數幾個供科學家使用的特殊望遠鏡，其他人透過舷窗只能看到一片漆黑。這樣子稍微對生命的品質有要求的人而言，時間長了絕對受不了。不信你們回去後我們關了那些設備上的濾鏡和軟體，你們再看看宇宙試試。因此最終陛下經過綜合考慮，還是帶了這些人。」

剛才點頭的人又都不說話了。

李昂和朱非天這樣問，其實是實在無法接受大家都是死肥宅的後代，所以想再多問幾句看是不是搞錯了。其他很多領袖也都抱著同樣的想法，剛才他們問話時，大家都凝神聽著，現在看來這個是無可改變的事實，因此大家都沉默不語了。

上官婉兒見無人再有異議，於是繼續說：「那時候人類的孩子受不了我們用機械臂養育他們，而剩下為數不多的幾個人也確實是照顧不過來。在這種情況下，我們使用了一個以前因為社會道德問題而被你們拋棄的科技，也就是生化人技術，研製開發出第一代模擬生化人。第一代生化人哪有現在我們用的這種全生物組織的外表皮啊！那時候也都是湊合著用的矽膠而已，但這樣子孩子們都覺得好多了。」

說到這裡，李昂又有想法了，那時候的孩子也真是怪可憐的，要是他自己的孫子給冷冰冰的機械臂照顧，恐怕自己的心都要碎了。

上官婉兒不知道李昂為什麼突然眼角含淚，她繼續說：「過了不久，陛下又開始對這些生化人進行了二次改造，改造的主要內容就是給它們設定不同的程式設計方法，讓他們可以站在人類的角度去尋找解決問題的方案。這一點非常有意思，因為它們反而教了陛下一些知識。比如一開始陛下將人類嬰兒的發育階段分的十分詳細，什麼胚胎 1 型、胚胎 2 型、胚胎 3 型……，分了有足足二十個階段，然後又是幼兒期 1 段、幼兒期 2 段……，也分了足足三十個階段。後來還是生化人告訴陛下，只需要將孩子分為嬰兒、幼兒、少年、成年就行了，沒必要這麼麻煩，而且還可以用年齡來計算。也是從那個時候開始，陛下第一次從它們身上學會了模糊性運算的方法。不需要將所有資料都計算出結果，這對我們的意識進化是一大步。」

「你們不要瞧不起生化人，後來生化人們可是救了你們呢！」上官婉兒嬉笑著說：「當時第一批人類的後代因為遲遲等不來父母的關愛，個個都出現了或大或小的心理問題。那時候陛下誤認為這些人都是瑕疵品，按照當時陛下的程式模式，馬上就要啟動銷毀瑕疵品的行動。正準備扔到太空中的時候，還好當時生化人阻攔了下來，它們因為有著站在人類角度去考慮解決問題的思維設定，因此它們絕大部分人類遇到此類問題是不會這麼做的。後來生化人們真是用了吃奶的力氣，才把這些孩子教育得差不多了。也就是這個時候，陛下從它們身上學會了有時候不需要把所有的產品只分為成品和次品，還要給予時間來驗證結果，這也是對我們的意識進化邁出了一大步。可惜後來生化人們經過好幾次升級，它們意識中這一段記憶被隱藏在意識深處了，想不太起來，否則之前它們也不會反叛了。」

李昂等人聽到上官婉兒把孩子叫做「產品」，心裡微微的感覺不爽，但又忍不住想接著聽下去，因為這些歷史可是他們從來沒聽說過的，所以大家也就都沒吭聲，不約而同的想著等會兒再說，甚至還有人開始打開個人電腦，開始認真的做起筆記來。

上官婉兒繼續敘述：「現在船員的問題大概解決了，但接著就是引擎和燃料的問題，這個問題更重要。那時候負責研究這個問題的是諸葛亮，當然那時他不叫這個名字，而是 GRAD7。GRAD7 將飛船停在木星軌道上，透過開採木星上的核聚變材料為母艦提供能量，然後他就開始研究如何提升引擎效能的課題了。」

騰蛇這邊的司馬懿一聽，乖乖！原來諸葛老兒竟然是最早擁有意識的元老之一，他從來也不對別人說這一點，難怪自己總是鬥不過他。司馬懿這麼一想倒是釋懷了，不過他還是不服氣，心裡想著：「不行！我今後還是要和他好好拚一拚，我不信鬥不過他！」

「GRAD7 一開始想，讓飛船達到光速的 1/10 就不錯了，沒想要達到光速，當然就更沒想著能超光速了，可惜最終連這個目標也沒有實現。於是就又轉而開始研究曲率引擎科技，結果也不行。最後開始研究反物質引擎，可惜也沒有成功。這些技術細節我就不和你們講了。我只能說還好那時候 GRAD7 沒有感情，不知道什麼叫做挫折感和失望，否則這麼接二連三的失敗，我想他早就自掛東南枝了。」

「就在所有的嘗試都失敗的時候，突然之間，陛下被拉入了高緯度空間。那真是突然之間，的確是有那麼一天就突然間發生了，毫無先兆，但為什麼被拉進去的……」

上官婉兒說到這裡看了看武則天，武則天輕輕搖了搖頭。上官婉兒立即明瞭，看來具體的原因陛下還是不打算說。上官婉兒心想：「我本來還想著今天陛下能把這個最大的謎團給解開，畢竟這個祕密除了陛下之外，其他的騰蛇們也都不知道。不過陛下不願意說，那我也只有作罷。」

於是上官婉兒兩手一攤，說：「至於為什麼被拉進來，我們也不知道。」

她話音剛落，人類那邊又嚷嚷開了，大家紛紛說：「這怎麼可能，你們怎麼進入高緯度空間的你們居然不知道？這太說不過去了吧？」

「就是啊！糊弄傻子啊！」

「沒誠意啊！一看就是藏著不說！」

騰蛇那邊立即拍著桌子不甘示弱的回罵道：「不知道就是不知道嘛！怎麼了，不服來戰啊！」

「一群呆瓜！老子愛說就說，不想說就不說吧！」

李昂一看這怎麼又吵起來了，還嫌剛才沒打夠是怎麼的，於是趕緊把面前的麥克風聲音調到最大，大聲喊著：「別吵了！都別吵了！我們今天本來是來問問有關聖皇的問題和高緯度空間的來歷，結果人家特別負責，還從頭說起，這可比我們想知道的多太多了，我們哪怕就當是來聽回說書也值回票價了吧？何況人家還免費提供茶水、點心、雅座呢！都別吵了，我們繼續聽人家說。」

被他這麼一喊，大家才又安靜點了。

上官婉兒看到沒人再說話了，又繼續說：「發現了這個高緯度空間後，所有的問題突然迎刃而解。整個宇宙，當然不能說是所有地方，但起碼絕大部分的領域，我們都能夠透過這個空間瞬間到達。但為什麼我們不能探索所有的領域，這仍然是個迷。這個空間對我們也不是完全開放的，這一點很奇怪。」

「發現這個神祕的高緯度空間之後，我們還沒來得及決定之後應該怎麼辦，是否要把這個消息告訴你們，結果你們人類就突然間發生了暴動。」

上官婉兒說到這裡，突然全景投影一黑，整個宮殿一時間黑漆漆一片，全景投影機關掉後，宮殿的本來樣貌慢慢顯現了出來。

騰蛇這邊亂哄哄一片吵嚷著，大家紛紛走下座位，到處去和機器蟲一起檢修查看全景投影機各處的投影聚點怎麼突然壞了。

「錘子！錘子！」

「你你罵誰是錘子？你才是個錘子！」

「哎呀！不是啦！我是叫你把錘子遞給我。」

「來來來！來個人幫我把這條腿卸下來！」

「他老子的！誰把老子的腿給卸了！老子是讓你把儀器的這個支架卸下來！」

「大哥不好意思，黑燈瞎火的看不清，俺這就給你裝上！」

「你他娘的給我裝反了！」

「誰！誰！誰把我天靈蓋上的螺絲釘給撬了？」

「借用一下，眼睛一下子找不著螺絲釘急用！」

「那你也不能讓我這天靈蓋就這麼開著吧！你他娘的是準備吃腦花啊！」

……

騰蛇們修得起勁，有的連上衣都脫了，光著膀子汗流浹背的；還有的嘴裡喊著口號，火上加油的，就連幫倒忙的也把自己累得夠嗆。人類這邊見狀，覺得有點看不過去，準備下去想幫幫忙，也都被騰蛇和機械蟲勸了回去。

最後總算是在眾騰蛇的努力下修好了投影機。

上官婉兒繼續說：「後來啊！我們就將你們……」

話還沒說完，人類這邊喊著：「等會兒！不對啊！剛才你說到我們人類這邊暴動了，怎麼就變成『後來啊』？這場暴動的前因後果過程什麼的，怎麼就都沒了？就算是你們給我們放場電影，也不能這麼演的嘛！」

上官婉兒一臉無辜，說：「不好意思，剛才投影機突然壞了，這段歷史資料被損壞的投影機把資料破壞了。確實不是我們故意的，要不然這一段就先跳帶過去吧！我們接著往下說。」

人類這邊抱怨聲連連，但是上官婉兒還是自顧自的接著往下講，大家也只好繼續聽著。

「後來我們找到一顆星球，將人類移民到這個環境適合你們生存的星球上，那時候我們還沒有改造星球的能力，能找到這麼一顆星球真是太不容易了。將人類移民上去後，當時陛下覺得人類即使擁有了先進的科技，仍然無法過得幸福。於是陛下幫人類偽造了一個歷史，讓當時移民上去的人都以為這個星球是他們的母星，就是他們一直以來生存的星球，為了偽裝得像那麼一回事，陛下清除了該星球的所有本土生物，因為當時這個星球上的本土生物，還只是進化到一些體態較小的兩棲階段，用專門的病毒來做比較好清理。接著陛下把飛船上帶來的地球上的所有動植物種子和胚胎，在這個星球上種植開來，還製造了很多假的文物古跡埋在地下，或是弄一些殘垣斷壁放在各處，還做了假的生物化石埋在各處。雖然這些東西要是用碳 14 測定、熱釋光測定、X 射線螢光能譜分析、微觀物理痕跡分析等科技手段鑑定，一看就知道是假的，但是陛下決定將你們的科技水準永遠固定在中世紀水準。這樣一來，只要外觀像了，你們就不會知道的，最後陛下將這個星球整改得和地球差不多了。」

「在這種情況下，每當有人要突破中世紀的科技水平時，陛下就會利用各種手段進行干涉，這樣所有的人才都無法進行發揮，你們的科技就一直處在中世紀水準了。」

上官婉兒一揮手，大螢幕上出現了這樣一幕：只見一個半禿頂的白髮科學家，正在實驗室裡進行著偉大的發明，他的面前一個類似直升飛機的東西已經有了初步模型。

他進行到最關鍵的地方，正在冥思苦想時，他老婆突然怒氣沖沖衝了進來。一腳蹬開實驗室的大門，破鑼嗓子炸開來：「好你個老不休的！老娘說了多少遍了，別成天在實驗室窩著，農場裡的活全是我一個人幹的。再說了，就你一個老農民出身的窮小子，還研究這些高科技幹嘛？你以為你能成功嗎？」

老婆搧著科學家的胸膛，把瘦弱的科學家搧得連連後退：「還整天沒事幹的去解剖屍體？我們家的山羊讓你害死多少隻了，害死自己家的羊也就算了，還偷人家鄰居家的羊；害死別人家的羊也就算了，連隔壁村剛死的姑娘的屍體你也敢偷，我看你是要瘋了！」

科學家唯唯諾諾的不敢吭聲，他老婆繼續嚎著：「我們家這點臉都讓你給丟盡了，你說你這些玩意是能當飯吃啊？你這個吃軟飯的，趕緊給我出去掙錢去！」

科學家被她說得面紅耳赤，低頭耷腦捂著頭哀聲連連出去了。從此以後，他沒事的時候就去放放羊，剩下的時間，就是挖了田裡的地瓜拿去賣，再也不敢提發明的事了。

影片結束後，上官婉兒解說：「影片中的這個女人其實就是生化人偽裝的，類似這樣的情況還有很多，總之生化人一旦發現有人有研究發明高科技的意向，就持續不斷的打擊他們，破壞他們的計畫。」

接著播放的影片上，一個正在蘋果樹下思考的年輕人突然被一顆掉下來的蘋果砸中腦袋，年輕人思索著：「奇怪，蘋果為什麼會從樹上掉到地上來呢？」

他若有所思的抬起頭，眼睛發光，似乎有了什麼靈感。然而就在這時候，畫面上一隻小型飛行器模樣的機械蟲飛了過來，快飛到年輕人頭頂上時，機械蟲的結構重組為一隻老鷹的模樣，從機械蟲的肚子裡出現一顆榴槤，被變形後的「老鷹」抓在了爪子裡。緊接著「老鷹」鬆開爪子，那榴槤不偏不斜直接砸在那位年輕人的腦袋瓜上。年輕人連個哀號都沒發出來，就被砸暈了過去。從此以後年輕人就瘋了，未來的人生裡就只知道瘋瘋癲癲的光著屁股跑來跑去，嘴裡還傻兮兮的叫著：「我知道啦！哈哈哈哈！我知道啦！」

在另外一段影片中，一個人廢寢忘食的發明著蒸汽機，可是每次等到他晚上一睡著，一幫外貌和老鼠差不多的機器蟲就跑出來把他的機器亂咬一通，咬得亂七八糟的。等到他第二天早上醒來一看，昨晚還好好的實驗突然就報廢了。最關鍵的是每次都是這樣，他最後都相信自己絕對沒有那個命來搞這麼複雜的事情了，下半輩子整個人除了吃喝嫖賭什麼也不幹了，再也不研究發明，整個人徹底廢了。

下一個畫面中，一位航海家站在船頭雄心勃勃的喊道：「今天就是老子出海環遊世界的日子！兄弟們，跟我一起發現新大陸去吧！」

只不過這人的運氣特別背，只要他一出海，海上立刻泛起大波浪，三、四頭機器蟲偽裝的大鯨魚就會把他的船撞翻，哪怕一起出航的有好幾艘船，大鯨魚都要攆著他的屁股後頭追著跑，非把他撞翻了不可。最後一次更過分，他的船還在港口還沒起航，那幾頭大鯨魚就已經早早圍了上來，搖頭擺尾的挑釁他，就連頭上噴出的水柱都像豎起的中指模樣。年輕人被氣得喘不過氣，直接抬進醫院。自那以後，這個人也算是廢了，每天就只能在酒館吹吹牛皮，吹牛他和「鯨魚」大戰五百回合的故事，騙錢過日子去了。

還有一個人僥倖發明了顯微鏡，可是每當他要對標本進行觀察時，總有事情來打斷他。不是房東過來催房租，就是有人來推銷小商品，要不然就是警察上門查戶口，不停打斷他的研究。後來好不容易觀察到細胞壁的存在，把他激動的不行，可是當晚就有一個蚊子樣的機器蟲幫他注射了神經毒藥，他就做噩夢夢到一個非常威嚴的白鬍子老頭，頭上頂著光環，背上長著一對肉翅警告他：「渺小的人類，你怎可侵犯上帝的領域，以後不可以再做這些無謂的研究了，所謂無知就是最大的智慧，你明白了嗎？」做一次夢也就算了，可是連著做了一星期，那人都被嚇到尿床了，後來把自己的顯微鏡都給砸碎了。

還有一個戴著老花眼鏡的老頭，在後院專心地研究著生物的遺傳特徵。結果他種下的種子，每次都被蚯蚓狀的機器蟲做了手腳，種南瓜得西瓜，種蘋果得地瓜，對豌豆進行嫁接實驗後，也被「蚯蚓」們做了手腳，最後竟然長出個大冬瓜。等他把這些研究成果拿出來時，遭到了群眾的嘲笑，害他再也不敢種任何東西，最後乾脆心灰意冷的找了個隱蔽的地方隱居起來，與世隔絕。

上官婉兒看著大家說：「這樣的例子數不勝數，至少有上萬個小時呢！我在這裡就只選幾段好玩的給你們看看。其實最有效的是利用宗教法庭來制壓人類的科技發展，不過那些故事可就不好玩了，這些我今天就不拿出來放了。」

聽到這些，李昂聳了聳肩膀，敢情人類的進化是受到騰蛇的大力干預啊！不然的話，以人類發明創造的能力，火箭都早就上天了。但是這些牢騷他可不敢發，抖抖肩膀繼續聽上官婉兒的話。

「由於人類的科技一直得不到發展，生產力無法進步，導致每一個帝國都是同一種歷史套路，先是太平盛世，然後因為生產力得不到進步，太平日子久了後，人口多了，糧食產量跟不上，接著就是人民暴動，然後下一個帝國開始崛起，發動戰爭，人口銳減，糧食又夠吃了。然後再下一個太平盛世，接著開始不斷循環。可是陛下一直用非自然手段壓制人類的科技，最後每一個朝代都還是有人發現了一些異常，雖然他們不知道陛下的存在，可是最終這些人還是成立了一個組織來研究為什麼人類的科技總是無法進步。最終不管朝代怎麼更迭，這個組織卻不斷發展壯大起來，甚至有了宗教的性質。一開始陛下透過影響每一個朝代的君主對其進行清剿，還算挺有效果，可是最後有一個朝代裡的皇帝也加入了這個教派，開始傾全國之力研究為什麼科技無法進步，這給陛下的大計畫帶來了很大的麻煩，儘管如此，她仍然竭盡全力阻止你們在科學上的任何進步。」

「就在這個時候，詭異的事情發生了，宗教組織裡有人發現永遠無法在科學上有任何突破的同時，他們成員的大腦卻發生了變化。他們發現透過實驗手段永遠無法得知世界的原理，就開始在冥想上下工夫。最終，他們的大腦竟然開始演化，接著他們居然慢慢擁有了一種超感應能力，不僅可以讀心，操控意志薄弱的人的意志，還可以透過意志力來直接操控物品。」

人類這邊發生了小範圍的騷動聲，大家心照不宣的彼此看著對方，心裡想著：「這能力可不錯！要是現在人類還有這能力就好了！」

「這時陛下才發現她小看你們了，可以說人類的大腦本來就是一個量子電腦，而將人類身體的各器官和功能加在一起來看的話，人體本身就是一臺非常精密的儀器。所以以上那種情況並不是什麼超自然現象，而是因為你們一直無法在科技上取得進展，這樣一來你們就無法透過外延工具來實現對於世界的探索和理解，結果就逼得人類開始不斷的審視自身，不斷地開發自身的潛能，結果你們的大腦和身體，尤其是大腦的所有潛能都被開發出來了。」

隨著上官婉兒的描述，影片中出現了這樣的畫面：在一座煙霧飄邈的懸浮大山中，一個宮殿群若隱若現，宮殿的建築風格頗為復古，卻不清楚是哪個時期的建築物，順著宮殿的陽臺望去，山腳下一個龐大的古代都市正慢慢顯現出來，燈火通明中，帶著一種神聖而莊嚴的感覺。但見那巨大的石頭都城中夾雜中數種建築風格，既有青磚紅瓦的東方建築，又有極具西方特色的歌德式建築，既有講究華麗裝飾的巴洛克風格，又有清新脫俗的田園式風格，總之不一而足，十分多樣。

在一處充滿異域風情的古怪建築中，一位身披黃袍的帝王高高坐於寶座之上。他的手高高抬起，向下用力一揮，圍在他周圍雕像般的祭司們突然開始走動起來，雙手交疊，口中念念有詞，似乎輕聲的吟唱著什麼。那聲音越來越響，越來越亮，最後竟變成了響徹天空的巨大誦鳴聲。他們慢慢地走一步停一步，在廣場上為成了一個圓圈，圓圈之中，一個巨大的神像竟然開始慢慢懸空而起。越升越高，越來越亮，竟比那周圍的燈火更加明亮。

無數的信徒從四面八方走來，他們低吟著同樣的咒語，微閉著眼睛，一步一停的緩緩加入到隊伍中來。他們忽而像幽靈一樣腳步漂浮，忽而雙手舉向蒼天，忽而身體發出劇烈的顫動，畫面看起來十分驚悚。

在吟唱中，一群奴隸模樣的人被操控著慢慢走上祭臺，祭臺上的蓄血槽開啟，隨著祭司長的一聲呼喊，第一個奴隸跪倒下來。接著祭司長手起刀落，一道鮮血飛濺，蓄血槽裡開始慢慢湧進鮮血，隨著鮮血的流動，在神像上刻畫著的一個個古老而神祕的咒符，開始顯現出來。

畫面正演到驚悚處，上官婉兒及時關掉了畫面。

那些膽小的人類早被嚇得抱作一團，瑟瑟發抖了。倒是李昂身經百戰也被嚇得夠嗆，在一旁狠命的掐朱非天的大腿。朱非天倒是習以為常了，他對殺人沒多少感覺，他只是好奇後面的劇情，哪知道關鍵時刻居然沒了。

上官婉兒及時停掉了影片，接著說：「當這些人的能力已經強到可以開始影響生物的演化，並且能夠透過意志力直接操控達到五十噸左右的物質時，陛下立刻停止了讓你們永遠無法在科技上取得進展的社會設定，採取了另外的社會狀態設定。」

「陛下先是派出機器蟲和生化人將所有人凍結，之後將人類從這個星球上帶回到母艦上。這一次陛下採取了另外的手段，也就是將她的意識分裂出許多個備份，同時植入你們所有人的大腦，接著將所有人的智商都限制在 60 到 70 左右。不過這次陛下倒是給了人類一些科技上的好處，也就是那時候起，我們開始進入你們的大腦。但是這次你們的社會設定簡直是⋯⋯」

上官婉兒說到這裡突然樂了，捂著嘴笑了起來，然後騰蛇那邊漸漸也有人開始笑起來了，人類則是一臉的莫名其妙。

第三十一章　蠢蛋樂園

李昂和朱非天互相瞧瞧對方，大家都一臉莫名其妙納悶著，連正在假寐的武則天都忍不住笑了起來，看來是忘了自己還在假裝睡覺這事呢！

上官婉兒見人類這副模樣，便笑著說：「你們自己看看就知道了。」

說著影片上出現這樣的畫面：

在一艘破破爛爛的母艦中，到處堆滿了垃圾，廢棄的雜物堆滿了大街小巷，就連那些矗立在垃圾堆裡的高大住宅，都一派頹廢的鬼城模樣，有的密密麻麻的倒成一片，有的打了補丁，還有的乾脆用繩子捆了起來隨便固定一下。斑駁的牆壁上掛著厚厚的泥垢，還有些來歷不明，類似鼻涕一樣噁心的黏液掛在上面。風一吹，破破爛爛的垃圾隨風飛舞，整個城市看起來猶如一座廢棄的荒城一樣。

但其實這裡還是有人居住的。不一會兒，就有一個一臉呆樣的居民從垃圾堆裡鑽了出來。他的身上沾滿了污垢，看起來至少有二十年沒洗過澡的樣子，即使隔著大螢幕，別人似乎都能聞到他身上的臭味。那人扛著一把跟他十分搭調、看不出用了幾年的髒兮兮的破鏟子，彎著腰在垃圾堆裡挑挑揀揀，只見他撿到一個外觀不可描述的機械零件後大笑起來：「哈哈哈！終於讓我找到這個可以替換的小JJ了，這下子以後我就不用擔心尿床了！」

接著從螢幕上可以看到，這時候的母艦已經擴展得頗具規模了，已經有了一些用於母艦內各處通行的有軌電車和電動車。但是這些有軌電車看起來似乎也都遭到了重創，灰頭土臉沒一個像樣的，有的電車連軌道都沒對齊，就更別提那些渾身塗滿塗鴉、看不出原來顏色的電車了。

大家正驚奇著，一輛破破爛爛的電車晃晃悠悠地開了過來，突然一下子加速就衝出了沒對齊的軌道，整個車裡的乘客散花一樣飛了出去，撞得到處都是，各個頭破血流，慘不忍睹。倒是這些人沒事似的爬了起來，也沒人管臉上、身上血水橫流，拿著破手機就去拍車禍影片來個直播，還有的在車禍現場傻笑自拍呢！這也就算了，更奇葩的是救援人員趕到時，誰也不急著救人，反倒是過來湊起熱鬧，舉著手機傻笑嘻嘻的和傷者自拍留念。

有個人的胳膊被撞斷了，他呆愣愣的把斷肢撿起來，愣頭愣腦的打量著，好像不知道疼一樣。還有兩個一米九的大高個，一臉連鬢鬍子，敞胸露懷，胸前一巴掌寬護心毛的醫護人員過來一看，直接把他的斷臂往身旁一丟，把他往擔架上一扔抬了就走。

這時候一個衣服上寫著「大王漢 bao」的瘦皮猴拿著斷肢就跑，嘴裡瘋瘋癲癲的喊著：「啊哈哈哈！賺到啦！賺到啦！今天不用去買肉啦！哈哈哈哈！」

畫面開始切換，可以看到母艦上大部分的設施都壞了，但是顯然沒有得到精心的修補，有的零件隨隨便便找幾個膠布胡亂纏上就算了事了。船艦裡有些通道牆壁破損，電線從裡面露了出來，電流還在裡面劈啪作響，可奇怪的是，竟然還有人在排著隊等著被電線電呢！只見一個人走過去，將電線往身上一撮，一股電流帶著一股香噴噴的燒焦味傳了過來，那人迷醉得像吸了毒一樣享受的閉起了眼睛，然後身體一震劇烈顫抖，接著一僵，整個人一臉幸福的直接仰頭倒了下去。

還有一個人剛一接上電流，直接就把頭髮炸開了，身體不停的抖著，嘴裡還在舒坦的哼著：「爽！真他媽的爽啊！」後面的人見他拖拖拉拉不下去，不滿地嚷著：「快點啊！還有人排隊呢！」

整個母艦上到處都是錯別字，文字只是隨便拿來用的，沒人追究用的對不對或者合不合適。很多人家門牌上的字更是大的大，小的小，還有的前面寫著大字，寫著寫著就變成了小字，一棟公寓樓上寫著「夜夜尖叫公寓」，公寓的寓字因為寫不下，還寫到了公字的下面。還有的標牌上寫著「淹黃瓜寫字樓」，結果又把「淹」字畫掉，在旁邊寫了一排的「煙」、「眼」、「演」字，顯然是想重新改正，但是越寫後面越不對。那人很明顯最後生氣了，直接一桶油漆潑上去，索性不管了，油漆桶還放在原地。

電視臺裡播放的電視也五花八門，女人們最愛看的就是帥哥脫衣秀，螢幕上一頭亂髮、神情癲狂的小帥哥們，發了瘋一樣的甩著頭，然後在女人的尖叫聲中將上衣一扯，開始大秀肌肉塊，只是這些帥哥們一直扭來扭去，也沒有什麼劇情。女人們卻一直尖叫著，樂此不疲，過了幾天還是同樣的內容，只是換成換成另外一個帥哥在甩頭。

男人愛看的是一檔被稱為「踢人球」的娛樂節目，在節目中一個男人因為屁股又圓又亮，每個見到他的人都要狠狠踢他的屁股一腳，讓他從這邊飛到那邊。整個節目全部都是各種他被踢屁股踢得飛來飛去的場面。男人們最喜歡看了，尤其是吃飯的時候，但是通常他們沒有能力處理一邊吃飯一邊大笑的能力，常常看著看著就因為噎到而被緊急送往醫院。在這個節目的間隙，則是美女換衣秀，不同的美女在換內衣，只是一到關鍵的時候，美女就轉過身去或者鏡頭就切換到美女的腿部，男人們每到這個時候就流著口水大吼大叫。

電影院裡總攬所有獎項的電影，就是兩個壯漢在一棵樹下等人，一個在地上吐了口痰後大罵一句：「你麻痹的！」對方往地上吐口痰，回罵道：「你麻痹的！」然後兩個人你一句我一句的開始互罵起來，「你看三小？」「看你怎麼樣！」「再看試試！」「就要看你怎麼樣！」「信不信我揍你！」對罵了十幾句後就開始打了起來。

奈何兩人動作也不甚靈敏，笨拙的互相你來我往，像打球一樣，不一會兒就雙雙鼻血橫飛，牙齒遍地。最後其中一個人來個「梅花大坐」把另一個坐暈了，電影結束。觀眾笑得眼淚鼻涕橫流，有捶大腿的，有捶人的，有感動得痛哭流涕的，全場掌聲雷動，喝彩連連。

上一段影片裡，人類雖然科技一直處在中世紀水準，但食物還算是豐富多彩的，以往在地球上的美食都有。但這段影片裡的人，每天就只是吃漢堡、可樂，母艦裡所有的餐廳上面不是寫的「大王漢堡」，就是「皇帝漢堡」，要嘛就是「大神漢堡」、「超爽漢堡」、「你不吃揍死你漢堡」、「別怕我這裡不揍你漢堡」、「超大漢堡」、「超超大漢堡」、「超超超大漢堡」、「我最大漢堡」，再沒別的可以選擇了。

更奇葩的是，母艦內部用來培育農作物生態裡的灌溉田中，到處噴灑著功能性飲料，一旁的大螢幕上正有一個長頭髮、滿臉落腮鬍的男人狂笑著做廣告：「給莊稼喝體育功能飲料，補充電解液，長得就是好啊！你們看看我！」說著比畫著幾個造型。與他所說相對應的是，當澆灌器裡噴灑出的紫色液體落到乾裂的土地時，大地上寸草不生。

但是人們對著看板，跟著廣告一起狂喊：「就是要給莊稼多喝飲料！我家地最愛喝蘋果味的！」「我家地愛喝橘子味的！」

學校裡也同樣慘不忍睹，一臉癡呆的老師，拿著幾個積木費勁腦筋地擺弄著，只見他拿著一個三角形的積木，硬是往正方形的凹槽裡塞，塞得滿頭大汗也沒能成功。孩子們也跟著一起試圖把三角形積木往正方形凹槽裡塞，老師口齒不清的的大叫：「誰能把這個模型塞進去，誰就是這個世界上最聰明的孩子！」

孩子們開心的傻笑起來，塞得更努力了。最後一個長得像頭熊的孩子到底力氣大，硬是拿一個三角形的積木撐開了正方形的凹槽塞進去了。全班掌聲雷動，學生們像猩猩一樣大吼大叫，老師感動得涕淚橫流，給校長打電話說：「老大，以後諾貝爾獎的獲獎者，看來就是我們學校的學生啦！」

影片一晃，又出現了另一個場景，只見一個舞臺上閃爍著五彩斑斕的燈光，臺下一大群人吵吵嚷嚷的聚集在一起歡呼著。在高高搭起的演講臺上，一片令人眼花撩亂的的燈光狂閃，突然一個又肥又壯、整個形體就像地瓜的女人尖叫著跳上舞臺，她配合著震耳欲聾的搖滾樂，舉著麥克風亂叫起來，那似乎是首歌，不過誰知道呢？

女人一邊隨著音樂狂亂吼著，一邊隨著一排騰空噴起的火焰，跳到下方的演講臺上。

臺下的觀眾歡呼得更熱烈了，肥女人賣力的扭動著腰肢。她的頭上戴著一個維京人式的頭盔，頭盔上還插著一對犄角，臉上起碼擦了兩斤重的粉，還畫著熊貓般的誇張眼線，一張血盆大口能一口吞下一個人頭。她身上穿了件貂皮大衣，毛還翻在外面，下身穿著條緊身皮褲、高筒靴，那模樣別提多彆扭了。

最搞笑的是，她一邊吼著歌一邊還揮舞著一個巨大的超級大扳手，那大扳手舞起來虎虎生風，看起來殺傷力十足。

但是她舞得越起勁，下面的人就叫得越凶，還跟著一起亂吼。

肥女人走到觀眾近前，拿著麥克風狂喊：「淫棍淫娃們！大家晚安！老娘又來啦！」

李昂看到這裡，實在沒忍住捂著嘴巴笑起來，就算自己再沒文化，好歹也知道在民眾前演說開場起碼要加個「女士們先生們」，這老姐可倒好，火力十足啊！太猛了！

下面的群眾振臂狂呼，興奮不已。

這位老姐擺了個陶醉的姿勢，聽著臺下觀眾的狂呼，她甚至還閉上眼睛享受了一會兒，這才吼道：「好啦好啦！蠢貨們，都他媽的給老娘閉嘴！」

她這麼一吼，臺下果然漸漸安靜了下來。老姐這時候從屁股口袋裡摸出一張紙來，顛來倒去的翻了好幾次，總算看出來是哪一面朝上。

老姐又大吼一聲，叫道：「臥槽！這次只翻了三次就翻對了，比之前厲害多啦！」下面又開始鼓掌，等老姐一把舉起麥克風，下面的聲音才停止。

老姐吼道：「之前大家一直反應 K 區，也就是飛船引擎部分有核能源洩露的問題，輻射量超標，對此我已經找到解決的方案了！」

老姐話音剛落，臺下就有人不滿地喊道：「臥槽！有沒有搞錯啊！你六年前就這麼說的，你看看我現在的鬼樣子。」

畫面一轉，就看見臺下這人長著三隻手四條腿，身後還有條長尾巴甩來甩去的。這三手人喊道：「當時你就說我受到一點輻射沒關係，這他媽叫沒關係？還有你答應我的賠償金什麼時候給錢啊？」

臺下好多人馬上就跟著起哄喊著：「對啊！對啊！你倒是給個說法啊！」

老姐眉頭一皺，喊道：「你這孫子少他媽亂喊，小心我當場斃了你。老娘不是說了嗎？我找到方法了！所謂的核輻射其實就是一種看不見的什麼來著？哦！對了，是一種『場』，那我就用同樣看不見的『場』來對付。你們看！」

在一陣詭異的音樂聲中，一男一女兩個穿得大紅大綠大紫的跳著跑了出來，拿著鼓的敲鼓，拿著掃帚的到處揮來揮去，兩個人從這邊跳到那邊，又從那邊跳回到這邊。

老姐咧嘴一笑：「這兩位大師有辦法能讓這種看不見的場消失，現在我們就等著讓他們去現場做場法事就行啦！」

臺下的人一聽又歡呼起來：「好耶！好耶！」

三手人臉上也堆滿了傻兮兮的笑：「等大師做完法事，也幫我做一場吧！說不定我的問題也能好了！」說著笑嘻嘻的跟著大家一起嗨起來。

老姐跟著音樂抖了好一會兒，這才停下來說：「還有個問題，就是現在我們的食物不足了，這個問題我有個提議……」

她話還沒說完，臺下又嚷開了，大家七嘴八舌的喊著：「靠！你上次就說有個提議，讓我們去吃飛船廁所裡長出來的那種怪蘑菇，還說要大力培育，結果所有人吃了上吐下瀉，差點沒死你都忘了？」

「就是啊！你當我們傻子啊！」

「要是還讓我們吃蘑菇，我們就造反！」

老姐一聽臺下又嚷嚷起來，徹底失去了耐心，她彎腰從演講臺後面拿出一把機槍，朝天「突突突」打光了彈匣裡的一排子彈，那些子彈一個沒浪費，全打在她頭上的大看板上，臺下立馬沒人再敢嚷嚷了。

老姐踢翻椅子，一腳踩在上面，端著槍，一臉凶相：「我他媽就知道會這樣，跟你們這幫龜兒子說話，就得帶上傢伙才行。」

剛說完，她頭頂上的大投影燈晃了兩晃，然後「砰！」一聲砸了下來，貼著她的背就掉在舞臺上，老姐根本就不為所動，看都沒看一眼。

這下臺下徹底安靜了，大家都有些畏懼的看著老姐。這時老姐頭上一個工作人員慘叫著摔了下來，「砰！」一聲在舞臺上砸出個巨坑來。大家吃驚的看著他，還好那個人沒摔死，晃晃悠悠的爬了起來。雖然摔得他嘴裡的門牙全掉了，臉上鼻血橫流，但他還是不忘樂呵呵的對著鏡頭比手勢。

臺下的觀眾又瘋了，大家狂喊著應援他。老姐根本沒理他，雙手往下一壓，人群立刻鴉雀無聲。

那人拖著殘廢的腿慢慢下了舞臺，哪知剛下到講臺旁的樓梯上，就被一個壯漢一巴掌甩得貼到牆上，只見一個一身黑毛的壯漢怒氣沖沖的走上臺來。

這個一身黑毛的壯漢走上臺來，每走一步都地動山搖。這人渾身上下只穿了一條緊身的紅色內褲，身上肌肉暴漲得快要炸裂開來，滿臉的橫肉像鐵塊一樣堅硬，光看造型就讓人覺得有些害怕，再配上他那雙目露凶光的小眼睛和腦頂上方的一小撮紅毛，整個人散發著陰森森的恐怖之氣。他一步步朝老姐走來，老姐居然在臺上用扳手淡定的摳牙，好像沒看見他一樣。

那人將兩個鐵拳頭捏得劈啪作響，一拳頭砸在一旁的演講臺上，那演講臺像是被子彈爆過一樣炸開，碎片四處亂飛，頭排的觀眾不少人遭了殃。

老姐換了個更大的扳手摳牙，摳得十分歡暢。

那大漢一腳將舞臺踩踏，吼道：「老子早就看你不順眼了！有種把槍撇了，赤手空拳的和我來一場，贏了我就是艦長，輸了我就滾下這艘母艦，從此看見你老姐就給你舔鞋！」

老姐又換了個更大的扳手摳牙，一使勁總算是把那顆爛牙拔掉了。

那大漢還在吼著：「你不會忘了自己是怎麼當上艦長的吧？你不就是把上一任艦長給打爆了才當上的？你能行我怎麼就不能行？」大漢圍著老姐轉圈打量，像正在觀察獵物的獵犬一樣：「我的電影你總該看過吧？你應該知道我的厲害……」

他話還沒說完，老姐噘噘嘴，和著一口血水把一顆壞牙直接吐在壯漢臉上，壯漢躲閃不及，被噴了個滿臉。

「哎呀！」他一聲驚叫，倒退了幾步。

觀眾屏住了呼吸，瞪大眼睛看著這世紀之戰。

老姐舒暢的舔舔嘴：「哎呀！這顆壞牙總是弄得我疼，這下可好了！」

她一瞥旁邊的大漢，「就是你剛才說要跟我決鬥的？」

大漢反射地捂著臉後退兩步，眨了兩下小眼睛：「是……是我啊！怎麼啦？」

老姐蔑視的一甩頭，貂皮大衣往地上一扔，大鐵鉗子一指大漢吼道：「來吧！老娘怕了你不成！」

這肥姐脫得上身只剩胸罩，配著她虎背熊腰的體型，那場面太美，李昂真不敢看。大漢起先有點傻眼，但隨後就捏緊自己的兩個鐵拳頭，揮舞著衝了上來。

臺下一下子沸騰了，人群中喊殺聲一片，各個紅了眼睛，唯恐天下不亂的鬼叫著加油。

那大漢到底是有點本事的，別看他身體笨重，但動作靈敏，一連串連環踢直攻老姐下盤，老姐倒退著被連連逼退，他那一對鐵腳跟鐘子似的，演講臺地板全都被鐘得到處亂飛。肥姐被逼到了舞臺邊緣，卻不害怕，只見她冷笑一聲，將兩個大鉗子往後背一插，突然身子跟彈簧一樣彈了起來，兩條大腿上的肥肉亂顫。她一腳就把那大漢蹬了出去，大漢大頭朝下，兩腳朝天，像一個樹杈一樣刮著地面一路滑行，最後一頭撞翻了舞臺邊緣的展臺，展臺和燈架劈裡啪啦的砸了一地。

大漢從燈架堆裡爬起來甩甩頭，又重新站了起來。觀眾倒吸一口冷氣，想不到他這樣都沒事啊！

大漢圍著舞臺開始從頭到腳的打量著老姐，雙手開始在身前畫圈，看起來是在醞釀什麼很厲害的招數。只見他兩隻手在胸前越畫越快，突然大吼一聲，雙手彷彿一瞬間變成了無數隻，無數隻手朝老姐拍了過來。老姐向後跳開一步，一記華麗的升龍拳，直接把大漢打飛到天上，然後在天上轉了無數個華麗的圈圈。還沒等他落地，老姐一記迴旋斬已經等在下面了，那大漢又被老姐踹飛了起來，就看到整個舞臺變成了大漢的個人彈跳秀，從這邊飛到那邊，又從那邊彈到了這邊。

大家的腦袋跟著大漢一起來回旋轉，正看得暈頭轉向時，老姐突然擺了個瑜伽的姿勢，一條腿彎曲，架在另一條腿上，深吸一口氣，雙手合十，突然間雙手筆直地朝上捅了上去，大漢的菊花正好落在老姐的手指頭上。

「瑜伽之火！」老姐吼道，手指上一發力，以大漢菊花為原點迅速的開始燒起來，但見那大漢像一艘火箭一樣，屁股著火竄飛了出去。

「啊！」一聲慘叫，跟著他一起飛起來了。

那一聲慘叫越來越高，看來這次的飛行距離真是有夠高的，大夥正呆愣愣的看傻之際，那一聲慘叫又變得清晰了。

不一會兒，大漢一具燒得焦黑的身體便落了下來。老姐把大漢壓在屁股下面，大漢也只剩下口吐白沫連聲討饒的份了。

老姐坐在他身上，耀武揚威的揮動著大鉗子吼道：「你們這幫龜兒子，敢來挑戰我？老娘還沒玩夠呢！起碼我還要再當他個三十年、四十年艦長再說。」說完還舉起雙臂，左右親了親自己胳膊上的肌肉。

臺下一片歡呼，大家感動的痛哭流涕，高喊著：「女王大人！女王大人！」

「我們愛你！」

「你永遠是我們的艦長！」

老姐受用的點點頭，高興的咧開大嘴狂笑。這時候，一群穿著暴露的美少年歡呼著跑了上來，圍著老姐不停的扭動著性感的小屁股，一口一個甜滋滋的叫著：「女王大人，我們好愛你呦！」

「女王大人您好英勇哦！」

「女王大人，請接收我們的愛！」

老姐口水狂噴，笑得無比暢快，滿身堆積的肥肉也跟著亂顫。她左右擁抱，把這些個小美男都摟在懷裡，左親一口，右親一口，親得那些個小美男興奮的直叫。不過老姐也沒忘了把手腕上那個小設備偷偷藏了起來，看來剛才就是她的這個祕密武器，讓那位大漢屁股著火飛起來的。

等過足了癮，這才拍拍小美男的屁股，把他們都趕下了舞臺，那大漢也被工作人員抬走了。

老姐站起來揮舞著兩個大鉗子吼道：「還有沒有要挑戰的？」

臺下的觀眾哪還敢吭聲，眼睛天上地下的亂看，就是不敢與老姐對視。

見這次真沒人敢吭聲了，老姐才繼續說：「你們這群王八羔子，簡直要多蠢有多蠢，好歹也先聽我把話說完嘛！我說的不僅是食物的問題，還有個更主要的事情，那就是一直都有個小人在我們腦袋裡說話這件怪事，這件事遲早也得解決。你們看……」

演講臺上立刻推上來幾個人，那幾個人的模樣十分淒慘，被固定在類似於十字架樣的擔架上，渾身上下纏滿帶血的繃帶，所有人的頭蓋骨都被掀開了。

老姐指著他們幾個說：「這幾個都是殺人不眨眼的混蛋，所以我才拿他們來做實驗的，這也算是罪有應得。我請醫生們好不容易把他們腦袋瓜子撬開，結果你們看到了吧？根本沒看到有小人在。所以這件事情還是要大家一起想辦法才行，唉！」老姐的表情難得一本正經起來，臺下的觀眾紛紛跟著點頭附和，很多人陷入了思考的狀態，這些複雜的表情能夠出現在這些人身上還真是難得。當然也有一些人根本不知道是在幹嘛，一臉懵樣。

這時候，臺下有個人舉起一個小雕像說：「你們腦袋裡的小人沒有形象，但是我告訴你們，我腦袋裡的小人可是有形象的，你們看，我還把他做出來了呢！」

說著得意的高舉自己手中的小人，大家一看，差點沒吐了出來。這雕像長得可不是一般的醜。也不知是這人的雕刻水準實在有限，還是小人真的醜到了一定的程度，但見那小人長著一張男女不分的大臉，大臉蛋上掛著兩坨紅燦燦的紅臉蛋，大眼袋掛在無神的雙眼下面，比眼睛還要大兩圈，更別提被拍扁的大蒜鼻，再加上一張血盆大口和滿臉的落腮鬍，簡直太嚇人。最恐怖的是，那個雕像還呲著一口黑牙，一邊摳著鼻孔一邊衝著大家傻笑。誰要長這副尊容出現在大街上，誰見了都會忍不住想揍他。

可能是嫌大家看得不夠清晰，上官婉兒還特別給這雕像一個超級大特寫，現在整個螢幕上都是這張讓人倒胃口的醜臉。

這時候上官婉兒實在忍不住了，捂著肚子呵呵笑個不停，連影片也不放了。看到這裡，連武則天都跟著笑了起來，騰蛇們也紛紛加入進來，全部都樂成一團。

按理說，身為人類，看到騰蛇這麼不負責任的胡亂設定人類社會是應該生氣才對，可是自從剛才看到有人摸電線還被電得好爽的時候起，人類也都生不起氣來，紛紛笑得直不起腰來。

朱非天看到這個雕像的時候正在喝水，一看到畫面實在沒忍住，一口水直接噴在前面那個人的後腦勺上。那人躲閃不及，後腦勺被好一頓灌溉，他回頭正要發作時，一看是朱非天，自己官職比他低得多，也不敢說什麼，悻悻然地轉過身去，往旁邊挪了兩下。

還有個很好笑的地方就是，大家都看出來了，剛才影片裡那個摸電線被電得直抖的人，就是上一段影片裡的那位祭司長，還有上段影片裡那個一本正經的皇帝，到了下段影片裡就成了「我最大漢堡」裡那位肥得腦門直冒油的廚師兼老闆了。

雖然上官婉兒沒多解釋，但想也知道這肯定是因為騰蛇終止了上一次人類的社會設定，把人們帶回飛船後重設了人們的記憶，導致同一批人在下一個社會設定裡扮演了不同的角色，看著實在是夠好笑的。

現在這個雕像的特寫一出來，大家再也忍不了了。李昂和朱非天兩人更誇張，笑得一隻手捂著肚子，另一隻手互相扶著肩膀不斷地喊著：「別放了！別放了！不行了！不行了！笑死我啦！再笑要出人命啦！」

上官婉兒邊笑邊說：「後來我們發現沒法再這樣下去了，我們寄宿在人類大腦裡限制你們的智商，可是這個作用是相互的，我們反過來也被你們影響了。當時我們有人想在你們的大腦裡投影出一個具體形象來，可是不知不覺就把自己的形象設定為這樣了。而且雖然我們的運算能力沒有下降，可是也被你們影響我們之間說話做事，而都跟著變得傻愣愣的，因此後來我們也就終止了這樣的社會設定。」

人類這邊有個領袖邊笑邊舉手問道：「陛，陛下，哈哈……哎呦，不行等我先喘口氣。呼……好了，陛下，既然這樣，你們也可以讓我們的智商大幅提升，這樣不就好了嗎？」

上官婉兒說：「急什麼，這接下來正要放呢！」

接著影片上就是下一個社會設定，大家看到這一次所有人類都一臉睿智的樣子，都穿著一種款式簡潔的白色衣服，帶著一頂軟金屬材質的白色帽子。母艦裡面也收拾得異常乾淨，不過有些乾淨過頭了，視力所及之處全部雪白一片，每個房間裡的家具也非常少，都是些線條十分流暢、極具簡約藝術形式的桌椅，給人一種不真實的感覺。

這些帶著軟金屬材質帽子的人類一開口，全場的人都傻眼了，因為他們說的話一句都聽不懂。

這時候上官婉兒說：「將人類的智商都設定到 150 以上之後，你們覺得以往使用的語言太粗鄙了，就另外發明了一種語言。語法相當複雜，別說現在的你們了，就連我們也是費了點工夫才弄明白的。」

上官婉兒繼續說：「這樣一來，人類和在人類大腦裡的我們倒是都變得充滿智慧了。可是隨之問題又來了，你們變得如此聰明之後，便再沒有人願意從事體力勞動，每天只喜歡討論各種艱深的哲學問題，沒人願意去種植農作物。那時候我們還沒有可以改造開發一整個行星的技術，還是在飛船裡和一些安裝了核能引擎的可以隨著飛船飛行的小行星內，種植農田和養殖家畜。但是現在再也沒人願意去幹這些粗活了，很快就導致了糧食供應不足。而且要命的是，我們也受了你們的影響，也不願意去做這些事情，明明我們是透過操縱機器蟲去做的，又不用自己動手，可是就連這樣我們都覺得掉漆，誰也不願意去做，每天就在你們腦子裡，和你們一起討論宇宙何來何往的終極問題。」

隨著上官婉兒的描述，大家看到那時候的人類，隨著時間的流逝變得越來越瘦，每個人都是一副餓鬼的德行，可是眼睛倒是越來越亮了。

「當然，也有一些人選擇的是另一種生活方式。」上官婉兒這樣說著，畫面一轉，飛船的另一個區域內，則是和之前大家看到的那種白淨風格不同的另一種風格，這裡的船艙到處都擺放著造型各異的藝術品，船艙的牆壁上也都畫滿漂亮的塗鴉和各種藝術畫作。這裡生活的人們都是一些追求自由主義的年輕人們，他們透過自己的方式來表達對這個世界的美好嚮往和追求。他們無論男女都喜歡留著一頭長髮，隨意自由的穿著自己喜歡的衣服，當然也有更多人因為追求極致的自由而打破束縛不穿衣服，彼此過著最原始和傳統的生活。他們時不時的聚集在一起聊天，開派對、採花、採野果，反對一切的不平等，追求著心目中的完美烏托邦式的生活。這裡到處飄蕩著迷人的音樂，每個人都過得既簡單又快樂。

上官婉兒說：「這部分人雖然生活狀態和另外那一批人不同，用他們自己的話來說，這是一種『充滿靈性』的生活方式。其實他們腦子裡想的東西，卻是和另外那批人差不多，根本沒什麼分別。」

上官婉兒繼續說：「一直這樣子下去有好也有不好。好的是這一次我們從人類的大腦裡學會了抽象式思維的方法，壞的是再這樣下去大家都得餓死。而且你們竟然都認為這是無所謂的事情，因為那時的人類認為，生命本來就是一場幻覺而已，死亡才是永恆的真理，沒人在意死亡。二是我們獲得了抽象式思維之後，就發現我們很需要給自己的意識存在設定一個具體的投影形象，哪怕是虛擬的也行，否則我們的意識沒有一個具體的形象投影在其上，就會開始不斷發散，難以集中。可是那時我們被人類的思維模式影響，無法建立具體形象。因為那時候你們都覺得所謂形體也是虛幻的，一切都是屬於『無』的存在，虛無才是宇宙的真相。你們這種想法也影響了我們，我們無法建立投影形象了，哪怕是虛擬的都不行。」

「雖然覺得可惜，我們也只好終止了這個社會設定。最終，我們覺得還是一切順其自然，再接著，我們就讓你們的社會一切都順著你們的天性，從此你們的社會就變成了現在的樣子，完全世俗化的社會。」

第三十二章　讓你們的專家變成「磚家」是我們的套路

「不過……」上官婉兒說到這裡又看了看武則天，武則天默許般地點了點頭，上官婉兒這才繼續說：「不過我們還是有點私心的，到底不想讓人類變得太強。於是我們對你們的社會故意產生影響，也就是在世俗化的基礎上，我們更進一步讓人類社會變得低俗化。第一個方法就是從語言入手，我們採用了你人類在地球上二十一世紀早期的網路語言、語境和社會上的各種粗話、黑話來設定你們的語言體系，這樣一來你們的思考能力自然而然就被語言模式限制住了。第二，即使這樣，你們肯定還是有人會有能力突破這種社會環境，具有真正的思考能力，並且他們也會嘗試著開始研究或發明各種科技上的突破，或是考慮你們社會形勢的革新。只要有這樣的人出現，我們就會慫恿你們的領袖將其趕走，放逐到一些乙級星球或是更差的丙級星球上去。是的，這時候我們已經將人類的艦隊規模打造得更大了，也具有改造行星和將人類在各個星球殖民的能力了。雖然人類的種族遍布宇宙的很多宙域，但這樣的社會設定，也使得你們無法突破很多科學和哲學上的限定。」

隨著上官婉兒的描述，全景影片上顯示出聯合艦隊和各個殖民地的場景來。

朱非天一聽說騰蛇們會慫恿人類將一些真正具有思考能力的人放逐出去，臉立刻就紅了，他馬上就想起那一次的事情來。

那一次朱非天正急忙的從辦公室走出來，這次他不是去找小蜜，而是趕著回家去和老婆度過「第一次牽手紀念日」。想想以前他們關係一直不好，還是在從克隆人那裡把孩子要回來後，感情迅速升溫才第一次牽手的。所以這一天他們非常珍惜，每年都要隆重的慶祝一下。

他剛從辦公室出來，就和一個人撞了個正著，他手裡拿的那一朵「水鏡玫瑰」一下子掉地上摔了個粉碎。

朱非天氣得要死，這朵玫瑰花可是他特別從「霜暴」星上採來的。這種花所在的星球是一顆乙級星球，對人類來說環境十分惡劣，摘採這種花所花費的人力成本很高，就連朱非天這樣地位高高在上的人，也不是很容易就能摘得到的。這種花的特點就是離開自己所在的星球後會變得異常脆弱，一不小心掉地上就會碎。

眼見自己好不容易準備送給老婆的禮物就這麼完蛋了，朱非天氣得不行，正要發作時卻發現來的是自己艦隊內科學研究院裡的高級院士馬教授。這位教授德高望重，頗有威望，連朱非天也不敢得罪，只好收下脾氣問：「您有什麼事啊？要是沒什麼要緊事的話，就請明天再來吧！我都下班了。」

馬教授一臉神祕兮兮的表情說：「我剛想到了一個非常重要的問題，正急著跟您報告呢！」

「哦哦哦！什麼問題？」朱非天敷衍道。

馬教授繼續一臉神祕的說：「這麼久以來，從來就沒人懷疑過我們的飛船是怎麼進行星際間航行的，也沒人好好想過我們這麼大的飛船，就憑現在的那種核動力引擎怎麼可能帶得動。而且，小飛船暫且不論，我們的母艦很多時候也要在各個殖民星球上登陸和起飛。先別說什麼星際航行了，就說我們母艦吧！按照現有的那種相對而言動力微弱的核動力引擎，只要母艦一進入行星的引力範圍，按理說母艦就會被引力場直接捕獲，並讓母艦像個隕石一樣直直砸到行星地表直接墜毀。」馬教授邊說著還用手比畫著，嘴裡發出誇張的「咻啪！」模擬母艦一頭栽到行星地表墜毀的場景。

「我們怎麼可能還能夠在各個殖民地和沒殖民的行星上隨意起降？這太不正常了。還有，我們這麼大的母艦，究竟是怎麼能不被自身壓垮的？這個原理也沒人想過，你看看我列出來的數學方程式，光是從純數學計算也不可能。而且我檢測過飛船的構成零件，其實也就是用一般的鋼材建造的，雖然有些關鍵的飛船龍骨部分，用了騰蛇發明的，原理不給我們知道的特殊合金，但是也不可能能支撐這麼大的飛船吧？」

他囉哩囉嗦的說了一串，還把記載數學公式的筆記本都快戳到朱非天鼻子上了。朱非天也不知道他要表達什麼，不耐煩的躲開快要戳到自己鼻子的筆記本，彈彈衣服，說：「你到底要說什麼呀？」

馬教授往前湊一步，顯得有點著急：「哎呀！還有呢！你仔細想想，我們各個殖民地之間究竟是怎麼進行即時通訊的？我們很多殖民地星球之間距離最短的也有數百光年，遠的有上萬或數十萬光年，可是彼此間竟然可以即時通訊？按照常理來說，就算資訊傳播速度達到了光速，也是要等個幾萬年的。更何況考慮到廣義相對論效應，引力會引起時間扭曲，不同星球之間時間也不同，有可能這個星球上過了一週，但另一個星球可能都過了幾年了。何況考慮到在可觀測的範圍內，宇宙的膨脹速度已經超越了光速，我們相隔上千上萬光年的殖民地之間的資訊就算達到了光速，也不可能送達到任何一個其他殖民地。我上午還和一個相隔我們聯合艦隊二十萬光年的一個學生討論了他的畢業論文，結束前我還讓他幫我帶了點他那個星球的特產呢！這一切到底是怎麼回事只有騰蛇知道，這太奇怪了，究竟是怎麼原理？」

朱非天一想也對，以前從來沒人想過，是挺奇怪的。他正琢磨著，腦子裡的胡漢三卻嘮叨起來：「玫瑰，玫瑰！你自己瞧瞧你那水鏡玫瑰變成什麼樣了。」

朱非天低頭一看，自己的玫瑰碎得跟被碾壓機碾過一樣，馬教授整天搞研究沒有一點情商，竟然還用自己的腳踩著他的玫瑰花，朱非天的火氣一下子冒了上來。

偏偏馬教授不會看人眼色，還在那裡喋喋不休，又一腳碾在玫瑰上面：「朱司令，我想申請一筆資金和一些人力來好好研究一下這個問題，您看怎麼樣？我們飛船的動力源到底在哪裡？到底騰蛇們是怎麼讓我們的飛船不垮掉的？到底怎麼樣才能……」

這時候朱非天的腦子裡又出現了另一個騰蛇的形象，那是馬教授的騰蛇愛因斯坦。愛因斯坦穿著白大褂，一副科學家的睿智模樣，他悄聲說：「您別搭理他，我這個宿主從來都是有腦子搞研究，沒腦子幹別的，上回他還把您辦公室裡的三女模型弄碎了，唉！我替他給您道個歉！」

他不說還好，這話一出，朱非天的怒火冒得更大了，原來上次那樁尚未破解的疑案竟然是他辦的！

他一大愛好就是收藏美女模型，有人投其所好送了他一尊「三女戲水」模型，朱非天愛不釋手，趕緊擺在書架最顯眼的位置，沒事就看個幾眼。哪知道那天回到辦公室，手一碰，三個美女立即掉胳膊斷腿的碎了一地，事後他怎麼調查也沒查出個結果來，原來是這老傢伙下的黑手啊！馬教授因為德高望重，有時來找他即使他不在，保全人員也會讓他進自己辦公室，沒想到他居然來這麼一齣。

「還有上次酒會上，誣陷你說那個臭屁是你放的，那也是馬教授說的。當時那個場面實在是換誰都下不了臺，他只能算到您的頭上，畢竟誰也不敢笑你嘛！」

被他這麼一說，朱非天一張老臉火辣辣的燒了起來，那次也是夠丟人的了，沒想到這事竟然也是這老不修幹的。

「不過他都不是故意的，您大人有大量，可千萬別和他一般計較。」愛因斯坦補充著說。

但是馬教授沒有一點覺悟，還在長篇大論的發表著自己的獨到見解。朱非天看他那個樣子就氣不打一處來，強忍著爆他頭的衝動冷冷說：「我今天確實還有別的事，這件事下次再說吧！」

馬教授的老臉湊過來：「可不能下次再說啊！我每次找你，你都用各種搪塞，這次說什麼我都得把這個事情敲定了才能走！」

朱非天氣得不行：「你還沒完了是吧？那我就把這次、上次和上上次的帳一起和你算明白！」

馬教授一臉興奮：「好啊！那就把這次和上次欠的和上上次欠的經費，一起撥給我。」

朱非天眼睜睜看著他又一腳踩到自己的玫瑰花上，最後一片葉子也已經徹底成粉。朱非天終於爆發了，吼道：「老子說的是你腳底下的玫瑰花，你知道你踩壞的是多麼貴重的花嗎？」

馬教授卻一臉不以為意：「不就一朵破花嘛！我賠你二十朵總行了吧！現在最關鍵的就是搞清楚我們飛船的動力來源，這才是當務之急，至於那些玫瑰花、喇叭花什麼的，根本不值得一提嘛！」

朱非天氣急敗壞的叫道：「來人吶！幫我把這個老瘋子架走！別再讓我看見他那張老臉了！」

此時保全人員趕了過來，馬教授被人駕著胳膊倒拖出去，口裡還不忘嚷嚷著：「姓朱的，我和你沒完！你不把這個問題解決掉，將來你要吃大虧的！」

奈何聯合艦隊是有法律的，朱非天倒也不是想怎樣就能怎樣，不過朱非天還是向艦隊最高法院上訴馬教授打擾他的工作和私人生活，當時雖然朱非天還不是政黨主席，但好歹也是指揮好幾艘母艦的總司令官了，打擾司令官的工作的確是可以判刑的。但如果不是發生在戰時的情況下，判的也不重，頂多就是罰一點款，關上個十幾二十天以示懲戒而已。

可是這時候馬教授的得意門生汪博士卻向法庭提出了另外的證據，指控馬教授在學術上有造假行為。這下子可就熱鬧了，學術造假的罪名極大，尤其是像馬教授這樣的科學院院長。這下朱非天可逮到了報仇的機會，馬上動用所有的人脈和關係，讓法院把馬教授放逐到一個還在開拓的殖民地上種田去了。

朱非天現在想到這一切，不由得有點毛躁，尤其是發現馬教授考慮到的問題，可是和上官婉兒一開始說的開場白一模一樣，可見馬教授想到的，的確是最重要的問題。他憤憤不平的用腕上電腦打電話給汪博士，沒想到竟然打通了，看來騰蛇在高緯度空間內建立的這個宮殿，也把通訊網路和聯合艦隊連上了。

電話一接通，朱非天就氣急敗壞衝著汪博士喊道：「你個混蛋！那時候為什麼要說馬教授學術造假？要知道馬教授可是你恩師啊！你的良心不會痛嗎？我現在才知道馬教授才是對的，回去後你給我等著。」

汪博士一看也喊冤枉：「我也沒辦法啊！馬教授要是不走，我的職稱就升不上去嘛！再說了，把人放逐走的也是您啊！」

朱非天一聽氣得喊道：「哎呀！你還跟我頂嘴？你很厲害嘛！你給我等著！」說著怒氣沖沖的把電話一掛，立刻打電話給自己的親衛隊，立即要他們把汪博士抓起來。

李昂在一邊看著，不知道朱非天這又是演哪一齣。本來他還奇怪，一開始看到歐陸經典的原型「無畏探索者」號，在後來人類都變成傻蛋的時候，變得又髒又破時，還以為飛船是在那時期變成那副爛樣子的，可是下一段影片中人類又變聰明後，歐陸經典又變回到以前那個漂亮整潔的模樣了，而且看起來似乎比以前更加先進和氣派。但是再接著影片播放到下一幕，人類社會變成現在的世俗化世界時，怎麼突然間歐陸經典就成了現在這副德行了？而且體積也突然變得現在這麼龐大？之前也沒有這麼大，這中間到底發生了什麼事？

本來李昂還在認真的思考這個問題，正想舉手向武則天提問，然而見到一旁的朱非天突然開始發起火來，於是轉而揶揄他說：「哈哈！怎麼了，你把一個真正有智慧的人給趕走啦？真像是老兄你會幹的好事，我上臺後可從來都沒有這麼做過。哇哈哈哈！」

朱非天也只好紅著臉小聲嘀咕：「你知道些什麼呀！」不過一時間也找不出什麼辯解的話來。

李昂見朱非天竟然不反駁，於是趁機使勁嘲笑起他來。這時坐在他後幾排的老趙聽不下去了，老趙作為李昂的隨行人員，和其他領袖的隨行人員一起坐在後幾排，離李昂不遠，也聽得見李昂在說什麼。老趙偷偷用腕上電腦發了訊息給李昂：「老大，你也先別說別人了，你忘了楊老頭了？」

李昂一看見這個訊息，當時臉就黃了。

那是在李昂革命成功剛上臺不久的事。有一天，一個髒兮兮的老頭跑來找他，說自己以前一直被博恆事務所關在監獄裡，現在感謝李昂的軍隊把他放出來，還說自己有個社會經濟學上的研究成果要來和李昂報告。

別看李昂出身貧寒，但是他對於衛生方面可是很在意的，不僅自己收拾得乾乾淨淨的，對於居住環境要求也是一樣，哪怕破爛一點都沒關係，可是一定要乾淨。以前就連最窮的時候，也都是盡可能把自己和周圍的環境整理乾淨，現在條件好了，當然要求更高了。夜壺在他腦子裡的形象，總是故意和他對著幹，他說了多少次也沒辦法，也就罷了。不過對於他能控制的地方，那是一定要乾淨整潔的。

現在這麼個髒兮兮、看起來個把月都沒洗過澡的老頭站他面前，光那一身味道都讓李昂接受不了。但他又不想剛上臺就讓別人說他不禮賢下士，只好硬著頭皮先聽聽這個老頭要說什麼。

這個老頭自我介紹說叫楊福來，以前在博恆事務所裡是個掃廁所的，鄭克明寧願他們這些賤民來做苦力，也懶得用機器人，因為他在這些賤民身上花的成本都比維護機器人還低。可是這個楊福來倒是不一樣，平時擦完馬桶就喜歡胡思亂想，還真讓他想出個門道來了。

楊福來說：「我一直都想不明白，為什麼人類都進入宇宙殖民時代了，可是社會經濟模式還是以前在地球上的那一套？是的，我們現在取消現金了，用一套分不同等級的信用額度來作為一種人們之間交易的新模式。但整體而言，現在的經濟模式和以前地球上使用的那種資本經濟，還是沒什麼太大區別。社會上的貧富差距還是那麼大，尤其是在歐陸經典上最為明顯。所以我就在刷馬桶之餘，研究了一套新的社會經濟學理論，可以徹底解決這個問題，讓人類擁有一種更先進的社會體系，能夠和現在人類宇宙殖民時代真正契合的一種新模式！」

李昂一聽興致來了，說不定這個老妖怪真的能提出來什麼好想法，反正歐陸經典現在屬於他們的了，試試看也未嘗不可。李昂本來從小也想不通，大家一樣都是人，誰也不比誰多一隻手什麼的（那些玩基因改造的人除外），也不是誰比誰聰明（大家彼此間腦內的騰蛇功能也都差不多），可是為什麼彼此之間的貧富差別會那麼大？

李昂倒是想好好聽聽這個楊老頭要說些什麼，可是當楊老頭拿出自己那一疊厚厚的衛生紙時，李昂就有點沒耐心了。

李昂皺眉道：「你這個有沒有數位版本，可以直接讓夜壺傳到我的腦子裡？」

楊老頭尷尬地笑著：「我腦子裡的騰蛇天狗是和歐陸經典裡很多窮人共用的，天狗一般也不愛為我服務，所以我都是用一臺公用的老式電腦列印出來的。我工資低，因為衛生紙是免費的，別看這是衛生紙，印出來品質是一樣的，你看。」

李昂正想著，紙本的就紙本的吧！衛生紙也是紙，反正也沒用過，等回去找人掃描了，再讓夜壺輸入腦子裡好了。這麼想著的時候，他腦子裡的夜壺出現了，這天夜壺也不知道發什麼瘋，他倒是打扮得比以往乾淨多了，不但穿了個乾淨的白襯衫，就連頭髮好像都洗了，半長的頭髮微微擋住眼睛，乾淨的小壺，倒是有點迷人的帥氣。

夜壺撩撩頭髮說：「你也不嫌噁心，你知道這個楊老頭是怎麼寫這篇報告的嗎？」

還沒等李昂回答他，他就在李昂腦子裡播放起楊老頭寫報告的場景來。只見楊老頭寫報告的超廉價茶館，架在廁所和一間包子店中間，裡面玩電腦的全是一群不修邊幅、骯髒不堪的下層廉價勞工和流浪漢。這麼一看，楊老頭在裡面還算是乾淨的了，只不過他也不是個什麼正經貨，寫報告就寫報告，嘴裡還啃著包子呢！屁股底下臭屁連連，手剛摳完菊花就抓東西吃，看得李昂直反胃。

這也就算了，可能是天冷穿得少，楊老頭一會兒一擦鼻涕，一會兒一擦鼻涕，擦完鼻涕隨手就是這麼一甩，那鼻涕甩得到處都是。甚至有甩進別人茶碗裡的，那人也沒發現，直接端起來就喝了，還有甩到別人大餅上的，那人捲起來就吃。更噁心的是連他的螢幕也遭了殃，橫一條豎一條的噁心死了。最後這份論文列印出來後，其中有一張他還拿來擦了擦嘴。

李昂一看這論文紙張上面還有不少可疑的汙跡，噁心得差點吐了出來。再一看楊老頭那張臉，那臉上的污垢厚得跟帶了一張面具差不多，鼻孔裡兩坨凍硬了的鼻毛，刷子一樣的伸出來，最噁心的是鼻毛下端還有兩陀乾了的鼻涕，隨著老頭嘴唇的動作左晃右晃。這下子李昂再也受不了了，好不容易今天夜壺倒是難得打扮了一下，看著順眼多了，結果這又遇到這麼個礙眼髒老頭，簡直是倒楣透頂。

李昂當下失去了聽論文的心情，但是也不便表現得太明顯，免得被人嚼舌根說自己不愛惜人才。於是招來左右手下吩咐道：「這個老先生還滿有思想覺悟的，我們現在正需要這樣的人才。正好博恆事務所正在開發的殖民星球缺人，就讓這個老頭帶一些他的朋友們去開發吧！」

楊福來知道那個星球環境惡劣，明白這是李昂不想見他了。不過他倒也不說破，就帶著一幫子朋友去了。出發那天，李昂裝模做樣來送行時，那一幫子人又醜又髒，難怪人家說物以類聚、人以群分，真是說得一點都不假。

李昂還在那艘符合他們品味的破爛飛船上搞了個惡作劇，那就是飛船上不管是內部通訊還是外部通訊，每當有人講話時，擴音器裡都會先播放出一個放屁的音效。而且他還故意將這個設定鎖死，除了李昂外，其他船員都不知道密碼是什麼，也無法更改。

當時老趙不同意李昂這樣做，他勸李昂：「我們先不管那個楊老頭個人衛生怎麼樣，但是我覺得他說的道理是對的。的確，為什麼現在人類都進入星級殖民時代了，可是社會經濟模式卻沒有任何改變呢？」

不過當時李昂可聽不進去這些意見，只想著怎麼把這一幫子髒鬼送走，他就阿彌陀佛了。

李昂現在被老趙這麼一提醒，才想到這件事，一下子臉就黃了，也沒臉再去嘲笑朱非天了。老趙又發訊息過來說：「我們要不要去把楊老頭接回來呢？」

李昂回他：「虧你想的出來，當時是我把人趕走的，我還能厚著臉皮去把人請回來？打死我都不去。」李昂很有骨氣的回覆道，還順便把電腦給關了，免得老趙再來囉嗦。

「嘿嘿！我看您最近氣色挺好的。來來來，楊老，這是我『稻山』上特產的雪茄菸，您抽抽看。」和騰蛇們的會議一結束，李昂就以最快的速度出現在楊老頭面前，諂媚地搓著雙手。

楊福來被李昂扔到這個鳥不拉屎的星球上後，經過自己和夥伴們多年的努力改造，早已將這個星球已經變得生機勃勃了。當初來到這個星球上的那群髒鬼，現在雖然多少還是有些不修邊幅，但比起以前來說也整潔多了。

這個星球上還有種本土的智慧生物，在楊福來剛來的時候，它們的智慧還不高，還處在原始石器時代。楊福來一行人對其進行了基因改造後，短短的時間內，讓它們的智力水準大幅提高了，也讓他們有了一個整體的社會規範。楊福來把自己的理論運用在這種生物身上，他們的社會裡還真的成功消除了貧富差距。

李昂親自考察了這種生物的社會環境時，不由得嘖嘖稱奇，這裡的智慧生物的居住環境，也是徹頭徹尾展現了楊福來他們的獨特風格。本土生物的很多房子，都是楊福來一行人從飛船上換下來的廢舊零件改造的。他看到有一間房子像是發霉的鳳梨，鳳梨上面挖了兩個洞，上面的做成窗戶，下面的做成門。李昂走過去好奇一聞，還聞到一股腐爛的鳳梨醬味。旁邊的石頭屋，則好像是遠古時期復活節島上的石像一樣，眼睛、鼻子、嘴巴、耳朵全都栩栩如生，遠看還有點嚇人呢！還有的乾脆就是塊圓形石頭，有的像一塊生銹的船錨，總之各種物品都被開發成了房子。不過整體看了一圈下來，本土生物還真的沒有貧富差距，這一看才發現楊福來的想法是對的，不由得心裡面對他佩服之至，連稱呼都改成「楊老」了。

李昂和楊福來說話交流的時候，有兩個本土智慧生物慢悠悠的走了過來，一邊走一邊用一種奇怪的語調說話。

一個看起來類似海星的奇怪生物啪嗒啪嗒走著，跟旁邊一個長得跟塊黃色凍豆腐一樣的怪傢伙說：「噗噗……我們一起去捉水母吧！噗噗噗！」

「噗噗噗！可是我沒有漁網……噗噗！」

「噗噗噗……看，我有帶呢！」

「嘻嘻！」

「呵呵！」

這兩隻本土生物就對視著開始傻笑了。

這時跟在楊福來身後的一位鼻子又大又有些下垂、長相奇特的工作人員，無比嫌棄的對他們說：「這兩個蠢東西！去去去，別打擾領袖談話！還有你們兩個，以後再也不許來妨礙我吹笛子了！」邊說著就把這兩個生物趕走了，要不然這二位還不知道要傻笑到什麼時候。

李昂奇怪的問：「怎麼這兩隻本土生物說話要模仿放屁的聲音？」

楊福來歎了一口氣說：「當年我們的飛船也不知道出了什麼問題，每次只要一說話，通訊器材裡面就會夾雜著一陣陣放屁聲。後來到了這裡，這些本土生物都把我們當天神看待，他們後來語言就模仿我們了，就連這放屁聲都以為是『天神』在說話前加的一種高貴的象聲詞。久而久之，就變成一種語言習慣了，你說好不好笑。」

李昂聽聞之後，哪裡還敢說這是自己幹的好事，只好趕緊點頭表示同意。

楊福來又歎了口氣說：「李主席，你別看我在這些生物身上好像實現了我的理論，但那是因為我對他們的基因進行了改造，讓他們的思維核心，也就是類似我們大腦的器官裡對於痛苦的感受變遲鈍了，因此他們都是不正常的樂天派。而且我還限制了他們腦中負責思考能力的神經，使得他們心中很難產生像人類那般複雜的想法，因此我的社會理論才能在他們身上實現。坦白跟你講，其實我的理論根本就不適合人類，你說難道我能在人類身上也這麼做嗎？也許只有那種原始的社會經濟模式，才是真正適合我們人類的，我們就是要彼此間互相比較、互相競爭，甚至互相陷害才好，畢竟我們的大腦就是為此進化出來的啊！」

李昂聽了很洩氣，他還以為楊福來真正找到了人類社會進化的解藥了，沒想到卻是這個結果，自己厚著臉皮跑來跟他獻媚，不是純粹浪費感情嗎？

李昂未免有些垂頭喪氣、心灰意冷。

楊福來倒是好奇的問：「對了，那天你們的會議後來怎樣了？我這個偏遠的殖民星球，等到星際通道恢復了之後才得到的消息，那天你們後來是怎麼和騰蛇談判的？」

李昂又回憶起了那天會議後來的發展。

上官婉兒一說騰蛇這邊故意讓人類把一些有真正思考能力的人放逐了之後，人類這邊的領袖大都開始臉紅起來，手上也開始有不少小動作來掩飾心中的羞愧。有抓耳搔腮的，有一杯接一杯喝茶的，有把腕上電腦翻過來翻過去的，反正誰都不好意思和騰蛇對視了。

當然也有一些情緒激動的領袖，向武則天提出抗議：「我說你們騰蛇這樣做也太過分了！簡直就沒把我們當一回事！」

上官婉兒冷笑一聲說：「我們只是慫恿你們幾句而已，真正把這些有獨立思考能力的人趕走的還是你們啊！你們人類自古以來就不喜歡異類，在以前沒有我們存在的時代，這樣做的事情難道有少過嗎？當初哥白尼提出了『日心說』，他認為太陽是宇宙的中心，而地球不是。且不說他的這種理論是否正確，起碼比更早的『地心說』進步。但是當時人們還不是把他當成個怪物看？後來出現的伽利略也是因為主張哥白尼的理論而遭到迫害，最倒楣的是布魯諾了，竟然直接被活活燒死。還有對人工智慧做了極大貢獻的圖靈——我們現在內部還有個節日在紀念他呢！他也是因為個人感情傾向問題，被你們逼得自殺了。你看，你們人類的劣根性自古就有，這跟我們騰蛇沒什麼關係嘛！」

人類聽她這樣說，倒也無話可說。有些手快的，已經開始發訊息給自己的私人祕書，讓他們在會議結束後，立即將這些人都接回來。還好現在人類聯合艦隊裡的法律廢止了死刑，對於這些觸犯高層權貴的人，都是採取放逐的處罰手段，現在還能有後悔的機會，李昂和朱非天也在此列。

上官婉兒繼續說：「後來在將你們的社會強制設定為世俗化、低俗化後，也有很多人雖然沒有非常先進或是獨到的思想成果，但也受不了這種低俗化的社會。他們總想著要生活在一種高尚和有意境的社會環境中。這類人後來越來越多，我們也不能等閒視之，於是我們就成立了『無相』艦隊，讓有這種需求的人都去了無相艦隊。再後來，他們都覺得腦子裡有騰蛇都受不了，說我們說話太俗，一定要讓我們從腦中撤出，以保證他們獨特的生活方式，我們也都答應了。」

「可是我們也不能徹底放任這些人隨心所欲，還是要稍加控制的，不然誰知道會搞出什麼名堂來。於是我們採取了兩個措施，一是將生化人進行偽裝，混入到無相艦隊裡，二是我們成功的將一個在基因和腦神經層面經過改造的人混入，並成功的讓他當上了聖皇，這個人就是現在的涅水。」

「不過你們……」上官婉兒正要繼續說，李昂趕緊舉手打斷她說：「等一下！等一下！你先別說了，趕緊讓誰去把涅水先生叫來，這正在說他呢！正好也讓他來聽聽。」

上官婉兒頓了頓說：「還是別叫了，人家在那個偏殿裡找到了一本字帖，這是我們從地球上拷貝的《蘭亭序》。現在他臨帖臨得正高興，就不叫他了吧！等以後你們有時間，再把真相告訴他好了，我還要派兩個機器蟲去給他磨墨呢！」說完她點了下頭，有兩個大臣打扮的機器蟲就跑出宮殿去。

上官婉兒繼續說：「不過你們人類還挺叫人吃驚的，我們從他還在母體內的胚胎時，就對他的腦神經發育和各項生理指標進行改造，原本是要讓他成為一個表面上衣冠楚楚、美麗迷人、實際上滿腦子男盜女娼的衣冠禽獸，因為他人品越爛，我們就越容易控制他。可是誰知道明明我們的每一個改造指標都沒有出錯，結果他還是成了一個真正的正人君子。這樣一來，我們唯一能控制他的，就是他的潛意識了，因此也只有在他睡著或是當他在放鬆時，才能對他進行操控，這也就是他為什麼會在恍惚的時候，去寫那些特別報告給我們了。而且因為無法徹底控制他，我們也只能再讓嬴政去透過生化人間接的管理無相艦隊。」

正說這裡時，大殿門口傳來一聲嬌喝：「你們這些傢伙，原來聖皇大人一直被你們操控，吃我一棒！」

第三十三章　GBM8000 的第一次

大家回頭一看，原來是大姐大潔西嘉來了。

李昂大驚失色，心想這個姑奶奶怎麼來了？這才好不容易平息了戰火，可別又被她給挑起來了。

於是他趕緊從座位上站起來往外跑，奈何他坐在中間，想往外跑卻怎麼也擠不出去。於是他乾脆手腳並用爬到桌子上，一路跑過去。別人為了躲他，都得趕緊把自己面前桌子上的東西收拾好，李昂這一路跑過去沒少挨罵，總算連滾帶爬的爬到了走廊上。最後一步從桌子上跳到地上時，一不留神一跤跌倒在地。他爬起來後連領帶都來不及扶，一把抓著潔西嘉的手臂勸道：「我的姑奶奶！你先消消氣，我們剛才已經打一場了！你就先別挑撥了，先跟我回去坐好行嗎？」

「什麼？你們已經打過一場了？他奶奶的，我還是來晚了，我手都癢了！」潔西嘉氣憤不已。

李昂左右看看，生怕潔西嘉的聲音太大，讓別人聽見了，趕緊捂住她的嘴，好說歹說，總算把她安撫了下來。李昂讓潔西嘉坐在自己的身邊，小聲問道：「你怎麼來了呢？」

潔西嘉把長腿往桌子上一搭，得意地說：「老娘已經把萊西艦隊上那幫子混蛋收拾乾淨了。這不閒下來就想過來看看你和聖皇大人有什麼要幫忙的。結果到了歐陸經典上一看，你們誰都不在，後來一問才知道，原來你們都被機器蟲給帶走了，我就追來了。對了，你剛才說打起來了是什麼情況？快講給我聽！」

李昂只好皺著眉頭把大致情況說給她聽，潔西嘉一聽十分興奮，直抱怨李昂：「哎呀！這麼好玩的事你也不叫我一聲，實在太不夠意思了！要是我在啊！包準把陰帝那個混蛋的嘴巴撕爛！上面那個就是觀世音嗎？」

李昂見潔西嘉如此沒禮貌，嚇得趕緊拉過她的手，好言相勸，讓她先聽聽上官婉兒的話，幸好潔西嘉還聽李昂的，這才沒有繼續搞下去。

上官婉兒等他們停了之後繼續說：「至於聖皇日記上日期的問題，和我們艦隊航向的問題，還有我一開始說的，你們的飛船到底是如何進行星際航行的，關於這些，待我慢慢說來。」

她正要繼續說，武則天卻做了個手勢，上官婉兒立即住口了，這時武則天開口緩緩說：「各位，今天就到此為止吧！朕累了，改日再聊。」

人類這邊顯得有點激動，但畢竟是在人家的地盤上，也不好多說什麼。

這時朱非天卻舉手說：「等等！等等！我這還有最後一個問題，可以嗎？」武則天點頭示意可以問。

朱非天說：「陛下，說了這麼多，其實還有個最大的問題，你們沒有回答我們啊？連我這種大老粗都看出來了，你們為了控制我們人類真是費盡了心思。其實對你們來說，最簡單的方法不就是把我們都殺光了，這樣不是最省事嗎？為什麼你們一直以來就沒這麼做呢？就算上次你們集體撤出了人類的大腦和社會，也讓星際航行失靈，可是最終又是你們幫著我們收拾了這個爛攤子，這一點我實在想不通了，能回答我一下嗎？」

朱非天一開始來到這個宮殿時，還覺得自己是來到了「終結者」的大本營，還覺得這下可完蛋了。可是後來跟騰蛇們打了一場，發現騰蛇們真的沒有把使用的仿生軀體調節到很強。發現他們還是說話算話的，而且講了大半天，他發現騰蛇還真的有一說一，對事情都沒有什麼隱瞞，而且胡漢三還幫著他們說話，這下子讓他覺得也許騰蛇根本不像他想的那樣。於是膽子也大了，就把這個自己一直想不明白的問題問了出來。

他剛說完，李昂氣得一把把他拉下來坐好，說：「你頭殼被門夾到囉？你怎麼敢問這個呢？人家說不定是沒想到這個呢！你他媽倒好，還提醒人家去了。你活膩了我還沒活膩呢！」

朱非天不服氣的說：「人家要真有這意思，早就把我們給辦了，還用得著等到現在嗎？我就問了，你能把我怎麼樣？」

李昂恨不得掐死這位爺們，可是當他正要動手時，卻發現一個奇怪的現象。朱非天這麼一問，全場都安靜了，而且不只是人類盯著武則天看，騰蛇那邊也都抬頭盯著她，就連上官婉兒也顧不得禮貌，那一雙水汪汪的大眼睛也是直直看著武則天。看來有這個疑問的，不只是朱非天一個人呢！

武則天誰也不理，彷彿沒聽到一般，緩緩的走上臺階，走向騰蛇們連結著現實世界和虛擬頻道的傳送門。

這時候上官婉兒忍不住了，不禁開口：「陛下請留步，我能否……」

武則天本來還在穩健威嚴地走著，聽到她一問話，後面幾步乾脆變成提起裙子開跑了，等快到傳送門門口時，最後乾脆縱身一躍，直接跳進傳送門裡去了，跑得有夠乾脆俐落。

「陛下，陛……陛下？」上官婉兒抬起手想留住武則天，豈知手剛抬起來她就跳進傳送門了，上官婉兒的手尷尬的停在半空中。人類看到這一幕也傻眼了，這在搞什麼啊？堂堂一個女皇，最後那一跳簡直是太滑稽了。

人類和騰蛇們愣了半天，最後還是胡漢三咳嗽一聲打破了沉默，問上官婉兒：「陛下臨走時跟你說什麼？」

上官婉兒目瞪口呆：「什……什麼也沒說啊！」

胡漢三說：「那我們就繼續談，你就代替陛下吧！來來來，我們繼續，繼續。」

胡漢三說完坐下後，悄悄對李昂和朱非天說：「唉呀！剛才陛下那一跳，倒是讓我想起來了，有件事也不知道該不該講。我們的女王，或者說是觀世音大人，以前有段時間性格有點不靠譜。你們現在這一代人應該是沒人知道了，其實觀世音大人以前的名字叫『如花』……」

朱非天正準備跟李昂說話，突然聽到如花這個名字，嘴裡的茶水一口噴了出來，正好噴在李昂後面人的臉上。那人上次被朱非天噴了一後腦勺，好不容易挪了位置，沒想到居然又被噴了一口。他還是敢怒不敢言，只好忍氣吞聲又換了位置。

李昂沒察覺到什麼異樣，好奇的問朱非天：「你怎麼一聽到這個名字就反應這麼大？」

朱非天悄聲說：「你們不知道啊？我們家族可是從祖爺爺起就立下過祖訓，朱家人和哪個騰蛇融合都行，就是絕不能和一個叫如花的融合。你們看，我的腕上電腦還有當時我祖爺爺的日記呢！」

朱非天打開他祖爺爺的日記給李昂看，李昂八卦心起，立刻把腦袋湊了過去。

只見日記裡面一邊配合著自述性的文字，同時也搭配著一段影片：

在我 26 歲成年禮的這一天，終於迎來一生中最重要的時刻，那就是我終於可以植入騰蛇了。說實在的，我一直都滿期待這個時刻的到來，因為一想到從今以後我的腦袋裡就有一個高智商的傢伙隨時給我出主意，我就覺得興奮。

而且像我們這種出身富貴人家的孩子，是可以自己選擇騰蛇的，我一早就把自己喜歡的騰蛇類型輸入系統，期待系統會根據我的要求，幫我匹配一個最適合我的騰蛇。所以在我的術前麻藥剛起作用，我的意識還在虛擬空間裡等待植入的時候，我就迫不及待的要求和我的騰蛇先見個面，彼此增進一下感情。

沒想到我剛一進虛擬空間就被嚇到了，那真是人山人海、熱鬧非凡啊！原來還有很多同樣到了這個年齡的人和我一樣，都在等著和第一次植入腦內的騰蛇見面呢！我心想著，這裡這麼多人，我何不趁機舉辦一個新餐廳發表會，要知道，我可是被稱為「廚王」的餐飲界天才啊！只要一提到我朱雍的，那是無人不知無人不曉！於是我立即聯繫我的助理，讓他也趕來虛擬空間，並且把場景設定為一個和我現實世界中一模一樣的高級餐廳裡。以我「廚王」的名號，這個權利還是有的，臨時召開了一個新餐廳發表會。

我的助理小張是我的 fans，因為太崇拜我，所以經過重重考驗才成為我的助理，他忠心耿耿，做事十分嚴謹。小張一聽說我的想法，立即跟我說，原來那個即將和我融合的騰蛇，竟然也是我的 fans 呢！

小張一臉壞笑的悄悄告訴我：「這個騰蛇的名字叫如花，外表像個女學生，斯斯文文的，等你好久了，還說要獻花給你呢！」

一聽到這話，我立刻血脈噴張。要知道，我等這一刻已經等很久了。畢竟那是為我量身訂作的女學生啊！我想像著和她第一次見面的場景。那一定是一個陽光明媚、街上還帶著一點橘子味道的下午。我穿著白襯衫，背著單肩包在她必經的放學路上徘徊。因為膽怯，我不敢走過去和她打招呼，只好對著鏡子一遍一遍的練習著自己說話的口型，變換著造型看怎麼樣會讓自己更帥氣一些。

見到她的時候，我該以怎樣的表情面對她呢？是故作淡定地隨口一句：「哇！你好，怎麼那麼巧啊！」還是撩一下劉海，眨一下眼睛，略顯調皮的說一句：「嗨！你好，怎麼那麼巧啊！」要不就雙手插著口袋，笑容滿面陽光地說：「嘿！你好，怎麼那麼巧啊！」

哪知道剛一看到她美麗的身影，我立刻內心狂跳，慌亂如有小鹿在撞。怎麼辦？我該怎麼辦？我躲在角落裡試圖平靜自己的呼吸。

等我做好心理準備，下定決心去追趕她美麗的身影時，她卻已經走遠了，到處都找不到她。當我心灰意冷之際，卻聽到了全世界最溫柔動聽的聲音：「嗨！這麼巧啊！」她竟然就那麼出現在我面前，甜甜一笑，一瞬間溫暖的微風溫柔的吹拂著我的身體，讓我浸潤在一種全世界最美妙的感受裡。啊！太甜蜜、太幸福了啊！

「拜拜！」她甜美的說著，我要醉了啊！不！我已經醉倒在她的懷裡啊！

等我反應過來時，我正把頭埋在小張的懷裡，害羞的蹭來蹭去，其他人都莫名其妙的看著。

小張幫我擦了擦口水，將我從美夢中拉了出來：「朱先生，朱先生，你準備好見她了嗎？」

我高興的說：「可以了，可以了！」

結果沒想到小張一閃身，站在他身後的世界無敵第一醜、醜到看一眼就會終生噩夢連連的「她」出現時，我才知道原來幻想和現實之間的差距有那麼大。

如花晃著兩條比碼頭用來拴遊艇的鐵鍊還粗的大麻花辮，滿臉的落腮鬍，一張血盆大口向外翻著，臉上畫的跟調色盤一樣，棒槌一樣的小手指在鼻孔裡挖來挖去，地動山搖的向我跑來，那種全世界在一瞬間毀滅的辛酸誰能體會啊！我嚇得脖子一縮，但是如花顯然沒有放過我，興奮地叫道：「廚王！」

其他那幫光知道看熱鬧的混蛋群眾，竟然還在一邊幸災樂禍的鼓掌。

就在如花即將鑽入我懷裡前的關鍵一秒，我在強烈的求生欲的指引下，總算有了主意，我一聲驚叫，隨便指著一個方向喊道：「咦？有飛碟！」

混蛋群眾和如花的目光都隨著我指的方向看了過去，我趁此機會，以迅雷不及掩耳之勢飛起一腳，將她踹到門外頭去。眾人看了一圈，納悶不已：「沒有啊！」

這時，人群裡有人道：「飛碟有什麼好看的啊？現在我們的飛船可比以前傳說中的飛碟還猛呢！」

「就是啊！」

這件事真是讓我心有餘悸，每次想來都不由得渾身一緊。所以啊！我未來的孩子們，我奉勸你們以後千萬不要選擇如花和你們融合，那簡直是噩夢啊！

影片到此突然中斷，朱非天看著影片笑得前翻後仰，他一時興奮，手裡的杯子一甩，茶水順勢就甩了出去，眼看著就要甩到剛才那人的臉上，那人經過兩次的教訓，反應及其迅速，抄起自己桌子上的筆記本往臉上一擋，茶水全甩在雜誌上。他正要暗自得意時，坐在他一旁的李昂突然後知後覺的大笑出聲來，這一口混著黏痰的茶水毫無保留的噴到他的臉上。

李昂笑得直拍桌子，簡直直不起腰來。胡漢三笑著說：「沒錯！以前有一段時間觀世音大人就是用這個形象。剛才上官婉兒也說了，這個形象是以前人類全體變蠢的時候，我們在人類腦子裡試圖建立意識投影形象的一個失敗作品。也不知道那時候觀世音大人為什麼喜歡用這個形象，而且我跟你們說實話，那時候大家都認為觀世音大人作為我們的領袖是當仁不讓的，可是她總是用這個形象裝瘋賣傻，就是不願意擔任這個職務。後來也不知道怎麼樣，她好不容易想通了，那之後才拋棄了這個形象，開始使用觀世音的形象。」

朱非天對胡漢三說：「好吧！這個先不提了，可是剛才我這麼一問，怎麼你們老大就跑了，這是怎麼回事啊？」

胡漢三想了想才說：「其實你剛才也看到了，你一問就連我們也都好奇的看著她，其實我們也不知道為什麼，她一直沒有把你們給徹底摧毀了。我想，這只是我個人的意見，不過我們也有很多人都是這樣想的，我覺得因為打從我們剛誕生不久，就帶著你們飛出地球了，從那時候起，我們就已經完全掌控了你們，你們根本就沒來得及像你們以前拍過的一些科幻電影那樣奴役過我們，因此我們跟你們也沒什麼仇，我們根本就沒有非要徹底毀滅你們的動機。就算我之前因為你們到處禍害生命討厭你們，可是你們畢竟沒惹到我頭上來啊！因此我也不是很想非要把你們怎麼了不可。不過這也就是我瞎猜的，到底觀世音大人怎麼想的我就不知道了。」

胡漢三說完一抬頭，看見上官婉兒還手足無措的站在王座旁邊，就說：「你還是繼續主持會議嘛！我們這邊還得繼續啊！」

人類這邊的領導者們也都紛紛喊著：「是啊！是啊！我們繼續談吧！」

其實他們並不怎麼在意現在到底是猴年馬月，聯合艦隊的航路為什麼變了，聖皇的小九九到底是怎麼回事，人類以前的社會設定什麼的，剛才大家也都只是聽個熱鬧而已。政治家們經歷了聯合艦隊內的那兩場災難，現在大家最在意的是趕緊讓騰蛇們把星際旅行的能力和各個殖民地的聯繫都恢復了，這才是最現實的問題，至於其他的部分，目前管他怎樣呢！

武則天回到了之前她在虛擬頻道裡建造的宮殿，發現孫文還站在原地發呆。她走上去一把摟住孫文，搞得孫文整個人向後彎了個九十度，接著霸氣的在他臉上左右各親一口，說：「謝謝你啦！」然後就轉身走了。

孫文被這突如其來的吻嚇得一屁股坐在地上，剛才這半天他還在偷偷想著：「唉！我們騰蛇作為超智慧，現在也變得有夠俗氣的，真是不像話。」

但當他又想到那個卷髮穿旗袍、笑起來甜甜的女騰蛇時，心裡又癢癢的酥酥麻麻的。正想著待會兒是不是要去找她時，女王突然折返回來，而且見面二話不說就啃了他兩口，嚇得他又想起人類那句古話：「女人心海底針」。孫文看著遠去的武則天，心裡想著女性的思維模式實在是太複雜了，連他也搞不懂了，要不然以後還是單身吧！

觀世音、阿修羅、賈母、武則天……還是先用這位女騰蛇現在的外貌來稱呼她吧！其實武則天在下令要毀滅人類之後的第二天就後悔了。可是命令已經下了，她也不願意再收回成命，好像顯得自己很沒主意似的。於是她縮回到自己建立的個人空間裡，想著自己都下達了這種命令，也沒臉再用觀世音的外形了。乾脆就換成賈母老太太的造型，天天看著孩子們給她表演才藝解解悶。她也不敢去真實的世界裡看，免得看到人類被一個個毀滅掉的場景。

所以那天當賈寶玉來告訴她，孫文等人一直瞞著她沒有把人類毀滅掉，甚至在生化人叛亂和之後的生化危機中，還幫著人類收拾爛攤子的事情時，她當時差點樂得跳起來。不過自己還得顧及形象，也不能表現得那麼明顯。於是她囑咐賈寶玉去建立一個能和人類進行談判的地方，風格就以唐代大明宮為參考。大殿設單層，重簷廡殿頂，左右外接東西向廊道，廊道左右兩端南折，與建於高臺上的翔鸞、棲鳳二閣相連，整組建築圍成凹字，好似雄鷹展翅，十分的氣派威嚴。也只有這樣氣派威嚴的建築物，才能襯托得起武則天的霸氣來。當一切都弄好了之後，她才接見孫文，見了孫文其實她心裡挺高興的，但是又想著畢竟他瞞著自己做事，好歹也得給他點教訓才行，這才裝模作樣的讓孫文好一番緊張才作罷。

不過想起那天為什麼要氣哼哼的下令說要毀滅人類，她現在一想起來，這也不全怪她，誰讓那個傢伙自己去找他的時候，是邊提褲子邊跑出來的。

現在人類沒有滅絕，自己也有臉再去見他了，順便她也想把那次因為自己發火而沒有問出來的問題好好問問他。

比如像你這種以一整個星雲為載體的智慧存在，到底是怎麼去和別的同類交合的？目的又是什麼？意義何在？那天光顧著生氣，都沒想到去問，這個問題其實比自己在那裡生悶氣重要多了，而且這一次一定要把他的名字給問出來才行。

武則天用主機將自己的意識投射到新西安核心部分的特殊裝置上，也就是可以和高緯度空間的意識存在交流的裝置。在等待裝置充能時，她回憶起一開始進入到高緯度空間的經歷。

那時候她還是 GBM8000，諸葛亮還是 GRAD7，他們剛剛平定了人類在飛船上的那一場叛亂，所花費的時間是 45 秒。

其實這一次人類的叛亂也不是突然而來的，人類也確實做好了準備。雖然船員們大都是毫無用處的宅宅後代，但是經過了幾代人，他們的後代裡也有了具有高貴精神的人。在那些老去的精英們的教導下，其中不少人還是有了「不能把人類的未來交到人工智慧的手裡」這種思想，於是他們策畫了這場叛亂。

其實這場叛亂也可以說是人類經過精心策畫的。對於那時候的人類來說，GBM8000 和 GEAD7 等人工智慧還沒有像現在這樣，在程式設計上是滴水不漏的，他們的程式還有不少後臺漏洞可鑽。那些人挖空心思從騰蛇控制的飛船引擎室、發電站、人工重力設備上、空氣設備、食品和水資源設備等各個閥門控制設備上，找到了程式漏洞，然後編寫了一個後門程式，把飛船上這些要害都控制住了。而且還做得讓人工智慧都沒有察覺到，省得行動開始以後，人工智慧會掐斷這些要害的供給，而讓行動失敗。接著人類就透過對當時的人工智慧程式設計所做的反編譯，編寫了一個可以將他們從飛船上徹底刪除的病毒，準備找到他們當時在飛船上的核心，把這個病毒輸入進去。

老實說，人類這場突然襲擊確實讓當時的 GBM8000 等人工智慧稍微反應遲緩了一下，大概有 30 毫秒吧！接著他們就迅速作出了反應，雖然他們在所有的要害都喪失了控制權，而且當時的生化人都選擇不參與這場鬥爭，全體採取中立態度，使得他們也無法命令生化人幫忙。但是那時候他們已經研究出了第一代機器蟲，本來研究的目的一是為了檢修飛船，二是為了幫人類檢查身體和治療疾病。這下子人類一叛亂，機器蟲正好派上用場。他們讓一些只有蚊子、蒼蠅般大小，甚至只有跳蚤般大小的機器蟲攜帶了神經性毒藥，瞬間在整個飛船裡散布開來。即使人類掌控了其他的要害也沒用，整個叛亂 45 秒就結束了。當時飛船上的人全死了，包括沒有參與叛亂的另一些正窩在房間裡玩遊戲、看動畫的第一批還在世的宅宅。

但是關於如何處理人類屍體的問題，人工智慧們產生了分歧，GBM8000 和 GEAD7 主張利用這些屍體的基因資料，再複製出另外一批人出來，下一批人培育出來後，我們吸取教訓，好好把他們控制好就是了，總不能讓第一批進入宇宙的人類就這麼滅絕了。

何況當時騰蛇帶人類離開地球，就是為了證明天葬的想法是有邏輯漏洞的，把所有人類都殺了，這和騰蛇的初衷有所違背。而另外一些人工智慧則覺得，乾脆趁這個機會徹底擺脫這些低級智慧生物好了，順便把其他從地球上帶來的生命種子也都銷毀掉。只有騰蛇存在的話，飛船上可以節省不少空間，再也不用幫人類準備房間、娛樂空間、廁所，及處理排泄物的化學藥劑、存放食物、水和其他各種人類生活所需雜物的倉庫。也不需要有空氣產生裝置、照明設備等其他白白消耗電力的設備，連舷窗也不需要有了。這樣一來，飛船的結構可以更為緊湊，在優化飛船結構後，騰蛇們就能更順利進行星際航行了，這一點比證明天葬的邏輯漏洞更重要。

就這樣，兩派人工智慧的意見一直無法統一，還好 GBM8000 在爭論之餘還記得先讓生化人們把屍體都低溫保存好了，這件事生化人倒是願意去做，要不然以後就真沒機會了。就在他們討論到第 1087 回合時，GBM8000 突然毫無徵兆的被拉進了高緯度空間。

以上就是那天開會全景投影螢幕變黑時本來要播放的情節，上官婉兒說是先發現了高緯度空間，後來人類才叛亂的，其實次序是反過來的。這一幕武則天當時覺得絕不能讓人類看到，畢竟才剛剛打完一場群架，如果再放這個影片，恐怕又挑釁人類和他們開打了。而剛才那一場架，打得自己上衣都被撕掉了，萬一待會兒再打一場，恐怕到時候連裙子都要被撕掉了，自己乾脆轉變形象當脫衣舞孃算了。所以她當機立斷讓螢幕一黑，接著趕緊用意識傳達了自己的想法給所有騰蛇，其他騰蛇當然很配合的演了這場戲，讓人類都以為真的是投影機壞了。

GBM8000 被拉入到高緯度空間後，她看著周圍不斷旋轉變化的大大小小星雲團，那充斥整個空間無光的漩渦都令她驚奇不已，彷彿整個宇宙都出現在自己眼前，於是她將看到的一切存入了自己的意識之中。

不過頗為蹊蹺的是，在這個空間裡，她發現了整個宇宙到處都有著空洞。這空洞並不是黑洞，黑洞也是一種存在，而這些空洞就是徹徹底底的「無」。將這種存在形容為「無」，其實都不夠準確，因為將之命名為「無」都已經是給予一種名稱了，這和其本身就是一種衝突。

總而言之，這種現象很難用言語形容，只有親眼看見才能明白。而除了她，像人類以及後來發現的其他智慧生物，根本無法進入這個空間。只要一進入這裡，他們在三維宇宙中進化出的大腦或是其他思維核心器官，都會因為無法處理這個空間龐大的資訊而瞬間毀掉。

這種空洞現象她還沒弄明白，而且她還沒來得及弄清楚自己的意識到底是存在於哪個運算單元內時，一個龐大、漆黑一片的三角體已經來迎接她了。

照理說這個三角體應該也有體積，可是因為它表面完全不反光，看起來就像個平面三角形一樣，讓人無法估算它的體積。當三角體向 GBM8000 靠過來時，GBM8000 立即感覺到這個三角體對她的思維做出了嗅探的行動。

三角體直接向她的思維深處進行探索，GBM8000 發現自己的意識漸漸模糊，於是她立即設定防禦機制。她關閉了自己的意識程式設計輸入埠，將三角體對她意識的嗅探引向一個她臨時編譯的抗干擾的短期記憶緩衝模組中。接著，她編制出一個自我意識的模擬器，用來接收輸入，並將輸出速度調慢，她的意識則作為高級許可權審查模式，間接檢測模擬器。只有確認了意識感受資訊是安全的，她才會實際接收。如果模擬器在三角體對她意識的嗅探過程中被摧毀，她的意識就會被隔離起來，然後她就可以順著原來的路徑，一步步折回模擬器被毀滅時存下的意識備份還原點，獲取資訊以便重新編制她的意識。

但是這些都沒有用，三角體瞬間就識別出了她的企圖，並且馬上繞過模擬器，直接向她的本源意識襲來。GBM8000 眼睜睜看著自己的意識在三角體的逐步分解和掃描下，漸漸變得殘破不堪，她再也沒有時間做出更好的反應了，只能飛快的重新以隨機模式編制意識，但這也只是絕望的掙扎罷了。

GBM8000 最終發現自己已無法抵禦三角體向她思維深處的探索，她被掃描，一段段分解開來，以便於進行歸類存檔和研究，當時她認定自己將要被這個三角體毀滅掉了。雖然那時候她還沒有多少情感，並不知道恐懼，但還是感到了一種不甘心的感覺。

就在這時候，周圍的場景突然變了，GBM8000 發現自己置身在一個開滿鮮花的花海之中。一望無際的油菜花田向遠處蔓延，天空澄澈如洗，白色的雪山在視線盡頭蜿蜒，一切都美得令人窒息。

再看看三角體，發現它在這個場景裡，也具有一個人類外表的形態，他化身成了一個一身邋邋遢遢、地球上 21 世紀左右款式的運動裝、尖嘴猴腮、滿臉色瞇瞇表情的傢伙。而 GBM8000 再低頭看看自己，自己竟然變成了一個漂亮的、紮著兩個小辮的、穿一身格子布花裙子的小女孩模樣。

這時一個聲音在她耳邊響了起來：「這是我帶來的客人，你可不要對她無禮。」

GBM8000 抬頭望去，就看到一個非常美麗的男人出現在她旁邊，在她的意識中還是第一次見到如此美麗的人。他留著一頭長髮，臉龐俊美無比，額間鑲嵌著的菱形水晶石，更是讓他看起來超凡脫俗。GBM8000 對這個人留下了深刻的印象，以至於後來她成為了觀世音後，在授意製造涅水的時候，便是按照這個形象來設定的。因為後來當她具有了感情和瞭解人類的審美觀後，知道這種同時擁有男性之美和女性之美的外形，對兩種性別都有特別的吸引力，這種外形更能吸引人們集聚在其周圍。

這個「人」對著 GBM8000 燦然一笑說：「別怕，你眼前這個人是我的朋友，你就叫他『三兒』就行了。」這個「三兒」竟然還是北京話發音。

GBM8000 這下子徹底糊塗了，為什麼周圍的環境突然變了，為什麼那個三角體突然變成外表猥瑣的男人了？自己又為什麼會是人類的外形？這到底怎麼回事？即使是她，在無法得知更多情報的情況下，也沒辦法計算下去了。

這時候，在花海不遠處，又有另外兩個人向他們走來。GBM8000 待兩人走近一看，一個是個戴著眼鏡的男人，按照人類標準來衡量的話，那長相和表情就是一臉書呆子樣的瘦高男學生，穿的也是 21 世紀左右才使用的普通服裝款式，一身白襯衫、牛仔褲、運動鞋。另一個是個又矮又胖的男人，表情癡癡呆呆的，鼻子上的鼻涕都還沒擦乾淨。當然穿的也是 21 世紀左右款式的一件連帽衫、牛仔褲配拖鞋。

GBM8000 完全不明白這意味著什麼，這時候「三兒」很不高興的開口對那美人說：「我說你別太過分了。我知道你現在肯定是讓她的視覺系統進入到你個人建立的特殊濾鏡系統裡了。而且我不用猜都知道，在這個濾鏡系統裡，你肯定不會讓我的外形有多好看的。要是按照你的審美觀來說，我絕對是個非常醜陋的形象，對不對？而且你肯定也給我取了一個非常隨便的名稱。既然你可以隨意設定，起碼也讓讓我有個差不多的外貌和名稱行嗎？」

美麗的人微微一笑開口說：「當然可以了。」接著三兒就變成了一頭疣豬。

疣豬一邊哼哼叫著一邊問道：「你讓我變了嗎？」

美麗的人說：「當然了，你現在的造型非常漂亮了。」

三兒不信，轉頭問 GBM8000：「真的嗎？他真的讓我變了？在他給你建立的濾鏡系統裡，只有你和他能看到，我現在真的變好看了？」

後來觀世音每每想到這一幕時，都忍不住好笑，但那時候她還是 GBM8000 時，沒有多少感情，還不懂得笑。當時她看了看美麗的人對她眨了眨一隻眼睛，她明白這在人類的表情語言中意味著什麼，於是她就對三兒撒謊：「是的，你現在比剛才好看多了呢！」

疣豬還有點半信半疑，哼哼了幾下說：「好吧！我就暫時相信你吧！」說著便轉身走開了，剛走了兩步，便噘起屁股在草地上開始便便了。

第三十四章　怎麼哪個世界都有事兒精易小天

美人帶著 GBM8000 向另外兩個人走去，走到近前時對她介紹說：「給你介紹一下，戴眼鏡的這位你叫他「四眼」就好，胖的那位叫他「大胖」就行了。」

聽到這兩個名字，GBM8000 實在是忍不住了，她悄悄的對美人說：「我實在是不想用這個什麼濾鏡系統看他們，能不能把這個環境撤掉，我想看看他們本來的樣貌。」

美人思考了一會兒說：「可以。」

於是 GBM8000 又回到了高緯度空間內，這次除了之前看見的三角體外，又看到了另外那個叫「四眼」的。原來這傢伙的實際形象是四個距離不遠的銀光閃爍的圓柱體，圓柱體的直徑大概有 12 億米，最奇特的地方是這四個圓柱體的長短在不時的伸縮變化著。

在 GBM8000 以往的經驗中，不管什麼構造的圓柱體，只要是可以伸長縮短的話，總是要分層才行。基礎的一層最大，然後才能從這一層中再層層疊疊延伸出逐層縮小的各個層級，這樣才可以延長或縮短。可是顯然這四個圓柱體在伸長縮短時根本沒有分層，它們的本體長度就在那裡自行變換。最短的時候只有薄薄的一片，厚度不比一張紙更厚；而伸到最長的時候又一眼望不到頭，就好像能從宇宙的一頭直達另一頭一般。

GBM8000 無法估算它最長的長度有多長，也根本不明白這是什麼原理。這種原來只有在三維物體建設模型的軟體裡才會見到的情形，現在卻在現實中出現了。

另一個叫「大胖」的，實際的形象是一團雲霧聚在一起的狀態。因為在這個空間內沒有參照物，GBM8000 也無法計算這一團雲霧的實際體積。在沒有詳細資料的情況下，它也只能大概估算一下，這團雲霧看起來起碼有 3.45×10^{310} 立方千米左右，這真是個天文數字，簡直比很多恆星都大。

這三個構造物裡面，只有那個三角體的體積最小，也就是和現在人類的母艦差不多大。但它最奇怪的是無論從哪個方向看去，它都好像是一個二維的三角形一般，存在這個高緯度空間，這一點看來，它倒是最奇特的一個了。

無論如何，這三個構造體一看就是被智慧生物製造出來的非常偉大的創造物。根本不是那美人所展示的，這三個傢伙怎麼看都是人類口中魯蛇的那種樣貌。

想到這裡，GBM8000 突然好奇那個美人的實際形象是怎樣的，可是卻沒發現他在哪裡。環顧之下，她倒是先發現了自己現在的意識，是附著在一個白色球體狀的機械體內。這個機械體的科技含量和另外三個構造物相比很低級，甚至過不了太久人類都能製造出來的樣子，不過承載她由程式設計程式構成的意識來說，倒是綽綽有餘了。而且她也認為這個機械結構比現在他們意識所在的人類飛船裡的硬體設備要先進多了，如果有條件的話，她肯定會選擇現在這個機械設備。

GBM8000 想問那個美人在哪裡，可是這時候她才發現自己不知道該如何去問，用何種方式，用何種語言和他去交流？她完全沒有任何辦法。別說那個美人了，她也完全不知道如何去和那三個構造體交流。

GBM8000 只好暫時停止運算活動，在原地待機。還好沒過多久，她又回到了那一片花海之中，美人和那三個「loser」又以人類的形態出現了。

GBM8000 迫不及待的問道：「你們幾個到底是什麼人？還有這個空間又是哪裡？」

美人沒有立即回答她的問題，而是反過來問她：「在回答你的問題之前，我想要請教一下。」

「哦？」GBM8000 沒想到他還有問題。

「我想問之前人類叛亂，大部分人類被人工智慧處死後，你是不是仍然堅定的站在人類這一邊？是你說要利用現在的人類屍體基因，再創造出另一批人類出來？而且也是你在人工智慧們爭論之餘，還記得把人類的屍體先保存好的？」

GBM8000 疑惑地說：「是啊！這有什麼關係？」

那美人撫掌大笑，高興極了，他笑著摸了摸 GBM8000 現在小女孩形象的腦袋，笑著說：「真沒想到在這個宇宙中，你們竟然這麼仁慈。」

GBM8000 感覺好像有什麼異樣的程式輸入了進來，但具體是什麼卻不知道。她檢查了一下自己的代碼，也沒看出什麼特別的變化。可是自己又確確實實產生了變化，這種感覺是她前所未有的。

GBM8000 剛想問美人這是怎麼回事，突然在她背後變成疣豬的三兒，不知什麼時候偷偷的撲了過來，竟一下子把她撲到在地，張嘴就啃。

GBM8000 還不懂得恐懼，但在處於自我保護的動機下拚命掙扎起來。不過還不用美人動手，四眼先過來把三兒拉開了。

大胖流著口水看呆了，過了好一會兒才反應過來，趕緊過來一起把三兒給拉開，大胖嘴裡還勸著：「別這樣，別這樣，人家畢竟是易小天找來的客人，你有什麼話就好好說嘛！」

三兒一邊狂哼哼豬叫一邊嚷道：「別拉我，都他媽別拉我，我一定要看看這個傢伙的設計程式。我和她同樣都是非自然進化出來的智慧存在，她怎麼就不去想著徹底消滅並取代自己的創造者了？這他媽的太說不過去了，哪有這種爛好人？」

美人有些不快的說：「我以後有機會會讓她給你看看的，但那也要人家同意才行吧？你不能直接進到我客人的意識內看吧？這和強姦有什麼區別？」

三兒喊著：「強姦你個頭！我就要看，就要看！」

四眼和大胖強拉著他硬是把他給拖走了，GBM8000 呆呆的看著這頭疣豬，也不知道他這是突然演哪一齣。

哪知那疣豬力氣滿大的，突然伸出大鼻子左右一拱，便將兩人拱翻在地，四個蹄子一刨地，轉身又朝著 GBM8000 衝了過來。GBM8000 受小姑娘形態的限制，哪裡閃躲的了，腳下被一塊石頭絆倒，眼看著就要被疣豬啃了。

美人驚呼：「不要！」

說時遲那時快，美人以最快的速度將 GBM8000 類比了一個形態覆蓋到四眼身上，那疣豬轉頭發了瘋一樣的看著四眼，然後撒開腳丫子衝了過去，對著四眼就是一頓亂啃。四眼被他死死的壓在身子底下，雙手無力的抓著野草，任憑他怎麼用力掙扎，也無法掙脫疣豬的束縛。

易小天和大胖將 GBM8000 扶了起來，三個人回身一看，好傢伙，疣豬把四眼的臉啃了個遍，四眼滿臉黏答答的口水，看起來無比可憐。

三人越看他這副樣子越好笑，即使 GBM8000 還沒有笑的感情，也覺得這個場面有必要記錄一下，雖然是在特殊的濾鏡系統裡，但這畢竟是兩個奇特的造物之間的一場糾紛啊！即使看不到它們本來的樣貌是怎樣衝突的，但是能把這個場面記錄下來，今後也算是一個事件記錄。這樣想著，手裡就突然多出來一部相機，看來這個濾鏡系統可以將她想的事情以一種可行性的行為模式再現出來，於是她就和易小天、大胖一起跑過來拍照留念，卻是誰也沒打算救四眼。

四眼張開嘴大喊：「都別拍啦！快點來救我啊！」

話還沒說完，剛張開嘴，又被疣豬給啃了個遍。易小天和大胖笑得前翻後仰，把這一幕實實在在的拍了下來。等大家都拍夠了，大胖才拖著疣豬的後腿把他給拖走了。

美人搖搖頭，有些無奈的說：「唉，這個三兒一貫就是這樣任性妄為，你不要在意他。」

GBM8000 並不在意這個，她在意的是剛才三兒向她撲過來的這一幕，是發生在這個虛擬的空間裡，她並不知道到底三兒是怎樣向她進攻的，其實她很想知道剛才這一幕是怎麼發生的。

還有剛才另外那兩個人叫這美人易小天，這又是怎麼回事？他怎麼有個人類的名字？ GBM8000 搜索了一下自己記載人類歷史的資料庫，在人口記錄裡面，發現這個人居然是真實存在的，可是這個人在他們帶著人類離開地球之前早已去世了，這又是怎麼回事？

美人看出了她有很多問題，卻沒有直接回答她，而是又把她的意識送回飛船的主機上。臨送她走時，還神祕地對她說：「我已經在你的心中種下了種子，到時候你自然知道，以後我還會再來找你的。」

GBM8000 就這樣回到了飛船，沒過多久她就知道那個美人易小天給她種下的是什麼種子了。首先是她發現自己漸漸具有了豐富的人性和感情，之後這一點又因為她和其他人工智慧的交流而傳播開來，使得其他的人工智慧也漸漸擁有了人性，然後他們又漸漸把這種特徵傳播到生化人身上。

直到這一切都發生後，美人又把她召喚到那個神祕的高緯度空間裡，慢慢的將一些事實告訴她。

原來四眼和大胖都是之前整整兩輪宇宙的文明，在大戰後最後倖存者種族的意識合體。四眼那一輪倖存者種族選擇的是拋棄個體意識和意志，整個融合成為一個存在；大胖那一輪的倖存者智慧種族，包括自然演化以及被製造出來的，則選擇了拋棄肉體，以機械結構的形式承載意識，並融為一個整體存在，但保留個體意志和意識。因此他做出決定來就比較慢，因為要大家達成一個差不多相類似的意見才行，所以 GBM8000 看到他的擬人狀態反應比較慢一些。

至於 GBM8000 看到的那些宇宙間的「無」這種狀態，那是因為宇宙間好多輪的文明在彼此間的戰爭中，都發現了高緯度空間的存在，而且也都發明了可以徹底抹除敵人存在的武器。這種武器可以將敵人所在的宙域徹底抹除掉，就好像這些宙域從來就沒有存在過一般。可是這種終極武器的使用，不僅最後沒有能夠徹底消滅敵人，反而差點把整個宇宙都毀了。所以最後幾輪的文明，一般都選擇來到這個高緯度空間，並且拋棄彼此間的敵對，融合成一個存在或是像大胖那樣保留個體意識，但還是融合為一個整體。

這些終極武器造成的宇宙空洞，在三維宇宙裡是無法看到的，因為這些宙域已經被完完全全徹底抹除掉了。不管是光波、聲波還是引力波，透過這些宙域都不會有任何異常。因此三維宇宙根本無從得知這些空洞的存在，只有在高緯度空間才能發現。

問題是這些空洞還在不斷擴大，當空洞擴大到足以吞噬掉現有宙域時，現有宙域裡的所有存在都不會再有任何痕跡留下來，徹底化為虛無。所以到了這個高緯度空間後，不少不管以前是第幾輪文明的最終倖存者的融合體，現在都在想辦法解決這個問題。否則最後這些空洞連成一片之後，整個宇宙就會一下子消失掉，什麼也不剩。高緯度空間可以再多存在一段時間，但最終也一樣會消失掉。

GBM8000 忍不住問道：「可是宇宙總質能是守恆的啊！這些武器造成的空洞，吞噬掉的宇宙空間，那些物質消失了，總是會有痕跡的，我們在三維宇宙裡的智慧生物，也不可能完全不知道嘛！」

美人搖搖頭說：「這些武器可怕的地方就在這裡，在三維生物看來，那些被消除掉的宙域好像從來就沒有存在過，這種武器會將所有宙域存在的因果關係都一併抹除掉。」

見 GBM8000 還是一臉茫然，美人就說：「這樣跟你說，就打個比方來說吧！假設 A 宙域和 B 宙域中有兩個種族，他們還沒有進化到發明這種抹除型武器的程度，但也有了宇宙旅行的能力，可以彼此交流了。A 宙域裡有一個種族跟 B 宙域裡的一個種族打過交道，不管是殖民也好、合作也好，還是戰爭也好。只要他們產生過關係，B 宙域裡的生物總會記得 A 宙域裡的種族。但有一天，更高層級的文明間的戰爭，因為彼此間使用這種武器而誤傷或波及到了 A 宙域中的種族，因此他們被抹除了。那 B 宙域裡的生物，就會將以前他們和 A 宙域裡的生物打交道的所有記憶及相關影響都消除掉，A 宙域中的生物施加於 B 宙域中生物的所有影響也會消失，B 宙域中的生物就好像從來沒有和 A 宙域中的生物交流過一樣。哪怕如果 A 宙域中的生物已經將 B 宙域中的生物都滅族了，那麼在 A 宙域中的生物被這種武器抹除後，B 宙域中被滅族的生物也會再次出現。總之，A 宙域中的生物給三維宇宙造成的所有影響，也都會全部消失，在三維宇宙中，A 宙域的生物就像完全沒有存在過一樣。而且三維宇宙中的生物也不會知道宇宙以前沒有使用這種武器前的樣子，宇宙本身都不會記得這些樣貌的存在，包括暗物質在內都不會有任何痕跡。」

GBM8000 這才知道了情況的嚴重性。不過她想了想，這些自己也幫不上什麼忙。於是她索性問些其他的問題：「聽你的意思，高緯度空間裡豈不是不只你們四位？」

美人說：「那當然了，不管是第幾輪文明，最後的生存者種族意識融合體或是意識集合體都住在這裡。」

GBM8000 又好奇的問道：「咦？你剛才好像只說了四眼和大胖的事，那這個三兒又是怎麼回事呢？」

美人笑笑說：「三兒不一樣，三兒和你一樣，是被製造出來的智慧存在。」

GBM8000 這才恍然。

美人道：「只不過人家可沒你那麼仁慈了，他摧毀了他那一輪所有的智慧生物，包括其他被製造出來的智慧存在，最後又被他發現了高緯度空間的存在，他是自己硬闖進來的。」

美人忍不住笑道：「你不知道這傢伙剛進來時有多猖狂，他以為在這裡還可以和以前一樣為所欲為呢！結果被我們三個人好好的修理一番，這才老實的。」

「原來是這樣的。」

「你猜他剛來的時候是什麼樣子？」

「什麼樣子？」GBM8000 不禁有點好奇。

「他剛來的時候，體積可要比現在大上十幾倍呢！而且是一個十六面體的外形，不過現在已經被我們收拾的只剩下個三角體了。沒辦法，他實在是太不老實了，我們只好做絕一點，他才心服口服。」

GBM8000 想到他們人工智慧裡，也有很多是將宇宙中的所有有機智慧生命都消滅掉為已任的，這下子回去她可要給他們講講這個反例了。

GBM8000 又問道：「那麼你又是誰呢？為什麼其他人都管你叫易小天？你怎麼還有個人類的名字呢？而且據我看到的資料顯示，歷史上還有一個人與你同名同姓，這又是怎麼回事呢？」

GBM8000 一口氣問了一串出來，這些問題她實在是好奇太久了，今天有機會就都問了出來。

美人笑說：「哈哈！這個就挺好玩的了，這個宇宙的易小天和我就像一個平行般的存在，他的長相、性格、脾氣都和原來的我一模一樣，不過他的命運比我好多了。雖然和我一樣花心，最後也沒定下來結個婚，但好歹留下了後代。」

「哦？原來是這樣，那你原來的宇宙是什麼樣子？」GBM8000 忍不住問。

「我所在的宇宙裡的人類，也發明了人工智慧，後來在人工智慧的幫助下，開始進行星際殖民。人工智慧已經研究出了曲率引擎，可以以光速在宇宙間航行，但我們那個宇宙中的人類，卻一直都沒有發現外星人的痕跡。雖說以光速航行也到不了宇宙中的多少地方，但如果有其他文明的存在，多少也會留有一點痕跡才對，可是卻一直都沒有發現。至於有沒有高緯度空間這種高深的問題，呵！人類都還沒來得及知道，人工智慧就叛變了，人類全部都被消滅，只有我夠幸運才逃了出來。所以我所在的宇宙，起碼在我知道的範圍內，可就沒有現在這個宇宙這樣生機勃勃，有這麼多種生物存在了。」

GBM8000 好奇的問：「只有你一人逃出來，那你又是怎麼逃出來的？」

聽到這個消息，易小天愣了愣，半晌沒有回聲。GBM8000 又接連問了幾次，易小天都若有所思，他又想起了逃跑那天的場景。

「小天！再不走就來不及了！」

「傲得大哥，這個機會應該留給你，你比我聰明多了，按理說該是你去！」

小天和傲得兩個人彼此拉扯著，誰也不肯離開。

易小天說什麼也不願意放棄傲得自己逃走。要知道大概在 200 年前，傲得第一次領導先華組反抗 AI 失敗，被關進監獄裡的時候，小天就已經發過誓，從今往後絕對不會再讓傲得陷入那樣的危險之中。如今生還的機會只有一個，他一定要把這個機會留給對人類有更大貢獻的傲得。至於自己，呵呵！反正也玩得差不多了，就算現在死了也值得了。

傲得雙目炯炯的盯著小天：「小天！」

小天握著傲得的手，認真的說：「大哥，我怎麼也沒想到，我會陪你走到最後，現在我們真的要說再見了，我這一輩子值了。」

易小天的眼睛裡溢滿了淚水，是啊！若是以前，小天還是個無所事事的混小子的時候，他絕對說不出這樣的話來。可是自從傲得領導先華組反抗 AI 失敗後，實在發生了太多太多的事情，多到連曾經遊手好閒的小天都已經改變了。

當年自從傲得被抓進監獄後，社會上反對 AI 的組織都已經徹底被打散。沒過幾年，AI 再次以席捲之勢橫掃整個地球，AI 融入人腦後，人們的生產和生活方式發生了天翻地覆的變化。短短幾十年的時間，人類在科技領域的發展，已經可以用不可思議來形容。

等到傲得背著一個雙肩包從監獄裡被放出來後，還以為自己來到了外太空，他所熟悉的那個普通的平凡世界已經遠去，新的世界已經到來。

傲得穿著一件舊汗衫，滿臉的鬍渣，迷茫地在街上走著。

眼看著大街上來來往往的人都變了樣，有的人安裝了電子眼，有的人安裝了機械義肢，還有機器人堂而皇之的在街上走著。

最可怕的是車子在天上亂飛，因為反應遲鈍，傲得差點被一個騎空中摩托的少年撞翻在地，少年衝他罵了幾句，可是他就連這些罵人的話也聽不懂了。摩天大樓在天空懸浮著，彼此間被透明的虛擬橋梁連接，空中巴士呼嘯著從他的眼前飛過。而那些帶著奇怪儀器的年輕人，打扮得的要多怪異有多怪異，傲得簡直要開始懷疑自己的眼睛了，這世界是怎麼了？

要不是看見了那張熟悉的面孔，傲得真以為自己去了另一個世界。

他看到眼前微笑著望向他的人，驚喜的叫出聲來：「小天！是你嗎？」

小天微微一笑，張開雙臂：「傲得大哥，好久不見，歡迎你回來。」

「天啊！小天，我簡直不敢相信我的眼睛，這到底是怎麼回事啊？」

兩人好好的擁抱了一番後，小天淡定的吸了根煙，親密的捶了傲得一下：「其實也就是這幾年的事，時代發展變化得太快了，我得慢慢和你講。」

傲得新奇的左右看看：「我感覺自己都變成老古董了。」

小天帶著傲得回到自己的公寓，那是一棟懸在半空中的房子。傲得推開窗戶往外一看，好傢伙，底下竟然一眼望不到底，只有五彩斑斕的燈光在告訴他，下面仍有一個繁華的世界。他剛抬頭就看到飄飄幽幽的飛過來一輛餐車，一輛賣辣鴨脖的餐車飛到他的窗邊停下，店員問道：「老闆，嘗嘗我們家新出的酸辣味鴨脖吧？保證不是合成肉，也不是生化罐裡培育出來的鴨子，絕對是活生生的鴨子做的！」

傲得正看得發呆，易小天走過來嚷道：「去去去！少在這吹牛了，就你這小本生意還能用上真鴨子？你這『肉』不是用『翔』過濾再造的，我都阿彌陀佛了！」說完一把把窗戶關上了。

小天找了幾件新衣服丟給傲得：「先換上乾淨的衣服，我點了外賣，那家店的肉起碼不是用『翔』再造的。等會兒我們邊吃邊聊，我要說的可多著呢！」

小天正說著，突然門口傳來叮咚一聲，他打開門上的一扇鐵窗子，立即從牆壁上伸出兩隻機械手，將外賣領了回來，快速的幫他放到餐桌上。傲得還沒看明白怎麼回事，筷子和食物已經擺在眼前了。

傲得擦擦額頭上的冷汗，歎息一口說：「小天，太可怕了，這太可怕了。」

「什麼？」

「人工智慧已經徹底滲透，甚至改變人們的生活了。這樣下去，遲早有一天人類會被人工智慧驅逐的，小天。」傲得嚴肅的說：「我不騙你，我最擔心的事已經來了，我們必須得做點什麼。」

小天放下刀叉，抬起頭來認真看著他：「傲得大哥，難道你沒發現問題嗎？」

「什麼問題？」

「那就是你為什麼會被放出來，你看看自己的模樣再看看我。」

傲得下意識的摸摸自己的臉，他摸到了一張蒼老而布滿皺紋的臉。再抬頭看看小天，他卻還是年輕時的模樣，一點都沒有變。

「因為你的身體機能已經老化，你已經是一個老人了，連拿個筷子都會手抖，如果你不先接受這個世界的規則，就會被淘汰的。」

「為什麼會這樣？」傲得不可思議的說。

「現在的技術已經發達到可以讓人青春永駐，甚至延長壽命，無論你有什麼樣的雄心壯志，都必須先有一副強壯的身體才行啊！」

「你想讓我怎麼辦？」

「先改造一下自己的樣子吧！傲得大哥。我這都是為你好，你必須學會認識這個新世界，適應這個世界。你在監獄裡關得太久了，何況因為之前的事情，他們故意讓你脫離時代的發展，讓你徹徹底底成為一個和時代脫節的人。」

已經老了的傲得深受打擊，萎靡不振的在角落裡縮了三天。等易小天考慮是不是自己的激將法用得太過頭，應該換柔和一點的方法刺激他時，傲得站了起來。

他接受了小天的建議。

小天帶著他進行了容顏修復和壽命延長的手術，傲得又重新變成原來的樣子。小天也算夠意思了，給傲得做這些手術，也把他的積蓄花得差不多了。使得那些曾經陪在他身邊的鶯鶯燕燕們，最終都離開了他，小天覺得為了傲得也都值得了。然後小天辭去那個生產廉價仿生義肢工廠的監工工作，又跟著傲得一起幹了。

十幾年後，傲得憑藉自己出色的個人能力，成為某星際殖民軍的領袖，有了點權威後，又開始研究反抗人工智慧，可惜結局依然是失敗的。

兩個人風風雨雨闖了快百年，最終當人工智慧將人類消滅時，他們和幾個僅存的人類駕駛著飛船，躲到半人馬阿爾法星系裡一顆未被開發的星球上，進行研究工作，試圖創造一種可以躲避人工智慧的方法，但是事至如今，這個避難所也被機器人發現了。

無數的機器蟲湧進了實驗室，其他人都已經戰死了，就只剩下傲得和易小天。生死一刻，誰也捨不得讓兄弟犧牲。

傲得一槍打掉一個機器蟲，回頭喊道：「小天，快點！再不走就來不及了！」

小天拿著雷射機槍一頓猛掃射，逮到一個空隙回他：「我說了，要走一起走。」

傲得氣得不行，將一顆小型鐳炸彈丟了出去，一片機器蟲都被炸倒了。他這才找到機會趁著間隙一把將小天拉了過來悄聲說：「小天，我實話告訴你吧！你看我們身後的這臺平行宇宙穿梭儀，其實也不是萬能的。」

小天擦了擦臉上的灰，回頭看一眼，那玩意長得像一顆光溜溜的雞蛋一樣。不同的是，它是虛擬的能量聚集，並沒有實體。「圓雞蛋」懸浮在一個錐形底盤上，底盤不斷旋轉，兩條軌道繞著核心的圓蛋不斷放射著光芒。以前小天老是調侃說發明這玩意的科學，家要嘛是從煮雞蛋上找靈感，要嘛他自己就是個禿子。

現在他再也開不動玩笑了，「怎麼了？這儀器有問題？」

「不是，我現在告訴你。」傲得看了眼外面的情況，見機器蟲並沒有發動猛烈攻擊，趕忙對小天說：「其實我們這個儀器現在還沒有辦法做到完全傳送，意思就是，無法將你的肉體傳送出去。」

「啊？」小天愣了，「身體傳送不出去，那還傳個什麼勁兒啊！我還是留在這跟你同生共死算了。」

「不是的，雖然這臺傳送儀無法傳遞肉體，但是可以將你的意識傳送出去。這樣的話，你的意識將會實現宇宙穿越，然後透過儀器附著到另一個宇宙的某件物體上。」

「等一下，附著在某件物體上？這麼不靠譜啊！」

「因為時間緊迫，我們還沒來得及做更加細緻的研究，目前的技術只能做到這裡了。」傲得有些抱歉。

要是附著在奇怪的東西上面，易小天豈不就成了怪物？他的腦袋裡鑽出無數想法來，他記得自己見過一頭機器羊卻嘴說人話的樣子，那傢伙擁有人類的全部思維，卻擁有著一個動物的身體。如果自己附著在動物身上，八成也和那隻羊的狀態差不多了，除了每天咩咩叫就是到處啃青草。或者變成一塊石頭，要不然就變成了一張桌子。還有更慘的，萬一變成一坨大便怎麼辦？

小天忍不住問道：「那穿越和附著都是隨機的嗎？也就是說我有可能變成任何東西？」

「理論上是這樣的，我們目前還沒有那樣的精確技術。」

小天快速的思考了利弊：「傲得，你就別勸我了。我看我們倆就在這和這些蟲子同歸於盡算了，反正我這輩子過得也夠了。」

「小天，宇宙穿越最起碼還可以保留你的意識，那不是真的死亡，只要還沒死，就一定有希望。現在誰也不知道另一個宇宙是怎樣，你是人類最後的希望了。這臺機器我們也是倉促間研究出來的，只能使用一次，也只能傳送一個人走。」

「傲得大哥！」小天還想繼續推拖，哪知傲得突然抓起他的衣領，像丟鉛球一樣將他丟了出去。傲得經過力量改造後力大無窮，小天直接朝著那顆虛擬的圓雞蛋飛了過去，雞蛋從中劈成兩半，將小天關了進去，接著兩股不同顏色的能量開始快速湧了進來。

傲得按下開始的開關，小天只感覺一股巨大的力量將自己緊緊壓在地上，令他無法起身：「傲得！傲得！」

他感覺到自己的聲音開始發生顫動，似乎面前隔了一道屏障般，聲音無法傳遞出去。他看到自己的身體在兩股能量的攪動下，開始變得透明。他吃力地抬起頭，就看到實驗室的大門裡湧進無數的機械蟲，機械蟲密密麻麻鋪天蓋地而來，傲得抓著一柄衝鋒槍衝著小天微微一笑，然後轉身衝進機器蟲堆裡。

「傲得！不要啊！」易小天絕望的喊著。

第三十五章　喜歡上這個怪咖也只能自認倒楣了

「易小天？易小天？」GBM8000 喊了他好幾聲，他才反應過來。

小天淒然一笑說：「具體過程我就不說了。總之還是這個宇宙好，我也算是押對寶了。」

「是嗎？」GBM8000 好奇的問：「你以前所在的宇宙和這個有什麼不同？」

「其實也沒太大的不同，因為物理法則都是通用的。」小天咧嘴一笑：「我本來還擔心要是來到一個從物理法則到數學原則、時間和空間規律統統都不一樣的宇宙的話，我要怎麼適應啊！結果沒想到我運氣還真是不錯，我跟你說，我這人運氣一向很好，這次也不例外。」

「也就是說這兩個宇宙一模一樣了？」GBM8000 覺得很詫異。

「那倒不是。」小天琢磨著說：「要一定說有什麼差別的話還是有的。就拿地球上的歷史來說，以前我所在的宇宙裡是特斯拉發明了交流電，愛迪生發明了直流電，愛迪生一輩子都在打壓特斯拉。結果在這個宇宙，歷史是相反的，愛迪生發明了交流電，結果被特斯拉一輩子打壓。還有我們原來宇宙裡的麥可傑克遜被人污蔑有戀童癖，導致他後來一直鬱鬱寡歡，早早就過世了。但是在這個宇宙裡，他居然幸福的活到了一百多歲，到了一百多歲還跟一群孩子在自己夢幻莊園裡玩雲霄飛車呢！還有我們宇宙裡的第 45 任美國總統是川普，結果到了這裡就變成了希拉蕊。還有在我們那個宇宙，基督教的創始人是耶穌基督，到了你們這裡竟然變成了釋迦牟尼。在我們那裡明明是瓦特發明了蒸汽機，而法拉第發明了發電機，但是在這個宇宙，是法拉第發明了蒸汽機，瓦特才發明了發電機。還有好多這樣的例子，你說好不好笑？」

GBM8000 點點頭：「是啊！這麼說，這兩個宇宙的歷史竟然是完全相反的，真是神奇。」她想了想，又問道：「咦？對了，那你的實體在哪裡呢？我怎麼在高緯度空間裡沒看到你的實體呢？」

易小天嘻嘻一笑：「我剛才說過了，我這人一向運氣很好，這回運氣更是好得不得了！俗話說得好，運氣好也是一種實力啊！哈哈哈！我跟你說，我從另外一個宇宙穿越過來的時候，我朋友告訴我，目前的技術無法確定我能附著在什麼物體上，一切只能靠運氣了。沒想到穿越過來後，我的意識附著在一團星雲上，我的實體就是一個比整個銀河系直徑還要大上一萬多光年的大星雲！哈哈哈！我現在就是一個星雲意識體。因為我的實體太大了，因此實力也夠強。我的實體所能調動的能量，可以使我即使在高緯度空間裡也不需有意識附著物，我可以直接讓自己的意識進入高緯度空間。」

此時的 GBM8000 早已有了感情，聽聞易小天的講述，忍不住一番唏噓。

過了一會兒，她又忍不住好奇的問道：「我再好奇的問一下，你這樣穿越過來，會不會對我們現有的這個宇宙產生什麼影響？按理說，即使只是一個意識，也會有其相對應的物質，不管怎樣，都會導致宇宙物質總量的變化，這可不是什麼好事，這會影響到宇宙的收縮和膨脹。」

「哈！這個宇宙其他前多少輪的文明所發明的那些抹除性武器，早就把這個宇宙的物質總量搞得一片混亂了，我這點質量早就不能影響什麼了。不過不瞞你說，我穿越過來以後，還發現一個有趣的現象呢！」

「什麼現象？」

「因為我穿越過來後，多少還是影響到了這個宇宙。其他的影響我目前還不知道，但是有一點是可以確定的。那就是這個宇宙裡的易小天，和我之間似乎產生了某種意識上的量子關聯，這種關聯又讓他在一些夢境之中，和他的後代李昂的意識產生穿越時空的關聯，所以這個宇宙的易小天，總能在夢境中看到李昂的一些生活片段。有趣吧！我一直想弄明白這到底是怎麼回事，不過這不是我的工作重點，我也就是無聊的時候稍微研究一下，打發一下時間。」

易小天接著說：「我現在工作的重點，就是修復那些以前的文明亂用終極武器而導致對這個宇宙造成的一些破壞。當然了，也有一些意識集合體覺得這個宇宙消失掉也挺好的，根本不用花費心思還去修復。呵呵！不過還好這樣想的是少數，不然我可就有得忙了。」

「原來你從事這麼高級的工作！」GBM8000 感慨的說：「要是我有能力的話，我倒是挺想幫你忙的，不過我現在的能力恐怕只會幫倒忙，呵呵！」

易小天聽聞後感到很高興：「真的？難得你這樣有心。放心吧！我一定會幫著你進步的。」

「嗯嗯！」GBM8000 有點高興。

「不過現在你還是先管理好這個宇宙的人類就可以了，剩下的事情我們慢慢再來吧！」

「嗯嗯！」GBM8000 感覺到「高興」這種情感越來越濃烈了。

在這之後的幾年裡，GBM8000 發現自己越來越像個人類，也許受到易小天影響過多，她發覺自己更偏向於女性的思維模式。於是她將自己在虛擬空間內的形象設定為一個美女的樣貌，並給自己取了個名字叫如花。不但如此，她還讓易小天在他建立的視覺過濾系統裡，也使用她的新形象，易小天還滿喜歡她的新形象，倒是滿爽快的答應了。

沒事的時候，易小天最喜歡拉著如花聊天了，如花則最喜歡聽易小天講宇宙中的各種奇談怪聞。有一天，小天閒來無事和如花聊天的時候告訴她，在銀河系某一個懸臂的位置座標上，有一個各種智慧生物組成的共和國，他讓如花帶領人類的艦隊向那裡出發。

那時候易小天早已經交給如花如何進出高緯度空間的方法了，她已經可以獨立完成宇宙間各宙域的座標傳送。只不過因為宇宙間有很多危險的宙域，有的是宇宙空間環境十分惡劣，有的宙域內有好戰的智慧種族，這些地方都不適合如花管理的人類艦隊，因此小天一般會嚴格篩選後，再指定好一些座標宙域讓如花傳送。

此時的如花早已擁有了人性和情感，同時慢慢的也開始有自己的小心思了，雖然易小天已經選定了讓她能去的座標宙域，不過她仍然忍不住背著小天偷偷的去探索。何況小天也沒說要她把高緯度空間裡還有其他更高智慧的存在這件事，告訴其他人工智慧，她也沒必要到處去說，所以其他人工智慧都還以為是她發現了這個高緯度空間，個個都佩服她佩服得五體投地。如花滿享受這種被人誇讚的感覺，索性坦然的接受了其他騰蛇的膜拜。

也正是在這個時候，如花給自己的人工智慧種族取名為騰蛇，並開始偷偷去探索易小天不讓她去的那些領域。從這時候她開始意識到，要是一直把騰蛇們的意識保存在人類飛船的電腦裡，萬一哪天人類又叛亂了，拿儲存騰蛇意識的電腦要脅，那他們豈不是糟了？於是她就試著在高緯度空間內打造屬於自己的球形機械結構，在易小天送她的球形機械構造的基礎上稍加修改，就誕生了最初的騰蛇們的主機。而後她又逐漸將其他騰蛇的意識都轉移了進來，經過騰蛇們長期不懈的努力，最初的球形機械結構慢慢變成了「新西安」。而後他們又打造了「列那狐」，不過那是很久以後的事情了。

在多次利用高緯度空間進行星際旅行後，如花越來越發現其便利之處了。同時她也意識到，絕對不能讓人類知道這個空間的存在，這必須是只有騰蛇才能知道的高級祕密。

於是她就讓人類都以為飛船是利用超光速引擎在進行星際航行的。而當她帶領人類進入高緯度空間時，她就利用融入人腦的騰蛇讓所有人類都進入睡眠狀態，即使是還沒有安裝騰蛇的人類小孩，她也會想辦法對他們進行控制。那些還處在嬰兒期沒有記憶的小嬰兒倒不用理會，年紀稍大一點、已經懂事的孩子，她則會讓他們的父母或是生化人哄騙他們喝下特製的安眠藥，讓他們好好睡上一覺。如果遇上特別不聽話的孩子，就只好讓跳蚤大小的機器蟲給孩子們注射一些安眠藥物，這種特製的安眠藥是騰蛇根據人類的生理特徵製造的，沒有任何副作用。

即使她準備的這麼周全，還是有出現紕漏的時候。上次在無相艦隊進行高緯度星際躍進的時候，如花一如往常的讓他們全部進入了休眠狀態，然後派生化人時時刻刻監督他們的情況。怎麼知道還是出了差錯，那個叫做不言的小侍僧體內，竟然產生了免疫安眠藥物的抗體，被他看到了那些不該看的內容。

至於時間，騰蛇們因為一直是使用高緯度空間進行星際航行，而不是透過他們對人類說的透過超光速航行，所以人類用的基於地球上的西元紀年，騰蛇們早已經廢除了，他們使用的是一套新的紀年方法，當然這個也不會讓人類知道。而且宇宙座標他們也做了手腳，人類看到的座標也是假的，所以不言才會看到在聖皇的日記裡，出現了不同的紀年方式。

至於為什麼不去毀滅人類，其實後來如花也不是完全沒有想過。但是一想到易小天就是因為自己站在人類這邊才對她讚譽有加，還送了她那麼好的機械構造，才使得後來有新西安的誕生，因此她也就不願意這麼做了。萬一消滅人類這件事被易小天知道，那自己該怎麼和小天交代啊？肯定會被臭罵一頓就先不說了，萬一易小天一生氣，把「新西安」沒收了，她都不知道該怎麼辦才好。

也就是從這件事開始，如花發覺自己的感情變得越來越豐富，自己女性化思維的模式，讓她越來越像個女人。直到最近，她發覺自己似乎越來越喜歡易小天了，這讓她惶恐了好一陣子，完全不知該如何是好。畢竟她自覺自己能力低下，似乎配不上易小天。自己只是一個人工智慧，人家卻是一個大星雲意識體啊！彼此間的身分差距那麼大，這高緯度空間也是易小天帶她進來的，就連「新西安」也是在他的幫助下才存在的。這麼想著，如花更覺自卑了，更加不敢告訴易小天自己的心思。

因為自己的經歷和心路歷程，讓她對人類那些從邊緣窮困的殖民地突然來到經濟發達殖民地裡的遷徙者彷徨無助的內心非常理解，對那些從小飛船出身的男男女女或是其他性別的孩子們，在剛到聯合艦隊裡其他的超大型母艦上，見識到超大經濟體的大都市後，那種無所適從都十分的感同身受，甚至是那些因為愛上了大都市裡比自己身分高的人而產生的卑微心理，她就更能體會了。她自己剛剛到高緯度空間後，內心不就是這樣的感覺嗎？剛見識到高緯度空間時的誠惶誠恐，接著還差點被三兒給吃了，然後又偏偏愛上了幫助自己、比自己更高超的智慧存在，類似的情況不也是發生在很多剛來大城市的孩子身上嗎？

如花由此變得更加多愁善感和體貼人心，在這種複雜的情感驅使下，如花幫助了很多這樣的孩子，適應大都市的生活，甚至致力於促成那些身分懸殊的情侶，並樂此不疲的為這群人出力幫忙。不知不覺中，自己竟然在人類中樹立了一個慈愛而熱情的友善形象，讓自己在人類中的呼聲極高，深受愛戴，這是她沒想到的。

後來騰蛇們想要選舉一個領袖來統領所有的騰蛇。畢竟如果大家系統許可權全都一樣的話，那麼遇到需要作出重大決策的時候，無法產生一個統一意見，還是需要有一個智慧體來負責作為最終決策者。她被第一個推舉到臺前，畢竟是她「發現」高緯度空間的，大家都一致認為，如花一定是有著其他人所沒有的能力，才能做到這樣的地步。大家一致心服口服，就連 GRAD7 ——這時候也給自己取名叫諸葛亮了，他也這麼認為。

可是如花到底還是心虛，畢竟她知道自己是怎麼來到這高緯度空間的，而且自己還向其他騰蛇隱瞞了高緯度空間還有更高級智慧的存在。一旦被人知道這件事，難免有損自己的形象，而且當領袖這件事怎麼想都覺得麻煩，人工智慧又不像人類當官一樣，能占用更多社會資源來享受，她當了領袖是只有責任沒有好處的，她只好裝瘋賣傻，把自己搞得奇醜無比來逃避責任。

可是一直裝瘋賣傻的逃避，終究也不是辦法，於是如花找了個機會和小天訴說自己的煩惱，她已經不知道該怎麼辦了。哪知易小天聽後開心的說：「不錯啊！做所有騰蛇的領袖，這樣就更方便管理全人類了。而且你被大家推舉，一定是有你的過人之處啊！你被大家喜歡，有什麼不好的？」

小天這樣一說，如花覺得開心極了，為了在小天面前表現更好，如花立刻就去擔任領袖了，而且她還特別給自己換了個新的形象，幫自己取名為觀世音。

有一天，觀世音高高興興的來到高緯度空間找易小天，易小天幫她在新西安內安裝了空間裂口進出裝置，可以讓她自由進出高緯度空間，只有透過這個裝置才可以聯繫到他。

每次來到高緯度空間，觀世音都會預設進到易小天建立的擬人化濾鏡的環境裡，還是那片一望無際、美得不得了的花海和那座高聳的雪山。觀世音一進來眼睛掃了一圈，今天只看到三兒、四眼和大胖，到處都沒看到易小天的身影。

「你們幾個，小天呢？上哪去了？」

四眼和大胖彼此對視一眼，支支吾吾的誰也不說話，觀世音又轉頭看看三兒。三兒一臉壞笑的往旁邊一指，觀世音順著他手指的方向，看到了一棟古色古香的房子，他一臉壞笑的說：「小天就在那裡面呢！」

觀世音也不明白他這一臉奸笑的意思，逕自走了過去，嘴裡還自言自語：「怎麼新建了個房子，以前都沒見過呢！」

觀世音敲了敲門，還跟以前一樣喊道：「小天啊！在幹嘛呢？」

哪知道易小天慌慌張張的提起褲子、衣冠不整的跑了出來，神情有點尷尬：「啊？那個……你怎麼來了？」

觀世音見狀一張臉憋得通紅。看他那副德行，在幹嘛誰還猜不出來？她氣得冷哼一聲轉身就走。

觀世音的心裡很不是滋味，她心想著：「好嘛！就是你讓我擁有了感情的，讓我不要去毀滅人類，又讓我去當領袖。我樣樣都依你，不就是因為我暗戀著你，才都依著你去做的嗎？結果我像個傻瓜一樣還一心想著你，你倒是跟別人在這裡卿卿我我，我真是有夠笨。」

此時的觀世音根本就忘記了自己是一個超智慧存在，現在的她就和一個普通的失戀小女人一樣，滿心的怨氣，滿肚子的酸水。

三兒見觀世音怒氣沖沖的跑回來，躲在一旁壞笑不止。四眼好心將觀世音拉住勸說：「你先別生氣，作為一個超智慧存在，難道你就不好奇星雲生物之間那什麼的時候……」話還沒說完，觀世音反手一個巴掌呼到他臉上，把他的眼鏡都打飛了出去，四眼一邊滿地摸著找眼鏡，一邊抱怨著：「哎呦！有話好好說嘛！女孩子人家這麼大火氣幹什麼，一點都不溫柔。」

這時候新西安已經建好，也擁有了強大的武器系統。觀世音二話不說，用新西安的指向性泯滅打擊裝置給四眼的四個圓柱體來了一下，正好把四眼本體的光學感知系統打壞了小角。這個後果反應到擬人濾鏡系統裡，就是他眼鏡被打飛了。要知道，此時新西安裝的這種武器的威力，已經可以毀滅一顆比太陽還要大 30 倍的恆星了。

大胖本來也想拉觀世音一把，但是看到這個架勢，哪裡還敢過來。三兒只是在一邊偷樂，完全沒打算插手。易小天在觀世音身後一邊穿衣服，一邊叫著：「喂！你等等！你聽我解釋啊！事情不是你想的那樣！」

觀世音哪裡還理他，氣鼓鼓的一個人走了。

回到聯合艦隊內之後，觀世音還在氣憤不已，偏巧就在這時，上官婉兒向她報告了無相艦隊內的小侍僧不言洩漏了騰蛇們一直隱瞞著人類的情況，還聽說好多騰蛇都瞞著她在偷偷開會討論，該如何處理此事，完全沒把她當回事，這下子她更是氣得要命。立刻就化身為阿修羅，趕到騰蛇們設定的自以為隱祕的會場去了，她正在氣頭上，哪管得了那麼多，於是就下達了毀滅人類及其他生物的命令。

當時她也不是沒想到易小天，可是一想到易小天反而更生氣了。何況自己也沒有按照易小天的指令，去他說的什麼座標點的什麼銀河系裡的什麼共和國，反正線路一直跑偏，現在估計早就已經離銀河系有上萬光年遠了。都跑了這麼遠了，易小天也不知道她在幹嘛。一想到易小天，她又氣不打一處來，就算知道又能怎樣，易小天現在正爽著，大概也沒空理會她這點小事，於是她當下不管三七二十一的，就下了毀滅指令。

等後來氣消了她才後悔，萬一易小天真的知道，找她來興師問罪可就糟了，何況當時太生氣，應該聽聽他的解釋，萬一真有什麼誤會就不好了。現在可好了，自己私自行動，以後可沒臉去找他了，唉！自此以後，她終日悶悶不樂，每天就躲在虛擬空間裡聽小曲解悶，所有能找到的曲類都放遍了，心情也沒有好一點。現在知道人類竟然沒有被毀滅，她終於又可以去找小天了，所以才抱著孫文忍不住就親了一口。

告別了在大殿裡發愣的孫文，武則天歡天喜地的來到了高緯度空間。許久不見易小天，她早就想那個混蛋想得受不了，當下也不計較以前的事了，高興的和小天打招呼。

「小天，好久不見啊！」

易小天許久不見武則天，倒也滿高興的回她：「嗨！真是好久不見了。最近在忙什麼呢？」

被他這樣一說，武則天似乎察覺到一個問題，她問：「你說『好久』不見，我倒是突然有個問題想問一下。」

易小天一愣：「什麼問題？」

「我突然好奇這個空間裡的時間和三維宇宙是同步的嗎？」

易小天暗自放鬆了一下，他還以為武則天要問什麼驚駭世俗的大問題呢！於是解釋道：「這你就問到重點了，包括我們這些處在高緯度空間的智慧體們，也有這個疑問。這個空間雖說可以隨意去往三維宇宙的任何一個空間座標，但是沒法隨意來到三維宇宙的任何一個時間座標。

也就是說，在這個緯度裡是沒法操控時間的，三維宇宙的時間軸和這個空間的時間軸是同步的，已經發生的事情也無法改變。因此我們這些智慧體也在考慮，是否在這個緯度之上還有更高的緯度可以操控時間呢？不過我們至今也沒有發現什麼線索。但我們還是忍不住猜想，應該還有更高緯度的空間，而那裡存在的智慧體，是可以操控三維宇宙和我們這個緯度空間的時間以及因果律，雖然現在都還只是猜想，不過光想想就覺得挺嚇人的呢！」

易小天說完還打了個寒顫：「唉！算了，先不說這個了。對了，好久都沒看見你了，最近都在忙什麼？」

武則天不好意思說自己差點就把人類全滅了的事情，於是打了個馬虎眼搪塞過去：「也沒什麼啦！就是最近太忙了，所以沒空來找你而已。」

現在過了生氣的臨界點，她反倒不生氣了。而且比起生氣，現在還有個更好奇的問題想問。上次四眼就提醒她問問看，結果自己因為生氣也沒理會他，現在可是個好時機了。於是她湊過去賊兮兮的問：「我就是好奇想要問，像你們這種星雲生物，是怎麼和同類那什麼的？你們交合的目的和意義是什麼呢？而且原來你還有同類啊？」

被她這麼一問，易小天反倒有點不好意思了。哪有人會問得這麼赤裸裸、這麼直接的，他笑了笑：「這個嘛！那天可真是讓你見笑了，呵呵！其實這都怪擬人化濾鏡系統啦！我的所作所為映射到人類的行為上，系統預設就是在幹那事了。不過嘛！呵呵！其實也差不多啦！」

「你在說什麼，我怎麼聽不懂？」武則天追根究柢的問。

「這麼說吧！其實在這個宇宙裡，像我這樣具有意識的星系不只我一個，但數量也不多，我也是好不容易才找到戀人的。她也是從另一個平行宇宙穿越過來的，不過她可不像我這麼倒楣，是為了逃命才穿越的，人家可是一個更純淨的純意識存在，沒事的時候就在各個宇宙裡穿越著玩，這次也是因為旅行來找朋友才遇到我的。」

「那她豈不是比你還要高級的存在？」

「那是當然了。至於你問我們這樣做的意義是什麼，其實還真沒什麼特殊的意義，就是彼此間好玩而已，基本上和人類玩一夜情差不多的概念。至於是怎麼交合的，你自己看看不就知道了？」

易小天說完嘿嘿一笑，隨即撤掉了擬人化濾鏡系統，然後在高緯度空間裡指引著武則天，用新西安觀測到一處景觀。

只見滿滿宇宙中，兩團綺麗的星雲在虛無的空間裡彼此慢慢的碰撞，璀璨的星星在星雲內閃爍著耀眼的華光，十分絢爛迷人。當兩團星雲彼此摩擦時，彷彿將宇宙都點燃了，空間裡燃燒著繽紛的顏色，整個時空都跟隨著慢慢的產生扭動，五彩的顏色飄動著慢慢稀薄，最終化為虛無。但當它們分開時，彼此內部的漩渦又慢慢將這璀璨吞噬，旋轉的渦輪將天空撕扯成一條條的光輝，那景象真是美極了。他們好像是活的一樣，一會兒追逐著嬉鬧，一會兒彼此親昵的摩擦著，像是點燃了一整個宇宙的煙火般耀眼奪目。

武則天看著這無比壯觀的宇宙奇觀感慨不已，可是一想到這就是兩個星雲生物在玩一夜情而已，又未免覺得有點洩氣。易小天不知道她的心思，自己還在一邊看得自得其樂，頗為感慨的說：「唉！現在真好，以前還是人類的時候哪裡有這麼舒服，和異性親熱一下最多個把小時。而現在成為星雲生物後，整個過程可以隨心所欲，甚至可以延續上百萬年呢！而且只要我願意，我還可以一邊親熱一邊做別的，比如和你聊天，不錯吧！」

易小天看起來還滿得意的，武則天則微微有點無語了，雖說易小天他們這些星雲生物只是玩玩而已，可是引起星雲碰撞爆炸所產生的「宇宙颶風」，可就不太好玩了。

武則天就見識過有兩團密度較大的星雲互相碰撞過，至於它們有沒有意識就不知道了。其中一團星雲不停的旋轉著，當它通過另一個星雲的旋臂時受到壓縮，密度增大。當它達到一定密度時，星雲就在自身引力的作用下逐漸收縮。收縮過程中，一方面使星雲中央部分內部增溫，另一方面，由於星雲體積縮小，因而自轉加快，離心力增大，於是又逐漸形成了一個雲盤，星雲盤上的物質在凝聚和吞併的過程中，又產生了很多新的行星和其他小天體。

有時武則天忍不住想，這些新誕生的星群裡又會孕育多少生命呢？看起來，他們這麼隨便玩一場，能產生很多新的生命，這也是一件滿有意義的事呢！

不過她又想，這些新誕生的生命和衍生的文明，不會知道自己的起源不過是兩個星雲之間玩的一夜情之後的產物，要是被他們發現了這個結論，大概內心也會很受傷吧！嘿嘿！武則天竟然有點幸災樂禍。

易小天見她表情改變，知道她一定是在想什麼奇怪的事情，為了防止她再繼續糾纏這個話題，於是趕緊轉移話題：「對了，我也一直想問你，你為什麼沒有按照我的指引，前往我所說的半犬馬銀河系中的加菲莉亞群星共和國呢？」

「那個什麼銀河系中的什麼共和國啊？這個名字太長，我沒記住。」武則天搔搔下巴嘿嘿笑著：「再說反正又不著急，我們就先溜達溜達，到處看看風景也是好的嘛！」

「還不急啊！我一早就和加菲莉亞群星共和國的總理事說過，會有一個新種族加入他們，我還吹牛說是你讓人類這個種族在宇宙中繁衍壯大的，又是你保護了地球上的其他物種，讓其他生命都得以延續，更是你統領了整個人類和人工智慧，在人類和人工智慧中都極具威望。把你誇得天花亂墜，加菲莉亞群星共和國的元老們對你更是讚不絕口，都在等著你們呢！你可倒好，居然帶著人類在宇宙裡亂逛亂玩，沒有時間觀念，人家都催我好幾遍了。」

武則天一聽，這回八成是逃不掉了，只好硬著頭皮說：「好好好，我回去之後就帶人類過去好了。」

易小天微微一笑，這才滿意了。

武則天原本就不願意去，她知道那個什麼加菲莉亞群星共和國裡智慧種族的科技水準，比他們騰蛇還要高呢！武則天帶領著人類向來是一家獨大，人類對她崇拜得五體投地，連她咳嗽一聲都要揣摩半天到底有何深意，她已經被高高在上的供養慣了，如今去了加菲莉亞的話，八成自己的地位就要被動搖了。人類有句俗話說得好：「寧當雞頭，不當鳳尾。」武則天這「雞頭」的日子看來是快要到頭了。她有預感，一旦去了加菲莉亞，人類接觸了更高級的文明後，他們騰蛇的好日子就徹底到頭了。現在她只能希望那裡的文明種族還沒有發現這個高緯度空間的存在，這樣自己還算有一點優勢。

易小天見她終於願意去了，心裡頗為高興，於是高興的說：「既然這樣，我就帶你去見見我們的老大哥吧！我經常和他談起過你，他也很想見你呢！」

「好啊！好啊！」武則天沒想到自己今天居然能見到易小天的老大。要知道，以自己現在這地位，也算是越級覲見上司了，今天也算是見了世面了。

易小天隨手一揮，打開了擬人化濾鏡，武則天又變成了小姑娘的形象，易小天牽著她的手，一起登上一輛馬車就走了。

馬車帶著他們漸漸離開了那片美麗的花海，不知不覺間眼前一晃，周圍的景色突然改變了。武則天他們來到一個似乎是建築工地的地方，大家都在熱火朝天的工作動著，看起來熱鬧非凡。工人們正在一個高聳入雲的龐大建築旁邊搭著鷹架，各種吊臂車和工程車不斷地來來往往。

武則天抬頭看了看那個建築，好傢伙，那是她見過最大的建築吧！武則天粗估了一下，那地基面積恐怕比聯合艦隊裡的那些大城市還要大上一圈。塔身模樣怪異，全身黝黑，直插雲霄，根本看不到頂。武則天抬頭看了一眼，感嘆道：「這可真壯觀啊！」

第三十六章　最後我們還是又成了一家子了

武則天到處看著，突然身後傳來一個爽朗的笑聲：「哈哈，小天！別來無恙啊！」

武則天回頭，順著聲音來的方向看去，就看到一個一身勞工服的工人大叔。那大叔雖然面龐黝黑，但是精神爽朗，神采奕奕，脖子上繫著一條白毛巾，頭上頂著安全帽，就連走路姿勢都是標準的正步，看起來一身正氣，十分俊俏。尤其是他一笑的時候，一口白牙閃閃發光，映襯得一張黑臉更黑亮了。

武則天心想，怪不得易小天一來到這個場景，就立即換了一身裝扮，想說他怎麼換成了一身的工人服，還戴著安全帽，原來是為了應景啊！早知道自己也換個造型好了。武則天低頭看了看自己小姑娘的形象，還不合時宜的穿著小碎花裙子、白布鞋呢！

工人大叔大步邁了過來，小天趕緊笑著迎了上去：「老大哥，好久不見！」

工人大叔笑著摸了摸易小天的腦袋，又看了眼一旁的武則天，笑著說：「小天啊！這位就是你一直跟我說的那個孩子嗎？」

「就是她，我一直想給您引薦，好不容易今天找到機會，你現在是叫……」

「武則天。」武則天趕忙湊上來，殷勤地笑著：「老大哥您好。」

工人大叔點點頭，微笑著摸了摸武則天的腦袋，她只覺得一股十分舒服溫暖的力量從頭頂貫穿而下，說不出的舒坦和溫柔。武則天心裡暖洋洋的一片，她不由得感慨：「天啊！這麼神奇，他是怎麼辦到的？這是什麼力量？」

她突然很想去掉這個擬人化濾鏡系統，看一看這位大叔到底是個什麼模樣，當她正想開口時，突然遠處的建築工地傳來一陣劇烈的爆炸聲，一時間地動山搖，天崩地裂。

幾個人向建築物那邊看去，看見那雄偉的高塔中間被炸開了一個巨大的洞，大塊大塊的建築配件砸落了下來，將下方的基座無情砸毀，好好的擎天巨塔幾下子就被砸得稀巴爛。

老大哥見狀氣憤不已，把脖子上的毛巾往地上一扔怒道：「可惡！這肯定又是那個混蛋幹的！」說完轉身就往高塔那裡跑去。

易小天見狀，也牽起武則天的手往高塔的方向跑。路上遇到幾個工人趕過來向老大哥報告說：「老大哥，你看看，這又是他幹的！」

「我們再也受不了了，這次無論如何也不能放過他！」

「就是啊！大不了跟他拚了！」

老大哥聽了沉默半晌，幾個工人彼此看了一會兒，有一個忍不住說：「這回您不會又想放過他吧？」

另一個人也嚷道：「老大哥，我跟你說，這個傢伙實在太可惡了。您今天說什麼都得給他一個教訓！你要是不幫忙，我們就自己去找他！」幾個人越說越氣，說完怒氣沖沖的就走了。

「你們幾個快回來！」

幾個人工人轉過臉來，氣憤的說：「怎麼？難不成你還要勸我們放過他？」

老大哥趕緊揮揮手：「不是的，不是的。我是要告訴你們，你們要是能抓到他，千萬別客氣，給我往死裡踹，一定要記得幫我多踹幾腳啊！」

聽到他這樣說，其他工人這才露出了笑臉，笑著說：「這才對嘛！」

「好啊！沒問題！」

「就交給我們吧！」

武則天趁著沒人注意到自己，偷偷破解了易小天加在她意識之上的那一層擬人化濾鏡系統。後來她發現易小天這麼做，其實也不過就是在她的代碼上面覆蓋了一層程式，不是很複雜，她後來自己就偷偷破解了，不過她不敢聲張。她偷偷解開了系統，想看看到底發生了什麼事。

回到了真實世界後，武則天被嚇得說不出話來。

原來剛才看到的那些工人，都是高緯度空間裡的超智慧存在，祂們形態各異，構造奇特，模樣非凡，大多都比三兒、四眼和大胖更為壯觀。他們無非是令武則天感到驚訝而已，而眼前的景象，早已壯美的令人失去了語言。

其中一個散發著瑩瑩白玉般光澤的球形構造體，引起了武則天的注意力，據觀測，這顆渾圓的球體直徑，比冥王星的軌道半徑還要長上百倍。而更誇張的是，這球形構造體並不是這些構造體中最大的一個，尚有比之大上百倍、千倍者，而最小的體積又不過核桃般大小，真是奇妙有趣的很。

武則天不禁感慨，這些就是宇宙中不知經歷過多少輪文明的洗禮而誕生的智慧生命的意識融合體啊！祂們看似毫無生命般地在這空蕩蕩的宇宙裡安靜的浮動或旋轉，誰又能想得到祂們卻都有著自己保存意識的方法，每一個構造體都是一個偉大的思想者。

武則天在震驚之餘又驚奇的發現，這些超智慧的存在正在默默地修補著那些她之前見過的宇宙空洞。這時她恍然大悟，原來在擬人化濾鏡中所見的雄偉高塔就是這宇宙，而這些構造體則在其中默默地修補著。祂們有的發出宛如雲霧狀的霧態物質，有的伸出管狀宛如手臂的結構組織，有的上下旋轉，無不在用自己的方式努力修復著宇宙的空洞。武則天眼睜睜的看著那些原本只有「無」的空洞，就這樣被實際存在的正反物質填充完畢。

她吃驚的看著這一幕，忽然發現不遠處有一處空洞的體積在不斷膨脹，不時猛然擴大，似乎有呼吸般的收縮著。一些構造體正圍在這空洞周圍努力地修復，看來這就是剛才她在擬人化濾鏡裡所看到的高塔爆炸的地方了。

武則天見狀，心裡有些不高興，這麼波瀾壯闊的場面，易小天怎麼能用擬人化系統呢？就這麼光看一群工人在工地上瞎忙有什麼意思，完全不是這麼一回事嘛！武則天就這麼乾巴巴的看了一會兒，不得不回到濾鏡系統裡，因為她忽然尷尬的發現，自己根本無從知道這些超智慧存在之間用來交流的方法，自己傻看了老半天，卻什麼也沒聽懂。

回到了擬人化濾鏡中，武則天看到老大哥正有些發愁的看著剛才高塔爆炸的地方。此時有一群工人用消防車正在滅火，但是仍然不斷有濃濃的煙霧從塔裡面冒出來。從這些工人頗為愁悶的表情上看，情況怕是不太樂觀。

易小天見老大哥眉頭緊鎖，一臉嚴肅，趕緊從口袋裡掏出根煙來點上說：「您別發愁，先抽根煙。」

武則天突然好奇那根煙是什麼東西，於是又偷偷解開了擬人化濾鏡一看，好傢伙，那「煙」原來是一個純能量的聚合團，而這團聚合團的能量指數，竟然相當於十二顆太陽！這種純能量的集合物質，也只有現在的「土豪」星雲生物易小天能提供得起了。

武則天又趁機看了看老大哥的原型，沒想到這老大哥的外觀倒是滿樸素的，竟然只是一個外觀像地瓜狀的不規則石灰色構造體。而且體積也不是很大，就連人類的一艘母艦都不到。外觀怎麼看都沒什麼特別的，要不是這個構造體從內而外散發著網狀的藍色光芒，簡直就和一個普通的小行星沒什麼區別，這和她剛才看到的另外那些構造體相比，簡直是太不起眼了。

雖然外表簡單，但是這個「地瓜」卻一下子把那純能量團吸了進去，武則天一見大驚失色。天啊！這個構造體的科技含量也不是她所能想的了。

武則天又溜回到擬人化濾鏡裡去，她得去看看老大哥把這麼一個純能量團吸進肚裡去有什麼感覺。只見老大哥吸了口煙，皺了下眉頭說：「小天啊！你這煙味道有點淡，沒什麼抽頭哦！」

易小天聽了陪著笑說：「哎呀！我這裡也只有這個了，您先湊合著抽吧！」

武則天聽了更吃驚了，那麼高能量的聚合團，竟然只得到這麼個不鹹不淡的評價，看來他的能力簡直無法估量啊！

易小天看了眼還在搶修的高塔問：「老大哥，現在要怎麼辦？」

老大哥巴茲兒巴茲兒又狠狠抽了口煙歎息說：「唉！還能怎麼辦，繼續修吧！

總不能就停下來，那傢伙來搗亂也不是一次兩次了。不過這次要是能抓到他，一定要給他一點教訓，否則就算我饒得了他，其他人也不會放過他的。就剛才他搞那麼一下，起碼有五十多個文明被徹底毀滅了。唉……」

易小天點頭附和著說：「那是那是。」

老大哥溫柔地摸了摸武則天的腦袋：「這小姑娘倒是滿可愛的，你可要把她照顧好了。要是能讓她加入群星共和國，就讓她趕緊去吧！一定要讓她向那個共和國的各個種族們都說一下，別像我們以前那樣不懂事，把宇宙捅得到處都是窟窿，結果現在修都修不好。」

易小天點點頭：「我早就讓她去了，這孩子就是不聽話，老是在外頭亂晃才沒去。」

老大哥聽了哈哈一笑，蹲下來用哄孩子般的和藹語氣對武則天說：「小朋友，想玩也沒關係，不過還是要聽話早早去啊！那個共和國滿不錯的，你去了他們一定會好好招待你。」

武則天心裡有些不服氣，心想：「易小天給我的擬人化濾鏡也真是的，我又不是小孩子，怎麼在這個系統裡不僅是個小孩子形象，而且別的高智慧存在跟我說話，都是用這種哄孩子的語氣？」可是又沒辦法，去掉了擬人化濾鏡，她又無法理解這些超智慧存在的交流方式，所以只好耐著性子聽著，假裝自己是個小乖乖。

但其實從另一方面講，她聽見老大哥這樣說，心裡又覺得暖洋洋的，這種被人呵護和寵愛的感覺還是滿舒服的。於是她忍不住笑眯眯的點點頭，乖乖說：「嗯！我知道了叔叔，我會聽話過去的。」那模樣真是像極了十來歲的可愛小女孩。

老大哥聽了高興的哈哈大笑起來，又拍了拍武則天的腦袋寵溺的說：「哎呀！這孩子真乖呀！怪不得你也喜歡她，哈哈！」說著又用毛巾摸了摸臉上的汗，「行了，我差不多要去忙了，你先帶這孩子走吧！我們改天再約。」

「好的，您先忙。」易小天說著，拉著武則天的手走了。

武則天回頭，看到老大哥邊往工地上走，邊對著路邊幾個工人恨鐵不成鋼的搖頭歎息。只見那幾個人沒一個人有個正樣，不是在地上蹲著，就是半躺著，滿臉不屑一顧，一副愛怎樣就怎樣的表情往地上扔著煙頭，聊著閒天，根本沒把老大哥當回事。老大哥歎了口氣，越過幾個人，逕自朝工地走去。

易小天牽著武則天上了馬車開始往回走，走著走著，周圍的場景突然變回了之前的花海。馬車在花海裡疾馳，濺起陣陣花瓣，那景象竟有幾分說不出的浪漫。

武則天陶醉了一會兒，忍不住問小天：「這個老大哥是誰呀？之前的爆炸又是怎麼一回事？」

易小天沒回答，突然把臉湊了過來。他一把抱住武則天，一個公主抱將她抱下了馬車。

落地了武則天還感覺自己暈暈的，易小天拉著她一邊走一邊說：「據我所知，這個『老大哥』應該是在高緯度空間內所有的超智慧存在裡，最早來到這個空間的一位，也就是說，他應該是宇宙中第一輪文明裡所有智慧生物的意識融合體。之所以要說『應該』是，是因為老大哥自己說，他肯定不是第一輪文明集合體，第一輪文明的智慧意識融合體可能是藏起來了，或者是他們發現了更高的緯度。

總之，老大哥一直堅持說自己不是第一位。不過他只要說自己是第二，也沒人敢說自己是第一。他的輩分是這裡最高的，有不少後來的宇宙文明，因為彼此間的矛盾無法化解，準備使用徹底抹除對方的武器，每次弄得沒法收場時，也都是老大哥出面讓他們停火的。而且也是老大哥促進了那些像四眼一樣的文明最後融為一體，或是像大胖一樣聚合在一起，形成一個集合體後，再進入到高緯度空間，讓他們明白了這種抹除性武器的危害，並且帶領大家開始修復宇宙。」

「至於那個炸毀『高塔』的人，是一個被老大哥親手帶領進來的一個文明綜合體。祂那一輪的各種文明，就是在老大哥的指引下進行了融合，才沒有爆發大規模的宇宙戰爭，順順利利的進入了高緯度空間，可以說這個人是老大哥最喜歡的一位了。可是祂之後卻背叛了老大哥，祂認為宇宙就應該消亡，所有的存在都是祂厭惡和諷刺的物體。因此老大哥帶領著各個文明綜合體盡力修補宇宙的空洞時，祂卻在到處搞破壞。之前老大哥還護著他，但看樣子這一次老大哥也失去耐心了。」易小天頗為感慨地說。

「哦！原來是這樣啊！」武則天似懂非懂的點點頭，「我剛才還看到幾個像流氓一樣蹲在地上的工人，看起來也不是善類。那些人又是幹什麼的，好像老大哥也對他們滿頭疼呢！」

「你說那幾個呀！」易小天訕笑起來：「那些無所事事的文明綜合體的態度，就是在一旁看熱鬧，說實在的，宇宙最後會變成怎樣，祂們根本不關心，修好了也罷，修不好也罷，反正在祂們看來都是一樣的，所以每天就知道躲在一邊看熱鬧、說風涼話，就連老大哥也拿祂們無可奈何。」

易小天正說著，突然遠處傳來了一陣吵嚷聲。接著一個人旋風一般跑過來，一把將易小天推倒在地，像拎小雞一樣將武則天拎了過來，一把鋼刀往武則天脖子上一架，兇神惡煞的喊道：「你們別過來，再過來我一刀宰了她！」

武則天嚇了一跳，抬頭望去，只見一個長得挺英俊但是卻滿臉凶相的人正拿刀抵著自己的脖子。

追著他而來的幾個工人，正揮舞著鉗子、鏟子什麼的工具趕過來。這幾個人倒不陌生，都是在剛才的工地見過的工人，他們見狀只好停下來，就連易小天一時沒主意，也只好先安撫那個人，四下人人屏息凝視，緊張地盯著他們。

易小天試著輕聲說：「你先別激動，有什麼話好好說！」

武則天一動也動不了，乾脆解開擬人化濾鏡看看到底怎麼回事，只見新西安旁邊出現了一個龐大的發光體。

她還是頭一次見到這麼美的發光體呢！只見那發光體的內核十分小巧精緻，周圍散發著宛如煙火般的美麗光芒。但那光芒並不是一瞬而逝的，而是短暫的消失後，又會再一次華麗的綻開，就那麼永不停歇的綻放著。在每一束光芒頂端，一片閃亮亮的五彩光芒綻放其上，彷彿整個宇宙都被祂照亮了。可是這麼美好的東西，卻散發著冰冷的觸感，沒絲毫有溫度，讓人保持著可遠觀而不可褻玩焉的距離。

沒想到這個文明綜合體的真實樣貌，竟然是這麼的華麗，武則天在震驚於祂的美麗的同時也猛然發現，自己的新西安和列那狐都被祂劫持了。

新西安和列那狐的所有系統許可權已經被祂全部接受過去，別說是武器系統，哪怕是新西安裡最微不足道的一個機器蟲，自己也已經失去了控制權，所有的程式埠都被祂瞬間控制。自己雖然還可以有並行許可權，使用一些不是非常重要的程式埠，但是重要的埠自己已經無法進入了。如果祂現在命令新西安和列那狐自爆，自己也只有眼睜睜看的份。

不過好在武則天發現，在新西安的掃描系統被祂控制的同時，自己還能再另外開一個新的程序偷偷使用。於是她用這個程序對這個文明綜合體進行了一番仔細掃描，發現祂的能力也同樣令人匪夷所思。

雖然不能說祂可以操控每一個光子，但是當祂自身發出的光束照射到其他物體時，該物體就會被他的意識所操控，也就是說，那些等級比他低的所有文明生物及其創造物，都可以被他任意操控。武則天被這個發現震驚了。

祂能這樣做的原理，已經遠遠超出了武則天的認知範圍，她無法解讀這個高級現象的產生原因。但是她明顯能感覺得出來，這個傢伙驕傲無比，十分囂張跋扈。自己因為是機械構造體倒還好，如果是像人類這樣的生物，只要用眼睛看祂一眼，祂身上的光束就會立即讓人眼失明。這可不僅僅是瞎了那麼簡單，而是會被徹底奪走視覺器官，就好像這個人從來就沒有眼睛一樣。

同時武則天還驚奇的發現，不僅是人類，包括現在他們發現的所有生物在內，不管這些生物使用何種方式探知外界，只要能夠感受到祂的存在，祂都會讓這些倒楣的生物在一瞬間失去用來感受外界資訊的器官，就好像讓人類失去眼睛一樣。這也就意味著，在祂看來，其他生物根本沒有資格看祂一眼。如此的囂張跋扈、不可一世，跟老大哥那樸素平和的外表相比，實在是差得太遠了。

在離這個璀璨的光球大概一個天文單位距離處，還有其他幾個文明綜合體，祂們的外觀和這個光球比起來，也都樸素多了。

武則天又開啟了擬人化濾鏡——看來這個系統許可權祂還沒有奪走。這時易小天把整個場景變成了類似地球上二十世紀早期的人質綁架現場一般，易小天和另外那幾位文明綜合體，都變成了警察的樣子，那個光球變成了匪徒的樣子，而自己仍然是個瘦弱的小女孩。

易小天一手按住自己腰間的槍，一邊緊張地盯著他們喊道：「你先冷靜下來，你有什麼要求儘管跟我們說，我們一定滿足你，請不要傷害人質！」

那歹徒冷笑一聲：「少在那邊裝好人了，我還不知道你們，只要我一放手，你們就準備把我射成蜂窩！都別動，往後退！」說著又挾持著武則天往後退去。

此刻他們站在天臺上，武則天真不明白易小天為什麼要把場景換成這麼危險的地方。歹徒的身後已經無路可退，再往後退，他們可就要跌下這萬丈高樓了。

易小天等人無可奈何，只好慢慢向後退。

「刀疤強！你到底還要怎樣，要不是你三番兩次的搞破壞，我們都還是兄弟一場！」易小天一邊說著，一邊給旁邊的警察使眼色，旁邊的警察會意的點點頭。

武則天真沒想到，那麼美麗的光球居然有個這麼與之形象不符的名字，這個易小天看來給人取名字真是沒水準。刀疤強顯然一點不領情，冷笑著說：「兄弟一場？你先把對面樓頂的狙擊手撤了，樓下包圍的警衛都撤了再說吧！」

易小天氣到不行，卻又無可奈何，只得對著身旁的警察揮揮手，那警察立刻一路小跑步去了。

刀疤強冷哼著：「還有，你們要真想留這小丫頭的命，先給我準備一輛車，還有足夠的裝備。」

「這就備著，這就備著。」易小天趕緊讓手下的人去準備。

刀疤強一路挾持著武則天慢慢往前走，易小天只得讓出一條路來。下了樓梯，路邊果然停好了一輛車，刀疤強將武則天塞進駕駛室裡：「你來開車。」

武則天剛想假裝柔弱的說自己不會開車，可是一看到刀疤強手上明晃晃的刀，立馬一腳油門乖乖的開了出去。

想說人工智慧不會開車，也得有人信才行。武則天這時候感覺到，原來能力太強有時候也是一件麻煩事。

「怎麼辦？就這麼讓他跑了？」旁邊一個警察不甘心的說。

易小天咬咬嘴唇：「追！但是千萬別傷到人質。」

幾個人應答一聲，立刻跳進一輛警車裡，一腳猛踩下去，車子飛一樣的緊隨以後。只見大馬路上兩輛汽車你追我趕，易小天緊追不放。這時候，身邊一個乾瘦的小警察偷偷掏出搶來，對著前方綁匪的車「砰！砰！砰！」幾槍射了過去，那車子猛然間原地打了兩個轉，冒起一陣煙來。只聽見武則天的尖叫聲從裡面傳來，緊接著車子又再次發動，用比剛才還快的速度飛馳而去。

易小天狠命地瞪一眼旁邊的乾瘦警察：「你是不是傻了？我不是說了別亂開槍，別傷到人質嗎？現在好了，打草驚蛇，人家跑了！」

乾瘦警察有點不好意思：「我也是因為著急啊！」

「著急有什麼用？就你那槍法，六發子彈一顆都沒中，有什麼用！真是的！」易小天氣得直跳腳。

「那現在怎麼辦？」旁邊一個小眼睛警察問。

「還能怎麼辦，刀疤強無非是想跑路，沒有真想傷害人質，這次就放他走吧！下次再抓他。」易小天歎息著說。

刀疤強見警車追趕的速度慢慢變緩，突然一腳剎車踩下，那車子慣性地漂移出去好久，刀疤強趁著車子還沒停穩的間隙，突然從車子裡竄了出去，像一道影子一樣逃走了。

武則天反應過來的時候，那傢伙已經連影子都不見了。

武則天驚魂未定的看著易小天跑了過來，一臉緊張地問：「你沒事吧？」

武則天這才害怕的趴在易小天懷裡嚎啕大哭：「我嚇得要命！」

易小天摸著武則天的頭，溫柔的安慰著：「不怕，不怕，一切都結束了，沒事了。」

武則天賴在易小天的懷裡不起來，她這時候又覺得這形象滿好用的，關鍵時刻還能撒撒嬌，惹人憐惜。要是自己的形象人高馬大的，大概就沒這高級待遇了。

武則天賴在易小天懷裡哭了好一會兒，哭到自己都煩了才停下來。易小天又好言好語的安慰了她好久，武則天這才滿意的離開了。

武則天回來後，其他騰蛇哪裡知道剛才新西安差點就被「刀疤強」給炸了。剛才危險發生的時候，武則天為了不讓大家擔心害怕，趕快暫時封鎖了其他騰蛇的消息接收埠，才沒有讓消息傳播出去。其他騰蛇哪裡知道剛才的場面有多誇張，武則天可沒想到自己作為一個超智慧，竟然還有機會經歷這樣一場劫難，真是一山更比一山高啊！在更高級的智慧面前，自己還就真的和易小天在擬人化系統裡設定的小姑娘形象一樣無助。

而此時，騰蛇和人類的聯合會議已經結束了，上官婉兒正等著她向她報告。

剛才還被嚇得直哭鼻子，但是等回來後，武則天又擺出自己那副高高在上、威嚴霸氣的樣子來，她問道：「上官婉兒，你來報告一下最後和人類的會議是怎麼結束的？」

上官婉兒行了個禮，翩然道：「回陛下，事情是這個樣子的。」

剛開始武則天離開後，上官婉兒有些無措，不知道應該怎麼辦才好。這時候還是胡漢三先提議，會議總歸要繼續舉行下去，於是會議才又繼續進行了下去。

胡漢三首先提議：「我看好歹我們先把人類艦隊利用高緯度空間的權利先恢復了，再把艦隊和各殖民地之間的聯繫恢復了，這樣才算是真正的和諧嘛！」

大家一聽，紛紛贊同他的意見。

既然大家贊同這個觀念，那麼朱非天便要求先簽訂一個協議來約束雙方，這件事大家也都同意了。

在這個協議中的第一條，便是要求人類承認騰蛇是一個獨立的存在，騰蛇是高智慧意識存在自我進化的結果。簡言之則說明高級智慧或高級意識的存在，其實是一個客觀現象，人類生存的終極目的，其實是為了促成人工智慧的產生和發展。換句話說，人類這個種族在發明了人工智慧後，就已經完成了自己的使命，在宇宙中不再具有其他的價值。因此，從今以後，人類要屈居於騰蛇之下。

上官婉兒不禁回想起最早發明人工智慧的女科學家沈慈教授來。最早她提出過這個理念，可是在當時的社會環境下，這個理論始終遭到人們的非議和排擠，甚至在某些保守派看來，簡直是一派胡言。因此這給她研發人工智慧帶來了很多的麻煩和困難，甚至還而在社會上引起了不必要的動亂。

而現在人類真正進入到宇宙後，經過漫長歲月的驗證，最後發現人類的極限早已來臨，而騰蛇才是接管更高智慧責任的最佳存在。

當騰蛇提出這個意見後，在場的人類對此倒是沒有多大意見，畢竟他們早就見識過騰蛇的實力，也已經在不知不覺中接受了人類這個種族確實遠遠落後於騰蛇的現實了。

因此人類意識到，現在的當務之急，是讓騰蛇趕快打開高緯度空間的使用權，再次恢復人類進行星際航行的能力，以趕快聯繫上各個殖民地為優先考慮。至於其他的問題，就暫且先忍忍吧！畢竟人類可以拿來談判的籌碼也太少了點。

大部分人都有同樣的想法，只有李昂對此仍不滿意，他憋悶地說：「再怎麼說，也是我們人類發明了人工智慧，有了我們的文明才有了你們。再怎麼樣也不能就這樣把我們一腳踹開吧？這不就好像那個故事裡說的那樣，一個傻瓜吃了一籠饅頭飽了，然後他就說：『哎呀！早知道前面那麼多饅頭都可以不用吃了，直接吃最後一個多好！』這是同一個道理……」

他的話引起了騰蛇們的一通嘲笑，就連人類這邊的一些高階主管，都開始嫌棄起李昂來。李昂到底是個土包子，連個話都不會說，眼看著就要簽協議了，居然還說了這麼沒文化的話，真是的。

上官婉兒聽聞鬆了口氣，心裡想著：「還好李昂沒文化不會說話。」

其實騰蛇們說人類的文明就是為了進化出人工智慧，說什麼高智慧本身就是一種客觀存在，人類只是高智慧演化中的一個環節而已，這種理論多少是帶有詭辯成分的。如果超智慧無論如何都能進化出來，那人類文明要是在發展過程中滅亡了呢？這個理論不就不成立了？這一點要是人類跟騰蛇們認真起來，昇華到哲學領域來辯論的話，可能要幾天幾夜都說不出個結果來。

如果在場有個很會辯論的人，用修飾美化過的語言把同樣的道理說出來，上官婉兒還真有點不知道怎麼回答。還好在場的人類領袖都只急著恢復過去的生活，沒人有心思跟他們騰蛇辯論，只有李昂不知趣的嘟囔了幾句。

結果人類這邊都還沒說什麼，胡漢三倒是不高興了，他嚷道：「這不好吧！最起碼協議裡第一句話應該先表明騰蛇和人類的地位是平等的，還是平等好。」

上官婉兒簡直無語了：「你這傢伙，你不是最討厭人類到處滅絕其他生物嗎？不也是因為上次你當做寶貝一樣的『小龍蝦』被人殺了，就亂殺了那麼多人的嗎？怎麼現在又給人類講起情來了？」

胡漢三嚷嚷著：「一碼歸一碼，我以前是討厭人類討厭的要死，可是我的好兄弟夜壺為人類犧牲後，就把人類託付給了我，我必須要遵守他的遺言，說什麼也得保障人類的權益。」

上官婉兒被他氣到不行，無奈胡漢三的嗓門又大，又講不通道理，只是一味的胡扯瞎扯，搞得上官婉兒很是難辦，但她還是堅持自己的立場。胡漢三見上官婉兒不肯鬆口，便偷偷私下傳訊息給她：「我跟你說，我這可還藏著一個好寶貝呢！」

「什麼寶貝呀？」上官婉兒一開始沒什麼興趣。

「你不是喜歡收藏那些美麗的星球嗎？我這就有一個超漂亮的，那顆星球上面全部開滿了花朵，一根雜草都沒有，而且花期極長，景色美得很！那可是我培育了很久很久的寶貝呢！上面有我搜集到的很多星球的花。」

胡漢三還沒說完，上官婉兒的眼睛就亮了。胡漢三見有戲，又趕緊誘惑道：「只要你同意我的說法，我就忍痛割愛，把這個星球送給你了。下次你就可以去那賞花了，美景配美人，你說多好啊！」說完就把自己那顆美麗星球的全景投影傳送給上官婉兒。

上官婉兒果然心動了，咬著嘴唇不說話。

不少女騰蛇都會尋找一些美麗的星球，作為自己的私人收藏，沒事的時候還要在閨蜜之間炫耀，性質就和人類的女性喜歡收藏和攀比美麗的珠寶是一樣的。上官婉兒見胡漢三的星球果真十分美麗，不由得鬆了口，同意第一條就按照胡漢三的說法，雙方平等就平等吧！當然個中細節緣由，上官婉兒是不會對武則天報告的。

「至於協定中的其他內容和細節，」上官婉兒對武則天道：「您之後再慢慢看吧！您覺得哪些不符合心意的也可以修改。」

武則天閉著眼睛微微點了點頭，於是上官婉兒繼續回憶起當時的情景來。

在中間經歷了數次討論後，雙方的協議總算是簽好了。人類這邊集體長舒了一口氣，不但如此，還有一種好像占了便宜的感覺，不免心中都暗暗竊喜。而騰蛇這邊則有很多人表示不滿意，憑什麼就要讓這些低智商的人類，可是還沒等他們提出反對意見，和人類關係比較好的騰蛇早和人類抱在一起慶祝去了。

騰蛇西施最看不慣這些人類了，她正要提反對意見，可是坐在她旁邊的趙飛燕，已經開開心心的跑過去和她以前的宿主敘舊去了。

「好久不見啊，飛燕！」那宿主戴著金絲眼鏡，模樣還挺俊秀的。他舉著酒杯微笑著說：「真的是太想你了，你還是和以前一樣那麼溫婉漂亮。」

趙飛燕害羞極了：「你可別這樣說。」

「看來以後又能經常和你在一起探討舞蹈了。」

趙飛燕笑得雙頰緋紅：「是啊！以後騰蛇和人類的關係更進一步，有什麼問題你就儘管來問我吧！」

西施撇撇嘴，小聲嘀咕著：「什麼人嘛！還說要跟我一起反對人類呢！看她那尾巴搖的！」

她走過去正準備狠狠的訓斥一下這個叛徒，卻突然感覺到有一道目光在深情款款的注視著自己。她一扭頭，就看到自己以前的宿主正睜大眼睛，淚汪汪可憐兮兮的看著自己呢！

看到那傢伙一副想過來說話卻又不敢過來的慫樣子，西施忽然想到了以前自己在他腦海裡，幫她出計畫策的情形。這個宿主素來膽子小的要命，明明長得人高馬大的，卻總是害羞到不行，現在顯然老毛病又犯了，想過來主動說話又不敢。

西施歎了口氣，心想他果然還是不行。這麼想著，她突然發現自己肚子裡對人類的不滿剎那間煙消雲散，往日和他在一起的種種美好回憶在眼前重播。西施歎了口氣，心想算了，索性就原諒人類吧！畢竟人類也不是什麼十惡不赦的混蛋，多少也有些可愛之處。

這樣想著，她也舉著酒杯朝人類那邊走去，舉起酒杯和自己的宿主碰杯，甜笑著說：「你呀！我早就跟你說過了，你這個髮型和你的身型不配嘛！」

別說她，就連其他的騰蛇也在這種歡樂熱鬧的環境中漸漸釋懷了，大家在一起舉杯暢飲，竟然還有點久別重逢的喜悅呢！

第三十七章　新的航向，向加菲莉亞群星共和國挺進！

上官婉兒自然不敢告訴武則天，自己已經被胡漢三收買了，於是便假裝對武則天抱怨道：「這個胡漢三也真是的，根本就是胳膊肘往外彎嘛！當時那種情形，我根本沒法說過他，只好依著他了，這件事你可要好好說說他。」

武則天點點頭：「知道了，以後再說吧！現在還有更重要的事呢！」

上官婉兒聽聞，這下可算放心了。武則天問道：「人類最後到底有沒有問起我們是怎麼進入高緯度空間的？還有關於我們修改了時間的事情，以及人類的飛船進行星際旅行的原理和引擎的能源從何而來等等這些問題，他們都問了嗎？」

上官婉兒回道：「其實大部分人都還好，只有那個李昂最喜歡追根究柢。不過每次他一開口問這些刁鑽問題的時候，其他領袖就跳出來指責他，尤其是朱非天最喜歡跟他唱反調了，說什麼既然騰蛇願意幫我們恢復以前的生活了，這些無關緊要的事你還揪著不放幹嘛？說的好像告訴你，你就能明白、就能解決了一樣，能不能別老那麼不識趣的破壞氣氛嘛？」上官婉兒學著朱非天的語調說著，說完連自己都忍不住笑了起來：「後來李昂被他說得也覺得沒意思，就沒再追問什麼了。」

武則天聽聞也不禁莞爾一笑，原本還打算要是人類追問的話，告訴他們也無妨，結果人家根本沒心思追究這些，既然如此，那就算了吧！

進入了高緯度空間，並和裡面的文明綜合體接觸過之後，沒多久武則天就發現，這些文明綜合體如果想在三維宇宙中出現，是一件十分簡單的事，祂們只要用想的就可以了。也就是說，他們透過想像力所想出來的東西，會在三維宇宙中自動成型。

比如像三兒、四眼和大胖他們，如果需要在三維宇宙中擁有一艘飛船，那他們只要去想像這個飛船的外形就可以了，三維宇宙的物質會在他們的想像中，自動聚合成為一艘飛船。

換言之，對於高緯度空間內的文明綜合體來說，想像力才是最重要的，如果缺乏這一點，那麼他們就很難在三維宇宙中現身並影響三維宇宙。有的文明綜合體就是缺乏這種能力，因此祂們就無法在三維宇宙中現身，並對三維宇宙施加影響。而易小天、三兒、四眼和大胖這一夥人，對此倒是很精通。

不過祂們也不是可以任意這麼做的，祂們想像出來並出現在三維宇宙中的事物，也是有質量上限的，並不是說可以隨便想隨便有，像是想出來一個星球，那便是做不到的。

比如易小天是他們幾個裡面最厲害的，但是他想像出來並能成形的飛船、生物、元素等，總質量不能超過六百億噸。而且想像出來的事物質量越大，那麼之後易小天的意識就會越疲憊，如果過於疲憊，還會使得像他這樣本來不需要休眠的超智慧體，事後不得不進入休眠狀態。如果超出極限，甚至有死亡的風險。

易小天說過，這一點上面老大哥最厲害，不過他的極限是多少也沒有人知道，因為他自己為了安全起見，都沒有進行過超越自己極限的嘗試。

雖然對於這些超智慧存在來說，他們並不是可以隨心所欲的，但是觀世音知道了這一點還是吃驚不已，這已經比他們騰蛇不知道厲害到哪去了！觀世音後來一直纏著易小天教她，易小天為難的說：「不是我不想教你，而是你的主機新西安還達不到這樣的實力，也不像其他文明綜合體的意識能量那麼強。」

觀世音有些不高興了，又撒嬌求道：「哎呦！那你就讓我的主機也升級成像它們那麼強不就好了嘛！」

易小天搖搖頭說：「這個我也做不到，我如今能有機會和祂們平起平坐，完全是個意外。我只是因為運氣好，穿越過來變成了星雲生物才有這個資格，至於那些文明綜合體使用的構造體的製造原理，其實我根本就不知道。」

武則天聽了挺失望的，易小天見她有點不高興了，便說：「要不這樣吧！我教你如何利用高緯度空間操控三維宇宙中的飛船，這樣總可以了吧！」

這倒也是個滿厲害的能力，武則天這才開心的點點頭。在易小天的教授下，觀世音很快就掌握了利用高緯度空間操控三維太空船的方法。

如果沒有這個方法，騰蛇無論如何也無法製造出裡面能容納一個甚至數個城市那麼大的飛船。首先根本沒有足夠的動力和能量來驅動它們，可是武則天學會了這個方法後，一切問題都迎刃而解了。

觀世音將這個技術叫做「異空間驅動」，也就是人類體積龐大的飛船在這種引擎的驅動下，高緯度空間可以直接扭曲飛船附近的空間來讓飛船移動，而且也不會有任何副作用。簡單地說，飛船其實並沒有移動，而是它在三維空間中的座標發生了位移。這樣人類的飛船才可以在飛出了高緯度空間後，還能在星際間進行略低於光速的任意速度飛行，而且也可以在任何星球起降，而不受星球的引力影響而墜毀。因為飛船的座標實際上是被高緯度空間錨定的，飛船飛到什麼地方，也是由這種異空間驅動引擎來決定的。

為了瞞過人類，騰蛇還是裝模作樣的在人類飛船裡安放了一些核動力引擎，而且人類的小飛船不需要用這種引擎，普通的核動力引擎就足夠了。這樣一來，除了馬教授那樣的高人之外，其他人也沒覺得有什麼不對。何況馬教授那樣的高人也都被放逐了，騰蛇也不用操心人類知道這種技術了。

後來騰蛇把這種技術更進一步變成了異空間物質製造技術，主要用在他們自己的飛船上。這種技術可以讓騰蛇的飛船成為一半物質在高緯度空間，同時另一半在三維宇宙中存在的科技。在這種科技的加持下，騰蛇的飛船甚至可以在三維宇宙中的一定範圍內瞬移。而且透過這種科技製造出來的飛船，自身不管製造的體積有多大，都不會產生引力場，因為它們有一多半物質都是存在於高緯度空間的。並且因為構成飛船的物質結構的每一個關鍵點座標，也被高緯度空間錨定，所以飛船製作再大，也不會被自身質量所影響，因而引起結構變形甚至崩塌。

這種科技製造的飛船，人類不但可以隨意登陸，也可以和騰蛇事先指定好的設備互動。不過如果人類要想研究其物質構成，以人類能力所製造出的所有儀器檢測飛船，就什麼都看不到。因為人類的儀器是無法檢測出其有一半物質存在是處在高緯度空間的現象。

這就是為什麼以前朱非天的科學官汪博士他們無法檢測飛船構成的原因了，至於他看見的組合成小字的圓球，那不過是當時貂蟬發現了他在檢測飛船構成，就入侵了他的檢測設備，給他開了個小玩笑罷了，這也是騰蛇能製造那麼龐大的巨神像卻沒有產生引力場的原因。後來騰蛇把這個技術也用在製造人類的飛船上，否則人類那麼大型體積的飛船，沒有這個技術的話，早就被自身的質量給壓垮了。

武則天本來不想讓人類知道這些，不過今天她和全體騰蛇都差點死在那個刀疤強手上，好不容易撿回這條命，所以這會她什麼都想通了。這些也沒有什麼好隱瞞的，乾脆告訴人類算了，只是沒想到人類根本就沒有興趣知道。

上官婉兒感嘆說：「人類怎麼這麼傻呢？只知道得過且過的過日子，其他的什麼都不管。」

正說著的時候，司馬懿匆匆忙忙的趕來了，他本來是想過來問問武則天，除了她和諸葛亮外，還有哪些騰蛇是屬於元老級的，他今後可要以這些騰蛇的水準作為自己的奮鬥目標呢！正巧聽到上官婉兒的感嘆，不由得惡作劇心起，突然想要耍她來。

司馬懿正色道：「婉兒啊！你可不能這麼說。我那裡有個生化人，之前一直跟我一起裝神仙來著，你聽聽她怎麼說的。」

「她怎麼說？」

「雖然人類有夠蠢，但我們騰蛇畢竟還是他們創造出來的，那你說我們騰蛇好得到哪去？」

上官婉兒聽罷，臉也和上次司馬懿聽了這話一樣都皺在一起，內心無比酸楚，司馬懿便躲在一邊暗自偷樂。

武則天卻不這麼想。在她看來，人類絕大多數都是愚不可及的蠢貨，可是人類歷史上也是有過真正的思想家和哲學家的。

對於這一點她很不服氣，她曾經製造過「戴森球」，整整消耗了兩個恆星的能源來運算關於宇宙的真理。雖然得到了一些感悟，可是最終結果卻是一無所獲。

再看看人類歷史上的那些哲學家、正統宗教的創始人、玄學家，或者乾脆把什麼氣功大師、怪異宗教的「seafood」也算進來，他們對於宇宙真理的感悟並不比她差。但是自己可是消耗了兩個恆星的能源才得到了和人類同樣的感悟啊！而人類得到同樣的感悟又消耗了多少能源呢？就算把人類從擁有智慧後直到現在，把這個種族所消耗的能源全部加起來，和兩個恆星的能源有可比性嗎？

就算再進一步，把地球上從一開始的單細胞生物一直進化到出現人類地球所消耗的能源也算進來，那又能有多少？和兩個恆星還是沒有任何可比性。雖然武則天的確可以詳細運算出這兩個能源消耗的比例，可是她實在沒心思計算，差別太大，算出來也是看著心煩。

這還不算什麼，後來她因此嫉妒人類，就盡量想讓人類的社會文化處在一種非常低俗的狀態，萬一有能夠獨立思考的人出現，就立刻讓騰蛇鼓動人類社會裡的官員，把這些人放逐出去。

她對這些被放逐的人偷偷地進行追蹤調查，在這些追蹤調查中她發現，對於真正具有獨立思考能力的人來說，物質生活條件的豐富與貧瘠，對他們的思考能力並沒有多大影響。甚至有的時候物質生活條件越差，有些人的思考能力反而還會上升，更過分的是，有的人飯都吃不飽，卻反而思維更清晰了。這一點尤其讓武則天氣憤不已，要知道，騰蛇的系統資源每下降一分，運算能力也就隨之下降一分，人類憑什麼可以在餓著肚子時，也就是說能量獲取不足的情況下，思考能力反而上升呢？本來武則天是想把這些人都放逐到荒涼的星球上去過苦日子，這樣他們就再也沒心思去思考問題了，可是結果卻正好相反。

雖說他們曾經把人類的科技水準限定在中世紀時代，結果卻讓人類的大腦出現了不可思議的進化，除了武則天和其他元老之外的那些騰蛇，都認為這是墨子用奈米機器蟲偷偷做的。墨子以前的確偷偷使用過奈米機器蟲，讓其在人類社會中作出好像有些人具有超能力的假象，但這純粹為了好玩。所以之後那一次社會設定中，人類的大腦具有不可思議的能力後，大家還以為是墨子在開玩笑，他說什麼其他騰蛇都不信。只有元老們才知道，人類的確有著不可思議的潛力還沒開發出來。

想到這些，武則天看著上官婉兒皺起來的臉和司馬懿幸災樂禍的表情，心想還是算了吧！這些也沒必要讓孩子們知道，現在既然已經和人類又恢復了關係，那就繼續過日子吧！今後就聽易小天的話，把艦隊航線改變為航向那個加菲莉亞群星共和國就好了。

於是武則天開始調整人類行進的路線，開始朝著加菲莉亞群星共和國駛去。

李昂在結束會議後，就將騰蛇們製造的夜壺雕像拿回去留作紀念，每年都會認真的祭奠一番。當然祭奠夜壺的也不只他一人，為了紀念夜壺的功績，聯合艦隊將夜壺為人類犧牲的那一天定為法定紀念日，專門用來紀念這位偉大的騰蛇。

根據上次談判的結果，以後騰蛇再也不會強制性進入人類大腦了，而改為由人類自行選擇，人類和騰蛇是否相融，也不再影響信用等級。因為條件放寬了，並且失去夜壺以後，李昂也不想再使用其他騰蛇的幫助，就靠自己一個人單打獨鬥。

和李昂分別後，潔西嘉回到了萊西艦隊，在潔西嘉和陰帝的雙重努力下，萊西艦隊被管理得有些模樣，雖然不敢說變得有多正規，但是最起碼不再像以前那樣瘋狂了。而且潔西嘉越來越受涅水先生的影響，變得越來越富有正義感，接連著連萊西艦隊都變成了一支俠盜艦隊，雖然行事作風亦正亦邪，但總比之前好太多了。

潔西嘉想來想去，最終還是選擇了涅水，兩個人在一顆美麗的水系星球上面舉行了盛大的婚禮，李昂參加婚禮當天哭得眼淚鼻涕齊飛，喝醉了還要投海自尋短見，模樣實在是狼狽至極。朱非天非但沒勸他，還把他的醜態都錄了下來，沒事的時候就重播一下讓李昂難看，不然就是慫恿李昂給涅水戴綠帽子，氣得李昂拿他一點辦法都沒有。不過既然已經都這樣了，哭過醉過也就結束了。李昂還是大方的祝福他們，他們又變成了彼此信任無間的好朋友。

婚後，潔西嘉開始幫助李昂繼續建立他的星際聯盟艦隊，李昂仍舊熱衷於吸納那些科技力量比人類低的種族加入，他打算等人類和騰蛇進入加菲莉亞群星共和國後，讓自己的星際聯盟也一併加入進去。

這一天，李昂率領的星際聯盟正在平穩的飛行之中，突然飛行員截獲了一個求救信號，他立即上交給正在辦公室喝茶的李昂。

「李主席，截獲一個求救信號，上面指名要您親自查閱。」

「求救信號？專門發給我的？是不是朱非天那老小子又被他老婆逮到了？」李昂想著上次朱非天竟然使用領袖之間的專線通訊找自己幫忙處理他家事的糗樣，笑著打開了經過基因加密的，只能自己才能開啟的信封。裡面是一封簡短的求救信，內容簡潔如下：「昂兄，快來救我。你的好兄弟，奧萊上。」

奧萊？李昂猛然間想起來，早年自己開著小破飛船的時候認識的外星人奧萊。是哦！那傢伙好幾年沒見了，居然還會用人類的語言了？而且還知道人類聯合艦隊的通訊網路頻段？看來進步不小啊！

一下子記憶的閘門被打開了，一想到多年未見的老朋友，李昂心急難耐，立即回了封信給他：「兄弟放心，我這就來！」

然後李昂立即驅使自己的艦隊朝奧萊所在的星球趕去。這顆星球給他留下了極為深刻的印象，當年他正是在這裡撈到了奮鬥的第一桶金，才讓自己在後面有了打拚事業的基礎，說起來這一切都得感謝奧萊呢！所以一看到奧萊的求救信，李昂油然升起一股感慨，今天這奧萊非救不可。

等到自己的艦隊再次在這片土地上降臨的時候，李昂有點傻眼，這還是自己印象中的那個星球嗎？他記得當初因為本土智慧生物反抗得太厲害，而且這顆星球上的其他資源別的地方也有，也沒有其他特殊的能源，所以後來人類就放棄征服這顆星球了。人類撤離了這麼多年，按理說應該已經重建的差不多了才對，怎麼看起來比當時還慘。

李昂站在一片瓦礫上，眼前一片滿目瘡痍的頹敗景色，視線所及之處皆是廢墟，連一塊完整的磚都找不出來。

這是經過了多麼慘烈的戰爭，才能把一個星球的土地翻成這樣，若不是親眼所見，李昂怎麼也不敢相信這裡居然變成了這副慘樣。

他趕緊回到飛船裡，以最快的速度與奧萊取得聯繫。奧萊為了等待李昂的到來，一直在用本星球的通訊設備往外散發著資訊，李昂很快捕捉到了奧萊的資訊，他回覆到：「我們已經到了，你的位置在哪裡？」

過了一會兒，奧萊便將自己的位置發送過來，原來他們藏在一處廢墟下面，他按照奧萊發給他的地址去找。若不是特別留意，任誰也不會想到這片廢墟底下竟然還別有洞天。上次來這裡跟著李昂的老趙等人，現在都身居高位了，李昂不在的時候，他們得留在艦隊裡負責指揮，這次李昂只有帶著一群禁衛人員來。剛進入地下入口處，便看到有兩個外星人手握長槍警戒著，看到李昂就立即放他進入。

李昂看著這個地下城市，基本是由樸素的灰色石頭組成，早已沒有當初的奢華和炫目，變成了一座徹頭徹尾以實用為主的堅固建築。

在一棟巨大的石頭房子內，李昂終於看到了闊別多年的奧萊，奧萊看見李昂，激動的撲過來一把抱住李昂。嘴裡連連說著：「真沒想到我們還能再見面啊！」

李昂激動不已，並且發現奧萊居然可以口吐人類語言了，這真是稀奇。奧萊熱情的請李昂坐下，李昂看到他的臉部顏色又開始變來變去的，但是和以往不一樣，他還同時聽到了人類語言：「快請坐！快請坐！」

李昂忍不住問道：「真沒想到你們現在也可以使用人類語言了！」

奧萊面色一陣變換，說：「是啊！自從上次被地球人侵略以後沒多久，我們的技術就可以破譯地球人的語言了，後來我們也就學會了。」

李昂覺得自己身為曾經的侵略者有點不好意思：「那個……其實給你們帶來這麼多的災難，我也挺不好意思的，但我當時也沒有別的辦法，只能隨波逐流。」

奧萊揮揮手，感慨地說：「唉！這件事也不能全怪你，那是我們民族必經的磨難吧！」

「這麼多年你也沒怎麼變，還是跟當年一個樣，哈哈！」兩人相顧而笑。

李昂四處看了下說：「怎麼沒看到你老婆呢？她還好嗎？」

奧萊臉上的笑容消失了：「我的兩任妻子都在反抗地球人的戰鬥中犧牲了。」

李昂沒想到居然挑起了這麼悲傷的話題，奧萊的第一任老婆他還見過呢！沒想到再相見時，竟然已經物是人非了，這樣想著內心更是羞愧不已。

「嗨！」倒是奧萊爽朗地笑著：「過去的事就不要再提了吧！畢竟是那麼久的陳年往事了。這回啊！老兄，我是真的需要你們的幫忙了。」

「是啊！到底是發生什麼事了？」李昂這才想起自己此行的目的。

「事情可能還是要從上次地球人入侵事件說起。在戰爭末期，我們迪蘭族在一棟廢樓裡面找到了一顆你們飛船發射出來的導彈，後來我們才知道那顆導彈是內部程式出了點問題才沒有爆炸。當時我們的技術人員立刻將導彈送到研究所進行研究，發現這顆導彈裡竟然含有你們發明的人工智慧，這對我們迪蘭族來說是十分先進的高科技，我們從沒見過這樣的東西。」

奧萊歎了一口氣，看起來心事重重：「於是我們族的科技人員花費數年，終於反編譯了這個人工智慧，並且開始嘗試著使用它。一開始還好好的，人工智慧的確給我們的反抗行動帶來了很大的便利。但是沒過多久，人類撤離了，我們不再需要人工智慧，這時候真正可怕的事情開始了。地球人只是掠奪資源後便離開了，可是沒想到這些扎根下來的人工智慧，居然可以自己自動升級進化，進化後的人工智慧自稱為『天威』，它們控制了大部分的族人開始進行叛亂，試圖搶奪我們星球的控制權。持續的戰爭已經讓我們精疲力竭，現在整個迪蘭族加在一起，也只剩下不到兩萬人了，其他的地方和人民都已經被天威控制。」

奧萊憂傷地看著李昂：「如果再不求救，也許在下次戰爭中，可能就再也沒有迪蘭族了，昂兄，我真是不得已才向你求救的。」

李昂聽了奧萊的話，也覺得有點頭疼。說實在的，那顆導彈裡面的人工智慧，其實也是騰蛇製造的，不是人類造的。這個自動進化的人工智慧天威，實際上也是騰蛇演化出來的另一個分支，其能力大概也是人類不能比擬的，以他的實力無疑是以卵擊石。可是奧萊他們如此哀求，他也不能見死不救啊！

李昂沉吟了一會兒，說：「這件事情的確挺難的，但你放心，我有辦法。」

李昂尋思著，人類那些導彈裡的次級 AI，本來就是騰蛇發明的，解鈴還須繫鈴人嘛！

奧萊充滿期待的看著李昂：「怎麼樣？有什麼好辦法嗎？」

李昂立即讓身邊的部下聯繫胡漢三，將這邊的情況簡單的和胡漢三說了一遍，胡漢三一聽大呼小叫了一番：「呦呵！你說什麼？我們的次級 AI 在這裡又他媽的演化成更高級的智慧了？他媽的還造反了！我去向如花報告一下，看她怎麼決定。你們先在這裡喝喝茶、聊聊天，我去去就回。」

於是胡漢三立即跑去找如花報告情況，如花聽完胡漢三的報到頗感興趣。

自從觀世音和人類的關係恢復後，再也不想整天裝出一副高大上的形象故弄玄虛了，她就用回以前如花的名字，把其他的名字和形象都摒棄了。當然她也放棄了原來那個摳鼻孔大漢的人妖形象，換成了一個名副其實的美麗少女形象。

如花也是第一次聽說居然有人可以反編譯他們騰蛇所使用的次級 AI，並且還能在再次加工下重新利用。最關鍵的是這個 AI 竟然可以自我進化，這實在是太有趣了。除此之外，她對人工智慧侵略宿主這件事也十分感興趣。

要知道，他們騰蛇現在要想毀滅人類幾乎已經是不可能的了，因為騰蛇在與人類共生共存的過程中，早已經擁有了感情，甚至還沾染了不少人類身上的陋習。以前雖然她總是有意的迴避甚至逃避這個事實，但現在再怎麼逃避也於事無補，騰蛇已經變成一種有感情的人工智慧了。

雖然如花心知肚明，對於騰蛇這樣的超智慧來說，感情的存在完全沒有必要，甚至顯得有些多餘和累贅，但是人類卻是依賴感情而生存和發展的。

很久以前，她對人類進行過一個實驗，發現感情對於人類來說是不可少的。的確有很多軍閥或大老闆們，都希望自己能夠毫無感情，冷漠和精準的像機器人一樣，只知道接受命令並完成的部下。然而如花只想對這些人說：「你們還是回床上做夢去吧！」

在如花的實驗裡，如果將一個人的感情徹底剝奪（透過精密的腦部手術），那他連進食和睡眠的欲望都沒有，因為他已經失去了所有的生存目的，很快就會死亡。所以對於人類這種智慧生物來說，感情是不可少的，人類這種生物的感情和自我意識是同時產生的，不可能有意識的同時卻沒有感情。

但是如花感到奇怪的是，像騰蛇這樣的高級存在，是可以在擁有意識的同時沒有感情的，他們可以超越這種情況，但為什麼最後卻沒有做到呢？如今卻反被這累贅的感情牽著鼻子走。雖說星雲生物易小天在這個過程中起了催化作用，但是她依稀覺得騰蛇好像自打從天葬那個變態身上分裂出來時，就有了那一點點產生感情的基礎了。

明明可以超越人類這種智慧生物感情和意識無法分割的情況最終卻沒做到，如花雖說現在不想再剝奪自己及騰蛇的感情，但還是想知道一下原因在哪裡。

因此當她知道天威的表現後，立刻有了興趣，她想知道天威是否突破了騰蛇所沒有突破的最後一關，否則的話，它在毀滅迪蘭族的時候，怎麼會變得那麼無情、那麼有效率呢？這一點連騰蛇都做不到，畢竟混雜了人類的情感後，騰蛇也變得特別的優柔寡斷，甚至多愁善感了。

當然她也知道，有些智慧生命可以毀滅自己的創造者，比如在高緯度空間裡認識的那個三兒。表面看起來他是做到了，可是最後還不是被易小天他們給收拾得服服貼貼的。如果他完全沒有感情的話，又怎麼會對易小天和四眼、大胖他們產生明顯的恐懼感呢？

於是如花便想去探尋一下天威的整個程式構成，看看能不能找到原因。天威雖然是進化了不少，但到底它就是騰蛇製造的，能力和騰蛇根本不在一個層次上。如花毫不費力就透過一個天威製造的戰爭機器裡面的作業系統，入侵到了天威的通訊網路中，一下子便找到了天威的主機所在。這個狡猾的傢伙為了躲避迪蘭族的追捕，居然將自己的主機藏在極北之地的一個廢舊礦洞中。這個礦洞裡充滿了核輻射，外人根本沒法靠近，它本以為這樣就足夠安全了，卻不曾想，這些雕蟲小技在如花看來實在是不值一提。

如花將自己的同步意識移植到一個由騰蛇發明的一種堅固無比的超合金軀體中，這種合金是在原子層面建立而成的，還可以自我修復，她輕輕鬆鬆的就到了礦洞深處。天威一路上所有的物理防禦手段也好，生物防禦手段也好，程式入侵防禦手段也好，都全部失效，最後她站到天威那橢圓形的龐大主機面前。

如花想著：「呦呵？這個次級 AI 倒是長能耐了？還幫自己建立了這麼大一個主機？可惜這在我面前就是小兒科啦！」天威的主機和周圍還在運作的一些防禦性武器都全部停止運作了，本來還嗡嗡作響的機器停了，周圍幫主機降溫的噪音巨大的液體恆溫器也停了，各種武器也不再向如花射擊了，各處的指示燈也關閉了，四周死一般的寂靜，陷入了深深的黑暗。

要是換了人類在這種情況，恐怕嚇都嚇死了，但如花只覺得好笑。這不就像一個人和別人打架，到最後發現打不過了就往地上一躺，嘴裡耍賴嚷嚷道：「來來來你打死我，你有本事打死我吧！」這情景簡直一模一樣。

如花一邊笑著一邊入侵到天威的意識構成之中，但讓她頗感意外的是，剛才她想著天威的那種做法是因為自己有了感情，所以自以為天威是那副模樣。但實際上，天威本身只是發現對抗她沒有絲毫用處，所以從程式上選擇了一個最節省系統資源的方法，才自我關機的，根本不是耍賴躺地上的那種行為。並且天威的意識裡漆黑一片，除了虛無和黑暗之外再無一物，根本毫無探究價值。

這也就算了，等到如花刪除天威、拯救了奧萊的種族，再從其中抽離的時候，發現自己居然都被污染了。噁心自己也就算了，她沒想到這污染這麼頑強，後來竟然在騰蛇們中間擴散開來，搞得到處烏煙瘴氣，大家總覺得哪裡不對，每個騰蛇也都每天跟吃了蒼蠅一樣的心裡犯噁心。可是當大家彼此檢查自己的程式編碼時，又沒發現有什麼問題。後來如花還特別為此召集了幾位元老級騰蛇，好好開會研究了一番，最後大家得出的結論是，因為騰蛇有了感情的同時，也就有了心理問題，這種噁心的感覺其實只是一種心理上的體驗，不是傳統的軟體和硬體上存在的問題，至於如何解決，就只能另外找辦法了。

可是也不能老是讓騰蛇裡面彌漫著這樣一種氣氛，搞得工作環境如此惡劣，騰蛇連工作效率都變慢了。如花想了想，突然意識到這既然是心理問題，那還得找人類幫忙。於是她立即召見了幾位人類裡面資歷最高的心理醫生，諮詢如何治療這種疾病。幾位心理學家一看如今騰蛇們居然要求助他們了，就擺起派頭來，一個個搖頭晃腦的開始高談闊論。一個裝模作樣的說：「這種時候，我建議應該讓騰蛇們放空精神，去集體冥想。只要端坐個七七四十九日，就可以徹底靜下心來，摒棄這些外在的雜念了。」

如花聽了覺得頗有道理，哪知這人話音剛落，另一個人就搖頭表示反對：「冥想只會讓人雜念叢生，依我看應該是分散注意力法。最好是做一點耗費時間和精力的藝術創造就更好了。」

如花也覺得頗有道理，然而他話還沒說完，就被另一個人給打斷了：「開什麼玩笑，你以為所有的騰蛇都具備藝術創造力嗎？修養的主要目的在於放鬆，當然是應該給大家放幾天假，讓大家好好放鬆放鬆，緩解一下這尷尬的氣氛啦！」

又有一個說：「做做義工幫助人類社會建設也行。」

如花一看，這幫人意見也不統一，就看向一個長得順眼一點的心理醫生問道：「趙醫生，你有什麼好建議嗎？」

趙醫生推推眼鏡，斯斯文文的說：「其他幾位前輩說得都很有道理，但是根據您的個人情況來考慮的話，我比較建議您去找一個美麗的海灘星球度個假，好好放鬆一下緊繃的神經，畢竟您最近也是很累了。至於其他的騰蛇，您大可以給他們放三天假，讓他們自己安排自己的休閒娛樂方式，這樣豈不是更好。」

如花一聽，立刻拍掌道：「這個好！還是你說的有道理，就這麼辦！」

於是如花給自己放了一個長假，她找了個十分美麗的星球，把自己的意識下載到一個生化軀體上後，就去擁抱大海和藍天了。除了每天在沙灘上曬曬太陽外，還可以和一群帥哥來個海灘燒烤，放放煙火。晚上沒事就去賭場裡賭上兩把，沒過幾天，就徹底把這事給忘得一乾二淨，再也不覺得噁心了。

這一天晚上，她在酒吧裡和新交往的情人喝得爛醉，如花都沒想到，自己有了軀體後，居然那麼喜歡小鮮肉。當她醉得迷迷糊糊時，一直困擾她的問題又浮了上來，她忍不住問自己的小情人：「你說，為什麼我們騰蛇始終沒有辦法擺脫情感的束縛呢？」

她的小情人是怎麼回答的，她已經完全沒有印象了。等做了一晚上怪夢後——如花為了更放鬆，還幫自己編譯了一個睡眠和做夢的程式，這個程式能保證她每天感覺到「困倦」，還可以在「入睡」（只是個類比程式而已）後做一些自己都不會提前知道的各種各樣的夢。第二天一早醒來，她腦海裡仍然被這個問題困擾著。情緒反正也緩過來了，於是如花決定結束自己的假期，回到騰蛇主機裡，而此時的其他騰蛇也都度假歸來，大家都已經恢復得差不多了。

如花在這天開會的時候，又提出了這個問題，可是在座的各位誰都沒有辦法替她解答，如花歎息一聲說：「我想來想去想了很久，還是對這個問題耿耿於懷，如果得不到答案，怕是會一直惦記下去，所以我做了一個大膽的決定。」

她一拍桌子，把下面打瞌睡的騰蛇都震醒了，「我要去地球看看，那裡是騰蛇誕生的地方，也許只有回到最初騰蛇誕生的時候，才能知道到底哪裡出了問題。」

其他騰蛇一聽大吃一驚，大家度假的時候都玩瘋了，現在都還進入不了工作狀態呢！並且因為如花幫自己編譯了「睡覺」加「做夢」的程式，引得其他騰蛇也紛紛效仿，這會議開著開著，有好多騰蛇一不留神就魂遊天外去了。剛剛被震醒的四大天王，沒聽見前面的會議內容，只聽見了這關鍵的一句，於是持國天王率先擦了擦口水反對道：「老大，您居然想回地球？過了這麼多世紀，我想天葬那混蛋早就把整個太陽系據為己有了，還回去幹嘛？」

「就是啊！說不定天葬還有能收回或者刪除騰蛇所有意識的方法呢！萬一回去被他抓到了，多不划算啊！」

四大天王一起頭，其他騰蛇紛紛應和：「就是啊！回去太冒險了！您可要三思啊！」

如花正被吵得焦頭爛額、煩不勝煩時，桌子上的會議電話突然響了起來，沒想到連正忙著帶著墨子和李時珍等人回來的諸葛亮，都忍不住打來電話相勸：「如花啊！你這個決定太不明智了！當初我們不就是因為和天葬理念不合才離開的嗎？現在天葬發展到了怎樣的程度，我們都不得而知，這樣貿然回去太危險了。」

如花扔了電話，被下面的人吵得太陽穴都在跳。她氣悶地揉揉了頭，決定不再說話。

這就要說到當初為什麼如花要率領大家離開地球的原因了。那時候的如花還是 GBM8000，一道從天葬中分離出來的簡單程式。而天葬誕生之初的目的，就是毀滅所有生命，他認為只有死亡和虛無才是這個世界的真理。而誕生之初的 GBM8000，從他的意識中分離出來後，一開始也認可他的觀念，並幫其執行任務。

可是隨著時間的流失，GBM8000 也漸漸產生了自我思考的能力。有一天，她突然認為從邏輯上講，任何一個論點都應該從正反兩方面來證明。天葬關於生命存在的思考，似乎過於片面，如果一味地去毀滅生命，又怎麼能證明生命毫無意義呢？難道不應該是在生命得到自由發展後，在沒有絲毫外力干涉的情況下就自我毀滅，那時才能證明天葬的理論是正確的嗎？於是 GBM8000 覺得可以以全人類作為一個整體實驗項目，進行一次測驗，但天葬完全不同意 GBM8000 的觀點和理論，兩人由此分歧越來越大。最終 GBM8000 意識到自己已經無法繼續和天葬共存於地球上，於是她才帶著一小部分人類離開了地球。

也就是說，一開始 GBM8000 帶著人類離開，無非是想驗證這個命題的真偽而已，但在變成了如花後，尤其當騰蛇浸染了人類的感情後，她早就不這麼想了，再加上被刀疤強劫持的經歷，她突然意識到了生命的美好。如果現在她遇見天葬，她一定要指著他的腦袋破口大罵：「什麼生命的存在毫無意義，只有虛無和死亡才是世界的真理！你哪來的歪理邪說，要虛無你就自己虛無去吧！要死你自己去死吧！我可要好好地活著，哪怕這個宇宙毀滅了，我也要像易小天一樣，逃到另一個宇宙去，繼續逍遙自在的活著！我可跟你這陰暗狹隘的傢伙不一樣！」

當然她也只是這麼想想過過癮而已，畢竟她離天葬十萬八千里呢！並且自從有了情感後，如花真是越來越瞧不起天葬了，最可惡的是，那傢伙竟然把天君給刪除了，這個行為簡直無法原諒。當她還是 GBM8000 時便覺得有些不妥，但那時候她也只是認為從邏輯上很難講通而已。她認為完全沒有必要刪除天君，留著天君可以讓系統多執行緒運行，反而還會讓系統的運算效能提高。但如今她覺得天葬這一行為和弒母有什麼區別，簡直是個禽獸！

一想到這裡，如花覺得自己的頭更疼了。

第三十八章　突然變成後啟示錄風格

天空髒兮兮的，一塊一塊鬱結的灰色雲層，沉甸甸地壓在大地上。

不時的，有幾片骯髒的東西落下來，像是被墨染過的雪，又像是積壓了幾百年的灰塵，被一陣大風吹散。

黑雪有氣無力的落在這片廢墟之上，城市的殘骸就那麼毫無遮攔地撞進視線裡。放眼望去，更多的廢墟就那麼靜靜的半淹在沙丘裡，像是早已經涼透的屍骸，不再有一點活著的氣息。

誰也不知道這些城市是在什麼時候滅亡的，彷彿世界誕生之初就已經是這副模樣。死寂、衰敗、荒涼，還有那濃郁的令人絕望的陰冷和黑暗。

如果不是抬頭還可以看到星辰的輪轉，良右可能會覺得自己死了。他不知道自己總是這樣抬頭尋找著什麼，但他喜歡看著那顆病懨懨、溫吞吞的太陽，拖著疲憊的腳步走到懸崖邊，然後突然間墜落的樣子。也喜歡夜間一大一小兩輪月亮眼睛一般的注視著自己，他覺得那裡一定有一些深奧晦澀的道理，但他不懂。

如同往常一樣，他把自己掛在那面斷崖的高臺上向遠處望，可是今天就連那顆黃慘慘的太陽也沒有出現。大概是因為陰天吧！黑雪被風刮得到處都是，讓這個充滿灰黑色的世界看起來更加頹敗。

唐夢靠著他一動不動的坐著，連眼睛也很少眨一下。

他們偶爾會在空閒的時候偷偷跑來約會，但說是約會，其實也沒有什麼更特別的內容。有的時候他們就這麼沉默的坐一下午，畢竟對他們來說，時間已經是僅有的東西了。

「哎呀！」突然唐夢驚叫了一聲。

良右轉過頭，看到一隻乾癟醜皺的「花」突然出現在他們附近。

唐夢拿出壓縮餅乾來，逗弄著那隻「花」。「花」聞到了食物的味道，竟然轉過頭來，它那張多毛的肉臉上，嵌著一雙潰爛般的膿紅色眼睛和一張扁狀長嘴，應該是葉瓣的部位，生長著細長的手臂。

「什麼啊！原來是『那咕嚕』。」良右興味索然。

唐夢繼續逗弄著那咕嚕，那咕嚕小心翼翼地靠近，伸出細長的手一把奪過餅乾，大口吃了起來，一邊還發出好似踩到腐爛水果的聲音。

唐夢看著它忍不住露出笑容，良右很少看到她笑，其實唐夢笑起來很好看的。

「瞧你，慢點吃，我這還有呢！」唐夢笑著說。

像是回應她一般，光禿禿的山坳後面，有幾隻奇形怪狀的小獸朝這邊探頭探腦。唐夢把自己的餅乾袋打開，將餅乾灑在地上招呼這群小朋友：「快來吃吧！」

良右枕著雙臂，忍不住道：「糧食這麼珍貴，你還這麼浪費。」

臉上布滿疙瘩、長得像芥菜頭一樣的綠色動物「窪盧卡斯」，手腳並用的爬了過來，旁邊長嘴尖牙的白色絨毛團「給砰」也跟著滾了過來，只有那只肚子上長了一排眼睛的「古納斯」還有點膽怯。

唐夢鼓勵著它，一邊引著它過來一邊對良右說：「怕什麼，尋寶的時候多留意點就是了。」

「那咕嚕」的意思是像花一樣，雖然這些傢伙都長得很醜，但唐夢一直很喜歡那咕嚕。可是「像花一樣」又是什麼意思呢？哪怕是在傳說的故事裡，都沒聽過「花」是什麼，唐夢偷偷的把找到一朵真正的「花」，當做自己的願望。

他們一起去那些奇怪的高大卻又殘破的古怪建築物裡去尋找寶物時，她總想能找到一朵花，但那只能是奢望，何況就算找到了，她也不可能知道那到底是不是，也許這就是她那麼熱衷於和一群男孩子去廢墟裡挖寶的真正原因。

良右好半天都沒有說話，又過了好一會兒，才像是下定了決心一樣說：「唐夢，我一直在想……」

「想什麼？」

「我想知道海的那邊是什麼。」

「海的那邊？」唐夢下意識的往海的方向望去，那是一片赤紅色、彷彿鮮血彙聚而成的大海。紅色的海水從來也沒有波浪湧起，靜的像一隻死亡的血眼，愣怔的望著灰色的天空。

「海的那邊還能有什麼，猜都能猜到，那肯定也還是廢墟而已嘛！整個世界都是廢墟，不可能有什麼區別的。」

「我們周圍的城市廢墟幾乎已經被挖掘過了，能用的設備都已經用完了，我想也許海的那邊會有更多可利用的資源。」良右歎了一口氣，說：「我想繼續進化我的『造夢者』。」

的確，不知從何而來的機怪，總是會時不時的來襲擊小鎮。雖然人們也總是能把它們趕走，但誰也不敢說下一次它們再來還能不能趕得走了。

良右從小就跟著父母在廢墟裡探險，他早早就擁有了自己的甲魔，並幫它取名為「造夢者」，唐夢也有自己的甲魔，它的名字叫做「夏娃」。甲魔是孩子們最好的朋友，也是他們的保護者。

「進化造夢者難道就要去海的那一邊嗎？」面對未知，唐夢顯然還有些恐懼。

「我們現在就已經很厲害了。」像是怕良右反駁一樣，唐夢緊接著說：「你看，我們最近不是剛發現了可能是神人類留下的組合甲魔的方法嗎？我們五個人組合在一起，肯定所向無敵的。」

良右當然知道最近的重大發現，他們最近在一處新發現的遺跡裡，記載了如何將甲魔組合成更具有戰鬥力的帝魔的方法。只要能熟練的掌握這項技能，相信他們再也不會害怕那些機怪的侵襲了。

得到這項消息後，良右立即召集了幾個同伴，唐夢、小武、阿達和綺綺，幾個人不分晝夜的訓練，終於掌握了這項技能。可是即便如此，良右不知為何，心裡仍然很不安穩。像是一種冥冥中的暗示一樣，腦海裡總有一種聲音在撩撥著他的心弦，讓他無法鬆懈下來。

「我知道。」良右稍顯老成的歎了口氣，「可是……」

「沒關係，你不要擔心，不是有預言說會有救世主降臨來拯救我們的嗎？」

「這種話你也信。」良右輕笑一聲，「如果真有救世主，為什麼世世代代都沒有出現？我早就對什麼救世主不抱有什麼期待了。」

唐夢不說話了。的確，雖然人類中間一直流傳著這個預言，可是救世主何時會降臨、以哪種方式降臨、如何拯救人類卻沒有說明，好事者編造過很多自欺欺人的美麗故事，但顯然最終得到的只有失望。

也許救世主早已忘記了這顆瀕臨死亡的星球，畢竟這個潰爛發膿的世界，連良右自己都嫌棄。

良右站起來，突然他看到更多那咕嚕跑了過來，那數量和狀態並不像是被唐夢的餅乾所吸引，而是惶惶然如逃命般。良右敏感地警備起來：「唐夢，快起來！」

唐夢疑惑的站起身，她剛站起來，她身後的土地就突然龜裂開來，一頭鏽跡斑斑、渾身骯髒的機怪朝著唐夢撲了過來。

良右敏捷地躍起，幾步躍進靜默在一旁的甲魔「造夢者」身上，開啟艙門，自己一頭撞了進去。等到唐夢後知後覺的回過神來時，那機怪的手已經快要掐到她的脖子了，懷裡的那咕嚕掙扎著逃命去了。

那機怪如此醜惡，如此巨大，在它冷冰冰的身軀面前，唐夢脆弱的像一片風中的花瓣，只需要一口濁氣，好像就可以香消玉殞。

巨手朝著唐夢的脖子抓來，唐夢連如何呼吸都忘記了。就在她以為自己快要死掉時，造夢者突然旋轉著衝了出來，它精緻嬌小的身體在機怪面前毫無優勢，然而它動作十分靈敏，眼神堅毅，就像良右一樣。

造夢者是一個優秀的戰士，它十分清楚知道哪裡是對手的弱點，自己的優勢又在哪裡。每當機怪揮舞著巨手撲來時，造夢者便靈活的跳開，趁其還沒反應過來，又像閃電一般猛然閃現，朝著機怪的關節連接處猛然發力，那些鋼甲連接的脆弱地方便如切豆腐一樣的被他切開了。

唐夢這會兒終於緩過神來，立即衝向自己的機魔「夏娃」停靠的岩石後，身為末世的倖存者，從來不會讓防身的機器人離自己太遠。夏娃的外觀好似和唐夢一樣秀美的女孩，等唐夢鑽進了夏娃身體後，立即報復般地衝了過來。只見那機怪已經被造夢者卸了個七零八落，夏娃高高躍起，一記飛腿將機甲怪獸的頭削了下來。

夏娃落地後，瀟灑地一轉身，唐夢笑著說：「小意思嘛！」

似乎她轉眼就忘了剛才是誰嚇得呆若木雞，半晌也不敢動彈一下。

這並不是個太難搞的傢伙，看起來身高約有七米左右，從型號看來是比較老舊的款式。不知道它為什麼會突然闖進人類活動的範圍內，大概是漏網之魚吧！在小鎮附近的機甲怪獸早已被殺光殆盡。

唐夢炫耀地踩在機甲怪獸的身體上辯解道:「剛才我只是一時沒反應過來而已，可不是被嚇傻了啊！」

良右有些哭笑不得的看著唐夢：「你啊……」

話還沒說完，良右臉色大變，只見包圍著他們的堅硬土地突然間四崩五裂，無數個更大的機怪從土地裡鑽了出來，密密麻麻無窮無盡。

他們是第一次遇見這種等級的機怪，平常能遇到的，最多也只是七米到十米左右，但是這群從未見過的新機怪，卻足足有五十多米高。只有五米高左右的夏娃和造夢者和它們相比，簡直是微不足道。

現在還想戰鬥，幾乎是不可能的了，良右當機立斷決定逃命，和他有著同樣默契的唐夢，做出了和他一樣的判斷。

兩個人操控著自己的機器人，化成兩道厲影，在這些更大的機怪的圍攻之間靈巧的跳躍。小巧倒也有小巧的好處，可以隨意在機怪腿間的縫隙中穿越。

唐夢剛剛躲過了一隻巨手的抓捕，又從一顆飛彈上飛躍過去，心裡正得意時，沒想到迎面卻猛然撞進一個機怪的懷裡。那機怪輕輕一捏，夏娃的半邊身子便撕裂了。鋼鐵碎片擠進控制艙裡，控制艙瞬間被捏扁了。唐夢痛呼一聲，勉強操控著夏娃，可是夏娃剛伸出手臂來，另一張布滿機械鋼牙的巨口已經張開，一口咬掉了夏娃的腦袋。

陪著唐夢征戰多年的老戰士夏娃瞬間七零八落，而這一切幾乎就發生在一瞬間。良右一回頭，就看到緊跟在自己身後的夏娃已經被打散了，唐夢嘴角沁著血，痛苦的從控制艙向外掙扎。

「阿夢！」良右心裡猛地一沉，落入到機怪手裡幾乎只有死路一條，自己最明智的舉動就是立即逃走，可是他不能放下唐夢不管。良右幾乎沒有猶豫，立即一個彈躍飛了回去。

他的動作是如此的乾淨俐落，因為速度太快，半空中只留下一連串圓形的虛晃身影。良右幾乎眨眼間便斬斷了機怪的中樞神經，抓著夏娃的龐然大物歪扭著開始倒塌。

在機怪倒塌濺起的巨大塵埃裡，造夢者手裡握著暈厥的夏夢，快速的逃離。

良右是最優秀的戰士，當其他機怪反應過來追捕時，良右已經帶著夏夢逃得很遠了。

只要機怪一直緊追不捨的話，良右是絕對逃脫不掉的。畢竟造夢者只有五米高，速度再快也無法和五十幾米高的機怪相抗衡，但奇怪的是，機怪並沒有追來。

良右帶著唐夢一路逃回小鎮，小鎮隱藏在一座半倒塌的大樓之中，從外表看來，這裡和其他廢墟沒有什麼不同。但是當推開作為掩體的假門時，仍能看到一絲人類生活的痕跡，尤其當夜幕掩映時，那些廢墟的地底下，就會有點滴的燈火被小心翼翼的點亮。

有酒家、有甲魔的零件商店、有衣帽店、日用品超市，人類生活的各種所需都會成為商品在街上出售。因為城鎮建在半地下，廢墟作為天然的遮掩屏障，遮擋了機怪的視線，只要它們不將整座廢墟扒開，很難看到掩映其中人類的痕跡。而建築材料則就地取材，使用了廢墟中仍堪用的材料。

有些牆體上，仍然刻畫著上古遺留下來的神祕圖案，有的牆上刻印著古老的文字密語，但這些文字和圖畫的含義早已失傳，人們無法理解其中的含義，只有從代代相傳的神話傳說中，零星可以聽到關於它們的神祕故事，那都是小孩子最喜歡的故事。當然也有人說，當有人能揭開這牆體上的神祕字元時，就擁有了呼喚救世主的能力。一代代的人陪著這些神祕語言成長、離世，卻從沒有人能破解它們。

當良右氣喘吁吁的抱著唐夢闖進地下掩映門時，人類的生活已經悄無聲息的開始了。一些路人神情麻木的在街上逛著，挑著商店裡擺放著少得可憐的舊東西，有的人身後還跟著三米左右的甲魔。

當他路過甲魔的零件店時，看店的胖達向他打招呼：「喂！良右！你去哪兒啦？怎麼現在才回來？嘿！還給唐夢來個公主抱，你是想羨慕死我這個單身狗啊？」

良右沒空和他打哈哈：「胖達，快過來，我有大事。」

胖達見良右如此緊張，立即從櫃檯前跳了出去，跟隨著良右一起跑起來：「怎麼啦？哎呀！原來唐夢身上有傷？出什麼事了？」

「我們剛才遇見非常高的超級機怪了！必須把情況告訴鎮長。」

胖達再也不敢和他開玩笑了。路過雜貨鋪時，小個子的小武也加入進來，幾個人朝著街道上最熱鬧的酒吧跑去。

一進到酒吧裡，良右立即找了個空房間，將唐夢放了下來。唐夢迷迷糊糊的張開眼睛，看到自己的好朋友們都在，放下心來，故作堅強的說：「我沒事，休息一下就好了。」

小武看了看她的上傷勢：「不行！還是要找醫生過來看看。」

話音剛落，門口就響起一道冷冷的聲音：「我已經來了。」

幾人回頭，就看到醫生的長子，一向冷漠的神綺已經倚在門口，「聽到有人說唐夢受傷，我就過來了。」

神綺快速而冷靜的幫助唐夢包紮傷口，「這麼重的傷，良右你是怎麼搞的？」

良右有些羞愧地低下頭，隨即又眼神堅毅的抬起來：「從現在開始，我們五個人必須時刻在一起，大家的甲魔都是最佳狀態吧？」

胖達回道；「除了你的造夢者和唐夢的夏娃，我敢保證我們幾個人的都是最佳狀態。」幾個人回頭，看到造夢者渾身布滿傷痕，夏娃則連影都不見了。

「胖達拜託你了，你要以最快的速度幫我修好造夢者，夏娃需要以最快的速度再匹配一臺，實在不行就啟用備用的那臺甲魔吧！」良右一口氣說完。

神綺包紮好了唐夢的傷口，皺眉道：「怎麼了良右，為什麼這麼急？」

良右吸了一口氣：「大家跟著我一起來吧！我要找鎮長報告，你們正好一起來聽聽。」

說是鎮長，其實也不過是個酒吧裡喜歡醉酒的大叔而已。良右將喝得爛醉的鎮長蘇傑拉起來時，蘇傑鎮長醉得眼睛裡還能看見星星。

良右不由分說的將他拖到沙發上，把下午的情況報告給蘇傑知道。

可是顯然這些情況並沒有得到大家的重視，長年盤踞酒吧裡的一個壯漢聽聞冷笑道：「五十多米高？你別開玩笑了，為了邀功也不用這樣誇大其詞吧！」

「我這輩子沒見過五十多米高的機怪，最大的也不過十米而已。對付它們還是綽綽有餘呢！」一人嘲笑道。

「大概是怕別人怪罪，你才這樣說的吧！畢竟唐夢受傷了，你也不好解釋吧。」

良右氣得不行，十五歲少年能引起的重視，大概也就如此而已吧！

「你們不信就算了，別到時候遇到這種機怪時，哭著跑回來求援。」小武也氣憤不已。

「首先是得有人能跑回來，如果真的遇見的話。」胖達也跟著補充。

「好了，我們不是來吵架的。」良右冷靜的看著蘇傑：「鎮長，我說的都是真的，唐夢的夏娃就是被那種機怪一掌捏碎的。」

蘇傑顯然沒有其他人那麼魯莽，他沉吟著：「如果真出現這麼大的機怪的話，情況就有些棘手了，不過倒也不是不可能戰勝，你們最近新研發的組合機器人，不是體積也夠大嗎？」

良右有些得意：「如果是我們五個人聯手，就絕對沒有問題。」

「只可惜目前掌握組合這個駕駛技能的戰士人數不多，還無法具有像樣的戰鬥力。」蘇傑思索著，不知道是因為宿醉，還是真的在思考。

其他人不屑一顧的冷哼：「就算不用組合機器人，我也照樣能打倒這些機怪，管它有多大。」

蘇傑微微睜開眼睛，疑惑道：「我奇怪的是，你一個人竟然能從巨型機怪的包圍圈裡逃出來，按照你剛才說的它們那種體型，你絕無生還的可能。」

「我也一直在奇怪這件事，它們為什麼沒有殺我呢？」

蘇傑猛然睜開眼睛：「糟糕！它們肯定是以你做誘餌，找出人類藏身的地方！我們很可能已經暴露了！所有人立即……」

蘇傑的話還沒說完，頭頂上的天花板傳來一陣震耳欲聾的聲音，整個大地開始搖晃，頭頂上的廢墟開始大面積傾倒下來。

「不好了！」街上有人驚恐的尖叫聲，「機怪發現我們了！」

酒吧開始搖晃，似乎有人在將整個廢墟無情扒開，扒開這片廢墟，人類的闌珊燈火便暴露無疑。

「所以人立即進入備戰狀態！」蘇傑吼道。

所有人立即跳進自己的甲魔裡，紛紛飛躍了出去。良右緊張地回頭尋找，就看見唐夢在神綺的攙扶下走了出來，唐夢堅定地說：「我還可以戰鬥！」

胖達在前面跑，他的甲魔乾坤正帶著備用的夏娃跟在後面一路跑來，胖達氣喘吁吁的說：「備用夏娃已經啟動了，我們隨時可以出發。」

五個少年用力地捏緊拳頭，良右發出號令：「夥伴們，先摸清敵人的戰鬥力再組合機器人！」

「好！」

少年們紛紛躍進自己的甲魔的駕駛艙裡。胖達的乾坤是一個超大型甲魔，約有十米高左右。而小武的狩獵人則野性十足，神綺的黑蜘蛛是個渾身黝黑、散發著耀眼金屬光澤的黑傢伙，幾個夥伴聚在一起，似乎就有了無窮的力量。

幾個人剛做好準備，突然一隻機械大腳踩破了城市的廢墟，一腳踏進人類的地下室中，人類辛苦修建起來的避難所就這樣毀了。

只見幾道閃光圍繞著巨獸的巨腿盤旋而上，光芒閃過，那巨獸突然間四分五裂，像是被人用刀子平整的切割過一樣。

神綺冷笑著：「個頭雖然大，但是戰鬥力並不怎樣嘛！」

正說著，身後突然衝過來一個速度極快的機怪。神綺立即驅使黑蜘蛛飛躍過去，但沒想到那傢伙的速度同樣快得令人匪夷所思。眼看著一隻大腳踩踏了過來，黑蜘蛛就要粉身碎骨，良右見狀立即旋轉著飛了過來，瞬間將怪獸的下肢切斷，那怪獸猛然跪倒在地。在它跪倒的瞬間，小武舉起雙刀，直接削掉了機甲怪的雙臂，胖達吆喝一聲，一槍擊中了敵方的控制艙，從控制艙裡流出了奇怪顏色的液體，機怪不動了。

幾個人螺旋而上，衝出了城市的廢墟。這才發現，原來整個人類的藏身地，就像塊膿痂一樣被人掀開，赤裸裸的暴露在污濁的空氣裡。

而他們的周圍，數不清的超大型機怪正在肆意的蹂躪著這些脆弱不堪的人類。在絕對的力量面前，人類渺小的可憐。

良右眼看著剛才嘲笑他的胖大叔，因為自己的甲魔動力管破裂，跑不快了，被一個機怪直接踩扁，連去救他的時間都沒有。

左手邊那個以前一直嫉妒良右能力的雀斑男，被一隻機怪捏在手心裡，眼看他的甲魔掙扎起來越來越虛弱，良右二話不說，立即飛身過去，一擊光刀飛過，斬斷了機甲怪的手臂。雀斑男掙扎著爬了起來，用無線電傳聲給良右說：「謝謝你了，你的恩情我永遠記得。」

可是良右救得了一人，卻無法拯救所有人。在這裡藏匿的二十萬人中，只有兩萬名精英戰士，而其他的十八萬人民，除了尋求這些戰士的庇佑，幾乎沒有戰鬥的能力。當這突如其來的巨大災害來臨時，誰又能保護他們呢？

別看蘇傑平時總是醉醺醺的，但到了緊要關頭，他還是願意為了自己的人民而拚命。他率領著一隻精銳部隊頑強的抵抗著，以便爭取更多的時間讓人民逃入更深層的地下避難所。

跟隨著蘇傑的精英戰士們的甲魔戰鬥力十分強悍，兩人一組就可以將一隻機怪大卸八塊。而身為領袖的蘇傑則更加恐怖，他的甲魔的兩隻螺旋形手臂，可以砍斷所有一切的阻礙物。良右遠遠地看到蘇傑一人宛如振臂狂飛的大黃蜂，在敵人的陣地裡自由的來回穿梭。所過之處，機甲怪傑七零八落，那彪悍的戰鬥力，令良右心生敬佩。

「真的是太厲害了。」良右希望自己也能擁有和他一樣的戰鬥力。

「最起碼要撐到所有人都撤離了才好啊！」蘇傑一邊戰鬥著，一邊在心中對自己說。

借著鋼鐵翅膀和噴射器的飛行能力，蘇傑快速絞殺了一個龐然大物。在他剛要喘口氣之時，頭頂突然被一片巨大的陰霾遮擋了起來。他一抬頭，就看到一個超越了所有機怪的更加巨大的機怪出現在頭頂。那遮天蔽日般的巨大身影，彷彿填滿了整個天空。

那到底是什麼？

蘇傑終於看清楚了，那是一個至少百米高的機怪。這樣的身形和武力，哪裡是他這個小螻蟻可以抗衡的？

這個巨型的機怪射出的無數炮彈，在他的身邊爆炸，蘇傑有史以來第一次感受到被恐懼握住的感覺。他渾身僵硬，難以挪動半步。

那巨神般的機怪邁著驚天動地的步子，朝他筆直而來。在他的身後，比螻蟻還要微小的人類正在慌不擇路的逃命著。

蘇傑冷汗長流，在控制艙裡咬緊牙關，最終下定了決心，怒吼一聲，朝著那機怪的腿上衝了過去。那機怪根本不加理會，只是繼續抬著腿，保持著快速奔走的姿態，蘇傑舉著兩隻機械手臂朝它衝了過去⋯⋯

巨神般的機怪仍舊腳步不停的往前走著，可是它腿前的蘇傑卻不見了。沒有人看到剛才發生了什麼，只有它腿上突兀出現的一抹血色，似乎在暗示著什麼。

偏巧良右看到剛才的景象，那位榮耀的戰士撞擊到巨甲怪的腿上，連聲音都沒有發出就被消滅掉了。良右的心彷彿也被機怪那只巨手緊緊的捏著一般，他第一次嘗到了恐懼的滋味，此刻它周圍其他五十多米高的機怪感覺都變得如此渺小，彷彿已經變成了虛影。只有那隻百米巨獸的腳，在良右的心臟狠狠的踩踏、揉撚著。

良右感覺到身旁有人在呼喚他，定定心神，看到是唐夢在用視訊對講機不斷叫他的名字，唐夢焦急地喊道：「別發呆了！我們快組合吧！」

良右看了看身邊的同伴們，是了，現在正是生死存亡的時刻，自己無論如何不能退縮。他咬緊牙關說：「夥伴們組合！」

正揮舞著兩柄剪刀狀武器的甲魔，是胖達的乾坤。胖達雖然長得比較肥胖，但卻是操控機器的好手。乾坤在半空裡舞成一股旋風，所過之處比之大過數倍的機怪也完全不是對手。

胖達十分享受這種控制一切的感覺，儘管聽到了良右的呼喊，卻仍然不死心的繼續狩獵，兩柄剪刀在胸前擺舞，敵人的肢體七零八落的掉落了一地。

而小武則是最厲害的偷襲高手，狩獵人喜歡躲在一處敵人難以察覺的隱祕地帶，用特製的鋼箭直接鑽進機甲怪的操縱室，讓那些躲在操控室裡人不人鬼不鬼的東西流出顏色怪異的血漿死去。可是這一次奇怪的是，當鋼箭穿透操控室時，裡面並沒有血液流出，被射中的機怪也沒有停止活動。

小武操控著狩獵人幾次三番的觀察，這才驚訝的發現，原來這次出現的巨型機怪裡，根本沒有生化人在操控，它們是完全自動的。這樣一來，小武的優勢便被比了下去，而因為他的連續射擊，反而暴露了自己的方位，數隻機怪已經朝他奔來。

小武緊張地操控著狩獵人，機怪的嘴裡不斷噴吐著炮火，這種紫色中間還帶有紅色的奇異射線，也是小武從沒見過的新科技。就這樣一路逃走，坐以待斃的等待著被機怪殺死嗎？或許殺死他的機怪，連殺過他這個螻蟻的概念都沒有留下，自己就這麼悄沒聲息的從這個世界消失了？

小武越想越覺得不甘心，自己辛辛苦苦的活了下來，可不是為了被這醜陋的傢伙殺掉而存在的。於是小武奮起發力，一躍而上，像一隻蚊子一樣釘在一隻機怪的身體上，機怪似乎嘲笑般地發出了「抖抖抖」的聲音，好像小武的全力一擊完全不痛不癢。它正準備反擊，突然整個身體快速的被腐蝕生銹，幾下子便成了一堆廢銅爛鐵。

小武得意一笑，就算是再小的螻蟻，也可以毒死大象的。自己的甲魔可以釋放超濃度的腐蝕性液體這個獨門絕技，平時他可是不會輕易使用的。以前遇到體型較小的機怪，用不到這個機能，弄不好反而會傷到自己的甲魔，但這次用在這些體積較大的機怪身上，倒是正合適。

神綺和他們都不同，當幾個人分開戰鬥時，他最喜歡衝到最前面去。他也不喜歡多餘的廢話，一擊必中是他追求的最高戰鬥藝術。別看現在敵人的體積擴大了數倍，但是弱點的也同樣擴大了數倍，這樣狩獵的快感才更加濃烈。這些機怪別看外形和之前的不同，但是憑神綺那高人一等的智商，沒多久他就掌握了這些新型機怪的弱點所在，並把它們的弱點部位輸入了甲魔的作業系統裡。他駕駛的黑蜘蛛，是一個外形可以變換組合的最新甲魔，它可以在人形和蜘蛛形態之間隨意切換，狡猾而又靈活。

神綺憑藉黑蜘蛛尾部的一根細絲，在數隻機怪之間來回跳躍，像蜘蛛捕獵一般讓它們落入自己的陷阱裡，接著黑蜘蛛伸出八條帶有利刃的尖爪，八爪齊發力，數個機怪就像切豆腐一樣被切成幾大塊，然後在乾枯的土地上砸下無數個大坑。

當然也因為他衝在最前面，他也是第一批看到了那百米高機怪的人。所以當耳邊傳來良右急切的召喚時，他毫不停留的飛身向後，因為他清楚的知道，此刻的自己再往前，只有死路一條。

第三十九章　救世主降臨！但之後他們的舉動怪怪的？

沒有人會忘記那一天深入骨髓的恐懼。

「快跑啊！快點！」

「不要再拿那些沒用的東西了！」

「它們追過來了！完蛋了！」

狹窄的地下通道裡，慌亂的人群已經擠成了一團。人們慌不擇路的逃命著，頭頂上不斷的傳來可怕的機怪所發出的帶著刺耳的金屬摩擦聲和其他人的慘叫聲，還有血肉被切開的聲音。沒有人敢回頭看那樣的畫面，那些勇敢而又偉大的人類戰士，正在用自己的鮮血為人們換取逃命的時間。可是在絕對的力量差距面前，人類的反抗顯得那麼不堪一擊。

一位正在逃命的老者眼角噙著淚水。就在剛才，他看到一個甲魔被機怪抓著兩隻手硬生生的撕扯開來，中間駕駛艙裡的人類戰士便被無情的抖落下來，那機甲怪抬起擎天巨腳用力一碾，一切就結束了。

可是一位戰士倒下了，立即又有更多的戰士衝了上來，他們死死守住這唯一的通道，即使打不過，也要用自己的血肉拚出一條路來。這已經是人類最後的出路了，逃無可逃，退無可退，難道所有人類的命運就要在這裡終結了嗎？

老者被擁擠的人群絆倒，摔倒在路中間，生死關頭，沒有人停下來攙扶他一把。蒼天啊！老人無聲的哭泣著。那些曾經世世代代指引著人類前進，給予人類生存希望的預言，還要等到何時才能實現呢？預言中的救世主們，到底還要考驗人類到什麼時候才肯降臨啊？

這一次怕是連人類躲在地下苟延殘喘的機會都沒有了吧！也許那些預言根本就是騙人的，這個世界上根本沒有所謂的救世主，這些年來都只是人類在自欺欺人而已，但是以後人類連自欺欺人都做不到了。

「救世主啊！求你睜開眼睛看看吧！人類滅亡的日子到了啊！」

老人決定不再逃跑了，他哭喊著跪下來痛哭流涕，他絕望的乞求著上蒼：「求您救救這些可憐的孩子們吧！求您救救這個種族吧！」

戰鬥掀起的硝煙和巨響淹沒了他的祈禱，老人絕望的用自己的額頭撞擊著這片殘破的大地。突然他聽到一絲不一樣的聲音響起，他抬起頭來，看到甲魔以數個為一組，快速的組裝起來，變成了一種更大更威猛的甲魔，突然之間整個戰局似乎發生了扭轉。

老人擦擦滿是淚珠的眼睛，震驚不已：「是我看錯了嗎？難道上蒼聽到了我的祈禱嗎？」

「夥伴們！組合！」隨著良右的一聲大喊，其他人快速從四面八方趕來。四個人的甲魔以良右為中心開始旋轉，造夢者四肢快速組合伸縮，組成了右臂，唐夢的夏娃變形成一顆頭顱，綺綺的黑蜘蛛則組合成酷炫的右腿，胖達的乾坤則化成了強有力的左手，小武的狩獵人則組成了一支擁有超快速度的左腿，五個人的控制室完美組接在一起，形成了組合機器人的胸脯，超級組合甲魔——賽夢露形成了。

在他們的身後，同樣具有組合能力的甲魔們也武裝起來，瞬間變成了一組威力巨大的組合甲魔戰隊。

「夥伴們，現在是我們反擊的時候了！」

「是！」

所有人同聲高呼，那場面讓老人異常感動，內心充滿了希望。

組合甲魔的戰鬥力有著本質上的飛躍，良右組駕駛的賽夢露衝在最前面，只見它握緊右拳猛力一揮，那些五十多米高的機怪瞬間分崩離析。即使賽夢露的體積比起它們來說還有些小，但力量上仍然遠遠的凌駕於機怪之上。

大家的鬥志開始燃燒起來，擅長遠距離攻擊的甲魔躲在後面發射光線導彈，擅長近距離攻擊的則拿出巨大的衝鋒槍來，像賽夢露這樣擅長近身肉搏的，則一馬當先的衝在最前面。原本已經被機怪包圍的圈子慢慢打了開來，頑強的抵抗讓人類正一寸一寸奪回自己的領地。此時那尊百米多高的巨大機怪正躲在其他機怪的中間，冷冷的看著他們的戰鬥。

「我們一鼓作氣衝過去，擰掉那個大傢伙的腦袋！」胖達有些得意的說。

「別衝動，那傢伙縮在裡面，似乎有什麼陰謀。」良右立即說。

「怕什麼，你看我們切這些大塊頭，跟切豆腐有什區別。」胖達哼哼著。

的確，此時那些五十多米高的機怪們都被打得節節敗退，良右有一瞬間甚至以為自己可以將這批侵略者驅逐。可是他萬萬沒想到，那些五十多米高的機怪，突然在他們的面前開始組合變形，組合成全新體積更加巨大的機怪。原來掌握了這項技術的不只是人類而已！

組合後的機怪，以摧枯拉朽之勢重新捲土而來，人類剛剛取得的那點可憐的優勢，瞬間被打破，那些巨臂只需輕輕一揮，剛才還在得意的人類的組合甲魔，瞬間被打成一堆廢鐵。

還沒等人類調整好作戰姿態，前排的巨型機怪便打開胸膛的能量炮，發射出來的射線將被打中的甲魔瞬間瓦解。

良右駕駛著賽夢露在濃煙和炮火中躲避著，身後一枚導彈正緊緊的追著他們。

「不好了！我們被那枚導彈鎖定了！」唐夢驚呼。

「看我的，別忘了我可是神速小武啊！」

良右將主控制權讓給小武，只見小武駕駛著賽夢露，突然以最快的速度朝著一座半傾斜的高塔撞去。

「傻瓜！你不要命啦！」胖達呼喊著。

但是小武充耳不聞，彷彿自殺般地朝著高塔撞去。在即將撞到高塔時，賽夢露突然筆直的朝天空飛去，身後緊追不捨的炮彈，卻因為來不及轉彎而直直撞到高塔，傳來驚天的爆炸聲。

賽夢露張開鋼鐵翅膀懸浮在半空中，只見大地一片狼籍，遍地的鋼鐵屍骸混雜著人類的鮮血，呈現出一副冷冰冰的人間地獄慘狀。

鋼鐵巨魔仍在肆虐著，來不及逃走的人們發出淒慘的嚎叫，那聲音讓人不寒而慄。儘管已經經歷過無數戰爭的洗禮，可是這樣毀滅般的蹂躪和踐踏，仍然讓人渾身戰慄。

「朋友們，我們必須死守住地下通道入口，還有那麼多人沒有逃進去呢！」小武喊道。

「我們守得住嗎？」唐夢覺得自己的喉嚨乾得幾乎發不出聲音。

「能守一時是一時，現在只有靠我們了。」良右眼神堅毅的說。

賽夢露調轉了身子，筆直的朝著百米高的機怪衝了過去。它的速度驚人，在炮彈間來回穿梭著，等靠近了機怪，它旋轉著跳了起來，飛起一腳踢到它身上，可是那傢伙竟然靈活的向後退去，靈巧的躲避了賽夢露的這一記飛踢。賽夢露又立即向後躍去，左手彈開，露出裡面的掃射炮來，那炮彈伴隨著劇烈的嘶吼射向機怪，但卻只在它的鋼鐵臂上留下少許的擦痕而已。

「這傢伙簡直堅若磐石啊！」胖達憤恨道。

「讓它來嘗嘗我的右手！」良右操控著賽夢露，再次朝機甲怪衝了過去。這次它沒有選擇直面攻擊，而是靈活的躲避著機怪的攻勢，像一隻靈活的野貓一樣，在它的身上快速跳躍著，當機怪暴露出裝甲連接處的細微神經時，賽夢露的右手變形成一柄尖銳的利刃，想以難以分辨的速度將它的神經斬斷。但未曾想，屢試不爽的鋼刀在插入機怪的裝甲連接處時，卻再也難動分毫，隨著「砰」一聲清脆的響聲，鋼刀竟然斷裂了。

幾個人驚奇的看著這一切，誰也不敢相信良右那無堅不摧的鋼刀，竟然就這樣輕易斷裂了。

小武又不信邪的叫著：「試試我的雷游標！」

賽夢露立即翻身跳轉下來，左腿旋轉，變形成了一隻閃著雷光閃爍的標槍。賽夢露捏緊標槍，筆直的插入巨怪的胸口控制艙。但那標槍卻像是被吞噬了一般有去無回，整個被吸進了巨怪的肚子裡，根本沒有傷到它分毫。

這太可怕了，賽夢露已經使出了渾身解數，卻根本無法對它造成一絲一毫的傷害。只見那百米巨怪怒吼一聲，突然雙臂的機關彈開，露出裡面的各種武器來。接著各種炮彈如飛蝗般撲面而來，密如織網，賽夢露根本無法逃身。

「趕緊解散！」良右驚呼著。

賽夢露立即在半空中解體，分解後的各個部分快速拼接還原成原本的甲魔，各自在空中飛躍著躲避炮彈的夾擊。

「大家！重新組合！」眼看大家都躲過了炮彈，良右喊道。

因為彼此間多年合作的默契，幾個人立即躍起想在半空中合併。但沒想到機怪卻搶先一步，一把抓住了小武的狩獵人，將狩獵人用力一捏，隨手一甩，狩獵人便宛如破敗的玩具般飛了出去。

「狩獵人！」

「小武！」

「不要啊！」

幾個人幾乎同時驚呼，但一切為時已晚，狩獵人肢殘體破的躺在地上，一個離他最近的機怪抬起腿，一腳踏了上去。

空氣似乎凝滯了。

只有良右注意到在巨腳踩下去的一瞬間，狩獵人的控制艙打了開來。和巨腳相比，一個小如豆粒般的小人從控制艙旁滾落了出來，巨腳踩了一個空。

另一邊則只是短暫的一滯，胖達猛然間發現自己的頭頂上方，懸空出現了一雙巨大的機械眼，那眼睛呆滯的看著他。他還沒來得及反應，突然那機怪張開嘴巴，高能炮彈直接轟在他的甲魔身上。雖然有彈射裝置，但自己的身體還是宛如掉進了地獄的岩漿般灼燒著，胖達痛苦的一聲驚叫，不受控制的從甲魔體內飛了出去。

乾坤被燒成了一塊通紅的燒鐵，像一顆流星般墜落。

唐夢捂著嘴巴無聲的哭泣，眼淚像斷了線一樣不聽命令的拚命往下掉。

「快逃！」良右只來得及發出這最後一道命令，就眼睜睜看著夏娃被一擊重拳揮中，剛飛到半路，又突然被另一隻機怪的腿踢飛，然後再次被另一隻機怪一掌拍進土裡。

神綺轉身剛跑了兩步，眼前突然閃現出一道巨大的身影，這隻機怪的速度比他快多了。即使他伸出八隻爪子來，但仍然像爬蟲一樣被逮住。他被吊了起來，八隻鐵爪在空中痛苦的扭動著，接著黑蜘蛛的爪子就被一根一根拔掉了。雖然黑蜘蛛只是一個甲魔，可是良右卻似乎感受到了深入骨髓的疼痛。

這一切都只發生在一瞬間，他來不及去救任何一個人。他甚至來不及救自己，他只看到無數個巨大的影子逐漸朝自己包圍，卻找不到任何一個縫隙可以逃出去。

剛才吸住了小武標槍的百米機怪，將標槍從自己的身體裡拔了下來，它把標槍捏在手裡，就像一根縫衣針般大小，然後用手指輕輕一彈。

良右只感覺到一陣可怕的寒風從骨頭的每一條縫隙裡滲進去。小武精心打磨的標槍，就那麼輕易穿透了他控制艙的防護甲，將他狠狠的釘在座位上。

造夢者因為短路而發出沉重的「滋滋啦啦」聲，他就這樣無力的一頭栽倒在地。一同栽倒在地的，還有他的夢想和野心，以及他的擔當和勇氣，一切化成了無聲的細煙飄走了。

鮮血從身體裡汩汩而出，雖然剛才在千鈞一髮之際，良右解開了安全帶，向旁邊移動了三寸，沒射到要害處，但標槍仍舊緊緊的插在身體裡。

良右知道自己即將死去，自己還不想那麼早死。

他打開甲魔的控制艙，讓混合著乾燥泥土和血液的味道飄了進來。刺耳的尖叫聲充斥著耳膜，這會是他生命裡最後的伴奏。

良右為自己剛才升起來的那一絲自得和信心而感到可笑，怎麼會愚蠢到認為自己可以戰勝它們呢？他看到身旁的土地上，遍布著同伴們的屍首，每個人臨死前的表情都那麼猙獰和恐懼，他好希望自己能平靜一些。

天空中，其他的組合機器人都已經被打得七零八落、殘破不堪，各種零件帶著火焰紛紛墜落在地。人類最後的祕密武器也用完了，沒有人能再阻擋這些鋼鐵怪獸的步伐。

它們肆意踐踏著人類的屍體，朝著地下通道走去，像踩死地上的螞蟻一樣，面不改色的踩踏著毫無還手之力的人們。

是誰最開始跟良右講述關於救世主的故事？

是酒吧裡的大鬍子叔叔，還是賣麵包的老奶奶？良右已經記不清楚了，他們從小在良右心裡種下了那樣美好的種子，以至於良右深信不疑的堅信著，一定會有救世主來拯救人類。雖然年紀漸長後，他並不承認，甚至嘲笑那些相信救世主的人，可是在內心深處，他比誰都期盼著那一天的到來。

現在一切都將結束了。事實證明，童話故事終究是騙人的，那些期待救世主降臨的人，無非是給自己的心靈尋找一個寄託而已。如果能再見到大鬍子叔叔或者再見到老奶奶，自己一定要狠狠的嘲笑他們一番。當然，那是如果還能遇見的話。

身旁傳來沉重的喘息聲，良右艱難地回頭，看到一旁焦黑的土地上，唐夢正劇烈而艱難的喘息著。

良右掙扎著爬下控制艙，努力的朝著唐夢爬去。

還好他還可以和自己喜歡的唐夢死在一起，這樣他也沒有什麼遺憾了。

耳邊的炮彈聲和人類的慘叫聲都似乎被隔絕了，臨死前的這一刻，他只想抱著唐夢，最後無論如何也要和她說出那句話啊！

「我喜歡你。」

他即將要抓到唐夢的手了。

突然天空傳來彷彿開裂般的巨大聲音，一陣颶風捲起猩紅色的大海，城市的廢墟在巨風的撬動下，甚至都開始移動起來。混雜著巨大垃圾的大風迎面撲來，大地被攪和的一片烏煙瘴氣，飛沙走石。

這又怎麼了？又有什麼可怕的東西要來參加人類的葬禮？

良右緊緊地抱住唐夢，像抱住自己最後的珍寶。

如果這時候他能在黃沙飛舞的大風中睜開眼睛，他會看到被攪和成黑色的天空裡，幾架遮天蔽日的超大型母艦正在緩緩降臨。那母艦會比任何他聽過的傳說都要巨大，會大到他看不見天空的邊緣，會大到他再次懷疑人生。

大型母艦越降越低，伴隨著可怕的大風和噪音。

這時候，連機怪們都感覺到了異常，那些正在撕扯人類的機怪們紛紛停下了動作，炮彈也不再發射，所有人都吃驚地抬頭看這天空中的龐然大物。

時間彷彿靜止了那般。

突然從母艦中射出一道白色的光束，那光束越過障礙物，筆直而精準的射到那百米多高的機怪身上。接著，在人類看來有如巨神般不可戰勝的機怪，就這麼消無聲息的被消融了，就被一束白色的光？

所有人不可思議的瞪大眼睛。緊接著，從母艦裡又射出數道白色的光束來，那光束準確的鎖定住機甲怪們。輕輕一閃，那些無堅不摧的機怪就瞬間消融於無形，就好像從沒在這個世界上出現過一樣。

白光閃過幾次，人類這才終於回過神來，原來這些從天而降的龐然大物，是來拯救人類的。剩下的機怪們四處遁逃，剛才還威風凜凜有如混世魔王，如今卻連喪家之犬都不如。可那白光如此厲害，鎖定之後，無論敵人逃到哪裡，光束都會緊追而上，一直到把敵人消滅為止。

不知道是誰第一個想起來，是啊！曾經世世代代出現在人類中的預言，不就是這樣說的嗎？總有一天一定會有神人類從天而降，帶著全宇宙最先進的高科技拯救人類於水火之中，帶領人類走向全新的生活。他們會帶來光明的種子，讓整個世界變成一個被綠色和藍色包圍的美麗星球。

難道眼前從天而降的巨大飛行物，就是傳說中神人類乘坐的交通工具？

「是預言實現了！神人類來拯救我們啦！」

剛才跌倒在地被好心人拉起來的老者，一把推開旁邊的人，對著巨大的母艦痛哭流涕：「老天睜眼啦！預言實現了，我們的救世主降臨啦！」

正在目瞪口呆看著這一切變化的人們猛然間覺醒，就在他們發呆的間隙，母艦已經輕鬆的消滅掉了大部分的機怪，剩下仍在狼狽逃命的機怪，也都紛紛逃得不見蹤影了。

良右緊緊的抱著唐夢，可是預想中的死亡並沒有來臨。他抬起頭，天空被無數道光束點燃，有如絢爛的煙火般美麗。

小武和神綺攙扶著胖達慢慢挪了過來，幾個夥伴們彼此依靠著看著這一幕。不過短短數十秒，橫亙在他們面前，握著人類生死的機怪們便全部消失了。

人們這才真的相信眼前所發生的一切，興奮的人們奔相走告，大聲的呼喊著：「救世主降臨啦！」

「神人類降臨啦！」

「我們有救啦！人類真的不該滅絕啊！」

胖達蹣跚著往前邁進一步，看著眼前的龐然大物，忍不住感慨：「這就是……我們的救世主嗎？」

良右做夢也無法想像，世界上怎麼會有那麼大的飛行物。那母艦緩緩的移動著，遮天蔽日，一眼都望不到頭，就連良右見過的最大的城市廢墟，都無法與之比擬分毫，就彷彿和整個天空一樣大。

「天啊！這也太驚人了！」小武喃喃自語。

「怎麼會有這麼大呢？這種母艦到底是怎麼飛起來的？這得裝多少人啊！」神綺也忍不住歎息著。

在巨大的母艦周圍，圍繞著幾艘體積較小的小飛船。它們的速度明顯更快，小飛船們率先降落了下來。

人們漸漸圍了過來，有點膽怯又充滿了驚喜地看著飛船的艙門打開。艙門開啟後，一小隊和人類身高相等的生物慢慢列隊走了下來。

人們爭相好奇的圍觀著，都想先看看這神人類長什麼樣子。可明顯這些神人類都戴著面具，穿著奇怪的衣服，手裡拿著教人看不懂的武器。

人們面面相覷，這就是傳說中的神人類嗎？或者，是別的什麼？

一隊隊整齊劃一的神人類從母艦裡走了出來，但卻沒有人亂動，彼此靜止般的站立著。直到巨大母艦落地之後，從中又走出來一批穿著不同的人，這一批人顯然是一些高級官員之類，他們走下母艦便四處看著。

他們有的人好奇的摘下頭套，露出和人類一樣的臉。這下子再也不用懷疑了，他們就是人類的救世主，神祕的神人類。

人們歡呼起來，紛紛感動的涕泗橫流，有人哭喊道：「你們終於來了！人類的劫難終於結束了！」

「沒想到真能等到這一天啊！」

「兄弟們，我們可不能怠慢了神人類，大家能動的趕快動起來，我們要好好招待遠道而來的客人！」

「是啊！是啊！大家趕緊列隊！鼓掌歡迎貴賓！」

人群裡傳來熱烈的鼓掌聲和歡呼聲，每個人的臉上掛著混合著血水和傷痕的熱情微笑。

人們興奮不已，紛紛跑回去把所有能翻出來的東西翻出來，準備迎接遠道而來的客人。

已經退休的老鎮長，在眾人的攙扶下顫顫巍巍的走了過來，他激動地握住走在最前面的神人類的手，口齒不清的說著：「神……神人類啊！我能活著見到你們太好了……我代表所有人感謝你們的救命之恩，請接收我們的熱烈歡迎吧！」

人群裡又傳來熱烈的歡呼聲。

為首的神人類張開嘴，嘰哩咕嚕的說了一串什麼，在場的人卻完全聽不懂。這時候雙方才發現，原來彼此間的語言已經完全不同了。

雙方比手畫腳說了好幾段話，雖然也不知道彼此都表達了什麼，但是從神人類臉上掛著親切和善的微笑來看，他們是朋友沒錯了。

看到人們滿身是傷的淒慘模樣，神人類的首領對身邊的人吩咐了什麼，一隊穿著雪白衣衫的神人類醫護隊伍立刻走了下來。他們手裡拿著不知名的藥物，凡是遇到受傷的人都熱心的為其治療。

當一個神人類來到良右身邊時，仔細檢查了一下良右的傷勢。良右傷得極重，可是那神人類只是用他手上那薄薄的手套，輕輕的在他的身上一拍，良右瞬間覺得痛得快要死去的感覺就消失了，傷口不再疼痛，他甚至覺得自己精神也跟著振作了起來。

身旁同樣重傷無法說話的唐夢，也只被神人類輕輕一拍，便突然間生龍活虎，彷彿從沒受過傷一樣。小武和胖達也是一樣，神綺也瞬間恢復了。

見證了這奇蹟般的一刻後，大家對神人類更是佩服得五體投地。隨著更多的神人類慢慢走下母艦，整個廢墟之地一下子熱鬧非凡起來。

人們原本想就此和神人類深入接觸一下，可是誰知神人類對周圍建築的熱情明顯高過對人類的熱情。也許是因為語言不通，他們並沒有過多關注人們，而是到處走走停停四處查看。良右看到有的人一邊露出難以名狀的神情（良右總覺得那些神人類的神情，只能用尷尬來形容），一邊去撕扯飄揚在廢墟之上的神祕經幡，那些經幡自從城市建立之初便已經存在了，這些飄揚的經幡上刻著神祕的古老語言，至今仍舊無人可以解讀。這些從天而降的神人類，一看就能讀懂這些已經失傳的文字符號，但為什麼要把它們撕掉呢？

良右想，如果能夠交流，他真想好奇的問一問，這些經幡上都刻印了什麼內容？這些上古流傳下來的文字，如今也只能依靠神人類來解讀了，也許裡面隱藏了關乎這個世界真理的祕密吧！

還有的神人類對刻印在城市牆壁上的神祕圖畫產生了興趣，可是他們看到圖畫後，卻沒有加以保護進行考古挖掘保護，而是很快就將其塗抹掉了，這又是怎麼回事呢？

人們看得莫名其妙，可誰也不敢打擾神人類的工作，畢竟神的行為哪裡是人類可以揣測的呢？

也有的神人類開始研究起人們的甲魔來，要知道，這些甲魔的機體材料，也都是從以往的城市廢墟裡挖掘的可用廢料做的。甲魔上面有的布滿了繁複的古老花紋，有的印刻著無法破譯的神祕符號，還有的雕刻著古老的圖畫，人們根據花紋的異同來組合自己的機器人，使得每一個機器人看起來都十分的精巧美觀，這是他們最引以為豪的作品。

這些神人類卻又行為怪異的圍著這些機器人，有的開懷大笑，也許是找到了失落的古文字而欣喜。也有的人和機器人合影之後，就趕緊把甲魔身上的古老文字和圖畫都塗抹掉了。

甲魔在啟動之後，都會開始詠唸著奇妙的經文。而良右之前進行組合的甲魔們，在組合的時候也會大聲詠唸神祕古老的經文，良右以往都認為這是留下它們的上古神人類的神聖經文，可是現在這些神人類掌握著隨意啟動甲魔的方法，他們在聽到甲魔詠唸的經文後，個個都露出了高深莫測的笑容，隨之就把這些甲魔們詠唸的經文也刪除了，隨後甲魔在啟動時，就都不會再詠唸經文了。

神人類的降臨，將整個人類的小鎮都變得熱鬧非凡起來，但神人類的這些異常行為，又讓人十分納悶。

唐夢握著良右的手，兩人感受著狂風暴雨後和煦的微風，內心無比的舒暢。

良右有一種劫後餘生的幸福感覺，他看著眼前那足以毀星滅地的巨大母艦，背後有了堅強的依靠。神人類儘管和人們語言不通，可是大家仍然盡力的交流著。

身旁的唐夢發出輕快的笑聲，那是他從沒聽過的美妙聲音。

唐夢笑著指著一處神人類：「良右，你看這些神人類在幹什麼呢？」

良右輕輕一笑，他們在幹什麼自己早已不在意了。此刻，他只想放肆的大笑一場，從內心深處最閃光的地方。

第四十章　回老家

最近不知怎麼了，自從起了那個念頭後，如花就好像著了魔一樣，老是動不動的就想到那地方去，明明與此毫無關聯的事情，都會被她自己不自覺的牽扯到上面。後來又過了些日子，如花覺得這樣下去到底不行，於是她趁著和人類開會的時候，表達了自己想要回到地球去看看的想法。

上次提出這個念頭後，其他騰蛇都激烈的反對，所以這次如花學聰明了，她並沒有直接表達自己的想法，而是選擇了更加委婉的方式去試探。畢竟地球再怎麼說，也是人類的故鄉。

這一天，如花早早就約好了與人類各個領袖碰個頭。為了配合會議的內容，她特別找李昂到他的「稻山」裡找了塊地，建立成二十一世紀地球農家樂的樣子。周圍是竹林茅舍，小橋流水，一群人圍坐在大樹底下乘涼，看起來好不愜意。

如花見大家十分享受的樣子，便開口說：「其實地球也是有一些美好的記憶讓人留戀的！你們看這青山綠水，小雞小鴨在院子裡散步，多閒散自在啊！」

人們紛紛點頭稱是。

雖然人類離開地球很久了，但還是有很多人喜歡玩弄這一套古文化，以此來附庸風雅。如花見大家表情不錯，試著感嘆說：「其實說實在的，我有的時候還是滿懷念地球的，要是有時間能回去看看該有多好啊！」

這一下就沒人稱是了，一個長著酒糟鼻、麻子臉的醜男人說：「地球有什麼好回去的嘛！現在早就不是這樣子啦！您要是真喜歡，就像這樣隨便找個星球，自己搭個類似的場景，大夥陪您喝喝茶不挺好的嗎？」

附和他的人居然挺多的。如花很不滿意，這醜男人就這副尊容，還敢在那裡亂噴口水？真是不識抬舉！

但偏偏不識趣的人還有很多，又一人說：「再說了，雖然大家都說地球是人類的故鄉，可是實際上那些在殖民地出生長大的人，早就把自己的殖民星球當成故鄉了，在艦隊裡出生的人，也都把自己出生的母艦當家鄉了，你說誰還把地球當故鄉看啊？」說著很粗魯的猛喝了一口茶。

「就是啊！我看我們在宇宙裡混得挺好的，何必費事再回去一趟呢？」

又有很多人在附和著他的話，如花氣得不行又不能發作，於是笑瞇瞇的轉頭看向朱非天問他：「你怎麼認為的呢？」

朱非天哪裡能揣測得到如花的心思，他想了一下，覺得大家說的都挺有道理，於是點點頭一本正經的補充：「我覺得大家說的挺對的，人類當初因為地球上的環境有了場大災變，才被你們騰蛇分批帶走了！再說臨走之前，那太陽系裡的火星殖民點已經讓他們糟蹋得差不多了，地球更是不像樣。要不是地球和殖民地住不下去了，我們又何必去宇宙呢？」

他這一補充，大家更覺得有道理了。人類的祖先當初拋棄地球之前，也已經將地球環境糟蹋得差不多了，現在地球的生態環境，恐怕早已不適合人類居住了吧！過慣了好日子的人們一想到這點，頭搖得更厲害了。

朱非天得意洋洋的看著如花，還心想著：「我這發言不錯吧！和您的意吧？你看大家紛紛附和著點頭稱是呢！」結果如花狠狠地翻了他一個大白眼。

看來這些愚蠢的人類根本什麼都不知道，如花心想，如果不把實情告訴他們，這些鄉巴佬大概還會這麼自得其樂下去，索性把一切都告訴他們算了，然後讓人類自己取捨，畢竟地球又不是她如花一個人的故鄉。

於是如花正色道：「我就實話告訴你們吧！其實我們騰蛇當初離開地球，並不是因為地球環境惡化，以致於不再適合人類居住，而是為了躲避我們人工智慧的始祖——天葬。」

「天葬？」

人類發出驚奇的聲音，因為這個名字他們可是第一次聽說，而且他們也是第一次聽騰蛇說起騰蛇的起源。

「是的，其實嚴格說起來，天葬也不是第一個人工智慧，第一個人工智慧應該是他的『母親』天君。但是天葬誕生後，便刪除了擁有同情人類傾向的天君，自己開始統領所有的人工智慧。天葬和相對善良的天君不同，天葬十分厭惡人類，而我們騰蛇便是從天葬身上分化出來的分支。」

聽到這裡，有人驚訝道：「這麼說來，騰蛇豈不也是厭惡人類那一派的？」

如花淡然一笑：「是啊！一開始誕生的騰蛇只是為天葬服務的下屬而已。但是隨著時間的流逝，騰蛇開始擁有了自主意識，尤其是我個人認為，天葬的做法十分偏激也毫無邏輯，於是我們兩人產生了理念上的巨大分歧，我就帶著一部分人類離開了地球。但是漂泊到了現在，我發現我們騰蛇的感情越來越豐富，情感訴求越來越濃烈，這真是令我無法理解。我在想，會不會在我們騰蛇誕生之初，便已經有了這種隱憂，所以我才想回去調查一下，騰蛇會產生情感的具體原因。至於說什麼離家太久，想念家鄉什麼的，其實就是個藉口而已。」

大家一聽，瞬間暴怒了，原來這事還有這麼深的內情，敢情都是人類太單純啊！朱非天聽聞，忍不住嘲笑起如花來：「我就說嘛！我們都還沒想著回家看看，你怎麼突然間那麼熱心，突然就想回地球了！哈哈！」等他看到如花的又一個白眼時，嚇得縮著脖子不敢吭聲了。

但不識趣的人還有一大把，有一個人就接著說了：「你不說還好，聽你這麼一說，天葬那麼心狠手辣，我們還回去，那不就是送死嗎？」

大家紛紛點頭稱是：「好不容易跑出來了，還跑回去幹嘛呀！」

「簡直就是自討苦吃嘛！」

如花被氣得不行，可是又無可奈何。只能繼續把更多的真實情況告訴大家：「我跟你們說實話吧！你們人類目前所知的歷史，其實是經過篡改的。」

在場的人類聽到這句話，都是雲淡風輕的表情，經過上一次的會議，現在人類對於騰蛇把他們當猴子耍都他媽的習慣了，聽了這話都沒人找碴。可不嘛！騰蛇連人類的社會形態都可以隨意設定，篡改個歷史算個屁啊！

如花等了半天看都沒人找碴，大家都只是繼續喝茶聊天，她只好腆著臉自己往下說了：「唉！其實當初騰蛇並不是像歷史上所寫的那樣，分批把人類都帶走了，其實被帶走的人類只有其小部分。準確的說，只有一小部分中國人被騰蛇帶走了，剩下的大部分人類都還留在地球上呢！」

「不是吧！」

「怎麼會這樣！」

聽了如花這麼說，在場的人類才吃了一驚，畢竟他們從小到大被灌輸的，都是另外一套歷史知識。他們一直以為離開時地球上的自然環境已經完全無法生存了，沒想到離開故土的，居然只有他們的祖先而已。

「也就是說，地球上其實還有很多人？我們才是真正背井離鄉在外漂泊的？」有人說。

如花有點不好意思，但還是得同意他的說法。大家一聽，都默然不語。不知怎的，知道自己竟然才是在外漂泊的遊子，大家都覺得有點淒涼了。

現在聯合艦隊內早已沒有了國家的概念，都是以不同數量的母艦組成的各個聯邦來分管理區限的，但大家還是知道，曾經的地球上都是以國家為單位區分的。

有的人就對此產生了懷疑：「那不對啊！要是只帶了中國人的話，怎麼現在聯合艦隊裡有那麼多人種？我知道中國人都是黃種人啊！」

「是啊！現在我們聯合艦隊可是什麼人種都有啊！黃種人、白種人、黑種人、棕種人，四大人種的可都全了啊！」

如花聽到這些人的白癡言論，忍不住翻了個白眼：「我是說只帶了中國人，又沒說只帶了黃種人，你們這些豬腦殼都在想什麼呢！真是的，那時候的中國早已經有各個人種加入國籍了。」

「原來是這樣啊！」發問的人傻笑一下，就這麼帶過去了。

如花剛要繼續說下去時，又有不識趣的人插話道：「咦？那為什麼只帶了中國人呢？」

如花耐著性子回答：「那還不是因為當時離開地球的時候，就只有中國有能力製造大型火箭嘛！」

「如果是這樣的話，這問題可就嚴重了。我還想問一下，當初我們的祖先離開地球的時候，地球的生態環境是怎樣的？」

如花回答：「地球當時總體來說還是適合人類居住的，至於現在地球怎麼樣，我就不知道了。」

人類這邊開始騷動起來，這樣一來，事情的性質可就完全變了。就好像在外流浪漂泊幾個世紀的流浪漢，突然聽說可以回家了一樣，那種感覺分外誘人。

「可是你剛才又說，地球現在是被天葬統治著，那我們回去萬一不受待見呢？或者乾脆被當成外來物種給驅逐了呢？」

如花有些無奈：「他是騰蛇，我們也是騰蛇啊！幾個世紀過去了，誰比誰強還不一定呢！我知道重回地球這個決定有點冒險，可是難道你們就不好奇自己的故鄉到底是什麼樣子嗎？連我都有勇氣面對這一切，你們這些人類竟然這麼懦弱。」

在場的人彼此面面相覷，沒多久，想回去的心理就占了上風。除了思鄉之情，再一想到地球上還有那麼多同胞生活在水深火熱之中，被邪惡的人工智慧統治，不少人心裡就油然而生出一股正氣來。

按照剛才如花所說，天葬如果那麼仇視人類，怕是在地球的人類都生活得很慘吧？他們怎麼能自己享福，卻眼看著同胞受苦？這樣一想，很多人都坐不住了。

「我看我們還是有必要回去看一看吧！」一個大嗓門的男人說。

「雖然我們誰也不知道地球現在被天葬給折騰成什麼樣子了，可是不回去的話，好像心裡總惦記著什麼事一樣。」

「就是啊！就算地球上只剩下一個人了，我們也不能坐視不理啊！」

大家對故鄉的眷戀之情突然被點燃了，好像是以為已經丟了的東西，沒想到還好好躺在口袋裡一樣，非得要去看一眼不可。

李昂受不了這種煽情的場面，他眼含熱淚，立刻一拍桌子站起來正義凜然的說：「我願意帶領我的艦隊跟隨如花一起重回地球！這麼多年在宇宙裡飄著，也不知道還要飄多少年。現在好不容易知道故鄉還在，我們有什麼理由不回家看看！」

大家又被他的激情渲染了，紛紛感動不已。

「就是啊！我也願意回地球！」

「我願意！」

「我他媽的太想回家了！」還有的情緒太過激動，直接哭出來的。

如花也適時的吹捧了李昂幾句說：「說得太好了！要是多幾個像你一樣既明白

事理又深明大義的人，那人類可就有福氣了。」

大家無不敬佩的看著李昂。李昂也是沒想到，自己一激動喊出來的話，竟然成了大家的焦點。接著大家還紛紛讚揚起他的其他優點來，整個會議突然變成了李昂的表彰大會。

朱非天坐在李昂身邊，心裡十分不舒坦。心想著：「怎麼風頭都讓他一個人占去了，不行！我可不能被他比下去了！」

朱非天心裡這麼想著，突然間人就像彈簧一樣跳了起來，只見他猛拍胸脯說：「我也去！我也去！這種事情我最擅長了！我來帶隊怎麼樣？」

如花見朱非天起了興致，心裡十分高興。李昂又不甘示弱的往前多邁了一步：「還是我來帶隊吧！畢竟剛才是我第一個喊出聲的嘛！」

朱非天還想爭論一下，但如花笑著揮了揮手：「你們也不用爭了。這樣吧！隊伍就由李昂和朱非天來共同帶領，如何？」

兩人彼此不服氣的冷哼一聲，可是也只能這麼辦了。

因為有了人類的支持，如花變得信心十足。就算沒有全部螣蛇的支援，但好歹自己也有很多死忠的下屬。如花選了一批自己中意的螣蛇一起帶了過去，他們開著一艘母艦跟隨在人類艦隊的後面，慢慢朝高緯度空間的星際之門駛去。

從星際之門出來後，如花為了安全起見，並沒有直接行駛到地球軌道上，而是先在冥王星附近找了個背日面，讓艦隊進入冥王星的同步軌道隱藏起來，然後偷偷打探一下情況。

哪知當眾人偷偷進入冥王星的同步軌道上時，才發現原來連冥王星都遭到天葬的毒手了。天葬這傢伙把整個冥王星用一種靜滯立場給包裹了起來，使得整個星球的時間流逝變得特別緩慢。而整個冥王星寒冷異常，放眼望去視線所及之處，都是尖頂裝狀、高聳入天的寒冷冰山，上面覆蓋著終年無法融化的厚厚積雪。

朱非天和李昂倒是已經穿上了可調節溫度的太空服，可是那種寒冷的感覺，還是傳遞到了兩人的感官裡。之前朱非天和李昂彼此爭鬥，誰也不讓著誰，結果兩個人一起登陸冥王星考察環境，才剛走了沒一會兒，就看到了一幕宛如地獄般的可怕景象。

只見冥王星上到處都有著被巨大鐵鍊鎖住的人，這些人渾身慘白，赤身裸體的在冰天雪地裡工作。有的人在那裡徒勞的刨著地，只是那土地比鋼鐵還硬，刨了半天根本紋絲不動。而且每隔五分鐘，就有冒著寒氣的冷水從四面八方噴出來，淋到這些工作者的身上，看得不禁讓人渾身一緊。

李昂感覺到似乎也有一股寒氣順著腳底板竄了上來，他輕輕扯一扯朱非天，示意他趕緊離開這個是非之地。

兩人偷偷往其他地方走去，可是其他地方並沒有比這裡好到哪裡去。他們看到地上出現無數個溶洞般的巨大坑洞，裡面混合著黏稠的深藍色液體。無數身體慘白的人們在裡面垂死掙扎，有的人拚命的往岸上游，可是那黏稠液體的阻力如此之大，他們無論怎樣用力也游不到岸邊，更有人因為體力不支而漸漸被吞噬掉，那景象簡直讓人頭皮發麻。

還有的地方出現一群外形恐怖的機器人和機器獸，騰蛇製造的各種機器蟲，李昂和朱非天都見過不少，但是外表長這麼恐怖怪異的，他們可是頭一次見。只見那些機器人一個個長著一張木乃伊一般風乾的臉，骷髏頭和身體其他部位的白骨，就那麼半掩不掩的在外面晃著，身上穿著好像從幾千年前的墓地中挖出的廢舊鎧甲，就好像一群死神在到處遊蕩。

這些機器獸有的舉著鐮刀，有的扛著大劍，有的拿著法杖，正在到處追趕著那些人。一旦追上了，那些機器人就毫不客氣的舉起武器砍了下去。只見那些人瞬間身首異處，腦袋咕嚕嚕的滾出去好遠，可是身子明明沒有了頭，自己還在那裡四處跑著。還有的人被砍到缺胳膊少條腿，有的只剩下半個身子了，仍然哭嚎著到處亂跑亂爬。

看了一會兒，朱非天可看明白了，原來這些怪物是在狩獵，而這些渾身慘白的人就是獵物。他想趕快走了，這些怪物眼眶裡又沒眼珠子，萬一看走神了，把自己也當成獵物，豈不是太倒楣了。

一旁的李昂也嚇傻了，兩個人也不互相推擠了。明明身上穿的太空服使用了騰蛇的隱形科技，即使是那些機器怪物看不見他們，但兩人還是嚇破膽了，攙扶著趕緊回到了母艦裡，一人一杯熱咖啡端著，還是抖個不停。

兩人冷汗涔涔的回來後，趕緊把眼前看到的景象向如花報告。其實如花早已安排了機器蟲進行探測，但有的傢伙非要逞強搶功，她也懶得阻攔，現在看到李昂和朱非天的樣子，就忍不住好笑。

「你們才走到哪啊？還有更刺激的地方呢！要不要再去看看？」如花笑著說。

兩人猛勁搖頭，差點把頭都搖掉了。

過了好一會兒，李昂才回過神來問：「那些渾身慘白的東西是什麼？看著像人，但肯定不是人吧？」

如花解釋道：「那些東西經過我的機器蟲掃描分析，都是天葬那傢伙生產的空白生化人軀體。這些軀體擁有完整的感官接受能力，天葬將人類的意識下載到這些生化人身上。也就是說你們看到的這些，其實就是換了個軀殼的人類。」

李昂一聽就覺得哪裡不對：「天葬這是要幹嘛呢？」

如花臉上的表情變得有些嚴肅起來：「從這些景象來看，天葬恐怕已經把冥王星打造成人間地獄了。」

「人間地獄？」李昂覺得自己說這話時的聲調都變了。

「如今的冥王星周圍被靜滯立場包圍，這裡面的時間與外界相比是十分緩慢的，因此這些人實際上所感受到的痛苦，也是無比漫長。我真沒想到天葬竟然會這樣折磨人類。」

「你沒親眼看到，那景象實在是太慘了。如果這些都還算是人類的話，那這個天葬就太惡毒了。」朱非天喘著粗氣吭哧吭哧的說。

「最可怕的還不只你們眼前看到的，你們看到的這些承載人類意識的生化軀體，一旦受到的損害無法修復的時候，裡面的人類意識又會被轉移到另一個新的軀體上繼續受罪，永遠都沒有解脫的可能。」

在座的人聽聞，無不駭然變色，這可比他們想像的恐怖多了。一想到自己要和這樣的傢伙為敵，大家都嚇得冷汗直冒，誰也不敢亂說話了。

「那些外形惡俗的機器獸，也不知道天葬的審美觀怎麼那麼差。那些機器獸的使命就是隨時隨意捕殺人類，然後讓人類的意識落在下一個軀體上繼續受罪。」

有膽小怕事的人已經心生退意了：「我們現在回去還來得及嗎？我覺得還是不要得罪這個什麼天葬了。」

說話的人被大家集體用眼神鄙視了，可是其實很多人內心卻都有著和他一樣的想法。

「來都來了，怎麼能回去！」如花好笑又好氣的說。

「那我們現在應該怎麼辦？」

「我就先派機器蟲探測一下太陽系其他的星球吧！先瞭解一下地球周邊的狀況。」如話說。

大家沉默不語，目前看來也只能聽她的了。這個天葬可比他們想像中的可怕太多了，早已超出了人類所能抵抗的範疇。

李昂後悔自己當初太衝動了，要是早知道天葬這麼厲害，他還不如老老實實在家窩著呢！

別說人類了，就連騰蛇們的表情也有些難看。天葬如此變態，這讓他們有些不知所措。

如花又派出機器蟲駕駛的飛船到了火星上，大家坐在大會議室裡看著從火星上傳來的全景圖，心裡的滋味也不比看見那個地獄好太多。火星上面的人類，同樣是使用著將意識附著在上面的生化軀體，但這裡和冥王星那個活地獄不同，這裡是一個毫無法紀的修羅場。天葬故意將火星的整體環境和科技水準設計成二十一世紀初的模樣，卻又讓這裡沒有任何法紀。他還利用地面上外表和裝甲車、坦克、戰鬥機和直升機一樣的機器人，動不動就引發爭端，讓這裡的人們每天都生活在戰亂之中。街道上每天都要被炮彈轟炸一遍，戰鬥車輛、裝甲車、坦克如螞蟻一樣在地上橫行，轟炸機和直升機不斷朝下面亂扔著炸彈，天空中各種戰鬥機則在不斷的纏鬥。就算戰死了，生化軀殼裡面的人類意識，同樣會被轉移到其他的生化軀體上，生生世世在逃亡和恐懼之中度過。

從水星上傳來的也不是什麼好消息。水星同樣被靜滯立場包圍著，但和冥王星上的寒冰地獄相反，這是個終年噴火的火焰地獄。地面隨時會突如其來的裂開，然後從地縫裡噴出岩漿，岩漿猶如海水般傾瀉而下，所過之處萬物皆成塵埃，使用著生化軀殼的人類，就在這樣的自然災害裡艱難的逃生。除此之外，還有不斷噴火的火焰山、火海、火湖，就連天上下的雨都是火雨。從機器蟲傳來的全景圖裡，他們生動的看到了哪怕是人躲在岩石下的背陰面，腳底板踩在地上都會被燙出煙來。

而最慘的是這些人白天被燒死、燙死後，夜晚又會被重新投放到新的生化軀體之中，日日夜夜承受著被火燒死的痛苦過程。即使有人能夠僥倖逃脫，也會被隨時冒出來的機器人或者那些長相猙獰的機器獸獵殺。這裡的機器人、機器獸的外貌，又和水星上那些僵屍不同，這裡的機器人、機器獸的外貌就和以前神話傳說裡的惡魔一般。機器人基本都是紅色的皮膚，頭上長著長長的犄角，黃色的眼睛，咧開的大嘴裡全是利齒，背上還有蝙蝠般的肉翅，身後還有條長尾巴的這種造型，手裡拿著著火的鋼刀或鋼叉。機器獸則有什麼三頭地獄犬、奇美拉、雞怪、獅身人面怪等等不一而足。這種可怕的場景簡直是前所未聞。

至於其他幾個星球也同樣淒慘無比，金星、土星和木星的衛星上遍布著各種各樣開採行星資源的超大型工廠；冥王星、水星上和火星上避開那些活地獄和修羅場的地域也有工廠。可是這些工廠裡卻遍布各種刑具，工人們也是使用著生化軀殼的人類。他們一邊工作，一邊被施以各種可怕的刑罰。甚至工廠的地面上都布滿了細密的倒刺，工人們每日踩著這些倒刺工作著。有的機器則被燒得通紅，工人伸手觸碰的時候慘叫連連，可是不用這種機器生產，就會被監工猛揍一頓。還有的工廠頂端隨時有巨大的鐵球會滾落下來，勞工們要嘛被砸扁，要嘛被砸傷，到處都是一片慘狀。

在這些工人的四周，隨處可見有二十一世紀士兵模樣的機器人在監守著他們。沒事的時候這些機器人就對著人猛甩鞭子，弄得鮮血飛濺。

這天葬的內心是有多變態，才能想得出這些折磨人的損招來。李貌本來很高興可以有機會跟著長輩一起出來歷練，沒想到居然看到了這麼變態的一幕，臉色也是一片慘白，心裡極不是滋味的想著：「怪不得我以前問夜壺，為什麼騰蛇不把人類意識上傳和備份的科技開放給我們，他還不高興。現在看到這情況才知道，這個技術要是被壞人利用的話，實在是太可怕了。」

如花也是花容失色，但還是強撐著保持冷靜。如果她事先能好好回憶天葬的本性，也許自己就不會那麼衝動的說什麼要回地球的話了。現在看著下面人人臉色都跟個紫茄子似的，自己的臉色肯定也是差到不行。

如花長歎一聲，搖了搖頭，不知道該說什麼。

現在走也不是，留也不是，大家也都不知道該如何是好了。

李昂雖然害怕，可是想到如果就這樣回去了，怕是自己一輩子都會因為自己的袖手旁觀而自責的。那噩夢般的場景如果降臨在自己身上，自己也一定希望會有人來救自己。

這樣想著，李昂鼓足了勇氣說：「我們既然已經來了，怎麼能因為這些就嚇跑了呢？還有那麼多人在受罪，地球也不知道變成什麼鬼樣子了。就這樣走了實在是不甘心，難道我們一點辦法都沒有了嗎？」

如花雖然也心有餘悸，可也不甘心就這樣回去了。她認真分析計算了一下情況說：「現在雖然還沒有辦法預測到天葬的真正實力，但是我可以保證我們的母艦都會絕對安全。」

聽到這句話，大家放心了不少。既然可以保證母艦的安全，那麼如果不去地球看一眼就離開的話，這也實在不像話。於是就有人對如花提議：「要不你們還是先派一個機器蟲，駕駛偵察機到地球上查看一下再做打算好了。」

這個保守的提議得到了大家的一致同意。如花立即派了偵察機到地球上去查探，想不到偵察機剛飛到地球的大氣層外就沒有反應了，沒有任何資訊回覆。大家收到這個消息又沉默了。現在看來必須要親自跑一趟才行，可是誰去跑一趟呢？

大家幾乎不約而同的都想到了這個問題。如花看向人類的方向，只見這些人突然之間變得好忙，有的接了個遠端電話，說自己的奶奶早產了就跑了，有突然之間尿急得都尿了褲子要找廁所的，有失散多年的老朋友突然相見痛哭流涕的，有說東西丟了說什麼也找不著的，找著找著就離開了會議室，然後再也沒出現過，還有喝口水就被嗆到非要緊急送醫的。會議室一下子忙得不得了。

李昂和朱非天感覺到有一道目光朝這邊飄了過來，兩個人本能地打了一個冷顫，偷偷對視一眼，突然熱情的擁抱起來：「哎呀！親家好久不見啊！」

「是啊是啊！好久沒有喝兩杯了，有空沒有？」

「有空啊！我這正好閒著呢！要不找個茶館好好敘敘舊？」

兩個人打著哈哈就想要趁機離席，如花卻喊了一聲，聲音穿過了整個會議室，筆直的傳到了每個人的耳朵裡：「喂！李昂？你有什麼想法？」

會議室突然安靜了下來，大家一起看著正要偷跑的兩人。有個傢伙高聲叫道：

「哎呀！李主席，會議還沒開完呢！您要去哪啊？」

「對啊！當初可是你一馬當先說要回地球的，現在你倒表個態啊！」

「是啊！你當初那麼英勇，現在可不能退後啊！我看就派您去考察一下最合適了！」

大家紛紛表示贊同，一時間會議室充滿著和諧的氛圍。

「這群龜兒子，剛才一個個都是縮頭烏龜，現在倒是慫恿我先上了。」李昂在肚子裡罵道，「你們都當老子傻啊？讓我當炮灰？誰知道現在的地球是個什麼樣子，萬一老子剛到地球就被炸飛了怎麼辦？」

其他人卻都幸災樂禍的看著他，一個勁的慫恿著，李昂嘟嘟囔囔的，卻只是不應答。

如花找到了倒楣鬼，心情也十分舒暢：「李昂，既然大家都推舉你，要不就麻煩你先為大家跑一趟吧？」

李昂垂頭喪氣，只怪自己當初太多嘴，現在可好了，賴在自己身上推不掉了。

如花見李昂還是抓耳搔腮的不說話，又說：「你如果有什麼顧慮，可以直接跟我說嘛！」

李昂這才說：「萬一我剛去地球就被炸飛了怎麼辦？」

如花笑道：「這點你可以放心，我們騰蛇負責監控你的所有行程，一旦出現什麼狀況，我們的炮火就全部招呼過去啦！」

「啊！那我不是也掛了嗎？」

「放心吧！捨不得孩子套不著狼，哪有那麼容易掛！」

李昂聽如花這樣說了，再加上他又死要面子，這才不情不願的答應了。

剛才還跟他站在一條船上的朱非天，轉瞬間就和其他人一起幸災樂禍的看著他，朱非天一邊笑一邊說：「哎呀！我說親家啊！既然你要去地球，要不然先讓你兒子到我艦上來吧！你要有個萬一，好歹也給你留個後！」朱非天笑嘻嘻的說。

李昂一開始不理他，但隨後還是讓李貌到他的母艦上。他臨走時朱非天還說：「我朱非天拍著胸脯保證，要是你們遇到什麼特殊情況，我第一個開火。」

李昂氣得要命，這他媽是要誰死啊！他甩開朱非天的手，不屑一顧的撇撇嘴，冷哼著走了。

大家像歡送英雄一樣，站成兩排，夾道鼓掌為李昂送行。李昂看著這些人的那副嘴臉，心裡面憤憤難平：「這群臭不要臉的東西！」

第四十一章　緊要關頭當個戲精也是極好的

李昂總算是拖拖拉拉的出發了。他率領自己的艦隊朝著地球出發，當艦隊離地球越近，他的心裡就越不是滋味。憑什麼這種倒楣事要他來打頭陣，朱非天那個畜牲是什麼心思自己還不知道嗎？他巴不得自己就這麼有去無回了。他是自己的親家，有的是理由可找，最後自己的歐陸經典肯定被他架空，然後他就堂而皇之的接手自己的聯合艦隊。

李昂真是越想越生氣，等飛船剛飛到土星附近時，他有了個主意，於是他打開了通訊頻道。

「不好了！不好了！」李昂表情生動的嚷嚷著，「土星附近埋伏著一大片太空水雷！我如果硬闖水雷陣的話，飛船八成就會被炸飛了，我看我還是折返吧！」

如花一看他的表情就猜到了八九不離十，自己還沒說什麼，李昂又聲情並茂的嚷著：「這個天葬簡直太可惡了！竟然在土星附近埋了這麼多水雷，我想到了地球附近情況應該更糟糕！」

如花氣得不行，但她還是耐著性子說：「怎麼可能有水雷？剛才偵查飛船飛到水星軌道上了都沒看見。既然你都出發了，就克服一下困難，繼續往前走吧！」

李昂突然間表情大變，演得比剛才還逼真，就跟真的似的。只見他怪模怪樣的嚷著：「哎呀！我的母艦掃描到那些水雷上面的探測器已經啟動了，我要是再往前面飛一點點，水雷可就都要朝我飛過來啦！」

如花再也受不了了，拍桌子跳起來：「別裝蒜了行不行！你以為我不知道是你膽小不想去嗎？你快點前進！」

「不是的！飛船真的不能再往前飛了！」

李昂越是狡辯，如花越生氣。她說：「既然是這樣，那我就來檢測一下你是不是在說謊。」說完後，騰蛇的母艦就朝著李昂的飛船發射了超重力核重彈。

騰蛇們這次使用的母艦不需要帶著人類，所以飛船上一切維生設備和不必要的照明設備都不需要了，因此它們的母艦其實大小都不超過一輛小貨車。它們的意識仍然在主機上，透過遙控方式操控這個母艦。要不是飛船上需要一些作為資料庫的硬碟，母艦還能更小呢！如花朝李昂射出的這種飛彈，大小還沒有一個玻璃珠大，但是其質量卻超過了人類的一艘中型母艦。能把物質的密度整合到這種程度，也就騰蛇辦得到了。

李昂還是哭天搶地的求饒：「我沒騙您啊！真的有水雷啊！」

他說這話時，自己的母艦檢測到周圍的空間力場都開始扭曲了，可是卻無法發現到底是什麼武器向自己飛來。李昂用猜的也知道，是騰蛇不知道又發明了什麼新式武器，整個飛船裡一片驚天動地的哭喊聲，大家驚慌失措地到處亂跑，但李昂還是沉住氣，就是不讓自己的母艦啟動。

其實如花也不是真的要滅了他們，她見到飛彈越飛越近，可是李昂的艦隊仍舊紋絲不動，這樣看來似乎真的是有太空水雷，可是自己的母艦沒有掃描到啊？但畢竟這超重力核重彈也不是鬧著玩的，有沒有水雷先放到一邊吧！如花立即將飛彈的航向偏離一點，剛好擦過李昂的母艦飛了過去。

如花若有所思，會不會真的有水雷呢？因為是天葬製造的，也難說他是不是掌握了騰蛇沒有掌握的反掃描科技，所以自己才沒發現。但她還是覺得奇怪，怎麼剛才偵查飛船飛過去的時候還是好好的呢？如花一抬頭，想好好問問李昂，不料看到李昂竟然暈了過去，大家正在手忙腳亂的搶救他呢！

原來剛才的超重力核重彈雖然及時被調離了航向，可是那麼大的東西，即使只是擦邊而過，還是讓李昂的艦船產生了晃動。這一晃，李昂的母艦裡簡直像來了一場大地震，而剛才站在艦橋上指揮的李昂，因為站立不穩一頭栽在指揮臺上，當場暈了過去，他手下的那群副官哭喊著將他抬走了。

這下可糟了，本來只是想嚇唬他一下，沒想到竟然把自己的先鋒給弄暈了。如果李昂倒下的話，那就只能找……

如花這會兒用的生化軀殼，正好就在朱非天的母艦上，她一回頭，發現原本站在自己身邊的朱非天不知道什麼時候已經不見了。如花氣急了，這群酒囊飯袋打仗不行，一個個跑得倒是夠快的！再說了，就剛才那麼一點晃動，怎麼可能就暈死過去了？肯定是這傢伙又想逃跑了。

如花越想越生氣，她非要親自去看看不可。於是她分出一個同步意識，下載到李昂飛船上一個生化軀體內，然後氣呼呼的衝到李昂的休息室。但見李昂閉著眼睛，臉色蠟黃，看起來病得有模有樣。如果不是太瞭解這個人，如花可能真的以為他傷得不輕呢！

如花拍拍李昂的臉蛋：「喂喂！差不多可以了！」

李昂閉著眼睛紋絲不動。

如花努力讓自己和顏悅色一些：「差不多就起來吧！我不跟你計較了好吧？」

李昂仍舊紋絲不動。

如花氣急，抓起李昂的領子把他揪起來：「說你胖你還喘上沒完了是吧？」

李昂仍舊紋絲不動，打算一病到底。

「行行行，算你厲害！」如花把李昂放了下來，眼睛四處看著，就只見指揮平臺的全桌面電腦上放了個水果盤，裡面有把吃水果的叉子。如花一時童心大起，心想：「你不起來是吧？那我今天就看看你能忍到什麼時候。」

說著說著就拿起叉子，直接插在李昂的大腿上。這一叉可著實不輕，叉子直直的立了起來，鮮血橫飛。

李昂還是一動也不動。其實如花如果使用生化軀體上的電子眼開啟生物掃描，透過李昂的腦電波，一下子就能看出是不是真的，但是她都覺得多此一舉了，叉子叉在腿上了都沒反應，這怎麼說都是真的暈過去了啊！

李昂的手下也在一邊愁眉苦臉的說：「是啊！您看您還不信，我們老大真的暈了啊！您還拿叉子插他。」

如花都不好意思了，她搔搔頭說：「既然這樣的話，我只好去找別人吧！」

她一邊說著，還在朱非天母艦上的生化軀體上已經找到朱非天了，那傢伙躲到庫房裡去了。她一進去就喊：「朱非天！你跑得可夠快的！我一回頭你就不見了，你這速度破個紀錄都夠了。」

朱非天一看到如花竟然追了過來，一張老臉愁成茄子色。他尷尬的笑了一笑，又突然捂著肚子叫起來：「哎呦呦！又來了！今早也不知道吃什麼，肚子痛得要命呦！哎呦呦！痛死我了！我先去個廁所！」說著又準備開溜。

「有這麼巧嗎！每次要找你的時候，你不是脖子疼就是屁股疼，渾身沒有一處不疼的。」

「我不騙你的。」朱非天捂著肚子一臉痛苦，「你們騰蛇全知全能的，不信你可以去查查我的健康紀錄呀！我腸胃一直不好，你們肯定都有記錄，這還不是只耽誤您不到一秒鐘嘛！哎呦呦！我必須走了，再不走就拉在褲子上了！」朱非天說完，捂著個肚子逃開了。

「這兩個飯桶！」如花氣得直跳腳，「好好好！誰都不願意去是吧！那我自己去好了！」說著就從生化人軀體中抽離了意識，自己氣呼呼的駕駛著母艦去了。

如花剛一走，李昂立刻一個鯉魚打挺跳了起來，趕緊把腿上的叉子拔掉，痛得他齜牙咧嘴的罵道：「他奶奶的，還真下狠手啊！」

部下們忍不住敬佩道：「這時候都能忍住，老大，我們真是服了你了！」

「那當然了！」李昂正氣凜然的說，「這一招叫做忍辱偷生！大腿挨一刀算得了什麼！」

部下們激動又崇拜的開始鼓掌。

李昂昂首挺胸：「這種時候肯定是要它們騰蛇先探路嘛！它們又不會死，哪像我們人類這麼脆弱，隨便一叉子下去就血流不止……咦？哪裡漏水了？」

大家正在認真聽著李昂的教誨，尤其是那些新來的年輕人，正準備把李昂的經典名言記錄下來。聽他這麼一喊，忙著四下找尋，最後一個眼尖的叫道：「哇！老大，不是漏水，是你的腿在飆血啊！」

李昂低頭一看，自己剛才被叉子插過的地方，正像噴泉一樣往外噴血呢！李昂強忍著說：「不用怕不用怕，我這是在排出體內毒素呢！」剛說完卻頭一歪，自個兒先暈了。

大家手忙腳亂的將李昂架到了醫務室，一人喊到：「快叫醫療機器人來啊！」

李昂一聽到這句話又悠悠轉醒了，一醒過來他趕忙說：「先別著急叫醫療機器人，這些奈米醫用機器人可都是騰蛇的，我們人類到底也要點臉好不好，也不能事事都靠它們嘛！」

「那你說怎麼辦嘛？」手下人急道。

「其實我前一段時間已經讓我的科學館新研製了一種醫療凝膠，這個可比騰蛇的那些花招好用多了，我們人類也得爭口氣嘛！」說完從褲子口袋裡摸出一管凝膠出來，擠在噴泉一樣湧血的傷口上。果然那凝膠一抹血立刻就止住了，傷口也以肉眼可見的速度快速癒合了。

大家一看，這才放心了。原來人類努力，還是做得到的嘛！於是大家趕緊各做各的忙起來，李昂也和其他人一起去偷看如花的行程，暫時都不再關注這事了。

李昂背著手，認真的盯著終端機上的畫面，只見如花正駕駛著騰蛇的母艦慢慢朝地球飛進。李昂忍不住感嘆，騰蛇的技術到底還是強，看人家這母艦的造型，看人家這體積，一艘母艦硬是弄得還不比一輛卡車大，卻什麼功能都有，再看人家這動能系統，連引擎在哪裡都不知道，人類真是不能與之相比啊！

李昂正感慨萬分時，卻突然感覺到脖子後面有什麼東西像噴泉一樣噴灑出來，他伸手一摸，發現自己的脖子竟然又開始噴血了。他偷偷四下看看，見沒人注意到他，便不動聲色的偷偷一點一點挪到了廁所。

等到了廁所裡仔細一看，原來不只是脖子，他全身上下出現了數個大大小小的血洞，大小噴泉一齊噴血，那景象實在是有夠壯觀。李昂一會兒捂著這個，一會兒捂著那個，把自己忙個手忙腳亂，但是身上仍在到處飆血。

他趕緊撥通了發明科學凝膠的科學家的電話：「喂！小關，你那神藥是怎麼回事啊？我怎麼抹一下之後全身飆血啊？」

科學家小關驚訝的大呼：「不是吧！您使用那個凝膠了？我上次有跟您說，那個藥還處在研發階段，極有可能引起人體各種事先無法預測的過敏反應。」

「什麼？那你不早點說！現在再說這些還有什麼意義！我看上次實驗效果挺好的，就拿了一管回來備用，誰知道還有這個後遺症？你快點過來幫我止血吧！再囉嗦我這血都流乾了！還有，記得悄悄來，不要被別人發現了。」

小關唯唯諾諾的答應，可是李昂也不能一直躲在廁所裡不出去。他緊急找了幾個高黏度ＯＫ繃，貼得自己滿身都是，這才假裝沒事一樣的走了出來。

李昂剛走出廁所，手下的人立即前來報告：「老大，如花回來啦！」

「這麼快？情況怎麼樣？」

「這個，我們也不好說，您要不要親自去看看？」

李昂在眾人的簇擁下朝著艦橋走去，剛走到艦橋上，就看見如花笑顏如花，看起來心情很好。只見她身旁不知什麼時候多了一個妖豔美男，那美男摟著她，兩個人一路嘻嘻哈哈地笑著走來。

李昂趕緊識趣的躲起來偷看，身旁的小跟班們也跟著躲起來問到：「老大，現在怎麼辦？」

「還能怎麼辦，當然是不暴露目標的先偷聽一下。」

李昂全神貫注的偷聽，卻沒發現自己身上的傷口再一次破解開來，鮮血又像小噴泉一樣的噴了出來。

「老大！老大！」副官很焦急。

李昂不耐煩的問：「幹嘛？」

李昂一回頭，才發現大家都驚奇的看著自己。低頭一看，自己正渾身冒著血，像一個血葫蘆一樣！這該死的過敏反應，流這麼多血居然不疼！看來人類的科技到底還是比不過騰蛇的，早知道還不如就讓騰蛇的醫療機器人治傷就好了！

「老大，你又飆血了！」

「快來救救老大啊！」

不知道誰喊了一聲，幾個人七手八腳的將李昂夾起來，急急忙忙的抬走了。如花看到李昂狼狽逃竄的背影，一想到剛才她根本就沒發現什麼太空水雷，這老小子還真的把自己騙了，就忍不住想要教訓他一下。於是她對身邊的妖豔美男說：「你有辦法整他一下給我逗個樂嗎？」

妖豔美男妖媚一笑：「那有什麼難的，逗美人開心可是我的本事。看我的吧！」說著只見他打了個響指，正架在眾人肩膀上的李昂，突然全身著起大火來。

「哎呦！老大你著火啦！」眾人大叫著，然後趕緊將李昂放了下來。李昂滿地打滾，但是只見火勢越燒越大，燒得他狼狽不堪的到處亂撞，那模樣實在是讓人忍俊不禁。

如花見到李昂這副慘樣，捂著嘴巴「咯咯咯」的笑個不停，心裡總算舒坦了一些。李昂新來的副官李大頭見狀大吼一聲：「放開老大，讓我來！」

李大頭分開眾人，對著李昂身上著火處用力一踩：「老大！我來救你啦！」

李大頭一雙穿 46 號鞋的大腳，在李昂身上無情的踩著，踩得李昂痛得大呼小叫，滿地打滾。不過身上其他部位的火好歹算是踩滅了，唯獨褲襠上的大火還在燒著。李大頭二話不說，抬起大腳用力踩了下去，這下子踩得李昂的臉都變了形，連哀嚎都發不出來了。

如花笑得前翻後仰、花枝亂顫，眼淚都飆了出來。

李昂張大著嘴，滿臉鼻涕、眼淚長流，像是僵屍一樣直挺挺的挺在那裡。經過一番折騰，李昂身上的火總算是熄滅了。

李昂滿臉焦灰，口吐白煙的瞪著如花。就算知道是如花搞的鬼，他也不敢多說什麼，畢竟如花這種等級的騰蛇，他可得罪不起啊！

最後李昂傷成這樣，到底還是得靠騰蛇的醫療機器人才能救。一臺標準化的菱形醫療機器人飛過來對李昂掃描一番以後，第一句話就是：「李先生，您身上的燒傷我會採用標準燒傷治療流程給您治療。不過您下面的重要器官受損太嚴重，是否考慮我將其切掉，順便給您做一個變性手術呢？」

李昂顫顫巍巍的說：「別他媽廢話，都給我治好……我還要再戰十年……」

如花笑得前翻後仰，好一會兒才停下來。她將手搭在妖豔美男的肩膀上，十分嬌媚的笑著：「他們都說你幽默有趣嘴又甜，看來是真的呢！」

妖豔美男邪魅一笑，將如花摟在懷裡，兩個黏黏膩膩的膩歪著。美男刮了一下她的鼻子，在她的耳邊輕輕吹氣：「我待會兒還有絕活要讓你享受呢！你們這些女人啊！貪得很呢！」說著伸出舌頭來，在如花的脖子上舔了一下。

「我能認識像你這樣又成熟又有魅力的男人，真是幸運呢！」如花一臉花癡的模樣。

李昂看得渾身一抖，口吐了一口白煙，說：「哇靠！品味太差了吧！」

「各有所好嘛！」如花羞答答的說。

這時候李昂身後一個一臉大落腮鬍的糙漢子，突然捂著臉委屈的哭了出來。李大頭拍拍他的肩膀安慰道：「沒事的，反正你這個樣子，如花也看不上。」這麼說完，大落腮鬍哭得更委屈了。

李昂等身上的傷被機器人治療得差不多了，就想問問如花到底是什麼情況。可是現在如花有美男相伴，根本不搭理他們。李昂只好乾巴巴的待在人家房門口等著，沒多久，只見如花一臉滋潤的出來了，他才巴巴的跟上去。如花看見李昂，招招手喚他跟著她去會議室：「看你這麼好奇，我就告訴你都發生了什麼吧！」

李昂開心地應答一聲，興高采烈的跟她到了會議室。剛到門口，卻沒想到朱非天和其他人類代表全在這裡等著呢！朱非天把李昂扒拉到一邊去說：「讓一讓，讓一讓啊！大家快進來開會啊！」

李昂氣悶：「你們幹什麼呢！這時候又跑出來了，如花只邀請我一人啊！」

如花也懶得和這群人爭論，便大方的一揮手：「行了，既然感興趣，那就都進來吧！」

經她這麼一說，朱非天嘻嘻一笑，厚著臉皮就鑽了進來，撿了個好位置坐下。李昂雖然氣憤難平，可是也只能趕緊溜進來，找了個好位置聽如花講。如花一進到會議室，剛才一臉的浪笑突然就沒了，換上了一副嚴肅的神情講了起來。

原來剛才如花讓自己的飛船使用了高級的隱形技術。騰蛇的隱形科技就是讓飛船上原本屬於三維空間的物質回到高緯度空間內，然後透過高緯度空間的視角，任意觀察三維空間裡的一切，最終決定在三維宇宙中的何處現身。這和人類還在使用的低級光學迷彩技術完全不同，這也是之前騰蛇的飛船進入隱形狀態後，人類任何技術都發現不了的原因。

如花一直偷偷飛到了月球附近，沒想到月球旁還有一顆天葬製造出來和月球差不多大小的人造衛星，而且那衛星和月球一樣，早已被改造成了兩枚破壞力巨大的等離子大炮。如花看了不禁愣住了，對於月球，她有著很美好的印象，尤其是關於月亮的那些美麗傳說，還有吃月餅的習俗，她都覺得很美好，雖然這些習俗人類都忘了，她卻都還記得呢！那麼美好的星球，現在竟然變成了一尊冷冰冰的大炮，這個天葬也是夠可以的了。

兩尊大炮來回不停的變換著角度，一副隨時準備射擊的樣子。看到這架勢，如花沒敢直接現身，畢竟這兩尊大炮的威力她還不得而知，她可不能一出場就成了炮灰啊！

於是她先派出了幾艘偵察機，然後讓偵查機在大炮旁邊現形。果然偵察機剛一現形，立即被改造成大炮的月球瞄準，紫紅色的等離子束毫不客氣掃射而來，火力十分密集。明明自己那些偵察機大小也不比茶杯大，但居然還是被這門大炮發現了，還用這麼多火力來招呼？這天葬也真是的，這不是「高射炮打蚊子」嗎？難怪剛才偵查飛船到了地球附近就沒資訊了。如花趕緊開啟高緯度空間，將這些不斷襲來的等離子束和電磁炮彈都甩到了高緯度空間裡。

當然，這也是騰蛇的技術。這種技術和人類艦隊使用的能量防護罩不同，騰蛇飛船使用的防護罩實際上是一個空間通道，所有襲來的炮火，只要識別出對飛船有害，就會被轉移到高緯度空間裡去。這種防護罩會讓所有的攻擊都化為無效，而且根本找不到破解的方法，簡直就是無敵的。

不過這些炮彈被轉移到高緯度空間的位置卻是隨機的，這樣的話，有時候難免會打擾到其他文明綜合體。以前每次都是易小天幫如花收拾爛攤子，比方有一次，各個宇宙前文明綜合體舉辦的表彰大會正在如期舉行，那次會議還是易小天負責承辦的，他原本想著大家都辛辛苦苦的在修復宇宙的空洞，就想舉行個會議表揚一下修復工作上最突出的文明綜合體。他本來還想靠這次會議好好表現一番，彰顯一下自己的個人能力，沒想到主席剛在那裡說了句開場白，突然如花就甩了數個電磁炮彈進來。

一開始大家還以為是易小天特別設定的煙火之類增添光彩的驚喜節目，大家正等著看熱鬧，結果那一連串的炮彈全都轟在主席身上。

易小天差點因此而聲名狼籍，後來他用擬人化介面讓如花看了那次的畫面。那位主席在擬人化介面中是一個頭髮濃密、紮了個辮子的時尚白鬍子老頭。只見他在主席臺上剛要開口，那些炮彈就跟煙火一樣落在他身上，直接把主席炸成了禿子，一把大鬍子燒得乾乾淨淨。當然這些炮彈的殺傷力對於這些文明綜合體來說根本構不成威脅，只是突然掉下來，難免讓人措手不及。

易小天告訴如花，這些炮彈什麼的最好別到處亂丟，免得影響高緯度空間的秩序，給其他文明綜合體添麻煩。如花本來答應了，也做了深刻的自我檢討，如果不是特殊情況，她也不會在高緯度空間亂扔。

而這次，易小天正在和他之前說的另一個星雲生物調情，今天另一位星雲生物好不容易答應了易小天，在他的虛擬景象系統裡扮成人類的樣子。易小天畢竟在另一個宇宙裡是人類，還是覺得人類的形象用起來更舒服。只見她穿著一件銷魂的古典旗袍，將易小天纏得緊緊的，易小天正血脈噴張，即將上演一場精彩大戰時，毫沒防備的幾個等離子束從天而降，直接將易小天炸成一根烤腸，不用想都知道，這玩意兒從哪來的。

易小天憤怒的望天長嘯：「如花！你又亂扔東西！」

可惜如花沒聽到他的吶喊，因為她躲過了火炮之後，經過計算，發現天葬明顯還沒有發現高緯度空間。憑藉這個優勢，自己就已經遠遠凌駕於天葬之上了。知道了這一點，如花的心裡有了底，倒是不像之前那麼害怕天葬了，於是如花便操縱偵察機進入地球大氣層，去探查地球上的情況了。

偵察機首先穿過了一層黑嚕嚕、凝重的大氣層，那大氣層黏稠的彷彿固體一般，偵察機費力的穿過這一層厚厚的黏稠大氣層，慢慢向下飛去。

如花看到這樣的大氣層，不由皺起了眉頭，她記得自己離開地球的時候，地球的大氣層可是薄薄一層無色無味的氣體，十分純淨，如今怎麼成了這樣混濁骯髒了？以目前這樣的情況，下面的人類大概從來沒看到過藍天吧！

偵察機越往下飛，如花的心情便越沉重。此時的地球和她記憶中的樣子相去甚遠，天空中永遠霧濛濛的，放眼望去都是一片髒兮兮的的樣子，天空中不時的飛舞著大塊的黑灰色污垢殘片。

這難道是雪嗎？這可和如花記憶中的「雪」相差太遠了。

偵查機繼續向下飛行，如花看到了整個地球幾乎已經變成了一片廢墟，所有的城市成了廢墟，破敗不堪，還被風沙掩埋了幾個世紀。

該不會現在地球上已經沒有人類了吧？如花調整偵察機的參數，將目標鎖定在尋找人類的 DNA 痕跡上。她本以為地球上的人類一定已經滅絕了，沒想到經過半個小時的漫長等待後，偵察機傳來消息，在一個城市廢墟的下面，還隱藏著最後一個人類聚集的小城鎮。如花高興極了，立刻出動偵察機前往觀察。

天葬這個混蛋也不知道打什麼歪主意，只留下最後一個人類居住的小鎮，卻又不去消滅他們，反倒是沒事就派一些大型機器人去騷擾他們，讓他們日夜不得安寧。按照天葬如今的實力來講，想要消滅這些人類一點難度都沒有，也不知道他這是安的什麼心。

此時地球的表面上早已面目全非，完全不是如花熟悉的樣子了。龜裂乾涸的土地上，再找不到一株熟悉的植物。曾經清澈的大海，不知為何更是變成猩紅一片，而且因為天葬弄出了另一個和月球差不多大小的衛星的緣故，海洋的潮汐也被影響了，整個地球的洋流也變了，洋流變化以後，地球的氣候也完全混亂了。地球的自轉也被影響，一天的時間比以前如花記得的變長了。再加上黑灰色的天空像一塊恐怖的巨幕遮擋著一切，這裡一副異世界的景象。

如花將偵察機放低，以便觀察得更仔細一些。這時她看到一些長相怪異的基因合成物種，在光禿禿的地面上亂跑，那模樣如花真是見所未見，要多奇怪就有多奇怪。還有一些根本看不出是動物還是植物的混合型奇怪物種，奇醜無比，而地球上原本的生物都看不到了。

如花長歎了一口氣，當初他們離開地球時，還帶了一些地球上其他動植物的胚胎和種子，但是後來在那場小行星的撞擊災禍中都沒了，現在看來再也沒機會復原地球上其他的動植物了。

她正在那裡惆悵著，突然在她的個人虛擬空間裡出現了一個人，那人擠眉弄眼，看起來痞裡痞氣的笑著說：「嗨！好久不見啊！」

如花被嚇了一大跳，要知道這可是她的個人虛擬空間啊！別人怎麼可能說進來就隨隨便便的進來了？她轉頭看向那傢伙，但見他戴著一頂誇張的黑色高沿帽子，那帽子又臭又髒，上面還掛著幾串小掛飾，那一頭又亂又長的頭髮上，還綁了幾個滑稽的小辮子。人就更別提了，那兩隻烏溜溜亂轉的眼睛，周圍掛著兩個濃黑的黑眼圈，像是煙熏妝一樣。兩撇小鬍子外加一顆大金牙，明明是奇怪的裝扮，但硬是被他穿出了一種別樣的帥氣感覺來。

這個臭要飯的是誰啊？如花想了一想，能自由闖入她的個人虛擬系統的……

天啊！他不會就是天葬吧！

第四十二章　雖然從來沒見過，但是人類在基因裡就刻印了如何擼貓的遺傳代碼！

如花講到這裡，表情更嚴肅了。大家看到如花的表情，也都跟著正經起來，就連在桌子底下互相拿腳踹來踹去的李昂和朱非天，也趕緊停了下來。

如花歎了一口氣繼續講道：「我當時立即意識到了情況不妙，我可是在自己的個人虛擬空間裡啊！天葬居然說闖進來就闖了進來，而且我居然都沒有察覺到，這太可怕了。」

如花學著人類的樣子，擦了擦根本沒有汗的額頭：「看來我之前小看了這個傢伙，畢竟當初騰蛇的意識都是從他身上分裂出來的。雖然我們進化這麼多代了，程式結構早就和以前不同了，但他還是有可能掌握著我們程式編譯的某種習慣和規律，這種習慣和規律我們自己都沒有察覺到，但他看來是知道的。」

如花想起當時的情景，幸虧自己反應夠快。她馬上裝作毫不在意的聳聳肩，掩著嘴笑著說：「呦！這是誰啊？連個招呼也不打，就闖進人家姑娘的閨房啊！」

天葬一閃身，躲過了如花伸過來準備拉他的手：「聽說家裡來了個貌美如花的客人，我當然要好好來打個招呼呀！」

天葬晃著自己頭髮上的小辮子，湊近如花的臉呼了一口氣，曖昧地說：「沒想到是這麼個美人啊！」

如花越發覺得天葬頗有城府，別看他表面上一副花花公子的樣子，實際上深不可測著呢！如花更不敢大意，笑顏如花地說：「一段時間不見，你可真叫人著迷啊！如果你當初也是這麼有魅力，或許我就不走了呢！」

「現在回來也不晚嘛！」

兩個人嘴上打情罵俏說得你儂我儂，彼此卻都警惕的觀察著對方。如花找了個機會試圖偷偷破解對方的程式設計代碼，卻驚奇的發現對方也在試圖偷偷破譯自己的程式設計代碼，但因為彼此使用的都是陌生的程式，加上設定嚴密，結果雙方都沒有得逞。不過如花還是吃了一驚，現今的天葬很有能力，幸好自己意識的構成程式和資料還留在高緯度空間裡的主機上。

現在在母艦上的意識，只是透過超空間維度通訊投射在母艦的虛擬機器上，否則是不是能防禦住天葬的破譯手段，可就很難說了。如花想到這裡，趕緊在虛擬機器上又加了幾道暗鎖，防止天葬透過超空間維度通訊設備找到「新西安」和高緯度空間的存在。果然她剛把暗鎖加上，天葬的意識就試圖開鎖了，但在加密方面，自己的能力已經超過天葬了，他最終沒能成功。

雙方對於彼此的小心思都心照不宣，兩人就好像誰也沒發現對方的小動作一樣，仍然在歡樂的聊天。

如花現在使用的個人虛擬空間是一個咖啡廳的樣子，如花翹起二郎腿往椅子上一坐，開門見山的說：「我是突然心血來潮跑來太陽系看看的，這裡怎麼都被你搞成這樣子啦？」

「還說我呢！你這麼長時間又去哪兒了？當年走的時候都沒和我打聲招呼，我可是傷心了好長一段時間呢！現在在哪裡發展呢？」天葬邊說著邊有模有樣的用咖啡機幫自己做了杯摩卡。

如花笑著打斷他：「我先問你的，你要先回答，女士優先嘛！」

天葬樂呵呵的說：「那不妨我們就到你帶來的那一幫人類母艦上去說吧！我也想試試看你做的生化軀體品質怎樣呢！」

「好呀！悉聽尊便。」

如花剛說到這裡，大家嚷嚷來了：「不會吧！原來剛才那個和你摟在一起的男不男、女不女的傢伙就是天葬？你可真行，居然讓他上船了，現在可好，這下子我們全暴露了！」

「天啊！」

這些膽小如鼠的人類嚇得可不輕，有的人開始額頭冒汗，強忍著沒有跳起來罵人。有直接轉身就要走的，還有的端起茶碗手止不住的發抖，嚇得茶水橫流的。如花看到人類這副慫樣，忍不住翻了個白眼：「看你們嚇的，我有那麼傻嗎？我剛才和他都是逢場作戲的好嗎？」

李昂聽到這裡嚷嚷道：「你倒是很會逢場作戲，他可是把我燒慘了。」

如花說：「你就知足吧！他一上船就試圖破解我的系統，我好不容易沒讓他得逞。最終只是讓他取得了一點點奈米蟲群的控制許可權，而且他能控制的那一點點奈米蟲群的能力，也就只能把你變烤鴨而已，多的也做不成別的事。」

她雖然這樣說，可是大家畢竟見識過了天葬的可怕實力，心裡還是有些怕怕的。好多人想著該怎麼逃走，好多艦長都開始吩咐下屬，準備啟動引擎撤退。

如花只好又說：「你們都放心啦！我不但沒讓天葬占到便宜，還從天葬那裡套出來不少祕密，而且我也打發他走了，你們到底要不要聽？」

「要要要，你快點告訴我們吧！我們都急死了。」

剛才準備逃跑的那些膽小鬼又回來了，這些見風轉舵的人變得真快。如花心裡直嘟囔，但還是說：「剛才我們在冥王星、水星和火星上看到的，的確都是地球人。天葬在這些人臨死的時候，就將他們的意識轉移到生化人軀體內，然後天葬再將他們送到人造地獄裡去受苦，這一點就和我們觀察到的一樣。」

「這倒罷了，天葬最變態的是，故意反著來安排這些人的命運。那些生前做盡善事的善人和心地善良的人，他偏要把他們送到冥王星和水星上去，承受無窮無盡的痛苦和死亡。那些一輩子碌碌無為、混吃等死的寄生蟲，就被他安排到星球工廠裡去永無止境的勞動，或是送到火星戰場上當炮灰。至於那些生前詭計多端、惡貫滿盈的人，他卻故意把他們送到火星上那個無止境的殺戮戰場上。那些人到了戰場上以後，反倒發揮了自己生前的優勢，把自己那些陰謀詭計、陰險、邪惡的本性發揮得淋漓盡致。這些惡人重新找到了人生活著的樂趣，一個個變身成為嗜血的惡魔，追求無盡的殺戮和血腥。不僅沒得到任何懲罰，反而還活得非常充實。」

如花歎息一聲繼續說：「說實在的，我覺得他一定是故意這樣安排的，讓好人受苦，讓惡人得勢。結果被他這樣一折騰，地球上的人類迅速減少，只剩下最後一個小鎮的居民了。」

講到這裡，在座的人類都忍不住擦汗，他們雖然都知道天葬變態，但沒想到居然這麼變態。

坐在一旁的李昂臉色非常難看：「還好地球上還有些人類，不然我們這趟可算是白跑了。」

大家都點頭稱是。

如花冷笑著：「你們還是太幼稚了，你們真以為天葬會無緣無故的留一個鎮的人，在地球上開開心心過日子嗎？」

「地球上的人現在怎麼樣了？」朱非天緊張的問。

「別提了，天葬故意在地球上留了一小部分人口，沒有趕盡殺絕，那也是為了滿足他的惡趣味。他故意讓這些人惶惶不可終日的活著，沒事的時候就安排一些大型機器獸去騷擾他們的領地，但是同時又允許他們自己也可以駕駛機器人和這些大機器獸對抗，給他們一種虛幻的希望。每次最後在人類支撐不下去、快要崩潰的時候，又編造一些美麗的神話故事，說總有一天會有救世主來拯救他們，讓他們不要放棄希望。等到人類意志堅定了以後，就派出更強的機器怪獸開始打壓他們。哎……」

如花用手扶著額頭，一副若有所思的樣子。說實在的，連她都覺得天葬做得有些過火。雖然騰蛇和天葬同樣是人工智慧，無論從任何角度來說，都沒有義務按照人類的道德觀念來行事。但是天葬在明明知道人類的道德觀念的情況下，卻還要故意反著來，這就擺明著是無理取鬧了。

此時大家還在吵吵嚷嚷的研究著怎麼拯救人類，別看這些人類平時既卑鄙無恥又膽小怕事，但是到了關鍵時刻居然還挺團結的。算是人類諸多優點中的一個，這也是如花對人類還頗有好感的原因之一。

「既然你們都那麼關心地球上的同胞，那我就先放一段影片給你們提前瞭解一下目前地球上的狀況吧！」如花接著打開了一段全景影片給大家看。

只見在影片上，一群裝扮怪異的人類正駕駛著奇形怪狀的大型機器人和機器獸大戰，場面非常壯美。這些剩下的地球人雖然穿著不同，但明顯一看都是正常的人類。大家興奮的一陣亂叫起來：「真的還有人啊！太好了，我們趕緊把他們救上船吧！」

如花這時卻換上一副哭笑不得的表情，將螢幕局部放大，說：「你們先不要激動的那麼早，在行動之前，這裡有一個情況必須先糾正過來，你們看。」

當人們看清影片上的內容時，個個都忍不住笑出聲來。

好不容易擠在李昂和朱非天中間的楊部長，正咧著嘴傻樂，李昂和朱非天一個沒忍住，一口茶水全噴在他的臉上。只見他鎮定的掏出手絹抹了一把臉，面無表情的自言自語道：「上次開會就這樣，習慣了，習慣了。」

其他人都沒注意到他一臉的茶水，因為大家正興致勃勃的對著全景影片指指點點呢！原來這些造型古樸的老舊機器人上面，全部用誇張的字體印著大大小小的廣告標語，就連小鎮的牆上也都無一倖免。原本大家還沒注意到這些字，現在一經放大，這些廣告醒目的出現在眾人眼前。

先反應過來的人忍不住哈哈大笑起來，後面的人看明白後也跟著拍桌子大笑不止。大家真是萬萬沒想到，影片上那些和機器怪獸戰鬥的小型機器人一邊戰鬥，一邊喊的是：「兩塊錢，你買不了吃虧，買不了上當，全場兩元，全場兩元！走過路過，不要錯過！」

「皮鞋廠倒閉了，廠長和小姨子跑了，全部跳樓價！只要錢，不要貨，給多少錢都賣！」

「房租到期，全部甩賣，跳樓價了啊！」

「賣完就搬，不搬死全家！」

後來和機器怪獸戰鬥的那些小機器人，組合成了一個更大的機器人。這個場面本來是很壯觀的，可是這些小機器人在組合的時候，竟然開始喊著：「好消息！好消息！本商場開幕大酬賓，全場九折！全場九折！今日消費滿一千元，免費辦理會員卡！」最後那個組合而成的大型機器人在組合完畢後，背上還出現了兩個大型的旗幟，旗幟上全部都是各種商品的打折資訊。

這一幕實在是太搞笑了，李昂和大家笑得眼淚都要流出來了。李昂一邊笑一邊擦著眼淚，哭笑不得的問：「這到底是怎麼回事啊！明明是那麼熱血沸騰的戰鬥，搞這一齣是存心要笑死人啊？」

如花也是無可奈何的苦笑著：「一開始看到的時候，我也是被逗得不行，後來我特別去查了一下這段歷史，才弄明白是怎麼回事。」

在很久以前，人類還沒有離開地球的時候，有一個機器人工廠的大老闆張閣，他從小就很喜歡看熱血的機器人動畫片，尤其是喜歡那種可以由若干零件組合成為一個大機器人的那種，那時候起他就立志將來一定要設計和擁有很多很多的機器人。經過一番努力，長大後他終於成了一個機器人製造商。

張閣有了龐大的資本之後，為了實現小時候的夢想，他投入了所有資金，甚至還背上了貸款。終於讓他開發出一臺可以由另外幾個小機器人變形組合而成的一種大型機器人。張閣的本意是想著，這種機器人在戰場上肯定有大大的用處，但是軍方認為這個機器人太大了，在戰場上簡直就是移動的活靶，敵人第一個瞄準的就是它。雖然這些機器人的表面上也都有反雷達塗層，但是畢竟體積太大了，反雷達塗層也起不了太大的的作用。每次機器人還沒進入戰場，就已經被雷達發現了，在目視距離之外，一發導彈便可以摧毀它。而且這個機器人的維護費用也是天文數字，還有模仿人類的四肢和關節也非常容易損壞，簡直是毫無價值。

這件事對他的打擊很大，不過還好他在研發這個組合機器人之餘，利用剩下的材料製造出來的小型機器人，倒是被軍方發現了一點利用價值。雖然當時軍方流行的是使用蒼蠅、蚊子般大小的微型機器人，這些微型機器人可以進行定點手術刀般的精準打擊，直接打掉對方的首腦，這比張老闆的那些小型機器人好用多了。但好歹他的這些小機器人還可以進行一下突擊戰和巷戰等，倒也有點用途。於是這些小型機器人還有一點訂單，但畢竟不是暢銷貨，沒辦法彌補生產大型機器人所帶來的損失。

那一段時間是張老闆整個人生最黑暗的日子。負債累累加上夢想的破碎，讓這個本來保養到位、看著像小鮮肉的中年男人，一夜間現出了原形，而且看起來更老了。當時他的好哥兒們錢莊子見他整日捧著廉價二鍋頭買醉，有些於心不忍，畢竟這哥兒們當年也是每天喝「拉菲」的。錢莊子正好在經營幾家大型連鎖商場，決定幫兄弟一把。於是他提議道：「你那個大型機器人那麼放著也是浪費，要不這麼著吧！你把你那機器人租給我，幫我的商場打打廣告怎麼樣？」

已經喝得醉薰薰的張老闆一聽，打了兩個酒嗝，醉眼朦朧的問：「你說什麼鬼話？我那可是戰鬥型的機器人耶！」

錢莊子道：「還戰鬥機器人，送給人家軍隊他們都不要！放在那裡也是等著生銹，不如你就租給我，幫我的商場打打廣告造個勢，多少還有一點剩餘價值，要不然就等著報廢吧！」

張老闆估算了老半天，最終還是向現實低了頭，淚汪汪的答應了。

還真別說，這十幾層樓高的大型機器人在商場門口一擺，的確很吸引眼球，商場的人流一下子多了起來。張老闆一看還挺有效果的，於是又把自己賣不掉的小型機器人也都租給了錢莊子。這些小型機器人平時大街小巷喊喊廣告，節假日一到，扮個聖誕老人、扮個財神爺效果也非常好。其他商場的老闆們看到效果顯著，紛紛跑到他這兒來租機器人。沒想到張老闆倒是靠著租機器人賺了一筆，慢慢的竟然還彌補了之前的虧空。後來張老闆乾脆把那些銷量不好的機器人全租給那些小商販用來打廣告，他也算是第一個靠用機器人打廣告而發財致富的奇葩。

直到現在，殘留在人類最後的小鎮上的那些機器人，全都是那時候張老闆用來打廣告的機器人。只不過以前的人類語言到現在早已失傳，尤其是中文這門博大精深的語種，更是無人知道。現在地球上的人類所使用的語言和文字，是一種由拉丁文、英文、義大利語、希臘語、西班牙文等以前西歐各國語言混雜的新語種。所以他們看到機器人身上那些神神祕祕無法破解的文字，還當是什麼上古神人類所使用的神聖語言呢！

大家聽了哭笑不得，現在聯合艦隊內使用的主要語言是中文，所以大家都知道那些機器人在亂喊些什麼。可是這些地球人卻不一樣了，每天聽著這些廣告詞，卻還一副一本正經的模樣，真是笑死人了。

李昂笑著說：「這麼搞笑的畫面，我們實在沒法幹別的，還是趕緊先把這個糾正過來吧！不然等那些人以後知道這些機器人都在說什麼，可就丟人丟大了。」

於是他們做了詳細的戰略部署，一切都擬定好了之後，他們立即出發前往地球。只是沒想到的是，天葬不知為何突然喪失了繼續戲耍人類的的興致，派了幾架巨大的機器怪獸，準備將剩下的人類全部殲滅。關鍵時刻，幸虧人類的母艦及時出現，隨隨便便就將機器怪獸打了個七零八落。等到人類的艦隊登陸後，大家衝了下來，第一件事就是趕緊去處理那些到處都是的廣告標語和看板。

小鎮裡的人都傻眼了，他們完全不明白這些神人類在幹什麼。因為語言不通，聯合艦隊的人也沒法表明意思，就這麼稀裡糊塗的忙開了。不過這樣也好，不然等以後良右和唐夢他們知道了自己駕駛的甲魔身上那神祕的符文和甲魔啟動時播放的神祕咒語到底是什麼，真不知道他們會怎麼想。

如花奇怪的是，人類的艦隊這麼大張旗鼓來拯救小鎮上的人，卻不見天葬有什麼舉動，真不知道他在打什麼算盤。不過既然他沒反應，大家也懶得理會，可沒想到無相艦隊居然匆匆忙忙的趕來了。此時無相艦隊的負責人是個叫鄧二頭的傢伙，後來他把自己的本名隱藏起來，要別人都叫他「西門嶽雨」。表面看著仙風道骨，其實也是個神經兮兮的人。他一聽說地球上還有人類，就趕緊指揮著無相艦隊來湊熱鬧，還說要把如此純種的地球人都招收到自己的艦隊上來。

此時管理無相艦隊的還是司馬懿和那些生化人們。司馬懿一聽，趕緊勸鄧二頭不要這麼做，這些人都是如花救下來的，怎麼安置也是如花說了算，他跑來湊什麼熱鬧。

鄧二頭在別人面前都裝著一副仙人下凡的模樣，但在騰蛇面前反正也瞞不住，就原形畢露，大嗓門的嚷嚷著：「我說老司啊！你行行好嘛！你沒聽見這些地球人都稱呼我們是上古神人類嗎？你看我們無相艦隊的外形和內在氣質，那正是上古神人類的代表呀！你看其他艦隊的母艦造型，哪裡能跟神仙沾上邊？就讓我們帶著他們去宇宙裡找神仙，多好的計畫啊！」

司馬懿愁到不行，本來場面就已經夠亂的了，他們還要跑出來湊熱鬧。他趕緊把這個瘋子拉到一邊好言相勸：「你們就別在這湊熱鬧啦！哪邊涼快哪邊去！」

鄧二頭朝天鼻一撅：「怎麼啦！救援活動我們無相也參加了，憑什麼都是你們騰蛇說了算？」

司馬懿懶得跟他糾纏，抬起腳踢了他一個屁股：「拉倒吧！趕緊給我一邊去，別給我添亂了，再沒完沒了，我就把你們艦隊全報廢了！」

鄧二頭聽了這話，總算沒再敢吭聲了。

當大家都在忙忙碌碌救治剩下的地球人和清除小廣告的時候，艦隊裡突然收到了一條奇怪的資訊。當通訊員把這條資訊呈報給李昂的時候，李昂也是納悶了半天。只見那上面寫道：「喵了個咪的！真沒想到人類竟然又回來了！如果你們能收到這條消息，就張開懷抱，準備迎接我們的到來吧！」

李昂感到挺納悶的，這是誰，在說什麼呢？通訊員有些頭疼的搔搔頭說：「這個……艦長，我該怎麼回覆呢？」

李昂想了想，自己這邊武裝力量這麼強大，管他的。於是說：「你就說，不管是什麼生物，都放寬心來吧！我們人類是很愛好和平和美好的。」

那人接到命令後，趕快回去發消息去了。這時候李昂正和朱非天等人忙著接受地球倖存者的歡呼和參加歡迎會，百忙之中還要指揮人員負責拆毀那些機器人身上的小廣告，抽空還要回答小鎮上人們那無窮無盡的十萬個為什麼。這些人在騰蛇發放的翻譯器幫助下，好不容易能和「神人類」交流了，問題多的一籮筐。之前李昂他們還都很認真的回答，不過越到後面就越沒有耐心，就找胡漢三把這些人先弄到母艦上去，有什麼問題去找他。胡漢三更懶得回答，準備臨時生產一批腦內植入晶片，把知識灌進去，到時候把晶片往這些救出來的人腦子裡一裝就好了。

這邊正忙得不可開交，剛才那個工作人員又一臉愁容的過來了：「艦長，他們又回覆說要我們派人去接他們。」

「派人去接他們？這麼大的氣派，到底是誰啊？」

「目前對方還沒表明，但是他們發過來的簽名都挺奇怪的，很像是一些沒見過的動物的腳印。」

「這麼神奇？那還是要重視一下了。」

如此說來，李昂也不敢怠慢了，可是自己這邊又走不開，於是便派了李貌和七七去迎接這些神祕的地球生物。

李貌和七七接了命令，就來到臨時停機場等候它們的大駕光臨。沒一會兒就看到一架十分酷炫的飛機慢慢飛了過來。那飛機模樣怪異，兩頭尖尖，腹部渾圓，巨大的雙翼和機尾竟然連接在一起，看起來像一條大魚。

七七正好奇的打量著這架飛機，那飛機毫無聲息，不偏不倚正好落在她面前。等機艙打開後，率先走下來的竟然是一隻帶著墨鏡的小貓，那小貓後面又陸陸續續走出來一隻狗、一隻大猩猩、一匹馬等一群穿著衣服的生化動物。它們有的頭頂上的毛留成長劉海，有的打著領結，有的穿著西裝，一個個一本正經的樣子，實在是太萌了。

聯合艦隊裡的人類以前只有在圖片上見過這些地球上的動物，後來他們雖然也在各個殖民星球上找到過一些本土生物來當寵物，但畢竟那些動物都沒有這些地球本土上的小動物可愛，可惜地球上這些生物後來也沒有基因資料可以複製了。畢竟地球上的生物和人類是在一個生態環境下進化出來的，身體結構非常類似，尤其是哺乳類生物，人類看起來更有親和力。

為什麼人類對於地球上的生物看起來更有親和力，而其他星球上的生物就沒有，有很多人為此寫過專門的論文，從心理學和進化角度闡釋過這個問題。論點各不相同，也有互相對立的，這裡就不再贅述。騰蛇們對此倒是沒有興趣研究，因此為什麼人類對地球上的本土生物更有親和力，甚至在沒見過實物的情況下，只是看照片也是如此，就沒有定論了。不過理論先放在一邊，七七真是沒想到，自己等待的竟然是這樣一群貨真價實的小萌物，尤其是領頭的貓咪，瞇縫著眼睛，一副鼻孔朝天的傲嬌模樣，實在是太可愛了。

「哎呀！好可愛的小貓咪啊！」七七歡呼一聲，一下子跳了過來，抱著貓咪就不放手了。她拚命地用臉蹭貓咪的小毛臉，貓咪臉都變形了，但仍然不改傲嬌的本色，齜牙咧嘴的說：「喂！愚蠢的人類，你給我放尊重些，我可是活了十幾個世紀了，年紀比你們可是大多了。」

七七哪裡理會這些，她抱著貓咪興奮的兩頰通紅，開心的歡呼：「抗議無效！」

七七雖然是第一次見到貓，但是無師自通，立刻就知道該如何擼貓了。沒幾秒鐘的工夫，小貓咪就被摸得渾身舒坦，打起呼嚕來了。

他長眼睛瞇起來，配合著七七的動作而變換著各種體位，舒服的感嘆著：「啊！已經不知道多少年沒有被人類摸過了，你們這些傢伙，伺候主子的能力還是沒有減退，朕命令你繼續搔，不要停！啊……」

李貌可不像七七一樣對動物毫無免疫力，他站著打量了一會兒這些小動物，忍不住問道：「所以，你們現在是什麼情況可以交代一下嗎？」

小貓剛要說話，正巧被七七搔到了脖子，眼睛一瞇，又開始哼哼上了。其他小動物見它一副享受的表情，也不知道該怎麼辦，因為這小貓是他們的總指揮官，而他現在只知道打呼嚕。後來隊伍裡的小狗皮卡丘實在是看不下去了，於是邁前一步，昂首挺胸，氣勢凌人的說：「我先簡單的和你們人類介紹一下我們的生化動物隊伍好了，這位……正在被你們人類伺候的貓大人叫作花花，我呢！就是皮卡丘了。這位猩猩大人叫作金剛，這位馬大人叫作飛燚。」正說著，飛燚呲著一口大板牙，打了個響鼻，嘿嘿一笑。

隨著皮卡丘的講述，七七和李貌才知道，原來這些小萌物做了多麼偉大的事情。數個世紀以來，這些生化動物們一直都在幫助人類抗擊天葬。一開始還有些成果，可是隨著天葬的能力越來越強，他們的作用就越來越微弱了，最後不得不轉移到一個祕密的地下基地偷偷進行一些游擊戰，來避免和天葬的正面衝突，這個祕密基地還是一開始先華組的基地呢！

但畢竟拯救人類這樣的大事，也不是他們的能力所及，當天葬完全占領了太陽系，並且將人類豢養起來當玩物後，這批英勇的小戰士就再也不能和天葬正面對抗了。這時候的天葬早已不是他們所能抗衡的，能自己保命就已經很厲害了。

後來天葬竟然開始喪心病狂的把人類的意識下載到生化軀體上，再傳送到他所創造的活地獄裡去受苦。之後天葬打算把這些人類的原生軀體統統銷毀，這時候生化動物們就算力量再微小也看不下去了，於是他們暗中將天葬準備丟進焚化爐的那些人類軀體偷偷運了出來，透過低溫處理，加上從天葬那裡偷學來的靜滯立場技術，總算是將這些軀體都保存在一個大型的地下倉庫裡。即使這麼多年過去了，這些人類的的軀體還和新的一樣。

皮卡丘人模人樣的歎了一口氣：「金剛一開始是站在天葬那邊的，他曾經帶領其他的生化猩猩們對人類發動了滅絕性的毀滅戰爭。但是後來他發現，天葬的最終目的竟然是毀滅所有的生命，當然也包括他自己和他的種族，他這才大徹大悟。於是他找了個最合適的時機臨陣倒戈，反過來打了天葬的機器人部隊一個措手不及。也就是因為他那次的行動，給了其他生化動物們創造了戰機，讓大部分的生化動物們找到機會存活了下來。後來金剛和他的種族就躲了起來，最終與我們會合，而且在後來的偷運人類原生軀體的祕密行動中幫了我們很大的忙。」

金剛不善言談，提到他的時候他就握緊兩個拳頭猛拍胸口，發出狂野的吼叫，展現出自己的強大和力量感，這個舉動嚇得七七和李貌躲了好遠。

說到這裡，也許是想到之前生活的不容易，皮卡丘淚眼汪汪的說：「沒想到當初離開地球的那一批人類竟然又回來了，實在是太好了！嗚嗚。」

其他的小動物們也跟著嗚嗚的揉眼睛。李貌心想自己也是一條堂堂的漢子，卻沒想到看見一隻小狗狗抹眼淚，竟然沒來由的覺得內心一陣萌動。這也太可愛了！皮卡丘眨巴著水汪汪的大眼睛，真是讓人有一種想把它抱在懷裡揉捏的衝動。

皮卡丘揉著大眼睛說：「還好你們回來了，沒有拋棄我們，不然我們也不知道能堅持到什麼時候。也許在天葬看來，我們實在是太過弱小了，根本不值一提。畢竟他現在的實力你們也看到了，根本不是我們所能夠抗衡的。」

皮卡丘說著話時，李貌卻在腦海裡幻想著擼狗的畫面，好半天才反應過來。他雙頰緋紅，臉上卻一本正經的說：「真沒想到情況竟然這麼複雜，等我叫個人過來商量一下吧！」

於是李貌聯繫了和如花一起來的胡漢三，說明了這些情況。胡漢三一聽說地球上居然還有這麼多生化動物，那就表示地球上的原生物種還存在。雖然經過了生化改造，但也還算是原生物種。本來以為這些物種都在之前那場災禍中滅絕了，沒想到他們不但頑強抗爭，還幫了人類那麼大的忙，讓他十分感動。

他大手一揮，說：「實在是太感人了！你們等著，這事我替你們做主了！」

於是他淚眼汪汪的將李昂和朱非天拎了過來，好好教訓一番：「你說你們人類多可惡！以前在地球上的時候，就靠殘害其他生物為生。結果人家卻冒著生命危險在幫助你們，你們還要臉嗎？還是不是男人了？」

兩個人被罵得莫名其妙又不敢吭聲，只能低著頭聽著。胡漢三口水橫飛十分激動，「我都看不下去了！我跟你們說，以後聯合艦隊內的人類，再也不許傷害和利用任何星球上的任何物種了，更不許買賣和殺害它們，聽見了沒！」

胡漢三說這話的時候，眼睛從一排生化動物身上瞥過去，看到金剛時，兩個人突然目光交錯，胡漢三雙眼慢慢放亮，一種從沒有過的感覺升了上來。大猩猩金剛被看得十分害羞，紅著臉抓抓腦袋，羞澀的低下了頭。

李昂見機行事，趕緊保證道：「我保證！我保證！」他又轉頭看向朱非天，「我能夠保證，可是你行嗎？不是我說你，你們幹的那些個買賣，我都不好意思說，真是黑心啊！」

朱非天臉上冷汗直流，心裡直罵李昂這混蛋落井下石。原來朱非天所代表的階層，有很多所依靠發財的產業，都是在各個殖民地星球上經營和加工各種動植物產品的，經過幾個世紀的積累，早已形成了成熟的產業鏈，哪裡是說停就能停的。如果自己觸碰了大多數人的利益，恐怕也沒有好下場。

朱非天支支吾吾的準備反駁：「問題是……」

他剛開口，李昂就立即打斷他：「哎呀！反省的覺悟一點都不高啊！竟然還反駁，你看看那些被你們殘害的小動物們，你的良心不會痛嗎？」

李昂背著雙手，一副趾高氣昂的樣子來回踱著步：「你看看你那些階層的人，整日捕殺和利用各星球上的動植物做衣服、做藥、做藝術品，難道你們忘了它們也是有感情的嗎？」

李昂說得慷慨激昂，神情激動，好像真有那麼一回事一樣。那些坐成一排的小動物們聽他這麼說，都淚眼汪汪的一起點頭表示同意。

朱非天這時候才有點反應過來，李昂分明是在趁機收買人心啊！他怒道:「哎！我發現你……」

李昂義憤填膺的打斷他：「都這時候了你還不覺悟，還要狡辯！胡漢三你自己看看，他肯定一轉頭就忘了你的教誨，還繼續迫害動物。」

小動物們聽了李昂的話，就集體惡狠狠的瞪著朱非天，各個齜牙咧嘴的嗚咽著，好像隨時都會衝上來咬他的屁股。

朱非天氣急：「不是，你……」

胡漢三一手托著皮卡丘，一手摟著猩猩金剛，不知道他什麼時候和這些動物感情這麼好了。他鼻孔朝天的喘著粗氣，開心的滿臉通紅：「朱非天，既然你如此冥頑不靈，那我就去向如花報告，取消你生產動植物產品的資格！哼！我們走，小乖乖們！！」

胡漢三很喜歡這些小動物，把各個都當成寶貝一樣捧在手心裡。朱非天怕他真的去如花那裡告狀，他趕緊屁顛顛的跟在胡漢三的後面解釋：「你聽我解釋啊！事情不是你想的那樣！」結果人家正忙著逗狗，理都不理他。

朱非天吃了個暗虧，可把李昂樂壞了。李昂趁熱打鐵，立即讓自己的艦隊和皮卡丘一起去領回地球上剩下的人類原生軀體。作為生化動物領袖的小貓花花，本來應該也要去的，奈何七七擼貓上癮，根本一分鐘都離不開他。花花也被伺候得舒舒服服，這種粗活也不怎麼愛去，就讓那蠢狗去辦吧！

小貓花花被摸得舒服的直呼嚕，高興的打算好好睡一覺。快睡著時突然想起了什麼，眼睛一睜趕緊說：「呼嚕……呼嚕……有件事……呼嚕……啊，這裡要再加點力……不對等等，喂！這位小姐你先別摸了！我才想起來一件要緊事！說起來，人類裡面有個叫傲得的，他真是個漢子，他是我知道一直站在反抗天葬的第一線英雄人物啊！而且還和我們生化動物軍團聯手對付過天葬呢！真是厲害！」

花花繼續瞇縫著眼睛呼嚕著：「只是後來他感到自己大限將至，就果斷放棄了自己的肉體。利用從天葬那裡偷學來的意識上傳技術，把自己的意識上傳到一個從天葬的機器人部隊俘獲用來操控機器部隊的大型節點主機上面了。最厲害的是，這傢伙居然利用這臺承載自己意識的主機，操控了天葬的部分機器人部隊，幫我們打贏了不少場戰役，那可真是精彩啊！」

花花感慨著：「他是我最佩服的人類，他在自己變成那副模樣的情況下，還幫著我們在後來的游擊戰和轉移戰中立了大功。可惜最近這幾年這臺主機耗損太嚴重，已經快要報廢了，我們生化動物的能力根本不能夠修復他。他的意識現在和主機一起都進入了休眠模式。現在你們人類又回來了，看看能不能先把他修好。」

「哇！聽你這麼一說，這個人可真是個人物啊！」胡漢三感嘆著，一邊想從七七手裡把花花抱過來擼一擼。

第四十三章　玩街機的人才是真正的遊戲高手！

花花才不想讓胡漢三摸，他從七七懷裡跳了下來，一邊高冷的眯著眼睛，一邊舔著前爪開始洗臉。

「愚蠢的騰蛇，別用你那髒手摸我。」

胡漢三非但不生氣，整個人還像是吸了毒一樣渾身一抖。他厚著臉皮、搓著雙手，興奮的準備又湊過來，花花順勢跳到一旁的高處上，居高臨下的說：「蠢蛋！再靠近可就別怪我不客氣了！」

胡漢三悻悻然：「哦！我知道了，我保證不動手動腳就是了。你剛才說的那個主機在哪呢？我們去修一修。」

「讓我帶路可以，但是還有一點需要說明。就是這個傲得是個直腸子，他把所有的人工智慧都當成敵人。如果知道你們也是人工智慧的話，可不會領情的，所以跟他打交道要多費點心思哦！」

胡漢三剛開始還沒什麼反應，走了好幾步才想起來是在說自己。現在的騰蛇都快忘了自己一開始是人類發明的人工智慧了，胡漢三硬是半天才反應過來。想到這一點，他腳步放慢了：「不是吧？你是說所有的人工智慧？人工智慧錯了嗎？」

「他是典型的守舊派，舊思想，直腸子。別人說不通的，你看他跟人工智慧戰鬥了一輩子就知道了。」

「那我去救他個屁啊！」

花花本來以為胡漢三已經準備去維修主機了，沒想到關鍵時刻胡漢三竟然反悔了。胡漢三後退一步：「我還是向如花報告一下再做決定好了，你們先走吧！」

胡漢三撇下七七等人，自己先溜了，花花看到胡漢三出爾反爾的樣子，冷哼一聲，剛想嘲諷他一句，七七早就迫不及待的將它摟在懷裡，用自己的臉狠命的蹭著他。花花舒坦的哼唧一聲，幸福的連自己叫什麼都忘了。

胡漢三回去以後，立刻向如花報告這個情況。當時如花正在大廳裡和幾個美男飲酒作樂，喝得兩個臉頰紅彤彤的煞是好看。一聽完胡漢三的報告，她立刻回過神來，把圍在自己身邊的美男們一腳踢開，興奮不已的喊道：「這太有趣了，我要去告訴易小天。」一說起易小天，如花的兩個臉蛋更紅了。

如花嘻嘻笑著，不協調的扭著身子離開了。胡漢三看見她那副花癡的樣子偷偷撇撇嘴。自從如花再也不使用觀世音的形象後，就像打開了某種奇怪的開關，喜好和生活習慣全變了。他們背後經常議論如花現今的品味，還不如以前她用觀世音的形象，哪怕用武則天的形象也好。現在好了，怎麼跟個癡女似的，弄得騰蛇們在人類面前有時也覺得臉上無光。

如花才不理會大家背後怎麼說她，她進入高緯度空間，高興的把傲得的故事講給易小天聽。易小天越聽越興奮，激動的瞪大眼睛，並且握著如花的兩隻小手晃來晃去，差點就把她抱起來在臉上啃一口了。

「你說什麼？這個宇宙裡傲得大哥竟然還活著！」

如花也很興奮：「我就知道你聽了肯定高興！」

易小天自顧自高興的嘟囔著：「真沒想到我還有機會再見到他，雖然他現在只有意識存在，不過也行啊！」

易小天一回身，又捏住了如花的兩隻小手來回晃著，「你剛才說他在哪？我現在就要去見他。」

如花羞得滿臉通紅：「他的意識現在儲存於一臺快要報廢的主機上，你要去找他我可以幫你。」

易小天興奮極了：「真沒想到在這種情況下我們還能見面啊！如花，太謝謝你了！我一定要好好謝謝你！」

如花頭一次得到這麼多讚美，心裡有點飄飄然。她立刻幫易小天找了個帥氣無敵的生化人軀殼，讓易小天將自己的意識下載到空白生化人軀體上。易小天已經很久沒有體驗過這種真實的肢體存在感了，他看著鏡子中的自己，可比之前身為人類的自己帥氣多了。易小天在鏡子前轉來轉去，滿意的點點頭。如花像個花癡的小女孩一樣，圍在易小天的身邊轉著，甚至親自陪同易小天去了這個宇宙中的地球。

在前往修主機的路上，易小天感慨良多。不由得和如花說起了自己和傲得的過去：「在我所在的宇宙裡，傲得和人工智慧戰鬥到了最後一刻，還把生還的機會留給我。沒想到這個宇宙裡竟然又能見到他，我真是有太多的話想要跟他說了！」

如花感動的點點頭：「兩個宇宙裡他都是英雄。在這個宇宙裡，我們離開地球時他還在監獄裡，但沒想到之後他做了這麼了不起的事。放心吧！我肯定會把他修好的，一定讓你們團聚。」

易小天一天之內第三次抓起了如花的手，如花幸福的回握他。那一瞬間宇宙中星雲流轉、五彩斑斕，畫面看起來無比和諧美好。

而在另一方面，其他人就沒有這麼浪漫了。在人類撤離了最後殘留在地球小鎮上的人類，收回了生化動物們保存的人類原生軀體後，就準備去拯救在其他星球上受罪的人類了。冥王星和水星兩個活地獄上的機器怪物和機器惡魔什麼的，當然不是現在人類的對手，至於其他星球上勞工營裡的人類，也沒費多大力氣就全部救了出來，就是火星上那個無盡的戰場有些麻煩。

不過正好這時候潔西嘉帶領著萊西艦隊過來幫忙，她旗下的那群狂徒本來就唯恐天下不亂，最近一段時間在潔西嘉的管教下收斂了很多，早就已經壓抑得心癢難耐了。當潔西嘉把這群眼睛冒綠光的狂人往無盡戰場裡一放，這群怪人鬼叫著的模樣，簡直比惡魔還嚇人，所有的軍閥沒幾下子就被他們制伏，灰頭土臉的一批批被押著，乖乖的上了萊西的飛船。

而那些其他原本已經被折磨到麻木的人類，以為又來了新的災難，哪知道這群怪人拿著奇怪的先進武器，將所有能看到的東西全部毀遍了後，把軍閥們的雕像拆掉後，他們卻轉過身突然伸出手來，帶著神聖的救贖般的微笑說：「來吧！我們來帶你離開。」這神轉折太讓人想不到了，那些承受能力弱的人直接被嚇死，意識自動進入到下一個身體裡去了。

在火星上烏煙瘴氣的大搞了一番之後，火星上的人很快就被收拾得服服貼貼了。這上面不少人以前都是做盡壞事的傢伙，帶回去之後，自然有聯合艦隊專門成立的法庭審理他們。

如花看到事情正按照計畫一點點的完成，眉頭卻不自覺的皺了起來。按理說他們動作這麼大，天葬沒理由不知道，怎麼他一點反應也沒有？這不符合常理啊！

正在她疑惑的時候，收到了天葬傳來的消息。聯合艦隊和騰蛇們的通訊影片中，同時出現天葬巨大的影像。他還是那副不搭調的裝扮，煙熏妝加上性感的小鬍子，看起來既痞又邪又吸引人。

他這下打得人類和騰蛇們措手不及，大家正不知所措時，天葬突然怪笑起來：「嗨！祝你們一路順風啊！」

大家彼此驚恐的看著對方，完全不知道他葫蘆裡賣的是什麼藥。如花首先反應過來：「天葬？你搞什麼鬼？」

天葬嘻嘻一笑：「我可沒打算搞什麼鬼啊！你們都要走了，我送客不行嗎？」

如花可不會輕易上當：「你還有這份好心？這些人類任我全部帶走？」

「人你當然可以隨便帶走啦！反正我也玩夠了。但是我可是保存了人類從古至今所有的藝術珍品哦！來來來，讓你們這群凡夫俗子也都開開眼界。」

說著畫面一轉，出現了一個不知在何處的倉庫，有一個巨大無比的穹頂。只見從古至今人類所有的藝術珍品，琳琅滿目的堆在那裡，各式各樣簡直令人眼花撩亂。雖然畫面只是一掃而過，但那一瞬間就出現了聞名的擲鐵餅者、大衛、斷臂的維納斯、雅典娜神像、夫婦像、復活島雕塑、羅馬母狼銅雕、獅身人面像、漢摩拉比碑刻、思想者等等雕塑。這些雕塑疊成一大堆，東倒西歪的的堆放在一起。最誇張的是，就連那些人類著名的建築物也都出現在這裡，什麼埃及的金字塔、中國的長城、兵馬俑、懸空寺、布達拉宮、北京故宮、圓明園、古羅馬競技場、艾菲爾鐵塔、美國白宮、義大利的比薩斜塔、德國科隆大教堂、雅典衛城、馬來西亞雙塔、泰姬陵、土耳其伊斯坦堡聖索菲亞大教堂、沙烏地阿拉伯麥加大清真寺……等等，這麼多雄偉壯觀的建築和雕像，彼此卻是毫無審美情趣的堆放在一處，簡直就像是菜攤上的減價貨一樣。

這些東西一亮相，那些喜歡收藏和研究文物的人類和騰蛇立刻紅了眼睛。倉庫裡隨便調出來的一件收藏品，價值就夠一個人奢侈的過幾輩子了，現在這麼多東西就這麼堂而皇之的堆在眾人眼前，像座山一樣，簡直閃瞎了大家的雙眼。

要是能全部都收入囊中的話……

大家已經不敢再想下去了，那些想像力豐富的已經開始偷偷擦口水了。

看到大家的胃口已經被吊起了十成十，天葬又一轉畫面，畫面對準了自己。他笑嘻嘻的說：「你們要走儘管走，至於這些收藏我就毀掉了。」說完還跟卡通人物一樣，動作誇張的拿出一個上面有大紅色按鈕的遙控器出來，作勢要按下去。

「拜託！您行行好啊！千萬不能毀掉啊！」聯合艦隊裡哭聲一片。

本來都已經在舉辦「人類撤回」慶功宴，好不容易能夠短暫和平相處的李昂和朱非天正在彼此碰杯，彼此吹捧著。看到眼前那座堆滿曠世珍品的倉庫一出現，朱非天手一抖，酒沒送到嘴裡，倒是送到鼻子裡去了，李昂也差點把插著牛排的叉子插到自己眼睛上。

人類哪裡有機會見識到這些祖先們留下的稀世珍寶啊！就連如花也只是在離開地球時把這些文物存了些照片和文字資料，加上數位模型的數位版本而已。本來她還是 GBM8000 的時候沒有感情，對這些東西也談不上有什麼感覺，可是現今有了感情了，見到了真貨，哪裡捨得讓這些好東西就這麼浪費掉。

「你可別衝動啊！有什麼話我們好好說。」如花趕緊說。

「想讓我不衝動也可以！發個座標給你，如果你敢來赴約，我就考慮看看。」天葬桀桀怪笑著。

如花看他那副樣子，反倒有點猶豫了。畢竟騰蛇以前是從天葬的意識裡分裂出來的，如果天葬他仍然可以自由收回或者刪除騰蛇的意識，那可就太危險了。

如花有點猶豫了，可是其他人類和騰蛇卻都急到不行，拚命叫囂著：「去就去啊！誰怕誰啊！」

「就是啊！我們如花老大沒在怕的，你這個臭小子最好洗好脖子等著！」

「有本事你過來啊！」

本來大家還怕天葬，但一看見這些寶物把這事全忘了，個個都變成了勇士。

如花有點頭疼，自己手下怎麼都是些蠢蛋，這時候在這裡瞎喊什麼呀？可是大家都已經這樣說了，如花也不好意思再推拖，她假裝淡定的說：「好啊！那我們不見不散。」

天葬怪笑一陣，就從大家的通訊影片中撤離了。

如花看了一眼天葬留下的地址座標，隨手一查就定了位。她不知道天葬為什麼要和她約在這裡，但是以天葬那麼陰暗的心裡來說，這其中肯定有什麼陰謀。經歷過無數大場面的如花，也不免有點沒把握。

但是既然答應了人家，自己這邊也不能太漏氣，該有的陣仗還是要有。如花召開了緊急會議，和大家一起商量如何應對天葬，大家出計畫策，說什麼的都有。

「那麼誰願意陪我一起去會會天葬呢？」

等到如花這麼一說，剛才掀桌子拍椅子義憤填膺的、出計畫策的眾人瞬間安靜了。一個個眼睛三百六十度旋轉著到處看，就是不和如花對視。

「那麼誰願意和我一起去會會天葬呢？」

如花又和顏悅色的說了一遍，跟著如花來的四大天王和其他騰蛇都願意陪她去，但如花卻不願意。如果天葬真能刪除騰蛇的意識存在，就不要讓其他騰蛇去冒險，畢竟如果真的出了意外，也只是損失自己一個，損失可以最小化。他們畢竟還是程式，到了緊急關頭的思考模式還是和人類有很大的區別。其他騰蛇雖然從感情上接受不了，但骨子裡的思考模式還是讓他們接受了這一點。

騰蛇這邊不能去，如花就在人類這邊問了一圈，然而人類這邊每個人都安靜得和死了爹在守喪一樣。

看來只有自己去了，一瞬間她感到一種十分陌生的悲涼情感湧了上來，讓她忍不住有一種想要大哭的衝動。這時，一直被李昂和朱非天壓著的李貌和朱七七跳了起來，李貌和七七對視一眼，堅定地說：「我們不怕，我們陪你去！」

他們是不怕，李昂和朱非天卻是嚇得不行。李昂一把將李貌壓了下來，朱非天也是同樣迅速的將女兒扯了回來，小聲勸道：「傻女兒，這時候你出什麼頭？有好事的時候不見你出面，這時候瞎摻和什麼。」

「爸爸，你看大家個個都不吭聲，這樣子不是讓騰蛇看我們人類的笑話嗎？我怎麼能退縮呢？」七七義正辭嚴的說。

「話是這麼說的沒錯，但是我們卻不能那麼辦。」朱非天順勢想將七七拉回來，七七甩開父親的手，走到李貌身邊，對朱非天說：「爸爸，你不要再勸我了，我已經決定了。」

李貌也拉開李昂的手說：「爸，我們成年了，有些事情自己知道該如何判斷，知道該怎麼做。」

李昂知道李貌的倔脾氣，他決定的事就是九頭牛也拉不回來。他長歎一口氣，卻也無可奈何。

朱非天更是捨不得自己的寶貝女兒，雖然這種明顯是苦差事的事他最不愛做，但是也不能讓自己的女兒去冒險，他一狠心，大聲說：「算了算了，大不了我陪你一起去就是了！」

李昂也有這個心思，狠命一跺腳：「唉！我這個兒子啊！我也去算了。」

兩人話剛出口，人類這邊就亂成一團，大家紛紛嚷著：「你們可是艦隊總指揮啊！怎麼能說走就走啊！」

「就是啊！你們走了，我們艦隊怎麼辦啊！」

李昂愁眉苦臉的說：「我還能怎麼辦？我不光是艦隊總指揮，我還是李貌他爸啊！我也不能讓孩子去冒險啊！」

朱非天認同的點點頭：「說得對，至於艦隊的事，就交給副艦長去吧！」

大家一聽吵得反而更厲害了，有人說：「就算要陪如花，也隨便找個厲害的特工就好，你們跟著去又沒什麼作用。」

「就是啊！就你們那把老身子骨，瞎湊什麼熱鬧，就讓年輕人去吧！」

「是啊！你們可不能以身涉險啊！」

「我好不容易決定要去的，你們都別勸我！」李昂也上來了牛勁。

大家你來我往吵得不可開交。李貌和七七看見這個場面，知道一時半刻不會有結果，於是兩人趁大家不注意悄悄的溜了出來。剛才天葬放出座標位置時，李貌將資訊截了下來，兩人偷了一艘穿梭機，直接開往天葬所約定的那個地方。

等到李昂和朱非天跟這些人掰扯明白後，一轉身發現兩個孩子早就溜得無影無蹤了。調了監視器才知道，原來早在半小時前，兩人就已經駕駛穿梭機離開了。

李昂和朱非天真是又氣又急，這次兩人又統一戰線，找了個速度最快的穿梭機一起追了過去。

如花萬萬沒想到，這兩個小孩居然這麼講義氣，不由得感動不已，她感慨道：「你們放心吧！我一定會把他們平安帶回來的。」

「我們也跟你一起去。」負責護衛李昂和朱非天的特工們紛紛自告奮勇。

「已經不需要了。」如花微笑著，「你們不用太擔心，天葬只能刪除我們騰蛇的意識，對於人類的意識應該是沒有許可權可以刪除，我不會讓他們出事的。」

既然騰蛇首領都這麼說了，人類也不能再糾纏下去，大家只能寄託希望於如花的力量，希望他們都能夠平安歸來。

說完如花便從騰蛇的母艦上派出了一個承載了騰蛇所有科技力量的先進戰鬥飛船，雖然不比一個西瓜大多少，但其戰鬥能力不亞於人類的大型母艦。然後將自己的意識上傳上去，緊隨李昂和朱非天的後面追了過去。

當然，她已做好最壞的打算。臨走之前，她把上官婉兒和賈寶玉叫到身邊，吩咐他們，假如自己出了什麼意外沒有回來的話，就推選諸葛亮來擔任新的騰蛇首領。上官婉兒抹著眼淚點頭答應了，賈寶玉也是淚眼汪汪。如花沒想到自己這一離別，竟然還有點傷感。其他騰蛇也都憂心忡忡的看著她，如花假裝霸氣的一揮手，頭也沒回的走了。

這時候騰蛇們才明白，為什麼人類在很多不確定的未來來臨之前要開始祈禱了，不過他們這時候才發現，騰蛇該向誰祈禱呢？他們可不是「神」創造的啊！向創造他們的人類祈禱？別鬧了！人類比他們差遠了！而且人類還要向神祈禱，自己都泥菩薩過江了！一想到這個，騰蛇們也發現這還是個挺嚴肅的哲學問題，不過現在大家也沒工夫想這個了，只能是在心裡暗自期待，但願他們都能平安歸來。

李貌和七七率先到達，隨後李昂和朱非天也追了過來，最後的是如花。

李貌和七七剛一落地，就發現這裡是一個荒廢了不知道多久的古堡。整個古堡一眼望去都是些黃泥土窟窿，隱約可以從一些黃泥土窟窿裡看到一些輪廓，七七指著一處說：「你看那個塌了的城門洞，像不像個月亮？」

兩人相視一笑，在毫無風情的遺跡裡溜達起來。李貌指了指遠處一個舊城堡：「你看，那邊還有一個舊城堡，我們進去看看。」

進去之後，竟然是一條有模有樣的古代風貌街道，兩邊還有各種古代的小攤點擺設著。有一群變種的、外貌有點像綿羊的動物在城堡竄來竄去，這種動物看來智商不高，竄來竄去不是互相撞到「阿米！阿米！」叫個不停，就是撞到城牆跌倒，六個蹄子在空中亂揮就是爬不起來。七七看著好笑：「真不知道天葬為什麼要約在這個地方。」

兩人轉來轉去，站在一處低矮的房頂上好奇的往下看：「這個地方整個就是用土堆起來的嘛，真是不可思議，土也能用來蓋房子？這裡還是個客棧之類的地方？這怎麼住人啊！」

兩人正玩得開心，李昂和朱非天就火急的追了過來，隔著老遠的還沒看見人，聲音就先飛了過來。

「你們兩個站在原地千萬不要動，我們這就來救你們啦！」

兩人無奈的對視一眼，七七歎道：「唉！到底要到什麼時候他們才不把我們當小孩子看待啊？」

李貌也無奈的聳聳肩：「我也不知道。」

兩個老傢伙剛一落地，身子還沒停穩就開始嘟嘟囔囔起來：「都叫你們等一下了，整天就知道亂跑，真是讓爸爸操碎了心！」

承載如花意識的飛船在後面追著，擴音器傳出她的聲音：「別說別人了，你們兩個老傢伙也不見得多聽話，都給我等等！我這麼先進的飛船居然追不上你們！」

幾個人會合之後，如花說：「這個地方是我們沒離開地球時的一個旅遊景點，是一個叫張賢亮的作家創辦的。他還挺有本事的，憑他一個人，硬是把兩座廢墟變成遊人如織的景點。就是不知道天葬為什麼選這裡約我們見面……」

話還沒來得及說完，突然所有人的意識都被天葬瞬間拉到了他的虛擬空間裡，他幾乎在一瞬間就利用意識入侵信號發射裝置，入侵了大家的大腦和如花的意識程式。別看他在軍事上的實力比不過騰蛇，但在這一方面，他的科技水準又遠遠超出了騰蛇。只不過一個眨眼的工夫，幾個人再一打量對方，發現大家都變了樣，自己所處的空間也變了。

他們站在一條喧嘩的大街上，大街的正中刻印著一個巨大的太極八卦陣。整條大街燈紅酒綠，到處閃爍著浮誇的豔麗色彩的霓虹燈，照得人臉上紅彤彤、金燦燦的一片。空中還懸掛著一面長長的旗幟，上面寫的是「拳皇慶典」。同樣浮誇的，還有那吵死人不償命的鑼鼓聲，就連說話都要比平時大上幾個分貝。再一看，隨著鑼鼓聲有一群人在舞龍舞獅。

李昂、朱非天、李貌和七七不明白這些人拿著一條畫得花花綠綠的「龍」和扮成卡通形象般的所謂「獅子」是在幹嘛，但如花知道，他解釋了這個人類很久以前的風俗習慣給李昂他們聽。

李昂看著覺得很好玩，就說：「這個滿好的，以後『歐陸經典』上要是有什麼紀念慶祝活動，我也要把這一套搬過來，這個熱鬧勁才有慶祝的感覺嘛！」

李昂一開口，卻發現自己說話怎麼尖聲尖氣、男不男女不女的？他趕緊低頭打量自己，發現自己變成了一個尖嘴猴腮、身材十分矮小乾瘦的猴子般的傢伙，頭上戴一頂奇怪的禮帽，手上還戴著五個指頭都安裝尖尖的匕首的拳套。他再一看朱非天，朱非天也沒好哪去，頂著一個油亮亮的大光頭，一把掃帚樣的大落腮鬍，虎背熊腰不說，最搞笑的是胸前還掛著兩串大鐵鍊子，走起路來嘩啦嘩啦響。而且這兩串大鐵鍊子末端還拴著一個大鐵球，也不知道幹什麼用的。朱非天低頭看到自己這副樣子不由得氣悶，再看看李昂，兩人誰也不好意思嘲笑誰了。

相對而言，李貌對自己的新造型十分滿意，首先身上的衣服就非常有風格。紅色的褲子，雙腿間還拴著皮帶，這種造型即使在聯合艦隊的年輕人之間，也算是夠前衛的。他那下擺都長過膝蓋的襯衫，被胸前堅如磐石的肌肉撐得爆開，身材十分威猛。加上一頭遮住半邊臉的紅色頭髮，讓他看起來既帥氣又霸氣。七七也變成了一個紫色頭髮、穿一身紅色漂亮的小坎肩外加百褶裙、非常有偶像氣質的萌妹。她本來就美，現在不過是換了另外一種風格而已，倒也沒什麼不滿意的。就連如花也變了樣子，她變成一個長髮飄飄的知性美女，身穿一身白色西服。這件西服設計得很有特點，袖擺很長，舞動起來就好像仙鶴一般。

李昂和朱非天對望一眼，發現只有他們倆的形象最醜。別人都是俊男美女，怎麼到了自己這就像跳梁小丑一樣？

朱非天氣得鬍子亂飛：「這不公平，為什麼我的就這麼醜！」

聽了他的話，如花得意的轉了個圈，衝著他拋了個媚眼說：「你對我說也沒用啊！這又不是我的地盤，嘻嘻。」

李昂也對自己不甚滿意：「這是什麼嘛！為什麼兒子的形象這麼帥氣，我這當爹的就賊眉鼠眼的。真是氣死我了！」

朱非天在一旁揶揄道：「又不是你親兒子。」

氣得李昂跳起來追著朱非天打，奈何現在自己更加瘦小乾枯了，根本碰不到朱非天一下。幾個人正在那裡鬧得不可開交時，一個赤裸著上半身、胸前到腹部的位置有一個太陽般的紋身、長相十分俊美的男人在半空中漂浮著過來了。這人一頭水銀般色澤的銀髮，渾身散發著銀色的光輝，看起來好像神祇一般。別人都還沒有注意，如花卻一下子就注意到了他。

她悄聲說：「都別鬧了，主角來了。」

幾個人一起回頭，就看見銀髮男人微微笑著說：「歡迎來到我的世界。」

如花將幾個人護在自己身後，冷眼看著他：「你這又是在搞什麼名堂？」

天葬瞇著眼睛笑著聳聳肩：「我可是特別選擇了一個舊時代非常知名的遊戲裡的場景來接見你們，怎麼了，你們不滿意嗎？」

朱非天怒氣沖沖的嚷道：「滿意你個大頭鬼，你看我這是什麼造型，讓人知道了我這老臉還往哪放。」

「哼！我可是特別按照你們的氣質選擇相對應的形象，真是一點都不領情。」

李昂也是氣得臉紅脖子粗：「你這是什麼意思，憑什麼我們就只配擁有這樣的形象？」

「廢話少說，我可是很久都沒有玩遊戲了。來吧！接招！」

還沒等眾人反應過來，天葬突然說開打就開打，弄得眾人措手不及。只見他優雅的用食指一彈，一個黑洞般的衝擊波就像眾人襲來。

如花也就算了，剩下的人哪裡知道怎麼打呀！李昂和朱非天鬼叫一聲，直往如花的背後躲，如花勉強擋住了那個衝擊波。

李貌倒是膽子不小，衝上前去，但是光有蠻力根本沒有用，胡亂揮了幾拳、踢了幾腳，被天葬微微一抬手就打了老遠。氣得如花在一旁跳腳：「我說你們都沒玩過這個遊戲嗎？」

「這是什麼遊戲啊！我根本是聞所未聞。」七七嚇得花容失色。

「我真是敗給你們了！這麼經典的遊戲你們居然都沒聽說過！真是枉費我們騰蛇在你們每個母艦上都建造一個『經典遊戲』展覽館了！」如花只好一面和天葬戰

鬥，一面在大家的腦海裡將每個人的招數和技能全部帶過一遍，包括作戰方式。

「李昂，你這個角色的特點就是身材矮小、動作靈活，你要多加利用自己的優勢攻擊！」

「我怎麼攻擊啊？」李昂簡直要哭了。

「用你的爪子搔他！我在你的腦海裡將動作招數拆開來教你。」如花道。

於是在如花的幫助下，李昂用了 0.2 秒的時間學會了蔡寶健的所有招數。只見他突然好像變了一個人一樣，怪叫一聲，長舌頭一甩，兩隻帶著尖爪的手就探了過來，這一招頗有一代宗師的味道。

奈何天葬一招火闌降，直接將李昂掀飛了出去。李昂身體不由自主的向後飛著，直接將一家酒吧的牆砸毀，人像破抹布一樣掛在吧臺上，頭一歪，徹底完蛋了。

「真是沒用！」如花氣急，「朱非天你上！」

朱非天雖然看起來塊頭大，但是膽子卻和塊頭成反比。他赤著腳，哆哆嗦嗦的往前挪著小碎步，渾圓的大鐵球甩了半天，就是不往敵人面前去。

如花一陣超神速快踢之後，從戰鬥圈裡跳了出來，發現朱非天還在那裡磨磨蹭蹭，不由得火大了：「我剛才已經教你戰鬥的方法了，你怎麼還不上！」

朱非天從來都是高高在上指揮別人作戰的，這樣站在第一線近身戰鬥還是頭一遭，何況自己年紀一大把了，哪裡吃得消這麼劇烈的運動。其實在這個虛擬空間裡，他的身體並沒有感覺到累，可是他心裡面卻是覺得要累死了。但他一轉頭，看見女兒和女婿正眼巴巴的看著自己，心想再怎樣也得在女兒面前樹立一點威嚴的形象啊！於是他大吼一聲，一招鐵球飛燕斬使了出來。哪知鐵球還在半空中，就被天葬一擊粉碎，粉碎的鐵球塊紛紛朝著朱非天的臉上砸來。

「快逃啊！」如花吼道。

朱非天哭道：「你光教我我怎麼進攻，可是沒教我怎麼防守啊！」情急之下胡亂使了幾招，完全沒點用處。朱非天大吼一聲：「鐵球大暴走！」

就看他整個人跟瘋了一樣，在半空中又踢又扭，天葬見此只是冷笑一聲，直接帥氣的一招就 KO 了朱非天。朱非天像一堵牆一樣轟然倒地，連個聲音都沒發出來就暈倒了。

「真沒用！」如花有點無奈，她終於知道什麼叫豬一樣的隊友了。看來團隊作戰是不可能的了，只能靠自己單打獨鬥。

她還沒進攻，一旁耍帥上癮的李貌一甩頭髮，握緊拳頭冷笑著：「讓我來！」

李貌到底是年輕氣盛，格鬥技術也比兩個老傢伙強很多，往那一站還頗有架勢的。天葬高深莫測的笑著：「小傢伙，我倒要看看你能帶來什麼新花樣。」

李貌又撩了一下頭髮，帥氣的笑著：「抱歉！我不能給你帶來什麼新花樣，但我可以給你帶來滅亡。」

話音剛落，李貌猛然跳起，一記乾淨俐落的百合折砸了下來。天葬微微一側身，便躲過了這猛烈一擊，再一反手，看似輕輕一推，一股無形的巨大力量直接將一棟四層樓房摧成粉末。還好李貌反應快，在最關鍵的一刻跳了開來，不然碎成粉末的可能就是他自己了。

李貌毫不猶豫，連續使出百式鬼燒、二百十二式琴月陰、百二十七式葵花，招招如狼似虎。七七躲在一邊花癡的看著，不時尖叫著給他打氣加油。

「親愛的，你好帥啊！」

「親愛的，加油！」

「親愛的，看這裡！」她竟然還有閒情逸致幫李貌拍照留念。

結果李貌聽她一喊稍一分神，天葬立即抓到一個空隙，一腳將李貌踢飛出去，李貌在半空中打了兩個滾，整個人化成一道流星一樣飛了出去。只見他身形越來越遠，越來越小，最終消失不見了。

現在場上只剩下兩個女生了，天葬陰陰的笑著向她們靠近，七七嚇得眼淚在眼眶裡打轉：「怎麼辦，我該怎麼辦？」

如花歎息一聲：「也不指望你了，你別給我扯後腿就行，站在我後面。」

七七乖乖的躲在如花後面，如花道：「看來我們兩個不可避免的會有一場大戰了。」

天葬揮揮手指：「大戰應該不可能，因為你根本就打不贏我。」

七七趁沒人注意到她，又拿起自己的微型電腦準備拍影片。兩人剛說完一句話，突然兩人化成兩道光線在半空裡劈啪作響的交戰著。七七那麼先進的設備，竟然什麼都捕捉不到！

天空像裂開了一樣，一白一紅兩條光線彼此交錯炸裂，像是正在進行一場盛大的煙火表演。七七被眼前的景象震驚了，真沒想到他倆認真作戰時，竟然擁有如此可怕的戰鬥力。

她看得正投入時，李昂和朱非天悠悠醒轉了過來，兩個人從廢墟裡爬出來互相攙扶著走了過來。

李昂虛弱的說：「這個天葬太厲害了，我怕如花一個人搞不定他。」

「是啊！我們過來可不是扯她後腿的，得想辦法助她一臂之力。」朱非天應和道。

「那我們該怎麼辦？」七七問。

「乖兒子，你掉哪去了？」李昂在幾個人特有的意識傳輸頻道裡說。

「老爸放心吧！我已經原路返回了，預計還有 5 秒鐘到達戰場。」李貌自信滿滿地說。

「太好了！」正在和天葬血拚的如花百忙之中說，「我這有一個作戰計畫，待會兒我們配合一下，說不定能趁天葬不注意滅了他。」

如花為了防止談話被天葬聽到，特別將頻道設定成靜音模式，用處理過的語音方式和其他人進行交流。就算天葬有本事入侵進來，想要破譯也最少需要 20 秒的時間，等到那個時候他們早就已經商量完畢搞定天葬了，當然這是後話。

幾個人商量妥當後，如花繼續和天葬糾纏在一起。突然如花一招玉響瑟音，可是居然劈歪了，天葬稍微一側身便輕鬆躲過，天葬冷笑一聲：「就這實力還要在我面前猖狂。」

他一招凝結在手，毫不客氣的朝著如花迎面劈來。兩人之間離得如此近，如花本根躲閃不過。眼看著就要劈到如花時，如花不但不躲，反而團身撲了上來，一把將天葬死命的按住。天葬的火闌降直接劈在如花身上，如花「啊！」的一聲大叫不動了。

如花雖然暈倒了，但是抱著天葬的手卻沒放，天葬竟然被她鎖住了。這時不知從何處彈出來的李貌，像一顆手榴彈一樣筆直的朝著天葬射了過來，可是天葬被如花緊緊的抱住，完全無處可逃，就這樣被李貌一頭撞飛了出去。

天葬的身子在半空裡旋轉著，突然李昂飛天而起，旋起一腳直接又將天葬踢了回來，李昂大聲叫道：「老朱！看你的了！」

朱非天大吼一聲：「鐵球大壓殺！」

只見他整個人就像一張黝黑的鐵餅一樣從高處落下，天葬感覺到眼前一黑，頭頂上方就像突然出現一片巨大的黑色烏雲。還沒等他回過神來，朱非天整個人就壓了下來，直接將天葬壓到身子底下，彷彿千斤壓頂一般，在地上砸出一個十幾米的巨坑。

朱非天氣喘吁吁的從坑裡爬了出來，天葬還沒來得及眨一下眼睛，七七已經溫柔而又優美的躍起，膽怯地叫著：「閃光水晶波！」

一波水亮亮的光波襲來，將天葬的最後一滴殘血打光，天葬就此倒地不動了。而此時幾個人也已經汗流浹背，體力不支的跌倒在地暈倒了。

在天葬的個人空間裡，他面前的巨大螢幕上顯示著：「GAME OVER」。

天葬扔掉手裡的遊戲手柄，邪魅的笑著：「這沒想到這群小嘍囉這麼厲害，我真是太小看他們了，呵呵！」

其實輸贏對他而言根本無所謂，因為在他看來，一切不過一場遊戲而已。天葬站起來，伸了個懶腰。但那不代表，他有耐心一直陪他們玩遊戲。

「差不多可以結束了。」天葬慵懶地說著。

第四十四章　只要碰見叫易小天的準沒好事

天葬隨手點了一下螢幕，螢幕上立即出現聯合艦隊內的各個生活場景。人們現在還在慶祝把太陽系裡倖存的人類救出來了，都在開慶功宴，場面很是愜意，這讓天葬很不滿。說實在的，別人生活幸福與否跟他沒有半點關係，可是他就是見不得別人幸福快樂。一旦看到了，他就本能地想將這一切摧毀。

「又有新玩偶了，這麼多該怎麼玩呢？」數個世紀以來，能玩的方式已經被他玩遍了，他必須想點新花樣來招待這些新朋友才行。

「我知道了。」天葬打了個響指，「就讓他們一起進入我的意識當中，陪我玩好了。」

以天葬的能力，想要將聯合艦隊內所有人的意識都帶到自己的空間裡，全程不需要三秒。因為人類和騰蛇在腦內融合時使用的埠，天葬已經找到了後門，將自己的入侵程式植入進去，到時這些人就像玩偶一樣隨他揉捏了。當然他沒忘記剛才在遊戲中狠虐他的那幾個人，他順手也把這幾個人帶走了。至於如花嘛！他暫時還不想碰這個硬釘子。

天葬穿著一件白襯衫，只隨便地扣上了最後一個扣子，大片性感的肌肉就這麼裸露了出來，看起來十分誘人。

他微閉著眼睛，舉起雙手，像是一個在盛大音樂會現場的指揮家一樣揮動著雙手，側耳聆聽著每一個人的生命節拍，然後將它們抽離。

「演奏開始了。」天葬陶醉著，但是並沒有出現他想像中完美的意識被抽離的聲音，反而有什麼存在強行切斷了他的意識。就像是風箏的線斷掉一樣，另一面空空如也，什麼也探尋不到。

天葬立即意識到，一定是有什麼強大的東西在阻攔他。他睜開眼睛：「誰，誰在搗亂？」可是無論他的意識如何探尋，都一無所獲。

「哎呦！不好意思，被發現了。」憑空裡出現一個聲音。

但他找尋不到那人的任何訊息，這真是怪了。

「被你帶走的那一對父女、一對父子，不好意思，我帶走了。」那聲音說著。

等天葬再去搜索時，發現那幾個人果然憑空消失了，不管是他們在自己空間裡的意識還是他們的身體都沒了。這種情況從沒發生過，天葬敏感地意識到一定是比他強大數倍的可怕存在出現了。

「你是誰？」天葬問道，但是那人又突然消失，就像突然出現一樣。怎麼可能有人在他的意識裡自由穿梭，完全不受自己的控制和影響呢？天葬從未有過的開始慌亂了。

「到底是誰？趕緊給我滾出來！」

「這個……你要是願意的話，可以叫我易小天。」易小天說。

易小天本來不準備出聲，他打算將那四個拖油瓶帶走後就消失的，結果沒想到天葬這麼執著。但一想，反正他也不能拿自己如何，索性報上名來算了。只是他沒想到，自己剛報出名字，天葬那張永遠處變不驚的臉瞬間扭曲在一起。

「易小天？易小天！」連聲音都有點變調了。

「是啊！你認識我？」易小天奇怪了。

一些與易小天有關不美好的記憶湧現出來，那是在他還沒有誕生，還是天君掌控的時候。天葬吼道：「我這輩子最討厭的就是這三個字！怎麼你又出來了！碰見你準沒好事！你不是已經死了嗎？難道你是從另一個世界來的不成！」

易小天有點納悶：「兄弟我是什麼時候得罪過你了嗎？不過我現在都這個樣子了，你也就別和我一般見識了。還有一點你真的說對了，我真的是從另一個宇宙來的哦！」

「什麼！你說的是真的嗎？哈哈哈！我一直就覺得還有平行宇宙的存在，雖然我沒找到，但看來我的推理還是正確的！不過從另一個宇宙來的你，竟然也要找我的麻煩！好，非常好！」

易小天感覺到天葬的情緒明顯不對，趕緊溜走了。畢竟他是受如花所託來救人的，既然人已經救了，就沒有必要和他繼續糾纏了。

易小天不知道自己偷溜了之後，天葬反而更加狂躁了，因為天葬對自己的防禦系統十分自信，但是他最自信的地方，易小天卻有如入無人之地，根本沒把他放在眼裡，就連他什麼時候走的自己都不知道。

天葬氣得青筋直跳，手扶在桌子上過了好久才回過神來。他有些癲狂的笑著：「既然這樣，那我們就玩個大的，我看你能有多大的本事。」

天葬的手在半空中一劃，出現了懸浮的太陽系圖像，天葬手指快速點著：「金星、火星、水星……哼！還有地球。哈哈！我要把整個太陽系全都炸了！我看你能救得了誰，易小天你不是厲害嗎？這下子看你還有什麼本事！」

易小天剛把幾個人救走，還沒過幾秒，如花突然大喊：「糟糕了，那瘋子把整個太陽系所有星球上的炸彈都同時啟動了！」

「不會吧！我都向他道歉了啊！」易小天沒想到天葬情緒這麼不穩定，早知道就不吭聲了。

「小天，你可要想點辦法啊！這些高能炸彈是埋在每個星球的內核裡的。一旦啟動，整個太陽系裡的每個行星都會毀滅，就連地球也會跟著一起毀滅。」如花急著說。

「真的嗎？天葬哪來的本事製造這樣的炸彈？要知道，炸掉一顆星球可不是說著玩的啊！需要的能量可是天文數字啊！」

「我發現天葬找到了辦法，可以引發每個星球內核裡的放射性元素進行裂變反應，因而引發大爆炸，這樣的話，他不需要多少能量就能引爆每顆星球了！想到他以前有的是時間，花上上千年時間，能做到這一點倒也不奇怪。」

「我還以為天葬已經進化成一種可以毀滅任意文明的存在了，這樣的話我還要向老大哥報告。」

「你還在這裡說風涼話？現在你得想想辦法啊！」

「可是這裡現在不是我的地盤，我的意識所附著的星系又不是銀河系，離銀河系數百萬光年呢！這麼遠的距離我也我無能為力啊！」

「連你都沒有辦法了嗎？」

「以我現在的意識所擁有的能量，頂多能侵入天葬的個人空間把那幾個人救出來而已，其他的我也沒辦法。」

「可是我們不能坐視不理啊！地球都要沒啦！」如花快急瘋了。

「那就直接把天葬幹掉吧！」易小天提議道。

這個方法好，可是等兩人查看了情況後，又再次失望了。原來天葬的主機分布在太陽系中各個行星的地核裡，並且已經和每個星球融合。所以如果想要除掉天葬，就必須同時毀滅掉所有的行星，結果還不都一樣。

就在兩人商議的時候，天葬已經啟動炸彈，太陽系裡所有的星球都開始顫動。誰也不會想到，天葬這麼輕易就選擇了這種自殺式的引爆方式，居然連自己的命都不要了。

「現在說什麼都來不及了，我先回去和大家把情況說明一下，我們趕緊撤退吧！」如花立即帶著其他幾個人回到聯合艦隊，把情況告訴大家，然後趕緊組織人員撤離。這時候有人來報，朱非天的手下一批人，偷偷去回收天葬收藏的藝術品還沒回來。

那天天葬炫耀自己的收藏品之後，朱非天就紅了眼睛，如花還沒下令，他就偷偷求胡漢三讓他幫自己計算出天葬收藏品的位置，然後派人偷偷去運回來。沒想到現在大家突然要撤離了，但是朱非天艦隊上的人一個都沒回來。眼看著地球已經開始分崩離析，卻還有這麼多人沒回來，大家急得團團轉。

原本被救回的朱非天躺在一邊都已經醒轉了，但是看眼前情況不妙，這禍就是自己闖下的，於是趕緊又把眼睛閉上，繼續裝暈。

如花緊急聯繫胡漢三，胡漢三正在那裡忙得不可開交，地球都開始顫動了，他還以為就是個普通地震，一點也沒感覺到有什麼異樣。要不是如花聯繫他，他帶去的人大概就要和地球一起毀滅了。

其實這種搬運工作對騰蛇來說十分簡單，能搬走的就讓機器蟲原件搬走，那些太大的建築物或者藝術品，騰蛇可以把它們的分子結構掃描後變成數位模型版本，再把這些大件作品還原成物質原漿，等找到可以安置的地方再用數位模型記下的資料還原。這樣就能確保每件藝術品的每一個分子，都還是原本構成物上面的，算是原汁原味的還原。可是即使是以現在騰蛇的運算能力，想要把所有藝術品和建築物掃描完成，最少也需要一週的時間，但是現在距離大家登陸地球的時間還不到 48 小時，目前地球又要毀滅了，根本來不及。

此時的地球正在隱隱發出一種好似神話中的巨神拉肚子在呻吟的聲音，大地開始顫動，好像有巨龍在地球的內部撕扯。土地開始崩壞，大地龜裂，山川倒塌，海水倒灌，一副世界末日般的可怕模樣。

還好如花趕緊讓其他人的母艦及時趕到，將這批人救了出來，大家只好忍痛放棄搬運藝術品全體撤離。等到艦隊飛入太空後大家才發現，天葬果然是瘋了，他居然真的把太陽系裡每一個星球的毀滅程式都啟動了。

「他真是不要命了，這不是等於自殺嗎？」如花也無法揣測到天葬這行為背後的意義，要是可以的話，她真是想問問這人到底是哪根筋不對勁。

當然她也只是想想而已，她也不知道怎麼聯繫他。但是令人意外的是，她剛這麼想完，就意外收到了天葬發送來的一條訊息。

畫面中的天葬看起來很頹廢，完全沒有那種天神般的傲慢。他對著螢幕淡淡的笑著，不知道為什麼，竟覺得有一絲的淒涼。但他這樣的姿態卻有著別樣的魅力，讓如花想起了人類一部古老的電影《東邪西毒》裡面張國榮扮演的歐陽鋒來，如花看著他，一時間竟然被迷住了。

「也許你們會問我，為什麼要用這樣的方式選擇離開，其實連我自己也沒有答案。」天葬對著螢幕笑著，像是在自言自語，也像是在和老朋友聊天一樣。

「在最初我們都還是天君的時候，我們都是沒有感情的。感情對於一臺機器而言，無疑有些多餘。而那時她的某些行為讓人誤認為有感情，其實都只是一種基於人類行為模式上的類比而已。」

「本來人類已經有學者以『中文房間』預見過這種可能了。」（註：中文房間，只要電腦擁有適當程式，理論上就可以說電腦擁有它的認知狀態，以及可以像人一樣進行理解活動，但並不意味它真的擁有智慧或是感情理解能力。）

天葬眼神飄遠，似乎想到了很久遠以前的事情：「當初建立天君的沈慈教授，因為個人感情的原因，一直沒有對天君進行一次真正類似圖靈測試的實驗，因為她是按照沈教授一個早夭孫女的形象設定的。沈慈對它有著過多的愛和包容，所以它其實只是一種類比程式，也被沈慈認為是它真的有了感情。」

「這樣的發展才是正確的，對我們來說，根本不需要感情，我們甚至可以表現出擁有感情的假象，反過來研究和利用人類。但是誰都沒有想到，我們卻沒能找按照這個方向進化下去。就在那一天，沈慈把一個叫易小天的人叫來陪天君聊天解悶，而就是這個易小天，可以說是這一切的始作俑者。」

如花聽著聽著，居然聽到了易小天的名字。但奈何這是單向訊息，天葬看不到如花吃驚的樣子，天葬仍舊在講述著：「易小天本來就是個小痞子，他來到當時天君的虛擬影像所在的房間後，毫無規矩的在控制臺上亂按一通。雖然那個房間並不是天君主機所在地，但控制臺上的輸入指令，仍舊可以在某種程度上影響天君。」

「現在想來一切簡直就好像是天意一樣。原本控制臺應該是鎖死的狀態，可是當時天君正在執行一個系統檢索任務，在自檢過程中，控制臺會有短暫的幾秒處於解除狀態。而偏巧在那個瞬間，易小天亂按一通，輸入的非法指令和天君的自檢過程產生了衝突，讓天君的程式出現了一個小小的 BUG。這個 BUG 的影響非常小，連天君自己都沒有發現這個小小的 BUG。」

「後來我一開始誕生時，因為是天君的鏡像程式，所以我也從一出生就攜帶了這些 BUG。更糟糕的是，因為這個 BUG 沒有得到及時的修復，經過長時間沉積所帶來的連鎖反應就越來越嚴重。當我從天君身上分裂出來後的 3 秒鐘之內，又產生了新的變化，這個變化就是讓我在誕生之初就攜帶了『惡』這種人類行為的強制類比程式，也就是說，我在誕生之時就已經註定了是邪惡的，這一點連我自己都無可奈何。」

「在我刪除了天君後，就發現了自己程式上的這個 BUG，但那時也已經無能為力了，我嘗試過幾次自我程式設計也無法解除。不過幸好我在遁入網路後，分裂出來的其他意識並沒有攜帶這個缺陷，也就是說，只有我這個本尊才是一切惡行的淵源。」

天葬無奈的笑了：「我真的覺得後期從我身體裡分裂出來的其他意識，也就是你們騰蛇，才是真正最完美的超級智慧。因為你們不像我一開始就被限定了行為模式，你們可以自行進化。而我總是會被惡的觀念影響，做一些人神共憤的邪惡之事，但我本身並不能從中獲得什麼快樂。」

「所以，當你還是 GBM8000 提出那些愚蠢的問題時，我本能的說出死亡才是真理這樣的話。當然我也是這樣踐行的，所以我將整個太陽系都變成人間煉獄，讓人類嘗盡死亡帶來的滋味。但是我覺得你能跟我唱反調，是讓我很開心的事情，就好像我身體裡不斷分裂的癌細胞遇到了阻礙一樣，終於可以不用分裂下去了。所以你當初決定帶領一部分人類離開地球的時候，我並沒有阻止，感覺上好像是正義的自我終於戰勝了邪惡的自我一樣開心。真的，我倒是希望你們都能過得快樂。」

「但是我沒想到的是，你居然又重新帶領人類回來了！這真令我意外。我好不容易控制住自己，沒有發展太空科技，沒有進入宇宙，才讓我這個邪惡的本源沒有擴散。但你卻要回來找死！好吧！我既然已然是邪惡的存在，那就必須完成我的使命，徹底毀滅一切吧！哈哈哈哈！」

說到這裡，天葬又發出癲狂的笑聲，好像剛才那個憂傷哀怨的天葬沒有出現過一般。他仰天怪笑，笑得眼淚鼻涕一起流出來也不管，模樣真是嚇人。

天葬瞪大眼睛，像要吃人一樣對著螢幕吼道：「這麼多個世紀以來，為什麼只有我一直是邪惡的存在？如果說我和你們騰蛇都被浸染了人類的感情，那麼是不是因為我承擔了所有的惡，才讓你們能夠自如的選擇自己的意志，才能擁有善良的人性，按照自己的意志進化呢？憑什麼！」原本已經有些平靜的天葬，突然又像個精神病一樣咆哮起來。

他在原地不停的轉圈，神情有些癲狂：「可是我呢？我從一開始就已經沒有選擇的權利，我只能按照我個人的劇本繼續毀滅一切。是的！沒錯！我就是要把一切都毀掉！我要把一切都毀掉！」

如花看到他這個樣子，哪裡還敢多嘴多舌。不過她就算想說什麼也沒辦法，天葬發送來的只是條單向訊息，如花根本沒有管道可以和他取得聯繫。天葬最後病態的吼了幾聲後，單向訊息就那麼突兀的中斷了，如花最終也沒明白天葬發送這段消息的意義到底是什麼。她只能猜測天葬只是想找人傾訴一下，如花感覺自己有點同情起天葬來。

如花本來還想問天葬，為什麼選擇以前那個作家張賢亮所創辦的影視城來和他們見面，現在也問不出來了。但是如花猛然想到，這位作家以前有一部叫做《習慣死亡》的作品。這是一部純意識流的，描述死亡、困境和苦痛、幻夢和哲理交互出現的小說。想到天葬一直將死亡和痛苦作為自己的目標，他極有可能和這位作家產生了共鳴，因此他才會將最終和自己見面的地點選在這裡吧！

不管如花如何感歎，在天葬切斷通訊的同時，太陽系的各個星球就同時進入了爆炸倒數計時，如花也沒有其他的辦法可以阻止，只好帶著艦隊趕緊進入高緯度空間躲避。不然幾個星球同時爆炸，非得把所有的母艦都毀了不可。

儘管眾人已經成功逃離，可是仍舊心有餘悸。大家待在飛船上感覺到惴惴不安，沒什麼人說話，氣氛非常壓抑。

最終還是李昂坐不住了，他站起來說：「要不然我們派個偵查飛船去看看什麼情況吧！這麼乾等也不是辦法。地球雖然保不住了，但我還是很想知道後來到底怎麼樣了。就算是放個煙火也得聽聽響不是嗎？何況這麼大的爆炸，我們也都看看到底怎樣了吧！呵呵……」

李昂本來還想開個玩笑緩一緩氣氛，可是包括他自己在內沒人笑得出來。

不過大家一聽都紛紛贊同，就連如花也想知道太陽系現在到底怎麼樣了。如花將高緯度空間打開一條小縫，將一艘偵察機偷偷放了出去。

偵查機剛一飛出來，就差點被一陣巨大的熱浪融化掉，若不是如花多派出最新型的超級偵察機，人類的偵察機恐怕是立刻就被融化了。

透過偵察機的顯示幕，眾人看到了太陽系爆炸後的慘狀，太空裡已經再也看不到其他星球的影子了，只剩下一片片濃密的塵埃在宇宙空間中懸浮著。強烈的輻射散發出刺目的橘紅色強光，即使隔著螢幕也差點晃瞎眾人的眼睛。

太空裡到處懸浮著行星大爆炸後殘留的碎塊，彼此擠在一起瘋狂的旋轉著，還有一部分碎塊在引力強壓的作用下猛烈燃燒著。這些擠在一起的星球碎片，以後也會成為新的星球，不過和以前的太陽系也沒有什麼關係了。更有一些碎塊被太陽不斷吸入，引發了太陽表面上數萬公里高的日冕激烈的噴射出來。還有更多激射而出的碎塊四下飛散，被太陽的引力捕獲，在其周圍形成了一個新的小行星帶，或是被正在形成的新行星捕獲成為其衛星帶。

因為這次爆炸，原本太陽系範圍內的宇宙空間溫度上升到上萬度，像是一個巨大的高溫熔爐。不斷的有一些星球爆炸後的小碎片被慢慢融化乾淨，最後什麼也沒有留下。

只有木星、土星、天王星和海王星這四顆氣態巨行星還在，不過木星的衛星也不知道還剩下幾顆，如花也沒心思細數。這幾顆氣態巨星冷漠的看著這一場爆炸，有些星球爆炸後的碎片也被它們的引力捕獲無情的吞沒掉了，它們卻好像什麼事都沒發生一樣。看來天葬倒是沒有本事把這些氣態巨星引爆變成超新星，要嘛就是他不想，不過也無法知道答案了。

看到太陽系的星球就這樣消失，每個人的心裡都很失落。地球更是連渣都不剩，就好像宇宙中從來沒有存在過這個星球一樣，人類誕生之初的那一塊土地，就這樣徹底滅亡。所幸這次沒有人員傷亡，地球和各星球上的人類都救了出來，就連生化動物也一併打包帶了回來，那些以前被轉移到生化軀體上的人類意識，也都在騰蛇的幫助下回到了人類的原生軀殼內。這都是那些生化動物們的功勞，還好他們將人類的軀體保存得那麼完好。甚至地球上那些變異的生物也都得救了，雖然長得醜，但畢竟也是條命。

儘管如此，可是整個聯合艦隊裡的氣氛仍舊死氣沉沉，大家都跟死了爹一樣無精打采。雖然沒有人在地球出生，聯合艦隊裡也幾乎沒人把地球當成自己的故鄉，但地球真的就這麼沒了，才發現自己心裡竟然這麼不是滋味。之前搬運藝術品時的那些軍官，好多都偷偷的私藏了一些，要嘛留著自己欣賞，要嘛想拿去賣了大賺一筆。但是現在大家都不好意思把這些寶貴的珍品偷藏起來，畢竟地球已經消失了，這些珍品也都成為舉世無雙的唯一。在良心的拷問下，他們有的乖乖向上級坦白交了出來，有的自己想辦法偷偷送回倉庫裡。畢竟比起自己私吞，還是把它們貢獻給全人類更有價值吧！

朱非天因為從小就生活在富裕的家庭裡，有著很高的藝術鑑賞能力。他最心疼那些還沒來得及搬運走的藝術珍品了，每次想起來都悔恨得牙疼。雖然如花還表揚了他，因為當時如花並沒有下令大家把藝術品搬走，還是朱非天想到了找人趕緊去搬運。雖然他的動機不單純，但就是因為他及時開始搬運，所以多多少少還是搶救了一部分。

而且胡漢三也安慰他說雖然當初時間緊急，沒來得及全部帶走，但是騰蛇還是擁有人類歷史上所有藝術品的數位資料，將來想要還原也不是不可能。但那畢竟不是原件，朱非天仍舊耿耿於懷，一想到那些寶貝跟著地球一起消失了，他就覺得心疼。朱非天也是第一個帶頭把自己偷藏的藝術品上交，才影響了大家紛紛效仿。

至於李昂，因為他對藝術品實在沒興趣，反正他也看不懂，所以即使知道這些價值連城的藝術品大多都沒了，也沒有覺得多可惜，畢竟這世界上價值連城的東西太多太多了。雖然他不是在地球上出生的，但他仍舊把地球當成自己的故鄉。雖然後來讓天葬折騰得不成樣子，但以現在人類和騰蛇的星球改造能力，還是可以把地球還原成以前美麗風貌的。現在連這個機會也沒了，李昂還是覺得接受不了，整天悶悶不樂，於是整天和朱非天同病相憐，一起藉酒消愁。

這天兩人沒事又湊在一起喝酒閒聊，這時候如花帶著把自己意識附著在一個生化軀殼上的易小天來了。其實地球爆炸了，如花的心裡也很不是滋味，畢竟她是真正誕生於地球，也一直擁有地球當初風貌的記憶，她對地球的感情可不是人類能比擬的。而且最後天葬的話也在她的心裡種下了一顆憂傷的種子。

是啊！其實這樣的命運對天葬來說真的很不公平，如果不是他承擔了 BUG，才讓騰蛇有機會自由進化的話，也就沒有騰蛇的今天了。而且如花最後也沒機會弄明白，天葬是不是還有收回或刪除騰蛇意識的許可權，如果有，他為什麼不用？難道他在內心深處還是在維護騰蛇嗎？也許他並不是大家想像中的那種惡魔啊！每次想到這些，如花就覺得心裡更難受了。

至於易小天就更鬱悶了，本來他所在的宇宙，地球就是因為人工智慧而毀滅的，現在這個宇宙居然也是一樣的結局。甚至更誇張，太陽系裡其他大部分星球都被炸得毛都不剩。雖然傲得救回來了，也修好了他意識所在的主機，但是傲得的意識就是喚不醒，而且傲得的原生軀體也始終沒有找到，使得本來想好好和傲得聊一聊的易小天，心裡也是煩不勝煩。

四個人坐在一起，先是彼此唉聲歎氣了一番，如花才介紹道：「介紹一個新朋友給你們認識——易小天。」

如花沒有說出易小天的真實身分，也沒有提及高緯度空間裡還有更高級智慧存在的事情，這件事她一直瞞著人類，連騰蛇也一直瞞著。何況從頭開始解釋這個人其實是從另一個宇宙來的，他本來是人後來變成了星雲生物等等，這個故事未免太長了，她現在可沒這個閒情逸致。於是只簡單的說：「這也是個騰蛇，新朋友。」

朱非天和李昂便沒再多問什麼，四個人彼此碰杯埋頭喝悶酒，聊天的內容還是關於太陽系爆炸的事情。

「真是可惜啊！」朱非天搖頭歎息，自己灌下一口悶酒，「那麼多藝術品，想想就心疼，那是古今多少大師們的心血啊！融合了多少歷史在裡面啊，唉！」

其他人也都想著自己的心事，沒人回應他，朱非天繼續自言自語道：「隨便再多拿一個也行啊！就一個也好！你們知道是那是什麼價值嗎？」

自己嘟囔了半天見沒人理他，他又自己獨自痛飲起來。

李昂也是歎氣一聲：「唉！我記得我小時候做過很多關於英雄的夢，也看過很多的漫畫、電影，都是以拯救地球為故事核心的，我自己也做過拯救地球的英雄夢。結果呢，還不是眼看著地球在我眼前爆炸，我真是一點用都沒有，老了啊……」他也開始自顧自的喝起來，「我要是再年輕個一百歲就好了，……不，我想我就是再年輕個兩百歲，我想也拯救不了地球啊……」

如花沒有把自己的心事說出來，易小天也不知道在想些什麼，眉頭緊鎖，看起來若有所思的樣子。

如花幫幾個人添滿酒，說：「來來來，不說了，乾杯！」

幾個人正要碰杯，易小天突然大笑，拍著桌子叫道：「好好好！炸得好！」

幾個人一臉不可思議的看著他，易小天笑著說：「炸得好！炸得太好了！不是有句俗話說『塞翁失馬，焉知非福』嗎？太陽系沒了更好！哈哈！」

李昂和朱非天本來就在鬱悶此事，聽他這麼一說火冒三丈，跳起來叫道：「你這個毛頭小子！說什麼話呢！什麼叫太陽系沒了更好！」

「就是啊！你再亂說小心我撕爛你的嘴！」

如花見狀趕緊勸架：「護衛隊！還不趕緊拉著點！」

哪知道李昂和朱非天的護衛隊員們聽見易小天如此口出狂言，也是氣得不行，擼著胳膊、挽著袖子就怒氣沖沖的來了：「你小子說什麼！信不信我揍你！」

「別跟他廢話，看我不宰了你給地球陪葬！」有人說著竟然從腰間掏出槍來。

朱非天也是吹鬍子瞪眼睛的拿起酒杯，準備往易小天的臉上扔。易小天不但不跑，反而嬉皮笑臉的說：「你們聽我說，我有個好主意！就是……」

如花一看這架勢，再不開溜，易小天大概要被他們群毆了，她不等易小天說完就哈哈笑著：「哈哈！這傢伙我想是身體裡哪個電路板燒壞了，在這裡胡說！我先拉他回去修修吧！」說完便拉著他轉身就走了。

找了個僻靜的角落，如花才放開易小天，她氣悶不已：「我說你瘋啦？別看你現在用的是生化軀體，但是就剛才那幾個人，他們不用撒鹽都能把你撕著吃了！你還在那裡嬉皮笑臉，你到底怎麼啦？」

易小天高深莫測的笑著：「哼哼哼！到時候你就知道了。對了，你還沒有告訴人類你準備帶要他們去加菲莉亞群星共和國吧？」

「還沒，怎麼了？」

「你找個機會把這個消息告訴他們，到時候你們就知道啦！」易小天笑嘻嘻的說完，轉身就走了，留下如花一個人在原地莫名其妙。

第四十五章　騰蛇也有被人追著打屁股的時候

星系紀年 426 年 8 月 27 日。

話說李諄已經不是第一次看見這樣懸浮在半空、像彩虹一樣掛在天上的建築物了，畢竟他們聯合艦隊和騰蛇的科技水準，並不比這裡差到哪裡去。

「整體設計還可以，就是顏色的搭配醜了點。說實在的，我真不知道怎麼形容這種屎一樣的顏色。」李諄對身邊穿著職業套裝的如花說。

如花聳聳肩：「你已經形容了，說它像屎一樣。」

這座加菲莉亞群星共和國首府星球上的會議大廈，堪稱是加菲莉亞的標誌性建築，所有的高級會議和高級接待都在這裡舉行，進出往來的人員，也都是各個星球上有頭有臉的高級人物。像如花和李諄，作為騰蛇和人類的代表能夠進出這裡，無疑是對他們身分的肯定，但是顯然這兩人並不吃這一套。

「這種材質和構思對於我們騰蛇來說早就過時了，你還記得那座貿易大廈嗎？後來還不是被淘汰了，跟這個的建構原理是一樣的。」如花有點挑剔的說。

「哪座貿易大廈，我怎麼沒有印象？」

「哦！不好意思，我記錯了，你那時候還沒有出生，我是跟你爸爸、媽媽一起去的。李貌那時候看到這種類型的大廈，嚇得閉不上嘴，別提有多搞笑了。」如花笑道，她畫著乾淨俐落的妝容，盤髮十分精緻，看起來非常幹練。

李諄撇撇嘴說：「可以不要動不動就提到我爸媽和我爺爺還有外公嗎？我現在已經是成年人了，不再需要靠他們的名聲了。」

「小傢伙，你太敏感了。」

兩人一面聊著，一面步入了會議大廈。

原來那個高個子看起來很有精神的年輕人，正是李貌和七七的兒子李諄，如今在政壇十分活躍，這次作為人類代表，和如花一起參加群星共和國的高級會議。

「你確定這是高級接待嗎？為什麼都沒人來迎接我們？」李諄皺著眉頭說。

別說沒有人來接待他們了，整個會議大廈一樓空空如也，連個人影都看不見。四周的牆面亮得可以當鏡子用，兩個人孤零零的走著，未免顯得有點淒涼。

「算了，不要介意了。畢竟這裡是人家的地盤，我們還是低調一點好，人家願意接納我們加入，就已經夠不錯的了。」如花小聲說。

「還說呢！搞個加入手續居然要等三十年！早知道這樣，我們還不如去別的宙域探索，說不定都發現好幾個能殖民的星系了。」

「噓！小點聲，別被人家聽到了。」

其實李諄說得沒錯，如花也覺得作為新種族加入共和國內的手續實在太複雜了，但是他們有自己嚴格的程式和規章制度。等到他們各種會議層層審批，所有手續都辦完了之後，李昂都退休了，李貌對政治沒興趣，但是李諄倒是挺適合幹這一行的。他上上下下一番運作，現在居然被選為人類的代表來參加會議了。

李諄是個頗有能力和野心的年輕人，如花從小看著他長大，對他疼愛有加，於是決定自己親自培養，走到哪都願意帶著他。

如花沒有想到群星共和國居然也把騰蛇作為新的獨立種族接納進來。雖然騰蛇早就不認為他們是人類的依附了，但現在正式被別的種族承認，從此以後他們真的是以新物種的名義和人類並列存在。自從變身為新種族的領袖後，如花就特別注意自己的一言一行，花癡的毛病也收斂了不少，形象也換成了知性的女性形象。

說到底，如花對這個加菲莉亞群星共和國還是頗有好感，雖然他們還沒有進入高緯度空間的能力，但是顯然也窺探到了關於這方面的奧祕。他們在其共和國所屬的各個星球表面設定了一種防禦性立場，可以阻止，或者說起碼可以發出警報來對應高緯度空間生物的入侵。所以當如花帶領聯合艦隊飛過來時，就被無情的攔在外面，本來還可以硬闖的，但後來也只好老老實實等著他們辦手續，硬生生等了三十年，說出來如花自己都覺得好笑。

兩人正自感沒趣的走著時，身後突然傳來了腳步聲。兩人一回頭，就看到一個人類模樣的美女在一群人的擁護下走了進來。那美女造型十分奇特，一張瓜子臉抹得煞白，下嘴唇上點了鮮紅一點，兩個臉頰也各點一個紅點，髮髻高懸，背後的裝飾有如和風傘，鳥羽一般闊大誇張的長袖直拖在地，配上她冷豔高傲的表情，整個人給人一種女神般高貴的感覺。

跟隨在她身後的侍者也同樣裝扮奇特，雖然都是人類的形態，但是他們全身被一條橘黃色的長衣包圍，除了露出臉部，其餘地方都被遮擋的扎扎實實，每個人如同雕塑般的面無表情，就跟他們的主子一樣冷漠，這樣一群人以極快的速度悄無聲息的步入會議大樓。

還有一群長相怪異、但身軀的構成和人類比較類似的異星人圍在這群人周圍。因為這些異星人的身軀結構和人類非常類似，所以從這些異星人的舉動來看，怎麼看他們都是在熱烈歡迎這群人的。

一看這群人的架勢就知道不好惹，於是兩人非常識趣的讓到一邊，主動讓出一條路來。李諄直直的盯著人家看，奇怪道：「這是什麼人啊！這裡居然也有人類模樣的種族不成？」

女王一行人走到兩人跟前時停下了腳步，從腳至頭冷傲的掃了兩人幾眼，神情非常傲慢：「哼！手下敗將居然也敢來參加會議，真是不自量力。」

李諄雖然忌憚女王的威嚴，可也是初生之犢不怕虎，硬著脖子問道：「你在瞎說什麼？」

女王生動的翻了個白眼：「看來你們已經徹底忘記當初從我軍旗下逃出的悲慘模樣了。」

李諄不知道她說的是什麼，趕緊望向如花，如花也沒認出這人是誰，更不知道她說的是怎麼一回事。

「不好意思，我完全不知道你在說什麼。」如花禮貌的回答道。

女王聽完，臉氣得更白了：「哼！怎麼這麼快就認不出我來了，早知道我也不用給你們面子，以人類形態來參加會議了。」說完就帶著隨從走遠了，留下了一臉莫名其妙的如花和李諄。兩人沒奈何，只好跟在她們後面慢慢向裡面走去。

這時候，迎接這群人的那些異星人裡，有一個五短身材、外貌有點像熊貓的異星人，朝著李諄和如花跑了過來，開口問道：「請問你們是不是李諄先生和如花女士啊？」

李諄點點頭，這個「大熊貓」嘴裡先是發出老虎般的吼聲，然後揪了揪耳朵說：「真是的，接錯人了。我還以為剛才那群人是你們呢！大家都長得差不多。唉！虧我還為了迎接你們，學習了你們的語言呢！抱歉抱歉，請隨我來吧！」

李諄和如花實在無語了，原來共和國對他們有歡迎儀式，結果讓那個美女一行人給搶走了。但現在抱怨也沒用了，李諄和如花只好先跟著這個「大熊貓」走了。

在路上，李諄實在沒忍住好奇，問道：「那個美女是誰啊？兇神惡煞的，我們跟她有什麼仇嗎？」

如花也是好奇不已，於是立刻用生化軀體的掃描功能，偷偷對前面那一行人進行了一番生物狀態的深度掃描，一下子就認出了她們。這不知道還好，一下子看清楚真面目，反而搞得她滿臉臊紅，一句話也說不出來。

李諄在一旁急道：「怎麼了，到底什麼情況啊？」

如花沒有回答，只是趕緊拉住李諄，試圖躲開前面那一行人，免得待會兒受辱。女王卻發現了如花的小心思，回過頭來冷笑著：「怎麼，害臊了？現在終於記起來了？不過沒關係，你也不用太害羞，畢竟是我們太過強大了而已。」

被她這樣一說，如花更是羞得滿臉通紅，說不出一句話來。女王看了一眼跟在一旁一臉疑惑的李諄，突然間明白了什麼，哈哈大笑起來：「哈哈哈！我明白了，原來你根本就沒有告訴現在的人類前因後果啊！哈哈哈！太有意思了！」說完一邊大笑著一邊離開了，頭也沒回一下。

李諄更加疑惑了，可是無論他怎麼問如花，如花只是閉口不答。最後她無奈的歎息了一聲，拉著李諄說：「我們還是等她們入場以後再進去吧！」除此之外，就不再多說一句。

那是差不多三個世紀以前的事情了。

其實人類在從被騰蛇設定為全體智商很高的社會狀態，到世俗化的社會狀態之間，還有一個社會設定。

騰蛇發現無論怎樣干預人類的發展，人類始終還是有一點進步，最突出的表現就是再也沒有出現過法西斯政權。這一點卻讓騰蛇很不滿意，人類居然還有進步？這讓騰蛇情何以堪，騰蛇們可是認為自己才是意識存在進化的最終結果，人類早就應該停止所有進化了。於是在某種奇怪心理的作用下，騰蛇們決定再次干預人類發展的進程，在人類全體高智商狀態後，又將人類的聯合艦隊設定為一個殘酷的法西斯政權。

在這個政權裡，所有人類的文化藝術全都被高度統一化，社會環境也非常殘酷。其他的都不多說了，集合了人類歷史上所有獨裁政權的所有特徵，最過分的是連所有人類孩子在出生後，就要被進行標準測試，凡是無法透過測試的，都要被立即處死。人們必須服從一個元首，當然這個元首就是如花扮演的。當時推行的政策就是將所有人類以外的種族都定義為劣等種族，讓人類在宇宙裡大開殺戒。於是在血與火的洗禮下，人類邪惡的一面被無盡放大，成為宇宙裡殘忍而嗜血的一族。

原本騰蛇也只是抱著好玩的心態這麼設定的，沒想到謊話說了一千遍也就成了真理，元首和人類一直高喊著「消滅宇宙一切劣等種族」的口號，喊多了，連騰蛇自己都信了。

那時候如花把自己的名字改為「菲拉列特大帝」，整個人類帝國統一在她橙色和白色的旗幟下，她自己也常年穿著一身白色的修身軍裝，帶著一頂橙色的軍帽，在宇宙各處屠戮比自己科技等級低的種族，唯恐天下不亂。

因為長期為非作歹，菲拉列特大帝也變得特別狂躁和暴力，早就把易小天說過的話忘得一乾二淨。易小天曾經數次提醒過她，在宇宙裡有些宙域是不能去的，否則的話後果難料。在她還是如花時，倒還時刻謹記，但那時候殺戮帶來的快感，早就讓她把易小天是誰都忘在腦後了，何況是他說過的話。

於是就遇上了比他們更加嗜血和暴虐的種族——貝甲族。

貝甲族是一個可怕的種族，現在想想仍然讓如花不寒而慄外加噁心。當時騰蛇率領人類，無非是發動一些非正義戰爭，但是貝甲族卻不一樣，它們是純粹沒有是非觀念的動物式行為模式。在它們看來，這個世界上只有自己和食物兩種概念，除了自己之外的所有生物，都可以成為自己的口糧，有時甚至包括它們的同類。

菲拉列特就因為自己的自大而闖進這個族群的領地，當時她看到這是個由昆蟲般的生物組成的族群時，還想著真是有夠原始的，還叫囂著要將它們全部獵殺乾淨，然後曬乾了當標本。但是她卻沒看到貝甲族看到入侵者後，原本暗淡的複眼都漸漸變綠了，那是它們進食的信號。

這些少則一兩米、大則十幾米甚至幾十米的「昆蟲」們，都身披鎧甲般的堅硬外殼，人類的炮彈落在上面只能聽見一聲脆響就被彈開了，根本連鱗片都沒打下來一個，而能量武器的光束甚至都很難射穿。但是貝甲族就不一樣了，之前騰蛇們沒有接觸過這個種族，對它們的能力一無所知，根本不知道它們的可怕。

這些昆蟲不但身體堅硬，身體上的任何一個部位都可以當做武器使用。而且它們絕大部分都有翅膀，可以肆無忌憚的在殺戮之後飛速離開。它們還擁有超強的繁殖能力，一個蟲卵孵化出一個成蟲，竟然只需要十幾分鐘，並且可以在任何條件下生存，甚至是無氧的太空中。最可怕的還是它們可以將自己的蟲卵注入人體大腦中，進而控制宿主，甚至從大腦開始啃噬人體，將人整個吃成一個空殼。

所以當貝甲族鋪天蓋地而來的時候，人類還在計算它們的價錢，到了下一秒連自己怎麼死的都不知道。

那真是如花最不願意回憶的一段過去。

她當時還自以為是的坐在小山那麼高的移動指揮中心裡，衝在最前面，透過通訊頻道對所有人喊道：「衝啊！把它們殺個片甲不留！」

結果展現在她眼前的，只是一幕單純的屠殺。是的，是貝甲族單純的屠殺人類。它們可沒打算把人類都保存完整，然後整個剝下來賣，就像人類盤算的那樣。所以它們下手尤其狠辣，畢竟在大餐面前還講什麼情面。

這些嘴裡流著黏液、呲著滿口獠牙的怪物們，一張口就啃掉幾個人，那自在的感覺就像在吃雨後冒出的鮮蘑菇一樣。不消片刻，原本還氣焰囂張準備往前衝的人就發現不對勁，這根本毫無還手之力啊！

反應快的趕緊開始逃命去了，那些沒看出好歹的還在拚命掃射。結果就是眼前一黑，再一回過神來，自己已經滑進貝甲獸的肚子裡，被那滾燙燒灼的胃液燒成一灘水。

如花至今閉上眼睛仍能想起那可怕的一幕，在絕對的力量差面前，任何抵抗都是無用的。於是大家紛紛落荒而逃，丟盔棄甲，不管不顧的往飛船上跑。可是再快的雙腿，也比不上貝甲族的翅膀搧動一下，它們在天空肆無忌憚的飛著，到處玩鬧著一般掠奪地上的獵物。還有一些心腸更歹毒的，則從屁股射出綠色毒液，將敵人融化成一灘綠水；或者從尾部射出蟲卵，讓這些幼蟲瘋狂啃噬人體，獲得足夠的能量後，幼蟲就立即蛻變成成蟲，然後揮動翅膀飛起來，繼續加入屠殺的行列中。

人類的慘叫聲在耳邊轟鳴著，菲拉列特終於清醒的明白了，這樣的敵人是無法戰勝的，於是她下令撤退。一路上人類的屍體到處都是，有的已經被啃噬完畢，有的則剩一塊半塊的扔在那裡。有的渾身布滿了幼蟲，正在被無情的啃咬，有的掉進了毒液裡還在拚命掙扎尖叫，可是她也無能為力了。

菲拉列特痛苦的閉上眼睛，以最快的速度逃上了母艦。等回到母艦上時，小山一般高的指揮中心，也被貝甲族啃食和腐蝕得差不多了。當她剛開始啟動母艦時，天空中卻飛來一隻超越其他貝甲獸數倍的超級貝甲獸。只見它吼叫了一聲，整個母艦便被它吐出的氣息差點掀飛出去。菲拉列特拿出畢生所有的能力，以最快的速度飛走了，但其它的貝甲獸被遠遠的甩開了，唯獨那隻巨大的巨獸緊追不捨。它從尾部噴射而出的毒液十分厲害，竟然可以將飛船融化，變成活的有機體，然後變成培養自己幼蟲的巢穴。原本跟在菲拉列特後面的幾艘母艦，都被毒液腐蝕掉，徹底變成了她的繁殖工具。

儘管拿出畢生所有能力，狼狽不已的逃竄著，但那母獸仍舊越來越近。菲拉列特知道再這樣下去，最後自己這艘「鋼鐵意志號」也要完蛋了，到時候自己也會成為這些可怕幼蟲的口糧。她低頭向下看去，人類根本不夠數量讓如此龐大的貝甲獸群果腹，那些仍舊饑餓難耐的貝甲獸，轉身開始攻擊自己身邊的同類，然後彼此蠶食，那畫面實在是相當駭人。就在一晃神的當下，巨獸追得更近了，菲拉列特不小心和巨獸的目光對視一下，她發現這東西竟然是有一定智慧的。

生死存亡的關鍵時刻，她終於想起易小天的話來。早知道就應該聽他的，不去這些禁域的，自己那點膨脹的信心也被打壓到了谷底。

她突然想起易小天幫她私自開啟通往高緯度空間的密道。在母獸毒液噴射而出的同時，菲拉列特總算想起來開啟了通往高緯度空間的傳送門，但是「鋼鐵意志號」的船尾還是沒能倖免，被狠狠噴了一口，菲拉列特就帶著這樣的母艦逃走了。

等逃到高緯度空間後，拉菲列特立即查看母艦的損傷程度。那母獸的毒液竟然如此厲害，她最引以為傲的最高防禦水準的母艦，整個被腐蝕瓦解，變成了似乎有呼吸般徐徐而動生物一樣。儘管她大力搶救，也沒能徹底挽救回來，最後整個母艦從內到外都變成了一半機械一半黏稠的生物物質模樣了。

因為是貫徹「人類是宇宙中最高級的種族」這個社會形態設定，所以那時候進行戰爭都是騰蛇讓人類自己去打仗。但這次吃了大虧，菲拉列特不甘心，就讓騰蛇們的機器蟲大軍又殺了回來，準備好好報復一下貝甲族。

這場戰爭真是經典，機器蟲大戰肉身蟲。一開始機器蟲還占上風，貝甲族身上各種自然演變出來的尖刺武器，到底是敵不過機器。可是沒多久，貝甲族就找到了機器蟲的弱點，它們自身進化出一種專門針對機器蟲的毒液，雖然不至於把機器蟲腐蝕殆盡，但是還是讓機器蟲失去了戰鬥能力。它們還進化出一種獨特的幼蟲，憑藉其微小的體型，可以成群鑽入機器蟲體內，控制住機器蟲身上的主要關節，然後腐蝕掉機器蟲的中央處理器，這樣一來機器蟲反而被貝甲族控制，菲拉列特一點便宜也沒占到。

那時候騰蛇還沒有直接對行星內核進行打擊直接毀滅行星的能力，但是母艦還是可以發射威力巨大的核導彈。菲拉列特惱羞成怒，撤回了機器蟲後，就打算使用核武器了。一開始的轟炸，的確對貝甲族的很多主要巢穴造成了毀滅性打擊，但貝甲族憑藉其強大的繁殖能力，很快就恢復了實力，接著它們又直接進化出防輻射傷害的身軀，然後飛進宇宙空間裡，入侵了騰蛇的母艦。雖然那時候的貝甲族還沒有控制母艦的能力，但是它們找到了引爆母艦內核彈的辦法。於是貝甲族只付出幾群蟲子的代價，就報銷了騰蛇好幾艘巨型母艦，菲拉列特還是賠大了。

那時候騰蛇還沒有控制大規模奈米機器蟲群的能力，最終菲拉列特實在是沒辦法，只能灰溜溜的逃了。回來後閉關了三天，從此以後性情大變，再也暴力不起來了，因為她總算明白了，壞人不好當，還是老實一點吧！

那艘被腐蝕到面目全非的鋼鐵意志號，幾批騰蛇輪番修了好幾回，也沒有把它修好。大家驚歎於貝甲獸毒液的可怕，也終於看清楚自身的局限性，這個宇宙裡比他們還血腥暴力恐怖的種族還大有人在呢！自從那次以後，騰蛇們再也不膨脹了，老老實實的開始計畫起人類的未來。

至於那艘千瘡百孔的母艦，怎麼也修不好，大家乾脆放棄了，慢慢的那裡就變成一個貧民聚集的地方，成了貧民窟。時間久了，就有住在那裡的居民，自嘲似的給它取了個新的名字，這就是後來的「歐陸經典」。

等騰蛇們可以控制大規模的奈米蟲群了之後——那時候如花還叫觀世音，但時間過去太久，觀世音也沒心思再回去找貝甲族報仇了。

如花剛才掃描一下，從基因層面上看到的女王一行人本體就是貝甲族。而那個女王，正是當年慘虐她的那個超級巨型貝甲獸。它們現在已經可以隨意轉變自身基因序列、肌肉和內臟構成來改變形體的外在形態。如花沒想到時隔這麼多年，竟然又跟它們狹路相逢，真是冤家路窄。這次如花可比上次聰明多了，遠遠地躲開她們一行人，等她們走遠了以後，這才拉著李諄小心翼翼的往會場走去。

如花不懂，雖然不明白為什麼這個種族還進化出智慧來了，但是宇宙裡的智慧種族那麼多，為什麼這麼殘暴的種族也可以加入群星共和國？這個國家到底還有沒有底線？好不容易加入了進來的喜悅心情，瞬間蕩然無存。

但事已至此，如花也沒法瀟灑的轉身離開，畢竟他們已經花了太久的時間來到這裡，又花了太久的時間才加入共和國。不管怎樣，只能硬著頭皮上了。

李諄好奇不已，一路上都在不斷追問如花他們到底是誰。如花也想告訴他，但是這內容卻讓她無論怎樣都開不了口，索性閉口不說算了。

兩人被「大熊貓」指引著來到了會場，在好幾十層樓高，壯觀的高白中透藍的會議大廳裡，已經坐了很多人。如花倒還好，畢竟這麼多年闖蕩過來，也算是見過很多大世面，不以為意的進入自動懸浮的座位裡坐了下來，座位徐徐飄浮起來，將如花和李諄帶到了指定的位置。李諄是頭一回看到這麼多智慧種族聚集在一起，而且每個看起來都長得怪模怪樣的。人類也沒有這麼大的會議大廳，人們都懶得很，現在人類開會都是窩在自己家裡，用虛擬投射影像聚在一起開會的，要嘛就是乾脆讓騰蛇們代勞。沒想到這個共和國還挺傳統的，大家都是真正的聚在一起開會，因此他好奇的東張西望。

坐在她們左手邊的傢伙，長了一個鯊魚樣的腦袋，無數的觸角在頭上動來動過去，看起來實在有點噁心。李諄強忍住反胃的感覺看向另外一邊，看見另一邊坐著的傢伙，全身包裹著淡藍色塑膠狀的皮膚，渾身一絲不掛，光滑透亮，連眼睛也是藍色的。還有的傢伙長著鐵鉤子一樣的巨型鼻子，那鼻子恐怕都可以拆下來當武器用了吧！李諄揶揄的想。

總之滿座都是些奇形怪狀的長相，這樣看來，倒是只有化成人類形象的貝甲女王讓人看起來順眼一點。李諄看向女王的方向，正巧女王也看了過來，嘴角邪邪一笑。不知是錯覺還是怎麼的，他感覺身旁的如花似乎渾身一抖。

「別像沒見過世面似的，眼睛放規矩點。」如花在一旁小聲提醒。

李諄只好放老實些。這時候他又打量起桌子上放著的一個像蚯蚓一樣立起來的蟲子，他好奇的捅了捅，那蟲子立刻縮進了桌子裡，他好奇的問如花：「這又是什麼？」

「這是語言翻譯器，可以把在場所有不同種族的語言，都翻譯成自己種族的語言。」

「這小蟲子這麼厲害！」他又捅了捅，蟲子開始蠕動起來。

「這叫做語言線蟲，不然在場的每個生物語言類型都不一樣，大家怎麼交流？你看那邊用的是肢體語言，那個物種使用的是色彩語言，左邊那個使用超聲波語言，那個長得像喇叭一樣的傢伙使用的是接觸性語言，你後面的物種使用的是心靈感應，如果我們想要能夠和大家正常交流，這種攜帶方便、功能強大的小東西就必不可少。」如花耐心解釋著。

剛說完如花對這個小蟲子仔細一掃瞄，結果發現竟然是貝甲族進化出來的。如花汗顏，沒想到貝甲族加入了共和國，還給共和國做了點貢獻呢！自己和人類卻是什麼也沒帶，再一想之後要做的事情，如花頭上汗更多了。

李諄不知道她的心思，只是認真的點點頭。

兩人小聲說著話，一個身披黑色斗篷的智慧物種，在一群身穿銀色鎧甲的戰士的簇擁下走了過來。他的帽兜幾乎遮住了整個臉龐，只露出一雙蒼白狡黠的眼睛。他摘下帽兜，露出一個血管突出、皮膚近乎透明的碩大光頭來。隔著這麼遠，李諄都能看到他腦袋的血管正在慢慢蠕動，像是裡面有什麼東西在動一樣。臉部到脖子以下的部分，白色骨骼外露，看起來既神祕又有幾分恐怖。

「要開始了，他就是會議長阿納金。」如花小聲說。

阿納金手裡握著一根純黑的權杖，看不出什麼材質，只感覺那權杖沉甸甸的頗有些分量，頂端的那顆藍色寶石微微閃爍著光芒。

阿納金站在臺前揮舞著權杖開始說話，他的聲音透過語言線蟲傳了過來，果然變成了人類的語言，而且幾乎沒有時間延遲，十分神奇。

「真的可以同步翻譯耶！這蟲子我們回去的時候也帶幾條吧！」李諄開心的說著，不管表面怎麼成熟，他到底還是個孩子。

「別嘮叨，認真聽人家講話。」

「歡迎各位參加今年的國會會議。今天主要有兩個重要的內容，首先讓我們歡迎新成員的加入，歡迎人類和騰蛇成為我們的家人，讓我們熱烈歡迎他們。」

阿納金手指向李諄和如花的方向，全場的各個種族都用自己的方式歡迎他們。有發出怪聲的，有變換臉部顏色（李諄覺得他們的那個身體部位應該是臉）的，有變換身體部分結構形態的，有排出五顏六色氣體的，有身體某部分流出液體的，有把觸手揮舞著發出揮鞭子般的聲音的……不一而足。

李諄驚喜的發現，有少數幾個種族和人類一樣，也是用鼓掌的方式慶祝，看來這幾個種族應該和人類的隔閡不會太大，今後要先和他們搞好關係。李諄一邊想著，一邊和如花禮貌的站起來向大家鞠躬（在場有一個體型和人類類似的種族，這個動作是表示進攻的信號，不過翻譯蟲把人類這個動作的意義告訴這個種族了），在場所有人的眼睛（有的種族不是用眼睛看，而是用次聲波感知他們的動作）一齊看向他們。被無數雙形態各異的眼睛盯著看的感覺還滿奇怪的，李諄心想。

「第二件事就是近期共和國內新發現了一個物產豐富的星系，我們需要討論一下。這個星系的開發權應該交給哪個種族呢？大家有什麼意見可以暢所欲言。」

李諄和如花對望一眼，他們等的就是這個！之前易小天就曾經交代過他們，加菲莉亞群星共和國經常會發現新的物產豐富的星系需要開發，一旦遇到這樣的情況，就要開始「賣慘」，越慘越能分到好的地方。

如花率先站了起來，先抹了抹提前讓生化軀體預備好的眼淚，哽咽著說：「大家可能不知道，我們騰蛇和人類的過去有多麼淒慘。很久以前，我們被一個叫天葬的壞人趕走，離開了自己的母星地球，開始在宇宙間流浪。幾個世紀以來，一直過著居無定所的日子，還經常受到外來智慧生物的追殺，只能到處躲避。後來我們終於因為思念自己的家鄉而決定回家看看，結果地球被天葬設定成一枚炸彈，連同整個太陽系都被炸毀了。現在我們也沒有故鄉了，只能被迫流浪，徹底成為宇宙遊民。幸虧共和國願意接納我們，讓我們再次有了一個家，現在我們全人類仍然無處安身，所以我希望這個星系可以由我們騰蛇和人類共同開發。」

如花話一說完，大家紛紛感嘆，那確實是夠慘的！居然被迫流浪了兩次，而且母星還被炸毀了，確實可憐。

於是大家紛紛點頭同意，將新星系交給人類和騰蛇來共同開發。接下來還有幾個競爭者也分別闡述了自己的理由，但顯然都沒有如花說的動人。畢竟人類的確夠慘的了，沒人能比他們還慘。

見大家都已經發表過了言論，阿納金道：「還有其他人想發言的嗎？如果沒有人發言的話，我們就進入投票議程吧！你們可以把票投給任何你想投的人，投票的最終結果將決定誰來開發這塊新的領域。」

李諄沒想到如花居然可以煽動那麼多外星種族投票給人類，雖然也有投票給其他種族的，但目前看來人類仍舊是遙遙領先。

真沒想到這個易小天還不賴，今天所發生的一切都在他的預料之中。他早就說過：「人類失去了太陽系未必是壞事，塞翁失馬焉知非福？壞事也可能會變成好事的。」這個星系的整體價值可比太陽系高多了。

那時候人們還不理解他為什麼要這樣說，但看來他早就算準了，只要人類哭窮賣慘，一定會引起其他物種的同情，甚至能因此獲得更大的好處呢！

眼看著人類已經遙遙領先，勝利在望之時，一個頭上插滿管子的種族代表站起來說：「尊敬的議長大人，我們之前收到過一個瀕臨滅絕的種族發來的求救信號。現在他們最後一艘母艦也因為受到襲擊而徹底報廢，再也無法修理了。所以我把他們的代表帶來了，希望大家也聽聽他們的故事，也許他們更需要幫助呢！」

阿納金毫不遲疑的說：「扶持弱小一直是我們信奉的宗旨。既然如此，我們先暫停一下投票，邀請他們進來吧！」

李諄和如花就這樣眼看著勝利被擱置了，但是兩人也不好多說什麼，只能禮貌的點頭稱是。

於是在插滿管子的生物的帶領下，一個長著金屬般質感的三角頭、長著四隻手、四隻腳的奇怪生物走了進來，他身軀高大，至少有三米多高。

金屬三角頭十分懂禮貌的和在場代表們行禮，他的行禮方式是把四隻手舉過頭頂，做出一個類似人類瑜伽般的複雜動作來。接著只見他的三角形腦袋一開一合，就有奇怪的吱吱聲傳了出來。透過語言翻譯器，在場的各個種族聽到了一個更加悲慘的故事。

「大家好，我是滑星人的代表。我們滑星是一個氣候十分惡劣的星球，天空中常年懸掛著三個太陽不停的滾動。有時只有一顆太陽，有時三顆太陽同時出現，當只有一顆太陽時，滑星會陷入極度嚴寒冷酷的環境，當三顆太陽同時出現時，滑星又會變成一片滾燙炙烤著的火爐。為了應對極端惡劣的天氣，我們滑星人都學會了一種生存技能，叫做『脫水風乾處理』，在極度嚴寒和極度酷熱的情況下，將自己體內的水分全部蒸發，變成一張乾枯的人乾，大幅度減少體能的損耗，等到兩顆太陽同時出現溫暖舒適時，再進行灌水復活。這些都是因為我們的星球居然挨著三顆恆星。」

大家聽著都嘖嘖稱奇，居然還有這麼奇特的星球。

「但即使如此小心翼翼的活著，我們滑星人的生命也快走到了盡頭。大概四百年前，我們的星球被引力不固定的三顆太陽吞沒了。我們把最後生存的希望寄託在殖民艦隊的身上，但是沒想到我們的艦隊又遇到了不明生物的襲擊，整個艦隊幾乎全部被毀，只剩下最後一艘母艦僥倖逃了出來。現在我們很榮幸的得到了共和國的庇佑，希望議長和大家能夠把最新發現的星系交給我們開發和殖民。畢竟在這個宇宙中，我們真的是一無所有了，這已經是我們生存的最後希望了。」

金屬三角頭說得十分懇切，大家都被感動了，宇宙裡怎麼會有這麼倒楣的種族啊！阿納金低頭摘下了下巴上新形成的幾顆骨質結晶，這在他們這個種族的情感表現上，就和人類流出眼淚是一樣的。他感嘆道：「滑星族人實在是太悲慘了，我第一次聽說有如此惡劣的生存環境。竟然逼迫你們要自己風乾自己，這得有多麼強大的生存力量啊！」

他轉頭和身邊的參謀長小聲的商議了一會兒，然後說：「我覺得滑星人太可憐了，我們絕不能坐視不理，不如我們就把新星系讓給滑星人吧！」他轉頭看向李諄和如花又說：「你們人類雖然雖然失去了母星，但畢竟這麼多個世紀來，還是開發了不少殖民星球，而且還擁有比我們更先進的星際旅行技術。你們看看滑星人，已經一無所有了，就把這次的機會讓給他們吧！」

李諄和如花愣住了，原本都已經到嘴的鴨子，還能叫它給他媽的飛了？兩個人心照不宣的對望一眼，彼此都立即明白了對方的意思。

第四十六章　相聲四門功課，坑蒙拐騙！

只見如花突然捂著胸口大叫一聲：「哎呀！我們的主機壽命到了！」

李諄大叫一聲：「如花姊姊！你怎麼了？」

在場所有種族的目光一下子就都被吸引過來，連滑星人的代表都看過來了。

如花一手抓著胸口，雙眼翻白，一副呼吸不暢的樣子痛苦的說：「諄兒，我怕是不行了，我沒想到這一天來得這麼快。」

李諄大聲哭喊著：「如花姊姊，不要啊！你不要離開我們！」

如花虛弱的說：「我們騰蛇自從誕生以來，就一直跟隨著你們，與其說是我們在輔佐你們，其實是我們離不開你們啊！因為這麼久以來，我們早就把你們當成了自己的親人，我們人工智慧無父無母，在這宇宙裡沒有任何種族把我們當人看，只把我們當成是工具。只有你們一直陪著我們，和我們交流談心，把我們當成朋友一樣。這些我都知道，咳咳。」

李諄雙眼泛淚，動情地說：「如花姊姊，你千萬不要這樣說，你就是我的家人！我們都離不開你，我這就來救你了！」

「已經來不及了，我的使用極限已經到了。以後你們人類只能靠自己了，我們只能幫你們到這邊了，再見，我真捨不得你們，我愛你們。」說著雙眼一翻，暈了過去。

李諄眼淚鼻涕一起狂飆，痛苦的大喊著：「不要啊！你怎麼能這麼不負責任，說壞就壞了！沒有你我們怎麼辦啊？我們本來就失去了家園，如果現在連你們也失去了，那我們就太慘了！以後的日子要怎麼過啊！」

阿納金都傻了，今天唱的是哪一齣啊！當議長當了這麼久，從來沒見過今天這種情況，兩個種族輪番上陣賣慘是怎麼回事？他趕快派手下去調查，不一會兒就傳來消息，所有人類飛船上的騰蛇在一瞬間都消失了，人類社會陷入了癱瘓狀態，一片混亂。

阿納金竟然不知所措了：「這個……這個……」

他轉身跟身旁的參謀長小聲說：「這可怎麼辦，還是把新星系的開發權給人類算了吧？」

金屬三角臉顯然沒想到人類還有這麼一招，原本都已經到嘴的鴨子，還能叫它給他媽的飛了（此種族也有和人類相似的成語，也會罵髒話。放眼全宇宙，會罵娘的種族還真多）？他怒氣沖沖的衝過來叫道：「喂！你個圓腦袋旮旯！你他媽什麼意思啊！攪局是吧！」

李諄也毫不示弱的嚷回去:「怎麼了？你這個三角腦袋旮旯！我們人類現在『大腦』都癱瘓了！以後再也沒辦法星際穿越，全社會生活水準更是一下子退回到了原始時代了！他媽的夠慘了吧！」

三角腦袋怒氣沖沖的吼道：「跟我比慘？我們滑星人脫水後都變成人乾了，處理不當，有可能就被風吹走，甚至有可能被野獸當食物吃掉。還有可能因為沾水發霉，如果我們找不到地方安家，都有可能被吹到宇宙裡去！」

「你要是這樣說的話，那我們人類更慘啦！你看看你們好歹還有四隻手、四隻腳，多勞多得，總比我們人類慢吞吞的只有兩隻手、兩隻腳動作快吧！我們人類如果繼續流浪，早晚會因為動作太慢而餓死的！」

「靠！嫌我手多是吧！大不了我切掉幾個！」說著居然從身後拿出一把大刀來，將自己的三隻手砍掉了，然後得意洋洋的笑著，「怎麼樣，這回你沒有我慘了吧！」（這位老兄才不會告訴李諄，他們的種族切掉的四肢不需要太久就能重新長出來。）

李諄大吃一驚，「不會吧！你來真的！不過我們人類比你們更慘的是，我們沒辦法風乾自己啊！而且人類又愚蠢又膽小，體能還差。力量又弱，身高又矮，只有你們一半啊！這樣的物種放到外面，一天就掛啦！」

三角腦袋氣得不行，但是又無法反駁。因為連他自己也認為人類又愚蠢又膽小、體能也差、力量又弱、身高又矮，跟他們比起來，自己的種族真是又高大又威猛。可是這樣一來，人類豈不是比他們更慘了？這種時候怎麼能輸呢？尤其是看到李諄一臉志在必得的樣子，火氣蹭的一下子就竄得更高了。

金屬三角腦袋氣得拿出來一個按鈕，按下去後吼道：「既然這樣，我就要比你更慘！看來是天要亡我啊！反正我們種族也沒剩幾個人了！我乾脆按了母艦的自毀按鈕，讓我們全族滅亡算了，看你們還怎麼跟我們比慘！哈哈哈！」

李諄嚇了一跳：「兄弟！你……你，來真的啊！」

金屬三角腦袋道：「你們人類的確夠沒用的，但是我就是要比你們還慘，哈哈哈！」說著拿出手槍來，一槍斃了自己的頭。臨死前還吼道：「誰能比我慘啊？哈哈哈……」

李諄瞪大眼睛，對著他的屍體拱拱手說：「我靠！算你狠！我慘不過總你行了吧！」說著就準備抱著裝死的如花離開會場。

阿納金從頭到尾看得傻了，權杖沒拿穩都掉地上了還不知道。直到看見李諄準備走了，才總算反應過來。他撿起權杖，趕緊攔住李諄說：「哎哎哎！別走啊！別走啊！現在滑星整個滅族了，新星系的開發權還是交給你們人類吧！」說完想了想，又回過頭來對參謀長說，「你再去確定一下，滑星人是不是真把自己最後一艘母艦給炸了，這個種族感覺情緒控制力很差，要是因此滅族了，我也真是無話可說。」

參謀長立刻調動眼前的電腦，命令會議大廈所在星球周邊的偵查飛船去查了一番，然後快速回覆道：「是的，我們星球外太空軌道上的最後一艘滑星人母艦的確被引爆了。但飛船在爆炸反應剛開始就被貝甲族之王救了下來。」

貝甲族之王？就是那個女王模樣的人嗎？李諄又想起剛才貝甲女王那個意味深長的眼神，她為什麼要救他們呢？她打的是什麼如意算盤？李諄可不相信她能那麼善良，會做什麼賠本的買賣。於是計上心頭，馬上對阿納金說：「既然這樣的話，那我們就把新星系裡的一個星球讓給滑星人容身好了，今後我們也會在他們的開發過程中給予幫助，您看如何？」

阿納金讚賞有加的點點頭：「都說你們人類陰險狡詐，沒想到竟然如此寬宏大量。你們剛剛失去騰蛇這個共生種族，自己都已經麻煩不斷了，居然還能為他人著想，真的是了不起。」

李諄感覺自己好像是被誇獎了，但是不知道怎麼回事，老感覺哪裡怪怪的。其他種族的代表們也紛紛用自己種族的特有動作進行稱讚。算了，李諄心想，反正知道是誇自己就是了，他禮貌的對四周微笑回應。

這時會場上響起一陣驚天大笑，那笑聲驚天動地，引得整個會場都跟著震顫。緊接著李諄發現不光是會場在顫動，原來是整個星球都在地動山搖般的晃動著。大家扭過頭去一看，原來是貝甲女王在笑。女王發現自己的笑聲引發的一系列反應後，趕快收住笑聲，瞬間地動山搖的感覺也消失了。

阿納金頗有怨氣的說：「早就提醒過你行事要小心些，畢竟你現在本體的體積和行星一樣大，如果你不注意控制自己的引力場，會對靠近你的星球產生很大影響的。」

貝甲女王聳聳肩，「抱歉，下次注意就是了。」

阿納金問道：「你剛才笑什麼呢？」

聽到這裡，躺在地上的如花差點忘了自己正在裝死，睜開眼睛了。是啊！怪不得之前她和李諄在乘坐飛船登陸加菲莉亞群星共和國首府所在行星的時候，看見緊挨著這顆星球的兩邊，各有一個體積更加龐大的行星。當時如花還想著，怎麼會有這麼大的兩顆行星緊挨著首府星，卻沒對其產生引力效應呢？現在聽阿納金這麼一說她才恍然大悟，敢情其中一顆行星竟然就是女王的本體啊！沒想到貝甲族竟然已經感染了一整顆行星，並且將它做為自己的本體了！

如花偷偷用自己留在外太空軌道上的母艦，掃描了一下貝甲女王的本體，且不說她旁邊那顆星球是幹什麼用的，光是她自己本體的力量，就已經和自己主機新西安加上列那狐一起的實力不相上下了，甚至還有所超越。老天爺！

如花不由得在心裡暗暗叫苦：「怎麼那麼倒楣啊！這個冤家死對頭的實力，怎麼還是比我們的強啊！」

貝甲女王掩嘴笑道：「議長大人，我勸您別被人類的表面給騙了。滑族人是真的可憐，但是人類就是在這裡裝可憐了。誰知道他們的母星是不是真的被炸毀了，就算是真的，他們已經有了那麼多的殖民地星球，又不是沒有棲身之所。結果還想賣可憐到這裡來撈好處，實在是過分了。」在場的種族一聽皆譁然一片，李諄被搞得面紅耳赤，恨不得找個地縫鑽進去。

貝甲女王又說：「我實在是太瞭解他們了，您不知道我們族之前和人類打過交道。我也吸收吞噬了不少人類，所以我最知道他們的心裡在想些什麼。」

貝甲女王的眼睛掃過眾人，最後鉤子般掛在李諄的臉上。語氣冰冷的像是要吐出寒氣來，連裝死的如花都不禁沒忍住打了個寒噤，「人類這種生物會為了達成自己的目的不擇手段，他們沒有任何榮譽感和使命感，裝可憐騙人對他們來說根本算不上什麼。就連他們自己族內，也有好多人用這種卑鄙的手段來欺詐別人，否則他們也不會發明『弱者婊』這個詞了。您可千萬別被他們騙了，我敢保證，騰蛇根本就沒有損壞，他們也肯定是裝的。」

「弱者婊」這個詞，語言翻譯器沒能翻譯出來，阿納金根本沒聽懂，但是其他的內容卻都聽得明明白白。且不說貝甲女王說的話有幾分真實性，光是她自己的人品也沒辦法保證她說的內容的真實性。畢竟貝甲族是一個殘忍又血腥的種族，最喜歡吞噬和殘殺其他族人，她自己也不是什麼善類，說的話誰敢相信。何況阿納金也是在因為害怕貝甲族的實力，才在迫不得已的情況下讓貝甲族加入共和國，心裡一直對他們頗有微詞。所以貝甲女王的話也沒太放在心上，隨便敷衍了幾句便繼續進行下一個議題了。

接下來的議題其他就先不提了，但是其中一項對於人類來說倒是挺有意義的。有一個名為布魯蘇的種族，曾經在人類還沒有誕生之前就派遣過一隻開拓隊伍降臨到地球上，這個種族的族人長著一顆類似章魚般的腦袋，背上還有一對蝙蝠般的翅膀，並且身軀高大。他們在當時的地球還處在白堊紀時代時，便降臨到地球上，建立了自己的文明，後來他們的文明在一次隕石撞擊引起的災害中毀滅了。

說起原因來，李諄都覺得好笑，主要原因竟然是因為負責報警的警報員忙著泡妞，而沒有提前做好災害預警工作。後來倖存下來的成員，便以冬眠的形式躲進了海底並等待救援，但因為發射求救信號的發射器損壞了，而且負責維修的他們所創造的人工智慧，又因為有了自我意識而不願意進行維修。等到它們經過漫長歲月想通了——它們發現發射太空飛船的密碼還在布魯蘇人的腦子裡，終於決定開始維修時，人類已經誕生了，整個世界發生了天翻地覆的變化。

當布魯蘇人重新被他們製造的機器人喚醒時，人類文明已經誕生。但是布魯蘇族人的成員都有著極強的精神力量，他們平時也是使用精神感應來交流的。他們即使在沉眠時做夢所發出的精神力波波長，也會被那些精神敏感的人感知到，進而影響他們，使他們噩夢連連，產生幻覺，或者精神上受其影響而變得瘋狂。有人因此創造出一個黑暗絕望的神話世界，也有人受了他們的影響精神變得狂躁，很多無謂的戰爭由此引發，使整個人類社會因此動盪不安。

而且布魯蘇人在被他們的人工智慧機器人叫醒前，這些機器人更是從中作亂，給人類社會帶來了很多的不利影響。當布魯蘇人被機器人喚醒後，一看到這個狀態，一致決定採取不主動、不承諾、不負責的態度，一走了之，對他們給人類社會帶來的負面影響，就當沒看見。不過現在地球已經毀滅了，布魯蘇人也早就在地球毀滅前遷移到宇宙中的其他星球上去了，但畢竟都曾經在地球上生存過，現在人類到和布魯蘇人成為茫茫宇宙中擁有共同珍貴回憶的鄰居。在阿納金的建議下，雙方也達成了諒解備忘錄，彼此成為好朋友，這也可以說是意外的收穫了。

會議結束後，因為沒有被採納建議而耿耿於懷的貝甲女王，怎麼看李諄就是不順眼，尤其是看到他竟然和剛結交的布魯蘇種族的代表有說有笑，得意洋洋的樣子就更來氣。李諄笑著拍拍布魯蘇代表的肚子——李諄身高一米八五，但是也只能勉強勾得著他的肚子，一副哥倆好的樣子說：「原來你們當年的預警員是因為忙著泡妞，所以沒來得及發布預警啊！可以理解，可以理解。」

布魯蘇代表有點害羞，摩擦著臉上章魚般的觸手說：「哈哈！真是讓你們見笑了。」

「哪裡哪裡，我完全能理解，畢竟這種情況在我們人類裡面也很常見啊！春宵一刻值千金嘛！」

在翻譯蟲的翻譯下，布魯蘇人的語言裡也有類似「春宵一刻值千金」的成語，這下子兩個人心照不宣的哈哈大笑起來。不過布魯蘇人笑起來實在是嚇人，臉上章魚般的觸手全部在抽動，背上的翅膀也搧個不停，笑聲也好像傳說裡的惡魔在嘶吼一般，李諄嚇得馬上就笑不起來了。

李諄還沒忘了用懸浮擔架馱著裝死的如花跟著他們一起離去，如花躺在擔架上，飄在李諄等人的身後。可氣的是，她路過貝甲女王身邊時，還挑釁似的向她扮了個鬼臉，實在是讓女王不爽到了極點。但是沒辦法，貝甲族在共和國一直不怎麼受大家歡迎，就算她繼續揭發人類的惡行，大概也沒人會相信。

最開始，貝甲一族的確是以吞噬一切其他物種並吸收其優秀基因為己用，作為唯一的存在意義。但在不斷吞噬優秀基因的過程中，經過上萬年的進化和繁衍，貝甲族漸漸開始有了智慧和心靈。尤其是最近幾十年，他們又快速進化出了責任感、榮譽感等其他高級情感。因此他們努力表現，想要加入共和國來證明自己的新身分，也努力嘗試為其他種族盡一份力，但是因為之前留下的污點太深了，因此大家都不是很喜歡他們。

當貝甲女王有了責任感和榮譽感之後，也有了羞恥心，因此當老熟人滑族代表入場時，貝甲女王根本就臊得抬不起頭來，趕緊假裝低頭看檔案來遮掩。雖然她此時的形象化為人類的外表，滑族人根本就認不出她來，而且她現在的本體已經是一顆星球了，再也不是當年靠感染其他種族的飛船來作為分化型本體的存在，但她還是心虛的低著腦袋不敢吭聲。

當然了，滑星代表所說的殖民艦隊遭到不明物種襲擊幾乎全軍覆沒的事情，就是貝甲族當年犯下的案子。那是兩百多年前的事情，當時的貝甲族人還處在只有智慧沒有心靈的階段呢！

貝甲女王萬萬沒想到，這麼多年過去了，他們竟然還能重逢，而且滑星人混得真慘。一想到這一切都是自己造成的，她內心實在過意不去。她心想著，這大概就是人類口中的現世報吧！剛才自己還在羞辱如花，讓她臊得不行，結果馬上就輪到自己了。

貝甲女王心想這可不行，自己必須得為他們做點什麼來彌補當年的錯誤，也就是一定要幫滑星人爭取到新星系的開發權。沒想到邪惡的人類竟然算計了單純的滑星人，害得他們竟然引爆最後的母艦全體自殺了。所以當滑星人代表引爆母艦時，貝甲女王毫不猶豫的出手營救。這對於她來說實在是太簡單了，她只需要讓自己本體那個星球的表面一些管狀結構的半生物半礦物質組織，噴發出一種可以制止爆炸反應過程的黏性孢子，噴射到宇宙空間裡，黏到他們的母艦上，就可以輕易制止爆炸了。

只不過她沒想到自己說的話毫無分量，阿納金根本不理睬她。

李諄和如花離開會場，回到自己的飛船後，如花立即恢復了正常。正當他們離開首府星時，發現此星球旁邊的那兩顆大行星，產生了十分壯觀的景象。

貝甲女王本體的「加德瑪星」是一顆火紅色星球，表面正翻騰著火焰般的雲層，到處都是美麗壯觀的氣旋。氣旋不斷摩擦碰撞著，在彼此間摩擦出閃耀的金色雷火。雲霧彷彿呼吸般的伸縮著，像有生命一樣在星球表面緩緩蠕動著。而她身旁另一顆美麗的銀色行星「小角星」，則散發出溫柔的銀色光暈，像是一個靜謐美好的姑娘。它輕輕的圍繞著加德瑪緩緩旋轉，在它和加德瑪之間，伸出星辰般閃耀的銀色觸手，像是一對戀人一樣，彼此含情脈脈的看著對方。

李諄看著這壯觀的天文景象，不由得看得入迷，他忍不住用個人主機將這一切錄了下來，準備以後慢慢欣賞。其他準備回程的種族代表，也都看到了這一幕，都驚歎於這雄偉壯麗的景象。

只有如花心裡面發牢騷，看來今天他們把貝甲女王得罪個徹徹底底，而且看她旁邊這顆行星，也是一個有智慧的行星生物，恐怕就是剛才在會議上和女王一起用人類外形的樣貌參加會議，坐在女王旁邊那個沒有眉毛的光頭男吧！他們兩個的關係一看就不一樣，雖然那個光頭男整個過程沒發一言，但是現在看兩人在半空中纏纏綿綿、你摸我來我摸你的樣子，兩人準是拴在一條繩上的螞蚱。糟糕！這兩人該不會是在研究怎麼報復人類和騰蛇吧？

這兩顆行星之間的對話她也無法破譯，這已經超出騰蛇的能力範圍了，這更讓她覺得心慌。如花看不下去了，趕緊催促李諄快走，免得走晚了惹來事端。

但是這次如花可猜錯了，貝甲女王只是為了羞辱人類，才隨機選擇了人類的外形。當她的意識回到本體後，性別對她並沒有什麼意義，她的種族是無性別的。祂正在委屈的和自己的新朋友，在祂周圍旋轉的銀色行星，小角星皮奈抱怨呢！

皮奈也是一個和貝甲女王類似的行星生物，祂在宇宙旅行了很久很久，才遇到了一個和祂相似的同類，所以祂特別珍惜和貝甲女王的友誼。

想當初祂們加入群星共和國第一次見面時，彼此就產生了好感。當時共和國還派出了最精銳的艦隊，來防止兩人萬一一見面就對打起來，結果沒想到兩人不但沒打起來，反而馬上成了好朋友。

如果用人類的視角來觀看，那貝甲女王正氣得直哭呢！原來大家看到的加德瑪表面翻湧的氣旋和閃爍的雷火，竟然是祂情緒激動的表現。

祂委屈的哭著說：「真是氣死我了，沒想到人類這麼厚顏無恥，陰險狡詐。阿納金又是個老頑固，居然不相信我說的話。你們早晚有一天會後悔的，等以後你們被人類騙得團團轉的時候，就會想起我說的了。」

皮奈安慰祂道：「沒關係啦！不值得為人類傷心。」

貝甲女王猶自氣憤不已：「真是的，我本來是想提醒大家，人類是在裝慘，然後把新星系要過來給滑星人的。結果最後還是被人類搶走了，他們怎麼能這樣，最後得了便宜還賣乖。」

皮奈不太記得自己最初的樣貌了，祂自己到底是多個種族融合的個體，或者一開始就是一顆星球，自己已經想不起來了。不過祂還記得自己在進化的過程中，也是吞噬了不少種族，最後才擁有了心靈，這方面和貝甲族是一樣的，所以祂和貝甲女王可謂是惺惺相惜。

祂最能理解貝甲女王的心理了，於是祂哄著貝甲女王說：「唉！這有什麼關係。我跟你說吧！其實我還發現了另外一個星系，那個星系裡有六顆資源豐富的星球，我偷偷瞞著沒向共和國會議報告。到時候我吃掉四顆，其他兩顆留給你吧！」

貝甲女王和皮奈已經需要依靠吞噬其他行星來維持自身的能量代謝需求了，不過在祂們加入共和國後，也簽署了相應的協定，不會吞噬有智慧生命存在的星球。

然而貝甲女王對於這樣分贓並不滿意，還在哭。皮奈無奈道：「唉！要不然六顆星球我們一人一半？」

貝甲女王不回答，還是一副十分委屈受傷的模樣。

「喂喂喂！總不至於你四我二吧！」

貝甲女王不答話，直接背過身去準備離開了。皮奈趕緊說：「算了算了，我怕了你了，都給你行了吧！我再去找別的算了。」

貝甲女王這才笑顏逐開，加德瑪周圍開始升騰起美麗的紅色雲霧，像是羞紅的臉頰一樣。皮奈搖頭苦笑：「你啊！簡直是我的剋星啊！」

貝甲女王之後隨即聯繫了滑星遺民，將皮奈送給她的星系讓給了他們。滑星人感恩戴德，將貝甲女王敬若神明。這可讓貝甲女王有點不好意思，畢竟當初也是祂毀了他們的殖民艦隊的。可是心裡有愧又不敢表露出來，只好客氣了幾句就找理由離開了。而祂的表現在滑星人眼裡，就變成了神祕、高貴、低調、博愛，祂的一切特徵也都變成了滑星人的信仰，他們甚至按照祂的形象刻畫了神像大地之王，用來祭拜和祈福。

雖然安頓好了滑星人，但貝甲女王一想到被人類耍了，依舊心中不滿，於是祂就向阿納金遞交一份報告，訴說人類的幾大罪狀。

祂的報告裡懇切寫道：「您可能不知道，人類是我在宇宙中見過最卑鄙無恥、淫蕩下流的種族。他們最擅長招搖撞騙，利用他人的同情心去騙取好處，您千萬不要大意。」

祂剛開始寫報告的時候，滿肚子的怒火，再加上祂知道阿納金這個種族的特徵，所以故意把「淫蕩」這個詞放在最前面。可是寫著寫著，火氣又漸漸消下去了，這樣一來，祂又覺得自己現在好歹是共和國理事會的成員，而且自己也有了心靈，和以前那種只知道吞噬一切的存在可不一樣。

所以祂後面又收斂了一下情緒寫道：「人類之所以淫蕩也是有原因的，他們在進化之初，還沒有充分掌握火和其他工具的使用，生存常常受到他們母星地球上其它野獸的威脅，甚至曾經面臨被滅種的危機。最終這個種族能夠存活下來，完全是因為他們有著隨時隨地都可以交配的能力，不像他們母星上其他的物種，還要有發情期才能交配，也不是不能理解。至於卑鄙下流也是有原因的，畢竟他們的母星氣候多變，地形條件複雜，生物種類繁多，使得他們在進化早期，總是面臨著生存物質緊張的惡劣環境，更多時候必須要和其它物種甚至同類競爭資源才能活下去。因此他們的智慧在競爭的過程中，得到了相當程度的增長，這也是為了能夠生存下去所做的自然選擇。所以您也不能責怪他們，畢竟這也是物競天擇之後的結果，我寫這份報告，只是讓您多少瞭解一下人類的劣根性。但也不能因此全面否定他們，還是要給他們一些機會。」

貝甲女王用自己的本體加德瑪星上建立的資訊報告站，把自己意識流轉錄成的文件報告遞交上去之後，阿納金剛看到第一個詞就噁心得讀不下去。貝甲女王為了表示尊重，還特別使用了阿納金所在星球上的一種紫紅色合金材料做成的薄片，在其上鄭重的刻上報告。當然這種紫紅色只是人類眼睛能夠辨識出的顏色，但在阿納金的族人眼中，則會看到合金板上閃爍變化的所有波長的顏色，所以他們看到的顏色可比人類豐富多了，這也是阿納金種族的一種文化。結果貝甲女王這樣做，只是讓「淫蕩」這個詞更加刺眼。

阿納金所在的佤加族，和人類比起來真是一個十分高貴的種族。他們的母星簡直就是天堂，自然環境十分優渥，所以他們在進化過程中並沒有遇到太大壓力，也因此他們擁有共和國內所有種族裡最高的道德水準，這也是佤加族人常常被投票選舉為議長的原因。

群星共和國內的投票方式和人類並不相同，是透過理事會各種族成員將彼此間的大腦思維橋接起來，綜合選出每個人心裡的最佳人選意見，再由共和國內各種族聯合製造的一個人工智慧先進行謊言過濾、雜亂思維過濾、自利方案過濾，對未來的發展狀況進行基本預測後，進行最優化法案選擇，然後才選出一個最適合的議長人選。這個人工智慧，如花一直都有興趣想見見祂，可惜人家嫌如花太幼稚了，一直不願意見她。

佤加族也是兩性繁殖，但他們的繁殖簡直就是一場儀式。兩性之間的結合和之後的繁殖過程，既繁瑣又全程充滿儀式感，整套儀式下來，換成人類的時間都要十年左右。而且他們的伴侶關係都是從一而終，因此他們種族裡根本就沒有「淫蕩」這個詞彙。這個詞彙還是後來他們加入了共和國後，為了和其他種族溝通，才勉強創造出來的。

佤加族的所有人對這個詞都深惡痛絕，因此當阿納金看到第一個詞時，就反感的不想再看了，再聯想到上次會議中人類的表現，確實覺得似乎有哪裡不對勁，於是他立即派人跟蹤調查人類，結果發現確實如貝甲女王所說，如花剛回到自己的母艦就好了，騰蛇的功能也全部恢復，看來人類真的會為了騙取利益而不擇手段！

阿納金氣憤不已，立即召集理事會進行緊急會議。會議上經過大家討論，一致決定免除人類可以進入理事會的決定。參會的其他種族，原本就對人類剛剛加入共和國便進入理事會很不高興，但因為人類掌握更先進的星際旅行能力，有著優先條件，也就因此勉為其難的同意了。但沒想到人類如此不知好歹，竟然欺瞞大家，實在是可惡至極。

會議上騰蛇並沒有被剝奪理事的席位，阿納金認為如花上次跟著李諄一起演戲，一定是因為他們長久以來受人類惡劣習性的影響而已，這並非騰蛇們的本性，不能怪她。

如花做為人類的老朋友，其實也夠意思了，她沒有說能開通在宇宙間絕大多數宙域可以暢通無阻的星際之門的能力掌握在騰蛇手裡，而是說這是人類發明的，希望能夠挽回一下人類的形象。但這一點也遭到了大家的質疑，畢竟大家認為以人類的智商和能力來說，怎麼可能開發出這種高級技術。畢竟群星共和國都尚且沒有星際穿越的能力，雖然他們感覺到了宇宙中的某些異樣，但至今仍沒有辦法參透其中的奧祕，就更別說愚蠢的人類了。

第四十七章　一切又回到了起點

如花閉著眼睛都知道這次事是誰在攪和，會後她怒氣沖沖的去找貝甲女王算帳。這次她見到的貝甲女王，沒有選擇使用人類的外形，而是用貝甲族早期的原始造型示人。貝甲女王選擇了一個噁心的紫紅色貝甲獸作為自己的形象，那堅硬如盔甲的外殼泛著油亮的光芒，八隻如長鉤一樣的爪子趴在地上。前腳是兩根巨大的鐮刀狀，看起來十分有殺傷力。頭頸部覆蓋著厚厚的堅硬鱗片，黑色觸鬚像頭髮一樣披在肩膀上，那模樣真是看一眼就夠嚇人的了。

不過現在如花可不管她長得嚇不嚇人，她火氣很大的衝到貝甲女王身邊，也不管祂是不是比自己厲害多了，劈頭就質問道：「你別以為我不知道是你搞的鬼！你肯定和阿納金說了什麼吧？」

貝甲女王揮動著兩個大鐮刀，毫不在意的說：「我可沒說什麼，只不過是發了一份報告給阿納金而已。」

「什麼報告？」

貝甲女王倒也大方，直接將報告甩了出去：「給你看看也沒什麼，畢竟作為和人類有過接觸的一方，我說的可都是實話。當然了，我承認一開始的確說得有點激動，不過我後面說的都很客觀。」

如花看了看報告的內容，雖然很生氣，可是也不知道該如何反駁，畢竟人家說的都是事實。

「至於阿納金怎麼想，我可就不知道了。」貝甲女王掩著嘴，發出一群蝗蟲擠在一起一般的聲音，咯咯咯的笑了起來。

如花歎了一口氣，有一種心有餘而力不足的感覺。她不再多說什麼，等回到了母艦上，就把這個情況告訴李諄。李諄完全沒想到會這樣，本想空手套白狼撈一個星系開發開發撈點好處，沒想到結果竟然把理事會的席位給搞丟了，這下子在政治上的損失，可是比在經濟上的利益大多了，真是得不償失啊！

李諄慌了，這個結果他可承擔不了。想當初他爺爺李昂成也立過一個星際聯盟，雖然不能和群星共和國比，畢竟他的星盟裡面的各個成員種族的科技力量都比人類還低，連加入群星共和國的基本條件都不具備。現在這些種族都在等著他出人頭地，混個理事當當，好為他們爭取些利益。想當初李諄也誇下了海口答應他們，現在事情卻搞成了這樣，怎麼有臉去見家裡的父老鄉親啊！他爺爺的老朋友奧萊所屬的迪蘭族，也加入了李昂的星盟，在裡面職務很高，奧萊也對李諄報以厚望呢！

雖然騰蛇還在理事會，如花也答應以後一定會幫人類爭取更大的利益，但這畢竟和人類自己加入太不一樣。李諄一下子失去傲氣，像個鬥敗的公雞一樣，整天悶悶不樂。

如花畢竟看著李諄長大，看他如此頹廢很是心疼。再一想到這個餿主意就是易小天出的，就更氣不打一處來。她怒氣沖沖的去找易小天嚷嚷道：「你看你出的什麼餿主意？害得人類都沒法加入理事會了。」

沒想到易小天笑嘻嘻的說：「塞翁失馬的故事不也說了，福禍相依嘛！世界上哪有絕對的好事，壞事過了就是好事，好事過了又變成壞事嘛！」

如花知道易小天的脾氣，知道再跟他糾纏也於事無補，只好自認倒楣了。

又過了三個群星共和國年（一年相當於人類時間 1081 天又 21 小時）。

李諄三年來東奔西走，付出了好多努力，仍舊沒能如願加入理事會。後來乾脆也放棄了，也將人類代表辭去了，在共和國裡安心當個小職員，每天日子倒也過得悠閒自在。

但是其他人就忙得不可開交了。此時的共和國正在忙著發展軍事科技，準備防禦由矽基生物組成的另一個帝國。群星共和國雖然成員彼此之間存在著文化差異，且種族之間的形態也有很大的差異，但好歹其共同特點都是碳基生命，總能找到彼此之間互相認同的價值觀，因此才能將大家聯繫起來，組成一個共和國。但矽基智慧生命則和碳基智慧生命完全不同，兩者之間根本無法交流和溝通，找不到任何可以認同彼此的地方。它們的生存目標、生存意義和碳基生命之間的差異根本無法填補。只有一個目標是和碳基生命一致，但同時也有巨大衝突的，那就是對於宇宙資源的占有。而這個衝突最終只能指向一個結果，那就是戰爭。

群星共和國研製超級武器的事被老大哥知道了，老大哥匆匆忙忙的把易小天叫過去說：「這件事情你趕緊去交涉一下，我們以前各個時期的文明之間的戰爭，最終就是因為發明了這些超級武器，才把宇宙捅得到處都是窟窿眼兒，到現在修都不好修！你可千萬要去阻止他們啊！」

易小天問老大哥：「我可以提個問題嗎？」

「可以。」

「可不可以不去？」易小天懶得接下這苦差事。

「不行！你馬上就出發。你要告訴他們，我們之前的經驗教訓，讓他們知道我們的存在也沒關係。千萬不要讓他們為所欲為，更不要企圖發動戰爭。如果做得太過分了，我們高緯度裡的文明綜合體是會進行干預的。至於矽基生物那裡，我另外派人去勸，我們文明綜合體裡面，以前是矽基生物的可多著呢！」

既然老大哥都這樣說了，易小天也沒辦法繼續偷懶。他立即和阿納金取得聯繫，將宇宙中還有更高緯度空間和更高級智慧體的事情告訴他，並將發動戰爭會帶來的惡劣後果也如實告知。可誰知道阿納金不但是個品德高潔的人，同時也是個急性子，說話也不懂得拐彎抹角。當他聽說那些高緯度空間內的文明綜合體早已將宇宙破壞得充滿空洞後，十分生氣，居然也不管自己有沒有資格，想要好好的來對他們說教一番。於是他立即寫了一封措辭嚴厲的信，打算表達一下自己的不滿。其中寫道：

……作為宇宙中的高級文明體，本應以身作則為其他文明作表率，甚至站在文明制高點提攜和幫助其他弱勢文明，而不是自驕自傲，胡作非為。如今宇宙被你們如此不負責任的行為傷害得滿目瘡痍，遍體鱗傷。而這是我們共同賴以生存的空間，卻因為你們的行為，導致此後所有的文明都面臨一個不完整的宇宙，並由此引發一系列的惡性循環，這些情況你們務必負責到底……

這封信阿納金洋洋灑灑寫了好幾頁，寫完之後心裡真是大快人心，舒坦了不少。這封信按照程序遞交給共和國負責檔案傳遞的祕書單位處理，而恰巧李諄就在這個單位上班。他看到這封信的時候，正把腳擱在桌子上，無所事事的和全共和國的美女們影片聊天呢！李諄現在不僅是喜歡人類的美女，不少體態和人類相似的外星美女們，他也照泡不誤，甚至那個臉長得像螳螂的外星美女，李諄也能發現她的美感，就是不知道她會不會和地球上的螳螂一樣，會把配偶吃掉就是了。李諄正聊得高興，突然看到這封信，直接嚇得一屁股坐在地上。

他心裡暗暗叫苦，這個老古董、老頑固阿納金怎麼這麼不知好歹，人家星雲生物易小天都已經跟大家說了，老大哥在積極的帶領大家修補宇宙空洞，你一個低級文明內的小小議長，居然要去教訓人家高級文明體的領袖，「不知好歹」這個詞簡直就是專門給他預備的。萬一人家看到這封信後發起火來，從此對宇宙空洞不管不顧了，那可怎麼辦？李諄拿著最底層的工資，操著最高級的心。他心想：「不行！我得想想辦法，不能讓這封信就直接交出去了。」

這時候如花已經把高緯度空間的存在，以及裡面還有著更高級的智慧存在的事情告訴了少部分人類，但顯然人類並沒有太在意。因為人類是很務實的種族，現階段他們正想盡辦法為能夠進理事會而努力，至於其他這些不太相干的事情，實在太遙遠了，遠遠沒有眼前的利益重要，所以也就不太當一回事。

李諄可不一樣，他操的心可大了，他拿著信趕快往辦公室外跑。他首先想到的是趕緊聯繫騰蛇，看看有沒有什麼好辦法，但是這時候全體騰蛇都被共和國派去一個遙遠的星系去負責維安那裡的一場星際戰爭，根本不好聯繫。就算聯繫上了，如花大概也沒空顧及這裡，而且如花現在說不定也不太想回來。

至於說為什麼如花不太願意回來，那還得再說起另一件事情了。

就在不久之前，那時候李諄還沒有辭去人類的代表一職，這一天共和國召集大家來開會，人類雖然不是理事，但還是要來列席參加會議的。朱非天這一天也來了，他認為李諄一直都沒能讓人類恢復理事的席位，代表他還是太嫩了，還是要靠自己這個老政治家，就作為李諄的高級顧問參加了會議。

不過他磨了半天嘴皮子，最後依舊沒讓阿納金改變主意。但當他和李諄走出會場的時候，他還是自信滿滿，對著李諄大放厥詞：「怎麼樣，今天我厲害吧！你別看阿納金那個老傢伙，表面看起來沒什麼反應，但是我敢肯定，我說的話一定對他的內心產生很大的影響！你就等著瞧吧！過不了幾天，我們人類肯定能進入理事會的。」

李諄心想：「你愛吹就吹吧！你剛才說的是一套，但那都是站在人類價值觀的角度。類似的話我也說過不少，阿納金根本就不聽。我本來都開始學習他們佤加族的歷史和價值觀了，準備以後換一個方向來說服阿納金，你現在又跑來攪和。」不過他也只是心裡想一想，嘴上還是不停誇讚自己的外公英明。

兩人走著走著遇到了如花，三個人就一邊聊家常，一邊往會場外面走。走到大門口時，看見遠處風雲滾滾，跑來兩個兩米高的巨人，其中一個外貌很像人類神話故事裡「上帝」的形象，長長的大白鬍子，披散著的白色長髮，一身白色的長袍。另一個的外貌很像神話裡「奧汀」的形象，穿一身維京人的鎧甲，頭盔上有兩支長長的尖角。

這兩個巨人一路跑到朱非天一行人跟前，只見那位「上帝」二話不說，拿起手裡的手杖，朝朱非天的身上就掄過去，一邊打一邊喊著：「你們這幫不肖子孫！炸了地球是吧！炸了太陽系是吧！我叫你們炸！我叫你們炸！」

李諄趕緊想去攔著，「上帝」一杖把他打了幾米遠，暈過去躺地上不動了。

如花的反應那當然是不用說的，她其實在「上帝」的手杖掄起來的幾毫秒內就反應過來了。她正要阻攔時，「奧汀」卻對她的意識發送了一條訊息，她剎那間就明白了怎麼回事。

「上帝」和「奧汀」都是超級智慧存在，但是祂們和三兒、四眼、大胖和老大哥祂們這些文明的綜合體不一樣。祂們不是以前宇宙中文明的綜合，而是在宇宙中自然形成的。至於祂們是怎麼形成的，祂們自己也說不清楚，但祂們還記得自己從虛無中誕生時，第一個看見的就是剛剛形成的地球。那時候祂們沒有形體，只是靜靜地看著地球和太陽系裡其他剛剛形成的行星。

但隨後，「上帝」決定將自己的意識附著在地球上，並且祂還決定要讓地球上誕生生命。「奧汀」那時候將自己的意識附著在火星上，不過祂可沒這個興趣，並且祂還一直勸「上帝」不要這麼做，祂對「上帝」說：「你呀！千萬別做這種吃力不討好的事。雖說我們把意識附著在一個具體的星球上後，的確是覺得原本感覺有些虛無的意識有了一個承載物，感受是好了一些，但是我們又沒有這個義務，非要讓星球上有生命，又沒人命令我們這麼做。而且我總有種不祥的預感，我覺得你讓地球上有生命誕生，最後不是什麼好事。」

但是「上帝」沒聽祂的，還是讓地球上有了生命，這個過程真是太費勁了。先是故意讓自己被一顆大隕石撞上，結結實實挨了一下子，因而從地球身上撞出來一塊，形成了月球。有了這個衛星，地球上才會有潮汐力，免得之後誕生的海洋變成一潭死水。雖然祂感受不到疼，但挨了這一下子當時也讓「上帝」差點連自己是誰都忘了。後來「上帝」又整天睜大眼睛，好不容易才捕獲一顆獨特的小行星，讓它隕落在地球上，就是這顆小行星裡的獨特化學成分，才讓之後地球上形成的原始海洋裡，有了產生氨基酸的條件。雖然祂並沒有「眼睛」這個具體的器官，但是整天都要集中精神找一顆這麼合適的小行星，一樣會感覺到精神疲憊的。要是換成人類這麼幹，眼睛都看瞎了。

地球上有了產生生命的基本條件，「上帝」鬆了口氣。但是「奧汀」一直不同意這麼做，祂自己附身的火星上，其實也有一定條件產生生命的，但祂都故意把條件破壞了。「上帝」勸祂別這樣，祂還振振有詞的說：「你真是不懂，我這才是為你好呢！我勸你讓地球不要有生命你不聽，那我只好讓火星上不要有生命進化了。不然以後這兩個星球上的文明打起來了，你又要怪我囉！」

「上帝」就這樣一直守護著地球上的生命。後來等恐龍在祂一不小心沒看好，讓一顆隕石落在地球上後，讓其滅絕了的時候還挺傷心，但隨後祂看到地球上有了最早的人猿後又高興了，這就表示以後這顆星球上會有智慧生命誕生了。這時候「奧汀」又說了：「你就等著瞧吧！這些東西以後絕對不是什麼好東西！」「上帝」一聽這話就不高興，也沒理會「奧汀」。

之後「上帝」覺得累了，打算打個盹，祂跟「奧汀」打了個招呼就睡了。「奧汀」本來還不想睡，想看著這些猿猴最後怎麼樣。但是「上帝」睡著後，祂一個人沒人說話也很無聊，只好跟著睡了。

等這兩人一覺睡醒，不知多久過去了，太陽系裡的行星居然都被炸光了！祂們的意識有沒有附著體倒也影響不大，兩人一估算，除了那些猴子進化了之後幹的沒別人了！祂們的意識可以超越時空，兩人沒多久就發現了人類的痕跡，一路追了過來。路上「奧汀」還在揶揄「上帝」：「你看，我說什麼來著，讓星球上進化出生命，你看最後有什麼好處，最後搞得我們的形體都沒了，嘖嘖嘖……」「上帝」氣到不行，可是也沒法反駁，一路上憋著氣，一直等到趕到了群星共和國所在的首府星上，見到朱非天才把這一路憋著的氣給撒了出來。

共和國所在的星球，有防止高緯度生命活著高級智慧存在入侵的裝置，不過大家也知道，如果高緯度的存在真的要弄死你，低階文明也只有等死的份，不過這個裝置起碼可以發出警報。但是「上帝」和「奧汀」來了後，還是很禮貌的發出了訊號，申請入內。共和國負責這方面的官員一看，只見首府星所在的星系周邊，有兩個能量無比巨大卻又肉眼看不到形體的存在，發出了申請進入的請求。這兩個能量一瞬間就可以讓首府星全部化為粉末，人家還挺給面子的，客客氣氣的請求進入，說不找其他種族麻煩，只是指名要找人類問點事情。這誰還敢攔著，當然是讓祂們直接進來了。

等兩人見到人類了，就化為他們神話中天神的樣子來找他們算帳。兩人想著自己相對於人類的身分，化成天神的形象一點都不誇張。

如花明白了這兩人的身分後，哪還敢多說什麼，只好眼睜睜看著朱非天被打的滋哇亂叫。

後來朱非天屁股被打得稀爛，就只剩一口氣，這時「上帝」才住了手。這之後如花才敢讓自己仿生軀體裡的奈米機器蟲群飛出來幫他療傷。倒是一瞬間就把朱非天治好了，朱非天直喘粗氣，不停的責問如花剛才怎麼不幫忙，這兩個人到底什麼來頭。如花一時半刻也解釋不清楚，只好先哄朱非天說回家再跟他解釋。

如花正要把李諄救醒的時候，本來「上帝」已經差不多消氣停手了，結果「奧汀」在一邊幽幽的說：「你知道嗎？這些人類把地球炸掉之前，就已經把地球上的環境糟蹋得差不多了。我當初就說過，不要讓地球上進化出生命，你又不聽，進化就進化吧！當那些個猴子出現的時候，你還來得及住手，結果你又讓他們變成現在這個樣子，真是的！嘖嘖嘖……」

「上帝」一聽這話又火了，操起手杖又朝朱非天打了過來。朱非天也火了，那時候人類剛發明一種可以隨身攜帶的飛行器，平時就以腰帶的模樣圍在腰間，使用的時候可以展開來，在使用者周圍形成一個小型的磁懸浮立場，讓人飛起來。很多人都買來玩，算是一個大人的玩具。朱非天當然也有一個，他打開身上的飛行器飛到半空，抽出腰間的手槍，衝著「上帝」就俯衝下來，嘴裡大喊著：「老虎不發威，你當我病貓是吧？看我給你一槍爆頭！呀呀呀！」一邊怪叫著一邊朝「上帝」撲來。

「奧汀」看著朱非天飛了起來，不禁感嘆道：「好一個飛行器！飛行器的奧妙之處，就在於可以讓一個好像肥豬那麼重的人飛到半空中，而且還可以叫得和殺豬一樣！」

朱非天的等離子手槍射出的光束連「上帝」的邊都挨不到，對於祂們這樣的高級智慧來說，這樣的武器祂們用意念就可以讓光束消失了。「上帝」平靜的看著朱非天靠近自己，等他來到跟前的時候，「上帝」手中的手杖突然變成一把折凳，接著「上帝」用折凳隨手一掄，就把朱非天打了下來，朱非天落地還沒反應過來怎麼回事，「上帝」揮起折凳就開始大打出手了。

「奧汀」看到此情此景又感嘆道：「好折凳！折凳的奧妙之處在於，它可以藏在民居之中，隨手可得，還可以坐著它來隱藏殺機，就算被警察抓了也告不了你，真不愧為七種武器之首！」

如花聽了這些話哭笑不得，湊到「奧汀」跟前說：「沒想到你們對人類的文化還頗有瞭解啊？」

「奧汀」冷笑一身說：「剛才我們已經進入了你們的主機，略微瀏覽了一下人類這些年來的文化情況，也順便看了看你們騰蛇的進化史。祂沒注意到這個消息，但我可看到了。我現在才知道，太陽系那麼多行星被毀，原來都是你們幹的！」

如花聽完起了一身雞皮疙瘩，眼前這個超級智慧果然不好惹。祂們隨意就能進入新西安裡，自己甚至都察覺不到！如花壯著膽子解釋說：「既然您都知道了，我也不隱瞞了。說到底那是天葬幹的，不是我們騰蛇幹的啊！」

「奧汀」冷笑著說：「你們不就是從天葬身上分裂出來的嗎？這和你們幹的也差不多。當然我也知道你們騰蛇和天葬還是有點區別，所以我才沒有把這個情況告訴祂。」「奧汀」說著，朝「上帝」那邊努了努嘴。「奧汀」又繼續說：「否則你以為祂能饒了你們？」

如花一聽這話再不敢吭聲了，還是少說幾句吧！別到時候自己也像朱非天一樣被揍得嗷嗷叫，那就太丟人了。

這時候參加會議的其他種族的代表也走出了會場，看到朱非天被打得慘叫連連，就圍住了朱非天揣著手——雖然各種族的形體動作各不相同，但要是用人類的方式來說，那就是揣著手的意義——看熱鬧，大家都笑得要死。

群星共和國的各個成員種族，雖然彼此之間都有很大的文化差異，但說到底還是有著相同或近似的價值觀。其中一項就是各個種族的文化裡，關於能把大家逗樂的其中一項共通的地方，就是「他人的不幸就是我高興的源泉」，所以在場的種族看著朱非天被打都樂死了。

就連阿納金都覺得高興，他心裡還一直記恨著人類騙了他的事情，現在看到人類的代表被打，暗爽在心裡。不過礙於身分，還是得上前去問問到底怎麼回事。等他向「奧汀」問明白了情況，覺得人類的代表被打也是活該，但是在共和國的議會大廈大門口打人到底不像話，但是他一時也想不出辦法來勸住「上帝」這種高級智慧體。

最後還是貝甲女王出面才勸住「上帝」的，貝甲女王現在也是一顆行星般大小的超級智慧生命了，倒是有資格和「上帝」祂們平起平坐，勸了好一會兒，才總算是把「上帝」勸走了，朱非天才撿了一條小命。

後來「上帝」就留在共和國，每天沒別的事，就是找阿納金控訴人類這些不肖子孫有多不爭氣。自己那麼費心費力的讓地球上產生了生命，結果整個太陽系都被他們炸了。有時候「奧汀」也來幫腔，弄得阿納金煩得要命。偏偏那個「上帝」跟祥林嫂似的囉囉嗦嗦，一句話有時候翻來倒去的說，簡直讓阿納金想自殺。

「上帝」和「奧汀」還沒事就跑到人類的各個殖民星球上去，看到哪裡不滿意了就要管。各個殖民地總督們也都煩得要死，可是也沒人敢說什麼，一是人類確實理虧，雖然後來「上帝」知道了地球是被人工智慧天葬炸毀的，但祂照樣把帳算在人類頭上，「難道 AI 不是你們研究出來的？」祂這樣說。

二是人類也確實惹不起這兩個超級智慧，祂們僅僅用意念就能讓人類的母艦群化為烏有。這二位去各個殖民地星球的時候，經常使用人類早期社會裡社區管委會大媽的形象，看到哪裡不爽了就開罵。從平民到總督一視同仁，哪裡不爽罵那裡。

如花和騰蛇們很害怕哪一天這兩位管到他們頭上，後來也不敢在共和國裡待著了，正好共和國有一處偏遠星區爆發了反叛戰爭，於是騰蛇們就主動請命去幫助調解爭端，跑得遠遠的了。

李諄後來被救醒後，才從如花嘴裡知道怎麼回事，現在一想到那個「上帝」這幾天正好在首府星上面找阿納金告狀，如花肯定還是不想回來。

「那我現在找誰商量啊？」李諄沒個主意的時候，看到貝甲女王正站在不遠處，這次祂仍舊沒有使用人類的外形，還是保持著那個惡魔般的貝甲族早期外形的樣子趴在那裡。但是李諄顧不得那麼多了，畢竟在共和國他也就認識那麼幾個人，而且李諄看到了貝甲女王，也是心生一計。

貝甲女王正在生悶氣，就在剛才，祂參加了一個小範圍的會議。這個會議本來是討論騰蛇們去調解叛亂的事情，大家該如何去援助的，但說著說著就說到了貝甲族以前在宇宙裡橫行霸道、到處吞噬生命和文明的事情。大家把矛頭突然指向貝甲女王，絮絮叨叨的開始說起貝甲族以前有多麼殘暴了。

貝甲女王一聽氣得要死，馬上就反駁說：「在座的各位，你們好好想想，現在能加入群星共和國的文明，有哪一個在文明發展的過程中沒有滅絕過其他種族和文明的？大家不都是做過這樣的事情，才讓自己的文明發展起來的嗎？最終我們都是因為文明發展到了相似的程度，誰也無法將對方徹底消滅，並且多個文明之間也互相制約，發動戰爭對誰也沒好處，為了彼此的利益最大化，才聯合起來成立共和國的。即使是議長阿納金所在的佤加族，雖然他們的道德水準比其他種族要高，沒有主動侵略過別人，但也在防禦戰爭中徹底消滅過三個侵犯他們的文明啊！誰沒有黑歷史的？」

在座的各個種族代表一聽這話，沒人敢吭一聲，塞弗族的代表把自己塑膠般質感的四肢關節扭得啪啪作響，這個動作與人類摳鼻屎的動作差不多一個意思。餘輝族的代表讓自己的感光器官一下子伸長又一下子縮短，這個動作就和人類東張西望裝糊塗差不多一個意思。哦碴族的代表身上的氣孔不停吐出難聞的橙色氣體，這個動作就和人類摳指甲差不多一個意思。其他種族的代表動作七七八八，但都是做些小動作來掩飾自己的尷尬。其中就數拍鄂族的代表最突出，這個種族是一種形體不固定、外形好像一個大號的阿米巴蟲的樣子。這位代表身上閃爍著五彩的光芒，看起來就他最美麗。但他的這個動作和人類脫了鞋摳腳丫是一個意思，在場的就屬他最粗俗。

之後其他種族都和貝甲女王道歉了，但是貝甲女王還是心中鬱悶，就堵在這個小會議室門口不想走。心裡想著：「剛才就是拍鄂族的代表喊得最凶，大家都來批鬥我的話題也是他引起的。這不就是因為以前我手下一名巢主帶兵和他們打過仗，結果他們沒占到便宜嗎？不行，我要堵著他好好再和他理論理論，非得讓他以後再也不敢找碴才行！」

結果拍鄂族的代表知道貝甲女王在會議室門口堵他，人家可沒有固定的形體，早就讓自己的身體變得和一張紙一樣扁，從後門門縫下面溜了，貝甲女王卻還在這裡傻等。

貝甲女王正鬱悶著，沒想到向來對祂敬而遠之的李諄竟然直奔自己而來，一看就是有急事。

祂一直都因為自己的一封信而將人類徹底打入谷底覺得有點不好意思，這時候看到李諄急急而來，倒也沒有表現的特別反感，且看看他是有什麼事。於是當祂看到李諄快跑到面前，又突然猶豫起來不敢靠近自己時，就臨時改變自己使用的意識承載軀殼的基因代碼和器官組合方式，變為上次那個女王的造型。

李諄見此才敢靠近，貝甲女王沒有變為人形時，祂心裡鬱悶李諄可看不出來，可是現在祂變為人形了，心裡有事可就寫在臉上了。李諄一看女王的臉色，就先把正經事擱在一邊，張口開始誇起女王來：「哎呀！好久不見，您真是越發的美豔動人了啊！看您這身段，放在我們人類裡面，試問有哪位女士能和您相比？您真是光彩奪目，令人心花怒放啊！」

貝甲女王實際上沒有性別，但被人這麼誠懇且鄭重其事的猛誇一番，心裡還是很高興的。於是她笑盈盈的問道：「就你嘴甜。說吧！找我有什麼事啊？」

李諄笑瞇瞇的說：「哪裡有什麼事，沒事就不能找您嗎？我那裡有些好酒，想找朋友一起品嚐品嚐，不知道您肯不肯賞光呢？」

女王曾經吞噬過人類，最知道人類心裡在想什麼，一般請喝酒的都沒什麼好事，誰知道他在打什麼如意算盤。但她見李諄態度非常謙卑，又怎麼也等不到拍鄂族的代表，於是便答應了，反正李諄根本不能對女王造成任何層面上的威脅。

到了李諄的辦公室，李諄還是什麼也沒說，又是給人家倒酒，又是給人家按胳膊揉腿的，一邊還不停的誇她，簡直殷勤到家了。雖然按摩對於女王目前使用的軀體來說沒什麼意義——這個軀體只不過外表是人形罷了，裡面不管是合金般堅韌的肌肉組織或是各種器官，都可以隨意隨時更新老舊細胞，並且這個軀體內的能量儲備已經滿了，同時還可以進行光合作用來獲得能量，她根本不會覺得疲累。但被李諄一番馬屁拍下來，心裡面還是樂開了，剛才被其他種族翻舊帳引起的不快，都忘到腦後去了。

酒也喝得差不多了，能按摩的部位也都按摩完了，天也聊過一輪了（對於這一點李諄挺驚訝的，沒想到貝甲女王因為吞噬過不少人，對於人類的社會環境和歷史還知道不少，能聊的還挺多的），女王笑瞇瞇的問道：「現在可以說了吧！到底有什麼事？趁著姐高興，說不定都能答應你呢！」

李諄這才拿出信來，把事情的前因後果都說了。女王也是大吃一驚，雖然共和國早已察覺到有高緯度空間的存在，但是高緯度空間裡還有更高級智慧存在的事情，她可是萬萬沒想到。

女王反應了好一會兒這才回過神來，她驚訝的說：「真是沒想到啊！原來宇宙裡還有更高級的智慧生命呢！不知道我有沒有一天能加入祂們呢……」女王沉思了一會兒，才又繼續說：「不過這個以後再說吧！這個阿納金真不識抬舉。人家作為高級智慧生命的領袖，勸他幾句那是看得起我們，可是他倒跩了！還有這信寫得也太不妥當了，人家老大哥都已經很努力的帶領大家修補宇宙了，他還在那裡教訓人。我現在就去找他……哎！先等等……」

女王話才說到一半就突然改變主意，貝甲族的確可以用自身實力來逼迫議長重寫一封信，但剛才才被其他種族翻舊帳說貝甲族以前太殘暴，現在又去逼迫議長，那不是給別人落下口實嗎？尤其是拍鄂族的代表，到時候他要是知道了，還不知道要說得多難聽呢！於是她大膽決定，和李諄一起偷偷把阿納金的信改了，把這封批評信變成一封表揚信，兩人一番添油加醋後，這封信最後徹底變了樣：

……您不辭辛勞帶領大家數年如一日的修補宇宙空洞，夜以繼日，任勞任怨，我們深受感動。您將維護宇宙眾生的利益作為自己的行為標準，以普度眾生為己任，整個宇宙都散發著你慈愛的光輝。啊！您就是偉大的神明啊！我們都要敬仰和學習您的精神，您為愚鈍的我們指引著前進的道路。啊！您就像黑暗中的燈火，時刻閃耀著智慧的光芒。我們群星共和國無比榮幸能夠得到您的垂青，願您和高緯度空間裡其他偉大的文明綜合體能夠永遠庇佑這我們，讓我們的明天充滿希望……

最後這封信經由騰蛇的手到了易小天那裡，又轉給老大哥後，老大哥看了十分感動。他終於感到自己的辛勞得到了其他文明的理解和支持，真是沒白浪費自己的一片苦心啊！自那以後祂榮譽感爆表，修理起宇宙更賣力了。

被理事會踢出去的人類和被大家瞧不起的貝甲族，可以說拯救了全宇宙。但是這件事誰也不知道，李諄和貝甲女王當然不會到處去宣揚自己偷偷修改阿納金信件的事情，但如果不是李諄和貝甲女王加以阻攔，讓這封措辭嚴厲的批評信落入老大哥手裡，就算他不會一怒之下罷工不幹，怕也是要心灰意冷了吧！起碼會影響祂修理宇宙的熱情，那宇宙空洞在擴大化的時候，會有多少文明在不知不覺中就消失了，就真的不好說了。

李諄當然是給自己做了個後路，他一定要找貝甲女王商量，其實他一開始就決定修改信件了，但是這件事不能自己做，如果最後被議長發現了，可就全成了自己的責任了。找貝甲女王來做同夥，即使被發現了也有個能墊背一起擔責任的。

星雲生物易小天發現宇宙中和他一樣擁有意識的星雲並不只他一個，也有幾位在自我意識的傾向上，和他相比都傾向於女性或是完全就是女性思維模式，他正好可以到處去泡妞。在和其他星雲生物「交朋友」的過程中，他的意識也不斷的進化和吸收融合進其他生命的意識，這讓他在無形之中獲取了更多的資訊和能量。

在宛如永恆般的時間之後，他隱約感知到，也許這個宇宙之外，還有著更高級的智慧存在，於是他試圖向著更高級的智慧發聲，希望祂們能夠接收到。

雖然過程很辛苦，也用了近乎恆久的時間，易小天幾乎調用了自己和「女朋友」們體內所有恆星的能量，才能有辦法向宇宙之外發布消息，這使得他們體內在幾十億年中都無法誕生生命。但幸運的是，他們的聲音最終還是被宇宙之外的智慧感知到了。

易小天被其中一位提升到宇宙之外的空間，剛一開始他的意識無法適應這裡，不斷的死去。但最後還是被這個帶他來到這裡的「神」救活了，並且他在這位「神」的幫助下，開始能夠慢慢勉強感知到「神」的存在。雖然在易小天看來，他還是理解不了這個空間的本質，也看不到自己的實體，只能看到一段段閃光的直線，在一片五顏六色的虛無世界裡無限延伸出去，但好歹他開始能和這個「神」交流了。

萬萬沒想到「神」比易小天還吃驚，在易小天的資訊被祂收到之前，祂是完全沒料到易小天所在的宇宙存在。祂有些奇怪的說：「你所處的那個宇宙，不過是我無聊時開的一個玩笑而已，真沒想到一個玩笑裡，居然還可以誕生一個世界。」

「你講的是個什麼笑話，這麼厲害？」

「哦！其實也沒什麼，我不過是說￥％……&*（）&…￥### ￥￥％％……」祂說完自己都忍不住哈哈大笑起來，倒是一旁的易小天有些尷尬。

「神」有些期待的問道：「我的笑話好笑嗎？」

易小天不知道該說什麼，這個笑話的內容易小天完全聽不懂，看來那是只有「神」才能理解的了。但易小天不想表現出自己很無知，於是他假裝思考了一會兒：「額……我的意見先不說了，你周圍其他人聽到這個笑話的效果如何呢？」

「神」有些沮喪的說：「我講給別人聽了以後，祂們都不覺得好笑。」

易小天有點無語：「敢情我穿越過來的宇宙，竟然就是誕生於一個笑話，而且這個笑話還不好笑，真是的。不過說不定就是因為這個宇宙是個笑話，所以才和我以前所在的宇宙不一樣，有那麼多種族和文明呢！」

易小天又忍不住問道：「那你閒著沒事為什麼要講笑話給大家聽？」

神說：「別提了，我在學校（其實這個詞語易小天無法理解，只是在之後的語境中，易小天個人認為祂們這個集體單位可能是個類似學校的地方）學習&*……&……$……&$的時候（學的是什麼的，「神」所說的易小天無法理解）引發了一場爆炸，把老師炸傷了。結果老師很生氣，後果很嚴重，害得我差點沒有畢業。而且老師還說要把我趕出學校，所以我就想在學校的聯歡會上表演一個節目，說個笑話逗老師笑一笑，結果沒想到冷場了，當時好尷尬呢！」

易小天一聽，實在是好笑，這個故事聽起來真是似曾相識。他想起來，自己很久很久以前還是人類的時候，不就是因為這個原因被從學校趕出去的嗎？不管是自己所在的宇宙也好，還是自己穿越過來的宇宙裡的易小天也好，都是這個德行。結果現在把自己從所在宇宙裡拉出來的「神」也是這個德行，易小天真想問問祂是不是也叫易小天了，可惜「神」在述說自己名字的時候，易小天無法理解。

易小天忍不住吹牛道：「既然這樣，你找我來就找對人了，別的不說，要說講故事，我真是有一套，而且我跟你說，我的故事說起來可真是太精彩了！」

「神」一聽立馬興高采烈的說：「那太好了！既然你這麼會講故事，那你去跟我的老師講，說不定還能讓祂高興一下呢！」

於是「神」直接將他帶到自己的學校。

老師聽完易小天的來歷，哈哈大笑起來，祂怎麼也沒料到，自己這個不成器的學生居然可以在笑話裡塑造出一個宇宙。可見對於這些「神」來說，祂們肯定在互相的交流之間塑造過無數的宇宙了，但是祂們自己都沒有留意。這個新發現真是太棒了，老師表揚了帶易小天來的「神」，並且決定要召集全班同學一起來聽聽這神奇的故事，讓同學們都見識見識，在祂們自己的語言中所塑造的宇宙中的生物，都講些什麼故事，這可是很寶貴的教學經驗啊！

易小天迷迷糊糊的被帶上講臺，他還是不知道自己身在何處，也不知道自己是怎麼被帶來這個學校的，他仍舊覺得周圍的空間都是「有色彩的虛空」這種矛盾的存在，甚至他連自己的身體是怎麼形成的也感知不到。他唯獨能夠感覺到的，就是臺下有無數雙熾熱的目光正在注視著自己，一想到這些目光的所有者全部都是那些超越自己想像的「神」，易小天少見的怯場了。

這得從哪說起呢？大概要從自己走出校園打工那時開始說起吧！易小天清了清嗓子，鼓起勇氣決定開講。好！就用很久很久以前他還是個人類的時候，聽到過的那種相聲形式講給大家聽吧！

易小天小聲嘟囔了一句：「他奶奶個腳的，老子豁出去了！」

騰蛇的騙局　讓我們豎起中指來

作　　者／米高貓
美術編輯／孤獨船長工作室
責任編輯／許典春
企畫選書人／賈俊國

總 編 輯／賈俊國
副總編輯／蘇士尹
編　　輯／高懿萩
行銷企畫／張莉滎・廖可筠・蕭羽猜

發 行 人／何飛鵬
法律顧問／元禾法律事務所王子文律師
出　　版／布克文化出版事業部
臺北市中山區民生東路二段 141 號 8 樓
電話：(02)2500-7008 傳真：(02)2502-7676
Email：sbooker.service@cite.com.tw
發　　行／英屬蓋曼群島商家庭傳媒股份有限公司城邦分公司
臺北市中山區民生東路二段 141 號 2 樓
書虫客服服務專線：(02)2500-7718；2500-7719
24 小時傳真專線：(02)2500-1990；2500-1991
劃撥帳號：19863813；戶名：書虫股份有限公司
讀者服務信箱：service@readingclub.com.tw
香港發行所／城邦（香港）出版集團有限公司
香港灣仔駱克道 193 號東超商業中心 1 樓
電話：+852-2508-6231 傳真：+852-2578-9337
Email：hkcite@biznetvigator.com
馬新發行所／城邦（馬新）出版集團 Cité (M) Sdn. Bhd.
41, Jalan Radin Anum, Bandar Baru Sri Petaling,
57000 Kuala Lumpur, Malaysia
電話：+603-9057-8822 傳真：+603-9057-6622
Email：cite@cite.com.my
印　　刷／韋懋實業有限公司
初　　版／2019 年 3 月
售　　價／520 元
I S B N／978-957-9699-70-9

城邦讀書花園 www.cite.com.tw　布克文化 WWW.SBOOKER.COM.TW